차병걸 민담집

Series of Korean Literature at China

이 전집은 대산문화재단의 2007년 해외한국문학연구 지원을 받았습니다.

연세국학총서73
중국조선민족문학대계 26

차병걸 민담집

연변대학교 조선문학연구소
김동훈·허경진·허휘훈 주편

보고사

◉ 권 철

중국 연변대학 조문학부 졸업. 연변대학 조문학부 교수로 재직하며 민족연구소장을 역임하고, 현재 조선문학연구소 고문으로 있다. 저서로『광복전조선민족문학연구』,『중국조선족문학』등이 있다.

◉ 김동훈

중국 중앙민족대 중문학과 졸업, 중앙민족대와 연변대 교수를 거쳐 현재 상해공상외대 한국어 학부장으로 있다. 연변대조선언어문학연구소 소장, 북경대조선문화연구소 고문 역임. 저서로는『중국조선족구전설화연구』,『조선족문화』,『중국조선족문학사』(공저),『간명한국백과전서』(주필),『중국조선족문화사대계』(총주필) 등이 있다.

◉ 허경진

한국 연세대 국문학과 및 동 대학원 졸업. 목원대 국어교육과 교수를 거쳐 현재 연세대 국문학과 교수로 있다. 2005년부터 중국 연변대 겸직교수로 재직중이다.

◉ 허휘훈

중국 연변대 조문학부 및 동 대학원 졸업. 문학박사. 현재 연변대 조문학과 교수로 있다. 연변대 조선문학연구소 소장, 연변민간문예가협회 이사장이다. 저서로『조선민간문화연구』,『조선문학사』(공저),『중조한일민담비교연구』(주필) 등이 있다.

연세국학총서73
중국조선민족문학대계 26

차병걸 민담집

초판 1쇄 발행 _ 2010년 6월 15일

주편자 _ 김동훈·허경진·허휘훈
　　　　　연변대학교 조선문학연구소
발행인 _ 김흥국
발행처 _ 도서출판 보고사
등　록 _ 1990년 12월(제6-0429)
주　소 _ 서울시 성북구 보문동 7가 11번지 2층
전　화 _ 922-5120/1(편집) 922-2246(영업)
팩　스 _ 922-6990
메　일 _ kanapub3@chol.com
홈페이지 _ www.bogosabooks.co.kr
ISBN _ 978-89-8433-427-4(94810)
　　　　　978-89-8433-401-4(세트)
정　가 _ 28,000원

간 행 사

우리 조상들이 중국 땅에 이주해온 이후, 오랜 역사를 통해 탁월한 저력으로 독자적인 문화를 창출해냈고 또한 많은 문화유산을 물려주기에 이르렀다. 그 가운데 우리 조상들의 알찬 삶의 지혜와 다양한 경험들이 축적되어 있다. 바로 이 때문에 문화유산 중 큰 비중을 차지하는 구비문학과 기록문학이 소중하며, 다시 읽어야할 보전(宝典)으로 남게 되었다.

과경(跨境)민족으로서의 중국 조선민족은 19세기 후반이래로 수차의 문화적 격변의 시대를 살아왔다. 이른바 개화기의 격류 속에서는 전통문화와 서구문화사이의 갈등, 한문학과 국문문학 간의 교체를 경험했고, 식민지시대에는 국문문학의 문체혁신과 일제에 의해 책동된 전통문화의 쇄멸 말살이라는 시련을 겪기에 이르렀다. 이런 변화와 역경 속에서도 중국 땅에 망명하였거나 이 땅에서 유·이민 혹은 정착민으로 생활해온 우리 겨레의 지조 있는 애국문인들은 결코 붓을 던지지 않았다. 류인석, 김택영, 신규식, 신채호, 안중근, 리상룡, 김정규, 김소래, 최서해, 염상섭, 주요섭, 최상덕, 강경애, 현경준, 김창걸, 안수길, 박영준, 황건, 김조규, 윤동주, 박팔양, 이육사, 함형수, 리학성, 천청송, 김학철, 윤해영, 채택룡, 설인 등 헤아릴 수 없이 많은 문학도와 시인, 작가들이 바로 필설로 그 시대를 증언해온 대표적인 지성인들이다.

그들 중에는 고국을 떠나 갈바람에 흩날리는 낙엽처럼 정처 없이 떠돌다 두만강, 압록강을 건너와 허허 넓은 만주벌판, 낯선 이국땅 서러운 추녀 밑에서 간도아리랑을 부른 망향시인이 있었고 하늬바람 불어치는 산해관을 넘어 북경, 서안, 상해, 무한 등 천년고도에 떠돌이로 남아 언론매체를 빌어 '천고'를 울리고 '진단'을 노래하고 청구의 '광명'을 만방에 호소한 청년전위가 있었는가 하면 백산, 흑수, 송료, 제로, 태항, 중원의 고전장에서 융마일생을 수놓아 가며 목숨을 바친 무명용사도 있었다. 여순, 나가사끼, 후꾸오까의 감옥에서 단지혈맹의 뜻을 굽히지 않고 다리를 절단해가면서도 끝까지 혁명의 지조를 지켜왔거나 끝내 '한 점 부끄럼 없이' 꽃처럼 피어나는 피를 민족의 제단 앞에 바친 암흑기의 푸른 별들도 있다. 그들은 문자에 앞서 몸으로 지탱해온 삶 그 자체가 더 고결하고 값진 것으로 여겨왔던 것이다. 그들의 피와 땀으로 가꾸어온 문화의 숲은 헌걸찬 우리 민족의 에너지를 부단히 충전시켜 주는 불멸의 혈맥, 끈질긴 생명력의 고동으로 무성하게 자라고 있으며 영광과 비애의 굴곡, 흥망과 성쇠의 기복이 교차되는 수많은 역사 주체의 명멸을 간직한 채 군건하고 강인한 기백으로 오늘날까지 민족의 정기를 면면히 이어주고 있다.

그들이 남긴 풍부한 문학유산은 그동안 중외(中外)학자들에 의하여 적지 않게 발굴 연구되었으나, 지금까지의 연구는 단편적인 자료에 근거를 둔 것으로서 그 진면목을 체계적으로 파악하기에는 역부족이라고 할 수 있다. 이런 의미에서 중국 조선족과 광복 전 재중 한인, 조선인들의 문학 자료를 체계적으로 발굴, 정리, 출판하는 것은 정체(整体)적인 민족문학연구에서 대단히 중요한 작업이 아닐 수 없다. 그들이 남긴 문학 자료는 지금도 중국각지와 해외의 여러 도서관, 박물관, 문서보관소에 신문, 잡지, 일기, 필사본, 프린트본, 활자본 등 형식으로 흩어져있다. 이런 현실을 감안하여 본 대계는 선배들이 중국 땅에 남긴 문학 자료들을 집대성하여 후세인들로 하여금 문화민족으로서의 자긍심을 갖게 하고 애국애족의 정신을 계승 발양하며 문학, 언어, 역사, 민속, 언론, 사회 등 여러 분야를 망라한 학계인사들에게 21세기 중국 조선민족문화의 새로운 비약을 위한 계통적인 연구 자료를 제공하는데 그 목적과 의의가 있다.

중국조선민족문학의 진수를 정리, 간행하기 위한 계획이나 준비 작업은 연변대학 조선언어문학연구소(현재의 조선문학연구소)의 창립과 더불어 20세기 80년대부터 본격적으로 시작되었다. 권철교수를 비롯한 연변대학 조선언어문학연구소의 조선문학 관계 선배학자들은 1950년대부터 벌써 재중조선인

문학자료 수집에 착수하였고 1990년에는 권철, 조성일, 최삼룡, 김동훈 등 네 연구원의 공동 집필로 된 ≪중국조선족문학사≫를 공개출판하기에 이르렀다. 1992년 연변대학 조선언어문학연구소(현재의 조선문학연구소)는 한국 숭실대학교 인문대학과의 공동연구과제로서 소재영, 권철, 김동훈, 조규익 교수를 중심으로 집필한 ≪연변지역조선족문학연구≫를 펴냈다. 같은 시기에 김영덕, 최문식 교수를 비롯한 연변대학 고적연구소에서는 ≪류린석전집≫, ≪김택영전집≫, ≪윤동주유고집≫, ≪한양가≫, ≪연변조사실록≫ 등 중국지역에서 발굴, 정리한 17권의 민족고전을 출판하였다.

이와 동시에 문학현장의 사실을 증언하기 위해 두 연구소 산하의 수십 명의 연구원들은 연변의 각 현시와 북경의 백림사, 상해의 서가회, 남경의 용반리, 심양시 서류보관소 그리고 하얼빈, 대련, 서안, 남통 등지의 도서관, 박물관 등 중국 국내 수백처의 자료관을 누비면서 우리 민족의 해방 전 문학자료들이 흩어져 실려 있는 ≪천고≫, ≪진단≫, ≪천고≫, ≪진단≫, ≪독립신문≫, ≪민성보≫, ≪북향≫, ≪만선일보≫, ≪카톨릭소년≫, ≪광복≫, ≪신한청년≫, ≪조선의용대통신≫, ≪한민≫, ≪연변문화≫ 등 신문과 잡지, 그리고 지난 세기 초부터 이 땅에서 유전되었던 ≪백두산민담≫, ≪장백산강강지략≫, ≪초등소학수신≫용 우화집과 ≪싹트는 대지≫, ≪재만조선인시집≫, ≪혈해지창≫ 등 최초의 소설집, 시집 및 극본들을 속속 발굴하였으며 무려 1,500만자에 달하는 작가문학 자료와 800여 수의 민요, 2,000여 편의 전설과 민담을 수집하였다. 그들은 하늘을 비상하는 나비가 아니라 발로 땅을 기어 다니는 지네와 같이 지나간 역사와 문화현장에 파고들어 문학현상 자체를 자기의 피부로 촉감하고 확인함으로써 오늘의 이 방대한 민족문학대계의 탄생을 준비하였던 것이다.

본 대계의 출간과 관련하여 우리는 다음과 같은 몇 가지 원칙에서 이 사업을 추진키로 하였다.

첫째, 본 대계에는 중국 조선족 작가와 재중 한국인, 조선인 작가들이 건국(1949년) 이전에 창작한 시, 소설, 일반 산문, 극작품 등 일체의 문예작품들을 수록한다.

둘째, 우리 문학의 세 가지 큰 갈래인 조선문 문학, 한문문학, 구비문학을 통해 역사적으로 이룩한 모든 양식을 함께 수록한다. 먼저 건국 전에 창작된 작품을 30권에 나누어 1차적으로 간행하고 이를 더욱 확대하여 진정한 의미의 문학대계가 되게 한다.

셋째, 구비문학작품은 건국 전에 수집된 것과 건국 후에 수집된 것을 망라하며, 그 내용이 해방 전에 이미 구전으로 전승되었음을 감안하여 이를 모두 1차 간행분에 포함시킨다.

넷째, 언어상으로나 역사적으로 가치가 있는 일부 원전은 원전과 현대어역을 동시에 수록한다. 현대어역을 통하여 한문과 원전의 감상을 가능하게 하고 정확한 원전의 제시로 그 연구의 자료가 되게 한다. 단 일부 한시와 고문은 번역 사업이 미처 미치지 못해 원문만 그대로 싣기로 한다.

다섯째, 건국 전의 작가문헌은 그 문체들이 발생한 시대적 선후를 염두에 두면서 한시, 현대시, 소설, 산문, 희곡 순으로 배열하고 구비문학은 민요, 전설, 민담 순으로 배열한다. 건국 이후의 작품은 대부분 쉽게 찾아볼 수 있는 것들이어서 2차적으로 그 출간을 계획해보려 한다.

1차 간행에 교부된 작품집 목록은 아래와 같다.

제1-3권 한시집

제4-6권 시집(조선문)

제7-13권 소설집

제14-16권 산문집

제17권 희곡집

제18권 민요집

제19권 문헌설화

제20-21권 전설집

제22-27권 민담집

제28-29권 중국에 번역 소개된 문학작품

제30권 별책(색인)

끝으로 본 대계가 편집 출판되는 동안 관심 있는 모든 분들의 협력과 질정을 바라며 어려운 가운데도 이 사업에 동참해주신 편찬위원, 책임편자, 역주자 여러분과 연변대학 고적연구소 임원들에게 감사드린다.

그리고 본 사업의 취지를 이해하고 편집비를 지원해주신 한국 대산문화재단, 2005년도 연세특성화지원금으로 「중국내 한국관련 문헌자료집성사업단」을 지원해주신 한국 연세대학교의 후의에 감사드리며, 아울러 편집과 교정에서 제작에 이르기까지 노고를 아끼지 아니한 보고사 여러분께도 고마움을 표한다.

2005년 12월 26일

중국 연변대학교 조선문학연구소 전 소장 김동훈
중국 연변대학교 조선문학연구소 소장 허휘훈
한국 연세대학교 국학연구원 허경진

편집위원 명단

명예주필: 권 철
주　　편: 김동훈, 허경진, 허휘훈
감　　수: 권 철, 전성호

편찬위원:　**중국**　권 철(연변대 조선문학연구소 고문, 교수)
　　　　　　　　김경훈(연변대 조선-한국학학원 부교수, 문학박사)
　　　　　　　　김동훈(원 연변대 조선문학연구소 소장, 교수)
　　　　　　　　김병민(연변대 총장, 교수, 문학박사)
　　　　　　　　김영덕(원 연변대 고적연구소 소장, 교수)
　　　　　　　　김호웅(연변대 조선-한국학연구중심 주임, 교수, 문학박사)
　　　　　　　　리광일(연변대 조선-한국학학원 교수, 문학박사)
　　　　　　　　전성호(원 연변문학예술연구소 소장, 연구원)
　　　　　　　　채미화(연변대 조선-한국학 학원 원장, 교수, 문학박사)
　　　　　　　　최문식(연변대 민족연구원 원장, 교수)
　　　　　　　　최삼룡(연변문학예술연구소 연구원)
　　　　　　　　허휘훈(연변대 조선문학연구소 소장, 교수, 문학박사)

　　　　　　일본　오오무라 마스오(일본 와세다대 교수)

　　　　　　한국　고운기(연세대 국학연구원 연구교수, 문학박사)
　　　　　　　　김영민(연세대 국문과 교수, 문학박사)
　　　　　　　　김 철(연세대 국문과 교수, 문학박사)
　　　　　　　　유중하(연세대 중문과 교수, 문학박사)
　　　　　　　　이경훈(연세대 국문과 교수, 문학박사)
　　　　　　　　전인초(연세대 중문과 교수, 문학박사)
　　　　　　　　최유찬(연세대 국문과 교수, 문학박사)
　　　　　　　　표언복(목원대 국어교육과 교수, 문학박사)
　　　　　　　　허경진(연세대 국문과 교수, 문학박사)

책임편집 : 림승환, 허휘훈
편 찬 자 : 림승환, 한광일, 서종식, 한선화

◉ 일러두기

이 ≪대계≫는 다음과 같은 요령으로 엮었다.

1. 중국 조선족의 기록, 구비문학작품을 비롯하여 재중한인(韓人), 조선인이 중국 지역에서 창작한 작품들을 함께 수록하였다.

2. 20세기 전반기에 창작 발표된 문학작품을 일차적 선제대상으로 확정하였다.

3. ≪대계≫ 각권의 출판은 한시, 현대시, 소설, 산문, 희곡, 민요, 전설, 민담 순으로 배열하였다.

4. 한시와 기타 한문(漢文)으로 쓰인 원전은 매 편마다 원문을 앞에 싣고 역문을 뒤에 함께 수록하여 상호 참조하기에 편리하도록 하였다.

5. 원전에 나오는 일부 지명, 인명, 전고, 방언과 알기 어려운 글자, 누락, 오기 등에 대해 필요한 주를 달았다. 주석표기는 원문(혹은 역문)에 번호를 붙이고 해당 면 하단에 각주(脚注)함을 원칙으로 하였다.

6. 고한문 원전은 번체자로 표기하고 이해가 어려운 한자어의 경우에는 괄호 안에 한자를 넣어 병기하였다.

7. 간행사와 일러두기 그리고 해설은 한국에서의, 작품의 맞춤법·띄어쓰기·외래어 표기는 중국에서의 현행 조선말 규범원칙을 따르되, 어학적·민속적 가치가 높은 해방 전 원전은 원문 그대로 수록하였다.

8. 본문은 연변의 표기방식대로 실었으며, 해설은 한국의 표준법에 맞추어서 윤문하였다.

9. 이 ≪대계≫에서 사용한 주요 부호는 다음과 같다.

    1) ( ) : 음이 같은 한자를 병기함.

    2) [ ] : 음은 다르나 뜻이 같을 때나 혹은 풀이한 한문을 병기함.

    3) ≪ ≫ : 책명, 작품명, 대화나 인용을 나타냄.

    4) 〈 ? 〉 : 불확실한 경우를 나타냄.

    5) □ : 원전 또는 원문에서 누락된 문자를 나타냄.

    6) 주석은 ①②로 표시하여 해당 면 하단에 표기함.

차 례

차병걸과 그의 옛이야기

림승환

1

《차병걸 옛이야기집》(상책) 《팔선녀》가 출판되였다. 이 기쁜 나날에 모진 고생을 무릅쓰고 낮에 밤을 이어 고되고도 벅찬 정리사업을 하여온 지나간 일들이 주마등마냥 나의 뇌리를 치고 지나간다.

1985년 가을, 나는 《은하수》편집부의 위탁을 받고 상지현으로 취재하러 갔다가 문학애호가들인 한광일과 서종식동무의 소개로 차별걸로인에 대한 이야기를 듣게 되였다.

그해 11월 3일, 나는 한광일과 서종식동무와 함께 상지현 로가지향 신성조선족마을로 찾아갔다. 그때 우리는 차병걸로인의 집에서 사흘낮, 사흘밤을 머물면서 로인이 들려주는 신화이야기, 전설, 민담, 우화, 동화, 우스운 이야기들을 수많이 들었다.

그의 기억력은 비상하여 무려 수십개나 되는 이야기를 구술하면서도 한구절도 중도에서 반복하거나 빼놓지 않았다. 그는 민간이야기의 그술자일뿐만 아니라 훌륭한 민간가수였다. 하긴 로인은 무가로부터 민요, 판소리에 이르기까지 모르는 노래가 없으니말이다.

그후 우리는 로인을 정리자들의 집에 모셔놓고 근 반달동안 100여개의 이야기를 록음하였다. 다음 구술자가 실명한 조건에서 차로인의 외손녀인 김옥서 소녀를 대필자로 정하고 집에서 로인이 구술하는대로 받아쓰게 하였다.

그후 우리는 22차나 차병걸로인을 찾아갔고 구술자와 정리자들 사이에 오고간 편지만 해도 43통에 달하였다.

지난 1년 동안 로인은 우리에게 무려 420여 편의 옛이야기와 민요 300여수, 속담과 수수께끼 100여개, 판소리 10여개를 들려주었다. 차병걸로인은 지금도 계속하여 짧은 이야기와 중편, 장편이야기를 구술하고 있는바 그이야말로 중화 여러 민족의 구두민간문학의 대구술자라 불리우기에 손색없다.

2

대관절 차병걸은 어찌하여 그렇듯 많은 옛이야기와 민요를 갖고 있을까? 그것은 그의 피와 눈물로 얽힌 세상살이와 갈라놓을수 없다.

차병걸은 1925년 9월 9일, 평안남도 순천군 신창면 원창리에서 한 농민의 아들로 태여났다. 그의 부모들은 팔봉산속에서 부대기농人를 지으며 살아왔기에 생활이 형편없이 곤난하였다.

병걸이가 일곱살나던 해였다. 꽤나 유식한 할아버지는 대대로 물려오던 벼루와 붓 하나를 나 어린 손자에게 쥐여주며 이렇게 열당부하는것이였다.

《애야, 서당에 가서 글을 잘 읽거라.》

산골서당이라 그때 학생은 40명밖에 안되였으나 훈장만은 대가 바른 학자였다. 병걸이는 글을 열심히 읽었다.

당시 조선을 강점한 강도일제는 강박교육을 실시하였으므로 서당에서는 구학을 그만두고 일어를 배우기 시작하였다. 그러나 병걸이가 다니는 서당에서는 훈장의 교시밑에 일단 왜놈들이 학교에 기여들면 일어를 배우는척하다가도 놈들이 떠나가면 구학을 배우군 했다.

하지만 동년의 푸른 꿈은 오래가지 못하였다. 부모들이 살길을 찾아 중국으로 건너간후 병걸이는 8년간 서당에서 글을 읽다가 역시 중국으로 들어오지 않으면 안되였다.

중국에 들어온 병걸이의 부모들은 개원에서 한족지주의 땅을 소작맡고있었으므로 병걸이도 고된 로동에 시달리는수밖에 없었다. 그러나 그는 낮이면 밭에 나가 일하고 밤이면 석유등잔 불빛을 빌어 글을 읽었다.

　마침 그의 집 맞은편에는 조선인료리집이 있었는데 밤마다 장구소리와 노래소리가 그치지 않았다. 저주에 찬 신세타령이라고 할가, 녀인들의 구슬픈 노래소리는 차츰 병걸의 입으로 옮겨졌다. 그뒤 녀인들은 병걸이가 음악소질을 갖고있음을 알고 그를 찾아와서 장구며 북을 치는 재주를 배워주었고 노래도 배워주었다. 그리하여 1년도 안되여 열일곱살나는 병걸은 남들이 놀랄만큼 뛰여난 음악재주를 갖게 되였다.

　그뒤 병걸네는 지주의 등살에 배겨내지 못하여 흑룡강으로 이사하였다. 그때부터 병걸은 기나긴 10년동안 일제의 공사판이며 목재판을 떠돌아다니면서 막벌이군으로 일하는수밖에 없었다. 10여성상 기나긴 세월에 병걸은 가는 곳마다에서 압박받고 착취받는 조선겨레의 비참한 생활을 목격하였을뿐만아니라 민간에서 전해져내려오는 옛이야기들을 광범하게 접촉할 기회를 가졌다.

　일제가 무조건 투항하자 병걸이는 다시는 착취와 압박이 없는 행복한 생활을 누리게 되였다. 그러던 그는 40세에 이르러 갑자기 열병으로 인하여 두눈을 보지 못하게 되였다. 그때 그의 슬픔은 하늘에 닿는듯하였다. 그뒤로부터 그는 기쁠 때나 슬플 때나 그저 옛이야기와 노래로 세월을 보내였다.

3

　차병걸의 옛이야기는 세세년년 민간에서 전승되여 오는 이야기들로서 우리 민족의 선명한 민족적특성을 갖고있는 동시에 구술자 자체의 특유한 예술풍격을 갖고 있다.

　우선 그의 옛이야기는 소재가 광범하고 주제가 심각하다.

　그는 구술한 옛이야기의 류형을 분류하면 크게 동식물담, 신이담, 일반담, 우스운 이야기, 형식담으로 나눌수 있고 그것들을 다시 30여개 항목으로 나눌수 있다. 그것들을 라렬하면 기원담, 치우다므, 지략담, 변신담, 웅보담, 초인담, 운명담, 교훈담, 출신담, 풍월담, 과장담, 반복담 등등이다. 이렇듯 그의 이야기는 세상사의 많은 면을 망라하였기에 책을 읽노라면 유구한 우리 민족 력사의 부동한 생활의 이모저모를 엿보게 된다.

례를 들면 그의 장편이야기 ≪미녀≫, ≪주부의 눈물≫과 같이 봉건적가족 제도의 모순과 봉건통치배들의 부패상을 폭로하고 봉건사회의 빈부갈등과 서민들의 어려운 처지를 반영한 이야기가 있으며 신화속에 ≪동명왕전≫, ≪단군기≫, ≪제주도≫ 등 건국신화가 있다. 그리고 전설 ≪황해≫, ≪구두령과 구룡담≫, ≪무학의 전설≫ 등이 있으며 민담 ≪토끼꼬리는 왜 짧은가?≫, ≪고양이목에 방울달아준 쥐≫와 같은 의인화된 동식물담이 있는가 하면 ≪금제 이야기≫, ≪이무기와 효녀≫와 같이 초인간적인 인물이나 사물의 도움을 얻어 모험끝에 목적을 달성하고 행복을 얻는 신이담도 있다. 일반담 ≪접적궁부채≫, ≪고약한 사또의 내기≫, ≪조째보 유째보≫ 등 이야기와 같이 봉건통치배들을 저주하고 조소하는 이야기도 있으며 이밖에도 해학적이고도 유모아적인 우스운 이야기도 적지 않은바 ≪머저리동생≫, ≪식충이≫ 등 이야기가 바로 좋은 례가 된다.

이른바 주제가 심각하다는 것은 옛이야기가 담고있는 생활화면과 사회적연구가치가 심오하다는것이다. 례를 들면 신이담 ≪팔선녀≫에서 우리는 오곡이란 무엇인가 모르고 다만 육식으로 살아가던 옛사회생활을 엿보게 되며 그때까지만 해도 일부일처제가 아닌 공동원시씨족사회를 엿볼수 있다. 그리고 하늘에서 내려온 망낭선녀가 구새봉우의 약수물에 목욕하고 삼태자를 낳은 장면으로부터 우리 민족의 생육관을 어느 모로 알아볼수 있다. 이밖에도 칠선녀의 죽음이 북두칠성으로 화한 장면으로부터 그 유래가 지금까지 계모의 핍박을 받아 하늘로 올라간 일곱 아들이 북두칠성으로 화했다는 이야기와 완전히 다른 이야기줄거리를 갖고있음을 똑똑히 보아낼수 있다.

주제의 심각성은 수많은 다른 이야기에서도 볼수 있다. 그 전형으로서 ≪까막솥≫은 얼핏 들으면 육담과 음설담이지만 기실 이야기속에는 봉건혼인제도에 대한 신랄한 비판과 자유와 행복을 갈망하는 청년애정판이 여실히 반영됨으로 하여 지금도 민간에 널리 전해지고 또한 사람들의 환영을 받고있는 것이다.

다음 그의 옛이야기는 그 구성형식의 기능이 다양하며 독특한 표현방식을 갖고 있다.

우선 그의 이야기들은 내용상에서도 중복이 적을뿐만아니라 이야기의 엮음새에서도 그 구성형식이 수십가지나 된다. 례하면 련계된 사건전개, 변신술, 인과보응, 대비수법 등 여러가지 형식으로 구성되였다.

그의 옛이야기의 서두는 고정된 형식 즉 ≪옛날 한곳에…≫ 또는 ≪이전에 한 동네에…≫따 따위 시작되며 결말도 ≪유자생녀하고 잘 살았다 한다.≫ 또는 ≪호의호식하면 만년을 잘 보냈다 한다.≫고 행복한 결말을 나타내는 말로 끝을 맺는다. 그러나 어떤 이야기의 결말은 이야기의 내용이 부동함에 따라 속담이나 자신의 인식수준으로서 결론을 내리며 철리성있는 평가를 주고있다. 례하면 다음과 같다.

≪참으로 이 고을에서 재산많고 권세있다고 못된 행세만 하던 두 량반자식들의 꼴은 말이 아니였다. 공은 닦은대로 가고 죄는 진대로 간다더니 이런 망신 고금에 드물었다.≫

―≪조째보 우째보≫

≪본래 은혜를 베풀고 그 은혜를 갚아주기를 고대하는 사람은 후날 보답을 받고도 은혜를 진자의 원망을 들으나 은혜를 베풀고 그것을 생각지 않은 사람은 오히려 생각지 않던 은공의 큰 보답을 받게 되는 법이다. 이것은 인류의 철리가 어쩌는 수가 없는것이다.≫

―≪렬녀와 김서방≫

≪자고로 황금은 흑심이라 했거니 후세사람들은 금전으로 말미암아 부모도 모르는 그 따위 년놈들을 언제나 경계하였다 한다.≫

―≪금전을 탐내던 사위와 딸≫

표현형식을 폭넓게 고찰하면 한 이야기에 반복의 법칙이 많은데 똑같은 인물, 류사한 성격을 소유한 인물이 거듭 등장하여 똑 같은 행위를 반복한다. 이런 이야기들로는 ≪천치사위≫, ≪멍청이동생≫ 등이다.

그리고 한 이야기장면에서 늘 늙은이와 젊은이, 부자와 가난한자, 거인과 난쟁이, 선한자와 악한자, 현명한 사람과 어리석은 사람을 서로 동시에 등장시킴으로써 이야기의 갈등선을 첨예화하고 인식적교양을 높이는 대비법을 훌륭하게 사용하고 있다.

구술자의 뛰여난 예술재능으로 하여 그의 이야기들은 비단 인물형상이 생동하고 슈제트가 감동적일뿐만아니라 그토록 언어가 아름다워 독자들이 책을 읽고나면 이야기속의 주인공을 눈앞에 보는듯하며 향기로운 술을 마신듯 흐뭇한감을 느끼게 한다. 이야기에서 그는 이렇게 묘사하고 있다.

≪때는 좋아 춘삼월 호시절, 리화 도화 만발하는데 양류간의 꾀꼬리는 고운 목청 뽑아 노래하고 범나비 짝을 지어 화단에 넘나들며 너울너울 춤을 추니 소자 어찌 처량한 회포가 일어 우울치 않으랴.≫

―≪정승의 딸을 얻은 총각≫

≪그뒤로부터 나이 과년한 규수의 가슴에 머슴총각이 꽉 들어찼으나 량반과 쌍놈의 장벽을 무너뜨릴수가 없어서 자나깨나 깊은 한숨뿐이였다.

총각 역시 실실이 늘어진 수양버들가지 같은 허리며 천상의 선녀같이 아름다운 규수를 보자 그만 홀딱 반하고 말았다. 눈을 뜨면 물찬 제비 같은 규수의 모습이 아물거렸고 눈을 감으면 섬섬옥수로 자기의 손을 잡아 구천에 뜬 달나라로 날아가는 꿈을 꾸었다.≫

―≪중매군 참대≫

우의 묘사에서 구술자는 대중의 구두어의 대해속에서 능란하게 색갈이 선명하고 표현력이 풍부한 언어를 골라 자연환경과 주인공의 심리를 생동하게 묘사함으로써 독자들을 예술적인 경지로 이끌며 한편 량반과 쌍놈의 애정갈등을 더한층 심각화시켰다.

그런가 하면 그의 옛이야기에는 우리 민족의 풍속습관이 진하게 안겨오는 바 그 례로는 아래와 같다.

≪그날부터 삼일소연에 오일대연을 베풀제 날랜 백정육지기 불러다가 소다리 우육찜, 돼지갈비 재육찜, 펄펄 뛰는 상어찜, 둥글넙적 붕어찜, 십리절반에 오리나물, 이산저산 넘나물, 동동 굴렀다 동나물, 쥐였다폈다 고사리, 한쪽두쪽 콩나물, 아이고 무섭다 범나물, 두귀 벌쭉 송편떡, 네귀 번쩍 절편떡, 둥글납작 자개떡을 차려놓고 당일 빚은 단감주, 삼일 빚은 막걸리, 칠일 빚은 청쇄주, 황쇄주, 보름빚은 감응주, 백일 빚은 백일주를 대야양푼 놋양푼에 퍼다놓고 앵무배를 띄워 첫잔은 인사주요 둘째잔은 합환주요 셋째잔은 정배주라 신방에 들어가니 원앙금침 반겨주더라.≫

—≪수명당≫

이밖에도 그의 옛이야기에는 설화, 가요와 점복, 풍수, 무속, 민간신앙, 고대인의 우주관이 뚜렷이 나타나는바 상세히 라렬하면 친척제도, 혼례제도, 상례, 제례, 년중의 행사, 관직제도 등과 같은것들이다.

또한 그의 옛이야기는 조선민족의 선명한 민족특색을 갖고있다. 이야기속에는 무려 수백명이나 되는 부동한 계승, 부동한 성격의 인물이 등장하는바 이런 인물들은 특정된 환경에서의 각자의 자체발전의 필연적법칙을 갖고있다.

특히 그의 동물이야기는 우리 민족 민간문화저장고속에 간직된 보물의 한 부분으로서 근로대중의 지혜와 구두예술전통을 충분히 구현하고있다. 그의 동물이야기는 엮음새가 단순하고 형식이 단순하며 매우 재미있고 의미심장하다. 이런 이야기들에는 인간과 동물간의 관계가 반영되였으며 부동한 력사단계에서의 동물에 대한 조선민족의 리해와 인식이 표현되였을뿐더러 또한 우리 겨레의 지혜와 사상감정이 침투되여있다.

≪잰내비 밑구멍은 왜 빨간가?≫, ≪토끼꼬리는 왜 짧은가?≫ 등 이야기는 유모아적이며 환상적인 설명을 통해 일부 사회적현상을 방영하였는바 흔히 그 동물의 특점은 한 사건을 통해 마침내 그렇게 된것으로 서술하였다.

≪음흉한 승냥이≫, ≪살모자와 참새≫ 등 이야기에서 흉악하고 강한 동물은 언제나 약한 동물을 못살게 굶으로써 모순이 벌어지며 결국에는 잔포한 동물의 멸망으로 묘사되였다. 이런 이야기들은 비록 동물간의 현상을 모사하

였지만 근로대중의 계급의식이 주입되였는바 과거의 불합리한 사회현실에 대한 대중의 반항심을 표현하였으며 계급압박의 실질을 반영하고 있다.

4

우리 차병걸로인이 구술한 420여편의 옛이야기중에서 우선 120편을 골라 ≪차병걸 옛이약집≫(상책)을 묶는다. 앞으로 계속하여 짧은 이야기와 중편, 장편이야기 그리고 판소리, 민요를 정리하여 륙속 책을 묶을 예산이다.

물론 독자들은 력사적유물론의 관점으로 이런 옛이야기들을 비판하고 평가하여야 하며 거기에서 유익한 양분을 섭취하여야 할것이다.

아무튼 정리자들의 수준제한과 시간적촉박으로 인하여 본 책에는 여러가지 부족점들이 적지 않으리라고 믿으면서 독자들의 기탄없는 조언이 있기를 바란다.

팔선녀

호랑이 담배 피우고 노루 사슴이 말을 했다는 멀고 먼 옛날, 잔잔한 파도가 백사장을 훑는 남해가의 아아히 솟은 구새봉밑 동굴속에서 두 모자가 근근득식으로 살아가고있었다.

아들은 낮이면 산속에 들어가 산짐승들을 사냥하고 밤이면 바다에 나가 고기를 잡았다. 아들은 효성이 지극하여 색다른 음식이 생기면 언제나 모친께 먼저 드리군하였다. 그런가 하면 아들은 키가 구척이고 힘이 장수인데다가 마음씨까지 고와서 늘 이웃들의 존경을 받았다.

그러던 어느해였다. 년로한 모친이 시름시름 앓더니 그만 자리에 누운채 운신하지 못하였다. 아들은 병구완하다 못해 마을 늙은이들을 찾아가 모친의 병을 구완할 대책을 물어보았지만 누구 하나 그렇다 할 신통한 방법을 대주지 못하였다. 그러던중 하루는 한 늙은이가 총각을 찾아와 이렇게 말하였다.

≪애야, 너의 모친을 구완하자면 반드시 천지의 신령동에 있는 장수버섯을 얻어와야 할것이다. 그런데 이곳에서 천지까지는 수천리 산길이라 거기까지 가자면 고생이 이만저만이 아닐것이다.≫

그 말을 들은 총각은 기어이 그 장수버섯을 구해다 모친을 구완하리라 작심하고는 병상에 누워계시는 어머니앞에 복지하여

≪어머니, 아들은 장수버섯을 얻으려고 천지의 신령동으로 떠나겠나이다. 그러니 그때까지 어머니께옵서 부디 기다려주옵소서.≫하고 말하였다. 모친은 아들의 효성에 감동되여 눈물을 흘리며 굳이 말리였다.

≪이 늙은것이 죽은들 어떠하랴. 에미를 구완하려는 네 마음 기특하다만 수천리 초행길에 고생이 막심할테니 아예 떠나질랑 말어라.≫

아들은 끝내 어머니를 안위하고 품에 사냥칼을 간직한 다음 맘씨 좋은 이웃

늙은이들에게 모친을 맡기고 북쪽을 향해 떠나갔다. 그런데 머나먼 길을 어찌 하루이틀에 가닿는단말인가? 여러날동안 산을 넘고 강을 건너면서 배고프면 산열매를 따먹으며 가다나니 하루아침에는 멀리 북쪽하늘가에 흰눈을 떠인 산이 어렴풋이 보였다.

그날 밤 총각은 락락장송이 거연히 솟은 언덕밑 잔디우에서 새우잠을 자고 이튿날 날이 희붐히 밝자 아름드리나무가 꽉 박아선 수림속으로 걸어들어갔 다. 그런데 한낮이 되어 회오 리바람이 불어칠때마다 키높은 나무숲에서 쏴쏴 하는 나뭇잎 설레이는 소리가 들려오고 게다가 수림속 여기저기에서 무시로 짐승들의 울부짖는 소리가 들려오기에 머리카락이 저도 모르게 일어서는것이 였다. 하지만 어머니의 약을 구하려는 일념밑에 생사불구하고 앞을 향해 걷고 또 걸었다.

이튿날, 총각이 끝없이 펼쳐진 수림을 지나 흰눈이 덮인 산봉우리를 톺아오 르니 푸르른 천지의 물이 한눈에 안겨왔다. 사위에는 기암절벽이 둘러섰고 저 멀리 산아래로는 흰구름이 두둥실 떠가고있었다.

한동안 넋없이 산천경개를 굽어보던 총각은 그제야 심한 갈증을 느끼고 벼랑을 타고내려 맑고 푸른 천지의 물을 실컷 마셨다. 그런 다음 그는 천지를 에돌아서 북쪽으로 걸어갔다. 그런데 난데없이 ≪쿵쿵≫하고 웅글은 소리가 들려오기에 가까이 가보니 천지의 물이 사태처럼 벼랑으로 쏟아져내렸다가 다시 산아래 숲속으로 흘러가는것이였다.

(도대체 신령동은 어디에 있을가?)

총각이 두리번두리번 폭포가를 살피는데 곁에 우뚝 솟은 벼랑중턱에 시커 먼 동굴 하나가 수풀에 가리워져있는것이 눈에 띄였다. 총각은 혹시나 하는 생각에 벼랑에 기여오른 다음 수풀을 헤치고 굴속으로 들어갔다. 들어가 살펴 보니 아나나 다를가 동굴 돌벽우에 부채살같이 자란 새빨간 풀이 유난히도 황홀한 빛을 뿜고있었다. 난생처음 보는 희귀한 풀이였다. 확실히 동네 늙은이 들이 이야기하던 풀이였다.

≪야, 장수버섯이다!≫

총각이 너무도 기뻐 이렇게 웨치며 두손으로 돌벽을 짚고 올라서서 그 풀을 얼싸안으려는데 난데없는 괴상한 목소리가 시커먼 동굴속에서 메아리쳤다.

≪이눔, 넌 어디서 굴러온 놈이길래 감히 나의 장수버섯을 훔치려는거냐!
내가 그걸 먹고 승천하여 룡이 되려고 이곳에서 기다린지도 수십년이 되었다.
이제 하루만 더 기다리면 내 평생 소원 풀것이니 넌 싹 물러가라!≫

그 소리에 총각이 깜짝 놀라 올려다보니 웬걸 벼랑우에 절구통같은 대가리
가 아홉 개 달리고 몸뚱이가 한아름되는 독구렝이 한 마리가 스르륵 소리와
함께 꼬리로 장수버섯을 감으며 호통치는것이였다. 총각은 마음을 다 잡아먹
으며 시퍼렇게 날이 선 사냥칼을 비껴들고 퉁사발같은 시꺼먼 눈을 디룩거리
며 시뻘건 혀를 날름거리는 구렝이를 쏘아보며 소리쳤다.

≪이 세상 천지간의 물건을 어찌 모두가 너의 해라는거냐? 늙은 모친을
구완하고자 내 예까지 찾아왔은즉 어서 장수버섯을 내놓거라!≫

그의 말에 구렝이는 아홉 대가리를 일제히 곤두세우더니 아가리를 쩍 벌
린채 벼랑에서 철썩 떨어져내렸다. 이리하여 신령동에서는 대판싸움이 벌어
졌다.

구렝이가 정면으로 덮쳐들자 총각은 슬쩍 옆으로 몸을 피하며 검으로 구렝
이의 대가리를 겨누어 힘껏 내리쳤다. 그런데 귀신의 조화인지 손바닥만큼한
두터운 비늘 몇 개가 땅에 떨어질뿐 구렝이는 아무데도 상하지 않았다. 악에
받친 구렝이는 이리저리 몸을 탈며 실팍한 몸뚱이로 총각을 감아죽이려고
덤벼들었다. 그럴때마다 총각은 동굴속의 돌바위를 타고 넘으며 용하게도 몸
을 피했다.

싸움은 아침부터 저녁때까지 치렬하게 벌어졌다. 그동안 구렝이는 대여섯
곳 칼에 찔리워 상처가 생겼을뿐이였지만 총각의 몸은 온통 피투성이가 되었
다. 저녁편에 겨우 신령동을 벗어난 총각은 늪가에 이르자마자 그만 백사장에
쓰러지고말았다.

때는 석양녘인데 마침 천상의 여덟선녀가 목욕하러 구름을 타고 천지로
내려오다가 늪가에 쓰러진 총각을 발견하고 깜짝 놀래였다. 선녀봉뒤에 숨어
서 한동안 동정을 살펴보던 선녀들이 늪가에 다가와서 총각을 부축하였다.
그들중 제일 어린 선녀가 천지의 맑은 물을 떠서 총각의 입에 넣어주었다.

이윽고 총각이 눈을 뜨자 막내둥이 선녀가 물었다.

≪그대는 어디서 사는 사람이온데 어이하여 이곳에 쓰러져있나이까?≫

총각은 자기를 구해준 선녀들에게 모친의 병을 구완하려고 이곳으로 떠나오던 일이며 하루종일 구렁이와 싸우던 이야기를 자초지종 들려주었다.

어느덧 그들이 이야기를 주고받는 사이에 해가 서녘으로 지였다. 인젠 선녀들이 하늘로 올라가려는데 유독 막내둥이 선녀만은 올라갈넘을 않고 이렇게 말했다.

≪언니네들 들어보세요. 지상의 인간으로서 저렇듯 어머니에게 효성하거늘 천상의 우리들이 오도가도 못하게 된 저이를 두고 어찌 떠나간단말이예요?≫

막내둥이의 말을 듣고 깊이 감동된 큰언니가 말했다.

≪하긴 저렇듯 효심이 깊은걸 보니 남의 일 같이 않구나. 저이와 같은 인간을 구해주지 않고 우리가 천상에 올라가 호의호식한들 무슨 보람이 있으랴!≫

그제야 여러 선녀들도 총각을 도와 싸우기로 맘먹었다. 그날 밤, 총각과 팔선녀는 신령동의 독구렁이와 싸웠다. 적수공권인 선녀들은 저마다 큰 돌멩이를 높이 쳐들었다가는 구렁이의 대가리며 몸뚱이를 향하여 일제히 내리쳤다. 그럴때마다 구렁이는 입으로 시커먼 독을 내뿜었다. 그러자 금시 조용하던 동굴에는 광풍이 대작하고 산벼랑이 와그르르 무너져내렸다.

이리 구불 저리 구불 구렁이는 용케도 날아오는 돌멩이를 피하면서 가끔 기다란 꼬리로 선녀들을 휘감아선 신령동앞 천길폭포에 던져버렸다. 하나, 둘 선녀들이 처참히 죽어갔다. 나중엔 큰언니를 비롯한 일곱선녀가 구렁이에게 물리워 죽지 않으면 몸뚱이에 휘감겨 폭포에 떨어져 죽었다. 이렇게 되자 기진맥진한 총각과 막내둥이 선녀는 피가 랑자한 동굴을 벗어나 도망하는수밖에 없었다.

지친 다리를 끌고 겨우 늪가로 피난해 나온 그들은 여러 선녀들을 잃은 슬픔으로 하여 가슴을 치며 통곡하였다. 그러다가 둘다 맥을 잃고 잠이 들었는데 비몽사몽간에 홀연 흰구름이 감도는 선녀봉우로 웬 백발이 성성한 로인이 향나무지팡이를 짚고 선채 벼랑이 울리도록 쩌렁쩌렁한 목소리로 말하는것이였다.

≪총각 듣거라. 네 효성이 지극하기로 하늘에 닿을진대 천지의 신령인들 어찌 무심하리오. 나에게 칼 한자루가 있으니 래일 이 칼로 지상의 요귀와 싸우라. 자 칼을 받으라.≫

총각이 산꼭대기로부터 날아오는 칼을 받아 칼집에서 빼보니 찬란한 빛을 뿜는 보검이였다. 총각은 신선께 인사를 드리려고 소리쳤다. 그러다가 잠에서 깨여나니 꿈이였다. 때는 이른아침인데 손에는 참말로 보검 한자루가 쥐여져 있었다. 총각은 너무도 기뻐 옆에 쓰러져있는 막내동이 선녀를 깨웠다. 꿈이야 기를 듣고 또 그 칼을 본 막내동이 선녀 또한 신기해마지않았다.

그 이튿날이자 구렝이가 장수버섯을 먹고 승천하려는 날이였다. 그래서 구렝이는 장수버섯을 먹으려고 한창 벼랑가로 기여오르고있었다.

이때였다. 안개서린 동굴로 뛰여든 총각과 선녀는 큰소리로 웨치였다.

≪0이 악착스런 구렝이놈아, 네 목숨이 지척에 있는데도 그 더러운 욕심을 버리지 않는거냐? 어서 나와서 목을 늘여라.≫

≪홍, 세상의 령물은 인간이라더니 어쩌면 너희들은 그렇게도 미련하냐? 목숨이 아깝지 않거든 어디 또 한번 덤벼보아라.≫

이렇게 희떠운 소리를 지른 구렝이는 벼랑에서 철썩 떨어져내리더니 굵직한 허리로 단꺼번에 선녀를 휘감아 따발을 틀며 힘껏 용을 쓰는것이였다. 그러자 선녀는 아츠러운 소리와 함께 두팔을 허우적거리더니 정신을 잃고 말았다. 그다음 구렝이는 곤두서며 아홉 개의 아가리를 쩍 벌리더니 총각을 향해 시커먼 독을 내뿜으며 당장 달려들었다. 바로 그 찰나에 총각은 칼집에서 보검을 쑥 빼들었다. 그러자 금시 어둡던 신령동이 대낮같이 환해지며 강렬한 빛이 구렝이의 눈을 비추었다. 그바람에 구렝이는 앞을 분간못하고 눈부신 빛을 피하여 이리 꿈틀 저리 꿈틀거리기만 하였다. 이때라고 생각한 총각은 젖먹던 힘을 다하여 보검으로 구렝이의 대가리를 가로 베였다. 그랬더니 대번에 대가리 여덟 개가 뭉청 땅에 떨어져 뒹굴었다.

뒤이어 총각은 보검으로 하나밖에 남지 않은 구렝이의 목구멍을 겨누어 콱 찔렀다. 그러자 구렝이는 미친듯이 꿈틀거리며 꼬리로 돌바위를 마구 내리치다가 총각이 칼을 쑥 빼자 목구멍으로 피를 콸콸 쏟으며 ≪쿵!≫소리와 함께 그 자리에 뻐드러지고말았다.

구렝이가 죽자 총각은 얼른 구렝이의 몸뚱이에 휘감긴 선녀를 구원하였다. 시간이 얼마나 지났을가, 이윽고 선녀가 되살아났다. 그제야 안도의 숨을 내쉰 총각은 석벽에 올라가더니 칼로 장수버섯의 밑뿌리를 베여냈다.

인제야 앓는 어머니를 구원하게 되었다고 생각하니 총각의 기쁨은 이루 형언할 수가 없었다. 그래서 장수버섯을 품에 안은채 벼랑에서 돌아서며 선녀를 불렀다. 그런데 웬걸 휑뎅그레한 동굴뿐 선녀는 온데간데없었다.

《선녀-선녀》

총각이 동굴에서 뛰여나와 하늘을 우러러 제아무리 피타게 불러도 선녀는 뒤 한번 돌아보지 않고 너울너울 춤추며 하늘로 올라가고있었다. 그래서 총각은 홀로 장수버섯을 안고 집으로 돌아가는수밖에 없었다.

그날 하늘에 올라간 막내동이 선녀는 옥황상제전에 복지하며 지상에 내려가 살기를 간하였다. 그러자 옥황상제는

《네 어명을 어기고 지상의 인간과 거래하였은즉 릉지처참을 당해야 옳겠으나 네 인간을 사랑하는 마음 기특하니 지상에 내려가 살아도 무방하다. 그렇지만 이제 지상에 내려가 사는 이상 한번 먹은 마음 변치 말지어다. 네 만약 마음 변하면 내 천벌을 내리겠으니 그리 알거라.》하고 말했다.

그뒤로부터 달포가 지난 어느날 아침이였다. 홀연 남쪽바다우의 하늘이 밝게 빛나더니 하늘로부터 새하얀 라상을 걸친 선녀가 너울너울 춤추며 지상으로 내려오고있었다.

마침, 그날 아침, 총각이 동굴밖으로 나와볼라니 하늘에서 막내동이 선녀가 내려오고있었다. 그동안 장군버섯을 먹고 되살아난 어머니와 동네 늙은이들은 구새봉우에 올라가 약수물을 떠다놓고 제물을 갖춘 뒤 춤을 추며 기다렸다. 그러자 선녀는 곧바로 구새봉우에 와 내리더니 총각의 품에 안기는 것이였다. 그리하여 총각과 어머니는 그토록 그리던 선녀를 초라한 동굴속으로 맞아들였다.

그뒤 선녀는 총각과 더불어 만년을 살게 되었는데 선녀는 재간을 피워 덩실한 기와집을 짓고 마을사람들에게는 천상에서 가져온 오곡종자를 선사하였다.

그리하여 사람들은 땅을 파고 오곡을 심음으로써 그때로부터 농사를 지어 오곡을 주식으로 배불리 먹게 되었다. 그뿐아니라 선녀는 구새봉에 올라가 약수물에 몸을 씻더니 십삭만에 삼태자를 낳았는데 그때로부터 조선민족은 후대가 불어 남해와 북해, 서해와 동해의 그 어디나 가서 살게 되었다고 한다. 그리고 부모에게 효도하고 마음이 선량하며 이웃간에 화목한 미풍량속 역시 그때로부터 전해져내려왔다고 한다.

한편 벼랑에 떨어져 죽은 일곱선녀는 염라대왕이 하도 감동되여 혼을 되살려보내여 다시 천상으로 올라갔다. 옥황상제는 그들이 하늘법을 어기였으나 그 마음들이 하도 가엾어 북쪽대문을 지키라고 먼 북쪽하늘로 보내였다. 그리하여 일곱선녀의 혼은 칠성별이 되어 하루에 제자리에서 한번씩 도는데 그것은 구두사와 같은 지상의 괴물이 하늘을 침범할가봐 지키는것이라고 한다. 그뿐아니라 지상의 총각과 망낭동생을 못잊어서 밤마다 깜빡이고있다고 한다.

구두령과 구룡담

락락장송이 산천을 덮은 백두산줄기를 따라 가노라면 충암절벽이 솟은 구두령이 있고 그 구두령앞에는 구룡담이라는 늪이 있는데 여기에는 이런 이야기가 깃들어있다.

태고시절 아름드리나무가 꽉 박아선 이곳 어느 두메산골에 인간이 적고 도처에는 산짐승만 욱실거렸다. 바로 이 두메산골에 천년 묵은 불여우 한 마리가 요귀로 변하여 인가에 내려와서 가축과 사람을 해치기를 밥먹듯하였다.

어느날 요귀의 시달림을 받을대로 받은 마을사람들은 남녀로소 할것없이 목욕재계하고 재물을 차려놓고 하늘을 우러러 축수하였다.

《하느님, 맙소서, 하토를 굽어살펴보옵소서. 요귀란 놈이 인가에 내려와 사람과 가축을 해치니 더는 살아갈수 없나이다.》

지성이면 감천이라고 그 소식이 어느새 옥황상제한테 전하여졌다. 옥황상제는 큰 요귀가 인간을 해친다는 소식을 듣자 이를 부드득 갈더니 즉시 천조대신을 불러놓고 령을 내렸다.

《천조대신 듣거라. 백두산줄기에 대가리가 아홉 개 달린 요귀란 놈이 인간을 해친다니 즉시 하토에 내려가 요귀를 잡을지어다.》

《네--》

령을 받은 천조대신은 지혜 활달하고 무예에 정통한 장수 아홉명을 불러다 령을 내린후 대풍을 일으켜 운무가 끼게 한 다음 구름을 타고 지상으로 내려갔다.

이윽고 백두산줄기에 이른 천조대신은 벽력같은 목소리로 요귀를 꾸짖었다.

《천하에 용서못할 요귀야. 무고한 백성을 해친 너의 죄가 하늘에 사무쳤기에 우리가 천상에서 너를 잡고저 내려왔으니 속히 나와서 목을 늘여 창검을

받으라.≫

요귀가 들을라니 저를 욕하는지라 노기등등하여 두손에 창검을 갈라쥐고 천상의 장수들과 판가리싸움을 벌리였다.

천조대신이 거느린 아홉장수가 제아무리 날래다 하지만 변화무쌍한 요귀를 당해내는 수가 없었다. 수십합수백합을 겨루었으나 승부를 못가리고 량편은 잠시 휴전하였다.

천조대신은 아무리 생각해도 요귀를 이겨낼것 같지 않았다. 하여 승천하여 옥황상제한테로 가서 전후사실을 고하였더니 상제는 대노하여 령을 내렸다.

≪벼락장군은 들으라. 하토에 내려가 천조대신을 도와서 기어이 요귀를 죽여버리되 어김없도록 하라.≫

≪예잇--≫

벼락장군은 어전에서 물러나와 구름을 타고 하토로 내려와 천조대신을 도와 요귀와 싸웠다. 아우성소리 산천을 뒤흔들고 서리발같은 창검이 공중에서 춤추었다.

요귀가 한창 천상의 아홉장수와 한데 어울려 싸우고 있을 때였다. 하늘높이 올라갔던 벼락장군이 회오리바람을 일쿠며 먹장같은 구름을 요귀의 머리까지 몰아온 다음 번개불을 번쩍번쩍 일쿠고 ≪꽝꽝≫하고 천둥을 울리자 소나기가 억수로 퍼부었다.

요귀가 빗물에 눈코 뜰 사이가 없이 돌아칠 때였다. ≪우르릉 꽝≫하고 벼락이 떨어지니 제아무리 재주가 능한 요귀라도 당해낼수가 없었다. 그래서 갈팡질팡하는데 그 틈을 타서 아홉장수가 달려들어 칼로 각각 요귀의 대가리를 치니 삽시간에 아홉 개의 대가리가 뭉청 끊어져나갔다. 그러자 큼직한 몸뚱이가 천길되는 하늘아래 수림에 떨어졌는데 앞발과 뒤발로 땅을 어떻게나 깊이 파헤치고 죽었는지 절벽강산과 크나큰 못이 생기였는데 후세 사람들은 절벽강산을 가리켜 구두령이라 부르고 그 크나큰 못을 구룡담이라고 불러왔다.

도함자유래

삼국시대에 신라국에는 탈해라는 임금이 있었다. 일찍 탈해임금이 선왕의 대업을 물려받아 왕위에 오른 뒤의 이야기이다.

당시 탈해임금이 등극하자 세월이 태평하고 나라가 부강해졌다. 하루는 임금이 조회를 마치고 궁전밖을 나와보니 때는 7월 망간이라 록음방초 우거지고 산천경개가 화창하여 자연 소시적부터 활쏘기를 즐기고 사냥을 즐기던 일이 떠올라 더는 앉아있을수 없었다.

탈해임금은 회궁하자 여러 신하들을 거느리고 궁성에서 멀지 않은 도암산이란 곳에 가서 사냥을 하였다. 원래 활재간이 좋은 임금인지라 백발백중으로 짐승을 잡으니 그 기분이 더 이를데없이 좋아서 들에다 음식을 차려놓고 술을 마시며 하루해를 보냈다. 저녁때가 되어 황궁으로 돌아오던 길에 임금은 갑자기 덮쳐드는 심한 갈증에 말을 멈추고 대신들을 돌아보며 말했다.

《여봐라, 경들중 산에 내려가 물을 얻어올자가 없는고?》

좌중이 모두 쥐죽은듯 말 한마디 없는데 한 신하가 나서며 임금앞에 부복하고 말하였다.

《소인이 이 고장을 다소 익숙하기에 산아래에 내려가 청계수를 길어오겠나이다.》

신하의 말을 듣고난 임금은 미소를 띠우며 말했다.

《경은 속히 내려가 청계수를 길어올지어다.》

신하는 답례하고나서 표주박을 들고 산밑으로 내려가 두루 살피며 다니다가 암석밑으로부터 졸졸 흘러나오는 샘물을 발견하였다. 그런데 물을 본 신하는 자신도 갈증이 심한지라 먼저 임금께 대접할 생각은 가맣게 잊고 표주박으로 청계수를 받아서 우선 자기가 마셨다. 그랬더니 온몸에 힘이 솟고 기분이

상쾌하였다. 그런데 웬 일인지 표주박이 도저히 입에서 떨어지지를 않았다.

신하는 그제야 임금 먼저 물을 마셨음을 깨닫고 진심으로 뉘우치면서 두손을 합장하고 하늘에 빌었더니 표주박이 뚝 떨어졌다. 그제야 신하는 급히 표주박을 깨끗이 씻은후 물을 떠서 임금에게 가져다 드렸다.

임금이 신하가 넘겨주는 표주박을 받아 물을 마시니 과연 정신이 나고 온몸에 힘이 솟는지라 물었다.

≪이 물을 어디서 떠왔는고? 과연 약수로다.≫

그러자 신하는 샘을 찾은 경과로부터 입에 표주박이 붙었던 일까지 여쭈었다. 그 말을 들은 임금은 물떠온 신하를 앞세운 뒤 대신들을 거느리고 산아래로 내려가 샘치를 구경하였는데 그 샘물이야말로 층암절벽을 뚫고 흘러내리는 청계수였다.

임금은 회궁한 뒤 그 샘터곁에 암자를 짓게 하고 한가할 때면 그곳에 가서 사냥도 하면서 며칠씩 묵군 하였는데 암자를 ≪도함자≫라고 불렀다.

그후부터 ≪도함자≫약물이라면 삼척동까지도 망라해서 모르는이가 없었다고 한다.

무학의 전설

지금의 경기도 서울은 원래 인가가 없고 고목이 해를 가리우던 곳이였다고 한다.

약 6백여년전, 리성계가 등극해있던 때에 있은 이야기다.

온 조선땅을 통치하자면 도읍을 옮겨야만 하겠다고 생각한 리성계는 친히 팔도강산을 돌아보았다. 그러다가 경기도라는 한곳이 비록 인가가 없이 고목이 우거졌지만 도읍을 세울만한 곳이라고 생각되자 팔도에서 소문난 무학이라는 목수를 시켜 민부를 초모해다가 터를 닦고 궁전을 짓게 하였다.

무학이가 민부들을 데리고 궁터를 닦는 한편 평생 재간을 다해 궁전을 짓는데 웬 일인지 일단 기둥을 세우고 보장과 서까래까지 걸어놓고나서 밤을 지내고나면 그것들이 몽땅 무너져내려앉군 하는것이였다. 처음에는 조심하지 않아 그런줄로만 알고 다시 벽을 쌓고 보장과 서까래를 걸어놓은 다음 파수군까지 세워놓고 지키게 했으나 역시 그 식이 장식이라 참으로 귀신이 곡할 노릇이였다.

이 일이 조정에까지 알려져서 임금은 무학이를 불러놓고 어명을 내렸다.

≪네 이놈, 네놈이 나쁜 마음을 가졌기로 궁전을 세우지 못함이로다. 이제 백날을 예기로 할터이니 그때까지 궁전을 다 짓지 못하면 네놈의 삼족을 멸하리라.≫

무학이는 어명을 받고 물러나와 어찌할바를 몰라 망설이기만 하였다. 그러던 어느날 저녁 궁리 끝에 어슴푸레 잠이 들었는데

≪무학아, 어서 일어나 내 말을 들을지어다!≫

하는 늙은이의 말소리에 무학이 깜짝 놀라 쳐다보니 도포를 입은 로인이 배두산폭포처럼 내리드리운 허연 수염을 왼손으로 내리쓸며 오른손에는 향나

무지팽이를 짚은채 자기를 내려다보고 서있었다. 무학은 얼른 일어나 로인앞에 복지하고 자기의 일이 뜻대로 되지 않음을 아뢰고 가르침을 바랐다.

≪황송하오나 선인께서 이 무학이를 가엾이 여기시고 가르침을 주옵소서.≫

≪음, 무학아. 나도 너의 일이 가련하고 불쌍하게 생각되여 왔느니라. 명일 날이 밝으면 뜨는 해와 함께 여기서 정남으로 향하여 가노라면 여차여차한 사람이 나타날것이다. 네가 그 사람한테 가르침을 빌면 방법을 대주리라. 그럼 명심하거라.≫

≪신선님!≫

하고 부르며 벌떡 일어났다. 그런데 그것은 꿈이라, 꿈이 하도 신기하여 이튿날 날이 밝자 행장을 꾸리고 정남방향을 향해 길을 떠났다.

무학이 가고 또 가다가 시장하면 행장속에서 건량을 꺼내먹고 목마르면 맑은 시내물을 손으로 퍼마시며 한곳에 다달으니 ≪이랴! 이랴!≫하는 밭가는 농부의 목소리가 들려왔다.

무학이 앞을 내다보니 산비탈에서 웬 농부가 금방 젖을 뗀 송아지에게 쟁기를 메워서 밭을 갈고있었다. 무학이 농부의 옆에까지 당도하여 길을 물으려는데 농부가 소를 돌려세우며

≪이랴! 돌아라. 이놈의 소야, 무학이보다 미련한 소 같으니라구!≫

하고는 회초리를 휘두르며 밭을 갈아번지는것이였다.

무학이는 초면강산인 농부가 어찌 자기의 이름을 알고있을가 하고 생각하다가 간밤 꿈에 백발로인이 하던 말이 생각되여 농부앞에 달려가 복지하고서 말하였다.

≪성인님, 소인이 아뢰옵나이다. 어이하여 이 소를 무학이에게 비하옵니까? 소인이 바로 무지한 무학이나이다. 소인은 성인님의 가르침을 받고저 밤낮을 가리지 않고 찾아왔나이다.≫

농부는 그제야

≪하하하. 무학아, 내가 누구인가를 보아라!≫

하고는 본모습으로 돌아오니 곧 그날 밤의 그 백발로인이였다. 그리고 밭갈던 소는 소가 아니라 사슴이였고 쟁기는 그 향나무지팽이였다.

≪무학아, 네가 궁터를 닦고 궁전을 짓는 곳이 무슨 형국인지를 아느냐?≫

≪소인이 어찌 지리를 알겠나이까?≫

무학이는 머리를 조아리며 말했다.

≪그 터는 학의 형국인데 학이란놈은 몸집도 크거니와 날개도 커서 날기를 잘하는 동물이니라. 그러니 학의 등에다 집을 지으려면 학의 두날개를 눌러놓은 다음에야 무사하지 않겠느냐? 학의 등에다 궁전을 세웠으니 날개를 움직이면 따라서 몸뚱이도 움직이기 마련이지. 그런즉 사대문부터 지은 다음 궁전을 지을지어다.≫

말을 마치자 백발로인은 사슴을 타고 백설같은 구름을 밟으며 하늘로 올라갔다. 무학이는 신선이 사라진 곳을 향해 세 번 절을 올린후에 돌아오자 궁터를 돌아보았다. 그랬더니 과연 궁터의 생김새가 학이 날아가는 본새였다. 그래서 동서남북에 사대문을 짓고 가운데다 궁전을 지으니 더는 무너지는 일이 없었다.

이리하여 서울에는 큰문이 넷이나 생겼는데 그것을 통털어 사대문이라고 불렀다고 한다.

백두산아래 첫동네의 유래

멀고 먼 옛날, 백두산기슭에 한 마을이 있었는데 마을사람들은 대부분 사냥으로 생계를 유지하며 살았었다.

그런데 어느때부터인지 이 마을의 포수들이 산속으로 사냥하러 들어갔다가는 종무소식이였다. 그래서 사람들은 감히 깊은 산속으로 들어가지 못하고 떼를 지어 산변두리에서 토끼나 노루, 꿩 같은 짐승들을 잡아서 연명해나갔다.

누구나 깊은 산속에 들어가면 곰이랑 사슴이랑 많이 잡을수 있다는것을 모르지 않지만 서뿔리 목숨을 걸고 모험하려 하지 않았다.

이 마을에 조실부모하고 혈혈단신으로 서른에 가까운 더벅머리총각이 살고 있었는데 그는 활재주가 비상할뿐만아니라 마음이 착해 언제나 잡은 짐승을 남들과 나누어 먹는것을 락으로 삼았다.

어느 하루, 총각은 백두산에서 혼자 사냥을 하다가 길을 잃게 되었는데 집으로 온다는것이 점점 더 깊은 산속으로 들어가게 되었다. 그가 깊은 산골짜기에 이르렀을 때였다. 마침 사슴 한마리가 앞에서 뛰여가고있었다.

총각이 활을 만궁으로 당겼다가 손깍지를 떼자 사슴은 그 자리에 푹 꼬꾸라지는것이였다.

사슴고기로 저녁요기도 하고 록용을 떼여 마을사람들에게 나누어주어 식량이나 사게 하려고 죽은 사슴곁으로 다가가던 총각은 갑자기 생각나는바가 있어 쓰고갔던 삿갓을 제꺽 벗어 허수아비를 만들어놓고 몸을 숲속에 감추었다.

그가 몸을 감춘지 얼마 안되여 어데선가 씽 하는 소리가 들리더니 화살한 대가 총각이 만들어놓은 삿갓을 면바로 꿰뚫는것이였다.

뒤이어 활을 둘러멘 웬 사나이가 사슴한테로 다가오더니 사슴을 둘러메고 가는것이였다.

모든 것을 깨달은 총각은 솟구치는 분노를 누를길없어 활에 살을 먹여들고 그자를 겨누어 쏘았다. 그러자 사슴을 메고 가던 놈은 찍소리 한마디 못하고 그만 황천객이 되고 말았다.

총각은 사람을 죽여놓고보니 일순간의 분함을 참지 못하여 일을 저질렀다는 생각이 드는지라 측은하게 여겨 몸에 지니고.다니던 단도로 땅을 파고 그를 묻어준 다음 아무 때건 그의 집을 찾으면 사죄하리라고 생각하며 그가 쓰던 활을 둘러메고 발길을 돌렸다.

동서남북을 가리기 힘든 깊은 산속이라 어데가 어디인지 발가는대로 가다나니 산속 아늑한 곳에 초가집 한 채가 문뜩 눈에 띄였다. 그래서 총각은 구명은인이나 만난듯 피로도 잊고 단숨에 그곳으로 달려갔다.

그가 주인을 찾자 백발이 성성한 로인 한분이 문을 열고 나서면서

≪어디서 사는 분인데 이 깊은 산속에까지 오게 되었소?≫하고 묻는것이였다.

≪네, 저는 포수이온데 그만 길을 잃고 헤매다가 이곳까지 왔습네다.≫

총각의 말을 듣고난 로인은 흔연히 총각을 맞아들였다. 그런데 총각이 메고있는 활을 보던 로인은 흠칫 놀라더니 눈물을 뚝뚝 떨구었다.

로인의 거동에 깜짝 놀란 총각이

≪로인님, 물어보기 거북하오나 무슨 말 못할 사연에 그리 슬퍼하옵니까?≫하고 관심조로 물었다. 그랬더니 로인은 머리를 절레절레 저으면서

≪못된 자식이 고약한 짓만 찾아하더니 결국 천벌을 맞았지...≫라고 하면서 한시름 놓이는듯 한숨을 후 내쉬는것이였다.

알고보니 총각의 활에 맞아죽은 사람인즉 바로 로인의 아들이였다.

황급해난 총각이 죽을 죄를 졌다면서 로인의 앞에 넙죽 꿇어 엎드리자 로인은 도리여 총각을 일으켜세우면서

≪그 녀석은 언녕 죽었어야 했네.≫라고 말하는것이였다.

총각이 오늘 있었던 일의 자초지종을 낱낱이 이야기 하자 로인은

≪자네가 총명하였기로 오늘 목숨은 건졌네. 전에 길 잃은 적지 않은 포수들이 그놈의 손에 잘못됐지. 그래서 내가 벌써 그놈을 없애려 했지만 그래도

행여나 사람구실을 할가 해서 여직 기다렸다네. 일찍 에미없이 이 무인지경에서 두 오누이를 키웠더니...≫

로인도 젊었을 때는 한다하는 사냥군이였고 그의 안해도 활쏘기를 즐겼었다. 어느 하루, 젊은 부부가 함께 사냥을 떠났다가 그만 길을 잃어 고향마을을 찾지 못하고 이 심심산골에 자리를 잡고 사냥으로 살아가다가 아들 하나 딸 하나를 낳았지만 얼마 안가서 안해마저 덜컥 죽어버렸다. 하여 그 아들을 믿고 살아가는터인데 아들은 못된 행실만 배워 길 잃은 사냥군 몇을 쏴죽였다는것이였다.

로인의 기구한 운명담을 듣고난 총각은 자기는 드나나나 외톨이 몸이니 양자로 로인을 평생 모시겠다고 하였다.

로인이 보매 총각이 총명하고 영준하게 생겼는지라 심히 마음에 들어 쾌히 응낙하여 그를 데릴사위로 삼았다.

세월이 흘렀다. 그들이 거처하고있는 백두산 깊은 산골에는 길잃은 사람들이 하나 둘 모여들기 시작하였다. 그리하여 그들의 후예가 자라고 자라서 나중에는 자그마한 마을을 이루었는데 그곳인즉 지금의 백두산아래 첫동네라고 한다.

강원도포수

옛날 강원도 어느 한 깊은 산골에 이름난 한 사냥군이 살고있었다.

어느날 남편이 사냥을 떠났는데 한곳에 다달으니 숲속에서 웬 짐승이 으르렁대는 소리가 들려왔다. 정신을 가다듬고 소리나는 곳으로 살금살금 다가가보니 글쎄 황소같은 호랑이 한 마리가 웬 사람을 물어다놓고 고양이 쥐 다루듯이리 굴리고 저리 굴리며 장난질하고있지를 않겠는가.

그것을 목격한 사냥군은 사경에 처한 사람을 구하고저 위험을 무릅쓰고범을 겨냥하여 화승대에 불을 달았다. 그랬더니 꽝 소리와 함께 《따웅》하고하늘을 진감하는 대호의 비명소리가 산천을 뒤흔들더니 황소같은 호랑이가벌렁 나가자빠졌다.

포수가 급히 사람한테로 달려가보니 웬 아릿다운 처녀가 겨우 들숨을 들이키며 신음하고있었다. 이런 정경을 목격한 포수는 더 생각할새없이 처녀를둘쳐업고 제집으로 줄달음쳤다.

포수내외가 지성껏 간호한 덕택에 처녀는 삼일만에 정신을 차리고 열홀만에 몸이 완쾌해졌다.

원래 이 처녀는 임금이 애지중지 사랑해오던 무남독녀였는데 그날 저녁 밖에 산보하러 나갔다가 큰 호랑이한테 잡혀 이 산골에까지 오게 되었던것이다.

봉사 길안내는 목적지까지 하랬다고 본래 남의 곤난을 자기 일처럼 여기고발벗고 나서는 포수인지라 린근마을에서 말 한필을 얻어 공주를 그 말우에태우고 자기는 경마잡이가 되어 몇날며칠을 걸어 서울에 당도하였다.

한편 무남독녀 외딸을 잃은 임금과 황후는 침식을 전폐하고 매일 울음으로나날을 보내다보니 온 서울 장안은 마치 초상난 집처럼 스산하였다.

바로 이때 하늘에서 떨어졌는지 땅에서 솟아났는지 오매불망 그리던 딸이 살아서 돌아왔는지라 궁궐안은 잡치집처럼 기쁨으로 들끓었다.

딸이 살아 돌아오게 된 자초지종을 듣고난 임금은 대회하여 포수에게 천냥금과 벼슬을 하사하였다.

임금님의 어명을 듣고난 포수는 궁걸에 들어가 엎드리며

≪임금님이 베푸신 은혜에 소인 감지덕지하오나 소인께 하사하시는 금전은 한푼도 받을수 없고 또 벼슬은 더구나 감당치 못하겠나이다.≫라고 말하였다.

포수의 말에 임금이하 궁궐안의 모든 신하들은 너무 놀라 눈이 아홉이 될 지경이였다. 하긴 세상이 생긴이래로 돈주어 싫다는 사람 못보았고 벼슬자리 마다하는 머저리를 못보았으니말이다.

≪무엇 때문에 벼슬과 재부를 다 마다하느뇨?≫

임금도 포수의 내심을 알길 없어 한마디 물었다. 이에 포수는 머리를 조아려 다시한번 절을 올리고나서

≪소인이 재부를 탐내였다면 죽어가는 공주를 구할 대신 범을 잡아 팔아 부자가 되였을것입니다. 그리고 벼슬이란 저같이 무식한자에게는 당치도 않은 일인줄로 아나이다.≫라고 아뢰였다.

포수의 말을 다 듣고난 임금은 머리를 끄덕이며

≪음, 과연 청렴한 군자로군!≫하고 치하하더니 또 한마디 묻는것이였다.

≪그럼 그대의 소원은 무엇이뇨?≫

≪네, 소인은 별다른 소원이 없사옵니다. 배운것이 활쏘는 재주이니 짐승이나 잡아 안해와 어린 자식들을 배불리 먹일수 있고 가난한 이웃들을 도와주는 것을 락으로 아뢰옵니다.≫

일리있는 포수의 말에 임금도 그만 말문이 막혀버리고말았다.

이때 곁에 있던 김정승이 포수의 재주와 군사다운 일처사에 마음이 심히 동해 그를 나라의 동량지재로 추천하려고 한마디 하였다.

≪남아대장부로 세상에 태여나 어찌 그런 맥빠진 소리만 하느뇨? 듣자니 그대 활재주가 비상하다는데 나라를 위해 왜적의 침입을 막아볼 생각은 하지 않는단말이냐?≫

정승의 말에 포수는 얼굴을 지지 붉히면서 변명삼아 한마디 올렸다.

≪네, 소인이라고 어찌 그런 생각이 없으리까. 나라가 태평해야 백성이 안녕할줄로 알지오만 소인은 무식하고 재주가 없음이 애통한줄로 아뢰옵니다.≫

≪그런 마음만 있다면 짐이 이미 생각한바가 있으니 짐의 기대를 저버리지 말기를 바라오.≫

임금이 대회하여 포수에게 강원도 대장군으로 등용하였다. 포수 본래 타고난 재주있는데다가 또 나라에 충성하여 외래의 적을 물리쳐 명성을 떨치니 왜적들은 강원도포수란 말만 들어도 겁이 나 감히 얼씬도 못했다고한다.

금제의 이야기

태고때의 이야기이다.

태백산줄기의 막바지에 옹달샘 하나가 있었는데 샘터에서 그리 멀지 않은 곳에 자그마한 동네가 있었다.

동네사람들은 몇 대를 내려오면서 그 샘물을 길어다 먹으며 살아왔다. 그러던 어느해 늦은 가을이였다. 하루는 십여명의 젊은 새각시들이 물동이를 이고 샘터에 물을 길러 갔는데 공중으로부터 갑자기 쏴-소리가 나며 광채가 눈부시게 빛나더니 샘터에 물 길러온 새각시중에서 제일 인물이 고운 각시를 독수리 병아리채듯 공중으로 채선 자취를 감춰버렸다. 이에 나머지 새각시들은 모두 놀라서 물동이를 내버리고 집으로 달려가 샘터에서 되여진 사연을 고하니 집집마다 모두 뒤숭숭하여 다음날부터는 여자들을 샘터로 물 길러 보내지 않고 남정들이 물을 길었다.

괴물에게 잡혀간 각시는 이제 겨우 시집온지 석달도 채 안되였는데 이런 봉변을 당하고나니 집사람들인들 오죽하며 안해를 잃어버린 남편의 마음이면 오죽하랴.

남편은 그 이튿날로 괴물이 사라진 남쪽을 향하여 안해를 찾아 길을 떠났다. 남편은 가고 또 가다가 어느 한 깊은 산중에 들게 되었는데 너무도 맥이 진하고 허기가 져서 산마루의 이름 모를 큰 고목나무밑에 앉아 쉬게되였다. 어느때나 되였는지

≪여보게 젊은이, 어이하여 인적없는 깊은 산중에 와서 누웠는고?≫

하는 말소리가 들리기에 눈을 번쩍 뜨고보니 수염을 가슴넘게 자래운 백발로인이 지팽이를 짚고 한손으로 수염을 내려쓸며 서있었다.

젊은이가 급히 일어나 두손을 합장하고 사연을 여쭈고나서 말했다.

≪소인이 보오니 로인님께옵선 신선이 분명하나이다. 부디 소인에게 안해를 찾을 방도를 가르쳐주시옵소서.≫

≪허허허. 난 신선이 아니라 토지신일세. 내 이곳을 지나다가 자네가 기진맥진한것을 보고 도와주려 온것일세. 젊은이, 이 무를 먹게. 그러면 온몸에 힘이 막 날걸세. 자네의 안해는 천년 묵은 돼지요귀가 잡아갔네. 그놈은 이미 수십명의 인물 고운 녀인들을 채여다가 자기 안해로 삼고 시중을 들게 하네. 이제 곧 날이 샐터인즉 뜨는 해를 등지고 서쪽을 바라고 떠나가게. 이제 사흘길만 가면 토암산이란 곳이 있는데 그 산은 층암절벽이 칼로 깎아드리운듯한 높은 산이여서 나는 새도 감히 넘지 못하는 험한 준령일세. 산우에 암자가 있고 암자에 생불스님이 도를 닦고 계시니 생불스님을 찾아가서 청을 들면 방도를 가르쳐줄터인즉 그리 행할지어다.≫

백발로인은 무를 젊은이의 손에 쥐여주고는 자취를 감추어버렸다.

젊은이가 눈을 번쩍 뜨니 꿈인데 손에는 여전히 토지신이 준 무가 들려있었다. 자세히 보니 그것은 무가 아니라 무만큼 큰 산삼이였다. 그는 기갈이 들고 허기가 심하던차라 산삼을 눈깜짝할 사이에 다 먹어버렸다. 그랬더니 잠시후 온몸이 더워나면서 힘이 막 났다.

드디여 날이 새고 동쪽하늘에 해가 머리를 내여밀자 젊은이는 백발로인이 가르쳐준대로 서쪽으로 향해 길을 떠나갔다.

높고 험한 산길을 걸어 사흘만에 과연 하늘을 찌를듯 높이 솟은 토암산에 당도했으나 산우로 올라갈래야 올라갈 방법이 없어 서성거리는데 산우에서 무엇이 부스럭거리며 내려오기에 보니 큰 고무나무 굵기만한 대명이(구렝이) 거꾸로 암석을 타고 내려오더니 젊은이의 허리를 꼬리로 휙 감아서 순식간에 산봉우리에 올려다놓고는 어디론가 자취를 감추었다.

젊은이가 정신을 차리고 산을 돌아보니 구름긴 산우로 올라가는 층계가 보였고 산우에서 종소리가 은은히 들려왔다. 그가 막 층계를 올라가려고 일어서는데 난데없던 큰 호랑이가 앞에 턱 버티고 서있었다. 호랑이의 머리는 큰 광주리만하고 두눈에는 불이 뚝뚝 흐르고 주홍같은 입을 짝 벌리고 ≪따웅―≫하고 소리를 지르며 으르렁거렸다. 젊은이는 이제는 낙자없이 죽었구나 하고 생각하며 꿇어앉아 두손을 합장하며 빌었다.

《생불도사님, 소인이 도사님을 뵙고저 불원천리 찾아오다가 도사님전에 당도치 못하고 호랑이밥이 되나이다. 부디 선정을 베푸시와 잔명을 보전케 해주옵소서.》

그런데 말이 채 끝나기도전에 호랑이는 간데없고 백발이 성성한 로인이 육환장을 짚고 천천히 걸어오기에 급히 로인앞에 복지하며 여쭈었다.

《소인은 토암산 도사님을 찾아 뵙고 가르침을 받고저 왔나이다.》

로인은 이윽히 바라보더니 육환장을 들어 가리키며 말했다.

《여보게 젊은이, 저우에 암자가 있으니 암자에 가서 가르침을 받게.》

말을 마친 로인도 온데간데없이 사라졌다.

로인이 가리켜준 돌층계를 따라 운무가 자욱한 속으로 올라가니 백설같은 암석들이 창끝같이 둘러섰고 그안에 신선당이 날아갈듯이 서있는데 선녀들이 오색라상을 화려하게 차려입고 손에는 봉황깃으로 만든 부채를 들고 너울너울 춤을 추고있었다. 상좌에는 백발이 성성한 도승이 앉아 상아렴주를 손으로 세며 넘불을 하고있었다.

젊은이는 여기가 신선당이 아닐가, 여기가 신선당이라면 저분이 바로 생불 도사님이리라 생각하고 도승앞에 부복하며 사연을 아뢰였다.

《도사님, 소인이 도사님을 만나 가르침을 받고저 왔나이다.》

도사는 묵묵히 앉아 넘불만 하며 거들떠보지도 않았다. 젊은이는 자기의 지성이 부족한줄 생각하고 백배사례하고 애걸하며 또다시 가르침을 청하였다. 그제야 도사가 머리를 들고 주문을 외우는데 선녀들은 간곳없이 사라지는것이였다. 도사는 만면에 희색을 띠우고 친보로 내려와 젊은이의 손을 잡고 암자로 들어가 앉은후에 말했다.

《그대가 나를 찾아오기는 왔으나 나는 생불도 아니오. 다만 소승으로서 아무것도 아는것이 없으니 쉬이 돌아갈지어다.》

젊은이는 다시 도사앞에 엎드려 눈물을 흘리며 여쭈었다.

《소인의 지성이 부족하와 스님을 노엽혔은즉 스님께옵서 소인을 널리 용서하시옵고 부디 가르침을 주옵소서.》

≪그대가 진정 소승을 믿는다면 내 힘껏 그대를 도우리라.≫

도사의 말에 젊은이가 다시 사례하자 도사는 말했다.

≪그대의 안해를 채여간 마귀는 여기서 10만 8천여리나 되는 섬나라에 있는 돼지요귀인데 금제라 부르네. 돼지들은 작은것이 큰 소만하고 큰것은 코끼리만한데 금제란 놈이 그 돼지나라에서 왕노릇을 하고있네. 그곳은 미욱한 짐승의 나라여서 감히 출입할자가 없는 곳이네. 내 이제 부작을 석장 써주겠네. 섬나라로 가려면 길일을 택해야 될터인즉 길일을 기다려야 되네.≫

도사는 부작을 석장 써서 젊은이에게 주며 여차여차하라고 신신당부했다.

드디어 길일이 되어 젊은이를 밖에 세워놓고 주문을 외우니 갑자기 맑던 하늘에 먹장같은 구름이 몰려들고 번개불이 번쩍이는가싶더니 젊은이가 둥둥 떠올라 구름속으로 들어가는데 보니 구름속에 큰 룡이 가로누워있었다.

젊은이가 룡등에 올라앉자 룡이 한번 몸을 번뜩하더니 웬 곳에다 젊은이를 내려다놓고 획-바람을 일쿠며 사라졌다.

좀 있으려니까 소만큼이나 큰 돼지들이 모여들어 서로 젊은이를 잡아먹으려 하였다. 그런데 그중 제일 큰 돼지가 나서며 말했다.

≪자, 가만들 있게. 우리의 임금의 생일이 며칠 안남았으니 우리 이 좋은 먹이를 임금님전에 바쳐 임금님의 생일을 축하하세.≫

돼지들은 좋다고들 법석대며 젊은이를 끌고갔다. 한참 가노라니 앞에 큰 동굴이 나졌는데 굴어구에는 ≪금제의 나라≫라고 씌여져있었다. 굴안에 끌려 들어가보니 큰 바위우에 코끼리만한 돼지가 움쭐 일어나는데 주둥아리가 한발이나 되게 긴 놈이였다.

≪대왕님, 우리가 대왕님의 생신을 축하하려고 좋은 먹이감을 잡아왔나이다.≫

한 돼지가 나서더니 지껄였다. 그러자 금제란 돼지왕은 ≪하하하≫ 크게 웃으며 좋아서 야단이였다.

이윽고 젊은이가 굴안을 살펴보다가 한쪽에 앉아있는 자기의 안해를 발견했는데 안해는 돼지새끼같은놈을 안고 젖을 먹이고있다가 자기를 보더니 돼지왕이 무서워 소리 못내고 속으로 느끼며 눈물만 비오듯 흘리고있었다. 젊은이는 당장 달려가서 금제의 새끼를 죽이고 안해를 데리고 달아날 생각이 굴뚝같이 치밀었으나 도사의 분부를 생각하고 참을수밖에 없었다.

≪여봐라. 저놈을 옥에 가두어라. 내 생일날 잡아 너희들과 함께 술안주를 하겠다.≫

돼지왕이 령을 내리자 여러 돼지들이 욱 달려들어 젊은이를 옥에 가두었다.

며칠후 금제의 생일이 되자 금제란놈이 큰 가마에 물을 끓이게 하고 칼을 갈아가지고 젊은이를 끌어내였다. 이때였다. 젊은이는 금제가 다가오자 첫부작을 금제의 이마때기에 붙였는데 그 부작에는 ≪록피≫라고 씌여져있었다.

그러자 금제는 눈깜짝할 사이에 뼈 하나 없이 녹아서 물이 되고말았다.

저희들의 임금이 죽자 돼지들은 괴상한 소리를 지르며 달려들었다. 젊은이는 다시 두 번째 부작을 펼쳐서 돼지들속에 던졌다. 그랬더니 그 많은 돼지들이 모두 물로 되어버렸다. 그제야 젊은이는 안해에게로 달려가 금제의 새끼를 바위돌에 메쳐죽이고 안해를 데리고 방마다 열어보았다. 방마다에는 진귀한 보물들이 수없이 많았다.

그리고 다른 방들에는 수십명의 미인들을 가두어놓았는데 모두 일가친속들이 그리워 눈물을 흘리고있었다.

젊은이는 그들을 모두 나오라고 한후 숱한 보물들을 나눠준 뒤 자기도 안해와 같이 보물을 짊어지고 굴문을 나와서 도사가 써준 세 번째 부작을 펴보았다. 그런데 세 번째 부작에는 ≪풍우선≫이란 세글자가 씌여져있었다.

젊은이가 부작을 땅에다 펴놓으니 그 부작은 수십명이 탈수 있는 큰 풍우선이 되었다. 녀인들을 태운후 젊은이가 두손을 합장하고 축수하니 풍우선은 공중으로 둥둥 떠올라 바람을 타고 눈깜짝할 사이에 고향으로 돌아왔다. 이윽고 사람들이 내리자 풍우선도 간곳없이 사라졌다.

젊은이는 녀인들을 제각기 집으로 돌려보내고 안해와 함께 부모님들을 잘 모시고 효성을 다하며 잘 살았다고 한다.

인호이야기

짐승들이 변신하여 사람으로 되어가지고 별의별 희한한 일들을 다 빚어냈다던 옛날 이야기이다.

옛날 한곳에 의지가없는 고아 초동이가 살고있었는데 집 한 채 없는 신세여서 소시적부터 남의 집에 가 일하지 않으면 안되였다.

십여살나던 해에 어느 량반네 집에 돼지몰이로 들어갔지만 비천한 인간이라 량반들과도 식사는 함께 못하고 돼지우리곁에 오막살이 한간을 붙여짓고 겨와 쌀을 섞어 쑨 죽을 먹어야 했다. 옷도 무명이나 베로 해입히면 견디지 않는다 하여 록피로 해입히니 동삼에는 그런대로 지낼수 있었으나 오뉴월 삼복철이면 살이 익을 지경으로 더우니 벌거벗고 돼지를 몰지 않으면 안되였다.

그럭저럭 그 집에서 7, 8년을 지나다나니 초동의 나이 십팔구세가 되었다.

하루는 총각이 돼지를 몰고 풀밭에 갔다가 깜박 잠들었는데 몽중에 한 백발 로인이 나타나서 이렇게 말하는것이였다.

≪애야, 난 이 산속의 신령인데 네가 하도 불쌍한고로 찾아왔노라. 내 일러 주거늘 네 여기서 평생 고생말고 내 가르치는대로 하면 네 살길이 열리니라. 어서 일어나서 그곳으로 떠나도록 하여라.≫

놀라 깨여나니 비몽사몽이라 총각은

(우연한 일이 아니구나. 내 팔자가 하도 기박하니 신령이 돌보아주는구나.)

하고 생각하고 는 그길로 돼지를 내버리고 정처없이 길을 떠났다.

길을 떠나 인가를 만나면 걸식도 하고 인가가 없으면 풀밭에서 자고 배고프면 산열매를 뜯어먹으며 향방없이 가다가 한곳에 다달으니 심산유곡인데 인적 없고 다만 들리는것은 새소리와 풀벌레소리 그리고 짐승들의 소리뿐이였다. 하여 새만 푸르르 날아도 머리카락이 곤두서고 풀숲에서 쥐가 부스럭거려도 소름이 끼쳤다.

갈수록 험산이라고 며칠을 걷다나니 앞에 구름우에 높은 산봉우리가 솟고 주위는 송림이 울울창창하여 도무지 어디가 어디인지 방향을 가릴수가 없었다. 생사를 결단하고 가느라니 이미 날이 저물어 사위는 침침한데 더 갈래야 갈수 없었다.

총각이 한 고목밑에 앉아있는데 먼곳에서 반짝반짝 불빛이 비쳐오거늘 유심히 바라보니 등잔불빛이였다.

(이 심산유곡에도 인가가 있단말인가?)

총각이 이상히 여겨 자리를 털고 일어나 불빛을 따라 수목사이로 얼마쯤 가노라니 절벽강산밑에 초옥이 나타났다.

≪주인 계시옵니까?≫

≪들어오십시오.≫

방안에서 나직한 음성으로 대답하며 한 녀인이 문을 열고 나오는데 그 어여쁜 용모 한입으로 다 말할수 없었다. 이윽고 아씨는 공손히 묻는것이였다.

≪어디로 가시는 행객이온데 이 심산에 오셨나이까?≫

사람을 만나 기꺼워난 총각은 공손히 절하며 말했다.

≪저는 고아로서 의지가지없는 신세로 물우의 부평초마냥 떠돌아다니다가 이 심산속에서 인가를 만나 찾아왔으니 부디 굽어살펴주옵소서.≫

아씨는 총각을 방안으로 모시고나서 저녁을 지어올려왔다. 그런데 아씨는 밥이 아니라 고기를 한소랭이 갖다놓으며

≪많이 잡수세요. 얼마나 시장하셨나요.≫하고는 고기를 뜯어 총각의 손에 쥐여주며 많이 먹으라고 연신 권하는것이였다.

개죽도 배불리 먹어보지 못하던 총각인지라 아씨가 권하자 기갈이 들었던 김에 배불리 먹어댔다. 그런데 얼마나 먹었던지 식독이 나서 그 자리에 꼬꾸라진채 정신없이 자버렸다.

어느때가 되였는지도 모르고 엎어져 자다가 눈을 뜨니 해가 구중천에 떠올라 있었다. 아씨는 머리맡에 앉아 잠이 깨기를 고대하다가 총각이 일어나니 시름놓고 실토정하였다.

≪내가 조실부모하고 구슬픈 마음으로 세월을 보내던중에 뜻밖에도 당신이 오셨으니 어찌 우연한 일이라고 하리까. 우리 서로 인연을 맺고 유자생녀하며 고락을 함께 나눔이 어떠하오?≫

총각이 들어보니 일번 무섭고 일번 반가우나 마음을 진정못하고있는데 아씨가 또 이렇게 말했다.

≪내가 절대 당신을 해칠 사람이 아니오니 두고보면 알것이외다. 오늘부터 당신은 집에 가만히 앉아계십시오. 그러면 내가 밖에 나가 산짐승을 잡아다가 대접하겠나이다.≫

총각은 몽중에 로인이 하던 말을 되돌이켜보고는 좀 안심되였으나 어쩐지 이 심심산골에 저처럼 아릿다운 아씨가 있는것이 의심스러웠다.

(귀신인지 사람인지 헤아리기는 어려우나 좌우간 며칠 두고보자.)

이렇게 생각한 총각은 그날부터 아씨와 부부가 되어 재미있는 생활을 하게 되었다. 안해는 낮에 집에 눌러있다가도 밤중이 되면 밖에 나가 큰 산돼지나 노루, 사슴 같은것을 하나씩 잡아왔다. 그리하여 남편은 짐승의 가죽을 벗기기도 하고 록용을 떼기도 하였다.

이럭저럭 세월이 흘렀다. 이삼년을 지내다가 그들은 아들 하나를 보았다. 어느날 남편은 이상한 생각이 늘었다.

(녀자로서 힘이 얼마나 세면 수백근이 되는 짐승을 잡을수 있으며 땀도 흘리지 않고 등에다 지고다닐가? 그리고 창이나 칼도 없이 맨손으로 짐승을 잡으니 참 이상하구나.)

그날 밤 남편은 자는체하고 눈치를 보았다. 아닌게 아니라 삼경이 되자 처가 자리에서 일어나더니만 옷을 주섬주섬 걸어입고 밖으로 나가거늘 뒤따라 나섰다. 그런데 안해는 바위틈에 가더니 호랑이가죽을 끄집어내다가 쓰는것이였다.

잠간사이에 안해는 호랑이로 변하더니 쏜살같이 수림속으로 사라졌다. 깜짝 놀란 남편이 방안에 들어와 곰곰이 생각해보니 아무 때라도 그 요물한테 죽을것만 같았다.

(여하튼 그 요물의 가죽을 불에 넣으면 다시 호랑이로 변하지 못할것이다.)

남편이 이렇게 벼르며 기다리노라니 새벽이 되어 안해가 또 큰 짐승을 잡아왔다. 이윽고 안해가 제자리에 드러누워 잘 때였다. 남편이 살그머니 일어나 밖으로 나가 바위틈에 숨겨둔 범가죽을 꺼내여 삭정불에 몽땅 태워버리고 슬쩍 집에 들어와 누웠다.

이튿날 또 삼경이 되자 안해는 바위틈에 가서 호랑이 가죽을 찾다가 없으니 집에 돌아와 남편을 흔들어 깨웠다.

≪일어나시오. 당신이 무슨 물건을 태워버리지 않았소?≫

남편이 모른다고 하자 안해는 더욱더 성을 냈다. 그제야 남편은 범가죽을 태워버린 일을 실토하였다.

≪여보, 당신은 어찌 그리도 급하시오? 우리가 록용을 많이 떼가지고 인가로 내려가 팔면 돈을 많이 벌터인데 그만... 내 이제 와서 당신께 고백할테니 들어보시오. 나는 본래 수천년 묵은 백호였지만 변신술을 써서 인간이 되었다오. 인젠 범가죽이 없으니 별수 없소. 그만 인가로 내려가 생활합시다.≫

안해의 말에 남편은 무척 기꺼워했다.

이튿날 두 내외는 록용이며 사향 그리고 담비털 같은 진귀한걸 짊어지고 인가로 내려왔다. 며칠을 걸어 한 장터에 이르자 그들은 지고 온 물건을 팔았는데 은전 수천냥을 벌었다. 두 내외는 그 돈으로 집과 토지를 사고 재미나게 잘 살았다 한다.

칠형제와 여우동생

옛날 한곳에 아들 칠형제를 둔 집이 있었는데 딸이 하도 그리워 아버지와 어머니는 산에다 당을 무어놓고 백일불공을 드렸다.

백일불공을 다 드리고 집으로 돌아오자 부인몸에 태기가 있어 칠삭만에 몸을 푸니 일개 여자애였다. 두 량주는 어쩌나 기뻤던지 쥐면 꺼질가 펴면 날가 금지옥엽으로 길러가는데 딸은 무럭무럭 오뉴월 오이자라듯 잘도 자랐다.

딸이 십여세되니 용모 이쁘고 재질이 뛰여나서 더욱 부모들의 귀여움을 받았다.

어언간 3년이 지난 어느날 아침이였다. 외양간에 매여두었던 부림소 여덟마리중 제일 살찐 큰소가 죽었다.

이튿날 아버지는 맏이더러 밤을 지새우며 외양간을 지키게 했다. 부친의 령대로 맏이가 도정신해 소를 지켜보는데 야밤삼경이 되자 웬걸 녀동생이 칼도마와 칼을 가지고 외양간에 들어오더니 그중 제일 큰 소에게로 걸어갔다. 그리고는 소매를 걷어올리고 소의 똥구멍으로 손을 쑥 들이밀더니 소의 생간을 빼내서는 생것대로 칼로 썰어서 먹어치우는것이였다. 그러자 소는 인차 죽어넘어졌다.

맏이는 부모들이 애지중지하는 녀동생이 소를 죽이는것을 보고서도 감히 사실대로 여쭈지 못하고 간밤에 졸려서 깜박 졸다보니 그만 소가 죽었더라고 거짓말했다.

아버지는 맏이를 호되게 꾸짖고나서 이번에는 둘째더러 외양간을 지키라고 했다. 둘째 역시 꼭같은 광경을 목격했고 셋째, 넷째, 다섯째, 여섯째도 역시 저마다 거짓말을 하게 되었는데 나중에는 막내인 일곱째가 외양간을 지키게 되었다.

장밤을 도정신하여 지키고있던 막내는 녀동생이 하는짓을 불을 보듯 환히 다 보았다.

이튿날 소가 또 죽자 아버지는 막내아들을 불러다 물었다.

≪너 이놈, 너도 간밤에 졸다가 소를 죽였느냐?≫

≪아버님, 말씀드리옵기 황송하오나 녀동생이 소간을 빼먹어서 소가 죽었나이다. 믿지 못하오면 녀동생과 물어봐 주십소서.≫

막내아들은 자기가 본것의 자초지종을 곧이곧대로 말했다.

아버지는 콩팔칠팔 뛰면서 하나밖에 없는 녀동생을 생잡이하느냐고 물매를 안겨 그길로 막동이를 내쫓았다.

집에서 쫓겨난 막동이는 어느날, 시퍼런 물이 무섭게 흘러가는 강을 따라 정처없이 가다가 어부들이 고기 잡는것을 구경했다. 한참 구경하노라니 그물에 큰 잉어 한 마리가 걸려올라오는데 고기가 강가에 올라와서 몇 번 강물을 향하여 풀떡풀떡 뜀질을 하더니 눈물을 뚝뚝 흘리는것이였다. 막내동생이 고기를 보니 꼭마치 자기의 신세같은지라 어부에게 물었다.

≪여보시와요, 어부님네들, 이 고기를 은전 닷냥에 팔지 않겠사와요? 저의 품중에 은전 닷냥밖에 없나이다. 제발 저에게 파시와요.≫

어부들은 그까짓 고기 한 마리에 은전 한냥이면 족하다며 나머지 넉냥은 되돌려주고 잉어를 막내동생에게 주었다.

막내동생은 어부들이 보이지 않을 때 물고기보고 타일렀다.

≪애 물고기야, 다시는 물가로 나와 놀지 말아라. 다시 어부들에게 잡히면 죽는단다. 자, 그럼 어서 집으로 돌아가거라.≫

그는 이렇게 말하고나서 고기를 강물에 놓아주었다.

잉어는 휘휘 꼬리를 저으며 뒤번 풀쩍풀쩍 물우로 솟더니 물속으로 사라지는것이였다.

막내동생은 잉어가 노는것이 하도 사랑스러워서 그 자리에 앉아 강물만 쳐다보았다.

한참 앉았노라니 물속으로부터 큰 솥뚜껑만한 거부기 한 마리가 불끈 솟아오르더니 막내동생에게 목을 길게 뽑은채 바지가랭이를 물며 자기 등에 올라타라는 시늉을 하는것이였다.

막내동생이 용단을 못내리고 머뭇거리자 거부기는 더구나 성화를 부렸다. 막내동생은 어릴적에 동네 로인들에게서 수중에는 룡궁이 있고 룡궁에는 룡왕이 있는데 지상의 인간세상보다 더 살기가 좋다는 말을 들은적이 있는지라 거처없이 인간세상에서 류리걸식하기보다 차라리 수중고혼이 되어 수궁이나 구경하리라는 생각이 들자 거부기등에 올라앉았다.

막내동생을 태운 거부기가 물속으로 해서 한곳에 당도하니 록음방초 우거지고 백화가 활짝 피여있는데 봉접이 쌍거쌍래하고 꽃같은 녀인들이 라상을 차려입고 꽃밭속을 거닐면서 꽃을 꺾고있었다.

거부기등에 앉아 또 얼마를 가노라니 화려한 궁궐이 나타났다. 그러자 거부기는 새우 병졸들이 궁궐문을 지켜선 가운데로 성큼성큼 걸어서 룡상에 높이 앉은 룡왕앞에다 막동이를 내려놓는것이였다.

막동이가 룡왕전에 복지할제 룡왕이 급히 버선발로 계하에 뛰여내려와 막동이의 두손을 잡고 말했다.

≪그대의 은혜 태산과 같아 이렇듯 청하였노라. 그대가 놓아준 고기가 바로 나의 외동딸인데 철없이 인간세상을 구경갔다가 봉변을 당했다가 마침 그대가 구원해주었은즉 그 은혜 백골난망이노라.≫

룡왕은 거듭 사례하며 대연을 베풀어 막동이를 대접했다. 어느새 밤이 깊어 연회가 끝나고 각기 처소로 돌아들 갔다. 막동이가 처소에 돌아와 쉬려고 하는데 문밖에서 인기척이 나더니 월궁의 선녀같은 아가씨가 사뿐사뿐 걸어오는것이였다.

≪은인께옵서 소녀를 구원해주셔서 감사하나이다. 소녀가 바로 은인이 살려준 잉어이며 룡왕의 외동딸이옵나이다. 명일 날이 밝아오면 부왕님께옵서 무엇이든 요구되는것을 가져가시라고 숱한 보물을 내여놓으실터인즉 모두 마다하시옵고 다만 <모든 보물 다 싫고 소인은 그저 수정궁에서 살기를 원하옵고 공주님과 백년가약을 맺고저 하옵나이다.>하고만 여쭈오시면 소녀와 은인은 백년가약을 맺게 되나이다. 부디 명심하시와요. 소녀 물러 가나옵나이다.≫

공주가 물러가자 그 아름다움에 반한 막동이는 자리에 들었으나 눈 한번 붙이지 못하고 날을 밝혔다.

이튿날, 아침을 먹고나자 과연 룡왕이 막동이를 불러놓고

≪여보게 젊은이, 우리 수궁에 보물이 많고 많으니 자네 요구대로 말하게. 어떤 요구든지 쾌히 들어주겠네.≫

이렇게 말하며 수염을 썩썩 내려쓸었다.

막동이는 이윽히 생각하는척하다가 말했다.

≪룡왕님, 소인은 아무런 보물도 다 싫으나 한가지 소원만은 있사옵나이다.≫

≪음, 무슨 소원인지 모두 들어주겠으니 어서 말하게.≫

≪네, 다른 소원이 아니옵고 오직 소인은 수궁에서 살기를 원하옵고 룡궁의 공주님과 백년가약을 맺는것이 소원이나이다.≫

이 말을 들은 룡왕은 금시 얼굴에 웃음이 사라지고 난처한 기색을 띠우며 말했다.

≪자네의 그 소원만은 들어주기가 곤난한데 다른 소원을 말해보게...≫

룡왕의 말이 채 끝나기도전에 룡궁의 공주가 달려나오더니 룡왕앞에 부복하며

≪부왕님, 천금같이 높으신 부왕님께옵서 어찌 일구이언할수 있나이까? 소녀가 무엇이 대단하여 지상의 인간과 인연을 맺지 못하옵나이까? 황차 소녀를 구해준 은인이 아니옵나이까? 저분이 구해주지 않았다면 소녀 어찌 오늘이 있을수 있겠나이까? 만약 부왕님께옵서 은인의 소원을 들어주시지 아니하오면 소녀는 이 자리에서 목을 찔러 자결하겠나이다.≫

하고는 품속에서 비수를 꺼내들고 금시 목을 찌를 태세를 취하는지라 룡왕은 급히 말리며 막동이의 소원을 할수없이 들어주고 길일을 택하여 혼례를 치러주었다.

룡궁의 공주와 백년가약을 맺은 막동이는 혼례를 치른지 달포가 지나자 지상의 부모형제들 생각이 간절하여 안해에게 말했다.

≪여보, 당신덕분에 수궁에서 복을 누리나 지상에 계시는 부모형제들이 그립구려.≫

그가 수궁에 오기전에 되어진 일들을 자초지종 들려주니 안해가 말했다.

≪그러하시다면 부왕님께 여쭈옵고 다녀오시와요. 될수록 빨리 돌아오시와요.≫

막동이는 그길로 룡왕전에 복지하고 인간세상에 다녀올 뜻을 아뢰였다.

≪부왕님, 소인이 부모형제가 그리워 인간세상에 다녀올가 하옵나이다.≫

룡왕은 그리하라고 허락하며 작은 병 세 개를 주며 말했다.

≪이 병 세 개를 가지고 가되 제일 급한 대목에 쓰게. 먼저 파란병을 쓰고 다음 노란병을 쓰고 그다음 빨간병을 쓰게. 자, 그럼 갔다가 속히 다녀오게.≫

막동이는 룡왕전에서 물러나오자 거부기를 타고 순식간에 강역으로 나왔다.

이윽고 지상에 돌아온 막동이가 살던 곳을 찾아가니 동리는 온데간데 없어지고 쑥대만 무성하게 자랐는데 자기네 집자리에 허물어져가는 오두막이 하나 있을뿐이였다.

원래는 불공들여 낳은 딸이 여우요귀였던지라 막동이는 쫓겨난 덕으로 요행 살아났고 부모형제와 온 동리 남녀로소는 모두 여우요귀인 녀동생에게 죽고 마을은 페허로 변하였던것이다.

막동이가 조심조심 자기네 집문앞에 당도하니 언제 벌써 알았는지 요귀동생이 문을 열고 뛰여나오며 반가와 어쩔줄 몰라했다.

≪아이고 오라버님, 어데 갔다 인제야 오시나이까? 아버지 어머니와 오빠들은 모두 병에 걸려 세상을 떠나시고 저밖에 남지 않았나이다. 제가 인츰 밥상을 차려오겠나이다.≫

녀동생은 인츰 밖으로 나갔다. 벌써부터 녀동생을 의심해온 막동이는 그길로 밖으로 나와 강가로 내뛰였다. 한참 뛰다 돌아다보니 요귀동생이 헐떡거리며 쫓아오고있었다.

≪오빠, 날 혼자 두고 어데로 가요? 날 데리고 가요.≫

요귀동생은 오빠를 부르며 한사코 따라왔다. 막동이가 빨리 뛰니 요귀동생은 아예 본성을 드러내고 흰 백여우가 되여 쫓아왔다. 인젠 백여우가 거의거의 따라잡게 되었다. 이때 막동이는 품속에서 파란병을 꺼내여 뒤에 다 홱 던지였다. 그러자 금시 병안에서 물이 쏟아지더니 망망한 대해가 되여 파도가 쳤다.

백여우는 헤염을 잘 치는지라 바다를 헤가르며 건너왔다. 이제 오라지 않으면 또 따라잡게 될 아슬아슬한 찰나에 막동이는 품속에서 노란병을 꺼내여 뒤를 향해 힘껏 던졌다. 그러자 갑자기 가시가 가득한 가시밭이 펼쳐지는데 여우요귀는 생사결단하고 가시밭을 뚫고나왔다. 이제 당금 또 따라잡게 되었을 때였다. 이번에는 빨간병을 꺼내여 던졌다. 그러자 난데없는 큰 불개가 뛰여나오더니 백여우를 냉큼 잡아먹어버리고 막동이를 태워 강변까지 와서 내려놓고는 하늘로 올라가버리는것이였다. 막동이는 하늘을 우러러 감사를 드리고 다시 거부기등에 앉아 룡궁으로 돌아갔다.

왕거지

옛날 백제궁성의 왕좌평과 고좌평은 죽마고우였는데 두집 내외 슬하에 일
점혈육 없어 슬퍼하다가 천지신명이 돌보았는지 늙마에야 일시에 캐기 있어
서로 기뻐마지않았다. 하여 두 친구는 이렇게 상론하였다. 즉 두집에서 다
아들을 낳게 되면 형제를 맺어주고 그중 한집에서 딸을 낳게 되면 복중인연을
맺기로 약속하였다.

세월이 흘러 어언간 십삭이 되자 고좌평 집에서는 딸을 낳고 왕좌평 집에서
는 아들을 낳았기에 두집에서는 복중약속대로 행하였다.

두 아이는 잔병이 없이 무럭무럭 자라 어느새 칠팔세가 되었다. 고씨네
딸은 용모가 특출하여 천하미인이였고 왕씨네 아들도 특출하고 재질이 뛰여나
옥골선풍이였다.

두 아이는 어려서 천진란만하여 발가숭이로 소꿉장난을 하였지만 칠팔세가
되자 남녀유별이라 서로 왕래가 적어졌다.

그동안 왕도령은 서책에 몰두하는 한편 활쏘기에 열중하여 나중에는 백발
백중의 무예를 닦았다.

또 몇 년이라는 세월이 흘렀다. 왕도령은 십여세가 되자 량부모가 정해준
인연을 알게 되었고 고씨네 규수도 자연 저의 련인을 알게 되었는데 서로
사모하는 마음이 날이 갈수록 깊어갔으므로 앞집 도령이 맛난 음식이 있으면
뒤집 규수에게 가져다주었고 뒤집 규수 또한 맛난 음식이 있으면 앞집 도령에
게 갖다주군 하였다.

앞집 도령은 정성이 지극하여 날마다 산에 가 활을 쏘아 여러 가지 날짐승을
잡아서 장래의 미혼처에게 갖다주었는데 규수는 받는족족 여러 가지 새털을
뽑아 모아두었다가 고운 비단에 색색가지 새털을 붙여선 수놓이를 하여 천하

에 둘도 없는 두루마기 하나를 만들어 이제 출가할 때 남편에게 선물로 드리려고 농안에다 잘 간직해두었다.

두 아이의 나이 십륙세가 되던 해였다. 갑자기 왕좌평이 나라에 득죄하여 남해의 어느 무인도로 정배를 가게 되었는데 집안식솔마저 몽땅 같이 떠나게 되었다. 그래서 두 아이의 천길 두터운 정은 그로서 끊어지게 되었다.

정배가는 날이 도아왔다. 두집 량주와 두 련인은 서로 부여잡고 하염없이 눈물을 흘렸다. 나중에 규수가 농속에서 여러해 간직해두었던 두루마기를 도령에게 주면서 말하였다.

≪도련님이 사세부득하여 만리창해로 정배를 가오니 아무쪼록 몸조심하옵소서. 천지가 변할망정 소녀 일편단심 변치 않을것이옵니다. 전생기약 못맺으면 후생기약 맺을터인즉 도련님은 넘려말고 꼭 기다려주옵소서.≫

평소에 정기로 이글이글 불타던 도령의 두눈에선 갑자기 대줄같은 눈물이 마구 쏟아졌다. 그는 규수의 두손을 으스러지게 그러쥐였다.

≪규수의 마음 비단같사와 그 사랑 어찌 잊으리까. 약속대로 하오리다.≫

마침내 왕도령네 일행이 작별하고 떠나니 규수의 슬픔은 하늘에 닿을듯하였다.

세월이 또 흘러 규수가 십팔세 꽃다운 나이가 되니 피여나는 설중매와 같이 아릿다와 사처에서 매파들이 모여들었다. 하건만 규수는 일률로 거절하였다.

바로 이때 음란하기 그지없는 백제국의 황제는 밤낮 주색에만 빠져있는가 하면 또 한편으로는 각 고을의 미인들을 궁녀로 끌어들이기에 여념이 없었다. 백제국에 3천궁녀가 있다는 말도 바로 이때부터라고 한다.

고좌평의 딸은 궁성에서도 가장 아릿다운 처녀였으므로 궁녀로 뽑힐건 당연하엿다.

한편 남해의 무인도로 정배를 간 왕좌평 두 내외는 모진 고생 끝에 신병으로 세상을 하직하고 다만 도령만 홀로 남아있었다. 여직껏 부모의 덕택으로 살아가던 도령은 부모가 별세하니 그만 알거지가 되어 류리걸식하며 동서남북으로 떠돌아다니는데 문전마다 사나운 개가 지키고있기에 동냥살이마저도 여간만 어렵지 않았다.

그때 강제로 궁녀로 뽑혀간 규수는 3천궁녀들가운데서도 그 용모가 출중하였으므로 나중에는 왕비로 강요당하였다. 왕비로 강요당한 규수는 천하에 부러운것이 없었으나 마음 한구석에는 자나깨나 랑군님이 생각나서 근심걱정이 태산같았다. 어찌하면 랑군님과 상봉할수 있을가 하고 생각을 굴리고있던 어느 하루, 왕좌평 내외가 병환으로 별세하였다는 소식이 들려왔다.

(도련님은 혈혈단신으로 류리걸식하고있을터인데 어찌하면 그와 상봉한담?)

왕비는 생각하고 생각하던 끝에 거지잔치를 베풀면 능히 도련님과 만날수 있으리라 짐작하고 하루는 임금에게 복지하며 여쭈었다.

≪전하, 여쭐 말씀이 있사옵니다.≫

임금이 물었다.

≪무슨 소원인고?≫

≪천첩의 소견이 이 세상에서 불쌍한 인간은 거지라고 보옵니다. 전하께서 큰 잔치를 베풀어 백제국내의 모든 거지들을 불러들여 한끼 포식시키고 장끼대로 놀게하면 어떠하오리까?≫

≪네 말을 아니 들어줄수야 없잖으냐. 어서 소원대로 하라.≫

≪성은이 망극하옵나이다.≫

이튿날, 온 백제땅에 방이 나붙었는데 그 방에는 거지가 궁성에 오면 매인당 한상씩 푸짐히 차려주고 의복 한 벌에 돈 몇냥씩 주어보낸다고 씌여있었다. 그러자 사방에서 거지들이 구름떼처럼 궁성으로 모여드는데 임금과 왕비는 룡상에 높이 앉아 모여드는 거지들을 살펴보았다. 그런데 왕비가 내심 바라는 거지는 석달 열흘 백일잔치를 하였으나 종시 나타나지 않았다.

왕비 락심천만하여 주저앉았는데 맨나중에 거지중에서도 상거지가 람후한 의복에 지팽이를 짚고 절뚝거리며 들어오더니 룡상앞에 복지하거늘 자세히 살펴보니 분명 저의 랑군님이였다. 하여 라졸들에게 명하여 소반이 불룩하게 음식을 차려 대접시키니 거지는 게눈감추듯 다 먹어치우고 물러나앉는것이였다.

그러자 왕비가 령을 내렸다.

≪걸객은 듣거라. 네 재능이 얼마든간에 마음대로 놀아볼지어다.≫

≪녜.≫

령을 받은 거지는 생각하던나머지 미혼처인 규수가 만들어준 새털두루마기를 한번 입어보리라 생각하고 보짐을 풀었다. 그리고 괴이한 새털두루마기를 입은 다음 룡상앞에서 너풀거리며 몇바퀴 돌았다.

그러자 왕비도 홀연 만면에 화색을 띠우며 자리에서 일어나 너울너울 춤을 추었다. 임금이 하도 괴이하게 생각되여 물었다.

≪왕비께서는 어이하여 이렇듯 즐기시오?≫

≪전하, 저 거지가 입은 두루마기는 세상에 둘도 없는 보물이라 거지가 입어도 천첩이 즐겁기 한량없사온데 전하께서 한번 입으시고 춤을 추시면 천첩은 죽어도 원이 없겠나이다.≫

왕비의 꾀에 넘어간 임금은 입이 함박만하여 말했다.

≪그대가 평생소원이라니 내 친보로 내려가 그대를 한껏 즐기도록 할터인즉 이 옥새를 잠간 받아서 잘 간직하오.≫

임금은 옥새를 왕비에게 넘겨주고나서 룡상에서 뛰여내리자 제잡잠하고 거지에게서 두루마기를 빼앗아 입고는 머리를 수그린채 왕비가 즐기라고 흥겹게 춤을 추며 뺑뺑 돌아갔다.

이때 왕비는 얼빤해서 서있는 거지를 향하여 손짓으로 룡상에 올라오라고 하였다. 그제야 거지는 왕비를 찬찬히 여겨보게 되였다. 홀연 거지는 왕비가 다름아닌 미혼처인줄을 알게 되자 임금이 정신없이 춤출 사이에 룡상에 올라가 앉았는데 왕비 옥새를 거지에게 넘겨주고 아까 임금이 벗어놓은 왕관과 룡포를 모조리 입혔다. 그다음 여차여차하라고 귀속말을 하자 갑자기 임금으로 변한 도령이 상을 탁 치며 큰소리로 호령하였다.

≪이놈, 웬놈이 무리하게 룡상앞에 와서 소란을 피우는고? 여봐라, 군로사령 게 있느냐?≫

≪예잇! 대령하였사옵나이다.≫

그 말이 떨어지기 바쁘게 궁궐의 여기저기에서 군사들이 뛰여나왔다. 도령이 계속하여 령을 내렸다.

≪저놈을 당장 궁성에서 쫓아낼지어다. ≫

≪예잇!≫

도령의 말이 떨어지기 바쁘게 사령들이 벌떼같이 달려들어 임금을 몰아내기 시작하였다.

임금이 깜짝 놀라 룡상을 올려다보니 저의 자리에 거지가 높이 앉아 옥새를 탕탕 치는지라 발명해도 소용없었다. 임금은 그제야 왕비한테 속히운줄 알고 눈앞이 캄캄해나며 눈물이 비오듯 흘러내렸다.

그날 궁성에서 쫓겨나온 임금은 그만 왕거지가 되어 이튿날부터 동서남북으로 류랑생활을 하지 않으면 안되였다. 그와는 반대로 마음씨 좋은 규수와 도련님은 나라를 잘 다스리고 만민을 잘 보살폈다고 한다.

금강산 숯구이총각

1. 리정승의 딸에게 장가를 들다

옛날 강원도 금강산의 심산협곡에 초라한 초가집 한 채가 있었는데 산호라고 부르는 더벅머리총각이 홀어머니를 모시고 숯구이를 하면서 살아가고있었다.

그들이 가세가 빈곤한것은 그만두고라도 이런 심심산골에 어느 누가 딸을 주어서 취처를 하며 장가를 들겠는가? 하여 총각은 생각 끝에 집을 떠나서 색시를 얻어오리라 맘을 먹고 어머니에게 말했다.

≪어머님, 제 나이 서른에 당진하였기에 취처를 하여 어머님을 봉양하려 하오니 이제부터 숯구이를 그만두고 집을 떠나 색시를 얻어오겠나이다.≫

아들의 말을 들은 어머니는 락루하시며 말했다.

≪애야, 이 에미가 무엇을 알겠느냐만 너도 남아대장부가 아니냐. 네 뜻이 그러할진대 아녀자인 나에게 물을 필요가 없지 않느냐. 나한테 은전 몇냥이 있으니 많지는 못하다만 로비를 하여라. 그리구 쉬이 다녀와야 한다.≫

하고는 품속에서 무명천에 싸고 또 싼것을 내여주는데 말 그대로 은전이였다. 총각은 그것으로 석달분의 량식과 소금, 땔나무를 장만해놓고 어머니와 작별한 뒤 집을 나섰다.

더벅머리총각이 비록 낫 놓고 기윽자도 몰랐으나 머리만은 총명하여 동녘 하늘에 떠오르는 해를 바라보며 고개마루에 앉아서 어디로 갈가 하고 생각을 하다가 서울거리가 제일 번창하니 서울로 가기로 마음을 정하였다. 하여 그는 뜨는 해를 동무하고 은빛처럼 부드러운 달빛을 빌어 길을 밝히며 서울로 주야장천 걸었다.

산호가 서울에 와보니 난생 말만 들었지 처음 와보는 곳이라 모든 것이 생소하였다. 어느날, 고래등같은 기와집앞에 이르러 살펴보는데 열려진 대문으로부터 꽃같은 이팔아가씨가 시녀의 부축을 받으며 화원을 돌고있는것이 보여서 그만 홀딱 반했으나 그림의 떡이라 할수없이 돌아섰다.

산호가 돌아가다가 한 초가집에 이르러 본즉 웬 로파가 비지땀을 훔치며 한창 팥죽을 쑤고있었다.

≪로인님, 소인이 이곳에서 류숙할가 하옵사온데 될수 있습니까?≫

한창 팥죽을 쑤던 로파는 행색을 두루 살피더니 사람이 괜찮은지라 그리하라고 머리를 끄덕이였다. 그곳에 숙소를 정하고 밖으로 나온 총각은 제눈에 제일 좋아보이는 옷을 한 벌 사고 부자집 선비들이 쓰는 갓과 신도 한컬레 사서 들고 조용한 내가에 가 목욕하였다. 다음 옷을 갈아입고 갓을 쓰고 신을 신으니 의포단장이라 대번에 위풍이 름름한 호남아로 되어서 서울장안을 두루 돌아다닐라니 가는 곳마다에서 행인들이 모두들 허리를 굽혀 ≪도련님, 도련님.≫하며 인사하는것이였다. 그제야 산호는 인제는 됐구나 하고는 국문책을 두툼한 것으로 하나 사가지고 로파네 집으로 돌아왔다.

숙소로 돌아온 총각은 로파에게 저 맞은켠 집이 누구의 집이며 그 아가씨의 나이가 또한 어찌되였느냐고 물었다.

≪도련님, 그 집인즉 서울에 이름이 뜨르르한 리정승의 집이옵고 그 규수는 어릴적부터 글공부를 하여 학문이 서울에서 따를자 없고 마음이 착하기로 심청이요 인물은 춘향이라 하는 세상에 보기 드문 아가씨옵나이다.≫

≪네. 로인님, 그 팥죽을 파는겁니까?≫

≪이 늙은것은 팥죽이나 팔아서 생계를 유지합지유.≫

≪네. 실은 그런게 아니라 제가 본래 소시적부터 팥죽을 즐겨먹었는데 한해에 한번씩 서울와서 팥죽을 실컷 먹군 하옵니다.≫

로파의 눈에는 이 젊은 도련님이 몸은 비록 큰량반자제같아보이지는 않으나 이상사람 대하는 품이 대단히 학문이 깊고 사람됨됨이가 비범해보였다.

로파가 두말않고 팥죽을 한그릇 가득 떠서 산호에게 넘겨주니 산호는 게걸이·감식이라 게눈감추듯 먹어버렸다. 옷이 도련님이지 기실 산호가 언제 한번 팥죽을 배불리 먹어봤으랴. 로파가 산호에게 한그릇 더 떠주니 총각은 제꺽 받아들고 먹어버리고는 물었다.

≪로인님, 한그릇에 얼마나 하옵니까?≫

≪네. 한잎이옵니다.≫

산호가 선심을 써서 세잎을 세여주니 로파는 다시 한잎을 돌려주는것이였다. 그러자 산호는 억지로 로파에게 밀어주며 하루 세끼를 이 값으로 물어줄터이니 그렇게 하라고 하였다.

이날부터 산호는 집앞 버드나무아래에 걸상을 놓고 앉아서 책을 보는 흉내를 내며 책장을 뒤적이였다.

일이 될라고 그랬던지 하루는 과년한 리정승의 딸이 시녀를 데리고 화원에 소피보러 나왔다가 팥죽파는 집나무밑에 웬 선비가 책을 보기에 유심히 살펴보니 참말로 보기드문 도련님이요 호남이라 시녀더러 여차여차하라고 시켰다.

시녀가 도련님앞에 와보니 도정신해 책을 보는데 두툼한 국문책을 바로 보는것이 아니라 꺼꾸로 들고 보는것이였다. 시녀가 하도 이상해서 물었다.

≪도련님, 도련님께선 어찌하여 책을 꺼꾸로 보시나이까?≫

낫놓고 기윽자도 모르는 산호가 책이 꺼꾸로인지 바로인지 알수가 없었지만 궁리만을 빨랐다.

≪보아하니 너는 대가집 시녀같구나. 책을 바로만 보면 급한목에 가서 어찌겠느냐? 책은 하나이고 볼 사람을 둘일때말이다. 그러니 꺼꾸로나 바로나 다 보아야지 않겠느냐? 모르는 소리 그만하고 돌아갈지어다.≫하고 말하고는 책을 덮고 일어나 초가집으로 들어가더니 다시는 나오지 않았다.

리정승의 딸이 시녀의 말을 듣고 생각해보니 과연 옳은 말이라 자기도 책을 꺼꾸로 들고보니 도무지 읽어 내려가는 수가 없었다.

(과연 학문이 깊은분이로구나. 내가 저 사람과 배필을 뭇는다면 춘향과 리몽룡이 아니 될고?)

리정승의 딸이 총각에게 홀딱 반해서 이책저책 들고 봐도 머리에 들지 않았다. 그래서 창문보를 들고본즉 총각이 여전히 단정히 앉아 책을 읽는지라 더는 참을수 없어서 선비의 마을을 알아보려고 그날 밤 얼굴을 붉히며 필을 날리니 글체는 봉황이 깃을 다듬는듯했고 내용은 외로운 기러기 짝을 찾는 그런 애잡 짤한 글이였다. 그는 쓰기를 마치고 이튿날 날이 밝자 시녀더러 여차여차하라 고 시켰다.

한편 책을 보는체하며 리정승의 딸만 살피던 산호인지라 리정승 딸이 문보 를 젖히고 내다보는것을 모를리 없었다.

아침을 먹고난 산호는 짐작가는데가 있어서 로파에게 자기는 볼일이 있 어 저녁에야 돌아오겠다며 혹시 찾아오는 사람이 있으면 여차여차하라고 부 탁했다.

녀종이 아씨의 분부대로 피봉한 서신장을 가지고 팥죽파는 집에 가보니 도련님이 없는지라 로파에게 물었다.

《할머님, 류숙하던 도련님이 어디 가셨나와요?》

《오늘 친구네 집으로 갔으니 저녁때면 돌아오실거네.》

《할머님, 이 서신을 꼭 도련님께 전해주시와요.》

《오냐. 그 도련님은 참말로 학문이 깊으시단다.》

녀종은 로파와 잔사설할새가 없는지라 돌아와서 아가씨에게 사연을 아뢰 였다.

할 일없이 거리에서 돌다가 저녁에야 돌아온 총각은 로파가 넘겨주는 서신 장을 받았다. 문맹인 그는 서신장을 받아 품속에 간직하고 이튿날 아침 일찍이 고약을 한봉지 사서 겨우 길이나 볼수있게 눈에다 붙이고 지팽이를 깊도 서울 거리에 나섰다. 두루 살피며 가다나니 앞에 한 서당생이 오기에 불렀다.

지나가던 아이가 보니 한다하는 대감집 도련님이 두눈에 고약을 붙이고 한손에 지팽이를 짚고서 자기를 부르고있었다.

《무슨 분부가 있사옵니까? 도련님.》

《애야, 내 요즘 눈병이 생겨서 글을 읽을수 없으니 이 서신을 좀 읽어다구.》

서당아이는 산호가 시키는대로 글을 읽어주었다. 산호는 글의 내용을 알 았으니 회답을 써야 하겠으나 난생 도끼자루나 쥐여보던 손이라 언제 필대 를 쥐여봤으랴. 궁리 끝에 서당아이더러 《대서당》에 데려다 달라고 청을 들었다.

문을 열고 《대서당》에 들어서니 늙은 선비들이 한담을 하다가 들어오는 선비를 보고 반가이 맞아들였다. 산호는 제법 점잖을 피우면서 여차여차하니 편지를 써달라고 했다.

늙은 선비들이 네 한마디 내 한마디 인차 편지를 써주었다. 그러자 산호는 고맙다는 인사를 차리고 값을 준후에 내가에 가서 고약을 떼버리고 로파네 집으로 돌아왔다.

이튿날 아침, 산호는 로파에게 편지를 넘겨주며 여차여차하라고 부탁하더니 또 집을 나서는것이었다.

한편 후원별당에 앉아서 애타게 하루해를 넘긴 리정승의 딸은 날이 밝자 녀종더러 로파네 집에 가보게 하였다. 얼마 지나서 녀종이 회답을 받아가지고 오자 리정승의 딸은 급히 편지를 뜯어보았다. 그런데 필체는 왕휘지요 문장은 리백이라 내용인즉 산들산들 봄바람에 꽃을 찾는 나비요 찰랑이는 호수가에 원앙이 정회를 베푸는 글이라 리정승의 딸이 홍안을 붉히며 두눈을 감으니 온 사지가 나른해지는감을 느꼈다.

리정승 딸은 그날해를 일년맞잡이로 보내고 밤이 되어 하늘공중에 쟁반같은 달이 뜨자 후원으로 가만히 나와 처마밑에 깃을 드린 새가 깨날세라 조심조심 로파네 집으로 찾아갔다.

산호는 로파네 집에 앉아서 등촉을 밝혀놓고 할 일없이 책장을 뒤번지였다. 이윽고 밖에서 도닥도닥 문 두드리는 소리가 나자 로파더러 문을 열어주라고 눈짓을 하고는 여전히 책을 읽는것처럼하고 앉았다가 리정승의 딸이 문을 열고 들어서자 불시에 책을 탁 덮으며

《예로부터 남녀유별이라 하였으되 아녀자의 몸으로 한밤중에 객주집을 찾아드니 어인 연고인가?》하고 꾸짖으니 김정승의 딸은 몸둘바를 몰라하다가 강심을 먹고 자초지종을 여쭈고나서

《소녀 이 밤으로 도련님을 따라 백년언약을 하고저 찾아왔사온데 어인 말씀 그렇게 하시나이까? 소녀 천리 타향길일지라도 도련님을 따르겠사오니 부디 소녀를 버리지 말아주옵소서.》하고 은방울 구을리듯 말하며 홍안에 눈물을 흘리니 그제야 산호는 《하하하》하고 웃으며

≪내 잠간 그대를 놀려봄이니 노여워 마시옵고 내 또한 장부의 몸으로 일개 여자를 희롱했으니 하나의 실례라 부디 용서를 하옵소서.≫하고 말을 해서야 리정승의 딸은 숙였던 아미를 들어 산호를 바라보는데 두눈에는 순정이 찰찰 흘러넘쳤다.

≪만약 도련님께옵서 소녀를 버리지 아니하옵시면 이밤으로 길을 떠나야 하겠사옵나이다. 래일 아침이면 소녀 밤중에 간부를 본다고 소문이 아니남을 단언할수 있겠나이까? 그때면 일이 잘못되나이다.≫

리정승 딸의 말을 들은 산호는 눈을 들어 다시 살펴보았다. 그랬더니 아닌게 아니라 길떠날 차비를 갖추고 손에는 크지도 작지도 않은 보짐이 들려져있었다. 산호는 곧 행장을 수습하여 밤으로 강원도 금강산골짜기를 바라고 길을 떠났다.

2. 십년기약

산호가 리정승의 딸을 데리고 떠나는데 서울에서 강원도 금강산까지 천여 리길이라 어이 쉽게 가리오. 몇날며칠을 걷고 걸어도 마을은 고사하고 점점 깊은 산골짜기로만 들어가니 리정승의 딸은 담이 한줌만해서 물었다.

≪여보시와요. 가군님, 댁이 아직 얼마나 머나이까? 어이하여 점점 험악한 산골로만 들어가나이까?≫

≪이제 고개 몇 개만 넘어가면 되오다. 예로부터 길끝에는 인가가 있는 법이라 하였은즉 우리 집이 바로 이 길 끝에 있소이다.≫

산호가 이렇게 말하며 길을 톺아오르니 리정승의 딸은 하는수없이 부르튼 발을 힘겨웁게 움직이였다.

한편 아들을 떠나보내고 이제나저제나 속을 태우며 색시는 못 얻을망정 무사히 돌아오기만 기다리던 어머니는 웬 량반집 도련님과 꽃같은 아가씨가 힘겨웁게 고개길을 넘어오는것을 보고 섰다가 집으로 들어가려는데 그 량반집 도련님이 ≪어머니-≫하고 부르는것이였다.

어머니는 그제서야 비로소 제 아들을 알아보고 반가운 나머지 눈물을 홀리였다. 이때 아들이 리정승의 딸은 가리키며 말했다.

≪어머님, 제가 안해를 얻어왔나이다.≫

리정승의 딸은 그제야 산호에게 속은줄을 알았으나 이미 엎질은 물이라 누구를 원망할 수가 없어서 곱게 인가를 올렸다.

≪어머님, 안녕하셨사와요?≫

≪오냐, 오냐. 어서 집으로 들어들 가자. 어서. 아침에 까치가 울더니 이렇게 들 오는구나!≫

어머니는 옷고름으로 눈굽을 찍으며 집안으로 끌었다. 그런데 집이래야 들어서니 지붕이 언제 날려갔는지 없고 온돌방에 헌누데기 이불 한 채와 정지간에 솥 하나가 걸려있을뿐 서발막대 휘둘러도 걸릴것이 없었다.

그럭저럭 세월은 흘러 그들이 혼례를 치르고 가정을 이룬지도 몇 달이 지났다. 리정승 딸이 생각을 해보니 집이 가난함은 견딜수 있으나 사람이 무지함은 안될 일이였다. 하긴 가군이 하는 궁리가 보통이 아님을 보고 하루는 조용히 말하였다.

≪여보시와요 가군님, 제가 당신에게 할 말이 있사온데 들어주시겠나이까?≫

≪무슨 말인지 어서 말해보오.≫

≪가군님, 우린 이렇게 살것이 아니옵니다. 저에게 돈이 조금 있사오니 그것이면 우리 셋이서 10년을 먹고 입을수 있사오니 당신은 이제부터 글을 읽음이 어떠하옵나이까?≫

≪하하하. 부인의 말씀이 심히 지당하오나 이곳은 앞에도 뒤에도 황막한 산중이라 서당이 어디에 있어 글공부를 하겠소.≫

≪오직 가군님께서 결심만 있으시오면 소첩이 글을 조금 아오니 가르쳐드리겠나이다. 제게서 배운후에 3년을 기약하고 집을 떠나 글을 읽어 과거를 보시고 돌아오시오면 그때까지 소첩이 어머님을 모시고 기다리겠나이다.≫

이리하여 그때로부터 안해에게서 글을 배우는데 산호는 총명이 과인하여 하나를 가르치면 열을 알고 열을 가르치면 백을 깨달으니 1년이 지나자 이제는 안해에게서 더는 배울것이 없었다.

≪가군님, 이젠 저에게서 더는 배울게 없나이다. 당신은 래일부터 집을 떠나

3년을 기약하고 훌륭한 선생님을 모시고 글을 읽어 기회를 타서 과거를 보시고 돌아오시와요 그때까지 제가 어머님을 봉양하며 기다리겠사와요 장부로서 나라일을 돕지 못하는것보다 더 부끄러운 일이 어디 있겠나이까?≫

남편이 생각해보니 과연 그 말이 지당한지라 안해의 두손을 잡고 말했다.

≪여보, 내 당신 덕분에 글을 읽고 눈을 깨쳤으니 꼭 당신의 은혜에 보답하겠소 부디 년로하신 어머님을 잘 모시옵고 몸조심하오. 황차 떠날바에는 오늘로 떠나겠소.≫

≪가군님, 그렇게 하시와요. 작지만 이것을 가지고 로비를 보태세요.≫

안해는 자기의 은팔목걸이와 귀걸이를 빼내여 남편의 손에 쥐여주었다.

남편은 안해가 넘겨주는 물건을 받아 품속에 간직하고 어머님께 작별인사를 올린 뒤 길을 떠났다.

산호는 길을 가다가 배가 고프면 산과실을 따먹고 목이 마르면 내가의 물을 두손으로 움켜마셨다. 밤낮으로 걷고 걷다나니 스승을 찾아 떠난지도 벌써 달포가 되었다. 하루는 어느 한 산속에 들어서게 되었는데 앞에 큰산이 가로놓였다.

그가 다리쉼이나 하려고 나무밑을 찾아 앉았는데 로독이 몰려와서 나무에 기대고 앉으니 스르르 잠이 들었다.

어느때나 되었는지 홀연

≪애야, 대장부가 이까짓 로독에 물러앉았느냐? 산우에서 너의 스승이 기다리고계신다. 어서 올라가거라.≫하는 소리에 고개를 번쩍 쳐들고보니 이미 세상 뜬 아버지였다. 그가 벌떡 일어나 아버지품에 안기며

≪아버지, 아버지께옵선 어찌 이곳에 계시옵나이까? 어서 어머님이 계신 집으로 돌아가시와요 네? 아버님.≫하고 울며 말하자 아버지는

≪애야, 나와 너희들은 길이 다르구나. 오직 이렇게 만나뵌것도 옥제님께옵서 너의 뜻이 장함과 현명한 네 안해의 소행에 감동되여 나를 보냈기때문이란다. 어서 저 산으로 올라가거라. 거기에 너의 스승님이 계신다.≫하고 말을 남기고는 어디론가 사라져버렸다.

≪아버님!≫

소리치며 일어난 산호는 그제야 자기가 꿈을 꾼줄을 알았으나 그 꿈이 하두 신기하기에 자리를 차고 일어나 그길로 단숨에 산을 톺아올랐다.

산에는 하늘을 찌를듯한 큰 로송 한그루가 우뚝 솟아 시원한 그늘을 던져주고있는데 로송의 뿌리는 큰 돌바위를 타고 넘어 지심에 깊숙이 박고있었다. 돌바위우에는 백발이 성성한 로인이 파초부채를 부치며 앉았는데 앞에는 ≪선책≫이 놓여있었고 지상에서 보기 드문 보검이 놓여있었다. 백발로인은 그를 내려다보며 부드러운 웃음을 던져주고있었다.

산호는 급히 꿇어앉아 인사를 올렸다.

≪스승님, 부디 소인을 깨우쳐주시와 소인으로 하여금 나라에 힘을 바치게 하여주옵소서.≫

그제서야 백발로인은 천천히 일어나더니 그의 손을 잡아 끌어올렸다.

≪내가 그대를 기다린지 달포가 넘었노라. 나는 지상의 사람이 아니라 옥제의 어명을 받고 너에게 천서와 무예를 가르치러 내려왔은즉 오늘부터 사심을 버리고 배움에 힘쓰라. 자, 그럼 이 바위우에 정히 앉게나. 지금부터 배월줄테네.≫

산호는 백발로인의 말대로 정히 앉아 글과 무예를 가르치기만 기다렸다.

≪젊은이, 천서를 읽고 신무를 익히려면 사심이 없어야 하네. 지금 나라가 위기에 처하고 만백성이 궁지에 빠졌거늘 그대 사심이 있으면 헛수고하네.≫

≪가르치심대로 사심을 버리겠나이다.≫

이윽고 로인이 천서와 무예를 가르치는데 그의 총명으로 무엇이 어려우랴. 천서를 읽어내려가는 소리가 쟁반우에 은방울 굴러가는듯하고 보검을 휘두르면 금광이 몸을 싸고 돌아가는듯했다.

그가 스승을 모시고 천서를 읽고 무예를 익힌지도 어언간 3년이 되었다. 그동안 산호는 천문지리를 깨달음은 물론이요 검술에서도 한번 몸을 날리면 윙윙 칼소리만 들릴뿐 사람은 그림자조차 볼수 없었다. 하루는 백발로인이 그를 불러놓고 말하였다.

≪여보게, 자네 한번 뛰여서 이 로송의 가지를 말끔히 따게.≫

≪예. 스승님, 소인이 재주가 없사오니 부디 깨우쳐 주옵소서.≫하고는 몸을

날려 로송을 감싸고 도는데 광풍이 대작하고 금빛이 로송을 둘러싸더니 무수한 로송가지가 모두 땅에 떨어졌다.

백발로인은 그의 두어깨를 가볍게 두드리며 기뻐서 말했다.

《이제는 나에게서 더는 배울게 없네. 이 보검을 가지고 내려가게. 지금 나라는 정세가 기울어져 임금에게는 한팔이 없어졌네. 자네가 가야만 꼭 나라와 만백성을 구할수 있네. 그러나 십년만에는 꼭 집으로 돌아가야 하네. 십년 후에는 자네의 집에 큰 재앙이 닥칠것이네. 자네는 이길로 서울로 가서 과거를 보게. 그리고 얼굴 검은 재상을 꼭 처단해야 하네. 명심하게. 나는 천상의 태백성일세. 제일 급할때에 나를 찾으면 곧 자네앞에 나타날걸세. 그럼 난 가네.》

말하고나서 백발로인은 온데간데없이 자취를 감추고 말았다.

산호는 하늘을 우러러 합장하여 절을 세 번한 뒤 곧 산을 내려 서울길에 올랐다. 산호가 서울로 올라가면서 두루 살펴보니 가는 곳마다 마을은 황폐해졌고 밭들이 모두 쑥대밭으로 변해버렸다. 그런가하면 길가에는 굶주림에 쓰러진 백성들의 시체가 여기저기 널려있었다. 하지만 관리들은 아녀자를 겁탈하고 백성들의 재물을 제마음대로 략탈해갔으므로 인가에서 밥짓는 연기마저 볼수가 없었다.

산호는 가슴속에 치미는 울분을 가까스로 참으며

(지방관리들의 행패가 이러할진대 조정이야 더 말할게 있으랴. 아무리 현명한 임금님일지라도 간신들이 나라를 망치는데야 별수가 있으랴!)하고 생각하며 주야로 길을 조여 서울에 들어섰다.

산호는 시골에서 모여드는 선비들이 끼리끼리 서울구경을 하는것을 보고 한 선비에게 물었다.

《여보시오, 서비님네들. 이번 과거가 끝난건 아니겠지요?》

《예, 손님두 과거보러 왔는가 보는데 래일이 과거날이라 저기에 방이 붙어있소이다.》

그중 한 선비가 사람들이 모여선 곳을 가리키며 대답하고는 지나쳐버렸다. 산호는 여전히 리정승네 집 맞은켠 로파네 집에 가서 인사를 드린후 그곳에 숙소를 정하고 과거 볼 준비를 하였다.

이튿날 그가 날이 밝자 일어나 소세를 마치고 과거장에 가보니 벌써 숱한 선비들이 모여와서 오구작작 떠들고있었다. 산호는 맨 구석진 곳에 자리를 잡고 앉아 필묵을 준비하여놓고 시관이 시제를 내여놓기만 기다렸다.

드디여 시관이 시제를 내놓았다. 그런데 이번의 시관인즉 바로 리정승이라 장인되는 사람이였으나 생면부지의 그들이 어떻게 서로 알아보랴.

이윽고 숱한 선비들이 시제를 보더니 눈들이 홱 돌아가는데 어떤 선비들은 아예 물러나가고말았다. 그러나 산호만은 일필휘지로 눈 한번 깜박하지 않고 답을 쓴 다음 시관앞에 가져다 바치고는 물러나왔다.

시관이 그의 문장과 필체를 보니 과연 명필이요 문장도 이를데없었다. 리정승은 사나이의 문장을 곧 임금에게 바쳤다.

이번 과거에서 나라의 동량지재가 나오기를 고대하던 임금은 리정승이 넘겨주는 문장을 받아들자 무릎을 치며 기뻐하였다.

≪하늘이 나를 돕는도다. 나라가 급할 때 인재를 주니 하느님의 덕이로다. 신은 곧 가서 그 젊은이를 데려오게.≫

임금의 령을 받고난 리정승은 주소대로 자기 집 맞은켠 팥죽파는 로파네 집에 가서 산호를 데려다가 임금전에 대령시켰다.

임금은 룡상에 높이 앉아서 선비가 들어오는것을 보고 심중에 심히 기뻐마지않았다. 옷은 비록 람루하나 불빛을 뿜는 두눈이며 표범의 허리를 가진듯한 체구는 더없이 임금의 마음에 들었던것이다.

≪상감마마께 긴히 아뢸 말씀이 있사오니 속히 좌우를 물러가게 해주옵소서.≫

수인사가 끝나자 산호가 당하에 부복하며 말했다. 그 말을 들은 임금이 선비를 뜯어보니 과연 나라안에 더없는 인재라 곧 좌우를 물러서게 하였다.

≪그대 무슨 긴한 일이 있는고? 어서 아뢸지어다.≫

산호가 다시 무릎걸음으로 세걸음 나서서 부복한후에 이마를 조아리며 아뢰였다.

≪아뢰옵기 황송하오나 소인은 태백금성의 가르침을 받았었고 또한 태백금성의 분부를 받고 서울로 올라와서 과거를 보게 되였나이다. 소인이 불손하오

나 조정에 얼굴 검은 재상이 있사옵나이까? 그 재상으로 놓고 볼진대 간신이라 하옵고 현재 온 백성들이 기아에 허덕이고있사오니 그 얼굴 검은 재상의 목을 어서 낮추어야 할줄로 아뢰나이다.≫

이번 과거에 나라의 동량지재가 나지기를 기다리던 임금인지라 은근히 기뻤으나 이렇게 말했다.

≪그대의 충언을 감사히 생각하나 그 재상의 무예가 출중하여 나라의 문무백관들치고 모두 당할자 없는지라 짐도 어쩔 도리가 없네.≫

≪아뢰옵기 황송하오나 소인이 태백금성에게서 무예를 조금 익혔사오니 상감마마께옵서 무예를 비기게 하여주시오면 그때에 그놈의 목을 낮추어 버리겠나이다.≫

대회한 임금은 사나이를 후궁으로 청한 다음 주안상을 차리고 손수 술을 권하며 나라 일을 담론하니 산호의 대답이 청산류수와 같거늘 감탄해마지 않았다.

≪그대야말로 하늘이 내려준 문무를 겸비한 충신이로다. 금후 절대 짐의 곁을 떠나지 말고 나라의 정사를 살피도록 하라.≫

≪상감마마의 이 은혜 태산같아 보답할길을 모르사옵지만 소인이 서울로 올라오며 수많은 곳을 지났사온데 지방의 관리들이 정사에는 뒤전이고 략탈만 일삼고있더이다. 자고로 <나라안이 문란하면 남의 업신여김을 받는다.>하였사오니 속히 정사를 바로잡아 악한 관리 단죄하고 현명한 관리를 중히 써주어야 할줄로 아옵고 백성들의 질고를 보살펴야 마땅한줄로 아옵나이다. 소인의 집이 또한 금강산골안에 있사온데 년로하신 어머님과 십년을 기약한 안해가 있사오니 소인이 속히 다녀와야 할줄로 아나이다. 상감마마께옵서 부디 은혜를 베풀어주옵소서.≫

산호는 고향에 계시는 늙은 어머니와 십년기약을 하고 갈라진 안해를 생각하니 자연 슬퍼져 눈물을 흘렸다. 그러자 임금은 그를 이윽고 바라보더니

≪그대 말이 과연 옳은 말이로다. 내 그대같은 충신을 얻었으니 다시 나라가 어지러워짐을 걱정하리오. 내 그대에게 팔도어사로 임명하니 래일 조회가 끝나면 곧 떠나도록 하라. 그리고 로모와 부인을 모셔오도록 하라.≫하고 말하며

품속에서 어패를 내여주었다. 이에 산호는 거듭 사례하고 물러나왔다.

한편 얼굴 검은 재상은 장원급제가 났다는 소문을 듣고 심신불락하여 궁리하던 끝에 조회때 임금에게 청을 들어 무예를 비기는것처럼 하다가 장원급제한 사람의 목을 베여버리려고 생각하였다.

이튿날 조회때였다. 모든 문무대신들이 모인중에 임금은 산호의 관직을 알리고나서 말하였다.

≪짐이 오늘 다시 한팔을 얻었으니 이는 하늘이 내린 분복이라 내 오늘 이 자리에서 젊은이의 무예를 볼 타산인즉 무관들중 누가 나설고?≫

임금의 말은 얼굴 검은 재상을 더욱 기쁘게 하였다. 너털웃음을 웃고난 그는 거드름을 피우며 나섰다.

≪상감마마께 아뢰나이다. 소인이 비록 무예가 졸하나 한번 비겨볼가 하나이다.≫

임금은 머리를 끄덕이고나서 산호를 돌아다보았다.

≪그대 무예를 보여줌이 어떠한고?≫

≪상감마마의 뜻이 그러할진대 소인은 복명함이 옳은가 하나이다.≫

≪하하하. 과연 무사의 기백이로고, 두분은 짐의 기대를 어김없이 전력을 다하라.≫

이윽고 두사람이 량쪽으로 갈라서서 각기 검을 쥐고 눈에 힘을 주어 대방을 쳐다보는데 마치도 두 대호가 당금 승부를 가르려는듯한 기세였다.

아나나 다를가 얼굴 검은 재상이 불현듯 검을 휘두르며 산호에게로 덮쳐들었다. 그러자 산호는 제격 보검으로 막으며 몸을 피하였다. 이렇듯 두사람이 백여합을 싸웠으나 여전히 승부가 나지 않았다.

≪음, 과연 스승께서 말씀하신바와 같이 십팔반무예를 빠짐없이 익혔구나. 이놈의 심장에 검은 피가 고였으니 <선술>로써 목을 낮추어야 하겠구나.≫

≪이 검을 보소서.≫

이렇게 말하며 산호는 이리저리 칼을 휘둘렀다. 그러자 얼굴 검은 재상의 눈에는 수십개의 칼이 날아드는것 같았다. 제아무리 무예가 높은들 신기가 가득한 검술을 이겨내랴. 검은 재상은 아무리 애를 쓰며 칼날을 피하자 해도 피하는수가 없었다.

《아, 내가 오늘 죽는구나!》

《얼굴 검은 놈은 들으라. 네놈의 염통에 검은 피가 고였으니 하늘이 나를 보내여 네놈의 죄를 묻는것이로다. 이것 역시 하늘의 뜻인즉 나의 검이 무정함을 원망치 말라.》

《아, 십여년 쌓은 꿈이 이렇게 깨여진단말이냐? 아이쿠!》

마침내 얼굴 검은 재상이 밑둥잘린 통나무 넘어가듯 《쿵!》하고 넘어가는데 그의 몸은 성한곳 없이 모두 칼자리였다. 그걸 본 문무백관들이 눈이 휘둥그래있는데 임금은 기쁨을 이기지 못하여 큰잔에 술을 부어 권하는것이였다.

《검은 화살이 꺾어졌으니 다시 무엇을 겁내리오. 그대는 대공을 세웠노라.》

《상감마마께 여쭙기 황송하오나 금후 간신을 멀리하고 충신을 가까이 하옵소서. <옛말에도 쓴약이 병을 뗀다>하였사오니 꿀같이 단 말보다 황련처럼 쓴 충언을 더 중히 들어주옵소서.》

《장할시고. 그대 속히 나의 곁으로 돌아오도록 하라!》

간신의 목을 낮추고난 산호는 팔도로 시찰을 내려갔다.

산호가 지방관리들을 다스리며 금강산골안에 들어섰을때는 이미 집을 떠난자 십년이 지난 뒤였다. 밤낮을 가리지 않고 길을 조여 허줄한 자기 집 널문앞에 이르니 늦가을의 해가 서산에 지고있었다.

그런데 뜨락에 들어서니 갑자기 집안으로부터 웬 로파의 울음소리가 들려왔다. 산호가 창문으로 들여다보니 분명 자기의 어머니인데 머리는 백설같이 하얗게 세였고 옷은 겨우 살만 가리울 정도였다. 어머니는 피가 랑자한 시체를 앞에 놓고 울고있었다.

《어머님-!》

산호가 어머니를 부르며 집안으로 뛰여들어가니 시체는 다름아닌 그립던 안해였는데 온몸에는 상처자국이여서 성한 곳이 없었다. 산호가 어머니에게 사연을 들어서야 모든 것을 알게 되었다.

원래 남편을 떠나보낸후 안해는 매일 어머니를 공양하며 수놓이를 하여 장에 가 팔아서 생계를 유지하였다. 헌데 그것도 한두번이 아니고 여러번 장에 드나들다나니 인물이 절색인 그녀가 사람들의 말밭에 오르지 않을수 없었다. 발없는 말이 천리를 간다고 군수의 귀에까지 그 소문이 들어갔다.

정사는 돌보지 않고 주색에만 빠져 세월을 보내던 군수라 그 소문을 듣고 곧 포졸들더러 수놓이하는 녀인을 잡아들이라고 호령하였다.

그러자 포졸들은 수놓은 명주수건을 들고 사방으로 찾아다녔다. 포졸들은 온 강원도를 참빗질하며 찾다가 겨우 금강산 깊은 골짜기에서 그들 고부를 찾아내였다.

안해가 포승줄에 묶기워 관아로 가자 군수가 물었다.

《넌 웬 녀인이냐?》

《소첩은 남편을 글공부시키려고 십년기약하고 떠나보냈삽고 지금은 년로한 시어머니를 봉양하여 살아가옵나이다.》

《음. 그 고생이 막심하렸다. 그 고생을 말고 나의 수청을 드는데 어떠하냐? 으? 하하하.》

고을군수가 너털웃음을 웃으며 하는 말이였다.

《황송하오나 소첩은 이미 랑군을 섬기는 유부녀라 어찌 군수님의 수청을 들겠나이까? 집에 늙으신 어머님이 걱정하고 계시오니 바삐 돌려보내주시와요.》

절개 군은 안해는 거절하였다. 아무리 얼리고 닥달하여도 소용이 없자 군수는 물매를 안기며 다짐을 받으려 했다. 하지만 모든 형벌도 허사였다. 녀인은 일년이 넘도록 옥살이하면서도 수철들지 않다가 마침내 숨을 거두었다.

《네 이녀석아, 그래 여태 무엇을 했길래 벼슬도 못하고 거지가 되여 돌아왔느냐? 네 이 배은망덕한놈 같으니라구. 그래도 너같은 놈을 남편이라구. 한번만 봤으면 하고 기다리더니 끝내 못보구...》

어머니는 말도 채 맺지 못하고 며느리를 부르며 통곡했다. 산호는 제일 급할 때 자기를 부르라던 스승의 말이 떠오르자 밖에 나와 자기가 무예와 《선책》을 읽던 곳을 향하여 목청을 다해 불렀다.

《스승님, 스승님. 어디에 계시옵나이까?》

홀연 먼곳에서부터 별빛이 반짝이더니 어느새 산호의 앞에 태백금성이 수염을 쓸며 나타났다.

《젊은이, 자네 어째서 나를 불렀나?》

산호는 급히 절을 올리며 일의 자초지종을 여쭈고나서 눈물을 흘리며 말했다.

《스승님, 제발 저의 안해를 살려주옵소서.》

《자 일어나게. 그건 어려운 일이 아닐세. 내가 살려주겠네.》

태백금성은 말을 마치자 품속에서 녹두알만한 약 세알과 부채 하나를 꺼내더니 집안에 들어가 죽은 안해의 입에 약 한알을 넣고 물을 조금 떠넣고는 부채질을 하였다. 그랬더니 안해가 신음소리를 냈다. 잠시후 두 번째로 약을 먹이고 또 부채질을 하니 차차 숨소리가 고르로와졌다. 이윽고 세 번째로 약을 먹이고 부채질을 하니 안해는 기지개를 쭉 펴며 일어나 앉았다. 이상한듯 온몸을 쓸어만지던 안해가 상처가 가신듯 나아진것을 느끼자 시어머니에게 물었다.

《어머님, 이 로인은 어디서 오신 명의옵니까?》

《여보게 며느리, 이 로인은 바로 자네의 바보남편이 모셔왔다네.》

《아, 가군님. 끝내 돌아오셨나이까?》

그제야 남편을 발견한 안해는 반가운 기색으로 물었다.

《여보게 며느리, 보면 모르겠나. 저렇게 거지가 되어 돌아왔네. 배은망덕한 놈일세, 후유—》

《어머님, 무슨 말씀을 그렇게 하시나이까? 이 란리세월에 고생인들 얼마나 하셨겠나이까? 살아 몸 무사히 돌아오신것만 해도 하느님이 도우신것이 아니겠나이까?》

옆에서 듣고만 있던 산호는 처음 집을 떠나서부터 지금까지의 사연을 자초지종 들려주고나서 말했다.

《어머님, 이분이 바로 저의 스승인 태백금성이나이다. 여보, 스승께서 당신을 살려주신것이요.》

그제야 어머니와 안해는 거듭 사례했다.

《여보게 젊은이, 로모님과 안해를 서울로 모시고 부디 임금을 도와서 나라 정사를 보살펴 만백성을 도탄속에서 구해주게. 자, 그럼 난 가네.》

태백금성은 작별하고나서 구름을 타고 불빛을 반짝이며 하늘로 날아갔다. 그러자 세사람은 하늘을 우러러 백배 사례하고 그길로 서울로 향해 떠났다.

수십일 걸어 서울로 올라가자 그들은 임금님을 만나 뵈옵고 다시 리정승댁을 찾아가 인사를 올리였다. 리정승은 잃었던 무남독녀와 사위를 만나니 기쁨이 한량없었다. 정승은 오늘에 와서야 몇 년전 과거볼 때 눈에 익었던 일이 생각키웠다.

≪그때 자네의 필체가 그렇게도 눈에 익길래 필시 무슨 연고가 있으렸다싶더니 원체 이런 일이 있었군 그래. 허허허.≫

≪네, 장인님. 소인의 불찰을 널리 용서해주옵소서.≫

산호는 그날부터 우로는 임금을 도와서 나라일에 충성을 다하고 아래로는 량가집 부모에게 효성을 다하며 유자복녀하고 잘 살았다 한다.

활량과 대감의 아들

한 시골에 활을 잘 쏘는 사람이 있었는데 옛날에는 이런 사람을 ≪활량≫이라 불렀다. 해마다 서울에선 활량들이 모여서 무예겨룸을 하였는데 장원한 사람한테는 벼슬을 주군 하였다. 시골활량은 몇 년째 서울에 가서 시합에 참가하였으나 장원을 못하고 올해에나 소원을 이룰가 해서 서울로 떠나려 했으나 손에 귀떨어진 동전도 한잎 없는지라 나오나 들어가나 한숨만 풀풀 쉬는중에 안해가 그 눈치를 알아차리고 자기가 시집올 때 가지고 온 은반지와 손목걸이를 팔아 남편에게 주면서 말했다.

≪가군님, 이것이 적지오만 로비로 쓰시면서 서울에 올라가시여 꼭 장원을 하시와요.≫

안해의 손에서 돈을 받아 쥔 활량은 뛸듯이 기뻐하며 행장을 꾸려가지고 서울로 올라갔다. 서울에 들어가서 생각해보니 돈이 많으면 좋은 주막집에 들어가서 때를 기다리겠지만 몸에 지닌 돈이 얼마 되지 않거니와 안해가 준 돈을 망탕 쓰고싶지 않아 두루 돌다가 웬 로파가 팥죽 파는 곳에 가서 팥죽을 사먹고 그 집에서 묵으며 때가 되기만 고대하였다.

하루는 밤이 이슥하여 초생달이 떴는데 어인 영문인지 뒤가 마라와 뒤보러 나가는데 웬 꽃같은 이팔아가씨가 지나가다가 활량에게 말하는것이였다.

≪당신이 몇 번이나 서울에 와서 무예겨룸을 했지만 그 화살이 좋지 못하여 뽑히지 못하였나이다. 이번에 성공을 하시려면 소녀가 시키는대로 하시와요. 이 담장안에 김대감이 살고 계시는데 울안에 대밭이 있사와요. 그중에 한그루에 석대가 자라난 대나무가 있을것인즉 그 대나무를 깎아서 만든 화살이라야 성공할수 있나이다. 부디 명심하시와요.≫

말을 마친 이팔아가씨는 표연히 사라지는것이였다. 활량이 그 말을 듣고 담밖을 돌며 김대감의 뜨락으로 들어가려 했으나 키를 넘는 담장을 넘어갈 방도가 없어 속을 썩이고있다가 한곳에 가니 무명필이 드리워져있었다.

활량이 무명필을 타고 올라가 담장안에 내려서니 마침 대나무숲이 우거져 있었다. 그런데 대나무가 어찌나 우거졌던지 그믐날처럼 캄캄하여 동서남북을 분간키 어려워 손으로 더듬어보았더니 과연 한그루에 대나무 석대가 자란것이 있었다. 활량이 칼을 뽑아 대나무를 베여가지고 숲가에 나와 앉아서 초생달빛을 빌어 화살을 깎는데 갑자기 ≪쿵!≫하는 소리가 나더니 키가 구척이나 되는 대가리가 꿀단지같이 생긴 놈이 손에 장검을 들고 사위를 살피며 련못가를 지나 불빛이 환한 별당문앞에 다가가 ≪있느냐?≫하고 묻는것이다. 그러자 살창문이 살며시 열리며 물찬 제비같은 아가씨가 나와 사나이를 맞아들이며

≪아이고 랑군님, 어찌되여 이리 늦게 오셨나이까? 어서 들어가사이다.≫하고 아양을 떨며 모셔들였다.

(이놈의 집에 무슨 사달이 생기렸다.)

활량은 이렇게 생각하자 화살깎기를 그만두고 가만가만 살창문가에 가서 엿들었다. 넘놈들은 안에서 술상을 차리고 먹고 마시며 수작을 피워댔다. 나중에 사나이가 하는 말이 들렸다.

≪네년이 아무리 이래봐야 풋사랑이지. 네년의 아버지가 최대감의 아들과 혼사를 정하고 이제 며칠 안있어 혼례를 치른다니 시집만 가면 그만이지 내같은 사람이야 왼눈으로나 보겠느냐?≫

≪아이고 랑군님, 그게 무슨 말씀이오니까? 옛날에도 충신불사이군이요 렬녀불경이부라 하였으되 제가 어찌 모르겠나이까? 하온데 제가 어찌 그런 초립동이한테 시집을 가겠나이까? 하오니 그날을 고대하셨다가 신방을 꾸려서 초립동이가 신방에 들어오거들랑 당신이 오셔서 그놈을 한칼에 없애버리고 도망을 가서 당신과 함께 평생을 같이 살면 되지 않겠나이까?≫

규수가 이렇게 말하자 간부놈이 다짐을 받았다.

≪그게 참말이냐?≫

≪참말 아니오면 제가 언제 당신을 속인 일이 있나이까?≫

규수가 말을 하며 큰잔에 술을 따라 권하니 놈은 실컷 마신후에 문을 나와

가버렸다.

활량이 듣기를 마치고 나오니 때마침 그 규수의 시녀가 서있는데 시녀 역시 이러한 사연을 듣고 보았으나 여자의 몸이라 어쩌지 못하던차에 활량을 만나게 된것이었다. 그래서 활량을 한옆으로 끌더니 어째서 여기까지 오게 되였느냐고 물었다. 활량이 사연을 이야기하자 시녀가 말했다.

≪활량님, 규수의 행실이 불초하나 어찌 죄없는 최대감의 아들이 비참하게도 비명에 죽는것을 보고만 있겠사옵나이까? 함께 방도를 대여서 최대감의 아들을 구하사이다.≫

≪어떻게 하면 성공할것 같으냐? 네게 좋은 방도가 있으면 말하거라.≫

활량이 이렇게 말하자 시녀가 품속에서 돈 백냥을 내여놓으며 말했다.

≪활량님, 이 돈 백냥을 가지고 서울에서 제일 훌륭한 대장쟁이를 찾아가 따발검을 하나 쳐오시와요. 검의 크기는 구척이여야 하나이다. 그 간부놈의 검은 칠척이나이다.≫

시녀는 활량에게 여차여차하라고 일러두고 가버렸다. 이튿날 활량은 서울에서 제일 훌륭한 대장쟁이를 찾아가 구척따발검을 쳐왔다. 드디여 혼례날이 되자 활량은 날이 어둡기를 기다렸다가 먼저 담을 넘어 별당옆에 가서 때가 되기를 기다렸다.

이윽고 저녁이 되자 십여세되는 소년신랑이 사람들의 부축을 받으며 별당안으로 들어가고 나머지 사람들은 모두 물러갔다. 허나 규수는 신랑을 본척고 않고 문을 열었다 닫았다 하며 간부가 오기만 기다렸다. 그런데도 신랑은 그 영문을 모르고있었다.

마침내 밤이 깊자 그 간부놈이 전과 같이 담을 넘어 별당안으로 들어왔다. 그러자 규수는 왜 이제야 오시는가 하며 주안상을 차려 술을 권하기 시작했다. 간부는 술을 몇잔 마시고 얼근해지자 한손에 칼을 뽑아들고 한손에는 술잔을 든채 한구석에서 벌벌 떨고있는 신랑에게 말했다.

≪너 이놈, 오늘 장가를 드는것이 불행인줄 알고 이 술을 마셔라. 그리고 네가 죽더라도 원망을랑 말어라!≫

최대감의 아들이 겁이 나서 벌벌 떨며 겨우 술잔을 받자 간부놈은 칼을 들어 내리치려 하였다. 바로 그 찰나 활량은 시녀가 시킨대로 떡메로 퇴마루를 한번 힘껏 내리쳐 ≪쿵!≫하는 요란한 소리를 낸 다음 발길로 살창문을 들이차고 따발검을 쑥 들이밀면서 호통쳤다.

≪네 이놈, 내가 금강산에 올라서니 네놈이 새각시와 술을 받아먹는것이 보여서 찾아왔다. 이 고약한 놈아, 네놈만 술을 받아먹고 이 어른은 새각시 술을 못받아먹는단말이냐? 이리 한잔 부어올려라.≫

간부놈이 들어보니 자기가 금강산에서 이곳까지 오려면 적어도 사흘을 걸러야 하겠는데 이 호한을 금방 술 받아먹는것을 보고 왔다니 그 재간이 이만저만이 아닌것같아 그만 겁을 집어먹고 벌벌 떨며 한옆에 서있는데 활량이 규수가 부어주는 술을 받아서 마셔버리고 간부놈에게 술을 부어라고 호통했다. 원래 활량이라 주량이 또한 대단하여 연거퍼 십여잔을 마시고나서 또 술을 한 대접 부어들고 말했다.

≪네 이놈, 어서 이 술을 마시고 목을 늘여라. 네놈을 살려두면 우리 강호의 영웅호걸들의 낯을 깎겠다. 내 금강산에서 네놈을 지켜보다가 몇 번 용서해줬으나 오늘만은 용서가 없다. 네놈이 죄없는 신랑을 죽이겠단말이냐? 네놈도 호걸은 호걸이지만 어서 목을 늘여라.≫

간부놈은 이미 어열이 빠져 혼이 공중에 떴는지라 활량의 호령대로 찍소리 못하고 목을 늘였다. 활량은 그 기회를 놓칠세라 검을 들어 내리치는데 간부놈의 대가리가 떨어졌다가는 다시 뛰여올라 붙으려 했다. 그럴 때 시녀가 어느새 치마폭에다 재를 싸가지고 와서 뿌리니 간부놈은 검을 피를 내쏘며 죽어버렸다. 그제야 규수가 달려와

≪장군님, 장군님의 덕분에 제가 잔명을 보전하게 되었사오니 제발 살려주시와요.≫하고 애걸하였다.

≪네년도 같은 년이니 살려둘수 없다! 이 칼을 받아라!≫

활량이 이렇듯 꾸짖으며 검으로 년놈의 목을 두동강 내니 벌써 태기가 있어서 피덩이 하나가 튀여나오면서

≪일곱달만 더 참았다면 아버지의 원쑤를 갚을걸.≫하며 풀떡풀떡 뛰기에 활량이 검으로 그 피덩이를 툭 쳐서 죽어버렸다. 이때에야 정신이 돌아온 최대

감의 아들은 활량의 두루마기자락을 부여잡고

≪사람 살려요!≫하며 엉엉 우는데 활량은 이미 사람을 둘이나 죽였으니 더는 지체할수 없어서 최대감의 아들이 부여잡은 두루마기자락을 검으로 썩 둑 잘라버리고 그길로 담장을 넘어 삼십륙계줄행랑을 놓아 집으로 돌아오고 말았다.

그런 일이 있은후 몇 년이 지난 뒤였다. 서울 최대감네 집에서 이야기 잘하는 사람에게 돈 백냥과 의복을 주고 한상 차려 대접한다는 방이 나붙어서 온 조선팔도에서 이야기 잘하는 사람들이 구름처럼 모여들었다. 어느새 소문이 활량이 사는 시골에까지 전해졌다. 활량도 한번 서울로 올라가 볼 생각이 나서 돈푼을 마련한 뒤 서울 최대감에 집을 향해 떠났다. 드디어 활량이 최대감에 집에 도착하여 하인을 불러 사연을 말하니 하인은 활량을 최대감앞에 대령시켰다. 활량은 최대감앞에 부복하며

≪소인은 시골에 사는 사람이온데 역시 이야기 하나 하려고 찾아왔나이다.≫하고 말했다. 그러자 최대감이 활령에게 물었다.

≪아, 그런가? 자네는 무슨 이야기를 하겠는고?≫

≪네, 소인은 문맹이라 책본 이야기는 못하옵고 다만 소인이 서울에 올라와서 친히 겪은 일을 이야기하겠나이다.≫

뒤이어 활량이 수년전에 서울에 오게 된 일이며 김대감집 대나무밭에서 대를 베여 화살을 깎은데까지 이야기하니 최대감은

≪그러면 그렇지, 어서 계속하게.≫

하며 기뻐마지않았다. 이어 활량은 간부놈과 규수를 죽인 일과 나어린 신랑이 두루마기자락을 쥐고 아무리 놓으라고 해도 놓지 않기에 검으로 잘라버리고 고향으로 줄행랑을 놓던 일을 이야기하면서

≪그러하오나 그때 그 신랑이 죽었는지 살았는지 모르겠나이다.≫하고 한마디 덧붙였다. 활량의 이야기가 끝나자 최대감이

≪여봐라, 후원에 가서 도련님을 모셔오너라!≫하고 하인을 시켜 아들을 데려오라고 하였다. 아들이 들어오자 최대감은 분부를 내렸다.

≪네 어서 이분에게 절을 올려라!≫

최대감의 아들이 아버지의 령대로 활량에게 절을 올리고나니 대감은
≪네 그 아무 때 두루마기자락을 건사한것이 있느냐?≫하고 물었다.

≪네, 있나이다. 이것이 아니옵니까?≫

최대감의 아들은 인츰 품속에서 두루마기자락을 꺼내여 최대감앞에 내놓았
다. 하긴 활량은 살림이 구차하여 드나나나 두루마기 한 벌인데 그것마저 칼로
벤 자리를 깁지 못하여 그대로 입고 왔었다. 최대감이 그 두루마기자락을 맞춰
보니 꼭 맞았다. 그제야 그 활량이야말로 자기를 구해준 은인인줄 알게 된
최대감의 아들은

≪은인이시여-!≫하고 꿇어엎디며 절하였다. 이에 활량이 놀라 어리둥절해
서있는데 최대감이 활량의 두손을 잡으며

≪여보게, 이제야 자네를 찾았네. 자네야말로 우리 가문의 은인일세. 이녀
석은 우리 가문의 삼대독자인데 자네가 아니였더면 내 아들은 죽었을것이네.
내가 잘못해 그 죽을데로 아들을 장가보냈으나 자네가 의리를 지켜 내 아들
을 구해주었으니 자네야말로 우리 가문의 은인일세. 이제 다시는 시골로 내
려가지 말고 서울에 올라와 우리 함께 친형제처럼 살아가세.≫하고 말하는것
이였다.

이리하여 최대감과 활량은 의형제를 맺었다. 그뒤 활량은 시골안해를 서울
에 데려다가 최대감과 함께 지내는데 그야말로 한부모가 낳은 친형제보다도
못하지 않게 화목하게 살았다고 한다.

제자를 장가들인 훈장

옛날 평안남도 한 고을에 자그마한 서당이 있었는데 그중에 한 아이가 어찌나 총명한지 하나를 가르치면 열을 알고 열을 가르치면 백을 아니 훈장의 사랑을 받으며 글을 배웠다.

옛날에는 산보놀이하는것을 ≪강날≫이라 하였다. 하루는 훈장이 서당아이들을 데리고 재너머로 들놀이를 떠났다. 이날, 아이들이 좋아서 희희락락 줄을 서서 갈제 시내가에 맑은 양류는 초록장을 둘러입었고 산언덕우의 백화는 비단요를 펼친듯 호접이 쌍거쌍래하고 홍안이 비거비래하는 가춘호시절이였다.

이때 이 고을에는 서울에서 늙어 벼슬을 그만두고 락향하여 살아가는 대감이 있었는데 칠십고령의 두 늙은 량주는 무남독녀 외딸을 두었으되 딸의 나이 올해 이팔이 되였다.

원래 규수 나이 칠세되자 독훈장을 앉혀놓고 글을 가르쳤더니 규수 총명하며 공부한지 10여년만에는 주역을 통달하고 내직편에 능할뿐만아니라 상통천문하고 하달지리하였고 인물 또한 절색이였다.

이날도 규수 후원별당에 앉아 책을 읽다가 창밖을 내다보니 화원에 백화만 발하고 나비가 꽃을 찾아 담을 넘어 날아들거늘 자연 마음이 심란해져 책을 든채 하녀를 데리고 화원으로 나갔다가 동네 서당총각들이 들놀이 가는것을 보자 세상에 남아로 태여나지 못한 자기를 한탄할뿐이였다.

대감집 규수가 화원에서 들놀이 가는 애들을 몰래 도적질해보고있을때 서당총각들중 제일 총명한 총각애가 대감집의 반쯤 열려진 대문으로 들여다보니 백화가 만발한 화원속에 규수가 서있는데 마치도 월궁의 상아가 내려온것 같고 하늘의 선녀가 내려온듯 싶었다. 이때 아가씨는 웬 총각이 자기를 넘어다

보고있는것을 보자 아미를 살짝 숙이고 곱게 빗은 삼단같은 머리태를 뒤로 넘기며 돌아서서 들어가버렸다.

총각이 넋을 잃고 보다가 아이들을 따라가기는 하나 걸음은 허공에 뜬듯하고 길가의 모든 화초가 모두 대감집 아가씨처럼 보여서 언제 강날놀음이 끝났던지 도무지 생각나지 않았다. 그날부터 음식을 전폐하고 누워 앓게 되자 부모들은 의원을 불러 온다 동서남북 뛰여 다니며 명의를 불러다 병을 보인들 어찌 총각의 병을 고칠수 있으랴. 날로 수척해가는 아들을 바라보는 부모들은 가슴이 터질 지경이나 총각도 자기의 가슴만 쥐여뜯을뿐 감히 그 말을 부모님께 아뢸수 없었다.

하루는 총각이 생각 끝에 부모님께 말했다.

≪아버지 어머님, 소자 이름 모를 병에 걸려 언제 죽을지 모르오나 죽기전에 다만 선생님을 만나뵈옵기가 소원이오니 꼭 모셔다 주시와요.≫

아버지가 눈물을 흘리며 서당훈장을 데려오니 총각은 선생의 손을 잡고 눈물을 흘리기만 하였다. 그걸 목격한 훈장이 슬퍼하며

≪애야, 너의 총명이 과인하여 내가 특별히 사랑하여 가르쳤더니 갑자기 이게 웬 일이냐? 무슨 말 못할 사연이라도 있는게 아니냐?≫하고 물었다. 총각이 자기를 가르친 선생님께 무슨 말인들 못하랴싶어 사연을 쭉 이야기하였더니 다 듣고난 훈장은 총각의 손을 잡고 말했다.

≪내게 한가지 방법이 있는데 네가 시행할만하냐?≫

선생님께 방법이 있다는 말을 들은 총각은 벌떡 일어나 앉으며 선생님의 손을 잡고 물었다.

≪선생님, 무슨 방법이 있나이까? 대감집 규수를 단 한번이라도 만날 수 있다면 평생 소원을 풀겠나이다.≫

≪그럼 내가 시키는대로 하여라. 나에게 <춘향전>이 있으니 이 책을 바로도 거꾸로도 외울수 있도록 읽어라. 후에 방법을 대여줄터이니.≫

그리하여 총각은 ≪춘향전≫을 읽고 외우는데 총각의 총명으로 어렵지 않아 며칠 지나자 바로도 거꾸로도 외울수 있었다. 총각이 선생님을 찾아갔더니 훈장이 기뻐하며 말했다.

≪요사이 내 그 대감집 옆에다 다락을 한 채 지어놓고 한 아가씨가 이곳에 와서 글을 읽는다고 소문을 놓았으니 너는 지금부터 녀장을 하고 다락에 올라앉아 밥을 지어먹으며 밤낮없이 책을 읽어라. 책을 읽는데는 한번 바로 읽고 한번 거꾸로 읽어라. 그러노라면 자연 하회가 있으렸다.≫

이리하여 녀복을 입은 총각이 다락방에서 글을 읽는데 하루는 대감집 규수가 하녀에게 옷가지를 빨아오라고 시켰다. 이윽고 하녀가 빨래함지를 들고 내가로 가는데 어디서

≪...춘향아, 존경하는 도련님이...비루한 쌍놈을...≫하는 소리가 들려오기에 보니 다락방에서 웬 규수가 글을 읽고있었다. 쌍놈의 딸이고 일자무식이었으나 아씨의 글 읽는 소리는 많이 들었어도 이런 소리는 어머니 배속에서 나와 들으니 처음이었다. 하녀가 빨래질을 깜박 잊고 살금살금 다락밑에 가서 들을라니 점점 더 괴상한 글소리가 들려왔다.

≪...춘향이 해당화 그늘속으로 본체않고 돌아서니 방자란놈 할 일 없어 설큼 걸어와 하는 말이 도련님은 얼굴이 관옥이요 풍채는 두목집인데 문장은 리백이요 필법은 왕휘지라 남편을 얻으려면 이런 남편 얻을게지 시골 푸주간 땔나무군 코빵빵이를 얻는단말이냐?...≫

하녀가 어느새 해가 서산에 지고 치마밑이 축축하기에 굽어다보니 저도모르게 소피하였으므로 끔쩍 놀랐다. 그제야 하녀 급히 일어나 내가로 달려가 아씨의 옷을 빠니 급한 빨래 어찌 깨끗이 씻을수 있으랴. 부랴부랴 빨아들고 들어가니 그렇게도 맘씨 착하던 아가씨가 불러세우며 꾸중을 했다.

≪네 이게 어찌된 일이냐? 아침에 나간년이 해져서 돌아오며 깨끗이 씻지 못했으니 웬 도깨비한테 홀렸댔느냐?≫

하녀는 주인아씨가 꾸중을 하든말든 자초지종 여쭈니 아가씨는 말없이 안으로 들어갔다.

아씨 별당에 돌아와 생각해보니 낮에 자기도 모르게 괴상한 글읽는 소리를 듣기는 하였으나 무슨 책을 읽는지 몰랐는데 금방 하녀가 하는 말을 듣고보니 마음이 당기여서 견딜수가 없었다. 나가보려 하였으나 규방에 든 몸이라 나갈 수 없어 생각 끝에 어머니를 보낼 생각을 하고 이튿날 아침에 어머니더러

여차여차하니 가보시라고 했다.

≪그래, 내 가보고 오마. 내 나이 오십이 넘었으니 무슨 일 있겠느냐? 내 갔다오마.≫

쥐면 꺼질가 불면 날가 고이 길러온 무남독녀 외딸의 요구를 어머니가 안 들어줄리 없었다. 이윽고 량반집 마누라가 나가보니 옆에 다락방이 있는데 그안에서 무슨 글읽는 소리가 들려왔다.

≪산새를 두고 읽을진대 시골산새 서울산새 다르나 내 읽을게 들어봐라...≫

대감집 마누라가 들은즉 과연 재미가 있거늘 우에 대고 소리쳐 불렀다.

≪우에 누가 있느냐? 이 늙은게 들어가면 안되느냐?≫

총각이 우에서 글을 읽다가 웬 늙은이의 말소리가 들리므로 문을 열고 내려다보니 분명 대감집 마나님이라 급히 내려와

≪마나님께선 어찌하여 저의 루추한 집으로 찾아오셨나이까? 어서 들어오시와요.≫하고 대감집 마누라를 모시고 들어가 침상에 앉히고 자기는 수집은 듯 책상과 마주하고있었다.

대감집 마누라가 보니 자기 딸과 나이가 비슷한 처녀인데 생김생김도 괜찮은지라 청을 들었다.

≪애, 아까 그 글을 좀 읽어다우. 참 듣기 좋더구나.≫

≪마나님, 내가 무얼 안다고 그러나이까.≫하고 총각이 점잖을 빼니 량반집 마누라는 자꾸 글을 읽어달라고 청을 들었다. 하여 총각은 못이기는체하고 한편을 읽었다.

≪...이 궁둥이 두었다가 논을 살가 밭을 살가 어화둥둥 내 궁둥이 어화세상 벗님들아 이내 말씀 들어보소. 어제날의 거지사위 오늘날에 어사되니 이런 경사 또 있는가? 어화세상 벗님들아 아들낳기 소원말고 딸낳기를 소원하소. 어화둥둥 내 궁둥이...≫

대감집 마누라가 들어보니 난생처음 듣는 소리라 읽기를 마치기도전에 총각의 손을 잡으며

≪내사 늙어놔서 들어야 알겠나? 우리 집에도 너와 비슷한 딸애가 있으니 가서 동무도 할겸 우리 딸애도 듣게 우리 집에 가서 읽어다오≫하고 무작정

내리끄니 총각은 한편 기쁘기도 하고 한편 두렵기도 해서 사양하는체하다가 따라섰다.

대감집 울안에 들어서니 딴세상에 온것 같은데 네귀에다 퉁경달고 여덟귀에 종경달아 바람이 부니 왈가닥덜거덕 그 소리가 듣기 좋았다. 대감집 마누라를 따라 후원별당에 들어서니 오매불망 사모하던 아가씨가 달려나와 반겨맞는데 섬섬옥수로 손잡으니 나비가 꽃을 만난격이라 온몸이 물러앉는듯했다.

집안에 들어와보니 네벽에는 그림들이 붙어있고 책꽂이엔 숱한 책들이 꽂혀있었다. 총각이 제본색이 드러날가봐 두려워 고개를 숙이고있으니 대감집 마누라는 수집에 그러는줄 알고 말했다.

《뭐 그리 부끄러워할게 있나? 어서 책을 읽어봐라. 참 듣기 좋더라.》

대감집 아가씨도 처녀앤줄 알고 사뿐사뿐 걸어와 재촉하거늘 총각은 사양하다 못해 책을 펼치고 읽었다.

《...군복자락은 펄렁 광풍에 나비처럼 충청거로 건너가 춘향아 부르니 춘향이 깜짝 놀라 그네아래 썩 내려서니 아따 이놈 방자놈이 하마터면 락성할번하였구나. 책방의 도련님이 글공부 아니하고 유산하기 당치 않고 유산은 할지라도 남의 규중처녀 보고 전갈하니 당치 않고 전갈을 할지라도 여자렴치 못하겠다...》

대감집 아가씨가 어찌나 재미있던지 싹싹 다가앉으며 손벽을 치니 총각은 또 주역을 들 읽어내려갔다.

《...선코 익은코, 덴코 삶은 코, 네 코 내 코, 춘향한테 대고 요롱코 조롱코 새코 나면 더욱 좋고말고...》

밤이 어느새 깊거늘 대감집 마누라 일어서며 말했다.

《아이구. 난 가 자야겠구나. 너두 밤이 깊었으니 우리 딸과 동무하여 여기서 하루밤 묵어가거라.》

대감집 마누라가 말하니 총각 또한 자기도 가겠노라며 일어섰다. 그러자 대감집 아가씨가 꼭 붙잡고 놓지않고 자기와 동무해서 자자고 하거늘 총각애는 못이기는체하며 물러앉았다.

어머니가 나가자 대감집 아가씨는 총각을 정말로 자기와 같은 처녀인줄 알고 침상에 이부자리를 훨훨 펴더니 옷을 홀랑 벗고 누우며 총각더러 빨리 올라와 자자고 하였다. 그러자 총각은 하회는 어떻게 되든지간에 자고 볼판 이요, 이제는 죽어도 원이 없을것 같아 옷을 벗고 들어갔다. 대감집 아가씨는 처음에는 영문을 몰랐으나 음전양전이 부닥치니 그만 별당에 춘정이 무르녹 았다.

우연히 밤중에 재미를 보았으나 뒷일이 걱정이라 규수 총각에게

≪일이 이렇게 된 이상에야 어찌하오리까? 우리 둘이 만난것도 천상인연인 줄 아오니 여기서 기다려주시오면 제가 가서 부친님께 용서를 빌고 말씀 올리 면 될줄로 아나이다.≫하고 말하고는 부친님 방에 뛰여가 꿇어앉아 눈물을 쏟으며 어제밤 되여진 일을 여쭈었더니 대감은 깜짝 놀라 전신을 후들후들 떨며 말을 못하다가 이윽고 진정하고 락루하며 말했다.

≪내 로년에 너를 아들처럼 고이 길렀더니 이게 웬말이냐? 이젠 집안이 망하게 되었구나. 썩 물러가거라.≫

딸을 내여보내고 대감이 생각해보니 일가친척 없이 지내는 곳이요 죽어서 고향땅에 묻히자고 락향한 신세라 제일 가까운 사람이란 로친밖에 없거늘 로친을 불렀다.

≪령감두상, 새벽부터 날 불러 뭘하작꼬?≫

로친이 잠이 덜 깨서 묻는 말에 령감이 대답했다.

≪여보 로친, 이 일을 어쩌면 좋을고? 간밤에 딸방에 간부가 들었으니 집안 이 망하게 됐지 뭐고.≫

≪아따 간밤에 내가 처녀인줄 알고 데려왔더랬는데... 차라리 잘됐소 령감, 우리가 이젠 다 늙었으니 믿을 사람이 있어야 되지 않겠소 내가 중매를 한셈 치구 데릴사위를 삼는게 어떤기요.≫

로친의 말을 듣고보니 간부가 아니라 로친이 중매를 선셈이라 령감은 즉시 딸과 총각애를 불러 허혼을 하고 길일을 택하여 혼례를 치러주니 그뒤 딸과 사위의 효성이 지극하여 가시부모를 잘 모시고 잘 살더란다.

정승의 딸을 얻은 총각

옛날에는 나라가 어지러워서 간신들이 늘 충신들을 모해하여 죽이거나 정배를 보내기가 일쑤였다.

삼수갑산 어느 산골에는 몇해전에 정배온 한 가정이 있었는데 두 내외 아들 하나를 데리고 등걸밭을 일구어 근근득식으로 살아가고있었다.

세월이 흘러 그들이 정배온지도 십여년이 지났다. 그동안 어린 아들 나이도 이십세가 당진하나 장가를 못가고있었다. 하긴 장가를 가자해도 인가가 희소한것도 원인이지만 일단 혼처를 찾아가면 역적의 집이라고 거절하니 어쩔 방법이 없었다.

하루는 부모들이 속만 태우고 앉았는데 아들이 부친앞에 복지하며 이렇게 말하였다.

≪부모님, 충신이였던 우리가 나라에 득죄하니 하천한 놈들도 우릴 인간으로 취급하지 않기에 살아도 사는 보람이 없습니다. 소자는 래일 집을 떠나 서울로 가서 하다못해 종놈의 딸이라도 얻어올터인즉 부모님의 뜻은 어떠하십니까?≫

아들의 말을 듣고 부친이 응낙하였다.

≪네 소원이 진정 그렇다면 소원대로 하거라.≫

≪그런데 부친님, 서울이란 거울같이 맑은 시내여서 돈이 없으면 날개없는 새처럼 꼼짝 못할것이니 얼마간 주웁소서.≫

아들의 청에 부친은 장농속에서 동전 몇십냥을 꺼내주었다.

이튿날 아침, 아들은 개나리보짐을 지고 천리길을 떠났다. 온갖 고생을 겪으면서 서울에 올라와 이거리 저거리를 다니며 돈을 아껴쓰다가 생각해보니 사람은 옷이 날개라고 시골도 아닌 서울이여서 옷을 화려하게 입지않고서는 발붙일 곳도 없을것 같았다.

그래서 총각은 값을 후히 주고 옷과 모자 그리고 신을 샀다. 그랬더니 멋진 옥골선비로 되었지만 어디에 가 마땅한 혼처를 구할길이 없었다.

서울에 올라온지 반년이 되었지만 종의 딸은 커녕 백정의 딸도 찾아볼수 없었다. 집에서 가지고 온 돈도 당금 떨어질 형편이였다.

하루는 종로네거리에 가보니 한곳에 고래등같은 기와집이 높이 솟았는데 담이 천야만야 둘러있고 철문을 첩첩히 해달았는데 문에 문패가 붙었거늘 쳐다보니 김정승댁이라 씌여있었다.

총각은 그 집곁의 초라한 주막에 자리를 정하고 매일 김정승집 담벽을 돌며 엿보았다.

때는 좋아 춘삼월 호시절, 리화 도화 만발하였는데 양류간의 꾀꼬리는 고운 목청 뽑아 노래하고 범나비 짝을 지어 화단에 넘나들며 너울너울 춤을 추니 소자 어찌 처량한 회포가 일어 우울치 않으랴.

한편 김정승은 슬하에 혈육이라고는 다만 무남독녀 딸 하나를 두었으되 용모가 특출하거니와 재질이 뛰여나 만사람의 칭찬을 받으며 자라고있는데 세월이 여류하여 나이 십팔구세가 당진하니 서적을 통달하고 후원별당에 규방 살이로 세월을 보내고있었다.

김정승은 그 딸을 고이 길러 대가문에 출가시켜 외손봉사하려고 혼처를 소문하는중이였다.

하루는 총각이 담모퉁이를 돌아 후원별당옆에 가서 발길을 멈추고 들으니 가야금소리가 처량하게 들려왔다. 총각은 그 가야금소리에 마음이 산란하여 오락가락하다가 하는수없이 처소로 돌아와 그남 밤을 뜬눈으로 새웠다.

한편 그날 밤 달빛이 교교한데 규수를 탐내여 노리는 불량배가 있었다. 삼경이 되자 그자는 비수를 품고 개구멍으로 기여들어가 다짜고짜로 별당문을 열었다. 그때 잠이 들었던 규수는 너무도 놀라 크게 부르짖었다.

≪어떤 놈이 야밤삼경에 쥐도 새도 출입못하는 별당으로 들어왔느냐? 썩 물러가지 못할가! 내 말을 거역하면 소리를 크게 질러 사람들을 불러다가 결박 시켜 참하리라.≫

허나 강탈하려고 생사결단하고 뛰여든자가 순순히 물러갈 리가 없었다. 그자는 비수를 들어 규수의 가슴을 겨누며

《꼼짝 말앗! 난 너를 사모하다 못해 여러날 벼르다가 오늘 저녁 틈을 타서 찾아왔은즉 나의 말을 들어주면 생명을 보전하지만 안 들으면 이 칼로 너를 찔러죽일테다. 죽겠느냐, 아니면 내 말을 듣겠느냐? 》하고 대여들었다.

(지금 발악을 하면 이놈의 손에 죽을것이니 정조를 빼앗겨도 목숨을 보전하리라.)

규수는 이렇게 생각하자 그자에게 몸을 내맡겼다. 그런데 그놈은 정욕을 채우고 그길로 나가다가 그만 김정승의 야경군들에게 붙잡히고 말았다.

이튿날 날이 새자 김정승의 하인들은 그자를 형틀에 달고 류장이 되게 쳤는데 놈은 더는 배겨낼수가 없게 되자 자기의 모든 행실을 곧이곧대로 고하였다. 그리하여 그날로 남몰래 목이 달아나고말았다.

딸의 행실이 잘못된 사실을 알게 된 김정승은 노발대발하여 딸을 불러놓고 꾸짖었다. 그리고나서 가정식구를 모아놓고 상론하였다.

《절대 이 일을 밖에 루설하지 말라. 만약 루설하는자가 있으면 즉석에서 참하리라. 인젠 딸을 죽이는것보다 수수한 쌍놈을 불러들여 딸을 위탁시키고 먼곳으로 쫓아보내는것이 상책이렸다.》

과연 그날부터 김정승댁에서는 비밀리에 딸과 같이 살 사람을 구하기 시작하였다. 그런데 마침 총각이 들어있는 주막집 주인의 딸이 면바로 규수의 몸종으로 있었던지라 몸종이 그 소식을 알고 집으로 돌아와 부모에게 전하였다.

주막집 주인은 언녕부터 총각의 래력을 잘 알고있는터라 딸의 말을 듣자 곧 일렀다.

《네 들어가 상전아씨에게 우리 집에 와 있는 총각의 래력을 상세히 고하여라.》

이윽고 몸종이 그길로 규수에게 가 아버지가 부탁하던 말을 낱낱이 고하니 규수 흡족하여 어머니를 찾아 마음속의 말을 하였다. 그러자 대부인 또한 정승전에 전후사연을 알렸는데 정승도 기뻐마지 않았다.

드디여 총각이 정승전에 와 복지하자 김정승은 즉석에서 인물 좋고 마음

착한 총각을 사위로 삼고 이른새벽 고요한 틈을 타 말바리에 금은보화를 가득 실어준 다음 어서 떠나라고 하였다.

당금 떠날 시각이 되었다. 딸과 사위는 눈물로 부모들과 작별하고나서 말바리를 몰고 북으로 북으로 떠나갔다. 이렇게 떠나 무려 달포나 되어서 고향에 돌아와 부모전에 뵈니 부모 기쁘기 한량없어 아들과 며느리를 얼싸안고 눈물을 홀리는것이였다. 그후 이 소문이 각지에 퍼져 지금까지도 전해오고있다 한다.

황정승이 아들을 장가보내다

황희 황정승은 조선에서도 이름난 대신이였다. 일찍 그는 풍운조화를 헤아리고 지혜가 출중하여 문장이 활달하여 나라의 정승으로 되었는데 슬하에 아들 하나를 두었더니 년광이 차서 취처할때가 되었다.

본래 청렴하고 백성의 질고를 잘 헤아리는 정승인지라 아들의 혼사 역시 빈부귀천을 가리지 않고 팔도를 돌며 마음씨 착한 처녀애를 데려오려고 맘먹었다. 그리하여 매파도 내세우지 않고 친히 며느리감을 구하려고 팔도를 두루 돌아다니며 보았으나 별로 마땅한 자리가 나서지 않았다.

하루는 황정승이 인천항구에 이르러 이곳저곳을 다니다가 한 오막살이에서 웬 여자애가 나오는것을 보았는데 그 처녀애가 첫눈에 마음들었다.

황정승이 가던 걸음을 멈추고 유심히 보노라니 여자애는 초막으로 다시 들어가는것이였다.

원래 그 오막살이는 안해를 일찍 여의고 슬하에 딸 하나를 데리고 살아가는 배사공네 집이였다.

옛날에는 배사공이라면 아주 비천한 쌍놈으로 치부했었다. 비록 쌍놈의 가문이기는 하지만 딸의 용모 출중하니 배사공은 사처로 사위감을 고르고있는중이였다. 황정승이 문가에 다가가 주인을 찾으니 여자애가 나오며 공손히 말씀을 올렸다.

《대감님, 어찌하여 루추한 집으로 왕림하셨나이까?》

《존비귀천이 어디에 있느냐? 해상을 구경코저 나왔다가 날이 일모하니 너의 집에서 류숙하려 하노라.》

《황송하기 그지없사옵나이다.》

처녀애가 정승을 방에 모시고 앉았는데 밖에서 인적기가 들리더니 문이 열리며 반백이 넘은 중늙은이가 들어왔다. 황정승이 자리에서 일어나 말하였다.

≪나는 서울에서 사는 황정승인데 며느리 될 사람을 찾아 조선팔도를 다 돌아다니다가 댁의 따님이 나의 마을에 들어 이처럼 들어왔소이다.≫

그 말에 배사공이 당황하여 대감앞에 복지하며 말하였다.

≪저같이 비천한 쌍놈의 딸자식을 어찌 량반의 가문에 출가시키오리까? 천만부당한줄로 아옵나이다.≫

황정승이 배사공의 두손을 꼭 잡으며 말하였다.

≪그 무슨 말씀이시오! 도리여 내가 죄송할가 하옵니다. 그쪽에서 허락만 하신다면 혼사를 정할가 합니다.≫

마침내 마음이 합의된 두 령감은 서로 자식들의 사주를 써서 바꾸어 가졌다. 이렇듯 정혼을 하자 황정승은 사둔령감을 하직하고 그길로 서울로 올라와 서둘러 길일을 택한 다음 사둔께 글월을 띄웠다.

한편 인천항구의 어느 거리에 김서방이란 사람이 살고있었는데 슬하에 아들 하나를 두고있었다. 그 아들은 일하기 싫어하고 고운 여자만 보고 다니는 난봉군이였는데 일찍부터 배사공의 딸에게 눈독을 들이고있었다.

어느날 난봉군은 그 소식을 듣고 부아가 치밀어올랐다. 하긴 언제부터 그 처녀를 사모하던 일이 허사가 되였는지라 등에서 콩이 뛸 지경이요 닭 쫓던 개 울 쳐다보는격이 되였으니깐. 조급해난 난봉군은 궁리 끝에 황정승의 아들과 배사공의 딸의 혼인을 파탄시킬 좋은 꾀를 생각해냈다.

(그래, 결혼날 저녁에 거사하리라!)

난봉군은 그날을 고대하고있었다.

한편 서울 황정승네는 결혼날이 당진하자 신랑을 배사공네 집으로 보냈다.

옛날에는 혼인할 때면 한쪽나들이만 하였다. 하여 신랑은 신부네 집에 당도하자 청실홍실을 늘이고 초례를 지낸 다음 저녁에는 신방에 들어 외인을 금지시키고 신랑 신부 두사람이 좌석을 같이 하였다.

밤이 깊어 삼경이 되자 둥근달이 반공중에 높이 솟았는데 밖으로부터 인적기가 나더니만 칼그림자가 창문에 비끼고 뒤이어 ≪탕≫하고 발을 구르며 호통치는 소리가 들려왔다.

≪신랑은 듣거라. 네 잔명을 보전하려거든 지금 속히 이 방에서 도망치여라. 만약 령을 거역하면 이 칼로 네 목을 베리라. 내 수년전부터 이 집의 딸과 인연을 맺고 백년해로하자고 맹세하였거늘 네 안해가 아니니 그리 알고 속히 자리를 비켜라!≫

그 소리를 들은 황정승의 아들은 깜짝 놀래여 문을 차고 나오자 밤도와 서울로 줄행랑을 놓았다.

신랑이 이렇게 떠나가버리자 신부는 첫날의복을 입은채 침상에 쓰러져 수일간 식음을 전폐하더니 그만 며칠 못가서 황천객이 되어버렸다.

서울에 돌아온 황정승의 아들은 부친전에 신방에서 생긴 일을 자초지종 고하였다. 부친이 듣고보니 한심한 일이라 더는 아들을 꾸지람못했다.

세월은 어느덧 그때로부터 10여성상이란 시간이 흘렀다. 그동안 과거급제한 황정승의 아들은 인천부사로 등용되여 도임하게 되었다.

드디여 인천에 도착한 부사는 십년전에 사공의 딸과 첫날밤을 지내다가 별안간 봉변을 당하고 쫓겨나던 일이 생각되여 마음이 서글프기 그지없었다.

(십년이면 강산도 변한다고 첫인연을 맺었던 사공의 딸은 지금 어찌되였는지?)

부사는 이렇게 생각하며 옛오막살이로 찾아갔다. 그런데 가보니 옛촌락은 이미 황폐해져 쑥만이 무성히 자라고있을뿐이였다.

부사 주위를 두루 살펴보노라니 산밑의 한 오막살이 집에서 푸른 연기가 모락모락 솟기에 문앞에 다가가서 주인을 찾았다. 그랬더니 안에서 한 백발로파가 허리를 꼬부리고 나왔다.

≪어디로 가시는 행객이시오?≫

≪할머니께 물어볼 일이 있습니다.≫

≪무슨 말씀이옵니까?≫

≪십년전에 이곳에 한 배사공이 살았는데 그 집 딸의 행방을 아시는지요?≫

로파는 부사를 유심히 훑어보더니 물었다.

≪십년전 서울의 황정승댁 아들과 결혼했던 그 신부말이옵니까?≫

≪네, 그렇습니다.≫

≪그때 신랑이 서울로 떠나가자 신부는 앓다가 귀신이 되었는지 지금도 원래의 찌그러진 오막살이에서 첫날밤 그 모양 그 모습으로 누워있사옵니다. 그리고 주야로 <무죄한 나를 버리고 가신 랑군님이여, 어서 와서 저를 구원해 주옵소서!>하고 뇌까리니 불쌍하기 그지없도다. 무정한 황정승의 아들은 어찌하여 십년동안 소식이 없으며 또 와서 죽은 사람의 원을 풀어주지도 않는고?≫

부사 로파의 말을 듣고보니 그처럼 현철한 부인을 잃은 일이 한결 더 가슴아파

≪어머님, 제가 바로 황정승의 자제이온데 인간으로서 못할 노릇을 하였은즉 천벌을 받아도 마땅하옵니다.≫하고 빌었다.

로파는 품속에서 꽃 세송이를 꺼내주며

≪이 꽃을 가지고 저기 죽은 시체를 찾아가게...≫하고는 깜쪽같이 사라졌다.

부사 괴이하게 생각되여 두루 살펴보니 로파가 살던 오막살이도 온데간데 없어졌다. 그래서 그길로 로파가 가리켜주던 곳으로 걸어가는데 쑥밭속에서 이전에 처녀가 살던 오막살이가 나타났다. 다 찌그러진 벽틈으로 안을 들여다 보노라니 아나나 다를가 방구들에 안해가 첫날밤 그 모습으로 누워있었다.

부사는 얼른 문을 열고 들어가 시신을 어루만지며 통곡하였다.

≪여보, 내가 왔소. 무정한 나를 잡아가오. 생전기약 못맺은걸 사후기약 맺사이다...≫

부사 울음을 그치고 품에서 꽃 세송이를 꺼내여 먼저 파란꽃으로 시체의 아래우를 문질렀다. 그랬더니 느슨해졌던 뼈가 모아붙었다. 다음 빨간꽃으로 문지르니 살결이 불그스레해지며 아릿다운 아가씨로 변모하고 또 노란꽃을 코와 입에다 대디 호흡이 통하고 눈을 번쩍 뜨면서 사위를 두리번두리번 살피는것이였다.

≪아니, 여기가 어디세요? 당신은 누구시오?≫

안해가 이렇게 묻자 부사 반겨하며 부인을 안아서 일으켰다. 그리고 십년전의 일을 말해주었더니 그제야 안해는 남편을 부둥켜안고 일희일비하여 눈물을

소나기처럼 홀리는것이였다.

이튿날 부사는 교군을 불러 부인과 함께 서울로 행하였다. 여러날만에 서울로 도착하여 부친전에 자초지종 고하니 부친은 어찌나 반갑고 놀랐던지 망건당줄이 끊어지고 상투가 뒤로 벌렁 벗어졌다. 황정승이 대회하여 아들과 며느리의 손을 잡고 이렇게 말했다.

≪꿈이면 깨지 말고 생시이면 변치 말라. 인간천지 자고로 이런 경사 또 있으랴!≫

그뒤 황정승은 문무백관을 불러다 주연을 차리고 다시 아들과 며느리의 혼례를 치르었다고 한다.

홍감사 금강산구경

서울 홍감사가 십칠팔세때에 있은 일이다. 서울에서 한다하는 대감집에서 자라난 홍도령은 어려서부터 서당글을 읽더니 나이 십칠팔세가 되자 학문이 깊어 독서 천권하였으므로 세상일에 막히는것이 없었다.

하루는 홍도령이 이런 생각을 하였다.

(남아로 태여나서 경치가 아름다워 선녀가 내린다는 강원도 금강산구경을 못한다면 평생 후회가 될게 아닌가? 내 한번 금강산을 다녀오리라.)

홍도령이 자기의 의향을 부모님께 여쭈었더니 부친이 허허 웃으며 말씀하였다.

≪장할시고. 네 과연 뜻있는 남아가 되렸다. 남아대장부란 뜻이 세워지면 곧 행하는 법이니 즉시 떠나도록 하여라.≫

부모님의 허락을 받고 금강산을 바라고 길을 물어물어 강원도 땅에 들어서니 산이 많고 인가가 드물었다.

어느날 서산에 해사 저물녘에 한곳에 이르니 자그마한 초가집이 보였다. 홍도령은 날이 어두웠으니 그 집에서 하루 폐를 끼칠수밖에 없어 집앞에 가 문을 두드리며 주인을 찾았다. 그랬더니 문이 살며시 열리며 나이 이십이 되나마나한 젊은 여자가 나오는데 인물이 천하절색이였다.

≪소인은 서울 홍대감의 장자이온데 금상산구경을 가던 길에 이미 날이 저물고 기갈이 심하여 댁에서 하루 저녁 폐를 끼쳐 묵어가려고 찾아왔소이다.≫

≪우리 집에는 부모들이 모두 나들이들 가셨사와요.≫

녀인은 이렇게 대답하며 문을 닫으려 했다. 그러자 조급해난 홍도령이 사정사정하여서야 녀인은 다시 문을 열고 홍도령을 집안에 들여놓았다. 산골이라 다른 음식은 없어 감자를 삶아서 한 대접 들여오는데 홍도령은 그것을 게눈감추듯했다. 녀인은 아랫목에 자리를 펴주며 자라고 권하고는 자기는 물레를 가져다놓고 ≪윙-윙-≫ 물레질만 하는것이였다.

홍도령이 누워서 가만히 물레질하는 녀인을 훔쳐보니 인물이 절색은 아니여도 빠지는데가 없는 녀인이라 젊은 혈기에 남녀가 단둘이 한방에 있으니 어찌 생각이 없으랴. 홍도령 생각 끝에 수작을 걸어볼 심산으로 코를 드렁드렁 골며 자는체하다가 기지개를 쭉 펴며 몸을 윗목으로 한바퀴 돌려서 방중턱까지 가고 두 번 굴러서 녀인이 물레질하는 곳까지 갔다. 그리고는 또 코를 드렁드렁 골다가 한다리를 번쩍 들어 녀인의 무릎우에 올려놓았다.

≪아이고, 이 도련님이 몹시 곤하셨나봐.≫

녀인은 홍도령의 발을 살며시 들어 내려놓고는 다시 물레질을 시작하는것이였다. 홍도령은 또 코를 드렁드렁 골다가 다리를 다시 녀인의 무릎우에 올려놓았다.

≪아이고, 이 도련님이 이러다가 큰 망신을 하겠구나.≫하며 녀인은 또 살며시 도령의 발을 들어 내려놓고는 역시 물레질만 하는것이였다. 홍도령은 그 녀인의 절개가 보통이 아님을 알고 두렵기도 했으나 열 번 찍어 안 넘어가는 나무 어디 있으랴싶어 또 다리를 올려놓았다. 그러자 그처럼 얌전하던 녀인이 토끼뛰듯 풀쩍 뛰여일어나더니 홍도령을 막 흔들어 깨웠다. 이에 홍도령은 짐짓 잠꼬대를 하는체했다.

≪누가 감히 잠자는 사람을 깨우느냐? 이 몹쓸놈들 같으니라구.≫

≪도련님, 일어나시라요. 여쭐 말씀이 있사와요.≫

무작정 깨우니 홍도령이 두눈을 비비며 일어나 앉는데 녀인은 얼른 나가서 회초리 열두개를 꺾어오라는것이였다. 이에 홍도령은 하는수없이 밖에 나가서 회초리를 꺾어왔다.

≪도련님, 도련님은 량반가문의 자제분이시니 남녀칠세부동석이란 도리를 알고 계시지 않나이까? 오늘밤 도련님께서 무례하게 행동을 하셨으니 종아리를 맞아야 하나이다. 어서 손수 바지를 걷어올리시라요.≫

홍도령 듣고보니 녀인의 말이 천만번 지당한지라 하는수없이 바지를 걷어올리는데 녀인은 회초리로 사정없이 후려쳤다. 그러자 종아리가 터져서 피가 줄줄 흘렀다. 종아리를 다 치고나서 녀인은 삼베천을 찢더니 홍도령의 터진 종아리를 정성껏 싸매주며 이렇게 말하는것이였다.

≪소저 무례하오나 이렇게 하지 않고선 제몸을 보전키 어려워 한짓이오니 널리 용서하시옵고 편히 쉬시와요.≫

말을 마친 녀인은 또다시 물레질을 하기 시작하였다.

홍도령은 종아리 아픈것보다 남아대장부로서 체신을 하지 못한것을 못내 후회하며 아침 일찍 일어나 길을 떠나리라 생각하고있는데 날이 채 밝기전에 녀인의 부모들이 돌아왔다. 부모들이 들어와보니 웬 낯선 길손이 와 있는지라 물었다.

≪애야, 어디서 온 길손이냐?≫

≪네, 간밤에 오신 길손이온데 금강산구경을 가시는 길이라 하옵나이다.≫

녀인이 이렇게 말하며 어제밤 되어진 일을 여쭈니 집주인의 호령이 터졌다.

≪내 당장 가서 회초리를 열두개 가져오너라.≫

녀인이 두말없이 밖으로 나가 회초리를 가져왔다. 한옆에 앉은 홍도령은 가슴이 철렁했다.

(또 날 때릴 잡도리구나. 금강산구경은 고사하고 이게 무슨 개꼴망신이냐?)

이렇게 생각하며 후회하는데 집주인의 엄한 목소리가 들렸다.

≪애야, 네가 정조를 지킴은 장한 일이나 손님은 남아대장부요 너는 일개 천한 여자로서 어찌 무례하게 대장부에게 손을 댄단 말이냐? 한 너도 즉 종아 리를 열두매 맞아야 하느니라. 썩 바지를 걷어올리지 못하겠느냐?≫

녀인은 부모의 호령인지라 억울한대로 거역을 못하고 종아리를 맞았다. 매 를 다 치고난 집주인은 홍도령앞에 다가와

≪여보, 길손, 내 배운게 없어 딸을 잘 가르치지 못한탓이니 용서해주시오≫ 하며 사과하는지라 홍도령 사례하며 할말을 못찾고있는데 마침 밥상이 들어왔 다. 하여 도령은 아침식사를 마치기 바쁘게 작별을 고하고 다시 길을 떠났다. 그날 해종일 걸어 어느 한곳에 이르니 조그마한 초가집이 늘어선 마을이 보이 기에 그중 한집에 이르러 문을 두드리며 하루 묵기를 청했다. 집주인은 쾌히 허락했다. 저녁을 먹고나자 바깥주인이 홍도령을 보고 말했다.

≪여보 길손, 우리 친척이 오늘 저녁 제사가 있으니 가지 않을수 없구려. 길손을 보니 점잖은 분같아 보이기에 하는 말이오다.≫

홍도령은 그 말에 깜짝 놀랐다. 전날밤에 혼쌀을 먹은터라 제발 집을 떠나지 말아달라고 사정했으나 집주인은 안해를 남겨놓고 집을 나섰다.

원래 이집 안주인은 행실이 바르지 않았다. 그런데 남편은 종시 뒤를 잡지 못했기에 길손이 오자 친척집에 제사가 있다는 핑계를 대고 밖에 나와 숨어서 집안의 동정을 살피며 때를 기다리고있었다. 아니나 다를가 밤이 으슥하자 녀편네가 일어나 불을 켜더니 홍도령이 누워있는 웃방문을 살랑살랑 두드리며 말하는것이였다.

≪여보세요 도련님, 그 웃방에 사람이 들지 않아 매우 불편하실터이니 아랫방으로 내려와서 주무시사이다.≫

그러잖아도 홍도령은 가슴이 상사말뛰듯하던것이 안주인의 말을 듣자 온몸을 부들부들 떨며 말했다.

≪안주인님, 이러지 마옵소서. 집주인이 소인을 믿고 가셨는데 소인이 어찌 그렇게 할수 있겠습니까. 황차 유부녀로서 절개를 지켜야 하지 않겠나이까? 부디 불량한 생각을 그만두시오.≫

안주인은 홍도령의 말을 들은체도 않고 아양을 떨다가 홍도령이 응하지 않으니

≪원 사내녀석이 담대가리가 저렇게 작고야...≫하며 걸죽한 말들을 늘어놓더니 문을 열고 나가버렸다. 다시 한식경이 되어서 문을 여닫는 소리가 나기에 홍도령이 창호지를 뚫고 내다보니 녀인은 웬 더벅머리총각을 데려다놓고 옷을 훌훌 벗으며 이불속으로 들어가면서 불을 꺼버리는것이였다. 이윽하여 또 문소리가 나더니 ≪픽픽≫하는 소리와 함께 피비린내가 물씬 안겨왔다.

홍도령이 그만 간이 콩알만해서 누워있는데 웬 사람이 와서 문을 두드리며 도령을 불렀다.

(이제는 여기서 죽는가보다.)

홍도령이 이렇듯 절망에 빠져있는데 밖에서 이런 말소리가 들려왔다.

≪여보시오 길손, 일어나 문을 여시오. 난 이집 주인이요. 내가 당신을 해칠

사람이 아니니 어서 일어나시오.≫

홍도령은 너무도 무서워 벌벌 떨다가 할수없이 일어나 문을 열어주었다. 집주인은 홍도령을 데리고 밖으로 나온후 자초지종을 이야기하였다.

≪여보 길손, 당신은 정말 사내대장부요. 당신이 그 녀인의 말에 넘어갔더라면 영낙없이 이 칼에 맞아 목이 날아났을것이오. 난 오늘밤 살인을 했으니 부득불 멀리 도망을 해야 하겠소. 길손 역시 길을 떠나시오. 여기 있다간 살인 죄로 될것이오.≫

바깥주인은 말을 마치고나서 제갈길을 가버렸다.

홍도령은 더는 금강산구경을 할 생각이 없었다. 서울로 돌아온 도령은 공부에 열중하여 마침내 과거에 급제하여 감사가 되었다. 그뒤 도령은 부모님께 금강산구경을 떠나가던 때의 일을 여쭈고 처음 들렸던 집의 처녀와 백년가약을 맺은 다음 늙은이들을 모셔다 유자복녀하며 잘 살았다고 한다.

우대방과 김정승의 딸

옛날 서울 동대문옆에 거지들이 모여사는 곳이 있었는데 거지들속에 우대방이란 더벅머리총각이 있었다. 우대방은 비록 조실부모하고 일가친척이 없이 고향을 떠나 동냥밥을 얻어 먹으며 서울까지 와서 거지생활을 하나 사람이 부지런하고 배운 글은 없으나 머리가 총명하여 밥을 제일 많이 빌어왔다.

이때 서울 김정승네 집에 나이 칠팔세때부터 후원별당에서 글공부를 하는 규수가 있었는데 차차 년광이 차서 나이 십칠팔세가 되고 인물도 출중하여 서울장안에 소문이 자자했다.

그런데 어느날, 야밤삼경에 뜻밖에도 간부가 뛰여드는 바람에 겁탈을 당하게 되었다. 이 일을 안 김정승은 당장 규수를 대령시키고 꾸짖었다.

≪이 요망한년, 네 행실이 불초하니 더는 집에 둘수없다. 실은 목을 베여야 하겠으되 차마 그렇게는 못하겠다. 그러나 당장 내 눈에 보이지 않는 곳에 가서 살아라.≫

뒤이어 그는 하인들을 불러 령을 내렸다.

≪서울 동대문옆에 거지들이 모여사는 곳이 있는데 래일 새벽 일찍 가서 지켰다가 제일 먼저 밥빌러 나가는 놈을 붙잡아오너라!≫

하인들이 대답하고 신새벽에 거지들이 모여사는 곳에 와서 지키는데 한놈이 쪽박을 들고 밥빌러 나오는것이 보이기에 그놈을 붙잡아끌었다.

이날 제일 일찍 밥빌러 나온 사람이 바로 우대방이였다. 나서자마자 붙잡힌 우대방은 영문을 몰라 물었다.

≪내가 무슨 죄를 졌다고 붙잡는거요? 때가 늦어지면 밥도 못 빌어먹소≫

≪웬 잔사설이 그리도 많으냐? 어서 가자.≫

하인들이 우대방을 옥박질러 김정승앞에 대령시키니 김정승은 보고나서 머리를 끄덕이며 물었다.

≪네 이름이 뭐냐?≫

≪네, 소인의 이름은 우대방이라 하옵니다.≫

우대방이 대답했다.

≪네 이놈 듣거라. 오늘 너에게 내 딸을 줄터이니 서울에서 멀리 떨어진 곳에 가서 살아라. 다시 서울에 나타나는 날에는 네놈의 목이 날아갈것인즉 그리 알아라.≫

≪네, 그리 하오리다.≫

이렇게 되어 꿈에도 생각지 못하던 서울 김정승의 딸에게 장가를 든 우대방은 김정승의 딸을 나귀등에 앉혀가지고 고향을 바라고 길을 떠났다. 가고가다가 어느날 정오때가 되어서 한 과일밭을 지나가게 되었는데 때는 마침 한창 가을철이라 사람들이 사과를 따고있었다. 나귀등에 앉아 지나가던 김정승의 딸이 우대방을 보고 말했다.

≪여보, 당신이 가서 사과를 한광주리 사오시와요.≫

≪내 돈두 없거니와 그런걸 사보지 못했소.≫

≪돈은 여기에 있사오니 돈을 주면 살수 있소이다.≫

≪그럼 내 가보지. 이 돈을 다 쓰라오?≫

≪사과주인이 사과값을 알터이니 한광주리 값을 받고 남은 돈은 돌려주실 것이외다.≫

우대방이 주인을 찾아가 사과 한광주리를 산 다음 가지고 갔던 돈을 몽땅 주었더니 주인은 나머지 돈을 돌려주려고 하였다. 그런데 우대방은 벌써 사과광주리를 들고 가버렸다. 우대방이 사과광주리를 들고 오자 청승의 딸이 물었다.

≪여보, 이 사과값이 얼마나 되나이까?≫

≪난 그런걸 모르오.≫

≪사과 장사가 남은돈을 주지 않사옵디까?≫

≪주는걸 도루 줘버렸지. 역시 구차한 사람이더군 그래.≫

김정승의 딸은 원래 목도 마르고 우대방의 마음을 떠보려던 참이라 그가 마음 쓰는걸 보자 얼굴에 웃음을 띠우고 사과를 우대방에게 권하면서 자기도 먹었다. 그리고는 또 길을 떠나느라니 며칠 안가서 고향에 당도하였다. 그들을 마을로 들어가는걸 목격한 동네사람들은 깜짝 놀랐다. 글쎄 거지 우대방이 꽃같은 여자를 데리고 왔으니 모두 희한하게 여기지 않을수가 없었던것이다. 그들중의 한사람이 물었다.

≪애, 대방아, 너 어디 갔다가 오느냐?≫

≪서울갔다가 색시 얻어가지고 온다. 너두 한번 가봐라.≫

우대방이 이렇듯 면박을 주니 더는 말하는 사람이 없었다. 우대방이 자기가 살던 집에 들어가보니 다 찌그러져가는 초막이여서 루추하기 짝이 없었다. 이에 김정승 딸이 기가 막혀서 우대방을 보며 말했다.

≪여보, 내 수중에 돈이 얼마간 있사온데 집을 한 채 짓고 땅도 얼마간 사서 농사를 하며 사는것이 어떠하옵나이까?≫

안해의 말에 우대방이 되물었다.

≪그 참 좋군. 그런데 당신이 나를 어떻게 보오?≫

≪당신은 배운 글은 없사오나 마음이 선량하옵고 부지런하고 총명한 사람이나이다.≫

≪하, 당신이 나를 바로 봤소 내 우정 머저린체하고 당신을 속이고 이곳까지 데려왔소. 그러니 이제 집을 짓고 땅도 사서 농사를 지으며 살아가기요.≫

그 이튿날, 우대방은 나무를 찍어온다 목수를 불러온다 하더니 며칠사이에 집을 덩실하게 지어놓고 밭을 사고 소도 샀다. 그런데 우대방이 이처럼 벼락부자가 되었으나 량반놈들이 그를 알기를 우습게 알고 ≪쌍놈, 쌍놈≫하면서 놀려주니 김정승의 딸은 차마 낯을 들고 다닐수가 없었다. 그래서 하루는 우대방을 보고 말했다.

≪여보, 우리가 어떻게 평생 쌍놈의 소리를 들으며 살겠나이까? 우리 아버님이 그래도 나라의 정승이오니 아버님께 글월을 올려 우리를 량반으로 만들어주십사고 청이나 한번 들어보사이다. 만약 천분의 일이라도 생각을 하여주신다면 우리를 량반으로 만들어주실게 아니옵나이까?≫

≪당신 생각이 장히 좋소만 그렇게 하여주시겠소? 하여튼 당신이 글을 아니

글월을 올려보도록 하오.≫

이렇게 합의를 보자 김정승의 딸이 아버지께 글월을 만장같이 써서 보내였다.

한편 김정승은 딸을 우대방에게 주어보내고 마음이 놓이지 않던중 딸의 서신을 받아보니 더없이 기뻤다. 때마침 우대방이 사는 고을에 사또가 없어서 물색하던중인데 차라리 잘됐다고 생각한 김정승은 문중에서 똑똑한 사람을 하나 골라 고을사또의 벼슬을 주어 부임시키면서 고을에 부임한후 여차여차하라고 시켰다.

어느 하루, 과연 우대방이 사는 고을로 사또가 부임되여왔는데 사또는 부임하던 그날로 고을관원들에게 물었다.

≪애들아, 이 고을에 우대방이란 량반이 살고계시냐?≫

≪예, 살고있사오나 우대방은 량반이 아니라 쌍놈이올시다.≫

이 말을 들은 사또는 대노하여 호령을 내렸다.

≪사령 듣느냐? 이놈을 당장 주리 틀고 곤장을 오십대 쳐서 하옥하여라!≫

어느 령이라고 거역을 하랴. 사또의 령에 사령들이 달려들어 그 관리의 주리를 틀고 곤장을 쳐서 옥에다 가두었다. 사또는 하인들에게 가마를 준비하라고 령을 내렸다.

≪너희들 듣거라. 오늘 행차는 우대방어른댁으로 행차를 하여야겠다. 지체 말고 어서 가자!≫

이윽고 고을사또행차가 우대방이 사는 동리에 들어서니 남녀로소 할것없이 나와서 사또행차가 누구네 집에 행차하는가 구경을 하는데 뜻밖에도 우대방네 집을 가더니 가마가 땅에 놓이기가 바쁘게 사또가 버선발로 내려와서 마당 한복판에 꿇어 엎드리면서

≪대감님, 아뢰나이다.≫하고 큰소리로 웨쳤다. 그러자 문이 천천히 열리는네 동리 사람들이 보니 우대방이 의관을 차려입고 점잖게 앉아서 긴 담배대를 물고 문을 내다보면서

≪음, 자네 왔는고?≫하고 한마디 하고는 다시 대통으로 문을 끄당겨 닫았다. 그제야 사또가

≪소인은 물러가옵나이다.≫ 하고는 툭툭 털고 일어나 가마에 앉아 돌아가 버렸다. 이런 일이 있은후부터 다시는 우대방을 얕보는 사람이 없었다고 한다.

잡놈 김달수

일찍 조선에 팔도강산을 쓸며 돌아다니는 김달수라고 하는 사람이 있었는데 모두들 그를 잡놈이라고 불렀다.

김달수가 서울에 있을 때 있은 이야기다.

어느날 거리에 나갔던 김달수가 배탈을 만나 뒤가 묵직묵직하기에 주위를 두리번거리며 뒤볼 자리를 찾던중에 한곳에서 병풍장사가 병풍을 팔고있었다.

≪여보시유, 이 병풍 팔거유?≫

≪네, 팔거우다. 값이 싸지유.≫

≪여보, 그 병풍 좀 봅세.≫

평생 고가로 팔아 부자가 된 병풍장사는 웃음주머니가 흔들흔들하여 병풍을 넣어세우기 시작하였다. 그럴사이에 김달수 인츰 복판에 들어가 뒤를 보고 나왔다.

≪하, 여보 주인, 병풍에 화초를 참 잘 그렸구려. 내 가져온 돈이 적어 인츰 집에 갔다오겠으니 기다리게.≫

이렇게 말하고나서 제갈길을 가버렸다. 병풍장사는 아무리 기다려도 그가 오지 않으니 병풍을 거두기 시작하였다. 나중에 한곳에 무엇이 무드기 쌓인것이 보이기에 가까이 가보니 아직 김이 물물 나는 똥이였다. 이에 악에 받친 장사군은 줄욕을 퍼부으며 병풍을 걷어가지고 가버렸다.

어느날 길거리에 나왔던 김달수는 또 뒤가 마려워났다. 그래서 급히 골목길에 들어서서 행인이 없는 틈을 타 얼른 뒤를 보고 일어났다. 허리춤을 매고보니 앞에서 순경이 걸어왔다. 급해난 김달수는 쓰고있던 낡은 중절모를 벗어 덮어놓고 한손으로 꼭 누르고있었다.

앞에 다가온 순경은 두눈을 부릅뜨고 물었다.

≪네 이놈, 뭘하느냐?≫

≪나리님, 가만히 계시우.≫

≪이놈, 그게 뭣이냐?≫

≪황, 황금새, 뿌르르, 뿌르르.≫

≪네 이놈, 도대체 그게 뭐냐 웅?≫

≪아, 나리님, 황금새올시다.≫

≪황금새라니, 어디 나 좀 보자!≫

≪나리님, 안되우다. 날아나유.≫

김달수가 말할수록 순경은 더 호기심이 동해

≪야, 너 그 황금새를 나한테 팔아라.≫

≪아이구, 나리님, 이 새값이 비싸유.≫

≪도대체 값이 얼마냐? 내가 사겠다.≫

≪나리님, 열냥만 내시유. 나리님이 사겠다면 팔지유.≫

순경은 주머니에서 은전 열냥을 주고 ≪황금새≫를 샀다.

≪여보시유, 나으리님. 이대로는 잡지 못해유. 내 인츰 집에 가서 새그물을 가져옵지유. 잠간 기다려유.≫

김달수는 은전 열냥을 받아쥐며 말했다. 그리고는 다리야 날 살려라 하고 달아나버렸다.

김달수는 간후 종무소식이였다. 순경은 더는 기다릴수 없었다. 순경은 모자에 온기가 돌기에 정말로 황금새가 들어있는줄 알고 급히 손을 넣었다. 그런데 그만 시누런 똥을 한웅큼 쥐여냈다.

순경은 부아통이 터졌으나 김달수는 어디로 갔는지 보이질 않았다.

또 하루는 김달수가 서울거리를 쏠며 다니던중 한곳에 다달으니 의복을 화려하게 차려입은 젊은 녀인이 앚았다가 일어나며 김달수를 불러놓고 말했다.

≪나리님, 갈길이 바쁘잖으시오면 잠간만 머무르시와요.≫

녀인의 행색이 그다지 루추하지 않은지라 마음이 간지러워난 김달수는 녀인의 옆에 가 앚으며 웬 일인가 물었다.

≪생면부지에 지나가는 총각을 불러서 무슨 분부하려고 그럽니까?≫

≪소녀는 서울거리에서 이름난 박대감의 딸이온데 간밤에 간부가 들었기로 규중에서 쫓겨나 이곳에 와 앉았나이다. 그대 역시 총각이라 하오니 불순한 소녀이오만 거두어주시여 서로 지기가 됨이 어떠하오리까?≫

녀인의 말에 삼십이 넘도록 장가들지 못한 달수는 이게 웬 떡이냐 하며 깊이 생각지도 않고 그러자고 했다.

≪하다면 이 보자기를 맡아주시와요. 원래 금은보화 두보자기를 쌌었는데 황망한중 하나만 가지고 왔사오니 다시 가서 가지고 나오겠나이다. 잠간만 기다리와요.≫

녀인의 말에 김달수는 입이 함박만하여 그러마 하고는 앉아 기다렸다. 그런데 온다던 녀인은 오지 않았다. 더는 기다릴수가 없어서 호기심에 보자기를 풀어보던 김달수는 두눈을 치뜨며 펄쩍 물러앉고말았다. 원래 보자기안에 든 것은 무슨 금은보화가 아니라 금방 숨진 어린 아기였다. 여태껏 팔도를 돌며 남을 속여먹던 달수였으나 오늘은 그만 인물 고운 녀인에게 속히워 송장을 치르어야 할 신세가 되었다.

어린 송장을 놓고 생각에 잠겨있던 김달수는 한 꾀가 떠오르자 다시 보자기를 싸들고 한 가게방으로 찾아갔다. 가게방으로 들어간 그는 포목을 사겠노라고 하면서 비단필들을 여러필 골라놓았다. 그러고는 돈을 꺼내려다가 깜짝 놀라는체하면서

≪아이쿠, 이거 돈을 안 가져왔네. 여보게, 이 보짐을 보아주게. 내 잠간 다녀오겠네.≫

말하고나서 그는 가게방을 물러나오자 주막에 들어가 술을 마시며 해가 넘어가기를 기다렸다. 이윽고 해가 저물자 주막에서 나온 김달수는 지나가던 거지와 옷을 바꿔입고 그 가게방으로 다시 찾아갔다.

이때 가게방머슴군은 아무리 기다려야 손님이 돌아오지 않으니 두고간 보자기를 풀어보고는 깜짝 놀라했다. 낯이 하얗게 질린 머슴군은 가게방주인에게 사연을 전하니 주인은 생각 끝에 밖에 나가 걸인 하나를 불러들이라고 분부하였다. 마침 한 걸인이 구걸을 왔기에 머슴군이 불러들여 주인앞으로 데리고 갔다.

≪네 이놈, 듣거라. 그렇게 걸식하기보다 내 시키는 일을 하면 은전 백냥을 줄테니 네 생각이 어떠하냐?≫

≪주인님, 무슨 분부가 계시옵나이까?≫

≪음, 내가 보자기 하나를 줄터이니 그것을 한강에다 처넣어라. 그러면 은전 백냥을 너한테 주겠다.≫

이렇게 말하 가게방주인은 돈을 주면서 보자기를 맡기였다.

그런데 보자기를 들고 밖으로 나왔던 거러지가 갑자기 두주먹을 불끈 쥐고 도로 방문을 발길로 걷어차며 들어오더니 주인의 멱살을 거머쥐였다.

≪이놈, 내가 원쑤를 갚으려고 오늘까지 거지로 분장한지가 석달 열흘이 되었다. 천지신명이 도와 오늘에야 네 놈을 잡았구나. 가자, 관가로 가자. 나의 죽은 아들의 원쑤를 갚아야겠다.≫

거러지는 다짜고짜로 주인을 문밖으로 끌었다.

뜻하지 않게 어린 송장의 주인이 나섰으니 주인인들 용빼는 수가 없었다. 당시 서울에는 문둥병이 돌았는데 량반들은 자기 집의 문둥병을 고치려고 타고장 어린 아이를 채여가는 일이 자주 생겼다. 하여 관가에서는 어린 아이를 채여간 사람을 붙잡기만 하면 당자는 물론이요 삼족을 멸한다는 포고문을 내붙였던것이다.

관가에 가면 큰일이라 얼굴이 새까맣게 질린 주인은 손이야 발이야 빌었다.

≪여보시오. 당신이 나를 용서하면 금전 천냥을 줄터이니 제발 살려주시오.≫했으나 어린 송장의 ≪주인≫은 들은체도 않고 문밖으로 주인을 끌었다. 이렇듯 주인을 끌고 출입문 세 개를 지나니 돈이 삼천냥이나 올라갔다.

이쯤 되자 거러지는 잡았던 가게방주인의 멱살을 놓아주고 당장 돈을 내여놓으라고 호통쳤다.

주인은 코가 땅에 닿도록 사례하면서 돈 삼천냥을 나귀등에 실어주었다. 거러지는 그길로 서울을 떠나 황해도 봉산으로 내려가 삼천갑부가 되어서 잘 살았는데 그가 바로 김달수라고 한다.

봉이 김선달

서달이 조선팔도를 떠다니며 별의별 희한한 수단을 다 부리다가 하루는 다리도 아프고 배도 고푼지라 어디에 가면 하루저녁 편히 류숙하고 배도 채울가고 두리번두리번 살피다가 마침 한 마을에 다달았다. 산이 커야 그림자도 크다고 마을 한복판에 큰 덩실한 기와집이 있는지라 문앞에 가서 주인을 찾았다.

≪지나가던 행객이온데 날이 일모하니 댁에서 하루밤 류숙할가 하오.≫

그 말을 들은 주인은 이 핑계 저 핑계로 거절하였다. 그러자 김선달이 눈물을 짜며 애걸하였더니 주인은 할수없이 사랑방으로 모시는데 저녁을 먹었는가고 문안조차 없었다.

선달이 랭돌우에 누워 잠을 청하나 배에서 꾸르륵꾸르륵 소리가 나는지라 배를 움켜쥐고 생각하니 주인의 거동이 괘씸하기 짝이없었다.

(음, 이 부자놈이 고간에 백옥더미 썩어나건만 이처럼 푸대접을 하니 어찌 가만 놔둘손가!)

그가 이렇듯 벼르고 앉았는데 홀연 밖에서 갓난송아지의 소리가 들리거늘 가만히 밖으로 나가 송아지를 안아서 사닥다리로 해서 지붕우에 올려놓고 집안에 들어와 시치미를 뚝 따고 누워있었다. 그런데 송아지가 지붕우에서 ≪음매음매≫하며 우니 어미소마저 송아지를 찾아 맞받아 우는지라 주인이 듣다못해 밖으로 나와본즉 지붕우에서 송아지가 울기에 너무도 괴이하여 사랑방으로 뛰여들어와 선달이를 깨워앉혔다.

≪여보 손님, 보던 배 처음이요, 먹던 배 꼭지라고 고금에 이런 일도 있습니까? 자고로 송아지가 지붕우에 올라가면 가환이 아니면 남의 구설을 듣는다 했거늘 이 일을 어찌한단말이요?≫

주인이 두눈을 휘둥그래 뜨고 겁에 질려 이렇듯 묻자 김선달은 고개를 갸웃

하고 생각하는체하더니

≪좋은 운수는 아닌가보오. 십상팔구 불길한듯하니 내 비록 아는건 없으나 소시적에 점을 배운적있으니 점이나 쳐보리다.≫하고는 주인에게 태세, 월건, 일진, 시를 물은후에 입속으로 중얼거리며 손가락을 꼬부렸다 폈다하더니만

≪댁에 불길한 대우환이 닥쳤으니 이걸 어쩐단말이요? 우선 그 송아지를 잡아 살풀이를 하여 잡귀신을 물리쳐야 안택할줄로 아오.≫라고 말했다.

주인은 몹시 신을 믿는지라 선달의 말을 듣자 두말않고 서둘러 머슴들을 시켜 송아지를 잡아 가마에 안친 다음 삶기 시작하였다.

그런데 주인마누라는 근간에 태기가 있어 한밤중에 썰썰이가 나던차라 고기냄새가 코를 찌르니 부엌으로 내려가자 푹 삶은 소고기를 대접으로 담아들고 기껏 먹어댔다.

마침 그때 선달이가 부엌으로 해서 소변보러 가다가 주인마누라의 거동을 목격하고는 한 꾀가 떠올라 방안에 들어와 앉았다. 이윽고 선달이 이리저리 하라고 시키니 주인은 앞마당에 멍석을 깔고 삶은 소고기를 배뚜리에 담아 소반우에 올려놓고 향불을 피웠다. 그러자 김선달은 앉아서 살풀이를 하는것처럼 입속으로 중얼거리다가 살풀이가 끝나자 주인을 데리고 사랑방으로 들어와 살풀이가 잘 되었는가고 보자고 하면서 입속으로 또 중얼거리더니 깜짝 놀라면서

≪큰일났소. 마나님이 그 고기를 먼저 먹은 죄로 천벌을 면치 못하게 되었소.≫하고 웨쳤다.

그 말을 듣고 주인은 못미더워하면서 내실에 뛰여들어가 마누라한테 물었다.

≪여보 마누라, 살풀이하기전에 송아지고기를 먹었소?≫

≪아니, 몸보심하라고 삶은 고기를 내가 먹지 않고 누가 먹겠소 살풀이는 웬 살풀이란말이요?≫

마누라의 말에 주인은 그만 락루하여

≪어이쿠 이 일을 어쩌면 좋단말이요?...≫하고 통곡하며 김선달에게로 와서 손이야 발이야 사정하였다.

≪아, 손님은 과연 명복이로소이다. 당신은 어찌 그리도 명하시오 우리 마누라가 그만 모르고 송아지고기를 먹었으니 제발 사람 살리우. 달리 방책이 없습니까?≫

그 말을 들은 김선달은 속으로 인제 네놈의 깍쟁이 버릇을 단단히 떼게 되었다고 은근히 기뻐하면서 또 입속으로 중얼거리더니 이렇게 말했다.

≪여보게 주인, 방책은 단 한가지라네. 그저 돼지 다섯 마리를 잡고 백일동안 살풀이를 하면 대길할것이요.≫

그 소리를 꼭 믿은 주인은 이튿날 아침으로 돼지를 잡는데 김선달은 그날부터 매일 살풀이를 하는것처럼 하면서 조석으로 고기와 술을 포식하고 백날동안 부자집에서 잘 퍼먹었다. 그런데 마지막날 너무 먹고 사랑방에서 똥물을 한구들 내쏘고나서 어디론가 가버렸다고 한다.

≪까막솔≫

옛날 혼인은 존비귀천과 남존녀비의 습관에 따라 행하였는지라 재산많은 량반따위들은 며느리를 부려먹기 위해 강보도 벗어나지 못한 십세전의 유아에게 이십살에 당진한 며느리를 맞아들이기를 잘하였다.

옛날 한 고을에 사는 량반이 십여살밖에 안되는 아들을 스무살도 넘는 처녀에게 장가를 보냈었다. 그런데 초립동이 남편은 안해가 조반을 지으려고 부엌으로 내려갈 때마다 제 안해의 치맛자락에 매달리며

≪흥흥, 가마치 줘...≫하고 성화를 부리기가 한두번이 아니였다.

어찌 그뿐이랴. 저녁에 아버지가 아들더러 신방에 들라고 하면 아들은

≪웅웅, 난 싫어. 아버지 가서 자.≫하며 자리에 들지 않는지라 그 꼴을 차마 눈을 뜨고 볼수 없을 정도였다.

시집 온 색시는 그럭저럭 일년동안 시집살이를 하고나니 친정부모 생각이 간절하여 하루는 시부모께 친정에 갔다오겠노라고 했다. 그런데 며느리의 심정을 모르는 시부모는 아들을 불러다놓고 일렀다.

≪애야, 안해와 함께 가시집에 갔다오너라.≫

그 말을 들은 아들은 코를 훔치며 말했다.

≪난 싫어, 가겠으면 아버지나 같이 가.≫

나어린 신랑이 고집을 부리니 누구도 당해낼수가 없었다.

마침 이 량반집에는 조실부모하고 혈혈단신으로 살아가는 스물두살나는 총각이 머슴살이를 하고있었다. 그런데 기실 그 총각은 처음부터 머저리로 가장하고 이 집에 와서 머슴으로 살고있었던것이다.

(옳아, 저 머저리 머슴을 며느리와 동행시키리라.)

이렇게 생각한 시부모는 머슴을 불러놓고 말했다.

≪너 우리 집 새사람을 모시고 친정집에 갔다오너라.≫

그 말을 들은 머슴은 머리를 저었다.

≪난 몰라. 난 안갈래.≫

그러자 며느리가 급해나서 머슴을 달래였다.

≪함께 가자꾸나, 가면 내 꿀떡을 줄게.≫

꿀떡을 준다는 말에 머슴은 입이 함박만해져서 연신 웨쳤다.

≪히히히, 난 좋아, 꿀떡 좋아, 히히히!≫

머슴은 어깨춤까지 덩실덩실 추는것이였다. 그제야 안심한 량반은 머슴에게 맛나는 음식을 가득 싸서 짊어지여주었다. 그랬더니 머슴은 새각시의 팔을 끌며 또 웨쳤다.

≪헤헤헤. 이것이 뭔지 알어? 꿀떡이다. 아이고 좋아라. 새각신 꿀떡 안 먹을래? 어서 가자!≫

시부모들은 그제서야 마음놓고 며느리를 떠나보냈다.

그날 하루종일 앞서거니 뒤서거니 하며 친정으로 가는데 앞에 강 하나가 가로놓여있었다. 머저리는 강가에 가 우뚝 선채 새댁에게 물었다.

≪에, 어떻게 건널가?≫

새댁은 머뭇거리더리 이렇게 대답했다.

≪벗고 건너가자꾸나.≫

≪그래, 그럼 새댁 먼저 벗어라.≫

새댁은 머슴이 부실하니 아무것도 모르리라 생각하고 라상을 활활 벗어던졌다. 그런데 머슴은 허리를 구부리고 새댁의 알몸뚱이를 이러저리 살피더니 하신을 손가락질하며 물었다.

≪어이쿠! 저건 뭐야?≫

새댁이 얼굴을 붉히며 말없자 머슴이 또 물었다.

≪저 시꺼먼것이 뭐야?≫

새댁은 더는 대답하지 않을수가 없어 짐직 이렇게 말했다.

≪말말어라. 이건 말이야 덜된 놈과 도적놈을 잡아넣는 <까막솥>이란다.≫

≪어이쿠 무서워, <까막솥>이야!≫

새댁이 볼라니 머슴이 뒤로 물러서는 꼴이 판에 박힌 순머저리라 아예 의복을 싸가지고 먼저 강을 건넜다.

(옳지 됐다. 이 기회에 수작을 붙여보자꾸나.)

머저리는 이렇게 생각하고 옷을 활활 벗어 싼 다음 버선 한짝을 슬쩍 연장에다 매고는 강을 건넜다. 그런데 머슴이 강을 다 건너갔을때 새댁은 벌써 의복을 다 입고있었다.

머슴은 강기슭에 오르자 의복을 내려놓고 이것저것 뒤지면서 중얼거렸다.

≪에참, 내 버선 한짝이 없다야, 어떤 놈이 내 버선을 훔쳤나?≫

발가숭이로 빙빙 돌며 중얼거리는 꼴을 목격한 새댁은 너무도 우스워 킥킥거리며 말했다.

≪이 사람아, 자네 버선이 밑에 달렸네.≫

그제야 밑을 내려다보던 머저리는 두손으로 버선짝을 잡아채며

≪에익 이 도적놈이 내 버선짝을 훔쳤구나. 이 몹쓸 도적놈같으니라구!≫하더니만 새댁한테 달려들며 성화를 부렸다.

≪여보 새댁, 이 몹쓸 도적놈이 내 버선짝을 훔쳤으니 그 <까막솥>에 잡아넣어 버릇을 떼야겠소.≫

새댁은 제가 <까막솥>이라고 가르쳐주었는지라 머슴의 말을 거역하면 행패할가봐 두려웠다. 그래서 머슴에게 다짐을 받았다.

≪그래 너의 말이 맞았다. 그 도적놈을 한번만 <까막솥>에 잡아넣자꾸나. 이후에는 다시는 그런 말을 말어.≫

≪근심말어. 이 도적놈이 <까막솥>에 들어가면 혼쌀을 먹고 다시는 도적질을 안할거야, 두고봐, 그리고 다시는 안 잡아넣을테야.≫

결심하고나서 그들은 동품하였는데 머슴은 한없이 깨고소해하였다.

저녁편에 그들이 친정으로 가니 친정부모들은 딸을 얼싸안고 맞아들였다. 그날부터 딸은 여러달 친정집에 눌러있었는데 머슴은 때로 밤이 되면 새댁을 슬그머니 찾아와 사정하였다.

≪요사이 이 도적놈이 또 도적행실을 하려하니 미리 방비하기 위해 또 <까막솥>에 잡아넣어야겠다. 웅?≫

새댁은 머저리가 소문을 내면 큰 망신을 당할가봐 두려워 그가 하자는대로 내버려두었다. 그럭저럭 반년이 지나는 동안 두사람의 정은 점점 깊어졌고 새댁의 배속에는 새 생명이 꿈틀거렸다.

하루는 새댁이 조용한 틈을 타 머저리를 붙들고 눈물을 흘리며

≪이 일을 장차 어찌하면 좋단말이냐? 너의 후대가 내 배속에서 꿈틀거리니 어찌하면 좋단 말이냐? ≫하고 흐느끼니 그제야 머저리가 새댁을 와락 그러안 으며 실토정하였다.

≪여보, 내가 진작 머저리인줄로만 알았소? 돈없고 권세가 없어 그동안 머 저리노릇을 하였다오.≫

그제야 새댁은 흉몽에서 깨여난듯 만면에 회색을 띠우며

≪아이고, 그러면 당신은 왜 진작 말을 못하고 나를 속였나요? 그렇다면 우리 둘이 도망하여 먼곳으로 가서 깨알이 쏟아지도록 잘 살아봅시다.≫하고 는 머슴의 어깨를 그러안는것이였다.

그날 의견이 합치된 두사람은 그날 밤으로 보따리를 들고 머나먼 곳으로 도망하였다 한다.

조째보 유째보

이전에 한 동네에 돈많은 조부자가 살고있었는데 어찌나 깍쟁이짓을 하는지 그놈의 성화에 소작인들은 살아갈래야 살아갈수가 없었다. 하긴 소작농들은 일년농사를 지어도 마당쓰레기도 남지 않았고 돈푼이나 꾸면 변에 변이 붙어 나중에는 갚지 못할 처지에 이르렀으며 또한 그 빚으로 하여 량반의 집에 끌려가 평생을 머슴살이로 살다가 생명을 마치기가 일쑤였다.

그 조량반은 비록 재산은 많았으나 슬하에 일점 혈육이 없어 첩을 아홉이나 맞아들였는데 나중에야 낳았다는것이 째보아들 하나를 낳았다. 그런데도 조량반은 세상에 제자식보다 더 귀여운 자식이 없는것처럼 우쭐렁댔다.

재너머 동네에 역시 그와 같은 심술궂고 심보가 사나운 유가라는 량반이 살고있었다. 그놈도 슬하에 자식하나 없다가 늘그막에야 겨우 보았다는것이 역시 째보였다.

유량반의 아들이나 조량반의 아들이나 모두 병신인데다가 공부까지 못하였는데 세월이 흘러 두 아이의 나이 스무살이 되도록 장가들지 못하였다. 하긴 아무리 혼처를 구하자 해도 병신한테 시집오려는 처녀가 없었으니말이다.

이때 마침 삼남땅에 무지거처하고 남의 품팔이나 하고 돌아다니면서 량반들을 곧잘 속여넘기는 한 사람이 있었다. 하루는 그 사람이 조량반네 마을에 들렸다가 두 량반집의 아들이 장가를 못가 안타까와한다는 소문을 듣게 되었다. 게다가 두 량반네는 아들의 혼사를 성사시켜주는 사람에게 저마다 은전 500냥씩 상으로 준다는것이였다.

≪옳지, 잘되였다. 이런 기회에 거짓말을 하여 량반들의 돈이나 좀 벌어보자꾸나!≫

행객은 기쁜 나머지 혼자 중얼거리며 조량반네 집으로 찾아갔다.

《량반님, 듣자니까 댁의 도련님이 스무살을 먹도록 장가를 가지 않았다니 섭섭하군요. 소인이 혼처를 보아두었으니 념려마십시오.》

《참 이렇게 고마울데라구야!》

조량반은 너무도 기뻐서 주안상을 차려 행객을 대접하였다. 그랬더니 행객은 잘 먹고나서 이렇게 말했다.

《내가 한 구차한 집의 딸을 보아두었으나 금전으로 매수하지 않고는 다른 방책이 없을가 하오.》

조씨는 썩 다가앉으며 물었다.

《도대체 얼마면 성사할것 같소?》

《그저 500냥이면 족하우다.》

조씨는 안방으로 들어가더니 은전 500냥을 내왔다.

행객은 서슴없이 은전을 받아가지고 어슬녘에야 집을 나섰다.

이튿날 재머녀 유량반네 집에 휜 행객이 들어서더니 역시 중매를 서겠다면서 은전 500냥이 필요하다고 했다. 그래서 유량반도 깜쪽같이 속히워 은전 500냥을 내주었다.

사흗날 아침, 그 행객은 산언덕마을의 김서방을 찾아가 이렇게 청들었다.

《래일 집 한칸을 빌려쑵시다. 낮에 신방처럼 깨끗이 거두고 저녁에 명주이불을 펴주면 은전 백냥을 줄테요.》

《그런 일쯤이야 어련히 해놓을라구.》

김서방이 웅낙하자 행객은 조량반을 찾아가 문을 열며 웨쳤다.

《나리님, 성사되였습니다.》

《대관절 어찌 성사하였다는 말씀이요?》

《산언덕마을에 아릿다운 처녀가 있는데 량반님의 가문에 시집오겠다고 하겠지요. 그러나 집의 도련님이 째보라고는 하지 않았습니다. 래일 밤, 도련님이 처녀방에 들어가 동품하면 그 집 부모들도 딸의 면목을 보아서 쾌히 승낙할것이니 내 말대로 처사하면 실패없을줄로 알고있습니다.》

《그러는것도 방법일세.》

그날 조씨네 집에서 나온 행객은 곧바로 유씨네 집에 가서 똑같은 말로 속여넘겼다.

이튿날 아침, 행객은 조씨의 아들을 데리고 언덕마을로 가더니 당부하였다.

≪도련님은 방안에 들어가 의복을 벗고 이불속에 누워있도록 하시오. 내 처녀를 인도하여 들여보낼테니 마음대로 하시오.≫

당부하고나서 유째보를 찾아간 행객은 또 이렇게 구슬렀다.

≪방에 들어가면 처녀가 누워 잘테인데 서슴지 마시고 욕심부터 채우시오. 담이 약하여 동품못하면 장가들기는 다 틀린줄 아시오.≫

밤이 깊자 조째보는 이불속에서 처녀가 나타나기를 고대하였다. 이윽고 방문이 살며시 열리고 시커먼 그림자가 침상으로 다가서더니 의복을 활활 벗어 던지고 다짜고짜로 이불속으로 들어가 조째보를 그러안았다. 그러자 조째보도 더는 참을수 없어 상대방을 그러안았다.

그런데 서로 그러안고 뒹굴던 두사람은 문득 손을 멈추었다.

(처녀라면 살결이 부드럽고 앞가슴이 있겠는데? 참 이상한 일이야!)

두 째보는 저마다 이런 생각이 들었다. 나중에 조째보가 성이 나서 물었다.

≪넌 누구냐?≫

유째보도 성이 나서 되물었다.

≪넌 누구냐?≫

≪이게 어떤 놈이냐?≫

옥신각신하던중에 조째보가 상대방의 얼굴을 만져보니 입이 째여졌기에 주먹으로 면상을 후려갈기며 욕설을 퍼부었다.

≪이 유째보야, 내 색시를 탐내여 왔느냐?≫

유째보도 상대방을 만져보니 입이 째여졌기에 욕설을 퍼부었다.

≪이제 보니 넌 조째보로구나. 네 먼저 내 색시를 탐내여 이불속에 누워있고선 무슨 소리야!≫

말을 마친 다음 이불을 젖히고 주먹을 휘두르니 조째보도 벌떡 일어났다. 두 째보는 성난 황소가 싸움질하듯 치고 때리였다. 그바람에 온 마을 남녀로소가 모여와 구경을 하게 되었다.

사람들은 발가숭이 두 째보가 엎치락뒤치락하며 싸움하는걸 목격하자 손벽을 치며 쾌재를 불렀다.

≪잘코사니야, 잘코사니야!≫

이 고을에서 재산많고 권세있다고 못된 행세만 하던 두량반집자식들의 꼴은 실로 말이 아니였다. 공은 닦은대로 가고 죄는 진대로 간다더니 이런 망신 고금에 드물었다.

접적궁부채

옛날 한 고을에 조실부모하고 어느 한 량반집에 고금살이하는 십여살난 아이가 있었다.

량반놈은 어찌나 깍쟁이였든지 머슴애가 나무 한단을 해오면 밥 한숟가락을 주었고 두단을 해오면 밥 두숟가락을 주었다. 그러니 머슴애는 너무도 배가 고파 소구시에 가서 여물속의 콩을 훔쳐먹는수밖에 없었다. 그러다가 들키우기만 하면 량반은 등허리가 부러지도록 채찍으로 후려갈겼다.

어찌 이뿐이랴. 주야 고된 로동에 시달리다가 늦게야 자리에 누우면 량반놈이 밤중에 닭소리를 내여 울고는 닭이 울었다면서 깨우는통에 잘래야 잘수가 없었다. 그리고 일년 삼백륙십일동안 매냥 헌 누데기를 걸치였는데 남들은 명절이 돌아오면 놀이를 하였지만 이 아이는 그날도 삼베옷을 걸치고 하루종일 안팎일을 하지 않으면 안되였다.

어느새 량반집에서 일한지도 십년이 지났건만 고금은 한푼도 받지 못하였다. 어쩌다 돈을 좀 달라고 하면 량반놈은 눈을 부라리며

≪네 입고 쓰는 돈이 얼마인지를 알고나 있느냐? 일년동안 번 고금이 네 의식주값도 안된단말이다.≫하고 호통쳤다.

이럭저럭 세월은 흘러 아이의 나이 스무살이 되었다. 총각이 생각해보니 이놈의 집에서 평생 고금살이를 해봤자 돈 한푼 구경 못하고 장가도 들지 못할것 같았다.

(차라리 이 집을 떠나 걸식하는편이 훨씬 나으리라.)

이렇게 생각한 총각은 어느날 아침 김매러 가는척 호미를 메고 밭으로 나가다가 호미를 내동댕이치고 도망을 쳤다.

총각이 정처없이 가다가 하루는 한곳에 당도하여보니 동네어구에 허줄한

산신당 하나가 있었다. 의지가지 없는 그는 그날 밤 산신당에서 류숙하고 이튿날 아침 동네에 들어가 밥을 빌어먹고는 저녁이면 돌아와 잤다.

날이 가고 달이 바뀌여 어느새 늦가을이 되였다.

총각은 산신당에서 류숙한 그날부터 산신령께 날마다 빌기를 어기지 아니하였다. 하루는 저녁늦게 돌아오자 정화수 받쳐놓고 두손을 합장한채 산신령께 빌었더니 그날 밤 꿈에 난데없이 백발로인이 나타나며 이렇게 일러주는것이였다.

≪네 공덕이 지극하니 살길을 가리켜주노라. 여기서 떠나 한곳에 가면 동굴이 있고 그 동굴속으로 들어가면 석함이 있을것인데 뚜껑을 열면 큰 부채 하나와 작은 부채 하나가 있을것이다. 큰 부채로 부채질하면 <칼채부채 접적궁>하는 소리가 날것이고 작은 부채로 부채질하면 그 소리가 없어질것이니 그 부채 둘을 몸에 지니고 세상에 나가 네 요구대로 사용하거라.≫

말하고나서 로인이 온데간데 없이 사라지기에 총각이 그만 잠을 깨니 꿈인지라 더없이 괴이하게 생각되였다.

장밤 날이 새기를 고대하다가 날이 밝자 총각은 산신령이 가리켜준 방향으로 길을 떠났다. 가고 또 가다가 한곳에 이르니 수림이 울울창창하고 천봉만악 솟아있고 절벽이 병풍인냥 둘러섰는데 한곳을 바라보니 과연 동굴이 있었다.

총각이 석벽을 더듬으며 동굴속을 한동안 들어가니 아니나 다를가 한아름 되는 석함 하나가 청석우에 놓여있었다. 그래서 뚜껑을 열고보니 과연 큰 부채 하나와 작은 부채 하나가 들어있었다. 무등 기뻐난 그는 큰 부채를 들고 슬쩍 부채질하였더니 웬걸 홍문에서 ≪칼채주채 접적궁≫하고 연신 소리가 났다. 급해난 그는 얼른 작은 부채로 부채질하니 그 소리가 들리지 않았다.

총각은 품속에 부채 두 개를 잘 간직하고 서울로 올라가 거지들속에 끼여들어 나날을 보냈다.

때는 마침 오뉴월이라 서울에서 한다하는 량반들이 류두놀이를 떠나느라고 야단법석이였다.

옛날 류두날이 오면 규수와 부인들은 좋은 비단옷에 가진을 신고 맛나는 음식을 가득 싸가지고 몸종을 데리고 꽃가마 쌍가마를 타고 강에 가 머리도 감고 산에 올라가 화초놀이도 하면서 하루를 즐겁게 지내다가 석양무렵에 처소로 돌아오는것이 관례로 되어있었다.

좋은 기회를 만났다고 생각한 총각은 아침 일찍 일어나 큰길가의 숲속에 은신하고 살펴보았다. 좀 있으니 큰길이 메여지게 사람들이 올라들 오는데 그속에는 교자도 수십개 끼워있었다.

총각이 슬금슬금 그들 뒤를 따라가보니 과연 부인들이 강가에서 라상을 벗고 목욕도 하고 규수들이 삼삼오오 떼를 지어 희희락락 즐기고있었다.

거지차림을 한 총각이 지팽이를 짚고다니면서

≪마나님, 규수님, 불쌍한 저에게 떡 한 개만 주옵소서.≫하고는 절을 하였다.

그랬더니 마나님과 규수들은 아니꼬와하면서도 떡을 먼발치에 던져주었다. 총각은 흙에 발린 떡을 주어먹고나서 이렇게 말했다.

≪마나님, 규수님, 오뉴월 염천이온데 내 이 부채로 땀을 들여올리겠사외다.≫

거지는 대답도 기다리지 않고 큰 부채를 꺼내들자 휠휠 앞에 모여앉은 아낙네들에게 부채질하였다. 이렇게 온 놀이터를 돌아다니며 모조리 부채질한 뒤 슬그머니 도망쳐버렸다.

이윽고 음식을 다 먹고난 아낙네들이 일어나서 걷기 시작하는데 웬걸 홍문에서 ≪칼채부채 접적궁≫하고 소리나는지라 깜짝 놀라들 했다. 너무도 안타까와 규수와 부인들이 씨암탉걸음으로 느리게 걸었지만 헛수고였다. 홍문에서 의연히 ≪칼-채-부-채-접--적-궁-≫하는 느린 소리가 났다.

당황망조한 녀인들은 놀지도 못하고 저마다 집으로 뛰여가는데 그들이 서울거리에 들어서자 온 거리가 란장판이 되었다.

집으로 돌아온 녀인들은 무당이며 점쟁이 그리고 한다하는 의원들을 불러다놓고 별의별 방책을 다하여도 백약이 무효여서 어찌할바를 몰라했다. 나중에 그들은 함께 상의한 뒤 네거리에다

≪누구든지 이 병을 떼는자가 있으면 천금상에 만호후를 봉하리라.≫

(옳지, 인제야 때가 왔구나.)

총각은 이튿날 가가호호 문전마다 찾아가서 문안을 드리고 병을 보기 시작

하였는데 절대 병자의 방에 외인이 출입못하게끔 단속하고나서 작은 부채로 부쳐주고는 슬쩍 나와버리군 했다. 이렇게 이틀동안 분주히 부채질하였더니 그동안 병들었던 마나님과 규수들이 모두 일어나 앉았다.

어느새 소문이 온 서울에 퍼졌다. 사람들은 한결같이 입을 모아 산신령이 내려왔다고들 칭찬하였다. 그런데 일단 병을 치료하고나서 깍쟁이 부자놈들은 결코 총각에게 천금상 만호후를 봉하려 하지 않았다. 이에 성이 난 총각은 량심 나쁜자들을 찾아가 큰 부채로 또다시 부채질하였는데 일단 부채질한 뒤면 또다시 홍문에서 전과같은 소리가 들려왔으므로 량반들은 손이야 발이야 빌며 돈을 가져다 바쳤다. 그제야 총각은 작은 부채로 부채질하여 병을 떼주었다.

며칠후 총각은 이전에 머슴질하던 고향으로 찾아갔다. 마침 그날은 주인량반의 환갑날이여서 으리으리한 대청에는 고을의 한다하는 량반들이 다 모여들어 한창 산해진미를 차려놓고 먹고 마시고있었다.

≪저 지나가던 행객이나마 밥술이나 청합시다.≫

총각이 방문을 열고 들어서며 구걸하는데 량반무리들이 내려다보니 웬 거지차림을 한 녀석이 주제넘게 구걸하는지라 저마다 손가락질을 하며 욕설을 퍼부었다.

≪아니 이게 어떤 곳이라고 너같은 자식이 뛰여드는거냐? 썩 물러가도록 하라.≫

그랬건만 총각은 들었는지 말았는지 성큼성큼 량반부인들 곁에 걸어가더니 털썩 멍석을 깔고 앉았다. 그바람에 부인들은 저마다 코를 싸쥐고 돌아앉았다. 그러자 총각은 때묻은 손으로 상우의 음식을 이것저것 주어먹었다.

이윽고 만포식한 총각이 주인량반한테로 걸어가더니

≪어르신님, 난 수년전에 이 집에서 푼전 못받고 십년 고금살이하다가 도망한 머슴이온데 오늘 덕분에 잘 먹었습니다. 그 은혜를 갚고저 이 부채로 땀을 들여들이겠사옵니다.≫하고는 큰 부채를 들어 주인량반과 녀편네에게 부채질하였다. 다음 줄느런히 벌려앉은 량반들께로 가더니 역시 그 부채로 슬슬 부채질해주고는 대문을 나섰다.

≪퉤, 빌어먹다 오그라질 거지같으니라구!≫

량반의 딸과 사위는 거지가 떠나가자 주흥을 돋우려고 자리에서 일어나더니 환갑상앞에 두팔을 벌린채 춤을 추기 시작하였다. 그러자 잇달아 량반손님들도 우줄우줄 일어나 춤을 추기 시작하는데 술에 푹 취했는지라 처음에는 홍문에서 ≪칼채부채 접적궁≫하고 소리가 나도 별로 주의하는 사람이 없었다.

그런데 주인량반과 녀편네만은 ≪아이쿠, 저게 웬 소리냐?≫하더니 벌떡 일어났다. 그러자 그들의 홍문에서도 똑같은 소리가 들려왔다. 이에 깜짝 놀란 주인량반과 녀편네가 안방으로 내빼는데 그제야 술을 깬 딸과 사위며 여러 량반들도

≪아따 이게 웬 소리냐?≫하면서 이리 뛰고 저리 뛰면서 야단법석을 놓았다. 그바람에 환갑상이 넘어가면서 진수성찬이 바닥에 뒹굴어 환갑집이 수라장으로 되어버렸다.

그날 손님들이 흩어진후 주인량반과 녀편네는 그 소리가 하도 듣기 거북하여 이리 뛰고 저리 뛰다가 나중에는 기진맥진하여 땅에 쓰러지고 말았다.

톡톡히 복수한 총각은 그날로 서울로 올라가자 천금상에 만호후를 상받았는데 그뒤 총각은 옥녀가인을 얻은 다음 가난한 사람들을 구제하면서 잘 살았다 한다.

망신당한 사또

옛날 서울의 한 고을에 새로 부임된 사또가 있었는데 부임된지 얼마 안지나서부터 본직에는 게을리하고 주색잡기에 혹하여 대사를 그르치고있는지라 하루는 그에게서 릉욕을 당할대로 당한 기생들이 사또를 골려주려고 꾀하였다.

매일 고추장 맛보기로 이 기생 저 기생을 데리고 놀던 사또는 그만 싫증이 났던지 민가의 고운 처녀들에게도 더러운 손길을 뻗치기 시작하였다.

하여 사또는 매일 라졸들을 시켜 민가에 좀 반주그레한 녀인만 있으면 처녀이든 유부녀이든 가리지 않고 잡아들이게 하였다.

하루는 라졸들이 또 한 녀인을 잡아들였는데 인물이 절색이요 허리는 오뉴월 수양버들 같은지라 사또 그렇게 많은 기생과 민간의 녀인들을 데리고 놀아봤어도 이 고을에 이렇듯 절색가인이 있었던가싶어 첫눈에 그만 정욕이 북받쳤다.

사또는 오장륙부가 다 녹아내리는것을 참으며 넌지시 한마디 물었다.

≪너는 뉘집 규수이며 나이는 얼마나 됐느냐?≫

≪네, 소녀 금년에 바야흐로 이팔이온데 조실부모하고 일점혈육 없이 독수공방하고있사옵니다.≫

인물만 절색인가 하였더니 목청 또한 옥쟁반에 구슬 굴러가듯 고우니 사또는 바지에 오줌을 쌀 지경이였다.

≪음, 내 오늘 널 특별히 귀히 여겨 불렀으니 나와 운우지정을 나눌 생각 없느뇨?≫

사또 제법 위풍을 부리며 큰 은혜나 베풀듯하는 그 꼬락서니 또한 가관이였다.

≪네, 이 비천한 소녀를 보살펴주는 그 은혜 백골난망하옵니다. 소녀 전부터

대감님의 명성을 높이 받들어 모셔왔는데 오늘 이렇게 신변에서 모시게 된것을 더없는 영광으로 간주하옵니다.≫

애교부리는 소녀의 거동에 사또는 그만 혼이 구중천에 올라 장소도 가리지 않고 덥석 소녀의 손을 잡아 자기의 앞가슴으로 끌고가는것이였다.

이에 소녀 더욱 은근한 추파를 던지며

≪대감님, 소녀 대감님을 모실 마음 간절하건만 뭇사람들의 눈길이 두려웁고 또 이 궁궐이 초라한 저의 집보다 자유롭지 못하니 대감님이 저같은 비천한 소녀를 꺼리지 않으신다면 금일 저녁 삼경에 저의 집으로 왕림하신다면 소주 한잔 받쳐올릴가 하옵나이다.≫

소녀의 말에 일리가 있고 또 그 재미가 궁궐에서 놀기보다 별미가 아니겠냐 싶어 사또는 아쉬웠지만 소녀의 요구대로 해가 지기를 일각이 여삼추로 기다렸다.

몸이 달아올라 안절부절 못하던 사또는 해가 서산에 넘어가기 바쁘게 평복을 차려입고 소녀의 집으로 찾아갔다.

언녕 기다리고있던 소녀는 사또가 들어서기 바쁘게 제꺽 술상을 차려놓고 술 절반 웃음 절반을 담아 섬섬옥수로 사또한테 한잔 또 한잔 술을 부어올렸다.

이윽고 사또는 술기운까지 솟구치자 더는 참지 못하여 소녀를 와락 끌어안아서는 침대 있는데로 안고 가더니 소녀의 옷을 벗겨놓고는 정신없이 제옷도 홀홀 벗어던지는것이였다. 사또가 바야흐로 성욕을 채우려고 덮쳐들때였다.

갑자기 대문을 두드리는 소리가 ≪쾅쾅≫울리며

≪여보, 여보. 빨리 문 열어주오,≫하는 남정의 목소리가 날아들었다.

금시까지도 정욕이 달아올라 흥분에 들떠있던 사또는 그만 찬물을 끼얹은 듯 깜짝 놀라 멍하니 소녀만 바라보았다.

그녀 역시 아연한 기색을 띠우더니 사또앞에 꿇어앉아 사연을 고백했다.

≪나으리님, 소녀 실로 죽을 죄를 지었습니다. 실은 소녀에게 언녕 랑군님이 있었지만 전부터 대감님을 사모하여왔길래 랑군님 없는 기회에 회포를 풀어보자던 노릇이 이렇게 일찍 돌아올줄을 몰랐사와요. 이제 까딱 잘못하다가는 칼 맞은 귀신이 될것이니 나리님께선 지체말고 얼른 여기에 숨으세요.≫

말을 마친 그는 자기 집에서 하나밖에 없는 가장 귀중한 농문을 열고 사또를 그속에다 떠밀어넣었다.

사또 역시 별방법이 없었다. 이럴 때는 사또가 아니라 나라의 임금이라도 별수 없는것이다.

이윽고 그녀가 문을 열자 억대우같은 사나이가 들어서더니 첫마디부터 곱지 않은 말소리가 튕겨나왔다.

≪무슨 짓을 하느라고 문을 이렇게 늦게 여는거요? 잠 귀신같은게...≫

≪아니, 당신이 며칠 있다가 오신다기에 마음놓고 잠을 자다보니, 그런데 왜 이 밤중에 갑자기 돌아오셨어요?≫

그녀는 짐짓 아무일도 없었던듯이 상냥스럽게 물었다.

≪글쎄, 오늘 아침 떠날때부터 기분이 좋지 않길래 가던 길에 점쟁이를 찾아가 점을 쳤더니 빨리 집으로 돌아가라고 하더군. 우환이 있다면서...≫

사나이의 말에 그녀는 짐짓 놀라는 표정을 지으면서 다우쳐 물었다.

≪아니, 우리 집에 무슨 우환이 있다는 말씀입니까?≫

≪글쎄, 우리 집에 제일 큰 재산인 저 농안에 요귀가 붙었는데 저걸 태워버려야 우환이 제거되고 앞날이 무사하다나.≫

이 말에 진작 놀란것은 농안에 갇힌 사또였다. 그녀도 짐짓 아닌보살을 하며 딴전을 부렸다.

≪아니, 랑군님께선 갑자기 여우한테 홀리우지나 않았나요? 천하 없어도 그 농은 태울수 없어요. 그건 내가 시집올때 가져온것인데요.≫

한사람은 태워버리겠다느니 한사람은 안된다고 티각태각하다나니 자연 말싸움으로부터 주먹놀음으로 넘어갔다.

기실 그들 부부는 거짓으로 때리는 흉내를 냈지만 농안에 있는 사또는 ≪쿵, 쾅≫하는 소리와 그녀의 비명소리를 듣자 정말로 싸우는줄 알고 그녀의 고마운 마음에 감복되였다.

한동안 싸워대다가 녀인이 갑자기 말하는것이였다.

≪여보, 우리끼리 싸우지 말고 도대체 이 농이 누구의것인지 고을원한테로 가서 송사를 하자요. 만약 당신이 이기면 그때 가서 태워도 의견이 없고 제가

이기면 이 농을 절대 태울수 없어요.≫

그 말에 사또는 한시름을 놓았다.

그리하여 그들은 농을 관청에 목도해가서 재판관앞에 내려놓은뒤 재판관더러 이 일을 판결해달라고 간청하였다.

그들 부부의 말을 다 듣고난 재판관은 어느편에 서야 할지 딱했다. 재판관은 생각던 끝에 농을 절반 갈라서 가지라고 하였다.

그러자 사나이와 그녀는 쾌히 응낙하엿다.

이윽고 하인들이 큰 톱을 가져다가 스르릉 슬쩍 농을 켜기 시작하였다.

관가의 라졸로부터 기생에 이르기까지 그들 부부의 송사가 재미있어 모두 떨쳐나와 구경하고있었다. 남들은 재미나서 구경하고있었지만 농속의 사또만은 정말 막다른 골목에 이르고야말았다.

톱날은 점점 그의 몸뚱이 가까이로 다가오고있었다. 좀 더 있으면 영낙없이 죽을판이였다. 급해맞은 사또는 참지 못하고 그만 ≪사람 살리우!≫하고 고함을 쳤다.

톱질하던 라졸들과 모든 사람들이 그 소리에 깜짝 놀라 제꺽 농을 열고보니 글쎄 그속에서 온몸에 실오리 하나도 걸치지 않은 웬 사나이가 뛰여나오지를 않겠는가!

평시에 사또의 얼굴을 보지 못했던 라졸들인지라 라체가 된 사또를 알아볼리 만무하였다. 그래서 그들은 앞다투어 몽둥이를 들고 발가벗은 사또에게 물매를 안겨주었다.

개꼴 망신을 당하고 물매를 얻어맞은 사또는 발가벗은채로 마을밖으로 도망쳐갔다. 후에 사또는 행방불명이 되었지만 그녀가 꾸며낸 그 일만은 한입 건너 두입 건너 전해지다나니 온 고을이 다 알게 되어 ≪망신당한 사또≫란 이야기가 지금까지 민간에서 웃음거리로 전해지고있다.

고약한 사또

옛날 한 시골에 아들 삼형제를 데리고 살아가는 집이 있었다.

세월이 흘러 세 아들이 모두 년광이 차서 장가를 들었는데 그중에서도 셋째
며느리가 인물이 출중하고 총명했다.

그런데 셋째며느리가 인물이 곱고 지혜롭다는 소문이 그 고을의 사또한테
까지 들어갔는데 심보가 고약한 그놈은 인물 고운 여자라면 오금을 못쓰는
위인인지라 엉뎅이가 쑤셔나서 견딜수가 없었다. 그놈은 궁리하던 끝에 하인
더러 집주인을 대령시키라 령을 내렸다.

이윽고 집주인이 하인들에게 끌려 사또전에 당도하니 사또는 괴상한 웃음
을 지으며 말했다.

≪내가 자네를 부름은 다름이 아니라 내기를 하자는것일세. 만약 내기에서
자네가 지면 셋째며느리를 대령시키고 이기면 무사할줄 알게. 내기란 다른게
아닐세. 래일 아침에 수탉알을 하나 가져오게. 만약 가져오지 못하면 자네의
셋째며느리를 대령시켜 나의 수청을 들게해야 하네.≫

집주인은 사또의 심보를 번연히 알면서도 거역못하고 집으로 돌아오자 억
이 막혀 식음을 전폐하고 드러누웠다.

시아버지는 관가에 불리워갔다온후 수심에 싸여 그만 드러누웠다. 세 며느
리가 선후하여 병문안을 왔으나 말 한마디 없었다.

셋째며느리가 보다 못해 시아버님전에 꿇어앉아 공손히 물었다.

≪아버님, 하늘이 무너져도 솟아날 구멍이 있다하온데 무슨 근심이기에 락
심 그렇게 하시옵고 식음을 전폐하시옵나이까?≫

시아버지가 들어보니 과연 그러한지라 한숨을 섞어가며 관청에서 되어진
일을 이야기하였다.

≪글쎄 수탉알을 가져오라고 하니 세상에 어디 가서 수탉알을 얻어온단말인고?≫

≪아버님, 그만한 일로 근심하시옵니까? 제가 알아서 처리하겠사오니 념려 마옵시고 진지를 드시와요.≫

시아버지의 말을 듣고난 셋째며느리는 밥상을 시아버지앞에 놓고는 조용히 물러나와 남편더러 래일 아침 일찍 사또에게로 가서 여차여차하라고 시켰다.

이튿날 날이 밝자 셋째아들은 헐떡거리며 관청에 가 문을 두드리며 사또를 만나보자고 고아쳤다.

사또가 나와보니 오라는 령감은 오지않고 아들이 신새벽에 왔는지라 두눈을 부라리며 호통쳤다.

≪너 이놈, 여기가 어디라고 신새벽에 고아치느냐?≫

≪아이고 사또님, 우리 아버지가 신새벽에 몸을 푸셨나이다. 그래서 사또님전에 못나오시겠기에 여쭈러 왔나이다.≫

사또는 그 말을 듣더니 또 호통쳤다.

≪이 망측한 쌍놈같으니라구. 사내가 애를 낳는 법이 어디 있느냐?≫

≪하시다면 수탉이 알을 낳는 법이 또 어디 있나이까?≫

셋째아들의 말을 듣고보니 내기에서 졌는지라 사또는 그만 말문이 막혔다.

내기에서 지고난 사또는 궁리하다가 한 꾀가 떠오르자 또 하인들더러 주인을 불러오라고 하였다. 이윽고 주인이 사또전에 대령하자 사또가 말했다.

≪첫내기는 내가 졌네. 이번에는 저 앞산만큼 무게가 꼭같은 돼지를 가져오게. 만약 못가져온다면 자네의 셋째며느리를 데려다 수청을 들게 해야 하네.≫

들어보니 점점 허황한 내기라 그는 또 수심에 잠겨 돌아왔다. 시아버지의 낯색을 보고 셋째며느리가 조용히 물었다.

≪아버님, 이번에는 무슨 내기를 하옵더이까?≫

시아버지는 여차여차한 내기노라고 말하고는 한숨을 후 내쉬며 말했다.

≪세상에 앞산만한 돼지가 어디에 있으며 혹시 있다한들 어떻게 저울에 뜬단말이냐?≫

셋째며느리는 생각하더니

≪아버님께선 래일 사또전에 가서서 여차여차하옵시오면 이길수 있나이다.≫하고는 한 꾀를 대주었다.

이튿날, 시아버지가 사또전에 가서 복지하니 사또는 이번에는 네 놈이 질것이라고 생각하며 물었다.

≪그래 앞산만한 돼지를 떠왔느냐?≫

≪네. 그런게 아니라 앞산의 무게를 몰라 왔사오니 사또님께옵서 앞산의 무게를 떠주시오면 소인이 그만한 돼지를 가져다 올리겠나이다.≫

이번에도 내기에서 지고난 사또놈은 닭 쫓던 개 울 쳐다보듯 돌아가는 그를 쳐다볼뿐이였다.

사또는 그래도 마음이 죽지 아니하여 궁리 끝에 또 한 꾀가 떠오르자 무릎을 툭 치며 하인을 시켜 또 주인령감을 데려오게 했다.

≪두번째도 내가 졌네. 이번이 마지막인데 이번에 못 이기면 셋째며느리를 수청들게 해야겠네. 이번에는 자네의 셋째며느리와 꼭같이 생긴 여자를 데려오게. 만약 못 데려온다면 용서가 없네.≫

그는 이번에는 영낙없이 셋째며느리를 빼앗겼구나하고 락심하며 돌아오자 목침을 베고 누워 끙끙 앓기만 할뿐 누구나 물어도 대답하지 않았다.

역시 셋째며느리가 여러번 물어서야 시아버지는 하는수없이 사연을 말했다.

시아버지의 말을 듣고난 셋째며느리는 말없이 물러나왔다. 그런데 생각해보니 그 사또란 놈이 괘씸하기 짝없는놈이라 그놈을 죽여버릴 생각으로 집안 사람을 다 모아놓고 여차여차하자고 계교를 말하고는 이튿날 아침 시아버지와 함께 사또전에 복지하였다.

≪사또님, 세상에 꼭같이 생긴 사람이 없사옵기로 천첩이 수청들려왔사온데 한가지 청이 있나이다.≫

≪오냐, 무슨 청이냐? 네 청이야 못들어줄가부냐. 어서 아뢰여라.≫

사또는 눈앞에 꽃같은 녀인이 앵두입술을 놀리고있는지라 혼이 둥둥 떠서 좋아 어쩔줄 몰랐다.

≪네. 이 고을남쪽에 큰 호수가 있사온데 이름을 <어미호>라 하옵니다. 천첩이 이제 수청들러 오는 날, 사또님께옵서 반찬을 차려서 우리 둘이 그

호수에서 뱃놀이를 함이 어떠하옵니까? 천첩은 뱃놀이를 무척 즐겼나이다.≫

사또는 이미 제정신이 아니라 그러마 하고 허락했다.

집으로 돌아온 셋째며느리는 남편더러 그날 배사공차림을 하고 약속한 날 호수가로 나오게 하였다. 며칠후 셋째며느리가 사또놈이 보낸 가마를 타고 호수가에 당도해보니 남편이 벌써 배를 준비해놓고 기다리는데 하인들이 배에다 술이며 안주를 날라다 싣고 사또는 의관정제하고 섰다가 셋째며느리가 가마에서 내리자 손을 잡아 배에 끌어다가 자기 무릎에 앉히고 희롱하려들었다. 그럴때 셋째며느리가 술잔에 술을 따라 권하니 사또는 술을 받아 굽을 내고나서 말했다.

≪허, 술맛 참 좋구나. 자, 너도 한잔 마셔보아라.≫

≪아니옵니다. 오늘은 사또님의 회사날이오니 만취하도록 마시옵고 함께 즐겨보사이다.≫

셋째며느리 애교를 부리며 연방 술을 권하니 미인이 붓는 술이라 어찌나 마셨던지 바지에 오줌을 쌀 지경으로 만취해버렸다.

사또놈이 만취해버리자 셋째며느리가 눈짓하였다. 그러자 배사공으로 변장했던 셋째아들이 달려들어 사또를 거꾸로 들어 호수에다 내리꼰졌다. 그러니 제아무리 위엄부리던 사또일지언정 혼자몸이고 무정한 물속이라 어쩌는수없이 ≪어미호≫에서 고기밥이 되고말았다고 한다.

꿀강아지

어느 고을에 한 량반이 살고있었다. 그놈은 자기의 권세를 믿고 무죄한 백성들을 터무니없이 붙잡다가 모진 매를 쳐 재산을 빼앗군 하여 일등갑부가 되었다.

한편 그 고을 한구석에는 ≪쌍놈≫이 살고있었는데 아무리 생각하여도 그 량반이 하는짓이 괘씸하기 짝이 없어 궁 끝에 량반을 혼빵내줄 꾀를 생각해냈다.

이튿날 그는 장거리에 가 강아지 한 마리를 사다가 다른것은 먹이지 않고 여러달동안 꿀만 먹이였다. 그랬더니 강아지는 배속에 꿀만 들었는지라 똥을 싸도 꿀똥을 쌌다.

(인젠 됐다. 량반놈을 혼빵내줘야지.)

하루는 량반을 찾아가 꿇어앉은채 아뢰였다.

≪나으리님, 청첩을 올리려고 찾아왔습니다.≫

≪네깟놈이 무슨 청첩이란 말이냐?≫

≪오늘은 저의 생일날입니다. 그래서 모시러 왔은즉 가주시기 바랍니다.≫

공짜라면 오금을 못쓰는 량반인지라 급급히 의관을 정제하고 그를 따라나섰다.

그는 집에 도착하자 량반을 안에 모시고 두루 반찬과 떡을 차려놓고 술을 삼배 권한 뒤 이렇게 아뢰였다.

≪나으리님, 우리 집에서는 떡을 먹을때면 강아지의 꿀똥에 발라서 먹습니다.≫

≪아니, 그게 무슨 소린가?≫

량반이 어리둥절해하자 그는 강아지를 불러들였다. 강아지가 꼬리를 휘휘 내저으며 상앞에 와 엎드리기에 그는 두손으로 강아지의 허리를 꽉 눌렀다. 그러자 강아지는 엉뎅이를 그릇에 돌려댄채 꿀똥을 꼴딱 쌌다.

《나리님, 이건 별미온데 떡에 찍어 맛보십시오.》

그는 꿀을 담은 그릇을 상우에 올려놓으며 말했다.

이윽고 량반이 의심쩍어하면서도 떡을 꿀에 발라 맛보았더니 세상 별미였다. 량반은 게눈감추듯 상우의 떡을 다 먹어치우고나서 물었다.

《이 사람아, 자넨 이 강아지를 어디서 구해왔노?》

《이 강아지를 선견이라 하옵니다. 이런 강아지만 있으면 꿀을 사서 먹을 필요가 없지요.》

량반은 그 소리를 듣더니만 귀가 벌쭉해서 바짝 앞으로 다가앉으며 말했다.

《이 사람아, 자네같이 구차한 집에서 이런 강아지가 무슨 필요있나. 나한테 팔게나.》

《안됩니다.》

《이 사람아, 자네는 강아지보다 재산이 필요할걸세. 내 천냥을 낼테니 팔게.》

《나으리님께서 정 요구하신다면 그 말씀을 따르겠습니다.》

그는 마지못해 파는것처럼 하면서 천냥을 받고 강아지를 팔았다. 그리고 그날 밤에 돈을 가지고 수백리밖으로 도망하였다.

그런데 량반은 그날 강아지를 집으로 가져오자마자 고기와 쌀밥을 먹이며 똥을 받아먹는데 그날만은 강아지의 배속에 꿀이 좀 있었으므로 다행히도 꿀똥을 쌌다.

이튿날 량반은 일가친척을 모두 모여놓고 꿀똥을 받아먹으려 하였다. 이윽고 상마다 떡을 가득 놓고 빈접시를 가져오자 량반은 강아지의 허리를 꽉 눌렀다. 그런데 고기와 쌀밥을 먹은 강아지인지라 구린내를 풍기며 시누런 똥물을 쌌다.

량반은 좀 의심이 들었으나 어제 그의 집에서 맛보던 일을 생각하고 하인이 떡을 집어주자 두말없이 개똥에 찍어 입어 넣었다.

《에-퉤-, 에-퉤-.》

구린내나는 개똥을 먹고난 량반은 그만 상을 찌푸리더니 접시를 내동댕이친채로 야단법석을 놓았다.

그후 량반은 《쌍놈》을 찾아서 밸풀이하려고 하였지만 그는 종적을 감춘지도 오래였다.

지혜로 원이 되다

함경북도의 어느 한 고을에 구차한 가정이 살고있었는데 그 집에서는 량부모와 두 내외가 근근득식으로 살아가다나니 곤난이 막심하였다.

하루는 아들이 부모전에 아뢰였다.

≪부모님, 제가 아무리 애를 써도 식구들의 배를 불릴수 없으니 한번 서울로 올라가 돈벌이나 하여보겠습니다.≫

그 말에 부모들은 굳이 막아나섰다.

≪네 이 고장에서 태여나 단 십리도 나가보지 못한 놈이 어디에 가서 생돈을 번다는 말이냐? 그런 생각은 애당초 단념해버려라.≫

하지만 아들은 끝내 부모를 설복시키고 집을 떠났다. 그리하여 불원천리하고 서울을 향하여 걷고 걸어 수개월만에 목적지에 당도하였다. 그런데 서울이란 만호장안이여서 인심이 하도 박하여 밥 한끼 구걸하기조차 어려웠다. 더군다나 시골사람인 그는 낯놓고 기윽자도 몰랐으므로 수중에 돈이 있어도 주막에 들어가 음식조차 마음대로 사먹기 어려웠다.

두루 찾아다니다가 앞거리에 작은 주막이 있거늘 들어가보니 음식도 팔고 소주도 팔고있었다. 수개월만에 처음으로 술냄새를 맡은 걸객은 소주 여러잔을 들이켜고나서 술기운에 못이겨 방 한구석에 드러누워 잠이 들었다.

그런데 밤중이 되자 웬걸 벼룩이와 빈대가 쓸어나와 어찌나 걸객을 물어뜯는지 저도모르게 의복을 활활 벗어던지고 알몸뚱이로 누워 코를 골았다. 한밤중에는 또 밖에 나가 소변을 보고 자기방으로 들어온다는것이 그만 다른 방에 들어가 코를 드렁드렁 골며 재차 잠이 들었다.

본래 이 주막은 김승지댁의 친척으로서 작은 량반집인데 슬하에 딸 하나가 있어 골방에 처소를 정하고있었다. 그런데 방정맞게도 그날 밤 걸객은 술에 만취하여 불문곡직하고 들어가다나니 규수의 방으로 들어갔던것이다.

단잠이 들었던 규수가 인기척소리에 벌떡 일어나니 벌거벗은 사나이가 방 구석에 털썩 드러눕는지라 고래고래 웨치며 밖으로 뛰여나왔다. 이때 마침 옆방에서 술추렴을 하던 김승지댁의 하인들이 규수의 소리를 듣고 뛰여나와 방문을 열고 들여다보니 어떤자가 발가숭이 그대로 규수의 방에 들어가 콩태 자로 두다리를 벌린채 코를 골고있었다.

≪옳지 잘됐다. 큰 돈벌이가 생겼군.≫

하인들은 이렇게 나직한 목소리로 주고받더니 커다란 포대를 가져다가 손 님을 머리로부터 거꾸로 넣은 다음 아구리를 동여맸다. 그래도 술에 취한 그 걸객은 코를 고는데 하인들은 아예 사인교에 포대를 올려놓자 야밤삼경에 김승지댁으로 줄행랑을 놓았다.

한편 김승지댁에서는 삼대독자가 문둥이병에 걸려 수년동안 후원별당에 갇혀 두문불출하고있는중이였다.

김승지가 별의별 약을 다 써보았으나 아들의 병은 차도가 없는지라 그저 죽기만을 고대하고있었다. 그러던차에 소문을 들은즉 문둥병에는 남자의 불알 이 즉효라기에 김승지는 비밀리에 하인들을 불러놓고 말하였다.

≪너희들은 나의 부탁을 명심하고 그대로 행하라. 거리에 나가 돌아다니다 가 야밤삼경에 걸객들이 굶어죽은 시체가 있거들랑 불알을 잘라오라. 그러면 돈 천냥을 줄테니 비밀을 루설치 말고 꼭 행할지어다.≫

≪녜-≫

하인들은 이구동성으로 대답을 올리고나서 물러나오자 거리로 쏘다녔다. 그런데 때마침 그날 밤에 주막에서 걸객 한사람을 만나게 되었던것이다.

한편 술에 만취되였던 걸객은 그제서야 정신이 들어 어인 영문인지를 몰라 하는데 한창 사인교를 메고가던 하인들이 주거니 받거니 하는 소리가 들려왔 다. 그중 한자가 이렇게 흥얼거렸다.

≪여보게들 내 말을 들어보세나. 천냥이면 하늘도 알아준다지 우리들은 돈 천냥을 삽시간에 벌었은즉 이 돈으로 부모 봉양하고 젊은 안해 배불리고 어린 자식 길러내여 사람노릇 하자꾸나. 에헤야, 데헤야, 얼씨구 절씨구 지화자 좋을

씨고. 어서 가세, 어서 가세 대감전으로 어서 가세.≫

뒤이어 다른 한 하인이 또 이렇게 흥얼거렸다.

≪불쌍토다, 불쌍토다. 주소 성명 누구인고 부모처자 있거들랑 죽은 혼이라도 집에 돌아가 부모처자 몽중에나 나타날가.≫

또 다른 하인이 흥얼거리는 소리가 들려왔다.

≪모지도다, 모지도다. 김승지가 모지도다. 제자식 살리려고 모진 목숨 앗아가니 전생에 죄를 짓고 사후에 무사할가?≫

한참 흥얼거리던 하인들가운데 한자가 주의를 주었다.

≪쉬, 낮말은 새가 듣고 밤말은 쥐가 듣는다 했거늘 조용들 하세.≫

이때 포대속에 들어있던 걸객은 하인들이 주고받는 소리를 들으며 꼼짝하지 않았다. 그러고서는 겉으로는 죽은체하면서 속으로는 살아날 구멍수를 생각해보았다. 마침내 좋은 수가 떠올라서 죽는 고비에 여차여차 하리라 생각하는데 어느새 하인들은 김승지댁 뒤고방에다 사인교를 내려놓았다.

걸객을 포대에 넣어가지고 온 하인들은 내전에 들어가자 대감에게 주막에서 되어진 사실을 낱낱이 고해바쳤다. 대감은 크게 기뻐하며 하인들더러 포대를 뒤고방으로 가져가라 하고는 친히 장도를 찾아들고 걸객의 불을 자르려고 뒤방으로 갔다.

대감은 뒤고방에 도착하자 포대를 풀어헤치고 걸객을 끄집어냈다. 대감은 한손에 장도를 들고 다른 한손으로 걸객의 불을 거머쥐며 당금 자르려 하는데 별안간 죽었던 사람이 화닥닥 일어나며 대감의 상투를 힘껏 틀어쥐였다.

≪이놈, 나의 할아버지와 아버지의 원쑤를 이제야 갚게 되었구나!≫

걸객은 고래고래 웨치며 대감의 상투를 끌고 밖으로 나왔다. 그바람에 숱한 동네사람들이 모여서 구경하게 되었다. 걸객은 이를 뿌득뿌득 갈며 웨쳤다.

≪이놈아, 어서 어전으로 가자. 네놈의 복부를 가르고 간을 꺼내 조상전에 제사를 지내여 원쑤를 갚을테다.≫

이렇듯 걸객이 펄펄 뛰며 을러메자 대감은 사시나무 떨듯 와들와들 떨기만 하였다. 하긴 어전으로 가는 날이면 십상팔구는 목이 날아갈것이니 대감은 두손을 합장한채 손님앞에 백배사례하며

≪제발 이 한목숨만 살려주십시오. 전생에 못할 죄를 졌사오니 목숨만 살려주면 요구대로 만족시켜 드리리다.≫하고 빌었다.

걸객은 짐짓 이렇게 물었다.

≪네놈의 죄를 보면 백번 죽어 마땅하나 잘못을 알고있으니 용서한다. 그런데 내 요구대로 하여 주겠느냐?≫

≪네, 네. 요구대로 해드립지요≫

≪내 소원은 단 한가지이다. 그저 나를 고을원으로 임명하면 된다.≫

김승지는 부득불 손님의 요구를 들어주는수밖에 없었다. 김승지는 그길로 내당에 뛰여들어가 즉시 걸객을 고을원으로 임명하고 곧 도입하라고 하였다.

걸객은 이튿날 아침 으리으리한 례복을 차려입고 행장을 즐비하게 차린 다음 많은 군졸들을 데리고 갖은 풍악소리속에 사인교에 높이 앉아 시골 고향으로 내려갔다.

한편 고향마을 집에서는 안해가 남편이 떠난 뒤로부터 매일 문앞에 나와 이마에 손을 얹고 기다리고있었다.

하루는 풍악소리 높은 가운데 난데없이 원님행차가 집앞으로 뻗은 큰길로 지나가기에 한숨을 쉬였다.

≪우리 남편 어찌되고 웬 사람 팔자좋아 교군에 높이 앉아 신관으로 도입할가!≫

안해는 서러움에 북받쳐 눈물을 하염없이 흘렸다.

이튿날 신관으로 내려온 원은 당상에 높이 앉아 관아를 수습하고나서 집으로 하인들을 파하여 보고싶던 부모와 안해를 모셔오게 했다. 그리하여 그들 한가정은 부귀영화를 누리면서 오래오래 잘 살았다 한다.

꿈으로 천냥빚을 갚다

어느 한 고을에 살림살이가 구차하여 몇 대를 내려오면서 량반집 머슴살이를 하는 머슴군이 살고있었다.

가세가 빈한한중에 설상가상으로 량친부모가 선후하며 줄초상을 하다보니 엎친데 덮친다고 젊은 내외의 빚이 몇천냥으로 늘어났다.

남편은 섣달 그믐날이 되어오자 량반이 또 빚재촉을 올것 같아 자리에 누웠어도 잠이 오지 않았다.

이튿날 아침이 되자 아나나 다를가 량반들이 하인들을 데리고 신새벽부터 문을 두드리며 빚재촉이 성화같았다.

≪문 열어라. 동지섣달 긴긴밤에 무슨 태평으로 이때껏 잔단말이냐? 상존이 왔다. 문 열어라.≫

남편은 안해더러 나가서 잠을 잔다고 이르라고 하고 자기는 그냥 그 본새로 누워있었다.

≪아이고 상존님 오셨나이까? 우리 집주인은 아직도 깨여나지 않았나이다.≫

안해가 문을 열어주며 하는 말에 량반놈은

≪제길할, 빚을 지고도 태평스럽게 잠만 자고있단말이냐? 고얀놈!≫하고 발을 탕탕 구르며 주인이 자는 앞에 와서 하늘이 낮다고 고함을 질렀다.

≪이놈아, 남의 빚 천냥씩이나 지고서도 빚갚을 궁리는 않고 해가 똥구멍을 쑤셔대도록 늦잠만 자느냐?≫

량반이 큰소리로 웨치니 주인은 깜짝 놀라 잠을 깨는척하면서

≪아, 이게 뉘기요?≫하고 일어나 앉더니 량반이 낯이 퍼래서 서있는것을 보고 능청을 부렸다.

≪아이고, 상존님이시나이까? 우리 집이 아무리 루추할망정 잠간 앉으사이

다. 내 꾸던 꿈이나 마저 꾸어야하겠나이다.≫

≪원 세상쌍놈같으니. 시퍼런 대낮에 무슨 꿈타령이냐? 어서 빚을 갚으란말이다. 빚이 천냥이다 천냥!≫

량반이 빚을 갚으라고 으르딱딱거려도 남편은 그 식이장식으로 꿈이야기를 시작했다.

≪상존님, 빚 천냥에 뭘 그리 급하시나이까? 소인이 하는 이야기나 듣구 받아가셔도 늦지 않으리다. 소인이 꿈에 글쎄 염라대왕을 만나뵈옵고 오느라고 늦잠을 잤나이다. 허참 염라국에 가니 별의별 희한한 일이 다 있지않겠나이까? 수천만 사람들이 죽어 저승에 가서 별별 노릇을 다하고있는데 본대로 말하자면 몇날며칠을 말해도 못다 말할가 하오니 한가지만 이야기하오리다.≫

≪그래 그 한가지란 어떤것인고?≫

량반은 주인이 염라대국에 갔다왔다는 말에 자기도 몰래 호기심이 동해 물었다.

≪예, 소인이 염라대왕님을 만나 칸칸마다 돌아보다가 한칸을 열고 들어가니 생전에 남한테 인심을 잘 쓰고 마음이 어지여 남을 욕도 하지 않고 남을 때리지도 않고 없는 사람을 도와서 좋은 일만 한 사람들은 백화가 활짝 핀 화원에 앉았는데 꽃방석을 깔았고 그들앞에는 산해진미 술상이 놓였으니 좌우에는 선녀같이 아름다운 아가씨들이 부채질을 하고 물찬 제비같이 아름다운 명기들이 섬섬옥수로 술을 부어 잔을 권하고 권주가를 불러주더이다. 또 한칸을 열고 들어서니 아이구 끔찍스럽기두 그곳에는 세상에 남한테 악한짓이란 악한짓을 다한 사람들을 결박시켜 칼을 씌우고 머리도 쳐들지 못하게 벌을 줍디다. 그리고 상존님의 조부님과 부친님께서도 그곳에 계시옵디다.≫

≪아아, 이 사람아, 그 그래, 우리 조상들이 어떻게 지내던가?≫

량반은 자기의 조상도 그곳에 있다는 말에 바싹 들어앉아 물었다.

≪아, 이런 기막힌 일이 또 어디에 있겠나이까? 차마 말을 못하겠사옵니다만 상존님께옵소 물으시오니 말씀을 올리리라. 하, 글쎄 상존님 조부님의 두손을 뒤로 묶어 거꾸로 달아매고 장정 둘이서 굵다란 가죽채찍으로 번갈아 매를 치겠지요. 상존님의 부친님은 생전에 그렇게도 남에게 혹독한 매를 주시옵더

니 지금은 두손이 작두에 잘리워 문지기 개에게 뜯기우고 몸은 굵은 쇠사슬에 꽁꽁 묶이워있더이다. 상존님의 부친은 제가 온것을 보시옵더니 눈물을 흘리시며 저한테 <여보게, 자네 다시 돌아가거들랑 우리 자식들에게 귀띔을 잘해 주게. 이제부터라도 늦지 아니하니 전생에서 악한 일을 그만두고 사람들에게 선심을 많이 베풀라고말일세. 만약 자네가 이 말을 전하면 우리 아들이 자네 그 천냥빛을 면제하고 상으로 천냥을 후히 줄것이니 제발 꼭 전해주게. 나는 이 문지기 개한테 이제는 몽땅 뜯기워 죽을거네. 자네에게 진정 부탁하네. 한고장에 살던 정을 봐서라도 꼭 부탁하네.>하고 말하옵겠지요. 소인이 그러마 하고 대답을 올리고 나오려는데 상존님께옵서 고함을 지르는통에 그만깨여 나고말았나이다.≫

이야기를 다 듣고난 량반은 얼굴이 별안간 새까맣게 질리더니 그의 두손을 꼭 잡으며 말했다.

≪이 사람, 자네 고맙네. 우리 부친님의 말씀을 전해줘서말이네. 확실히 우리 조부님과 부친님께선 생전에 남에게 못할짓을 많이 했댔네. 자네의 그 천냥 빛을 면제하고 돈 천냥을 더 줄게. 나도 이제는 악한 짓을 안하겠네. 참말이네. 자네 잘 있게. 난 가보겠네.≫하고는 그길로 집으로 돌아가 정말로 돈 천냥과 음식들을 하인을 시켜 보내였다.

그바람에 가난한 두 내외는 꿈으로 천냥빛을 갚고도 돈 천냥에 푸짐한 음식을 받아서 그해 설을 잘 쇠고 근심걱정없이 잘 살게 되었다고 한다.

중매군 참대

호의호식하며 세상에 부러움없이 살아가는 한 량반의 집에 일찍이 부모를 잃고 친척도 없이 머슴으로 사는 초립동이 있었다.

마침 량반의 집에는 역시 초립동이와 동갑인 딸이 있었는데 초립동이가 일을 마치고 올때마다 산열매나 들꽃을 꺾어다주면 량반의 딸은 좋아서 짝자꿍을 하며 그것을 맛있게 먹고 들꽃을 즐겁게 가지고 놀았다. 차차 나이 들자 둘은 친숙해져 량반네 딸은 아버지 어머니 몰래 늘 먹을것을 가져다주군 했다.

어느덧 세월이 흘러 둘의 나이 팔구세가 되자 량반네 딸은 후원의 별장에 갇혀 규방살이를 하게 되었다.

이럭저럭 해와 달이 바뀌고 꽃이 피였다가 지니 둘은 어느새 이팔청춘 열기를 뿜는 나이가 되었다.

규방살이를 하는 량반네 딸은 나이가 들수록 점점 더 초립동이가 그리워났다.

(도대체 그 애가 얼마나 컸을가?)

규수는 날에 날마다 총각이 보고팠으나 규방에 갇힌 몸이라 어쩌는 수가 없었다.

초립동 역시 어엿한 총각으로 장성하여 취처할 나이가 되었으나 남의 집 머슴살이를 하는 신세라 누구 냉큼 딸을 주어 사위로 삼으려 하랴.

총각은 달뜨는 밤이면 량반네 규수와 소시적에 허물없이 놀던 생각이 떠올라 깊은 한숨을 쉬며 쓰거운 초담배를 말아물고 담배연기로 달빛을 희롱하다가 자리에 들어 피곤을 풀기가 일쑤였다.

그러던 어느날, 머슴군총각과 량반집 규수는 우연히 뜨락에서 만났다. 처음엔 서로 알아보지 못하다가 나중에야 알아보고는 각기 어색하여 얼굴을 붉히며 말 한마디 못하고 갈라지였다.

량반집 규수는 홍안을 가리우며 별장으로 돌아왔다. 비록 입은 옷은 람루하고 보잘것없지만 영준하게 번진 총각의 모습이 눈앞에서 삼삼거렸다. 그뒤로부터 나이 과년한 규수의 가슴에 머슴군총각이 꽉 들어찼으나 량반과 쌍놈의 장벽을 무너뜨릴수가 없어서 자나깨나 깊은 한숨뿐이였다.

총각 역시 실실이 늘어진 수양버들가지 같은 허리며 천상의 선녀같이 아름다운 규수를 보자 그만 홀딱 반하고말았다. 눈을 뜨면 물찬 제비같은 규수의 모습이 아물거렸고 눈을 감으면 규수가 섬섬옥수로 자기의 손을 잡아 구천에 뜬 달나라로 날아가는 꿈을 꾸었다.

하루는 총각이 밤하늘에 둥둥 떠가는 달을 바라보며 앉아 벙어리 랭가슴 앓다가 문득 좋은 꾀가 떠오르자 마당에 세워놓은 참대막대를 가지고 규수의 방문앞으로 살금살금 다가갔다. 그가 창문새로 엿보니 달빛속에 규수가 옷을 아무렇게나 벗어던지고 혼곤히 잠들어있었다.

총각은 사위를 둘러본후 큰 마음을 먹고 자기의 옷을 벗어 방안에 던지고는 참대꼬챙이로 규수의 속적삼을 걸어내였다.

이윽고 자기의 처소로 돌아와 잠을 자던 그는 신새벽에 일어나 규수의 옷을 품에 걸치고 우정 마당비를 들고 신이 나서 마당을 쓸었다.

사람이란 늙으면 잠이 적은 법이다. 이른 아침, 소풍하려고 밖에 나선 량반은 눈이 가로 획 돌아갈 지경으로 놀랐다. 글쎄 머슴군총각이 자기 딸애의 속적삼을 입고 정신없이 마당을 쓸고있지 않겠는다.

량반은 급히 뛰여들어가 소리쳤다.

≪여보 로친, 큰일났소. 큰일났소.≫

로친이 어리둥절해하자 량반이 말했다.

≪하, 글쎄 마당에서 그 머슴군녀석이 우리 딸애의 속옷을 입고 마당을 쓰는게 우연한 일인가? 이 일을 어떻게하면 좋겠는고?...≫

그제야 로친은 부랴부랴 딸의 방으로 찾아갔다. 가서 보니 자기 딸애의 속옷은 간데없고 그대신 머슴의 누데기옷이 구들에 놓여있었다.

로친은 딸을 당장 잡아일으키고 머슴군총각의 옷을 내보이며

≪이 발칙한 년, 이 옷이 누구의 옷이냐? 이년, 간밤에 머슴군총각과 무슨 짓을 했느냐?≫하며 호통을 치니 딸은 그제야 머슴군총각의 옷을 알아보고 일변 괘씸하나 일변 그 총각의 궁량에 감복하여마지않았다.

(우리는 비록 빈부귀천의 차이가 있으나 서로의 정이 가슴에 찼으니 내 차라리 머슴군총각과 백년을 해로하리라.)

이렇게 생각한 규수는 굳은 마음을 가지며 어머님께 말했다.

≪어머님, 불초녀 죽을 죄를 졌사오나 우리들의 연분은 하늘이 맺어준것이 옵니다. 소녀 간밤에 꿈을 꿨사온데 맑은 하늘에 갑자기 무지개가 걸리옵고 그우로 일유 신녀 하강하자 소녀의 손을 잡으시더니 <애야, 내 오늘 너에게 인연을 맺어주려고 왔으니 함께 가자꾸나.>하시고는 무지개를 타고 날 하늘로 데러 갔사온데 그곳에는 우리 집 초립동이 의관을 정제히 하고있었는데 그이가 저를 맞아들이겠지요. 그래서 백년언약을 기약하고 함께 자리에 들었사온데 어머님께서 깨우셨사와요. 소녀는 아마도 그 머슴군총각과 인연이 맺어지는가 하나이다.≫

로친이 들어보니 과연 그럴듯해서 령감을 찾아가 딸의 말을 전했다. 그랬더니 로친의 말을 들은 량반은 무릎을 탁 쳤다.

원래 량반 두 내외는 금슬이 젊어서부터 좋았으나 반백이 다 되어도 무자무녀하여 절에 가서 백일을 정성다해 불공을 드려서야 일점 태기를 얻으니 태여난것이 곧 지금의 규수였다.

≪여보 로친, 우리가 딸을 낳은것도 신선님의 덕분이요 세상인연을 맺는것도 신선님의 뜻이니 곧 길일을 택하여 데릴사위를 맞는것이 어떠하오?≫

량반의 말에 로친도 머리를 끄덕이며 웃음을 지었다.

드디어 혼례날이 되어서 온 동리가 들썽하게 잔치를 베푸는데 신부를 보니 월궁의 상아가 내린듯 버들가지같은 허리에 치맛자락이 나풀거렸다.

너무 좋아서 싱글벙글하는 신랑을 보면 어제날의 초라한 모색은 간곳없고 의복이 날개라 풍채 름름하고 용모 영준하니 동네 남녀로소 부러워 아니하는 이 없고 사람마다 칭찬이 자자했다.

머슴군총각이 이렇듯 자기의 소원대로 꽃같이 아름다운 규수를 안해로 맞아 꿀같이 달콤한 나날을 보내는데 동네의 한 장난꾸러기 아이가 참대꼬챙이를 가져다 솜씨를 피워 피리를 만들어 부는데 다른 소리는 아니나고 다만 ≪나는 중매군... 나는 중매군...≫하는 소리가 났다.

≪중매군 참대≫라는 이야기는 그때부터 전해내려왔다고 한다.

가짜량반

한 엿장사가 ≪싸구려!≫를 웨치며 허줄한 기와집에 들어서자 앉아 글을 읽던 선비가 제꺽 일어서더니 벽에 그려놓은 량반 갓밑에 머리를 대고 앉았다. 그리고는 엄엄한 소리로 웨쳤다.

≪여봐라. 동전 한푼이면 엿을 몇가락 살수 있느냐?≫

≪네, 량반님, 그 돈이면 엿 다섯가락을 살수 있습니다.≫

처음에 장사군은 집주인이 개가죽등걸이에다 갓을 쓴걸 보고 진짜 량반인 줄로만 알고 공손히 대답했다.

≪옛다. 어서 엿을 다구!≫

량반은 앉은 그대로 허리춤에서 동전 한잎을 꺼내더니 마당에 선 장사군에게로 던졌다. 그런데 방정맞게도 동전은 벽에 부딪쳐 빙그르르 돌아가 량반의 무릎앞에 가 떨어졌다.

(아차, 이걸 어쩌나!)

량반은 손을 내밀자니 한뼘 모자라고 그렇다고 벽에서 머리를 떼자니 진상이 드러날가봐 무서웠다.

한창 주인이 안절부절 못할 때였다. 엿장사가 썩 구들로 올라오더니 동전을 쥐려다가 량반의 갓을 보고 흠칫 놀랐다.

≪아니, 주인님은 진짜 량반이시오?≫

엿장사는 너무도 우습고 어이없어 물었다.

≪제길할, 이 녀석아, 보면 모르느냐? 량반이 아니면 개가죽등걸이에다 갓을 썼을가?≫

주인은 펄쩍 성이 나서 웨쳤다. 이때 공교롭게도 주인집의 멍멍이가 엿장사에게로 와서 꼬리질했다. 그걸 본 장사군은 ≪하나, 둘...≫ 셈을 세며 엿 다섯가락을 멍멍이의 입에 넣어주었다.

량반은 군침을 흘리며 큰소리로 말했다.

《저런 미친놈같으니라구. 돈 한푼 받지 않고 개한테 엿을 왜 주느냐?》

《그런 말 입밖에 내지 마십시오. 남의 가죽을 얻어입고 갓이 부러워서 벽속의 갓속에 머리를 틀어박은 사람도 량반이라 큰소릴 치는데 이 멍멍이는 진짜 가죽을 두르고있으니 량반의 웃량반이 아니겠습니까? 그래서 엿을 무값으로 선사했습니다.》

량반은 자기를 개보다 못하게 취급하는지라 분통이 터졌다.

《그래, 저놈의 개가 갓을 썼다는거냐?》

《그야 물론입죠. 갓은 집에 있지만 벽에 그려놓고 쓰는것이라 오늘은 못쓰고 나온줄로 압니다.》

《뭣이?》

량반은 그만 말문이 막혀 엿장사를 때리려고 벌떡 일어났다. 그러자 엿장사 쪽에서 오히려 주먹을 불끈 쥐고 달려들었다.

《이젠 네 머리에 갓이 없으니 가짜 량반임이 틀림없고나! 한 대 맞아보아라.》

그 말에 량반은 제 머리를 만지더니 제꺽 그림속의 갓에 머리를 갖다대며 또 호령했다.

《야, 이 자식아, 그래도 내가 량반이 아니란말이냐?》

《글세, 그렇게 앉아있으면 대수 거지량반같소마는 일어서면 가짜 량반이 틀림없수다.》

《저런, 괘씸한 녀석이라구...》

이때 엿장사는 엿짐을 둘러메고 뜨락을 나섰다. 그걸 본 가짜 량반은 너무도 분이 치밀어 일어서지도 못한채 통곡하고말았다.

송아지를 때운 부자

한 마을에 욕심이 구새통같은 부자가 살고있었다.

집재산이 온 동네 재산보다도 훨씬 많았건만 그것도 성차지 않아 늘 농부네들한테서 소금 한알이라도 더 긁어모으려고 애를 썼다.

어느날 이 부자는 그 무슨 묘책을 생각했던지 어슬렁어슬렁 뒤집 농부네 집으로 들어갔다.

≪이 사람, 이 집 암탉이 알을 낳을수 있은것은 우리 집 수탉이 있기때문이 아니겠나? 그런즉 봄내 모은 닭알을 한알도 남김없이 나한테 다 바쳐야겠네.≫

권세잇는 부자놈의 한심한 말에 농부는 너무도 기가 차서 입만 쩝쩝 다시였다.

부자놈의 더러운 배속을 짐작한 열두살난 농부의 아들애가 그 무슨 좋은 수를 생각해냈는지 헛간으로 쌩 달려들어가더니 닭알광주리를 안고 나와 두말없이 부자에게 주었다.

무더운 여름도 다 가고 어느덧 가을이 닥쳐왔다. 한편 부자집 암소가 봄에 낳은 송아지는 언녕 젖을 떼고 매여먹이게 컸다.

하루는 농부의 아들애가 부자를 찾아갔다.

≪주인님, 집의 송아지가 인젠 젖을 뗐겠습지요?≫

소년은 뜨락에 들어서자바람으로 이렇게 물었다.

≪뭣이? 젖을 뗐으면 어쨌단말이냐?≫

≪주인님, 인젠 우리도 송아지를 찾아가야 하겠어요.≫

≪이 경칠놈, 우리 암소가 낳은 송아지를 네가 무슨 턱으로 가져간단말이냐 엉?≫

부자놈은 잔뜩 성이 나서 웨쳤다. 부자놈이 성내든 말든 농부의 아들은 이렇게 한술 더 떴다.

≪주인님, 주인님네 암소가 새끼를 낳을수 있은것은 우리 집 둥글소가 있었기때문이 아니겠습니까? 그러니 송아지야 의례 우리것입지요.≫

농군의 아들은 말을 마치자 뜨락에 매여놓은 송아지를 몰고 집으로 돌아섰다.

그걸 목격한 부자놈은 성이 상투밑까지 올랐으나 여름에 무턱대고 닭알을 빼은 일이 있었는지라 송아지를 떼울수밖에 없었다.

황통쟁이 부자놈

한 시골에 욕심많은 부자가 살았는데 흰소리를 밥먹듯하면서 머슴들을 뼈빠지게 부려먹었다.

어느날 겨릅대처럼 마른 총각머슴이 지게에 나무를 지고 집에 들어서자 부자는 삿대질하면서

≪이 빌어먹다 오그라질 녀석아, 새파란 나이에 고까짓 나무를 해온단말이냐? 나는 젊어서 산더미같은 짐을 지고 하루에 수백리씩 걸었다.≫하고 욕설을 퍼부어댔다. 그랬지만 머슴은 대꾸 한마디 하지않고 마당에 지게를 내려놓았다.

또 어느날 아침이였다. 그 총각머슴이 지게에 쌀을 지고 장보러 나가는데 부자가 쌀주머니 하나를 더 올려놓으면서

≪이 등신같은 녀석아, 하루에 세끼 배불리 처먹으면서 그따위로 일한단말이냐? 나는 젊었을 때 범도 몇 마리 때려잡았다.≫하고 욕설해댔다. 그랬건만 총각은 아무 대꾸없이 끙끙거리며 장으로 갔다.

그런데 저녁편에 그 총각이 시물시물 웃으면서 집안에 들어서더니 부자께 아뢰였다.

≪저, 주인님, 아 글쎄 오늘 장에 가니간 고을원님이 포고문을 내붙였겠지요. 그래서 남들에게 무슨 내용이냐고 물어보았습니다. 내용인즉 어저께 시퍼런 대낮에 호랑이 두 마리가 장거리에 달려들어 사람을 물어갔다면서 이제 범을 잡는 사람에게는 3천금을 하사한다겠지요. 그래 난 주인님께서 범을 여러마리 잡았다는 말을 들은적 있는지라 얼른 관아에 가 주인님의 명함을 적어놓았습니다. 이제 며칠안으로 원님이 한번 주인님을 모시러 오겠다 하오이 그런줄 아옵시오.≫

그런데 그 말을 들은 부자는 부들부들 떨면서

≪저런 변이라구야! 야, 이놈아. 범은커녕 시라소니도 구경못한 내가 언제 범을 잡았다더냐? 조상때부터 난 이 동네에서 살아왔는데 내가 범을 잡는걸 누가 구경하였다더냐?≫하고 말하더니 자기가 범을 잡은적이 없다는걸 증명 해달라고 온 마을을 찾아다니였다고 한다.

항아리와 량반

옛적에 한곳에는 자그마한 동네가 있었는데 심보나쁜 량반이 동네사람들을 자기 집 머슴으로 부려먹었다.

그중에서 젊은 두 내외가 조상들이 물려준 찌그러져가는 초막을 쓰고 째지게 가난한 생활을 하는데 겨우 아침을 에우고나면 저녁거리가 떨어져 근심이 태산같았다.

어느날, 그들은 궁리 끝에 산에 가서 자갈밭을 일쿠려고 안해와 함께 괭이를 둘러메고 앞산으로 올라갔다. 이들 부부가 방바닥만한 밭을 일쿴을 때였다. 안해의 괭이에 큼직한 항아리 하나가 걸려나왔다. 그들 내외가 항아리속에 무엇이 들었는가고 들여다보았으나 항아리는 텅텅 빈것이였다. 두 내외는 해가 서산에 올라앉았을 때에야 항아리를 들고 집으로 돌아왔다.

그런데 항아리를 방 윗목에 가져다 두었어도 넣을게 없는지라 안해는 자리에 들면서 자기의 옷을 항아리속에 넣어두고 잠을 잤다.

이튿날 아침에 깨여나서 옷을 입으려고 항아리속을 들여다보던 안해는 깜짝 놀라 남편을 흔들어깨웠다. 글쎄 항아리속에 안해의 옷과 꼭같게 생긴 새옷들이 가득 차있는것이였다. 두 내외는 눈이 둥그래서 서로 쳐다보다가 안해가 자기의 옷들을 몽땅 꺼내고 이번에는 남편의 옷을 넣었다. 그러자 역시 남편의 옷이 가득 차있는것이였다.

두 내외는 너무도 기뻐서 쌀주머니를 박박 털어 몇알 안되는 쌀을 항아리속에 넣었다. 그러자 백옥같은 하얀 쌀이 넘쳐나는것이였다. 그바람에 두 내외는 너무도 좋아 덩실덩실 춤을 추었다. 이윽고 남편이 안해에게 말했다.

《여보, 아무래도 이 항아리가 보배항아리가 분명하니 당신이 어디 가서 은전 한잎만 얻어다 항아리속에 넣어보는게 어떠오?》

안해는 어디 가서 돈을 얻어오겠느냐 하더니 항아리에서 나온 새옷들을 가지고 가까운 장에 내다가 팔아 은전 몇잎을 받아왔다. 그런데 아니나 다를가 은전을 항아리에 넣고나자 금시 은전이 넘쳐나도록 가득찼다.

이렇게 하루아침에 벼락부자가 된 이들 내외는 집도 짓고 땅도 사고 없는 사람들에게 돈과 쌀을 나누어주고 옷이 없는 사람들에겐 옷도 나누어주었다.

이리하여 온 동네사람들이 량반에게 진 빚을 다 갚고 땅을 사고 더는 머슴을 살지 않게 되니 량반의 논밭들이 묵어 쑥대밭이 되어버렸다. 그러자 심보나쁜 량반은 그들 젊은 부부를 해칠 궁리를 하다가 나중에 관안에 가 뢰물을 먹이고 그들을 도적으로 고자바쳤다.

이튿날 관리는 포졸을 시켜서 남편을 붙잡아다 매를 치며 어디서 돈을 훔쳤느냐고 캐여 묻자 남편은 사연을 자초지종 이야기했다.

그 말에 귀기 솔깃해진 관리는 젊은 부부를 앞세우고 농부네 집에 찾아가 항아리에다 은전 한잎을 넣었다. 그랬더니 아닌게 아니라 은전이 항아리에 가득 차넘치는것이였다. 그걸 본 관리는 이미 량반의 뢰물을 받아먹었는지라 항아리의 은전을 몽땅 제주머니에 넣고 항아리를 량반에게 주었다.

항아리를 빼앗은 량반은 너무도 좋아 집에 오자마자 은전은 한꿰미 가져다 넣었다. 그러나 항아리에 넣었던 은전마저 삼켜버렸는지 여전히 빈항아리 그대로였다.

량반은 아마도 항아리가 어디에 구멍이 났는가부다 생각하고 머리를 항아리속에 들이민채 밝은데로 쳐들었다. 그런데 웬걸 항아리가 갑자기 큰 구렝이로 변하더니 량반놈을 덥석 물고 북산으로 가버리는것이였다.

이때로부터 《덕은 닦은데로 가고 죄는 지은데로 간다.》는 속담이 널리 전해졌다고 한다.

머슴과 보물

심보 고약한 량반집에 한 초립동이 머슴질하며 살았다. 량바놈은 초립동을 도무지 사람취급을 하지 않고 마소처럼 부려먹으면서도 밥마저 배불리 먹여주지 않았는가 하면 저녁이면 마구간에서 헌마대쪼각을 덮고 말과 함께 자라고 하였다.

심보 고약한 량반에게는 마누라와 딸 셋이 있었는데 그 에미와 맏딸, 둘째딸은 심보가 나빠서 초립동이를 밥빌러 온 거지보다도 더 천대하였으나 초립동보다 나이가 한 살 아래인 셋째딸만은 마음이 착하여 언제나 초립동이를 동정하면서 누룽지나 먹다남은 떡같은것을 웃사람 몰래 초립동에게 가져다주군 하였다.

그와 마찬가지로 초립동이도 마소를 몰고 산과 들에 갔다가 고운 꽃이나 맛나는 산열매를 따서는 셋째딸에게 가져다주군 하였다. 이럭저럭 둘의 나이 이팔청춘 꽃나이가 되자 그들 둘 사이의 정은 더 깊어갔다.

어느 하루 머슴군총각이 지게를 지고 산에 올라 나무를 하는데 난데없이 쉬-익 바람소리가 나더니 눈깜짝할 사이에 뒤발자국앞에 큰 백호가 떡 버티고 서서 입을 딱 벌린채 캑캑거리며 왕사발같은 눈으로 눈물을 흘리고있었다.

무슨 일이 있는것 같아 큰마음을 먹고 다가가보았다. 보니 벌려진 백호의 입에 번쩍번쩍 빛나는 은비녀가 꽂혀있는데 아마도 그걸 빼달라는것이 분명하였다.

≪네가 날 잡아먹지 않으면 내가 은비녀를 빼줄테다!≫

총각이 말하니 백호는 머리를 끄덕이였다. 그래서 머슴군총각은 손을 들이밀어 은비녀를 뽑아주자 백호는 열길을 올리뛰였다가 내려서더니 머슴군총각에게

≪나는 본시 하늘나라의 칠선녀중 제일 맏이의 심부름꾼인데 인간세상을 돌면서 제일 근로하고 담대한 젊은이를 불러오라기에 사처로 다니면서 수천사람을 만났으나 모두 날 보고 기절하지 않으면 도망을 치겠지요. 그러나 그대만은 도망은커녕 이 은비녀까지 뽑아주었으니 그 담량이 대단한줄로 알고있소이다. 모색을 보니 부지런하고 행실을 보니 순박하고 선량하니 이 세상에 그대인즉 바로 내가 찾는 사람이오니 저와 함께 가사이다.≫하고 말하였다.

그 말에 머슴군총각은 이렇게 대답했다.

≪여보시오 백호님, 저같은 초립동이가 어찌 그런 분복을 받을수 있으리오 저 산에 해지오니 나무짐 해지고 돌아가야 지당할줄 아오. 황차 나와 정이든 셋째규수가 애타게 기다리니 그리 아오 세상에 뛰는 놈 우에 나는 놈 있는데 나보다 더 훌륭한 사람을 찾소.≫

머슴군총각의 말이 채 끝나기도전에 백호는 머슴을 등에 업고 귀바퀴 떨어질듯 바람을 일쿠며 산넘고 물건너 어느 한 큰바위돌밑에까지 와서 그를 내려놓고 래일 아침 해뜰까지 기다리라고 말하고는 어디론지 사라졌다.

이윽고 삼태성이 기울고 북두성이 돌아가자 동쪽하늘이 밝아오는데 갑자기 하늘로부터 오색령롱한 안개가 서리더니 일곱선녀가 차례로 바위우에 내려앉았다.

≪야, 언니들, 금강산의 해돋이가 좋다더니 과연 헛소문이 아니군요!≫

≪야, 이 경치를 수놓아봤으면.≫

≪언니, 어서 시나 한구 지어보세요.≫

여러 동생들이 재촉하자 언니가 시를 읊기 시작하였다.

이봉저봉 봉봉사이
돋아나는 네얼굴에
네가 먼저 취하느냐
내가 먼저 취하느냐

≪쉬-가만, 무슨 사람이 온것 같다.≫

금방 시를 읊던 맏이가 하는 말에 선녀들은 사방을 두리번두리번 살피였다. 그럴 때 난데없는 웬 총각이 불쑥 나타나니 여러 선녀들은 기겁하여 웨쳤다.

≪에구머니!≫

≪아이-, 망측해라!≫

하늘나라에서 내려온 선녀들인지라 이렇듯 아름다운 인긴세상에 이처럼 형색이 람루한 인간이 있을줄 몰랐다는듯 두눈을 휘둥그렇게 떴다. 그러나 언니라고 불리우는 선녀만은 머슴군총각의 왼손에 쥐여있는 은비녀를 보자 대뜸 반가와하며

≪얘들아, 이 사람이 형색은 람루하나 인간세상에서 제일 선량하고 제일 담대한 사람인줄로 알겠다.≫하며 자기의 하인인 호랑이를 불러 전후사를 이야기하라고 했다. 이윽고 호랑이가 온 인간세상을 돌아다니며 용감한 사람을 찾던 이야기를 자초지종 들려주자 그제야 여럿은 희희락락하며 주안상을 갖춰놓고 머슴군총각과 해종일 즐겨놀다가 승천할 때가 되자 맏선녀가 품속에서 옥퉁소 하나와 쥐면 한줌밖에 안되는 도포 하나를 머슴군에게 주며

≪그대가 이 옷을 입고 이 옥퉁소를 불면 가고싶은대로 갈수 있을지오니 절대 타인의 손에 들어가지 말게 하여야 하오이다. 우린 올라갈 시간이 되어 돌아가오니 그대는 부디 인간세상의 희락을 누리소서.≫

말을 마치자 일곱선녀 하늘로 훨훨 날아가는데 처다보니 오색이 령롱한 안개속으로 일곱선녀가 사라져버리는것이였다. 총각은 정녕 꿈같은 일이라 믿기 어려워 자기의 귀를 당겨보니 꿈이 아니였다.

해가 서산에 너울너울 넘어갈 때에야 도정신한 머슴군총각은 바삐 도포를 몸에 걸치고 옥퉁소를 불었다. 그러자 어느새 심보 고약한 량반네 집 문앞에 당도했다. 머슴군총각은 도포와 옥퉁소를 품속에 간직하고 자기거처로 돌아오니 량반집 셋째딸이 떡을 한 대접 가져다놓고 기다리고있었다.

≪어이하여 어제밤 돌아오지 않으셨나이까? 제 솜씨 없으나 손수 만든것인즉 무람말고 이 떡을 드옵소서.≫

≪소인이 어떻게 이처럼 후한 대접을 받겠나이까? 황차 주인님이 보면 큰 봉변을 당하자구요.≫

≪근심마옵세요. 오늘은 집에 나 혼자뿐이나이다. 모두 고개너머 김사또네 환갑잔치에 갔소.≫

머슴군총각은 그 말을 듣자 한 꾀가 떠올라 규수에게 어제 있었던 일을 죽 이야기하고나서

≪내 지금 김사또네 집에 갔다 올터이니 그대 걱정말고 기다리오.≫하고는 옥통소를 불어 청학을 불러타고 하늘로 훨훨 날아가는데 은은한 퉁소소리에 청학백학이 떼를 지어 날아가며 춤을 추었다.

이윽고 머슴군총각이 하늘공중에서 내려다보니 김사또네 집에서는 한창 상을 차리고 주배를 들고있었다. 그래서 눈여겨 살펴보니 한다하는 량반들이 다 모인중에 그 심보 고약한 량반이 녀편네와 두 딸년을 데리고 입이 터져라 하고 쑤셔넣고있었다.

이때 머슴군총각이 다시 옥통소를 불며

≪내 오늘 이곳을 지나다가 사또님 덕분에 인간세상의 진수성찬을 맛보려 하노라!≫하고 웨치니 마당에 앉았던 사또이하 량반들이 일제히 소리나는 공중을 올려보는데 웬 총각이 은빛금빛 오색령롱한 도포를 입고 옥통소를 한손에 든채 만면에 웃음을 짓고 서서히 청학을 몰아 마당가운데로 내리는것이였다.

신선이 분명한지라 량반들은 황망히 꿇어엎디였다. 겁이 더럭 난 사또도 벌벌 떨며 주안상을 차리라고 거듭 령을 내렸다. 그러자 소다리 우육찜, 돼지 갈비 재육찜, 펄펄 뛰는 상어찜에 둥글넙적 붕어찜, 두귀 번쩍 송편떡에 납작납 작 자개떡에 당일 빚은 단감주, 칠일 빚은 청쇄주, 황쇄주를 들여오는지라 머슴군총각 제법 틀을 차리고 앉아 먹어대다가 술이 얼근해지자

≪사또님 덕분에 인간의 진수성찬을 맛보았으니 어찌 보답이 없이 가리오 내 한곡 불러 사또님을 축하하리다.≫하고는 옥통소를 꺼내여 부니 청학백학 이 날아와 너울너울 춤을 추고 남으로 가던 기러기도 길을 멈추고 찾아드는바 람에 온 마당이 들썽하게 춤판이 벌어졌다.

일이 이쯤 되자 머슴군총각은 옥통소를 불어 청학을 불러타고 눈깜짝할 사이에 량반집에로 날아왔다. 와보니 규수는 그때까지도 자지 않고 기다리고 있었다. 그래서 총각은 규수에게

≪그대는 이걸 자시오. 사또님댁 소고기 우육찜, 돼지갈비 재육찜이요.≫하며 품속에 간직했던것들을 내여놓고 권하였다.

이튿날 심보 고약한 량반은 집으로 돌아와 저희들끼리 주고받았다.

≪아이유, 그 신선하구 짝이나 무엇으면!≫

≪체, 짝은 고사하구 한번만 더 봤으면!≫

≪그 옥통소 소리 참 좋더라. 청학백학도 막 부를수 있으니말이다!≫

그날 밤 량반네 셋째딸은 머슴군총각을 찾아가 여차여차하자고 약속했다. 머슴군총각은 쪽배같은 쪼각달이 동산에 떠오르자 선녀가 준 도포를 꺼내입고 옥통소를 불어 백학을 불러타고 량반네 집주위를 빙빙 돌면서

≪아무개 집에 있으면 나오너라!≫하고 호통을 쳤다.

한밤중에 녀편네를 끌어안고 단꿈을 꾸던 량반은 아닌밤중 호랑이소리에 벌떡 잠을 깨여 불을 켰으나 감히 문밖에 나서지를 못하고있는데 셋째딸이 뛰여오르며 웨쳤다.

≪아버님, 하늘에서 신성님이 하강하셨나이다.≫

량반놈이 셋째딸의 말에 눈이 화등잔같이 되여 멀쩡히 서있는데

≪네 이놈, 뭘 아직 꾸물대는고?≫하는 호통소리가 밖으로부터 귀청을 때리는지라 선발로 뛰여나가 꿇어앉자 하늘로부터 신선의 목소리가 들려왔다.

≪네 이놈, 듣느냐?≫

≪예. 두귀를 가지고 듣사옵나이다.≫

≪네놈의 집에 나어린 꼴머슴이 있지 않느냐?≫

≪예, 있나이다.≫

량반놈은 머슴군총각을 박대한 일이 생각키우자 오장륙부마저 와들와들 떨렸다.

≪네 이놈, 그 꼴머슴이 누군지 알기나 하느냐? 그 꼴머슴이 바로 네놈의 사위될 총각이니 그리 알고 세 딸중에 하나를 주어라. 그러지 않다간 네놈의 머리에 벼락이 떨어질터이니 그리 알지어다.≫

말을 마친 신선은 백학을 타고 훨훨 날아가버렸다.

벌벌 떨던 량반은 이튿날 날이 밝자 세딸을 불러다 놓고 누가 꼴머슴에게

시집을 가겠느냐고 물었다.

그러자 두 딸년은 콩팔칠팔 뛰며 더럽다고 야단을 쳤으나 셋째딸만은 꼴머슴에게 시집가겠노라고 나섰다. 그러자 큰딸과 둘째딸은 네입 삐쭉 내입 삐쭉 비꼬았다. 그러나 량반놈은 그것이 되려 다행으로 생각되여 쾌히 승낙하고 머슴을 불러 셋째딸과 짝을 무어주고 소문이 날가봐 멀리 가서 살라고 했다.

량반이 이렇게 처사하자 머슴군총각은

≪주인님, 그렇다면 소인이 여직껏 일해준 보람으로 백마 한필만 주옵시오.≫하고 청을 들었다.

량반놈은 딸까지 주었는데 말 한필 못주랴싶어 인차 요구를 들어주었다.

이윽고 머슴군총각과 량반집 셋째딸이 함께 백마에 올라앉았다. 그제야 머슴군총각은 품속에서 오색이 령롱한 도포를 꺼내입고 옥퉁소를 불었다. 그러자 하늘로부터 청학백학이 날아와 춤을 추고 온갖 새들이 옥퉁소 소리에 맞춰 노래를 불렀다. 그속으로 머슴군총각과 셋째딸을 태운 백마는 공중으로 훨훨 날아가버렸다.

머슴군총각과 셋째딸은 백마를 타고 날아가다가 물좋고 산좋은 곳을 찾아가 초가삼간 지어놓고 낮이면 들일을 하고 밤이면 옥퉁소로 피로를 풀며 유자복녀하여 행복하게 살다가 인간의 희로애락을 마쳤다고 한다. 그런데 그들이 세상을 마치자 선녀가 하인을 시켜 그 두가지 보물을 가져갔기에 지금까지 세상에 전해지지 못했다고 한다.

총명한 동자

옛날 한 고을에 아들을 금방 장가들이고 살아가는 량반이 있었다. 량반집 가문의 례법에는 시아버지에게 밥상을 받쳐들고 들어갈 때에는 공손히 들어가야지 조그마한 차실이 있어도 안되였다. 그런데 하루는 며느리가 시아버지전에 밥상을 차려들고 들어가다가 큰 실수를 하게 되였다. 이날따라 밥상이 무거워서 그랬는지 아니면 너무 조심해서 그랬는지 시아버지에게 밥상을 들고 들어가다가 그만 렴치없는 방귀가 나와서 큰 실수를 하게 되였다.

며느리가 방귀를 뀌니 시아버지는 대뜸 돌아앉으며 며느리가 나가자 아들을 불렀다.

≪아버님, 소자를 부르셨습니까?≫

아들이 아버지앞에 꿇어앉아 물었다.

≪어디서 례의범절도 못배우고 남의 집 며느리로 들어온단말이냐? 네 당장 검정소에 거꾸로 태워서 본가집에 데려다주고 오너라!≫

아들은 아버지의 령이라 하는수없이 아기자기하게 지내던 안해를 검정소에 거꾸로 태워 본가집으로 돌려보내였다.

본가집에 쫓겨온 녀인은 몸에 태기가 있어 십삭만에 아들을 낳았다. 그녀는 아들을 애지중지 키워 일곱 살이 되자 서당에 보냈다. 그런데 서당아이들이 애비없는 아들이라 놀려주니 그는 울면서 집에 와 어머니에게 물었다. 그러자 어머니는 이렇게 달래였다.

≪너의 아버지는 멀리 돈벌러 가셨는데 오실 때에 맛있는거 사온단다.≫

또 몇 년이 지나 아들이 십여살이 되였다. 이젠 철이 들게 되였는데도 서당 애들은 예나 다름없이 애비없는 아들이라고 놀려주었다. 하여 어느날 아들은 어머니앞에 꿇어앉아 두눈에 눈물을 비오듯 흘리며 말했다.

≪어머님, 저의 아버지는 어디에 계시옵나이까? 만약 어머님께서 바로 대여주지 않는다면 이 불효자는 자결하고말겠나이다. 사내자식이 어찌 애비없는 아들이라 수모를 받겠나이까?≫

어머니는 아들이 철이 든것을 보자 할 수 없어 여차여차한 사연이였노라고 알려주었다. 아들이 가만히 생각해보니 괘씸하기 짝이 없었다.

(세상에 방귀 안뀌는 사람이 어디 있다고 방귀 한번 뀌였다고 내쫓아 어머니를 청춘과부로 늙게 한단말인가? 내 버릇을 떼여주리라!)

소년은 궁리 끝에 수박씨를 한줌 얻어 비단천에 싸고 또 싸서 품속에 간직한 다음 고을량반네 집으로 찾아갔다.

≪대감님, 소인은 무지거처하고 다니는 아이온데 기갈이 막심하여 요기나 좀 하려고 찾아들었나이다.≫

량반은 하인을 시켜 밥을 가져다 먹였다. 밥을 다 먹고나자 소년은

≪대감님, 감사하오이다. 제가 보물이 있사온데 대감님께 드리겠나이다.≫

소년은 품속에서 비단에 싼것을 꺼내여 풀어헤치더니 수박씨 몇알을 량반의 앞에 놓았다.

≪네 이놈, 이게 수박씬데 무슨 보물이란말이냐?≫

≪대감님, 그런게 아니라 이 수박씨는 옥황상제님께서 잡수시는 수박의 씨온데 지상에는 없나이다. 이 수박은 다른것과 달라서 심어서 한달하고 열흘이면 익을수 있나이다. 그런데 이 수박씨는 방귀 안뀌는 사람이 심어야지 방귀 뀌는 사람이 심으면 절대 안되나이다.≫

량반이 들어보니 과연 그럴듯하지만 방귀 안 뀌는 사람이 심어야 된다니 가만히 생각해보았다. 생각 끝에 로친이 여직껏 방귀 뀌는것을 보지 못했는지라 로친을 불렀다.

≪여보 로친, 이 수박씨를 방귀 안 뀌는 사람이 심어야 한다니 당신이 심어보오.≫

≪아따 령감두, 무슨 로망이시유? 방귀 안 뀌는 사람이 이 세상에 어디 있수?≫

량반은 로친도 방귀 뀐다는 말에 아들을 불렀다.

≪애야, 여직껏 네가 방귀 뀌는것을 본적이 없는데 네가 이 수박씨를 심어야 되겠구나. 어서 심어보아라.≫

≪아이고 아버님, 세상에 방귀 안 뀌는 사람이 어디 있나이까?≫

량반이 아무리 물어보아도 방귀 안 뀌는 사람은 하나도 없었다. 이때 아이가 량반앞에 엎드려 울면서 말했다.

≪할아버지, 제가 누군줄 아시아니까? 제가 방귀 한번 뀌였다고 이 집에서 쫓겨난 그 며느리의 아들이오다. 세상에 방귀 안 뀌는 사람이 어디 있나이까? 지금 우리 어머님께서 청상과부로 저를 키웠사오니 그 고생인들 오죽하였겠사오며 제가 애비없는 아들이라고 수모인들 얼마나 받았는줄 아시나이까?≫

량반이 듣고 가만히 생각해보니 자기가 처사한 일이 잘못된지라 손자애를 품에 끌어 껴안으며 말했다.

≪애야, 내가 잘못했다. 이길루 당장 가서 너의 어머니를 데려오마.≫

그제야 량반은 감복되여 사람을 시켜 십년전에 쫓아보낸 며느리를 데려다 잘 살았다고 한다.

재간둥이 세 총각

옛날 한 시골에 아버지와 딸이 살고있었는데 늘그막에 본 딸이 이팔꽃나이가 되자 인물이 절색이였다. 그래서 아버지는 사위감을 고르는데 시골사위를 얻으려 하니 딸의 인물이 아깝고 해서 재간이 좋은 총각을 사위로 삼겠다는 방을 내여붙였다.

그러자 수일이 지나서부터 총각들이 물밀듯 모여드는데 재간이 그닥잖아 모두 퇴자를 놓고 하루는 수심이 가득하여있는데 문밖에서 주인을 찾는 소리가 들리기에 문을 열고 나가보니 웬 총각이 서있다가 묻는것이였다.

≪주인장께서 남이 없는 재간을 가진 사람을 사위로 삼는다는 말이 참말이옵니까?≫

≪옳네, 어서 들어오게.≫

주인은 총각을 데리고 집안에 들어와 자리를 정하고 앉아 물었다.

≪젊은이는 무슨 재간을 가지고있는고?≫

≪네, 소인은 특별한 재간은 없사오나 세상에서 무엇이든 잃어버린 물건이라면 어디에 있는줄을 아나이다.≫

주인이 생각해보니 과연 훌륭한 재간이였다. 그래서

≪젊은이, 과연 훌륭한 재간을 갖고있네. 그래 자네 내...≫하고 총각에게 말하려는데 또 한 총각이 들어오면서 물었다.

≪이 댁에서 재간좋은 사람을 사위로 삼는단 말이 옳나이까?≫

≪아, 옳네, 자네는 무슨 재주를 갖고있나?≫

≪네, 소인은 다른 재주는 없사오나 세상에서 잃어버린 물건이 어디에 있는 줄 알기만 하면 찾아오는 재간이 있사옵니다.≫

주인이 들어보니 그것도 훌륭한 재간이였다. 그래서 대답못하고있는데 또

한 총각이 들어와서 물었다.

≪이 댁에서 재간좋은 사람에게 딸을 준다는 말씀이 옳나이까?≫

≪옳네. 자네는 무슨 재간을 가지고있는고?≫

≪네, 소인은 다른 재간은 없사오나 죽은 사람을 살려내는 재간이 있사옵니다.≫

주인이 들어보니 이 또한 훌륭한 재간이였다. 그러나 세 총각이 모두 훌륭한 재간을 가지고 있으니 아무리 생각해야 자기로서는 가려낼 방법이 없었다. 그래서 딸의 방에 찾아가 물었다.

≪세 총각의 재주가 다 비범하니 네 생각에는 어느 총각이 좋으냐?≫

아버지의 물음에 딸이 문틈으로 아랫방에 앉은 세 총각을 보니 모두 재간이 훌륭할뿐만아니라 인물 또한 출중하였다.

(아버지가 괜히 이런 법을 내여놓아 한날한시에 총각이 셋이나 찾아왔으니 어찌한단말인가? 내 이 한몸으로 세사람을 섬기지는 못할것이요, 내가 어느 한 총각을 고른다면 두 총각은 곧 질투할것이 아닌가? 내 차라리 자결하고 말리라. 그러면 세총각은 물론 되돌아갈것이요, 아버지도 더는 골머리를 앓지 않을것이 아닌가?)

이렇게 생각한 딸은 아버지에게 말했다.

≪아버님, 소녀 명일 아침에 말씀을 여쭈오리다.≫

≪오냐, 아무튼 잘 생각해보아라.≫

아버지는 딸의 방에서 나와 세 총각을 보고 말했다.

≪여보게 젊은이들, 내 보기에는 자네들 셋의 재간이 모두 훌륭하네. 그런데 한 여자가 세 남자를 섬기지 못하는 법이니 래일 우리 딸의 말을 듣는것이 어떠한고?≫

주인령감의 말에 세 총각은 이구동성으로 그러는것이 좋다고 하였다.

그날 밤, 삼경이 되자 딸은 마을뒤에 있는 늪에 가서 치마폭을 뒤집어쓰고 늪속에 뛰여들어 자결하고 말았다. 이튿날 아침 주인령감이 딸방의 문을 열어보니 딸은 온데간데 없었다. 불길한 예감이 든 령감은 부랴부랴 세 총각이 머물고있는 방으로 뛰여왔다.

≪여보게 젊은이들, 우리 딸이 간밤에 없어졌네. 어느 놈의 간부가 들었는지 어떻게 되었는지 모르겠네만...≫

주인령감의 말이 채 끝나기도전에 맨먼저 찾아왔던 총각이 한동안 머리를 갸웃거려보더니 한숨을 쉬며 말했다.

≪로인장님, 따님은 이미 동네 뒤 늪에 가서 **빠져죽었나이다.**≫

이 말을 들은 주인령감은 땅을 치며 통곡했다.

≪아이고 내 딸아, 내 늘그막에 너를 해쳤구나. 아이구 내 딸아!≫

주인령감이 통곡하는걸 보자 두 번째로 찾아왔던 총각이 일어나며

≪로인님, 소인이 가서 건져오겠나이다.≫하고는 동네 뒤 늪에 가서 처녀의 시체를 건져내왔다. 그러자 맨 마지막에 찾아왔던 총각이 일어서며

≪로인님, 너무 슬퍼하지 마십시오. 소인이 살려드리겠나이다.≫하고는 몇 번 시체를 주무르자 죽었던 처녀가 다시 눈을 뜨며 일어나 앉았다. 이에 기뻐 난것은 주인령감이였으나 결국 딸은 근심에 싸여있었다. 이제는 죽자고 해도 죽지도 못할 형편이요, 이 세 총각이 모두 자기를 얻으려 할것인즉 어느 누구에게 시집을 가고 어느 누구에게 시집을 가지 않겠는가? 하느님 맙시사. 이 일을 어찌한단 말인가? 하고 처녀는 눈물만 흘렸다.

아니나 다를가 처녀가 살아나자 세 총각은 서로 자기가 처녀에게 장가를 들어야 한다고 옥신각신 다투는데 누구도 양보하려 하지 않았다. 주인령감은 옆에서 지켜보다가 용단을 내릴수 없어 세 총각에게 말했다.

≪자네들 이러지 말게. 자네들은 확실히 남다른 재간을 가지고있는 젊은이들일세. 그러니 여기서 옥신각신 말고 고을원님한테 가서 결판을 내봅세. 자네들 생각은 어떤가?≫

세 총각도 늙은이의 말을 들어보니 과연 도리가 있는 말이라 그렇게 하자고 고을원님을 찾아가게 되었다.

고을원님이 송사를 받고 가만 생각해보니 도무지 방도가 없어서 세 총각에게

≪사흘후에 오게 되면 내가 정확한 답을 주겠다. 한 즉 어서 돌아가 기다릴지어다.≫

세 총각을 돌려보낸후 원님이 아무리 궁리를 해봐야 어찌할 방도가 없었다. 한 총각은 처녀가 있는 곳을 알았고 한 총각은 물속에 들어가 건져내왔고 또 다른 한 총각은 죽은 사람을 살려냈으니 응당 살려낸 사람이 처녀에게 장가를 들어야 하겠으나 시체가 있는 곳을 몰라도 안되고 또한 알았다 해도 건져내지 않으면 살려낼수도 없는것이였다.

갈래판을 잡지 못하고 이틀을 보내고 사흘째되는 날 소풍이라도 할 생각으로 밖으로 나온 원님은 마당앞에 동네아이들이 모여서 원놈음을 놀고있는걸 목격하였다. 보아하니 한 아이가 원의 자리에 점잖게 앉았고 량옆에 《사령》과 《집사》들이 늘어선것이 제법 관아같아보였다.

이윽고 《원》이 된 아이가 아래를 내려다보며 엄하게 물었다.

《여봐라. 누가 송사할 일이 없느냐?》

《원》이 묻자 세 아이가 《원님》앞에 부복하고 아뢰는것이였다.

《네, 우리 셋의 시비를 갈라주옵소서.》

《음, 무슨 시비를 가른단말이냐? 어서 아뢰였다.》

세 아이는 《원님》에게

《현철하신 원님께 아뢰옵나이다. 우리 셋은 모두 남다른 재간이 있나이다. 한사람은 세상에서 잃어버린것을 다 알수 있고 한사람은 잃어버린것을 알기만 하면 가져올수 있고 또 한사람은 죽은 사람을 살려내는 재간이 있사온데 우리 셋이 한날한시에 처녀네 집에 장가를 들려고 찾아가니 처녀가 늪에 빠져 자결하였겠지요. 그런걸 우리 셋이 합심해서 살려냈나이다. 하오니 누가 이 처녀에게 장가를 들어야 할지 시비를 갈라주옵소서.》하고 말하고는 《원님》의 판결을 기다렸다. 이때 고을원님은 수염을 쓱쓱 내리쓸며 아이들의 원놀이를 구경하고있었다. 원은 이 꼬마원님이 어떻게 시비를 갈라놓는가 보려고 기다렸다. 그런데 송사를 들은 《원님》은 머리를 기웃거리며 한동안 생각하더니 엄하게 말했다.

《여봐라, 듣느냐?》

《예-잇.》

세 아이들이 《원님》앞에 꿇어앉아 일제히 대답했다.

≪한가지 해결방책이 있으니 들어봐라. 너희들은 남다른 재간이 있는것만
은 사실이다. 너희들 셋중에 임자가 하나 있느니라. 그 사람인즉 처녀에게
맨먼저 손을 댄 사람이렸다. 그 리유는 첫사람은 어디에 있는줄 알았으나 손을
대지 못했고 셋째사람은 살려내기만 하고 둘째 사람은 직접 물속에 들어가서
처녀의 몸을 마음대로 만졌을것이다. 처녀 역시 규중의 처녀인지라 제일 먼저
손을 댄 사람이 임자렸다.≫

이 꼬마 ≪원님≫의 판결을 듣고난 고을원님 ≪하, 내가 저 젖내나는 어린애
보다도 못하구나. 어서 가서 판결을 내려줘야 하겠다.≫하고 중얼거리더니
바삐 관가로 돌아와 세 총각을 불러놓고 꼬마 ≪원님≫의 방법대로 그 일을
처리하니 세 총각은 머리를 조아리며 고을원님의 명철한 처사에 사례하고
물러났다. 두 총각은 제갈데로 가고 처녀를 건져온 총각은 처녀에게 장가를
들어 장인을 잘 모시고 행복하게 살았다 한다.

천냥내기

옛날 서울에서 판사벼슬을 하다가 나이가 많아 벼슬을 그만두고 고향에 돌아와 살아가는 한 대감이 있었는데 슬하에 딸 셋을 두었다. 어느덧 딸들의 년광이 차서 매파를 내세워 큰딸과 둘째딸은 서울에서 뜨르르한 량반집가문에다 시집을 보냈으나 막내딸은 매파에게 속아서 시골 제일 가난한 코맹맹이총각에게 시집을 보내게 되었다. 그래서 대감집에 무슨 대사나 일이 있을때마다 서울에 사는 두 딸과 사위가 오면 부모들이 달려가 마중을 하며 반갑게 맞았으나 막내딸과 사위가 오면 언제 한번 왔느냐 가느냐 말 한마디 없기에 결국 막내딸과 사위는 발길이 점차 뜸해지다가 나중에 아예 발길을 끊고말았다.

그러던 어느 하루, 고을에서 얼마 멀지 않은 곳에서 한 량반이 천냥내기를 한다는 소문이 돌았다. 그래서 대감은 어느날 아침에 돈 천냥을 가지고 내기하는 량반을 찾아떠났다.

《여보게 주인량반, 당신이 내기를 한다기에 찾아왔는데 무슨 내기를 하겠소?》

《예, 내기는 그닥 어렵지 않습니다. 우리 집으로 오는 길에 있는 막 세개를 보셨나이까?》

주인량반이 묻는 말에 대감이 생각해보았으나 고개우에 농군들이 쉬려고 지어놓은 농막 하나밖에 생각나지 않았다. 그래서 이렇게 대답했다.

《농막 하나밖에 못보았소.》

《그럼 돈 천냥을 내놓으시오.》

주인량반은 대감에게서 돈을 받아 장농안에 넣고는 자기 할 일만 하는것이였다. 내기에서 지고난 대감은 기가 푹 죽어서 집으로 돌아왔다. 천냥돈을 말 한마디에 빼앗기고난 그는 꼭 봉창을 하리라고 작심하고 아무리 궁리를 하여도 도무지 묘한 수가 떠오르지 않았다. 그런데 때마침 맏사위가 왔다. 대감은 벼슬을 하는 사위가 그만한 내기쯤이야 해낼것 같아 사위를 데리고 내기한다는 령감을 찾아갔다. 가는 길에 고개를 넘는데 하늘에서 학이 무리를 지어 날아가고있었다.

≪여보게 사위, 저 하늘에 날아가는 학이 어째서 소리가 요란한고?≫하고 대감이 사위를 떠보려고 물었다.

≪아버님, 그것도 모르십니까? 학이란 놈은 몸뚱이가 크고 목이 길어서 소리가 큽니다.≫

대감이 들어보니 아주 그럴듯했다. 그래서 대감은 자기의 턱수염을 쓰다듬으며 물었다.

≪자네 내 나이가 칠십인데 수염이 어째서 백발이 안되고 이렇게 노란대로 있는지 말해보게.≫

≪예, 아버님, 그것도 모르십니까? 그건 아버님이 벼슬을 하실적에 매일 마신 술이 소주여서 수염이 노랐습니다.≫

대감이 들어보니 과연 그럴듯했다. 이번엔 고개우를 바라보니 고개마루에서 자란 느릅나무는 가지가 많고 우불구불하게 자랐는데 골짜기에 자란 나무는 곧게 자라고 아지도 적었다. 그래서 이렇게 물었다.

≪여보게, 자네 이 골짜기에 자란 나무는 곧게 잘 자랐는데 저 고개우에 자란 나무는 왜 저렇게 가지가 많고 우불구불 잘 자라지 못했는지 알만한고?≫

≪예. 그것도 모르십니까? 산우에 있는 나무는 바람이 세고 토질이 박약해서 잘 자라지 못하지만 산밑의 나무는 바람도 세지 않고 토질도 좋기에 잘 자랍니다.≫

대감은 사위의 대답이 술술 나오자 이번에야 영낙없이 이겼구나 생각하고 웃음주머니가 흔들흔들하여 내기를 건 량반집을 급히 찾아갔다. 대감과 그의 맏사위가 들어와 앉자 주인량반이 물었다.

≪자네 오면서 막 세 개를 봤나? 봤으면 말해보게.≫

대감의 맏사위가 생각해보니 오다가 고개우의 농막 하나밖에 못봤는데 막 세 개를 보았는가 물으니 그만 묵묵부답이였다.

≪자네 또 졌으니 돈 천냥을 내놓게.≫

대감은 맏사위를 믿고 왔다가 또 돈 천냥을 떼웠다. 맥없이 돌아온 대감은 누워서 담배만 뻑뻑 피웠고 맏사위는 장인을 볼 면목이 없어서 서울로 돌아가고말았다. 대감은 궁리하던 끝에 둘째사위를 데려가 보려고 불렀다. 둘째사위가 장인의 부름을 받고 와서 말을 듣더니 그까짓거야 못하겠느냐고 하면서 어서 가자고 했다. 길에서 역시 맏사위한테 묻던대로 대감이 물어보니 대답이 맏사위와 꼭같이 술술 나오는지라 또 웃음주머니가 흔들흔들해서 내기를 건 령감을 찾아갔다가 또 지고 천냥돈을 떼우고말았다. 행여나 하고 봉창을 하려던 대감은 이렇게 세 번 지는 바람에 돈 삼천냥을 잃고 빈털터리로 되었다. 그리하여 대감은 식음을 전폐하고 몸져눕게 되었다.

한편 시골에서 안해와 농사일을 하며 가시집에 발길을 끊다싶이 하던 코맹맹이사위는 장인이 내기에서 지고 몸져누웠다는 소식을 듣자 안해에게 말하고 가시집으로 찾아갔다.

≪아버님, 저와 함께 내길하러 갑시다.≫

몸져누웠던 대감은 코맹맹이사위가 내기하러 가자는 말에 어이가 없다는듯 말했다.

≪그만두게. 학문이 있는 맏사위와 둘째사위도 졌는데 자네같은 농사군이 어쩐다구?≫

≪길고 짜른게야 재여보아야 안다구 하였는데, 아무튼 함께 가봅시다.≫

코맹맹이사위가 하도 성화를 먹이니 대감은 하는수없이 사위를 데리고 내기하러 떠났다. 가다가보니 또 학이 큰소리로 울며 날아가고있었다. 그래서 대감이 물었다.

≪여 자네, 저 하늘에 날아가는 학이 왜 저렇게 울음소리가 큰지 아나?≫

≪흥, 내 그런걸 어떻게 알겠니껴.≫

≪이 사람아, 맏사위와 둘째사위는 저 학이 몸뚱이가 크고 목이 길어서 소리가 크다던데.≫

≪흥, 참 별말씀 다하니더. 논뚝밑에 있는 개구리는 모가지가 없어도 소리만 크게 울더.≫

대감이 가만 들어보니 코맹맹이사위가 보통이 아닌것같아 가다가 또 물었다. 그런데 이번에는 안물었으면 사위한테 욕이나 안 먹었을걸 물어보는 바람에 욕을 먹었다.

≪자네 대답이 옳네. 그런데 내 나이가 칠십인데 왜 수염이 아직도 백발이 되지 않고 노란대로 있는고?≫

≪내 그걸 어떻게 알겠니껴.≫

그래서 대감은 또 맏사위가 하던 말을 했다.

≪하, 아버님 별말씀 다하시더. 소주 한잔 안먹는 소는 수염만 노랍니더.≫

대감은 말문이 막혀 말을 못하다가 또 물었다.

≪자네 저 고개우의 나무는 가지가 많고 우불구불하나 이 골짜기의 나무는 가지도 적고 곧게 잘 자라는데 그건 왜 그런지 아나?≫

≪하, 전 모르니더.≫

그래서 대감은 맏사위와 둘째사위의 말을 들려주었다. 그랬더니 막내사위는 이렇게 쏘아붙였다.

≪흥, 참 아버님 별말씀 다하시더. 아버님의 아래 턱에 나는 수염보다 머리꼭대기에 나는 머리카락이 더 빨리 자랍니더.≫

대감은 막내사위가 하는 말이 쌍말이지만 도리가 맞는지라 내기하는 량반에 집에까지 급히 갔다. 코맹맹이사위는 문을 열고 들어가자마자 주인량반에게 말했다.

≪여보, 주인량반, 내 내기하러 왔니더.≫

코맹맹이사위를 넘겨다보던 주인량반은 너같은 시골쌍놈이 뭘 알겠느냐며 말했다.

≪자네 오다가 막 세 개를 봤나? 봤으면 어디 말해보게.≫

≪흥, 봤소. 올리막도 막이요 내리막도 막이요 농막도 막이니 막 세 개를 봤소.≫

주인량반이 듣고보니 보통이 넘는지라

≪옳네. 자네 옳게 맞췄네.≫하면서 돈 천냥을 넘겨주며 물었다.

≪자네 그 고개를 넘어오다가 배나무 한그루를 봤나?≫

≪예, 봤니더.≫

≪그 배나무잎이 몇 개인줄 자네 알만한가?≫

≪흥, 알만하니더. 그런데 당신이 매일 쓰다듬는 아래턱에 난 수염이 몇 대나 되는지 아니껴? 어디 한번 말해보소.≫

주인량반이 생각해보니 수염이 몇 대라고 말하면 달려들어 수염을 잡아 뽑으며 셀것이라 할수없이 돈 천냥을 내여주고말았다. 돈을 받아쥔 코맹맹이 사위는 문지방에 척 앉더니 주인량반에게 물었다.

≪주인량반님, 내가 집안으로 넘어지겠니껴 아니면 밖으로 넘어지겠니껴?≫

주인량반이 들어보니 안으로 넘어진다고 하면 밖으로 넘어질것이요, 밖으로 넘어진다고 하면 안으로 넘어질것이라 할수없이 돈 삼천냥을 다 내놓고말았다.

그래서 막내사위를 제일 얕보던 대감은 막내딸과 사위를 자기 집으로 데려다가 살았다고 한다.

총명한 난쟁이총각

옛날 한 두메산골에 아버지와 딸이 살고있었는데 딸이 이팔청춘 꽃나이가 되니 모색이 절색이였다. 그런데 욕심많은 아버지는 딸을 가지고 돈을 벌 생각으로 딸의 화상을 그려붙이고 방을 써붙였다. 방에는 이름 석자 부를 사이에 조이짚 석단을 지붕우에 올려뿌리는 총각을 사위로 삼겠다고 하였다.

이 소문이 나중엔 온 조선팔도에 자자하게 퍼지였다. 그래서 처녀의 모색에 반한 총각들이 조수마냥 조이짚을 가지고 하루에도 수십명씩 밀리여들었다. 그러나 이름 석자 부르는 사이에 조이짚 석단을 지붕우에 올려뿌리는 사람은 하나도 없었다. 그대신 높아가는건 조이짚 낟가리뿐이였다.

이렇게 온 조선팔도의 재간있는 총각들이 헛물만 켜고 갔다는 소문이 강원도 금강산 골짜기에 살고있는 두 형제한테까지 전해졌다. 믿져야 본전이라고 생각한 형이 동생을 보고 집을 지키라 하고는 조이짚 석단을 메고 가려고 하니 동생도 조이짚 석단을 지게에 올려놓으면서 기어코 따라가겠다고 우겼다. 그러자 형은 동생을 말렸다.

《애, 넌 집에 있거라. 키가 조이짚만큼도 안되는게 어림이나 있겠니. 괜히 되지도 않을 일을 가지구.》

《아따 형은 형 재간이구 나는 내 재간이 아니오? 길고 짜른거야 대봐야 알지 형님이 어떻게 아오?》

이리하여 형은 하는수없이 동생을 데리고 길을 떠났다. 몇날며칠을 걸어 드디여 그 령감쟁이가 사는 집에까지 당도하자 형이 주인을 찾아 물었다.

《로인님, 이 집이 조이짚 석단을 이름 석자 부르는 사이에 올려뿌리면 딸을 준다는 집이 옳습니까?》

《그렇네, 바로 이 집일세. 그래 자네 이름이 뭔가?》

형은 곧이곧대로 이름을 대여주었다. 이윽고 내기가 시작되여 주인령감이 이름 석자를 불렀을 때는 형이 조이짚 두단도 채 올려뿌리지 못한 때였다. 형은 내기에서 지고 맥이 풀려 동생을 보고 말했다.

≪애야, 넌 택두 없겠다. 아예 집으로 돌아가자!≫

≪형님 먼저 돌아가시우. 내 한번 내기를 해보구 가겠수다.≫

동생의 말에 밸이 탈린 형은 동생을 남겨두고 혼자 집으로 돌아가버렸다.

(이름 석자는 너무 짧아. 그러니 내 이름을 글풀로 알려주어야겠다.)

이렇게 생각한 동생은 주인령감을 찾아가 자기도 내기를 하러 왔노라고 했다. 그러자 령감은 조이짚보다도 작은 놈이 무슨 재간이 있으랴싶어서

≪좋네. 자넨 이름이 뭔가?≫하고 물었다.

≪로인님, 제 이름은 남달리 깁니다. 한것은 제가 어릴 때 몹쓸 병에 걸렸댔는데 그때 한 도사가 지나가면서 하는 말이 <이 애의 이름을 길게 지어주어야 명이 길것입니다.>하여 우리 부모들이 이름을 길게 지었답니다.≫

동생이 이렇게 말하니 주인령감은 시끄럽다는듯이 재촉했다.

≪아 좋네. 이 사람아, 어서 이름이나 대게.≫

≪로인님, 제 이름을 잘 기억해야 합니다. 제 이름은 제주 한라산 산골로 쑥 들어가서 깊은 골짜기에다 밤나무를 심었는데 밤나무가 삼년 자라 가지가 우불구불 동쪽으로 쭉 뻗은것이 제 이름이올시다.≫

주인령감이 들어보니 한번 듣고 무슨 말인지 몰라 또 물었다.

≪자네 그 이름이 참 괴상하네. 한번 더 말해보게.≫

동생이 다시한번 말해주니 주인령감은 이름을 외우시 시작하였다. 이렇듯 몇 번 외우더니 될것같아서 내기를 시작했다. 난쟁이동생은 조이짚을 맞춤한 곳에 가져다 세워놓고 령감이 이름을 부르기 시작하자 잽싸게 조이짚을 올려뿌렸다. 난쟁이총각이 마지막 조이단을 올려뿌리려고 하자 바빠난 주인령감은

≪나, 이 사람아. 밤나무가지라 가지가 우불구불 동쪽으로 뻗지 않았네. 이 사람아, 뻗지 않았어.≫하며 난쟁이총각의 팔을 잡았으나 그건 조이짚 석단이 벌써 지붕우에 올라간 뒤였다. 이렇게 되여 주인령감은 제일 못난 난쟁이총각

에게 내기에서 지고 딸을 주고야말았다고 한다.

※총각의 이름은 골곡자 밤률자 가지지자 해서 곡률지라고 부른다.

중의 아들인 원님

한곳에 소시적부터 결의형제를 맺은 아이들 셋이 살고있었다. 삼형제가 모두 서당에 가서 글을 읽는데 총명이 과인하여 서당아이들중 이들 삼형제를 따를 아이들이 없었다. 삼형제가 서당글을 칠팔년 읽으니 서적을 모두 통달하였다. 몇 년이 지나자 삼형제가 모두 나이가 차서 끌끌한 총각이 되었는데 하루는 삼형제중 맏이가 두 동생에게 말했다.

≪듣자니 산중암자에 들어가서 도를 닦으면 생불이 된다는데 우리가 이제는 문장을 다 익혔으니 유명한 암자를 찾아가 도를 닦는것이 좋을것 같네. 임자들 생각은 어떤가?≫

두 동생도 맏형과 같은 생각을 하고있던차라 인차 도를 닦으러 가자고 동의했다. 맏이가 또 말했다.

≪그럼 좋네. 암자를 찾아가는데는 세상에 이름난 금강산으로 가세. 그곳은 명산이라 꼭 훌륭한 암자가 있을걸세. 그리고 시간은 십년을 기약하고 들어가되 도중에 아무리 큰 곤난이 있더라도 도를 닦고 나오세.≫

삼형제는 십년을 기약하고 금강산을 찾아가 스승을 모시고 도를 닦았다. 이렇게 십년동안 도를 닦고나니 세상만사 모르는것이 없었다. 심지어 짐승들의 말까지도 다 알아들을수 있었다. 그래서 삼형제는 스승을 작별하고 고향으로 가는 길에 올랐다.

때는 류칠월 삼복철이라 그들이 길을 가다가 너무 더워서 한 산마루에 올라 나무밑에 앉아 쉬며 땀을 들이고있는데 골짜기우에서 까마귀가 ≪까욱까욱≫ 하고 빙빙 돌고있기에 맏형이 두 동생에게 물었다.

≪자네들, 저 까마귀가 왜 저렇게 돌아치고있는지 아는고?≫

≪하하하. 형님도 참 <저 산아래에 좋은 먹이감이 있는데 사람이 있어 못먹

겠구나.≫라고 하지 않습니까? 우리 내려가 뭘 좀 얻어 요기하고 가는것이 어떻습니까?≫

둘째가 이렇게 말하자 셋은 산아래로 내려갔다. 연기가 모락모락 피여오르는 곳을 찾아가보니 과연 장정 몇이서 큰 가마에다 장작을 피워놓고 고기를 삶는것이 보였다.

(옳지, 한끼 잘 얻어먹게 되었군.)하고 생각하며 그곳으로 찾아가니 한창 불을 때며 좋아하던 사람들이 이들 삼형제가 오는것을 보고 혼비백산하여 도망쳤다. 삼형제가 가마옆에 가보니 소고기를 안쳐놓았는데 구수한 냄새를 풍기고있었다.

삼형제는 마침 배가 고프던차라 셋이 둘러앉아 실컷 뜯어먹었다. 이때 산우로부터 어슬렁거리며 사람들이 내려오더니 다짜고짜 삼형제에게 덤벼들며

≪이 고약한 놈들, 남의 소를 훔쳐다가 잡아먹어? 가자, 이놈들!≫하고 삼형제를 바줄로 결박지워 잡아끌었다. 삼형제는 옴짝 못하고 끌려가 고을원앞에 꿇어앉게 되었다.

≪현명하신 원님, 농가의 소를 훔쳐 산속에 들어가 잡아놓고 먹는 소도적을 잡아왔나이다. 원님께서 통찰해주옵소서.≫

고을원은 송사를 듣더니 대노하여 삼형제에게

≪네 이놈들, 농가의 소를 도적질해다 잡아먹었은즉 그 죄를 알겠느냐? 어서 이실직고하렸다.≫

≪예, 소인들은 소도적이 아니나이다.≫

맏이가 대답하자 원이 주먹으로 상을 쾅 내리치며

≪네 이놈들, 네놈들이 소를 도적질하지 않고 어떻게 소고기를 삶아 먹을수 있었단말이냐?≫하고 호통을 쳤다.

≪예, 그렇게 아니라 저희들은 산중에 들어가서 십년동안 도를 닦고 나오던 길이나이다…≫하고 역시 맏이가 일이 여차여차하게 됐노라고 말했다.

≪우리가 배가 고파 한창 먹고있는데 이 사람들이 와서 우리를 묶어왔나이다.≫ 하고 둘째가 맏형의 말에 동을 달았다.

≪그렇다면 산꼭대기에서 어떻게 알고 찾아 내려갔단 말이냐?≫

≪예, 저희들이 알고 내려간것이 아니라 그 골짜기우에 까마귀란 놈들이 수십마리 날아들더니 <어째 그 좋은것을 너희들만 먹겠느냐?>하며 울어대기에 내려갔나이다. 우리가 짐승의 소리를 알고있나이다.≫

이번에는 막내동생이 말했다. 원은 말을 듣고있더니 령을 내렸다,

≪음. 옥리들 듣느냐? 저놈들을 옥에 가두어라. 래일 다시한번 문초를 하겠다.≫

옥리들은 삼형제를 옥에 가두었다. 삼형제를 하옥시킨후 원은 삼형제가 짐승의 말을 안다니 어떻게 하면 그 진실을 알아낼수 있을가 하고 생각하며 밖으로 나왔다. 그때 마침 처마밑에 구제비 한 마리가 둥지에 새끼를 까놓고 먹이를 먹이노라 야단이였다. 피뜩 한 꾀가 떠오른 원은 하인을 시켜 아무도 몰래 제비새끼를 감추게 했다. 그리고는 이튿날 아침 삼형제를 끌어다 마당에 꿇어앉혔다, 이때 삼형제는 제비가 지붕우를 맴돌며 울짖는것을 보고 모두 낯색이 흐려졌다. 막내동생이 참지 못하고 고을원에게 큰소리로 말했다.

≪원님, 제비새끼는 왜 감추었나이까? 어서 빨리 돌려주옵소서.≫

≪내가 왜 제비새끼를 감춘단말이냐? 도대체 저 제비가 뭐라고 하느냐?≫

≪예. 저 제비가 <만백성을 다스리는 점잖은 원님이 어찌하여 인간에게 해를 끼치지 않는 저희들의 아이들을 잡아간단말이나이까?>하고 말하고있나이다.≫

원이 들어보니 정말 귀신같이 알아맞히는지라 령을 내려 결박지은것을 풀어주고 손을 잡아 상좌에 앉히면서

≪그대들은 참으로 훌륭한 재주를 가지고있는 사람들이로다. 내가 어제밤에 하인을 시켜 제비새끼를 감추었노라.≫하고는 하인을 시켜 대연회를 베푸는데 소를 잡는다 돼지를 잡는다 떡을 친다 하며 상다리가 부러지게 차려오니 그야말로 산해진미가 다 올라온셈이였다. 그런데 원이 그들을 상좌에 앉히고 술을 부어 권하니 삼형제는 술마 마시고 안주를 집지 않는것이였다. 원이 하두 권하니 맏형은 수저를 들고 소고기쩜을 집었다가는 다시 내려놓고 둘째도 떡을 집었다가는 내려놓고 막내는 아예 아무것도 집지 않고 술만 마셨다.

≪원님의 덕분에 우린 잘 먹었나이다. 우리가 시간을 너무 지체하였사오니

이제는 떠나야 하겠나이다.≫하고는 삼형제가 자리를 툭툭 털고 일어나 떠나가버렸다. 원은 삼형제가 겨우 술 몇잔을 마시고 안주도 집지 않고 잘 먹었노라고 하니 필시 무슨 곡절이 있으렸다 생각하고 심복을 불렀다.

≪네가 저 사람들 뒤를 가만히 따라가보아라. 필경 저 사람들이 무슨 말을 할터이니 듣고 와서 이실직고하여라.≫

하인이 삼형제의 뒤를 따라가노라니 삼형제가 길가의 나무밑에 앉아 쉬고 있었다. 하인은 몰래 뒤에 가서 가만히 엿들었다.

둘째가 맏형을 보고 물었다.

≪형님, 형님은 어째서 그 좋은 소고기안주를 집었다 놓을뿐 잡숫지 않았소?≫

≪아니, 자네 그걸 모르나. 하, 그 소고기가 어떤 소고기인줄 아나? 전에 앞뒤집에서 한집에는 안해가 아이를 낳았는데 아이가 낳자마자 죽었고 한집에서는 어미소가 송아지를 낳고 죽어버렸네. 그때 아이가 죽은 집에는 살림이 구차했고 어미소가 죽은 집은 살림이 좀 넉넉하였었는데 그 집에서 어미없는 송아지를 아이 죽은 집에 주었네. 그래서 송아지에게 젖을 먹여가며 키워 부림소로 쓰다가 늙어서 일을 못하니까 잡아서 장에 내다 팔았겠지. 원네는 그 고기를 사다가 술안주를 했거든. 송아지가 사람의 젖을 먹고 컸으니 사람의 고기를 먹는것과 같은데 내가 알고야 어찌 먹겠나. 헌데 자네는 어떻게 그 새하얀 입쌀떡을 먹지 않고 집었다간 놓았는가?≫

이번에는 맏형이 둘째에게 물었다.

≪하, 형님. 그 떡을 빚은 쌀이 무슨 쌀인줄 아오? 그 쌀이 몇백년전에 공동묘지자리에 논을 풀어서 심은것이니 송장물을 빨아먹고 자란것인데 그걸 알고야 더러워서 어떻게 먹겠소! 헌데 자네는 어째서 말도 없이 술만 마시고있었나?≫

이번에는 둘째가 막내동생에게 물었다.

≪하, 형님네들. 그 원이 누구의 자식인줄 압니까? 그 원은 중의 아들입니다. 세상에 중의 아들이 원님질하는 법이 어디 있소! 이것을 알려면 원님의 어머님이 생존해계시니 물어보면 알거우다.≫

≪하, 그런가? 자네들 이젠 쉬였으니 길을 떠나봅세.≫

삼형제는 다시 길을 떠났다. 하인이 이 말을 듣고 깜짝 놀라 그길로 돌아와 원한테 맏형과 둘째의 말만 알려주고 막내가 한 말은 알려주지 않았다. 그 말을 들은 원은 탄복해마지 않다가 문뜩 막내도 꼭 한마디 했으리라는 생각이 들어 하인에게 물었다.

≪막내동생은 무슨 말을 안하던고? 어서 사실대로 아뢰여라.≫

원이 다그쳐 묻자 하인은 할수없이 사실대로 말할수밖에 없었다. 그 말을 들은 원은 하인을 내여보내고 그날 저녁 밤이 이슥하자 칼을 품고 어머니에게 가서 따지고 물었다.

≪어머님, 소자가 도대체 누구의 아들이나이까? 만약 어머님이 사실대로 알려주지 않으시오면 이 자리에서 칼로 목을 찔러 죽겠나이다.≫

어머니는 자기가 젊었을 때 한 일이 있는지라 아들이 이미 알고 온것을 보고 더는 숨길수 없어 아들의 손을 잡고 말했다.

≪내가 젊어서 청춘과부가 되어 수절을 하는데 하루는 정오때가 되어 한 젊은 도사가 시주를 왔기에 쌀을 한되박 퍼서 자루에 쏟아넣었지. 그런데 그 젊은 도사가 밑없는 자루를 가져와서 그만 쌀이 맨바닥에 쏟아지고 말았다. 그러니 도사가 하는 말이 <시주받은 쌀은 절로 가져가서 부처님께 불공하는 것이온데 정성껏 해야 하나이다. 그런데 부인이 이렇게 땅바닥에 쏟아놓았으니 이 일을 어떻게 하나이까? 부인께서 수저로써 쌀을 한알 두알 주어야 하겠나이다.> 하기에 내가 수저로 그 쌀을 다 주어담으니 어느새 해가 지고 저녁때가 되었더구나. 그런데 그 젊은 도사는 갈념을 않고 하루저녁 묵어가기를 청하기에 툇마루에서 하루저녁 묵어가라고 하고는 난 방에 들어와 잤는데 원래 흑심을 품고 온지라 아닌밤중에 뛰여들어 동품한것이 태기가 있어 너를 낳았구나. 헌데 내가 입밖에 내지 않았는데 네가 아는것을 보니 귀신이 든게로구나.≫

≪어머님, 전 중의 자식이오니 지금 곧 절로 올라가겠나이다. 부디 안녕히 계시와요.≫하고 어머니에게 절을 하고는 절로 가서 중이 되고말았다 한다.

거짓말 잘하는 총각

옛날, 선왕이 슬하에 무남독녀 외딸 하나를 두었는데 인물이 하늘의 선녀로
도 미색할만큼 절색이였다.

무정세월 양류파라 세월이 흘러 어느덧 공주가 출가할 나이가 되었으나
사위감을 고르지 못하여

≪뛰여난 지혜를 가진 총각을 사위로 삼겠으되, 거짓말 세마디만 잘하면
빈부귀천을 가리지 않고 사위로 삼겠노라.≫하고 방방곡곡에 방을 내다 붙
였다.

이리하여 사방에서 거짓말깨나 한다는 총각들이 모여들었지만 퇴짜를 맞고
되돌아가기가 일쑤였다.

어느 고을에 어려서 량친부모를 잃고 일가친척없이 걸식하며 다니던 한
총각이 있었는데 그해 나이 스물이라 이 소문을 듣고 장가비위가 생겨서 서울
로 올라가 입궐하여 선왕전에 복지하고 말했다.

≪대왕님께 아뢰옵나이다. 소인 역시 방을 보고 찾아왔나이다.≫

선왕이 당하를 내려다보니 행색은 비록 걸인이나 모색은 여직 본적없는
출궁한 총각인지라 하인 불러 상을 차려 대접하고나서 총각에게 물었다.

≪그대는 무슨 거짓말을 할텐고?≫

≪예, 대왕님. 소인은 거짓말을 할줄 모르옵나이다. 하오나 이야기나 하나
해드릴가 하여 왔소이다.≫

≪음. 그럼 어서 이야기를 해보아라.≫

≪네. 그러하시다면 이야기를 시작하겠나이다. 이전에 우리 집은 대부자였
사온데 이 세상에서 제일 가는 부자였다고 하나이다. 우리 집이 얼마나 컸던지
울안을 가로질러 가려고 해도 처녀가 남대문으로 들어가서 북대문으로 나올적

에는 로파가 된다고 하옵고 비둘기 한쌍이 우리 집 울안을 한바퀴 돌 때면 나중엔 비둘기가 수십쌍이 되어 돌아오군 하였다 하옵나이다.≫

선왕이 들어보매 얼토당토않은 허튼 소리라 한마디 했다.

≪에끼, 무지한 놈같으니라구. 세상에서 제일 가는 부호인 나도 집울안이 그렇게 크지 못한데 하잘것없는 시골부자놈이 어떻게 그런 집을 지을수 있단 말이냐?≫

≪대왕님, 그러하시다면 소인이 거짓말을 한마디 했나이다.≫

선왕이 들어보니 자기도 모르게 승인한셈이였다.

≪대왕님, 래일 다시 한마디 이야기하겠나이다.≫

이튿날 총각은 대왕님전에 부복하자 또 이야기를 시작했다.

≪대왕님, 그럼 소인이 두 번째 이야기를 시작하겠나이다. 우리 집에서는 또 이 세상에서 제일 큰소를 길렀사온데 소의 몸뚱이는 두말할나위도 없거니와 소뿔이 얼마나 컸던지 오른쪽 뿔우에 앉아서 퉁소를 불면 왼쪽 뿔우에선 사람들이 춤을 출수 있는데 그 사이가 얼마나 멀었던지 두사람이 서로 보이지 않았다 하나이다.≫

선왕은 도 참을수가 없어서 큰소리로 말했다.

≪이 무지한 놈아, 세상에 그리 큰소가 어디 있느냐? 그래 내가 있는 궁궐보다 더 크단말이냐?≫

≪네, 그럼 대왕님, 소인이 거짓말 두마디를 하였나이다. 마지막 한마디는 래일 하겠나이다.≫

총각은 물러나와 궁리를 해가지고 이튿날 또 대왕님전에 가서 세 번째 이야기를 시작했다.

≪대왕님, 소인이 오늘 마지막 이야기를 하겠나이다.≫

선왕이 보니 이놈이 거짓말은 묘하게 잘하나 천하걸인이라 딸줄 마음이 없어 이번에는 어떻게 말하든지 꼭 옳다고 대답하리라 마음을 다잡고 총각의 이야기를 들었다.

≪우리 집은 먼저 아뢴바와 같이 큰 부자가 아니였겠나이까? 원래 우리 집에는 금은보화가 수천말이나 있었사온데 우리 부친님께옵선 마음이 얼마나

후하셨던지 구차한 백성들에게 금을 한말씩 꿔주었나이다. 그때 선왕님도 한 때는 구차하셨사온지 우리 집에서 금을 한말 꾸어가셨나이다. 연후에 다른 집에서 꾸어간것들은 모두 받았사오나 오직 대왕님의것만은 감히 받아내지를 못했나이다.≫

선왕이 들어보매 금을 꾸어온적이 없다고 하면 마지막 거짓말을 승인한셈 이라 딸을 주어야 할것이요, 총각의 말이 옳다고 한다면 금을 한말 주어야 할것이라 생각 끝에 귀한 딸을 걸인한테 주는것보다 차라리 금을 한말 주어보 내는편이 나으리라고 맘을 먹고 총각의 두손을 꼭 잡아 일으키며

≪옳네, 옳아. 이제야 생각이 나네. 그때 확실히 우리 자네 부친한테서 금을 한말 꾸어왔으나 국사가 바쁜고로 잊었댔네. 그런데 자네가 이렇게 찾아올줄 몰랐네. 내 그 금 한말을 돌려주겠네.≫하고는 하인을 시켜 금 한말을 가져다 총각에게 주어서 보내였다.

거짓말을 잘한 덕에 선왕한테서 금을 한말 받은 총각은 그것으로 집도 사고 땅도 사서 착한 안해를 얻어 유자생녀하고 잘 살았다고 한다.

총명한 백정의 아들

이전에 한 동네에 대대로 소와 돼지를 잡으며 살아오는 백정이 있었다. 백정이라고 하면 쌍놈중에서도 제일 천한 쌍놈으로 치부되였으나 돈이 많았기에 량반부자 집을 부러워하지 않았다.

이때 동네의 한 량반이 백정의 돈이 욕심났으나 도저히 빼앗을 방도가 생기지 않아서 골을 앓던 중 한가지 궁리가 떠오르자 하인들을 시켜 돼지 두 마리를 묶어놓고 백정을 불렀다.

백정은 평생 짐승잡이를 했으므로 잠간 사이에 돼지 두 마리를 잡아놓고 돌아거려는데 량반이 불렀다.

《여보게, 자네 수고했네. 내 밥과 안주를 장만했으니 술이나 들구 가게.》

백정은 량반이 하도 청하기에 방에 들어가 앉았다. 그러자 하인들이 상을 차려왔다.

백정이 술을 뒈잔 마신후 식기에 담긴 밥을 먹는데 글쎄 밥이란것이 술을 빚으려던 고들밥이라 국없이 먹는 밥이 어찌 목이 메지 않겠는가? 백정은 목이 메여 그것을 새기느라 그만 두눈을 부릅떴다.

그러자 량반은 밥상을 내리치며 노발대발하여 하인에게 령을 내렸다.

《여봐라, 이놈을 당장 묶어서 매를 쳐라. 생각하고 음식을 대접하였는데 고맙다는 말은 하지 못할망정 무례하게 상전앞에서 눈을 부릅뜬단말이냐? 무례한 놈같으니라구. 이놈, 네 죄를 보아 릉지처참을 해야 옳겠으나 차마 그렇게는 할 수가 없다. 하니 오늘내로 돈 천냥을 가져다 바쳐라. 그렇지 않으면 네놈을 관가에 넘겨 죄를 묻겠으니 그리 알지어다.》

백정은 량반의 말을 듣고 억울했으나 어쩔수가 없어서 천냥돈을 주마고 대답했다. 그리고 친필로 아들에게 어서 바삐 돈을 가지고 죽는 애비를 구해달라고 써서는 량반집 하인에게 주어보냈다.

아버지가 터무니없이 량반놈에게 물매를 맞고 돈까지 빼앗기게 되자 백정의 아들은 궁리 끝에 량반을 찾아갔다.

아들이 량반집에 들어서니 량반놈이 목을 황새처럼 빼여들고 기다리고 있다가 백정의 아들이 돈꿰미를 들고 들어오는지라 입이 함박만해졌다.

≪대감님, 소인이 돈을 가지고 왔소이다. 어서 저의 부친님을 모셔가게 허락하시와요.≫

량반은 곧 하인들더러 백정을 집에까지 데려가게 했다.

≪대감님, 소인의 돈이 많지는 못하오나 어찌 땀흘려 번 돈을 쉽게 남한테 넘겨주겠나이까?≫

부친을 살려내자 아들은 안도의 숨을 내쉬고나서 대범하게 입을 뗐다.

≪그래 어찌잔말이냐?≫

≪네. 대감님, 우리 내기를 한번 해보는것이 어떠하오리까?≫

량반은 고까짓 아이한테 지겠는가 하는 생각이 들자 인차 물었다.

≪그래 무슨 내기를 하겠노?≫

≪네, 내기가 어렵지 않습니다. 배추잎에 쌈을 싸서 누가 빨리 먹을내기옵나이다. 만약 내기에서 소인이 지게 되면 이 돈 천냥을 올리옵고 대감님이 지면 돈 오백냥을 소인에게 주옵시와요.≫

량반이 들어보니 내기도 헐하거니와 고까짓 아이의 꾀를 몇곱절 담당할것 같았다. 하여 돈에 환장을 한 량반은 쾌히 응낙했다.

이윽고 하인들이 배추잎을 가져오자 량반과 백정의 아들은 제각기 쌈을 싸서는 똑같이 입에 넣고 먹기 시작하였다. 그런데 백정의 아들은 늘 먹던 음식이여서 인츰 먹어치울수 있었으나 량반은 생전 먹어보지 못한 꺼칠꺼칠한 배추잎쌈을 도저히 먹어내는수가 없어서 그만 내기에서 지고말았다.

량반은 내기에서 지자 울며 겨자먹기로 돈 천냥을 벌기는 고사하고 도리여 백정의 아들에게 돈 오백냥을 빼앗기우고말았다.

거짓말쟁이와 욕심쟁이

옛날 한 고을에 거짓말 잘하는 총각과 욕심쟁이량반 살고있었다.

하루는 욕심쟁이량반이 툇마루에 걸터앉아 대통을 점잖게 빨고있는데 고을에서도 거짓말 잘하기로 소문난 총각이 가죽망태 하나를 짊어지고 지나가고있었다.

그러지 않아도 심심하던차라 오늘은 저녀석의 거짓말이나 듣고 심심풀이라도 해야겠다고 생각한 욕심쟁이 량반은 거짓말쟁이총각을 불러세웠다.

≪너 거짓말쟁이, 오늘은 일찍부터 또 어디 가서 거짓말하려구 가나?≫

언제부터 욕심쟁이량반을 골려주려고 윽벼르던 거짓말쟁이총각은 마침 고기가 제절로 낚시에 걸려드는지라 시치미를 뚝 따고 한마디 던졌다.

≪예, 저 량반님, 소인은 지금 갈길이 바빠서 한가한 나리님과 이야기 나눌 겨를이 없으니 돌아오는 길에 다시 봅시다.≫

거짓말쟁이의 말에 호기심이 부쩍 동한 량반은 짐짓 성난 표정을 지으며 호통쳤다.

≪에끼, 이 발칙한 놈. 아무리 바쁜 걸음이라도 어른이 묻는 말에 대답한다는것이 그 본새냐?≫

그러자 거짓말쟁이총각은 뒤덜미를 벅벅 긁으면서 하지 않던 말더듬까지 껵껵 해가며 난처한 표정을 짓는것이었다.

≪네, 저 나리님, 실은…≫

≪에끼, 고현놈. 뭘 그리 갑자르노? 얼른 아뢰지 못하고.≫

총각의 노는 꼴에 이번에는 욕심쟁이가 정말 화가 동했다. 때가 됐다고 생각한 거짓말쟁이총각은 시치미를 뚝 따고 한마디 던졌다.

≪예, 실은 나리님도 아시다싶이 저 머사니 그 산밑에 작은 못이 하나 있지

않습니까? 소인이 이른 새벽에 방목하러 갔다가 볼라니 못이 바싹 말라가고있는데 글쎄 팔뚝같은 붕어, 잉어들이 목이 말라 펄떡이며 죽어가고 있길래 마른 고기를 주려고 이렇게 가죽망태를 메고 가는 길이웨다.≫

말을 마친 총각은 입을 딱 벌리고 앉은 량반께 또 한마디 던졌다.

≪나리님, 소인이 돌아올 때까지 까딱 소문내지 마십시오 그럼 소인의 약속을 지킨 그 보답으로 제일 큰 잉어 두 마리 올립지요.≫

말을 마친 총각은 뒤도 돌아보지 않고 휑하니 달아나는것이였다.

≪뭘? 잉어 두 마리만 올리겠다구? 안될 일이지. 안되구말구.≫

총각이 아득히 먼곳에 간후에야 그 말뜻을 깨달은 량반은 굴뚝처럼 올리솟는 욕심을 내리누를수 없었다.

≪흠, 이 어른이 그곳에 가서 구경만 해도 절반은 내 몫이지. 아니, 몽땅 내것이야. 그 거지녀석에게는 수고한 값으로 제일 작은 버들치새끼 두 마리면 족할걸. 아무렴 그렇구말구.≫

웃음집이 흔들흔들해난 욕심쟁이는 바삐 마누라를 불러 버선 신겨라 갓 씌워라 하며 한바탕 부산을 피우다가 총각이 사라진 곳으로 허둥지둥 쫓아갔다.

언녕 그럴줄을 짐작한 총각은 길옆에 숨어있다가 욕심쟁이령감이 지나가자 오던 길로 되돌아서서 량반네 집으로 달려왔다.

총각은 량반네 집문을 떼고 들어서기 바쁘게 털썩 주저앉으며 숨넘어가는 소리를 질렀다.

≪아이고 마나님, 큰일났수다.≫

총각의 거동에 기겁한 욕심쟁이의 마누라는 총각의 어깨를 잡아흔들며 물었다.

≪이 거짓말쟁이야, 이렇게 주저앉지만 말고 어서 말해야 알지. 도대체 무슨 일이냐?≫

총각은 아예 퍼더버리고 앉은채 넉두리를 늘어놓은것이였다.

≪어이구, 글쎄 고기는 소인이 잡아주겠으니 량반님은 앉아서 구경이나 하라고 신신당부했건만 기어코 같이 잡겠다며 물에 들어섰다가 큰 잉어한테

물려서 자빠졌지요.≫

≪그래 우리 령감이 어떻게 됐단말이냐?≫

총각의 장황한 연설에 조급증이 난 욕심쟁이의 마누라는 총각의 말을 중둥무이하며 재촉했다.

≪네, 량반님이 넘어가자 숱한 고기들이 모여들어 량반님을 뜯어먹기 시작했는데 소인이 이리로 달려올 때 벌써 뼈다귀 씹어대는 소리가 났으니 좀 늦으면 뼈다귀 하나 찾지 못할것입니다.≫

≪아이고, 이 일을 어쩌누? 글쎄 가만히 앉아서 잡아다주는 고기나 먹지 않고 욕심사납게 기어코 쫓아가더니… 어이쿠, 령감 혼자 가면 나는 누구하고 살라카노?≫

욕심쟁이의 마누라는 한바탕 넉두리를 늘어놓더니 못을 향해 엎어질듯 달려갔다.

이때 총각은 또 지름길로 못을 향해 줄달음을 쳤다.

그때까지도 욕심쟁이령감은 아직 못가에 도착하지 못했었다.

≪나리님, 나리님. 크, 큰일났수다.≫

≪엉? 큰일은 무슨 큰일이냐, 잡으라는 고기는 아니 잡고?≫

땀을 철철 흘리며 쫓아오는 총각을 보자 욕심쟁이령감은 그만 화가 벌컥 동했다.

≪아이구, 나리님, 고기가 다 뭡니까? 대감님네 집에 큰 화재가 났는데 두…≫

≪뭣이?…≫

초풍할 지경으로 놀란 욕심쟁이는 총각의 목덜미를 거머쥐고 재촉했다.

≪그, 글쎄 나리님이 고기잡이를 떠나자 마나님은 생선국을 끓이려고 불을 때다가 집에 불이 났는데 세칸 기와집이 폴싹 물러앉고 마나님도 그속에서 타죽었답니다. 소인이 올적에 뼈다귀 타는 소리를 들었으니 늦게 가면 한줌 재도 못찾을줄 압니다.≫

총각의 말에 혼미백산한 욕심쟁이는 정신없이 오던 길을 되돌아 달려갔다. 한참 달리던 욕심쟁이는 앞에서 통곡하며 마주 달려오는 웬 사람과 하마트면 이마빼기를 맞쪼을번하였다.

자세히 보니 자기의 마누라인지라 둘은 서로 부둥켜안고 통곡하며 이게 꿈이냐, 생시냐? 꿈이면 깨지말자고 서로 어루쓸어보다가 정신이 들어 여겨보니 생시인지라 그제야 거짓말쟁이한테 속은줄 알고 천둥같이 노하였다. 욕심쟁이는 그길로 곧추 총각네 집으로 찾아갔다. 그러나 총각은 아무런 일도 없은 듯이 욕심쟁이를 맞이하는것이었다.

≪에이 패씸한 놈, 아무리 거짓말쟁이로 소문났기로서니 언감생심 량반을 놀려?≫

황소숨을 씩씩 내쉬는 욕심쟁이의 꼬락서니가 우스운지 총각은 한참이나 그의 아래우를 훑어보다가

≪허참, 량반두, 저같은 거지한테 말과 쟁기가 있으면 량반과 같은 뜨르르한 부자가 되라구요?≫

어처구니없는 총각의 대답에 억이 막힌 욕심쟁이는 더 할 말을 찾지 못해 한탄조로 한마디 뇌까렸다.

≪무지한놈은 별수 없구나!≫

그러자 총각도 피씩 웃으며 비꼬아주었다.

≪하지만 저에게는 욕심주머니가 없습니다.≫

실컷 놀림을 당하고도 할말을 찾지 못한 욕심쟁이는 한풀 꺾인채 집으로 발걸음을 옮겼다고 한다.

사위 고르기

어느 한 고을에서 사는 로인이 늘그막에 딸을 보았는데 그 딸의 인물이 여간만 절색이 아니였다.

세월이 흘러 딸이 출가할 나이가 되여 사위감을 고르는데 별로 사위감이 나서지 않아 로인은 방방곡곡에 소문을 내여 재간많은 사위감을 고르려고 했다. 일단 소문이 퍼지자 재간이 있다는 총각들이 구름처럼 찾아드는데 그래도 맘에 드는 총각이 없어서 모두 퇴자를 놓고 말았다.

그러던 어느 하루, 문득 한 총각이 문을 떼고 들어섰다.

≪이 댁에서 재간많은 사위를 고른다는게 참말입니까?≫

로인이 머리를 들고 총각을 보니 어느 대감집 귀공자인지 옷을 화려하게 차려입었는데 인물 또한 괜찮았다.

≪음, 그렇네. 바로 우리 집일세. 그래 젊은이는 무슨 재간을 가지고있는고?≫

로인은 젊은이를 바라보며 물었다.

≪예, 소인은 별다른 재간은 없사오나 재산만은 임금님보다도 더 많이 얻을 수 있나이다.≫

총각이 대답을 올리자 로인이 가만히 생각해보니 과연 재주가 이만저만이 아닌듯싶었다. 그런데 이때 또 문밖에서 주인찾는 소리가 들려더니 한 총각이 성큼 들어서며 물었다.

≪댁에서 재간많는 총각을 사위로 삼는다는 말씀이 참말이옵나이까?≫

로인이 대답하고 인사수작을 마친후에 무슨 재간이 있는가고 총각에게 물었다. 그러자

≪예, 소인은 다만 일침쌍옥이나이다.≫하고 두 번째로 들어선 총각이 대답

했다.

로인이 들어보니 《일침쌍옥》이라 과연 대단한 재간이였다. 그런데 이때 밖으로부터 또 장승같이 생긴 총각이 집이 흔들릴 정도로 발자국을 옮기며 들어섰다.

로인이 역시 무슨 재간이 있느냐고 묻자 세 번째 총각은 두주먹을 불끈 쳐들며 집이 떠나갈듯 대답했다.

《예, 소인은 이 두손으로 못하는 일이 없나이다.》

로인이 들어보니 세상에 못하는 일이 없다니 과연 그것도 훌륭한 재간이라 셋의 재간이 모두 비슷하니 누구를 사위로 삼았으면 좋을지 갈피를 잡을수가 없었다. 그래서 이렇게 말했다.

《여보게 젊은이들, 난 딸이 하나밖에 없네. 하니 내 잠간 들어가서 딸과 상의를 해봐야겠네. 그리고 딸애더러 고르게 하겠네. 자네들 생각은 어떤고?》

《예, 그렇게 하사이다.》

이리하여 로인은 딸의 방에 들어와 한숨을 쉬며 사연을 말해주었다. 이윽고 생각을 하던 딸이 대답했다.

《아버님, 걱정마시와요. 이 일은 소녀가 알아서 처리하겠사와요.》

말을 마친 딸은 사뿐사뿐 아랫방으로 내려와서 공손히 인사를 올린후에 제일 먼저 온 총각에게 물었다.

《그대는 무슨 재간이 있나이까?》

《나는 재산을 임금님이상으로 모을수 있나이다.》

총각이 대답하자 딸이 말해주었다.

《당신은 재간이 많으나 소녀에겐 쓸데가 없나이다. 재산이란 있다가도 없고 없다가도 있는것이라 바다의 풍선이라 물러가시와요.》

주인집딸은 먼저 온 총각에게 이렇게 퇴자를 놓았다. 그리고 두 번째로 온 총각에게 물었다.

《그대는 무슨 재간이 있나이까?》

《나는 일침쌍옥이노라.》

총각이 대답하자 딸이 대뜸 퇴박을 놓았다.

≪당신도 싫나이다. 일침쌍옥이라니 그 재간이 비상하여 삼대를 빌어먹이겠나이다. 그러니 나는 당신과 살수 없나이다.≫

이렇게 또 두 번째 총각을 물리고난 뒤에 세 번째 총각에게 물었다.

≪그대는 무슨 재간이 있나이까?≫

≪나는 이 두주먹밖에 없노라.≫

그러자 주인집딸은 얼굴에 함박꽃같은 웃음을 피우며 말했다.

≪당신의 주먹이 곧 천금이요 보배손이옵니다. 두손만 있다면 못할 일이 없사오니 이것보다 더 좋은것이 어디에 또 있겠나이까?! 부디 소녀를 거두어주사와 백년가약을 맺으사이다.≫

이렇게 되어 두부먹뿐인 세 번째 총각이 월태화용의 용모를 가진 안해를 맞고 늙은 가시아버지를 모시고 잘 살았다고 한다.

≪강냉이를 다 먹은 모양이구나≫

옛날 한 서당에 심보가 고약하고 녀인을 보면 오금을 못쓰는 훈장이 있었다.
어느날 학도들끼리 글을 읽으라 하고는 마을복판에 난 큰길로 이리저리
눈길을 팔며 팔자걸음을 하던 훈장은 우물가에서 물동이를 이고 사뿐사뿐
걸어가는 녀인을 발견하고 뒤를 따르기 시작했다. 비록 녀인이 허름한 치마저
고리를 입고있었으나 그녀의 미모를 용케도 보아낸 훈장이였다.

그런데 녀인의 뒤를 밟아보니 자기가 가르치는 학도들중의 접장인 삼돌이
의 에미였다. 서당에 돌아온 훈장은 학도들을 가르칠 생각은 않고 녀인을 맛볼
생각만 하였다. 런며칠 삼돌이 아버지가 외출하기만 기다리던 훈장은 삼돌이
가 서당에 아침 일찍 나오자 물었다.

≪애, 네 애비가 집에 있느냐?≫

≪예. 집에 계세요.≫

삼돌이는 별로 개의함이 없이 대답했다.

그러나 훈장은 속이 간지러워나서 견딜수가 없었다. 하여 학도들에게 천자
문을 읽게 하고는 밖으로 나와 삼돌이이네 집만 살피였다. 학도들은 저마다
책읽기가 지루해서 잡담들만 하였다.

이튿날 아침, 삼돌이가 서당에 나오자 훈장은

≪애, 네 애비 집에 있느냐?≫하고 전날과 꼭같이 물었다.

≪예, 집에 계셔요. 무슨 일이 있습니까?≫

삼돌이는 꼭 무슨 일이 있는것 같아 물었다.

≪아무 일 없느라. 어서 책읽을 준비를 하여라.≫

이와 같이 하루이틀 같은 물음이 계속되자 삼돌이는 점점 이상한 생각이
들어 하루는 아버지에게 말하였다.

≪아버지, 우리 훈장님이 매일 저보고 아버지 집에 계시느냐고 물으시니 무슨 일입니까?≫

아들의 말을 듣고난 삼돌이 아버지는 속에 잡히는데가 있어 삼돌이에게 말했다.

≪애, 삼돌아. 네 이제 훈장한테 가서 선생님의 갓을 좀 빌려오너라.≫

아버지는 아이를 보내고나서 안해를 불러 이러이러하자고 계책을 짰다. 하여 두 부부는 부엌간 연자돌우에 강냉이 한섬을 올려놓고 집으러 들어와서는 삼돌이가 갓을 빌려오기만 기다렸다.

한편 학도들을 돌려보내고난 훈장은 끓어오르는 정욕을 누를길 없어 실성한 사람처럼 저녁먹을넘도 않고있다가 삼돌이가 와서 갓을 빌려달라니

≪오냐. 옜다. 가져가거라.≫하며 기뻐서 갓을 줘보내고 문밖에 나와 삼돌이 애비가 길 떠나기만 기다리다가 동네밖을 나서는 삼돌이 애비를 보자 날이 어둡기를 기다려 삼돌이네 집에 기여들었다.

훈장이 삼돌이네 집에 들어서니 삼돌이녀석마저 어디 갔는지 보이지 않는지라 저으기 기뻤다.

삼돌이 에미가

≪훈장님께서 어떻게 우리 집엘 다 오셨어요? 삼돌이녀석이 무슨 잘못을 저질러놓았습니까?≫하고 물으니

≪아니, 삼돌이가 잘못을 저지른게 아니라 실은 내가 당신을 본후로 당신 생각에 몇날며칠 밤을 뜬눈으로 밝혔다오. 이젠 미칠 지경이니 부디 절 좀 살려주오.≫하고 훈장이 체면이고 뭐고 덥석 삼돌이 에미의 허리를 끌어안으니 삼돌이 에미가 훈장을 살짝 밀치며

≪아이유, 훈장님도 그게 무슨 힘든 일이 오니까? 하루저녁을 자도 만리장성을 쌓는다는데 잠간 앉아계시우. 인차 주안상을 차려오지유. 오늘 저녁엔 아무도 없고 단둘뿐인데유. 삼돌이 애비도 여러날 오지 않을테니깐요.≫하고 교태를 부리며 미리 장만해놓은 주안상을 차려놓고 손수 술을 권하니 훈장은 구혼이 공중에 뜨는듯싶었다. 그래서 권하는 술을 넙적넙적 받아먹다가 정욕이 마구 끓어오르자 삼돌이 에미를 끌고 알몸으로 이불속에 들어가며 등잔불

을 껐다. 이때였다. 밖에서 발자취소리가 나더니 삼돌이 애비의 술취한 목소리
가 들려왔다.

《여보, 문을 여오.》

청천벽력이다. 여러날 있어야 온다던 삼돌이 애비가 돌아왔으니 바빠맞은
건 훈장이요 급한 대목에 잔꾀많은건 녀인들이라 이때 삼돌이 에미가 말했다.

《아이고 훈장님, 어서 부엌으로 내려가세요. 거기 매돌에 강냉이를 갈던것
이 있으니 연자돌을 돌리시유. 이 일을 삼돌이 애비가 알면 훈장 죽고 나 죽고
다 죽으니 옷이고 뭐고 어서 나가시우. 옷은 있다가 삼돌이 애비 잠든 다음
가져다주리라.》

훈장은 달리 뾰족한 궁리가 나지 않는지라 부엌에 가서 나귀가 끌던 연자돌
을 돌리였다. 이때 밖에서 삼돌이 애비의 추상같은 재촉이 들려왔다.

《여보, 삼돌이 에미. 무슨 잠이 그리 깊이 들었소? 빨리 나와 문 열지
않고?》

이어 삼돌이 에미가 하품하며 등잔불을 켜고 나오며 문을 여니

《젠장, 길가다 신이 벗겨져나가길래 집에 무슨 일이 생긴것 같아 돌아왔는
데 무슨 일 없었소?》

《아유, 무슨 일이 있겠어요. 여러날 나가있다기에 초저녁부터 문걸고 자는
데.》

이때 훈장은 삼돌이 에미가 시키는대로 땀을 뻑뻑 흘리며 망을 돌리느라고
여념이 없었다. 조금 있더니 삼돌이 에미는 부엌에 내려와서 훈장을 보고

《훈장님, 좀 용서하세요.》

이렇게 속삭이더니 시치미를 뚝 떼고

《이랴, 이놈의 나귀 빨리 갈자.》하고 소리치며 긴부지깽이로 훈장의 엉뎅
이를 후려갈기고는 방안으로 들어갔다.

이윽고 삼돌이 에미는 남편과 한참 한담하다가 또 부엌으로 내려오더니

《이랴, 빨리 갈아. 밤이 깊었는데 언제 다 갈테냐?》하고 소리치고는 또
훈장의 엉뎅이를 후려갈겼다. 훈장은 아픈 매를 참아가며 이제나저제나하며
삼돌이 애비가 잠들기만 고대하였다.

　시간이 얼마나 흘렀는지 모른다. 망질에 지친 훈장이 잠간 발을 멈추고 들을라니 방안에서

　≪여보, 이제는 밤도 깊었는데 자야겠소.≫하더니 정말 얼마 있지 않아서 방안의 등불이 꺼지고 사위는 쥐죽은듯 조용해지였다. 그제야 제정신이 번쩍 든 훈장은 삼돌이 에미에게 깜쪽같이 속았다는 생각이 들었다. 그렇지만 어쩌는 수가 없었다. 얼마동안 어두운 부엌구석에서 쭈크리고 앉아 궁리를 하여보았으나 뾰족한 수가 나지 않았다. 이제는 바라던 수욕은 고사하고 날이 새면 발가벗은 알몸으로 망신당할것이 큰 걱정이였다. 생각하고 생각하던 끝에 훈장은

　≪아이고 모르겠다. 날 밝기전에 어서 이 부엌구석이나 빠져나가자.≫하고는 알몸으로 부엌문을 차고 밖으로 내달았다. 아직 초겨울이라고는 하지만 맨발에다 몸에 실 한오리 걸치지 않은 훈장은 여간만 춥지 않았다. 그는 서당 쪽으로 냅다 뛰였는데 막 얼어죽을것만 같았다.

　타작마당을 지나면 마을을 벗어나게 되고 거기서 서당이 지척인데 공교롭게도 앞에서는 딱딱 하는 야경군의 목탁소리가 들려왔다.

　≪이걸 또 어찌나?≫하며 망설이는데 마침 옆에 북데기무지가 있었다. 그는 참 요행이라고 생각하며 북데기를 헤집고 그속으로 기여들어가 목탁소리가 끝나기를 기다렸다. 그러나 딱딱 하며 밤공기를 깨치는 성가신 목탁소리는 좀처럼 멀어지지를 않았다. 이렇게 되고보니 훈장의 마음은 여간만 안타깝지 않았다.

　도대체 어떻게 해야 좋을가? 생각같아서는 당장이라도 되돌아가서 삼돌이 에미와 너 죽고 나 죽자고 결판을 내고싶었지만 지금의 형편에선 그것도 허황한 생각이였다. 그는 이렇게 야경군의 목탁소리가 뜨음해지기를 고대하는데 얼어들던 몸이 좀 누그러졌든지 아니면 긴장이 풀렸든지 그만 깜빡 잠이 들었다.

　시간이 얼마나 흘렀는지 잠들었던 훈장은 그만 연기냄새에 잠을 깨였다. 눈을 번쩍 뜨고 북데기 틈새로 밖을 내다보니 이게 웬 일인가? 날이 환히 새였고 자기가 들어있는 북데기무지옆에서는 일찍이 마당질 나온 일군들이

손발을 쬐느라고 불을 피우고있지 않는가!

≪아뿔사, 늦었구나!≫ 훈장은 더 무엇을 생각할 겨를이 없었다. 그저 망신이고 무엇이고 뛸 생각뿐이였다. 그래서 화닥닥 뛰쳐나왔는데 농군들은 발가벗은 알몸뚱이를 보자 깜짝 노라들 했다.

그후 달포가 지나 삼돌의 에미가 삼돌이를 불러놓고

≪애 삼돌아, 네 가서 훈장 보구 갓을 좀 빌려달라구 해봐라.≫하고 아들에게 심부름을 시켰다. 그래서 삼돌이가 훈장네 집에 가서

≪선생님, 울아버지가 갓 좀 빌려달라더군요.≫라고 여쭈자 훈장은 얼굴이 지지벌개나며

≪네 이놈, 또 강냉이를 다 먹은 모양이구나!≫하고 말하더라고 한다.

금두꺼비

한 시골마을에 두 아들이 일찍 부친을 여의고 모친을 모시고 살았는데 장가든 형은 일하기도 싫어하고 심보가 고약하여 늘 모친과 동생을 구박하였다. 그래서 동생은 하는수없이 모친을 모시고 머나먼 곳으로 류랑걸식하지 않으면 안되였다.

모자간이 낮이면 남의 문전에 가 밥을 빌고 밤이면 집집의 툇마루에서 잠을 자면서 떠돌아다니다가 겨울이 되자 고을 산골의 임자없는 땅굴막에 들어 날마다 나무를 해다가 장에 가 팔아 연명하였다.

류수같은 세월은 흘러 어느새 모친의 환갑날이 당도하였다. 동생은 효성이 지극한지라 환갑날만은 어머니에게 새옷을 해드리고 이밥에 돼지고기를 대접하려고 맘먹었다. 그러나 맘뿐이지 그럴 처지가 못되였다. 그래서 동생은 형을 찾아가 사연을 아뢰였다. 그랬더니 형은

≪제길, 모친이 아직 살아있단말이냐? 썩 물러가거라!≫하고 욕설을 퍼부었다.

동생은 억이 막혀 변명조차 못하고 돌아오면서 하염없이 눈물을 흘렸다. 저녁편에 그가 징검다리를 건너게되였는데 시내물밑에 무엇인지 번쩍이는것이 눈에 띄였다. 그래서 이상하여 물속에 손을 넣어 건져보니 그것은 전에 보지 못하던 금두꺼비였다. 기쁘고도 괴이하게 생각되여 그는 그것을 앞섶에 잘 싼 다음 집으로 돌아왔다.

땅굴에 돌아와서 동생은 물독에 물을 채우고 금두꺼비를 그속에 넣었다. 그런데 이튿날 이른 새벽 어머니에게 밥을 해드리려고 부엌에 내려가 큰 가마를 여니 새하얀 이밥에서 김이 물물 나고 작은 가마에선 돼지고기국이 부글부글 끓고있었다.

그가 너무도 기뻐 어머니를 부르며 온돌우로 올려다보니 웬걸 명주옷을 입은 어머니가 새로 결은 노전우에 앉아서 웃고 계시는것이였다. 하여 그날 동생은 모친앞에 절을 하고 춤을 추며 즐겁게 환갑을 쇠여주었다.

그런데 이상한 일이였다. 이튿날도 사흘날도 여전히 가마에는 밥과 국이 끓고있었던것이다. 그래서 어느날 이른 새벽 동생은 일찍 일어나서 가마목을 살폈다. 그랬더니 아닌게 아니라 물독에서 천상의 선녀처럼 아름다운 이팔청춘 가녀가 나오더니 눈깜짝할 사이에 밥을 지어놓고 다시 물독안으로 들어가는것이였다.

그제야 동생은 그 내막을 알고 매일 물독의 물을 바꿔주면서 금두꺼비를 잘 모시였다,

그러던 어느날 이른 새벽 동생은 더는 참을수 없어 녀인이 밥을 지을 때 얼른 거적으로 독을 가리우며 물었다.

《가녀는 누구시온데 이렇듯 우리를 돌보아주시는겁니까?》

그러자 가녀는 머리를 살풋이 숙이면서

《저는 사해룡왕의 딸이온데 효성이 지극한 당신을 도우려고 맘먹었습니다.》하고 말하였다.

동생은 그날 가녀와 성례를 올리였다. 가녀는 재간을 피워 땅굴을 기와집으로 만들고 가산도 뜨르르하게 일궈놓았다. 그런데 그 소문이 형의 귀에 들어갔다. 욕심많은 형은 동생이 벼락부자가 되었다는 말을 듣자 곧바로 동생을 찾아왔다.

《야, 이 자식아. 입에 풀칠하며 떠다니던 네가 무슨 도적질을 하였기에 벼락부자가 되었느냐? 내 이제 관아에 고소할테다.》

형이 무턱대고 을러대는 바람에 마음좋은 동생은 일전에 금두꺼비를 줏던 이야기로부터 그뒤에 있은 일들을 자초지종 들려주었다. 그랬더니 형은 욕심이 동하여

《금두꺼비를 한번 보자꾸나.》하고 말하였다.

마음 선량한 동생은 제격 물독있는데로 걸어가더니 금두꺼비를 가리키며

《바로 이것이란말이요.》하고 자랑하였다.

그러자 형은 첨벙 두손을 물독속에 밀어넣어 두꺼비를 그러쥐자 동생을 밀쳐버리고 자기 집으로 냅다 도망하였다. 형의 더러운 행실에 동생은 너무도 억울하고 기막혀 물독을 안고 통곡하다가 독안을 들여다보았다. 그런데 웬걸 독속에는 금방울 하나가 남아있었다. 금두꺼비를 잃었기에 마음 한구석이 비는것 같았지만 어쨌든 금방울이 남았기에 앞으로도 살아가는데 근심없었다.

한편 집으로 돌아온 형은 안해를 불러놓고

≪여보, 그 보배를 빼앗아왔소 인젠 우리도 돈가리에 올라앉게 되었소≫하면서 ≪돈이 나오라!≫, ≪쌀이 나오라!≫하고 거듭 소리쳤다. 그런데 두꺼비는 하염없이 눈물만 흘리면서 아무것도 내놓지 않았다. 형은 목이 터지도록 웨쳐도 아무것도 나오지 않자 그만 부아가 나서 금두꺼비를 죽여버렸다.

그때였다. 갑자기 하늘에서 검은 구름이 밀려오더니 ≪꽝≫하고 벼락치는 소리가 들려왔다. 그 소리에 깜짝 놀란 마을사람들이 문밖으로 달려나와보니 욕심쟁이 형의 집은 벼락에 맞아 폴싹 무너지고 그 자리에선 시뻘건 불이 활활 불타오르고있었다.

그 뒤 동생은 죽은 두꺼비를 자기 집 뒤산에 묻어두었는데 며칠후 그 자리에서는 대나무 한대가 자라났다. 동생은 구명은인을 섬기는 마음으로 날마다 아침저녁으로 물주어 키웠다 한다.

범한테 물려죽은 중

시골의 한 가난한 두 부부가 무남독녀를 두었는데 어느덧 년광이 차서 시집 갈 때가 되었다. 그런데 딸은 재질이 뛰여나고 인물이 출중하여 어찌나 매파들이 찾아드는지 어디에 시집보냈으면 좋을지 부모들은 몰라했다.

어느날이였다. 웬 중이 목탁을 두드리며 찾아왔기에 처녀의 부모들은 중에게 딸의 장래를 보아달라고 하였다. 그랬더니 중은 이렇게 말했다.

≪처녀의 나이 이팔청춘이라 올해에 시집을 보내는것이 마땅할 신수온데 배나무집 총각과는 수화상극이라 배필을 무으면 며칠 못가서 처녀는 죽을 신수로소이다.≫

그 말을 들은 부모들은 깜짝 놀라했다. 하긴 그 많은 청혼자들속에서 배나무집 총각이 맘에 들어서 궁합을 물었던것인데 죽을 신수라 하니 어찌 놀라지 않으랴.

≪중님, 도대체 우리 애가 무슨 신수이기에 그렇듯 말씀하시오?≫

부모들이 묻자 중이 짐짓 이렇게 대답했다.

≪저 뒤 배나무집 할머니가 죽던 날 아침에 이 집 딸이 그 집 뜨락을 지나간 일이 있었지요? 그 할머니의 혼이 처녀에게 붙었기로 올해를 못 넘기고 죽을 신수라 한거요.≫

≪글쎄, 어찌되였는지는 몰라도 그 죽은 혼이 우리 딸에게 붙었다니 이 일을 장차 어찌한단말인고?≫

부모들은 그만 절망하여 부르짖었다. 이때라고 생각한 중은 중얼중얼 경을 외우더니 드디어 이렇게 말했다.

≪이 집의 늙은 부모들이 부처님께 정성이 지극한고로 가히 살아날 가망이 있노라.≫

≪아, 부처님 맙시사, 우리 딸을 제발 살려주옵소서!≫

두 부부는 땅바닥에 넙죽 엎드리더니 정성을 다해 빌었다.

≪저, 배나무집의 죽은 혼이 4월 초파일날 붙었으니 사주팔자에는 딸을 중한테 시집보내는것이 방도라 하였소.≫

이렇게 말한 중은 당금 밖으로 나가려 하였다. 중의 말을 들은 부모들은 그만 억이 막혀 한동안 말못하다가 중이 가려하자 급히 달려가 가사를 잡아당기며 간청했다.

≪사주팔자에 중한테 시집보내야 한다니 또 무슨 방법이 있겠소 제발 우리 애를 데려가옵소서.≫

≪이런, 내가 사주를 보고 딸까지 맡아서야 되겠소? 저 산절에 중들이 얼마든지 있는데 맘대로 골라주시구려.≫

≪아니올시다. 이곳은 벌방이여서 중이라곤 찾아오지도 않는답니다. 제발 우리 딸을 맡아주옵소서.≫

≪나미아미타불! 정 이렇게 맡기시면…≫

중은 속으로 무등 기뻤으나 겉으로는 아닌보살을 하였다.

런며칠 잘 대접받고나서 하루는 중이 떠나겠노라고 했다. 그런데 퍼런 대낮에 처녀를 데리고 갈수 없다면서 궤짝 하나를 마련해달라고 했다. 이윽고 궤짝이 마련되자 중은 처녀를 궤짝에 넣고 지고서 떠나는데 어깨춤이 절로 났다.

중이 땀을 뻘뻘 흘리면서도 기쁨에 겨워 한 산마루를 톺아오르는데 난데없이 산너머에서 급촉한 발굽소리와 더불어 방울소리가 들려오거늘 급히 궤짝을 벗어 길가에 내던지고 숲속으로 내뛰였다.

잠시후 산너머로부터 고을원님이 사냥하고 돌아오다가 길가에 난데없는 궤짝 하나가 놓여있는걸 보고 라졸들더러 그것을 열어보게 하였다. 그런데 웬걸 궤짝을 여니 보물 대신 머리채가 함치르르한 이팔청춘 처녀가 들어있었다. 고을원님을 비롯한 여러 라졸들은 처녀를 보자 끔쩍 놀랐다. 그래서 다시 이리저리 살펴보니 궤짝에는 짐바가 걸려있었다.

≪음, 이건 분명 어떤 방자한 자식이 처녀를 도적질해 가는 길이구나. 너희들은 듣거라. 궤짝안의 처녀를 꺼내고 어서 저 범을 그안에 넣어두거라.≫

고을원님이 호령하자 여러 졸개들은 처녀 대신 금방 산채로 잡은 흉악한 범을 궤짝안에 넣고 짐바로 동진 다음 길가에 놓아두었다.

한편 숲속으로 내빼던 중은 한식경이 지나자 처녀를 잊지 못해 슬금슬금 길가로 나와 살펴보았다. 그런데 생각밖에도 관리일행은 산꼭대기에 올랐는데도 궤짝은 그대로 놓여있었다. 하여 중은 궤짝은 제꺽 짊어지고 다른 오솔길로 해서 냅다 뛰다싶이 걸어 야밤중에야 절간에 당도하였다.

심산 절간에서 홀로 지내던 중이라 궤짝을 내려놓자 밥을 짓고 주안상을 차린 다음

≪여보게, 먼길에 수고많았네. 인젠 신방에 들게 되었으니 함께 이야기하며 술이나 드세.≫하고 말하면서 궤짝을 열었다. 그런데 웬걸 궤짝안에서 처녀가 나올대신 산범 하나가 뛰여나왔다.

중이 범을 보고 기절초풍하여 뒤로 내빼려는데 여태껏 굶은 범은 웬 고기덩이냐 하며 중에게 덮치더니 우둑우둑 뼈채로 씹어먹어버렸다.

도깨비감투

이전에 한 동리에 두 내외가 아이 여럿을 키우며 살아가는 한 집이 있었는데 살림이 하도 구차하여 아침을 먹고나면 점심먹을 일이 걱정이였다. 두 내외가 휘도록 일을 했자 아이들의 배조차 불리지 못했다. 때는 보리고개때라 안해는 남편보고 말했다.

≪여보, 어디든 가서 먹을걸 좀 구해와요. 애들을 다 굶어죽이겠어요.≫

이렇게 되어 농부는 삯일이라도 좀 해서 쌀되나 얻어오려고 길을 떠났다. 길을 가고가다가 한곳에 이르니 시내물이 흐르고있는데 건너편에서 괴상하게 생긴 두사람이 옥신각신 다툼질을 하고있었다.

≪이것이 어디 네것이냐? 내거지!≫

≪야, 물건이야 내가 먼저 봤으니 내것이야. 어째 네것이 된단말이냐?≫

이렇게 옥신각신 시비를 캐는데 농부가 오는것을 보자 한놈이 말했다.

≪여봐라, 우리 둘이 이것을 가지고 의가 상할게 있나? 보매 저 사람이 살림이 구차한것 같은데 저 사람한테 주고맙세!≫

≪그럼 그렇게 하세. 자네 말이 옳네.≫

두사람은 농부에게 손짓하며 오라고 불렀다. 농부가 다가오자

≪여보 농부, 이 보물을 당신이 가져가오. 우린 쓸데가 없소 이것이 있으면 세상에 부러운것이 없고 무얼 가지고싶으면 다 가질수 있다오.≫하고 키가 작은 사람이 말하며 물건을 넘겨주는데 보니 감투 하나와 방망이 두 개였다. 농부는 하도 신기하여 어떻게 쓰는가고 물었다.

≪여보시오, 물건을 주어 고맙소만 어떻게 쓰는지 방법이나 알려주오.≫

≪하하하, 참 이 감투는 도깨비감투란게고 이 방망이는 요술방망이요. 이 감투를 쓰고 당신이 가고싶은데를 말하고 방망이를 툭 치면 눈깜짝할 사이에

도착할수 있소. 하지만 다른 사람은 당신을 볼수가 없소.≫

말을 마친 두 사람은 눈깜작할 사이에 어디론가 사라져버렸다. 농부는 시험 삼아 감투를 쓰고 ≪우리 집으로 갓!≫하고는 방망이를 툭 쳤다. 그러자 정말로 어느새 자기 집 문앞에 와 서있었다. 농부는 기뻐서 안해를 불렀다.

≪여보, 문을 여오! 여보!≫

집안에서 아이들을 달래우고있던 안해는 남편의 부름소리를 듣고 무얼 좀 얻어왔나 하여 바삐 문을 열고 봤으나 사람은 보이지 않고 말소리만 들릴 뿐이라

≪아따, 당신 어디 숨었수? 아이들이 굶어죽어가는데 무슨 장난질이유?≫ 하고 성을 냈다.

≪하하하, 내 지금 당신앞에 서있는데도 모르오? 자 어서 집안으로 들어가 기요.≫

남편이 집으로 들어와 감투를 벗었다. 그랬더니 그제야 남편이 제모습을 드러내며 자초지종을 들려주었다.

≪여보, 이제는 부러운것이 없소 내 인츰 갔다가 올테니 큰 주머니 하나만 주오.≫

농부는 큰 자루주머니를 들고 감투를 쓰고 밖에 나와 ≪서울 제일 큰 가게로 갓!≫하고는 방망이를 툭 쳤다. 그러자 순식간에 서울에서도 제일 큰 가게로 왔다. 농부가 보니 별의별게 다 있으나 그중에서도 제일 탐나는것은 옷을 지을수 있는 천이였다. 그래서 제일 좋은 천을 몇필 주머니에 넣은 다음 돈을 한자루 가득 넣어가지고 집으로 돌아왔다. 집에 돌아오니 안해는 깜짝 놀라며 물었다.

≪여보, 당신이 이것을 훔쳐올 때 누가 본 사람이 없었나요?≫

≪없고말고, 저, 이 감투와 방망이는 보배라오. 우리도 이제는 잘 살수 있게 되었소.≫

말 그대로 농부는 갑자기 벼락부자가 되었다. 이때 이 동리에는 농부의 형이 살고있었는데 욕심이 얼마나 많았던지 고뿔도 남을 주지 않는 놈이였다. 형은 동생이 갑자기 벼락부자가 되자 시샘이 나서 하루는 동생네 집을 찾아왔

다. 마침 동생은 집일을 하다가 형님이 들어오는것을 보고 반갑게 맞았다. 형은 들어서자마자 동생을 붙들고 어떻게 이렇게 벼락부자가 되었느냐고 물었다. 형님이 어떻게 성화를 부리는지 동생은 할 수 없어 사연을 이야기했다.

≪형님, 어쨌든 형님은 나와 한피줄을 타고난 형제이니 알려줍니다만 실은 제가 보물이 있는데… 방망이 둘이 있습니다.≫

동생은 이렇게 말하며 도깨비감투와 보배방망이를 보여주었다.

동생의 말을 듣고난 형은 기어코 자기도 한번 해보자고 성화를 하며 감투를 빼앗다싶이 당기다가 그만 담뱃불을 떨군 바람에 감투에 구멍이 뚫어졌다. 동생은 원래 마음이 어진지라 할수없이 딱 한번만 쓰고 돌려달라고 했다. 그리고 뚫어진 구멍을 기워서 쓰라고 부탁했다.

도깨비감투와 보배방망이를 가지고 집으로 돌아온 욕심쟁이형은 마누라보고 감투를 깁게 하고는 자기는 큰 자루를 가지러 나갔다. 이윽고 마누라가 감투에 뚫어진 구멍을 빨간천쪼박으로 기워놓았다. 욕심쟁이형은 이제는 더 큰 부자가 되어보려고 감투를 쓰고 동생이 갔다온 서울 제일 큰 가게로 갔다.

욕심쟁이형이 그 가게로 들어가니 사람들이 욱실욱실하는데 누구도 자기를 발견하지 못하고있었다. 그래서 그는 돌아가며 천과 돈을 자루속에 집어넣었다.

한편 한번 도적을 맞힌 가게방에서는 도적이 또 들가봐 주의를 돌리고있던 차라 오가는 사람마다 살피고있었다. 그럴즈음에 한 점원이 보니 또 돈과 천이 없어지는데 물건이 없어지는 곳에는 웬 빨간점이 왔다갔다 하는것이 보였다. 점원이 하도 이상하여 달려가 그 빨간점을 콱 잡아챘더니 욕심많은 형의 본모습이 드러나고말았다.

도적을 붙잡은 사람들은 욕심쟁이형을 엎어놓고 입에서 똥물이 나오도록 물매를 쳤다. 더 큰 부자가 되어보려던 형은 죽도록 매를 맞고 집으로 돌아오다가 길에서 그만 지친 나머지죽어버리고말았다고 한다. 그래서 지금 로인들은 자식들에게 너무 욕심을 부리지 말라고 타이르군 한다.

소금장사와 난봉군

옛날 조실부모하고 혈혈단신으로 나이 삼십이 되도록 소금을 지고 다니며 팔아서 살아가는 한 사람이 있었다.

어느 하루 그는 무거운 소금짐을 짊어지고 산길을 걷게 되었다. 소금장사가 첫고개를 넘어서서 숨을 돌리려고 앉았노라니 앞산마루에서 무엇을 박박 긁는 소리가 났다. 이상히 생각하며 자취없이 산을 올라 소리나는 쪽을 보니 글쎄 여우란 놈이 묘지 하나를 파헤치고 백골을 꺼내여서는 박박 긁다가는 머리에 쓰고 썼다가는 다시 벗어 긁더니 머리에 척 쓰고 공중에 뛰여올랐다가 내려서는데 웬 백발이 성성한 로인으로 둔갑하는것이였다. 이윽고 백발로인은 자기의 몸을 이리저리 둘러보고는 어슬렁어슬렁 산을 내려가는것이였다.

소금장사는 여기에 필시 무슨 곡절이 있으리라 짐작하곤 소금짐을 내려놓은후 먼발치에서 뒤를 따라갔다. 한참 따라가노라니 백발로인은 산아래 한 동네집 대문을 열고 쑥 들어가는것이였다. 그 백발로인은 환갑잔치를 하느라고 한창 상을 받고있는 로인옆에 가서 척 앉는것이였다. 그런데 이상하게도 백발로인과 주인집령감의 생김새가 꼭같기에 어느 사람이 진짜이고 어느 사람이 가짜인지 도무지 알수가 없었다. 그래서 큰절을 올리던 아들며느리들은 갑자기 어리둥절해서 이러지도 저러지도 못하고 그저 서있을뿐이였다. 그럴때 여우가 둔갑한 령감이 주인을 손가락질하며 호통을 쳤다.

《모두 뭘하고 섰느냐? 어서 이 두상을 쫓아내지 않고 뭘하느냐?》

《뭣이 어쩌구 어째? 날 쫓아내? 여봐라, 이놈을 당장 육장이 되도록 매를 안기고 내쫓으라!》

주인령감이 펄쩍 뛰며 호통치니 둔갑한 령감도 제만에 콩팔칠팔 뛰기에 두 령감사이에 시비가 붙었는데 동네손님들은 물론 아들며느리까지도 누가 진짜 아버지고 누가 가짜 아버진줄을 몰라 쩔쩔매고있었다.

이때라고 생각한 소금장사는 지팽이를 짚고 들어가더니 동네사람들에게 가만히

≪여러분, 이 집에 요물이 들었습니다. 내가 지금 가서 잡을터이니 절대 나를 말리지 마시오. 만약 내가 때려잡은것이 요물이 아니라면 나를 마음대로 처치하시오.≫하고는 지팽이를 들고 옥신각신하는 두 령감의 앞에 가서 지팽이를 휘둘러 한 령감의 정수리를 내려치니 ≪아이구, 캥!≫하고 한길이나 뛰더니 나가자빠지는데 동네사람들이 보니 꼬리털이 시누런 여우였다. 이렇게 되자 마을사람들은 물론 아들며느리까지도 소금장사를 요물을 가려볼줄 아는 사람이라고 칭찬하였다. 그들은 소금장사를 윗자리에 모시고 상을 새로 차려 대접하며 은인이라고 집에다 붙들어두고 매일 돼지를 잡고 상다리가 부러지게 술상을 차려주는데 소금장사로 말하면 어머니 배속에서 나와서 난생처음 먹어보는 진수성찬들이였다.

소금장사가 이렇게 대접을 잘 받고 있을 때 한사람이 배를 앓고있었는데 그가 바로 손발을 놀리기 싫어하고 공짜만 즐기는 난봉군이였다. 며칠을 두고 생각해보니 자기가 요물을 볼줄 아는 재간을 배웠으면 평생 잘먹고 잘살것 같아 하루는 소금장사를 찾아갔다.

≪여보시오 손님, 제발 저에게 요물을 볼줄 아는 재간을 좀 배워주시오.≫

≪내가 뭘 볼줄 알겠소. 한데 그건 배워 뭘하겠소?≫

≪예, 소인이 그 재간을 배우면 매일 손님처럼 평생 잘 먹을수 있지 않겠소.≫

소금장사가 생각해보니 이놈이 황당하기 짝없는 놈이였다. 이놈을 좀 혼내 워줘야겠다고 생각한 소금장사는 시치미를 뚝 떼고 말했다.

≪내가 요물을 볼줄 아는게 아니라 실은 우리 집에 대물림보배가 있는데 이 지팽이가 곧 요물잡는 지팽이요. 이것만 있으면 요물을 잡을수 있소.≫

≪여보시오 손님, 그럼 그 지팽이를 나한테 파시오.≫

≪허참, 지팽이를 팔고 난 어디 가서 밥을 얻어먹는단말이요? 안될 소리요. 당신이 돈이 얼마나 많아서 이 보배지팽이를 사겠소?≫

≪여하튼 내 값을 달라는대로 드릴테니 손님, 그 지팽이를 나한테 파시오.≫

이리하여 하잘것없는 지팽이를 천냥돈을 받고 팔았다. 소금장사는 그 돈을 가지고 고향으로 돌아가 땅도 사고 안해도 얻어 잘살게 되었다.

지팽이를 산 난봉군은 기쁘기 짝이 없어 그날로 지팽이를 들고 동서남북 돌아다니다가 한 고을에 들어섰다. 마침 환갑이 있는지라 불문곡직 뛰여들어 한창 환갑상을 받고 점잖게 아들며느리의 절을 받고있는 령감을 요물이라며 불고전후하고 정수리를 내리쳤다. 그러자 환갑상을 받고있던 령감은 외마디비명에 죽어버렸다. 난데없는 놈이 뛰여들어 령감을 쳐죽이니 아들며느리는 물론이요 모여왔던 손님들이 모두 자리를 차고 일어나

≪저놈을 잡아라!≫

≪때려죽여라!≫

하며 몽둥이며 연장이며를 손에 잡히는대로 주어들고 난봉군을 룽지처참해 버렸다.

흑심먹은 친구

한 고을에 앞뒤집에 정분좋게 지내는 두 친구가 살고있었다. 그들은 담배 한 대도 나누어 피우고 맛나는 음식이 생겨도 서로 나누어먹으며 친절하게 지냈다.

어느날, 앞집친구의 안해가 갑자기 불치의 병으로 저세상에 가게 되었다.

홀아비로 된 앞집친구는 그뒤부터 뒤집녀인에게 눈독을 들이게 되었다.

뒤집녀인을 제 손아귀에 넣으려고 꿈꾸어오던 앞집친구는 마침내 뒤집친구를 없애치우려는 흑심을 먹었다.

하루는 앞집친구가 뒤집친구를 보고

≪이제는 가을걷이도 끝났으니 겨울화목준비를 해야지 않겠는가?≫고 물었다. 뒤집친구 역시 그렇게 생각던차라 흔연히 동의했다.

이튿날 어뜩새벽, 두 친구는 허리에 낫을 지르고 산으로 올라갔다.

산에 오른 앞집친구는 본시 흑심을 먹은지라 뒤집친구를 꼬드겨 점점 더 높은 산으로 올라갔다.

산꼭대기에 오르자 앞집친구는 앉아서 담배나 한 대 피우고 일을 시작하자고 하면서 뒤집친구를 제옆에 끌어다 앉히였다. 그런데 그들이 앉은 곳은 바로 벼랑턱이였다. 벼랑밑으로는 시퍼런 강물이 유유히 흐르고있었다.

언녕부터 이 장소를 새겨두었던 앞집친구는 뒤집친구가 앉아 담배 한 대 붙여물새도 없이 그의 등을 꽉 밀어 천길벼랑으로 떨구어버렸다. 그랬더니 이윽하여 ≪풍덩≫하는 소리와 함께 물기둥이 올리솟고 뒤집친구는 그림자도 찾아볼수 없게 되었다.

앞집친구는 그 광경을 바라보다가 허구픈 웃음을 ≪허허≫ 웃고는 가져갔던 밥보자기를 풀어 배를 채운 뒤 나무 한단 베지 않고 해질녘에야 집으로 돌아왔다.

한편 산에 간 남편이 저녁늦도록 돌아오지 않아 애간장을 태우던 뒤집녀인은 안타까운 마음을 붙안고 앞집에 찾아가 왜 같이 갔던 우리 남편은 여직 보이지 않는가고 물었다.

그러자 앞집친구는 아닌보살을 피우며

≪아니, 그래 상기도 돌아오지 않았단 말이요? 그 친구가 배가 고프다며 나보다 훨씬 먼저 떠나왔는데…≫하고 시치미를 뚝 따는것이였다.

다른 남자한테 이것저것 꼬치꼬치 캐여묻기도 무엇한지라 집으로 돌아온 뒤집친구의 안해는 벙어리 랭가슴 앓듯 장밤 뜬눈으로 보내면서 남편을 기다렸지만 종무소식이였다.

이튿날 아침, 녀인은 마을의 청장년들을 불러다가 온산을 참빗질했지만 결국 헛물만 켜고말았다.

이렇게 하루이틀, 한달두달 눈물과 한숨으로 나날을 보내던 뒤집녀인은 차츰 ≪후더운≫앞집친구의 지원을 받게 되였다.

자기가 꾸며놓은 음흉한 계교가 차츰 실현되여가자 앞집친구는 웃음집이 흔들거리기 시작하였다. 그럴수록 교활하기 짝이 없는 앞집친구는 솟구쳐오르는 정욕을 꾹 참으며 뒤집녀인을 찾아가 위안하는 한편 힘든 일을 도맡아해주면서 환심을 사기에 갖은 노력을 다하였다.

그때마다 녀인은 앞집친구의 소행에 남편 잃은 슬픔이 가뭇없이 사라지고 그 무엇이 한가슴 부풀어오르군 하였다.

오는 정 가는 정이라고 이때로부터 녀인도 색다른 음식이 생기면 잊지 않고 앞집친구에게 가져다주고 의복 빨아주기와 해여진 옷깁기 등 자질구레한 일을 맡아놓고 해주었다.

일이 사랑이라고 서로 도우면서 지내다나니 일년도 안되는 사이에 젊은 과부는 앞집 홀애비에게 춘정이 무르녹기 시작하였다.

그러던 어느 하루, 젊은 과부는 푸짐한 술상을 차려놓고 앞집 홀애비를 청해왔다.

애교를 부리며 술을 붓는 녀인의 눈에는 련정이 샘솟듯하였다.

때가 됐다고 생각한 사나이는 술에 취한체하며 호리호리한 녀인의 허리를 꽉 끌어안았다. 그러자 언녕부터 마음이 있던 젊은 과부는 홀아비가 하는대로 몸을 맡겼다.

어언간 그들이 부부생활을 한지도 3년이 되었다. 그사이 그들은 두 살난 아들애까지 보게 되었다.

그러던 어느 하루, 억수로 쏟아지는 소나기 때문에 남편은 밭에 나갈수 없어 목침을 베고 아랫목에서 낮잠을 자고 안해는 웃목에서 바느질을 하였다. 그런데 반나절이나 코를 드렁드렁 골며 잠을 자던 남편이 슬며시 일어나 창밖을 내다보더니 정신나간 사람처럼 한곳을 응시하며 ≪히히, 히히…≫하고 웃어대는것이였다.

그것도 한번 웃고 그만두었으면 아무 탈도 없었을것이다. 그런데 웃다가는 창밖을 내다보고 보다가는 또 웃는 희괴한 거동에 바느질을 하던 안해는 그만 호기심을 가지게 되었다.

≪아니 여보, 무슨 좋은 구경거리가 있길래 그렇게 혼자 좋아서 웃고있는가요?≫

안해가 묻는 말에 깜짝 놀란 남편은 자기의 비밀이 탄로나지 않았나 하여 당황한 나머지 변명거리도 찾지 못하고 꺽꺽거렸다.

≪아니-, 저-별게 아니오 그저-≫

남편의 거동에 부쩍 의심이 든 안해는 남편곁에 바싹 다가앉으며 따지기 시작했다.

≪호호호. 참 별난 량반 다 보네. 벌써 3년간이나 한 이불속에서 뒹굴고도 아직 저를 믿지 못하시나요?≫

정찬 안해의 두눈을 이윽히 바라보던 남편은 인젠 복덩이같은 아들까지 봤겠다 말을 해도 별일없겠지 하는 생각에 말꼭지를 뗴였다.

≪실은 저 처마끝에서 똘랑똘랑 떨어지는 물방울을 보노라니 3년전에 당신의 본남편과 산에 갔던 일이 떠올라서 웃는걸세…≫라고 하면서 지난 때의 일을 자초지종 들려주었다.

≪…그때 당신의 본남편이 벼랑에서 떨어져 물방울을 튕기던 꼴과 저 처마

끝의 물방울이 땅에 떨어져 산산쪼각나는것이 신통히도 같거든! 하하하!≫

≪호호호, 그게 뭘 그리 우습다고 그러세요. 난 또 뭐 회귀한거라도 보셨다구요. 다 지나간 일을 가지고…≫

가슴속은 금시 화산이라도 폭발할것 같았지만 녀인은 짐짓 내색을 내지 않고 시치미를 뚝 땄다. 그러자 남편은 안해가 이미 자기한테 모든 정을 쏟아부은줄로만 여기고 마음 푹 놓고 말했다.

안해가 아무 내색도 내지 않자 사나이는 푸짐한 저녁상에 마주앉아 따라주는 술과 받쳐주는 음식을 포식하고는 그 자리에서 꿈나라로 들어가고 말았다.

탁주 괴듯 복수의 일념으로 차있던 녀인은 남편이 술에 취해 깊은 잠에 곯아떨어지자 부엌에 가 식칼을 주어들고 단잠에 든 남편의 목을 푹 찔렀다. 그러자 ≪캑≫ 소리와 함께 남편은 몇 번 버둥거리더니 죽어버렸다. 녀인은 목을 베여내서는 밤도와 본남편이 빠져죽은 벼랑에 찾아가 피가 뚝뚝 떨어지는 머리를 벼랑가에 놓고 제사를 지낸후 자기도 치마폭을 뒤집어쓰고 물속에 뛰여들어 수중고혼이 되고말았다.

그뒤 사람들은 비록 한때는 남의 꾀임에 들어 자신의 몸을 더럽혔지만 더러운 행실을 간파한후 자기의 지조를 지키고 남편의 원한을 풀어준 그 녀인을 칭찬하며 렬녀비를 세워주었다고 한다.

복구렝이

옛날 한곳에 젊은 두 부부가 살고있었다. 그들은 팔자가 기박하여 무슨 일이나 순조롭게 되는 일이 없고 갈수록 심산이라고 생활은 점점 더 곤난하여져서 나중에는 굶주리기를 잠자듯하였다. 어느날, 두 내외는 이렇게 상론하였다.

≪우리 팔자 이리 사나우니 명산에 치성이나 들여 신령의 공덕이나 입어봅시다.≫

과연 그날부터 심산에 가 칠성당을 무어놓고 두 내외 조석으로 치성을 드리는데 두손을 합장하고 이렇게 빌었다.

≪명하신 신령이시여, 헐복한 저의 두 내외는 산신님의 공덕이나 바랄가 하여 정성껏 기도를 올리오니 제발 복을 주옵소서.≫

정성껏 백일불공한 덕이였던지 하루아침은 안해가 일찍이 조반을 지으려고 부엌으로 내려가니 황구렝이 한 마리가 부뚜막에 사리고 앉았거늘 놀라 방으로 들어와 남편에게 알리였다. 그래서 나가보니 과연 황구렝이가 사리고있는지라 지성이면 감천이라 공덕이 있는가보다고 생각한 남편이

≪속담에 천복, 지복, 무랑복, 구렝복, 족제비복, 송아지복, 호박복이 있다더니 과연 우리 집에 구렝복이 왔나보오!≫하고 안해에게 말하고는 그날부터 둥지를 크게 튼 다음 구렝이를 넣어 방구석에다 모시고 조석으로 밥을 먹이며 키우는데 어느덧 세월이 류수같아 삼년 석달이 지나갔다.

그러던 어느날 밤, 야밤삼경이 지났는데 구렝이가 둥지안에서 머리를 내밀고

≪내가 댁으로 온지도 어언간 삼년 석달이라 나는 지장보살의 령을 받고 삼년 석달 기한하고 댁으로 왔은즉 그대 두 내외 정성이 지극하니 내 어찌

은혜를 잊으리오 나는 기한이 차 도로 산으로 가야 하니 보물 하나를 선사하리라.≫하고 입속에서 무엇을 토하면서 말을 이었다.

≪이 물건은 대명주라 하는것인데 이 대명주에는 구멍이 세 개 있소. 첫번째 구멍은 돈 나오라면 돈 나오고 두 번째 구멍은 쌀 나오라면 쌀 나오고 세 번째 구멍은 천 나오라면 나오는데 이것만 가지면 대부자가 될테이니 부디 잘 간수하시오.≫

구렝이는 그길로 두 내외와 작별하고 문밖으로 슬슬 기여나가더니 어데론가 어둠속으로 사라졌다.

그후 두 내외는 아무 근심걱정없이 살아가게 되었다. 땅을 사서 없는 사람들에게 나누어주고 굶는 자에게 쌀을 주고 벗은 자에게 의복을 주며 유자생녀하고 만복을 누리였다.

그런데 그 소문이 자자하여 입에 입을 건너 온 세상에 퍼졌다.

그 소문이 고을 사또에게 전해지자 사또놈은 하인들을 시켜 그 집에 가 집주인을 붙잡아오도록 령을 내렸다.

집주인이 사령들에게 끌리워 관청에 이르니 사또는

≪이놈, 네 어찌하여 불시에 벼락부자가 되었느뇨? 금을 얻었으면 나라에 바쳐야 할것이고 도적부자가 되었으면 도적죄를 면치 못할것이니 이실직고하라. 안 그러다간 릉지처참을 당하리라.≫하며 사령들에게 령을 내려 사나이를 형틀에 달고 매를 치게 하니 매에 견딜수 없어 실토하지 않을수 없었다.

≪잠간만 지체하옵소서, 사실대로 말하리라.≫

그제서야 사령들이 형틀에서 그를 풀어놓아 사또앞에 복지시켰다.

≪네 이놈, 죽기가 두렵거들랑 이실직고하렸다.≫

사또의 호령에

≪사또님, 이실직고하오리다…≫하고 사나이는 여차여차하게 대명주를 얻어 졸지에 대부자가 된 사연을 곧이곧대로 말하였다.

이 말을 들은 사또는 즉시 관속들을 시켜 그 집에 가서 대명주를 가져오도록 령하였다. 이리하여 대명주는 사또의 손에 들어갔다.

대명주를 얻은 사또는 그날 저녁 삼경에 남몰래 고요한 틈을 타서 보자기를

풀고 대명주를 손에 든 다음

≪돈 나오라. 돈!≫하고 웨쳤다.

그런데 이게 웬 일인가? 그의 말이 채 끝나기도 바쁘게 큰 황구렝이가 기여 나와 대명주를 홀딱 삼켜버리고나서 대바람에 달려들어 사또의 목을 물어 흔들었다. 구렝이는 그길로 관아를 벗어나 주인집을 향하여 손쌀같이 기여가 더니 주인을 불렀다. 그 소리에 두 내외가 잠을 자다가 깜짝 놀라 문을 여니 이전에 집에서 모시던 황구렝이가 있는지라 달려나가 구렝이의 목을 안고 대성통곡하였다. 이윽고 구렝이는 방으로 들어오자 사또전에 가 되어진 사실 을 이야기하고나서

≪대명주는 내가 가져왔은즉 그리 아시오.≫하더니만 입으로 구슬을 토하 여놓고는 그길로 다시 가버렸다.

그후 이 소문이 온 천하에 퍼지자 아무리 심보가 나쁜 량반이라 하더라도 감히 이 집에 와 대명주를 빼앗아 갈 엄두도 못내였으며 따라서 두 내외는 대명주를 가지고 대대손손 호의호식하며 잘 살았다고 한다.

욕심쟁이의 끝장

옛날 함경북도 창주의 갑산과 무산에는 인삼과 록용같은 약재가 많이 났다. 이런 약재는 그때에도 값이 비싸서 돈벌이가 잘되였지만 산세가 험하고 길이 멀어 누구나 감히 약재 캐러 가기를 꺼려했다.

함경북도의 어느 한 고을에 죽마고우로 지내는 세 친구가 살고있었는데 돈을 많이 벌어 벼락부자가 되여볼 심산으로 어느날 행장을 꾸려가지고 인삼 캐러 떠났다.

산에 올라간 세 친구는 합심하여 손발을 부지런히 놀린 덕에 3일만에 큼직 큼직한 인삼을 많이 캐였으므로 귀로에 올랐다.

사흘이나 걸어서 백두산중턱까지 내려왔을 때는 마침 점심때였다.

배가 출출해난 그들은 점심을 먹으려고 행장을 풀어놓은 뒤 두사람은 밥지을 준비를 하고 한사람은 삭정이를 주으러 떠났다.

이때 한 친구가 가만히 생각해보니 며칠간 고생하면서 캐낸 인삼을 셋이 나누어가지기보다 둘이 나눈다면 더 큰 부자가 될것 같았다. 그래서 한창 밥지을 준비를 하고있는 기운이 약한 친구에게 자기의 생각을 털어놓으면서 여차 여차하자고 약속하였다. 그들의 심보를 알길 없는 다른 한 친구는 한아름이나 되는 삭정이를 주어다가 불을 때기 시작하였다.

이때라고 생각한 기운 센 친구는 몽둥이를 추켜들고 힘껏 불을 때고있는 친구의 뒤통수를 내리쳤다. 그러자 ≪픽≫하는 소리와 함께 그 친구는 찍소리 한마디 못하고 죽고말았다.

두 친구는 죽은 친구를 끌어다가 벼랑밑으로 집어던졌다. 아득히 깊은 벼랑으로 떨어지는 친구를 내려다보면서 기운좋은 친구는

≪돌아가면 저녀석이 절로 벼랑에서 떨어졌다고 하면 그만 아니야.≫하고

중얼거리며 좋아서 껄껄 웃었다.

이때 기운 약한 친구는 저 억대우같은 녀석이 돌따서서 자기의 목을 졸리는 날이면 자기도 쥐도 새도 모르게 죽을것이 아닌가? 하는 생각이 피끗 들었다. 더 주저할새가 없었다. 하여 그는 젖 먹던 기운까지 다하여 아직도 벼랑가에 서서 너털웃음을 하고있는 기운좋은 친구의 다리를 힘껏 걷어찼다.

아무리 황소기운이기로, 아무런 방비도 없이 서있던 기운좋은 친구는 불의의 습격에 어쩔새 없이 높은 벼랑에서 떨어져 묵사발이 되고 말았다.

혼자 남게 된 기운 약한 친구 또한 웃음주머니가 흔들거렸다. 이제는 인삼이 몽땅 자기것이 되었으니 그럴만도 하였다.

그자는 허리띠를 풀어놓고 세몫으로 지었던 밥을 볼이 미여지게 퍼먹고는 셋이서 지고 오던 인삼을 제혼자 지고 길을 조이기 시작하였다.

그런데 얼마 가지 못하여 땀벌창이 된 그는 그만 땅에 주저앉고 말았다. 그도 그럴것이 셋이서 지고오던 무거운 짐을 혼자서, 그것도 나약한 신체에 지고 가자니 정말 기운에 벅찬 노릇이 아닐수 없었다. 그렇다고 인삼 한뿌리를 버리자니 살점을 떼여내는것처럼 아까왔다.

바위돌우에 앉아 생각을 굴리던 그자는 무슨 생각이 떠올랐던지 무릎을 탁 치며

≪그럼 그렇지, 하늘이 무너져도 솟아날 구멍이 있다는데 이 꾀돌이한테 지혜가 없을라구.≫하며 인삼주머니를 풀어헤치고 큼직한 인삼 몇뿌리를 골라 옷섶에 썩썩 문지르고는 우석우석 씹어먹기 시작했다.

그자도 인삼을 먹으면 기운이 난다는 소문은 들어두었던 모양이였다. 아직도 집에까지 가닿자면 며칠은 가야겠으니 그자에게는 많은 기운이 수요됐던것이다. 그래서 그자는 배가 세간 날 지경으로 인삼을 먹어댔다.

그런데 웬 영문인지 기운이 날 대신 사지가 나른해지고 하늘이 빙글빙글 돌면서 드러눕고만 싶었다.

범의 굴에 들어가도 정신만은 잃지 말랬다고 점점 땅으로 꺼져들어가는듯 한 몸을 제대로 가누지도 못하면서 그는 인삼을 잃어버릴가봐 꼭 껴안은채로 꿈나라로 들어가기 시작했다.

《에라, 이럴바엔 한잠 자고나 가자!》

그가 마지막으로 남긴 말은 이 한마디였다.

며칠후 그 자리에는 까마귀와 승냥이가 뜯어먹다 남은 뼈다귀 몇 개가 앙상히 남아있을뿐이였다.

여의주

이전에 한 동네에 죽마고우로 친한 두사람이 살고있었다.

어느날 두 친구는 깊은 산중으로 산삼을 캐러 떠나기로 약속했다. 하여 두사람은 며칠 먹을 식량을 짊어지고 가족들과 작별하고 심산속으로 들어갔다. 그들이 산속을 헤매다가 한곳에 당도하니 앞에는 다른 길이 없고 아래가 보이지 않는 절벽이 가로놓여있었다.

그들 둘은 무심중에 아래로 내려다보다가 환성을 질렀다. 아슬한 절벽밑에 산삼이 가득 자랐는데 빨간 꽃들이 바람에 하느적이고있었다.

뜻밖에 많은 산삼을 발견한 두 친구는 기쁘기 한량없었으나 칼로 깎은듯한 낭떠러지라 내려갈 방도가 없었다. 그들이 한창 안타까와할 때였다. 한친구가 용케도 한가지 꾀를 생각해내였다. 그래서 그들은 칡넝쿨을 끊어가 벼랑에 드리웠다. 다음 꾀를 생각해낸 친구가 먼저 바줄을 타고 아래로 내려갔다.

벼랑밑으로 내려간 친구는 밑에서 산삼을 굵은 것으로 캐여서 바줄에 매여 우로 달아올리였다.

그런데 우에 있던 친구는 팔뚝같은 산삼을 보자 갑자기 돈낟가리에 앉은듯 마음이 둥둥 떴다. 하여 우에 있던 친구는 밑에 있는 친구를 버리고 올려온 산삼을 몽땅 걷어가지고 혼자 가버렸다.

그런줄도 모르고 밑에 있던 친구는 어서 바줄을 내려보라고 고함을 쳤다. 그런데 저녁때까지 고함을 쳤지만 건너쪽 벼랑에서 자기의 목소리가 메아리칠 뿐 우에서는 아무런 동정도 없었다. 그제야 그는 우에 있던 친구가 자기를 버리고 그 많은 산삼을 혼자서 가지고 갔음을 알고 그만 락심천만하여 하늘을 향하여 자기가 친구를 잘못 사귀였음을 침통히 한탄했다.

이윽고 해가 지고 어둠이 깃들었는데 난데없이 밝은 광차가 환히 비치더니 백발이 성성한늙은이가 앞에 나타났다.

원래 이 산중에는 천년 묵은 황구렝이가 있었는데 도를 닦아 룡으로 변신하여 승천하려 하였으나 여의주를 구하지 못하여 승천하지 못하고있었다. 구렝이는 때마침 인간을 만나자 너무도 기뻐 백발로인으로 변신하여 찾아왔던것이다.

《그대는 어인 연고로 이곳까지 왔는고?》

《소인은 원래 친구와 함께 산삼을 캐러 왔다가 그 친구가 그만 흑심이 생겨 소인을 버리고 산삼을 몽땅 걷어갔습니다. 선인께옵서 소인을 가엾이 여겨주셔 부디 살려주시면 그 은혜 백골난망하겠습니다.》

말을 듣고난 백발로인은

《그대의 사정이 딱하거니와 나의 사정 역시 딱하오. 그대가 나의 소원을 들어주면 그대를 살려줄뿐아니라 잘 살게 하여주겠네.》하고 청을 들었다.

《선인의 소원이 무엇이니까?》

《그대가 여의주를 구하여준다면 그 은혜 백골난망인줄로 알겠소.》

《소인이 어찌 선인의 소원을 들어주지 않겠습니까! 부디 소인을 절벽우로 올려주십소서.》

그러자 백발로인은 눈깜짝할 사이에 절벽우로 친구를 들어올리더니 이렇게 말했다.

《그대 여의주를 구한 즉시로 이 자리에 오면 나를 만날 수 있을것이네.》

백발로인에게 백배사례하고난 친구는 곧장 산을 내려 동네로 왔다. 그런데 그 친구네 집에 찾아가니 한창 사람들이 모여서서 죽거니 살거니하며 야단법석이고있었다. 그래서 원인을 물었더니 원래 산삼에 욕심이 생겨서 친구를 버리고 달아나던 그 친구는 도중에 뱀에게 물려 온몸이 피나무통처럼 부어서 곧 죽어가고있었다.

친구는 여의주를 구하여고 두루 다녔으나 차마 말이 떨어지지 않았다. 나중에 안달아난 그가 조용한 곳에서 말해보리라 작심하고 내가를 훑기 시작하는데 한참 가노라니 너럭방석같은 큰 바위우에 앉아 빨래질을 하는 웬 처녀가 보였다.

빨래를 하던 처녀는 웬 사나이가 말할듯말듯 주저하는걸 보자

≪길손은 어이하여 그러고 섰습니까?≫

처녀가 묻자 총각은 더는 속일수가 없어서 사연을 말하였다.

≪제가 그대를 찾음은 여의주를 얻으려 함이니 능히 줄수 있습니까?≫

≪처녀의 몸으로 여의주가 없으면 아니 되옵지만 사정이 딱하시오니 드리겠나이다.≫

처녀는 한참 생각을 굴리더니 돌아서서 여의주를 뽑아주었다. 그러자 사나이는 즉시 백배사례하고 그길로 벼랑꼭대기로 달려갔다.

이윽고 총각이 벼랑우에 오르니 백발로인이 기다리고있었다. 사나이가 여의주를 넘겨주니 백발로인은 매우 기뻐하며 사나이를 데리고 령을 몇 개 넘어 한곳을 가리켜주고는 자취없이 사라져버렸다.

이윽고 백발로인이 가리키는 곳을 유심히 살피던 총각은 그만 두눈이 휘둥그래졌다. 글쎄 그곳에는 커다란 산삼밭이 펼쳐져있었던것이다. 그는 곧 산삼을 한짐 캐여서 짊어지고 집으로 돌아섰다. 그런데 돌아오면서 보니 역시 그 처녀가 내가에서 빨래를 하고있었다.

≪내 그대의 은혜에 감격해마지않아하는 말이지만 내가 싫지 않다면 나와 함께 백년해로 함이 어떠하오?≫

처녀 역시 량반집 녀종이라 어찌 총각의 청을 거절하리오. 황차 여의주마저 총각에게 바쳤는지라 얼굴을 붉히며 대답했다.

≪그대가 소녀를 버리지 않으시고 거두어주신다면 그대를 따라감이 소원이나이다.≫

이리하여 처녀와 총각은 고향에 돌아와 산삼을 캐여다 팔아서 남부럽지 않게 잘 살았다고 한다.

생금 한덩이

가난한 두 젊은 친구가 산길을 걷다가 심한 갈증이 나서 길옆 샘터를 찾아 물을 마시려 하였다.

그들이 물을 마시려고 엎디여보니 맑디맑은 샘물속에 오뉴월 물오이만큼한 금덩이 하나가 눈부신 빛을 뿜고있었다.

《야, 금덩이다!》

그들은 너무도 기뻐 이구동성으로 웨쳤다. 하지만 단박 금덩이를 건져내려던 그들은 모두 주춤했다.

두 사람에게 생금 한덩이 있으니 둘이 나누어가지려면 필시 두동강으로 꼭같이 끊어야 할터이고 끊자고 보면 아무래도 서로 좀 더 큰걸 가지려는 흑심이 생길것이니 한덩이 금으로 해서 피차의 의리를 흐리우고 벗의 깨끗한 정도 차츰 벌어질것이 아니겠는가! 그러니 차라리 안가지는것보다 못하다고 생각한 그들이였다.

한동안 꼭같은 생각을 하던 두 친구는 마침내 금덩이를 내버려둔채 다시 산길을 재촉해 떠났다.

그들이 한창 가는데 맞은켠으로부터 한 낯선 사람이 마주오고있었다.

《여보시오 손님! 이 아래 샘터에 생금 한덩이가 있는데 우린 여사여사해서 그대로 내버려두고왔으니 당신이나 그걸 건져다가 살림보탬이나 하시오.》

금덩이란 말에 그 사람은 눈이 뒤집힐듯 몹시 기뻐하며 샘터로 내달아갔다.

그 사람이 헐레벌떡 샘터로 달려가 물속을 들여다보니 웬걸, 금은 고사하고 금빛이 번뜩이는 큰 구렝이 한 마리가 그를 향해 입을 딱 벌리고 혀를 날름거리는것이였다.

《에익, 더러운 그 거지녀석들한테 감쪽같이 속히웠군!》

화가 동한 그자는 얼른 큰 돌을 들어 구렝이의 허리중둥이를 꽉 내리깠다. 그러고나서 그자는 바삐바삐 두 친구를 뒤쫓아갔다.

≪이 거지녀석들아, 언감생심 초면강산에 길손을 속여 구렝이를 금덩이라 하는 법이 어디 있느냐!≫

그자는 이렇게 씩씩거리며 두 친구의 귀빰을 불이 번쩍 나게 한 개씩 줴박았다.

뜻밖에도 선심을 썼다가 얼얼히 얻어맞기까지 한 두 친구는 아무리 생각해도 방금 본것이 금덩이가 틀림없었는데 구렝이라니 정말 억울하기 짝이 없었다. 그래서 그들은 다시 샘물터를 찾아갔다.

그런데 이게 어찌된 일인가? 구렝이는 고사하고 꼭 같이 두덩이로 동강난 싯누런 금덩이가 여전히 맑디맑은 샘물속에서 번뜩이고있지 않겠는가.

두 친구는 그 금덩이를 한덩이씩 건져가지고 돌아와 새집 짓고 밭을 사서 잘 살았다고 한다.

금 천냥

한 고을에 삼천갑부로 이름이 뜨르르한 한 량반가문이 있었는데 웬 일인지 세월이 흐름에 따라 가문이 기울어져 손자대에 와서는 아예 가산을 탕진하고 집마저 팔아먹게 되었다.

어느날 젊은 집주인이 앞뜨락 뽕나무밑 대돌에 앉아 장탄식하는데 그의 딱친구가 찾아와 만류하였다.

≪자네 가산을 탕진하고 이제 조상이 물려준 기와집마저 팔자고 한다니 그게 어디 될 처사인가? 변변치 못한 친구이지만 내가 돈을 좀 선대해줄테니 집만은 남겨두게.≫

친구가 이처럼 진심으로 나오기에 집주인은 고맙게 생각되어 눈물이 글썽하여 말했다.

≪하지만 당장 집을 내놓아야 하는 거지신세를 면할 처지이니 별수 없네. 여직 자네의 신세도 갚지 못하고 어찌 또 신세를 진단말인가!≫

딱친구는 그 말에 이렇게 대답했다.

≪자네 정 집을 팔려면 남에게 주지 말고 나한테 잠시 넘겨주게. 훗날 자네의 살림이 펴이면 내 돌려줄테니.≫

이리하여 딱친구는 수백금을 주고 집을 사서 들고 집주인은 시골로 이사해 갔다.

이럭저럭 십여년이 지나갔다. 하루는 새집주인이 더위를 피하여 뽕나무밑의 대돌에 앉아 땀을 들이는데 그 대돌밑이 이상하게도 움푹하게 패여들어가 있는것을 발견하고 장정 네댓을 불러다가 대돌밑을 고르려고 땅을 파니 웬걸 땅속에서 금 천냥이 들어있는 독이 하나 나왔다. 딱친구는 한동안 궁리하더니 하던 일을 그만두고 장정들에게 각각 금을 지게에 지운후 함께 시골로 원

집주인을 찾아갔다.

한편 시골에 내려간 집주인의 살림은 여간 말이 아니였다. 다 찌그러져가는 초가집에는 아이들이 한구들 가득하고 부뚜막엔 거미줄이 주렁주렁하였다.

≪여보게 친구, 이 금 천냥은 뽕나무밑에서 나왔으니 틀림없이 자네 부모께서 남겨둔것이니 어서 받게나.≫

≪아니, 이게 웬 말인가? 자네가 그 집을 샀으니 뽕나무도 금도 모두 자네해란말이요. 그리고 누구인들 우리 부모께서 금을 묻어두었다고 단언할수 있겠소? 제발 도로 가져가오.≫

두 친구는 해종일 서로 양보하다가 나중에는 관아를 찾아갔다. 그런데 고을 사또는 그 일만은 공정하게 처리할 수가 없었다. 그래서 나라에 상주하였는데 그 상주문이 임금에게까지 전해졌다. 임금은 그들 두 딱친구의 결백한 마음에 감복되여 신하들더러 따로 금 천냥을 상으로 내려보냈다. 하여 우정 깊고 마음씨 고운 두 친구는 각각 금 천냥을 가지고 아래웃집에서 만년을 즐겁게 보냈다 한다.

소금장사와 쪽지게

옛날옛적 남해기슭에 한 사람이 대대로 물려준 쪽지게로 어릴 때부터 반백이 되도록 소금장사를 하였지만 천하쌍놈장사라 가는 곳마다 천대를 받고 취처도 못하고 입에 풀칠하며 생계를 유지하였다.

(아, 남이 날 때 내가 나고 내가 날 때 남이 났건만 어이하여 남들은 장사 끝에 벼락부자되지만 나만은 춘하추동 쉬지 않고 장사해도 거지신세를 면치 못하는것이냐? 하느님도 무심하고 내 팔자도 기구할시구!)

소금장사는 늘 이렇게 한탄하였다. 그런데 어느날, 소금장사는 석양녘에 바다기슭의 한 주막집에 들려 푼돈 몇푼을 다 털어내놓으면서 술을 청했다. 이윽고 주인 아낙네가 술 한사발을 내오자 소금장사는

≪쪽지게야, 쪽지게야, 너도 주인을 잘못 만나 한평생 고생했으니 불쌍하고 가련하구나. 인젠 너도 등이 물러나게 되었고 나도 등에 썩살이 박혔다. 쪽지게야. 이 고생 그만두고 너도 네 갈길을 가고 나도 마지막 길을 가야겠다.≫고 하면서 술사발을 들어 지게등받이에 붓고는 나머지 술을 제가 마셨다. 다음 대대로 물려오고 땀에 절인 쪽지게를 들어 파도치는 바다에 던지고나서 눈물을 좔좔 흘리며 아쉬운듯 넋없이 바라보았다. 그런데 이상하기 짝없었다. 글쎄 바다에 떨어진 쪽지게는 파도에 떠밀려갈 대신 쪽지게끝이 물우에서 이리저리 춤추고있었다.

(후-, 불쌍한 쪽지게야, 너도 나와 갈라지기 서러워서 그러느냐? 어서 네 갈길이나 가렴아!)

소금장사가 하도 서러워 이렇게 중얼거려도 웬 일인지 쪽지게는 그냥 그 자리에서 기우뚱거리기만 하였다. 그래서 소금장사는 혹시 쪽지게 목발이 바위틈에 끼였는가 하여 물속에 뛰여들어가 바닷물밑을 내려다보니 웬 일인지

물밑이 번쩍번쩍하였다. 혹시 자갈돌에 밟히지나 않았나 하여 손을 내밀어 지게목발을 만져보던 그는 깜짝 놀랐다. 글쎄 쪽지게가 은전무지에 꽉 박혀있었던것이다.

(혹시 이게 금이나 아닐가?)

소금장사가 바닷물속에 은전무지란 웬 말이냐? 너무도 희한하고 놀라워서 꿈인가 생시인가 저의 귀를 꼬집어 보았으나 참말이였다.

원래는 수백년전에 장사배가 이곳을 지나다가 폭풍을 만나 여울에 걸려 파선된것이 틀림없었다. 그런데 그 많은 은전을 도저히 홀로 건질수가 없었다. 그래서 소금장사는 주막집으로 뛰여가 아낙네를 불러와 함께 건졌는데 소금장사가 물속에서 꺼내는 족족 아낙네는 큰 함지에 담아이고 주막으로 날랐다.

마침내 둥근달이 서쪽으로 기울 무렵에야 그들은 은전을 다 건졌는데 구들이며 허간이며 온데 은전뿐이였다. 소금장사는 바닷물에서 다시 쪽지게를 건져내서는 마당복판에 세워놓고 그앞에 멍석을 편후 술 한동이를 가져다놓고

≪쪽지게야, 넌 숨없는 물건이지만 주인을 알아주는구나. 고생 끝에 락이 있다는 말도 우리를 두고 한 말이겠다. 너도 가지 말고 나도 마지막길 가지 말고 우리 함께 오래오래 살아나 보자꾸나.≫하면서 술 한사발을 푹 떠서 지게 등받이에 부으며 기쁨의 눈물을 흘렸다.

그런데 소금장사는 홀애비요, 주막집아낙네는 청상과부라 은전을 얻은것이 인연이 되었는지 둘은 아예 그 자리에서 손님없는 성례를 올리고 쪽지게를 고간에 모신 뒤 새벽녘에 한자리에 드니 고금에 이와 같은 천생배필이 어디에 있으랴. 그뒤 십삭만에 귀자를 낳고 만년을 호의호식하니 그 이야기 오늘도 전해졌다고 한다.

은혜갚은 령혼

옛적 어느 한 강변에 조실부모하고 혈혈단신으로 고기발을 놓아 근근득식으로 살아가는 한 마음씨 좋은 총각이 있었다.

세월이 흘러 총각의 나이 삼십세가 되었건만 생활이 가난하여 장가를 못가고 있었다. 때는 류칠월 삼복간인데 하루저녁은 운무가 자욱하고 궂은 비가 내리거늘 총각이 자리에 누워 자기의 신세를 한탄하다가 잠들었는데 몽중에 여울목에 놓은 고기발에 아릿다운 처녀가 머리를 풀어헤치고 앉아서 통곡하고 있었다.

총각이 깜짝 놀라 깨여나니 비몽사몽이라 괴이하게 생각되여 장밤 뜬눈으로 새우다가 이튿날 이른 새벽에 옷을 주어입고 발터로 가서 손더듬하니 무엇인지 커다란 물건이 떠내려와 걸려있었다.

이윽고 날이 새자 총각이 찬찬히 보니 웬 여자의 시체인데 온몸이 피투성이였다. 총각은 너무도 놀라 ≪으악!≫ 소리와 함께 뒤로 벌렁 나자빠졌다가 한동안 지나서 다시 쳐다보니 역시 여자의 시체였다.

(내 팔자가 사나우니 걸리라는 고기는 안 걸리고 난데없는 송장이 걸렸구나. 글쎄 내 처지는 이렇다치고 저 여자는 왜 죽었을가?)

이렇게 생각한 총각은 동정심이 들어 시체를 자기의 오막살이집에로 업고 왔다.

그날 밤 총각은 처녀를 불쌍히 여겨 시체를 마당에 잘 모신후 자기는 그 곁에서 우들우들 떨며 장밤 지켜주었다.

이튿날 총각은 집에서 얼마간 사이둔 양지쪽 높은 곳에 시체를 안아다놓고 땅을 깊이 판 다음 속적삼을 벗어 처녀의 가슴을 덮어 매장하였다.

그날 총각이 집으로 돌아와 일찌기 자리에 누웠는데 몽중에 죽었던 처녀가

문을 열고 살며시 총각앞에 와 꿇어엎디더니

≪소녀는 서울 대감집 규수온데 웬 강도들이 랍치하여다가 이렇게 죽여서 강속에 처넣었습니다. 규중처녀로서 죽어도 올바른 혼이 못될번하였지만 당신의 덕으로 진정한 혼이 되어 구만장천 훨훨 날아 극락세계로 가게 되었은즉 이 은공을 무엇으로 갚으리오. 래일 아침 고기발에 나가 고기를 건지도록 하옵소서. 내가 우에서 고기를 몰아 내려오겠습니다.≫하고 말하며 온다간다 말없이 사라졌다.

이튿날 아침, 총각이 자리에서 일어나 발터로 갔다. 그런데 웬걸 작두날같은 고기가 발에 꽉 들어차있었다.

총각은 너무도 기뻐 발에 걸린 고기를 건지는데 다 건지면 또 그만큼 고기가 걸리기에 런 사흘동안 건지니 고기가 태산같이 쌓였다. 그래서 수레 수십대를 불러다가 고기를 실어서 장에 가져다 팔았는데 수천냥을 벌었다.

그후 총각은 고달픈 어부생활을 그만두고 집과 토끼를 사고 귀가문에 장가 들어 유자생녀하고 만년을 잘 보냈다 한다.

백두산 신령

산수갑산이란 고장은 옛날부터 삼남에서 득죄한 사람들이 정배를 와서 대대손손 등걸밭을 일쿠고 귀밀과 감자를 심어 생활하는 곳이였다.

이곳은 목화도 심지 못하고 누에도 치지 못하는 곳이기에 삼베를 짜서 배의 복으로 춘하추동을 지내였다.

그 고을 어느 마을에 김장이라고 부르는 한 사람이 살고있었는데 천성으로 마음이 착하여 남을 도와주는걸 가장 즐기였지만 가세가 빈한하여 없는 사람을 도울래야 도울수 없는지라 하루는 이렇게 생각하였다.

(그렇지, 앞대에서 짜는 포목을 북변에 가져다 파는것도 남을 위한 일이렸다.)

김장은 그날로 가산을 팔아 여윈 말 한필을 사가지고 길주쪽으로 떠났다. 갑산에서 길주까지 수백리 길을 걷자면 도중에 큰 산이 가로막혀있는데 그 산을 후치령이라 불렀다. 그런데 후치령을 넘자해도 구십리 오솔길을 에돌아야 하는데 고목이 울울창창하여 다니기 여간 어렵지 않았다.

본래 산수갑산이란 곳은 인심이 좋아 지나가던 길손이 찾아들면 어느 댁에서나 반갑게 모셔들이고 길손이 일년내내 묵어도 주인은 상 한번 찌푸리지 않는 고장이였다.

김장은 고생을 무릅쓰고 수백리 오솔길을 발톱이 닳도록 넘나들며 안팎 짐을 실어 날랐는데 산수갑산의 특산물을 길주로 실어내가고 또 길주의 무명, 명주, 등속을 실어들여선 본값에 못사는 집들에게 나누어주니 동네방네에서 청찬이 자자하고 사람마다 한결같이 ≪김장을 도와줍소사!≫하고 하늘에 축수하기를 마지않았다. 그러니 어찌 신령인들 감동치 않으랴.

하루는 김장이 후치령마루에 올라 땀을 들이려고 앉아있는데 웬 늙은 사람이 양지쪽에 앉아 람루한 의복을 벗어놓고 이잡이를 하고있었다.

≪로인장은 어디로 가시는 행객이옵니까?≫

김장이 곁에 가서 물었으나 그 행객은 대답할 대신 도로 물었다.

≪자네 어디로 가는 행객인고?≫

≪저는 장사하러 길주로 가옵나이다.≫

로인장은 반색하며 말했다.

≪이 늙은 몸도 길주로 떠나는 길이요. 그런즉 동행하는것이 어떠하오?≫

김장은 그러지 않아도 홀로 적적하던중 동행자가 있게 되자 매우 반가왔다.

그들이 여러날 걸어 길주에 도착하여 한 주막집에 들어가 김장이 음식을 청하는데 평시에 먹던 습관대로 남새 몇가지만 청했더니 곁에서 보던 로인장이

≪이놈아, 네 대접이 이러하냐?≫하고 벌컥 성을 냈다.

김장은 로인장의 행실이 괘씸하게 생각되였으나 내색을 보이지 않고 괴춤에서 동전 열냥을 털어내여 갖가지 음식을 청하여 후히 대접하니 그제야 로인장은 만면에 희색을 띠우며

≪자네 덕으로 잘 먹었네. 이후에 이 은공을 꼭 갚으리라. 그런데 오늘은 날 따라다녀야 하겠네.≫하고 말하는것이였다.

김장이 로인장을 따라 한 동네에 이르니 동네문중에서 재산가인듯한 큰집에서 대연을 베푸는데 모인 객들이 인산인해를 이루고있었다.

로인은 서슴없이 사람들을 헤치고 들어가더니 주인도 찾지 않고 마당 한복판에 앉아 때를 기다렸다. 이윽고 신부행차가 마당에 들어서며 신부가 가마에서 내려 무명을 밟고 신방에 들어갔다.

이때였다. 로인장이 벌컥 자리에서 일어서더니 신부의 앞에 가 큰소리로

≪네 이 요망한 여우야, 네 본색을 감추고 신부로 변하여 신방에 들었으니 천하에 용서못할 죄를 졌구나. 당장 이 자리에서 물러가라. 만약 나의 령을 거역할라치면 릉지처참 할지니라.≫라고 호통하는것이였다.

깜짝 놀란 신부는 벌벌 떨며 문밖으로 달려나가 서너번 뒹굴더니 큰 여우로 변하여 달아나버렸다. 그걸 목격한 주위의 사람들은 연신 혀를 차며 웬 영문인

지를 몰라 로인장만 쳐다보았다. 그러자 로인장은 주인을 불러다놓고 호령하였다.

≪네 이 미련한 인간아, 네 구대독자 애동이의 생명이 위급하니 속히 가서 구하렸다.≫

당황망조한 주인이 오던 길로 허둥지둥 달려가보니 아니라 다를가 아들은 홀딱 벗은채로 길가에 쓰러져있었다. 여러 사람들이 귀동자를 구원하여 집에 들어서니 그제야 구대독자는 겨우 정신을 차렸다.

(참으로 신을 업은 로인이였구나. 어쩌면 귀신도 모를 일을 알고 이렇듯 옳바르게 처사하는지?)

주인은 이렇게 생각하며 로인장앞에 꿇어엎디면서 하인들더러 은전 백냥을 행차로비로 드리라고 했다. 그랬더니 로인장은 대노하여

≪이놈아, 어찌 은전 백냥으로 인간의 목숨을 바꾼단말이냐? 듣건대 너의 재산이 천금장사라 하더니 이렇듯 손이 작을줄은 몰랐다.≫하며 은전을 내동댕이치니 주인 급해나서 집안의 모든 금은을 몽땅 털어다 로인장앞에 쌓아놓으며

≪소인이 신령을 몰라보고 처사한 죄를 용서하옵소서.≫하고 애걸복걸 빌었다.

그제야 로인장은 두말없이 값진 금은덩이를 골라가지고 김장과 함께 떠났다.

그들이 다시 후치령마루에 올랐을 때였다. 로인장이

≪여보게 젊은이, 나는 기실 백두산 신령인데 젊은이의 마음이 하도 선량하기에 좀 돌봐주려고 이렇듯 찾아온걸세. 그대는 이 금은덩이를 가지고 안해를 얻어 유자생녀하고 만백성을 잘 도우라.≫

이렇게 말하고나서 회오리바람을 일쿠며 운무속으로 사라져버렸다고 한다.

렬녀와 김서방

　이전에 한곳에 김서방이라는 사람이 있었는데 어려서 량친부모를 잃고 나이 삼십이 되어서야 겨우 홀몸으로 문전걸식하는 청상과부를 안해로 맞아 헐망한 오막살이 하나를 얻어서 가정을 이루었다.

　가뜩이나 살림이 가난한 중에 잔입이 자꾸 늘어나 이제는 올망졸망한 어린 것들을 먹여살라자니 두 내외가 별을 이고 나가서 달을 지고 들어와도 그 식이 장식이였다. 그래서 하루는 김서방이 안해에게 말했다.

　≪여보, 내 어디 가서 날품팔이를 하여 푼돈이나 얼마간 벌어오는게 어떻소. 당신이 집에서 어린것들을 데리고 고생을 하더라도 한 달포쯤 참아보노라면 무슨 수가 날지 뉘 알겠소.≫

　≪그렇게 하시와요 이렇게 멀뚱하게 앉아있는것보다 나다니면 무슨 운이라도 트일는지 누가 알겠나이까?≫

　이리하여 김서방은 허리띠를 졸라매고 길을 떠났다. 그뒤 그는 여기저기에서 삯일을 하여주고 푼돈을 얼마간 받고 밥을 얻어먹었다. 이렇게 수십일 일하여 푼돈이나 마련하였다. 그러던 어느날, 달도 없는 밤에 산길을 걷게 되었는데 밤이 얼마나 캄캄한지 옆에서 뺨을 쳐도 알수가 없을 정도였다.

　김서방이 손에 참나무몽둥이 하나를 들고 두눈을 뚝 부릅뜨고 길을 가는데 몇마장 옆에서 중얼중얼 소리가 나더니 무엇인지 허연것이 일어섰다간 엎드리는것이 보였다.

　김서방은 어릴 때 동네로인들이 하던 귀신이야기가 문뜩 생각나자 말총같은 머리칼이 곤두서도록 무서워났으나 마음을 다잡고 그곳을 살펴보았다. 그제야 그는 자기가 생각밖에도 공동묘지에 들어섰음을 느끼였다. 이윽고 그가 살금살금 흰 물건이 있는 곳으로 다가가보니 귀신인지 아닌지는 몰라도 그

흰 그림자가 한창 무덤을 파헤치고있었다.

김서방은 강밥을 먹고 저놈이 도대체 무슨 짓을 하는가고 기다려보았다. 이윽고 놋그릇에 물을 쏟는 소리가 마치도 어린아이가 오줌싸듯 쪼르륵 소리가 났다. 더는 가만있을수가 없게 된 김서방은 그놈이 사람인지 귀신인지 알아보고야말리라고 생각하며 고함을 질렀다.

≪네 이놈, 귀시이면 물러가고 사람이면 게 섰거라!≫

그러자 그 흰 그림자는 김서방앞에 풀썩 꿇어앉았더니 두손을 싹싹 비비며 말했다.

≪소첩이 불순하와 죽을 죄를 졌사오니 용서하시오면 이 몸이 분신쇄골이 되어도 은혜를 잊지 않겠나이다. 용서하옵소서.≫

김서방이 들어보니 웬 녀인의 목소리라 다시 물었다.

≪아닌 밤중에 여자의 몸으로 무덤을 파헤치니 필유곡절이라 그 사연을 아뢰여라.≫

≪소첩은 봉래마을에 사는데 가군이 문둥병에 걸려서 백약이 무효라 문둥병에 송장물이 특효란 말을 듣고 낮에는 감히 못 나오고 밤중에 이렇게 왔나이다.≫

녀인은 죽을 죄를 졌노라고 연신 빌었다.

김서방은 원래 마음이 후하고 남을 돕기를 좋아하는 위인이였다. 그런데다 남편의 병을 고치려고 여자의 몸으로 아닌 밤중에 송장물을 얻으러 나온 일이 세상에 드문 일이라 세상에 이런 렬녀 또 있으랴싶어 두팔을 걷고 함께 송장물을 한놋그릇 담은 다음 녀인을 집에까지 데려다주었다.

≪여보시와요. 길손은 존함을 어떻게 부르오며 어디에서 사시나이까?≫

녀인은 감지덕지하여 김서방의 옷자락을 잡고 물었다. 김서방이 마지못해 아무 곳의 아무개라고 알려주자 녀인은 품속에서 백은 백냥을 꺼내여 김서방에게 쥐여주며 말했다.

≪비록 적지오만 받으시옵소서. 가군의 병이 완쾌되오면 꼭 찾아가 은인을 만나뵙겠나이다.≫

녀인은 말을 마치고 송장물을 들고 집으로 들어갔다.

김서방은 백은 백냥을 품속에 간직하고 그길로 되돌아 집으로 돌아왔다. 그런데 비록 백냥이나 되는 은전을 가지고 왔지만 원래 살림이 형편없이 가난한지라 몇 달 못가서 그 돈을 다 써버리고 말았다.

어느날 김서방이 또 길떠날 차비를 하는데 밖에서 방울소리가 절렁절렁 나더니 주인 찾는 소리가 났다.

원래는 리좌수의 아들이 그 송장물을 먹고 병이 나아서 안해와 함께 많은 돈과 먹을것들을 싣고 김서방을 찾아왔던것이다.

리좌수의 아들내외가 집안에 들어서자바람으로 절을 꾸벅하며 은인이라 불러도 김서방은 웬 영문인줄을 몰랐다. 김서방은 그 일을 잊은지가 벌써 오랬던것이다. 이윽고 리좌수의 며느리가 몇 달전에 송장물을 퍼담던 이야기를 해서야 김서방은 급히 맞절을 하며 맞아들였다.

리좌수의 아들은 돈과 량식이며 명주필들을 김서방에게 주며 말했다.

≪은인의 은혜 백골난망하와 보답할 길이 없나이다. 돌아가 다시 더 보내리라.≫

그 이튿날 리좌수의 아들은 하인을 시켜 다시 돈 천냥을 더 보내주었다.

본래 은혜를 베풀고 그 은혜를 갚아주기를 고대하는 사람은 훗날 보답을 받고도 은혜를 진자의 원망을 들으나 은혜를 베풀고 그것을 생각지 않은 사람은 오히려 생각지 않던 은공의 큰 보답을 받게 되는 법이다. 이것은 인류의 철리라 어쩌는수가 없는 것이다.

일야숙에 천냥

한 시골에 삼천갑부가 살고있었다.

갑부는 궁리 끝에 서울에 올라가서 장사나 좀 해보려고 천냥돈을 가지고 서울로 떠났다.

서울에 간 갑부는 크고작은 장거리를 다 돌아도 장사할만한것이 없었다. 저녁편에 한곳에 당도하니 기와집을 덩그렇게 지어놓고 사는 집이 보이는데 대문우에 ≪일야숙에 천냥≫이란 패쪽을 써서 붙여놓은것이 보였다.

아무리 보아도 하루저녁 묵는데 천냥돈을 내야 한다니 세상에 보다가 처음 보는 일이라 그 내막이나 알아보려고 들어가서 주인을 찾으니 웬 로파가 나왔다.

≪주인님, 이 집에선 패쪽에다 <일야숙에 천냥>이라 써놓았으니 어떻게 된 일이옵니까? 그 곡절을 알려줄수 없겠나이까?≫

주인로파는 갑부를 쳐다보다가 말했다.

≪네, 여기에 이런 사연이 있나이다.≫

로파는 눈물을 흘리며 갑부에게 사연을 이야기했다.

원래 이 집 바깥주인은 나라의 벼슬을 하여 판사로 있었는데 구구한 사정에 의해 나라의 돈을 천냥 내다 썼지만 제 기한에 갚지 못하였기에 관가에 잡혀가 아무 날 아무 때에 처형을 당하기로 되었다.

이리하여 로파와 딸은 눈물로 세월을 보내는데 하루는 딸이 결심을 내리고 어머니앞에 꿇어앉아

≪어머님, 우리 모녀가 달리 돈을 구할 방도가 없사와요. 하기에 소녀가 돈 천냥을 내여놓는 사람에게 몸을 맡겨 아버님을 구할수밖에 별다른 방법이 없사옵니다.≫하고는 눈물을 비오듯하니 어머니는 가슴이 터지는듯하여 딸을

부둥켜안고

≪애야, 아무리 그렇단들 어찌 그런 일이야 할수 있겠느냐? 네 애비가 이 일을 안다면 관가에서 놓여나온다고 해도 자결하고말것이다.≫하며 대성통곡을 하는데 딸이 또 어머니에게 말했다.

≪어머님, 소녀 불손하오나 아버님께서 처형을 당함을 보고 구원치 않음은 자식된 도리가 아니오니 어머님께옵서 소녀의 생각을 막지 말아주옵시와요. 그리고 어머님께옵서 대문우에다 <일야숙에 천냥>이라는 패쪽을 달아주시와요.≫

어머니는 달리 방법이 없어서 결국에는 딸의 의향에 좇아 대문우에다 패쪽을 걸게 되었고 딸은 자기의 별당에다 처소를 정해놓고 돈 천냥을 가지고 류숙하러 올 사나이를 기다렸다.

갑부가 들어보니 그 규수가 참으로 세상에 둘도 없을 효녀였다.

(에라, 돈해서 무엇하나? 죽는 사람을 보고서도 살려주지 아니함은 장부의 행실이 아니로다.)

이렇게 생각한 갑부는 주인로파를 보고 말했다.

≪주인님, 제게 마침 천냥돈이 있사옵니다. 이 돈을 가지고 먼저 주인님을 구해주옵소서.≫

≪이 일은 제가 결단할 일이 아니오니 우리 딸에게 말해보옵시와요.≫

로파는 갑부를 데리고 후원별당으로 들어갔다. 별당문을 열고 들어서니 규수가 앉았는데 인물이 절색이요 한쪽으로 해가 솟고 한쪽으로 달이 뜨는 듯했다.

로파가 딸에게 말했다.

≪애야, 이분이 돈 천냥을 줄터이니 아버지를 구해오라는구나. 네 생각은 어떠냐?≫

딸은 어머니의 말을 듣고 갑부를 쳐다보더니 말했다.

≪어찌 남의 돈을 한두냥도 아니고 천냥이나 까닭없이 받을수가 있나이까? 문전에 써붙인대로 소녀와 하루밤을 류숙해야만 받을수가 있나이다.≫

갑부가 들어보니 규수의 말이 리치에 맞는 말이나 어찌 인물이 절색이라고 자기의 딸과 같은 규수와 동품할 수가 있으랴싶어 규수에게 말했다.

≪규수를 보면 세상 드문 효녀라 어찌 딸과 같은 너의 귀한 정조를 빼앗겠느냐? 차라리 나의 양딸이 되는게 어떠냐?≫

규수가 들어보니 세상에 이처럼 마음이 후한 분을 처음 보는지라 두눈에 구슬같은 눈물을 흘리며 갑부앞에 꿇어엎드려 절을 올리면서

≪아버님, 아버님의 태산보다 높고 대해보다 깊은 이 은혜를 무엇으로 다 갚겠나이까?…≫하고 절하며 뒤말을 잇지 못하니 갑부가 황급히 부축해 일으키며 말했다.

≪애야, 나는 시골에서 사는 사람이다. 세상에 죽는이를 보고 구원치 않으면 사나이의 행실이 아니라 한번 사람을 구함이 무슨 은혜될 일이 있겠느냐?≫

로파와 규수는 백배사례하고 주안상을 차려 갑부를 대접하였다. 이렇게 하루밤을 류숙한 갑부는 이튿날 날이 밝자 아침을 치른후 로파와 규수가 굳이 말리는데도 불구하고 떠나려 하니 규수가 말했다.

≪아버님, 하시다면 아버님의 주소 성명이나 일러두고 가시와요 우리 부친께옵서 물어보실것이오니 꼭 알려주옵소서.≫

갑부는 규수의 일리가 있는 말을 거역못하고 주소 성명을 적어주고는 로파에게 작별을 고했다.

≪소인은 이 길로 돌아가야 하겠나이다. 부디 주인님을 구원하옵시고 안부를 전해주옵소서.≫

그때로부터 일년이 지난 어느날이였다. 지나간 일을 까맣게 잊고 집에서 일을 보고있던 갑부는 서울에서 왔다고 하면서 쌍금주가 넘겨주는 서신장을 받아들자 눈이 휘둥그레졌다.

서울에선 자기한테 서신을 전할 사람이 없는데 누가 보내왔을가 하며 겉봉을 뜯고보니 사연인즉 은인덕분에 죽은 몸이 재생하였으니 다시한번 서울로 올라와달라는 규수 아버지의 간절한 부탁이였다.

그제야 생각이 난 갑부는 자식들에게 집일을 맡긴후에 서울로 올라갔다.

갑부가 수일을 행하여 규수네 집에 당도하니 규수가

≪아버지-≫하면서 맨발로 뛰여나오고 판사와 로파도 버선발로 뛰여나와

반갑게 맞았다.

≪죽을 놈이 사람을 잘 만나 오늘이 있으니 실로 그 은혜 백골난망이로소이다.≫

≪허허, 별말씀 다하오이다. 죽는 사람을 살려주는 일은 사람마다 할수 있는 일이 아니오니까! 부디 은혜란 말을 거두어주사이다.≫

이리하여 판사와 갑부는 정식으로 의형제를 맺었는데 갑부는 시골의 로친과 자식들을 서울로 데려다가 판사와 한집식구처럼 지내였다고 한다.

남잡이가 제잡이

이전에 잡화장사를 하여 생계를 유지해가는 사람이 있었다.

하루는 나귀등에 잡화물을 싣고 길을 가다가 어느 한 산중에 들어서니 어느새 해도 서산에 저물게 되었다.

잡화장사군이 하루밤 묵을 곳을 찾으려고 이리저리 살피는데 어디선가 웬 녀인의 곡성이 들려왔다. 이윽고 곡성이 점점 가까와오더니 고개 하나를 넘어서자 머리를 산발하고 땅을 치며 통곡하는 녀인이 보였다.

≪부인은 어찌하여 이리 슬피 우시나이까?≫

녀인의 옆에까지 간 장사군이 물었다.

그제야 울음을 그친 녀인은 흑흑 느끼며 애원하듯 말했다.

≪세상에 이런 원통한 일이 어디에 또 있사옵니까? 편편하던 남편이 세상을 뜬지 삼일이 지났으나 여자의 몸이라 어찌할 방법이 없어서 해종일 행인을 만나면 도움이나 청할가 하여 기다렸사오나 지나가는 길손이 없어 설음이 북받쳐 자연 통곡을 하게 되었나이다. 황송하오나 길손께옵서 저를 도와 우리 남편을 감장해주실수 없겠나이가? 부디 은혜를 베풀어주시와요.≫

녀인의 말을 듣고보니 과연 딱한 사정이라 장사군은 그렇게 하자고 선선히 응낙했다.

녀인은 거듭 고맙다는 인사를 하며 잡화장사군을 데리고 가더니 나귀를 마구간에 매여두고 여물을 준 다음 물건들은 부엌으로 들여다놓았다. 장사군은 녀인이 청하는대로 집안에 들어서니 과연 윗목에 키꼴이 장대한 사나이의 시체가 놓여있었다.

≪여보시유. 무슨 바줄이나 노끈 같은것을 좀 가져다주시우다. 시신을 묶어야 하잖겠수?≫

장사군은 시체옆에 가서 녀인에게 말했다. 그러자 녀인은 인차 대답했다.

≪우리 가군께옵서 림종시에 죽는것만 해도 원통한데 죽은후에 절대 묶지 말고 묻어달라고 하셨사와요.≫

녀인의 말에 장사군은 죽은 사람의 유언이라 하니 그렇거니 하고 묶지 않기로 했다.

이튿날 날이 밝자 녀인이 주안상을 차려서 장사군에게 대접하며 말했다.

≪당신이 은혜를 베푸신바에 우리 가군의 유언을 한가지만 더 들어주시와요. 저의 가군이 매일 롱삼아 저앞산 꼭대기에다 묻어달라고 하셨사오니 가군의 무덤을 거기에다 써야 하겠나이다.≫

장사군은 녀인의 말대로 시신을 지게에다 얹어가지고 앞산으로 오르기 시작하였다. 한참 올라가니 목구멍에서 겨불내가 확확 나고 숨이 가빴으나 억지로 산꼭대기에 올라갔다. 산 북쪽에는 칼로 깎은듯한 벼랑이 있었는데 얼마나 깊은지 밑이 보이지 않았다.

장사군은 지게를 한쪽에 내려놓고 구뎅이를 파기 시작했다. 한참 정신없이 파는데 죽었던 시체가 벌떡 살아나더니 구뎅이 파는 잡화군을 발길로 차서 벼랑에 떨궈버렸다. 그러고나서 두 내외는 미친듯이 좋아라고 웃으며 지게와 연장들을 지고 내려가버렸다.

이들 부부간은 원래 돈이나 있음직한 장사군들을 꾀여다 이렇게 처참히 벼랑에 떨궈서 죽이고는 물건들을 략탈하여 가지고 살아가는터였다.

한편 하느님께서 도왔는지 아니면 벼랑에서 떨어져죽은 원귀들이 도왔는지 그 높은 벼랑에서 떨어진 잡화장사군은 천명으로 죽지 않고 살아났다.

년놈들의 속임수에 속히워 구사일생으로 살아난 잡화장사군은 분하기 짝이 없었으나 다시 별 방법이 없어서 몇 달을 보내다가 다시 나귀등에 잡화물을 싣고 먼저번에 가던 산길을 따라갔다. 그날도 역시 해가 서산에 지고있는데 녀인의 곡성이 산골짜기로부터 구슬피 들려왔다. 이윽고 산발한 녀인이 나타나기에 장사군이 사연을 물으니 역시 대답은 마찬가지였다.

(에익 더러운 놈들! 오늘은 버릇을 좀 가르쳐주어야지.)

장사군은 이렇게 윽벼르며 분을 가까스로 참으면서 녀인을 따라 집에 들어섰다. 그랬더니 남편되는 놈이 또 죽은체하고 먼저처럼 칠성판에 누워있었다.

녀인은 죽었던 장사군이 다시 왔으리라고는 생각지도 못하고 장사군이 감장을 하려고 노끈을 찾으니 또 ≪가군의 유언≫이라며 전번처럼 노끈을 주지 않았다. 그래서 장사군은 이렇게 말했다.

≪세상에 죽은 사람을 묶지 않고 감장하는 법이 어디있수? 옛법이 그러하오니 꼭 감장을 해야 하오이다. 만약 감장을 하지 않는다면 일후에 산 사람이 해를 입게 되나이다.≫

말하고나서 장사군은 미리 준비해온 노끈으로 시체를 발로 벋디디며 꽁꽁 칠성판에 묶어놓고 말했다.

≪여보시유. 죽은 시신을 어찌 집에다 오래 두겠나이까? 차라리 손을 댄김에 가져다 묻읍시다.≫

다음 녀인의 대답도 기다리지 않고 그놈을 지게에다 올려놓고 성큼성큼 문을 나서자 앞산으로 올라가는데 복수할 생각뿐이라 힘든줄도 몰랐다.

사내놈은 입에 솜뭉치가 꽉 틀어막히고 삼베천으로 꽁꽁 싸놓았는지라 말 한마디 할 수가 없었다.

산꼭대기에 올라간 장사군은 사내놈을 지게채로 벼랑에 던져버리고 돌아서며 녀인에게 말했다.

≪네 이년, 네년도 이렇게 벼랑에 던지라느냐, 응? 살겠느냐 아니면 네 남편의 뒤를 따르겠느냐?≫

장사군의 말에 그년은 눈이 휘둥그래서 쳐다보니 먼저번에 벼랑에 떨궈 죽인 장사군인지라 풀썩 주저앉아 아무 말도 못하고 제발 살려달라고 빌기만 했다.

≪네 이년, 네년들이 얼마나 많은 길손들을 해쳤느냐? 또 물건인들 얼마나 빼앗았겠느냐? 실은 네년까지 벼랑에 차던지려 했으나 일개 계집에게 손을 댄다면 사내대장부 아니오, 또한 네년이 이런 악독한 일을 생각해낸것이 아니겠으니 네 갈데로 가서 다시는 이런짓을 말고 깨끗이 살아가거라!≫

말을 마친 장사군은 산을 내려와 나귀와 물건을 끌어내고 집에다 불을 꽉 질러버렸다.

이때로부터 ≪남잡이가 제잡이≫란 말이 생겨났는가싶다.

금전을 탐내던 사위와 딸

한 마을에 딸 하나와 어린 아들 하나를 데리고 사는 늙은 령감이 있었다. 령감은 딸이 출가할 나이가 되자 사처에 사위감을 수소문하였다. 그리하여 나중에 매파의 소개로 품팔이군 총각을 사위로 맞아들였다.

그런데 사위란 놈은 장가를 들더니 아예 건달이 되어 일하기를 싫어했으므로 가정은 점점 빈한해졌다. 그래서 장인은 아예 딸자식을 다른 집에 세간내주었다.

하루는 사위란 놈이 어떻게 하면 공짜를 얻을가 하고 궁리하던 끝에 한 꾀를 생각하곤 무릎을 탁 쳤다.

(옳지, 인젠 장인의 등이나 처먹자꾸나. 장인의 그 큰 둥글소면 여러날 잘 먹을수 있거든.)

그날 밤, 사위는 야밤삼경에 장인의 외양간에 몰래 들어가 소를 끌어냈다. 그런데 장인은 꿈결에 밖에서 무슨 소리가 들려오므로 벌떡 일어나더니 목낫을 들고 달려나왔다.

≪도적이야!≫

장인은 어스름한 달빛에 웬 도적이 소를 끌어내는걸 목격하자 크게 웨치며 목낫으로 후려쳤다. 그랬더니 도적은 ≪아이쿠, 내 죽네!≫하고 외마디소리를 남기고 도망을 쳤다.

사위가 피흐르는 팔을 안은채 이불을 쓰고 누워 끙끙 앓자 안해가 물었다.

≪어디가 아프시나요?≫

≪저, 가시집에 소도적질하러 갔다가 그만 목낫에 맞았소.≫

≪큰일났네. 날이 새면 이 일이 폭로될것이니 어찌하면 좋단말이요?≫

안해는 피흐르는 상처를 싸매며 근심하였다.

≪이제 장인이 와서 물으면 그저 앓는다고 핑게하오. 망신할바엔 아예…≫

사위는 안해에게 귀속말로 당부하였다. 그러자 마음씨 독한 안해는 고개를 끄덕이였다.

날이 새였다. 뜬눈으로 날을 새운 장인은 아무리 생각해보아도 도적이 웬놈인지 알수 없었다.

(그럼 그렇지, 그 도적놈이 나의 목낫에 맞았으니 상처가 났을거야. 사위더러 목낫에 맞은 자를 찾아내라고 하자.)

장인은 이렇게 생각하자 아침 일찍 딸집으로 찾아갔다. 그런데 사위는 이불을 푹 덮고 끙끙 앓는것이였다.

≪얘야, 사위는 웬 일이냐?≫

≪요사이 고뿔에 걸려서 그럽니다.≫

≪내한테 좋은 약이 있으니 얼른 가서 가져오겠다.≫

≪이자 금방 약을 먹었어요. 오래간만에 사위집에 오셨는데 술이나 드세요.≫

딸은 짐짓 이렇게 말하면서 아버지를 구들로 끌었다. 그러자 아버지는 두말없이 밥상에 마주앉아 딸이 부어주는대로 술 댓잔을 냈다. 장밤 뜬눈으로 새운 그인지라 술을 내고나니 골이 핑 돌아가기에 그는 그 자리에 쓰러졌다.

이때였다. 딸은 가마목에서 시퍼런 식칼을 집어들자 곯아떨어진 아버지의 목을 사정없이 꽉 내리찔렀다. 그러자 금시 목구멍으로부터 선지피가 콸콸 쏟아져내리고 아버지는 사지를 뻗어버린채 죽고말았다.

아버지가 죽자 딸과 사위는 거적에 시체를 둘둘 말아 후원으로 가더니 감자굴속에 처넣은 뒤 깜쪽같이 흙을 덮었다.

그날 저녁, 아들은 아버지를 찾아 온 마을을 다녔으나 그 종적을 알길 없었다. 행여나 해서 이튿날 누나네 집으로 갔더니 두 내외는 없고 다섯 살난 딸이 홀로 집에 있기에 의심이 들어 이렇게 꾀이였다.

≪애, 오늘 너의 외할아버지가 왔댔니? 바른대로 말하면 맛있는 엿을 많이 주겠어.≫

≪아빠 엄마 말하지 말라했어.≫

≪내 아빠 엄마께 대주지 않을래. 어서 말하려무나. 곶감이랑 지지미랑 많이
주지.≫

그제야 천진한 계집애는 아는대로 고자바쳤다.

≪응, 외할아버진 어제 아침에 울 집에 왔댔어. 쉬는 외할아버지를 엄마
아빠가 칼로 찔러죽였어. 그리구 저 감자굴에 넣었어.≫

외삼촌은 아이의 말을 듣고 대바람으로 후원으로 뛰여가서 감자굴을 파헤
쳤다. 그랬더니 아니나 다를가 과연 아버지의 시체가 나왔다.

아들은 그길로 고을원한테 송사하였는데 원은 즉시 년놈들을 잡아다가 문
초하였다. 처음에 아닌 보살을 하던 년놈들은 형틀에 오르자 곧이곧이로 실토
하였다. 하여 원은 두 년놈을 당장 만백성들앞에서 목을 따게 하였다.

자고로 황금은 흑심이라 했거니 후세사람들은 금전으로 말미암아 부모도
모르는 그따위 년놈들을 언제나 경계하였다 한다.

도적놈에게 안해를 빼앗기다

옛날부터 황해도 해주의 바다가에는 고기잡이하는 어부들로 무어진 어산조합이 있었다. 원래 어부들이란 평생 배를 타고 만리창해에 나가 고기를 잡으며 살아오는 팔자라 일단 남편들이 배를 타고 바다에 나가면 집에 남은 안해와 자식들은 주야로 이마에 손을 얹고 하늘을 우러러 무사하게 돌아오기를 축수하여마지않았다.

그런데 날씨가 불순하여 일단 바다에 풍랑이 있어 배가 파산되면 어부들은 꼼짝 못하고 무리죽음을 당했으므로 하루 저녁에 제사집이 열도 되고 스물도 되었다. 그리고 남편을 잃은 청상과부가 하루에도 수십명씩이나 되었다.

바다가의 초가삼간에 조상때부터 내려오며 어부로 생활하는 한 령감이 있었다. 마침 그 령감은 늘그막에 아들 하나를 두었는데 금방 성례를 치르고 며느리를 데려왔다.

하루는 아버지와 아들이 어선을 타고 창해에 나갔다가 그만 모진 풍랑을 만나 배가 박산나는 바람에 아버지는 수중고혼이 되고 아들만이 겨우 널판자를 부여잡고 헤염쳐 집으로 돌아왔다.

집으로 돌아온 아들은 안해를 불러놓고 이렇게 말하였다.

≪어부란 사자밥을 등에다 지고 다니는 노릇이니 제길할 이 노릇 아니면 우리 살아가지 못할가. 이젠 싹 그만두고 내지에 들어가 막벌이군노릇이라도 하면 안전한 생활을 할수 있으니 어서 떠납시다.≫

남편의 말을 듣고보니 안해도 과연 동감이였다. 하여 이튿날 가세를 팔아버리고 평양이 살기 좋다기에 그곳을 향해 길을 떠났다.

수십일 걷고 걸어 평양에 도착하니 인심이 어쩌나 박한지 도저히 발붙일 곳이라곤 없었다.

하루는 주막에서 들을라니 북쪽의 압록강변 두메산골에 가면 인심도 후하
거니와 토지도 많아 등걸이밭이라도 일구면 걱정없이 살수있겠노라고 했다.
하여 두 내외는 또 수십일 걷고 걸어 창성 벽동까지 찾아갔다. 그들이 산곡에
이르러 아래를 내려다보니 북으로는 압록강이 유유히 흐르고 남으로는 절벽강
산이 첩첩히 들러있는데 멀지 않은 산밑에 초가삼간이 있었다.

두 내외가 문밖에 가서 조용히 주인을 찾자 안으로부터 웬 사나이가 나오며
그들을 반갑게 맞아들였다. 방은 단칸이였지만 깨끗하였다.

저녁을 지어 먹고나서 주인이 상냥스레 물었다.

≪두 손님은 어디를 목적하고 가는 길입니까?≫

주인의 물음에 남편이 제격 대답했다.

≪우리는 해주 강변가의 어부로서 풍랑을 만나 그만 아버지를 잃고나니
두메산골일지라도 감자를 심고 보리를 심으며 마음놓고 살아갈 목적으로 이렇
게 왔습니다.≫

주인은 손님의 말을 듣자 고개를 갸웃거리며 궁리하더니 대답했다.

≪마침 잘 왔소 이곳에서 멀지 않은 곳에 큰 금광이 발견되여서 돈벌이하기
가 좋다오. 그런즉 안심하고 우리 집에서 묵으면서 계시오. 내가 돈벌이를
시켜줄터이니.≫

주인의 말에 두 내외는 거듭 감사를 드리며 그의 집에 눌러있기로 하였다.

천길 물속은 알아도 한길 사람 속은 모른다고 원래 주인녀석은 아주 흉악한
강도였다. 그래서 이곳으로 오고가는 행인들을 수없이 죽여 많은 재산을 모았
으나 나이 사십이 되도록 여태 안해도 없이 홀로 살고있었다.

주인은 손님의 안해를 보자 정욕심이 생겨 속으로 흉계를 꾸미기 시작하였
다. 하여 인심을 얻으려고 남편이 없을 때 슬쩍 건드렸다.

≪저 보아하니 이십전의 청춘인데 이렇게 옷이 람루해서 어찌하겠소. 내
장에 가서 천을 사올터이니 그 천으로 새옷을 지어입으면 인물이 더 아릿다울
건데 사양말고 순종하오.≫

그 녀인이 고개를 끄덕이자 주인은 장에 가 비단을 사다가 옷을 지어입히고
몰래 돈을 쥐여주기까지도 했다.

여자란 돌아누우면 남이요 또한 변심 잘하는것이 여자의 특점이라 주인놈이 남편이 없는 틈을 타서 별별 수단을 다하니 열 번 찍어 넘어가지 않는 나무가 없었다.

하루는 주인놈이 또 이렇게 말하였다.

≪녀자란 팔자가 따로 없다니 평생을 고락하는것도 남편을 잘 만나고 못만나는데 달렸다오. 이제라도 늦지 않으니 마음을 돌려 나의 안해가 되어준다면 평생 안락하게 지내도록 해줄테니 생각이 어떠하오?≫

안해는 주인의 꿀발린 소리에 마음이 점점 끌려들어 마침내 함께 살기로 맹세하였다.

한편 주인은 돈벌이를 시켜줄념은 없이 날마다 이펑게 저펑게 대면서 날자만 끌었다.

남편 또한 가만히 눈치를 보니까 주인은 돈벌이는 안시켜주고 안해에게 마음을 붙이고있었다. 뿐만아니라 안해도 자기와 대하는 태도가 이전보다 완전히 판이하였다. 남편은 여기서 오래 지체하면 일이 상서롭지 못할줄을 알고 하루는 안해에게 말하였다.

≪여보, 우리가 이 집에 온지도 일삭이 지났으나 아직 일감을 찾지 못하였은즉 다른 곳에 가서 일자리를 찾기요. 그러니 어서 행장을 꾸리오.≫

그 말을 들은 안해는 갑자기 얼굴이 검으락푸르락하며 짜증을 부렸다.

≪갈려면 당신 홀로 가지 난 안가겠소 당신은 여태 나를 이처럼 고생시키고도 무엇이 부족하여 또 먼곳으로 끌고 가려는거요. 나는 죽어도 못가겠소≫

이미 안해가 주인에게 정들어 자기를 배반하니 남편은 달래다 못해 버럭 화를 냈다.

≪이년, 나를 배반하고 어디 네가 잘되는가 보자꾸나. 내가 죽은 뒤 혼이라도 네년을 가만 놓아둘줄 아느냐!≫

남편은 욕설을 퍼붓고나서 집에서 뛰쳐나오자 총총 걸음으로 떠나갔다. 그런데 안해는 남편이 떠나간 뒤 인차 주인에게 고자바쳤다.

≪여보시유. 저놈에게 동전 삼백냥이 있은즉 당신이 쫓아가서 돈마저 빼앗아오시우.≫

그 말을 듣자 강도주인은 비수를 들고 남편의 뒤를 부리나케 쫓아가며 큰소리로 웨쳤다.

≪이놈, 거기 섰거라. 네 품에 돈 삼백냥이 있은즉 그 돈을 내여놓지 않으면 네 목숨이 천당으로 갈줄 알어라!≫

고래고래 웨치는 소리에 남편이 뒤를 돌아다보니 글쎄 주인녀석이 칼을 거머쥐고 달려오기에 깜짝 놀랐다. 이제 돈만 내놓지 않으면 목숨이 곧 위태하였다. 순간 남편은 한 꾀가 떠오르자 품속에서 동전 한줌을 꺼내여 확 뿌려주며 말했다.

≪옛다, 이 돈을 가지고 밑구멍에 앙이가 날 때까지 잘 살거라!≫

동전이 사방에 뒹굴자 주인은 허리를 굽혀 줏기 시작하였다. 이때였다. 남편은 등뒤에서 별안간 달려들어 주인의 허리를 부여잡고 다리를 걸어 넘어뜨린 다음 비수를 빼앗아 그놈의 뒤덜미를 향해 힘껏 찔렀다. 그러자 주인은 ≪아이쿠!≫ 소리와 함께 사지를 뻐드리고 황천객이 되어버렸다.

남편은 주인을 요정내자 비수를 거머쥔채 그길로 강도의 집으로 뛰여갔다. 문을 덜컥 열고 들어서자 안해는 화닥닥 놀라 얼굴이 새까맣게 질리면서 말문이 막혀 꺽꺽거리더니 와락 앞으로 달려와 남편의 품에 안기려하였다.

분에 넘친 남편은 한손으로 안해를 밀어 방바닥에 동댕이치더니 한발로 가슴을 밟고 갈린 목소리로 호령하였다.

≪이년, 네같은 더러운 년을 어찌 남겨둘소냐. 내 손에 죽어 황천고혼이 되어보아라.≫

말을 마치자 남편은 시퍼런 비수를 젖가슴에 콱 박았다. 그런 뒤 그놈의 재물을 몽땅 털어 싸가지고 집에 불을 지른 뒤 황해도 해주땅으로 다시 돌아와 집과 토지를 산 다음 의로운 안해를 맞아들이고 깨알이 쏟아지게 평생을 보냈다 한다.

인간백정과 화냥년

옛적에 강동에 가면 돈벌이가 괜찮았다. 하여 구차한 사람들은 너도나도 강동으로 떠나갔다. 그런데 그 수많은 사람들가운데 어떤 사람은 돈을 얼마간 벌어왔고 어떤 사람은 돈냥이나 벌어 가지고 오다가 생명을 잃기도 하였다.

함경북도 어느 한 동네에 죽마고우로 지내는 친우가 살고있었다. 둘중에 한사람은 두 살 이상이여서 늘 형님으로 불리웠는데 그는 어디론가 떠나가면 많은 돈을 벌어가지고 돌아와서는 땅도 사고 가구들도 갖추어놓군 하면서 남달리 버젓한 생활을 하였다.

(저 형님은 무슨 재주가 있어 나가기만 하면 돈을 가득 벌어올가? 다음해에 는 나도 함께 가야지!)

이렇게 생각한 동생은 형님을 찾아가서 다음번에는 함께 가겠노라고 사정하였다. 그런데 다음해에도 형님은 간다온다 말없이 홀로 가만히 떠나갔다가 돈을 벌어왔다.

동생은 슬그머니 부아가 치밀어 형을 찾아가 꾸짖었다.

《어찌하여 날 속이고 혼자서 돈을 벌어왔소?》

동생이 노발대발하자 형은 이렇게 대답했다.

《자네를 데리고 갈 생각이 없는게 아니라 곤난이 막심하기에 중도에서 자네가 잘못될가봐 동행하지 않았으니 노여워말게.》

《아니, 돈벌이가 어찌 누워서 죽을 먹듯이 헐하겠소. 형님이 가는데라면 물불을 헤아리지 않고 태산준령이라도 넘고 넘어 갈터이니 다음해에는 꼭 동행하기우.》

《진정 그러기로 마음 먹었다면 함께 떠나게나. 그런데 여러날 도보로 가느라면 신이 문제이니 초신을 여러켤레 삼아놓게.》

형은 동생이 하도 사정하기에 마지못해 함께 가기로 작정하였다.

한편 동생은 집에 돌아오자 초신을 여러컬레 삼아놓고 기다렸다. 드디여 약속한 날자가 당도하자 형은 동생네 집을 찾아갔다. 그리하여 둘은 행장을 차리고 량식을 짊어지고 길을 떠났다.

강동으로 가려면 줄곧 동남쪽으로 떠나야 했는데 그 곳은 삼국국경지대라 중국사람, 조선사람, 쏘련사람들이 주야로 왕래하였다. 그리고 그들 대부분은 밀수장사군들이였다.

둘은 큰길가에 가서 앉아 숨을 돌리는데 형이 입을 열었다.

≪여봐 동생, 여기서 얼마 안가면 역시 수림속에 초막이 있는데 자네는 초막에 들어가 휴식하게. 난 먼저 갈길을 돌아보고 올테네.≫

동생이 선선히 응낙하기에 둘은 한동안 걸어갔다. 대로옆에서도 일마장가량 떨어진 수림속에 과연 초막이 있었다. 그리고 초막옆에는 맑은 시내물이 졸졸 흐르고있었다.

동생을 초막에 남겨두고 떠나간 형은 사흘을 기다려도 돌아오지를 않았다. 나흘째 되는 날까지 동생이 눈이 빠지도록 형을 기다리는데 아니나 다를가 형이 헐떡이며 달려오더니 만면에 희색을 띠우며 말하는것이였다.

≪이 사람아, 자넨 무슨 일로 날 따라 여기까지 왔는지를 알고나 있는가. 여기는 심산이여서 초목뿐인데 무슨 돈벌이를 할수 있겠나.≫

말하고나서 망태를 끄르더니만 날이 시퍼렇게 선 조막도끼 두 개와 비수를 꺼내놓으며 또 말하였다.

≪동생, 놀라지 말게. 이 물건인즉 우릴 위해 돈을 벌게 하는 물건일세. 내 자네한테 실토정하네만 이곳은 삼국국경지대여서 숱한 밀수군들이 왕래한다네. 난 이 몇 년간 이곳에 와서는 숲속에 숨어있다가 오가는 사람을 도끼로 찍고 칼로 찔러죽인 다음 돈을 털어냈다네.≫

형의 말을 들은 동생은 간담이 서늘해나고 온몸에 소름이 끼쳤다. 동생의 몰골을 보던 형이 물었다.

≪여봐, 인젠 겁내할것 없이 강도질이나 하자구.≫

≪……≫

동생이 생각해보니 형이 시키는대로 하지 않으면 그의 손에 죽을것이 뻔했다. 그리고 시키는대로 하자니 파리 한 마리 벌레 한 마리 죽여보지도 못한 그인지라 마음이 떨려 생사람의 목숨을 빼앗을것 같지 못했다. 그렇다고 이 마당에서 진퇴량난이라 응낙하지 않을수도 없었다.

형은 여러번 다짐을 받고서야 안도의 숨을 내쉬였다. 그리하여 하루종일 길가의 무성한 숲에 숨어 길손을 고대하였다.

저녁편에 과연 멀리서 두사람이 걸어오는것이 눈에 띄였다. 바로 두 길손이 형제들이 매복한 곳을 지날 무렵이였다.

형은 동생의 옆구리를 툭 치고는 삽시에 풀숲에서 뛰여나가더니 도끼로 한사람을 찍어넘겼다. 그런데 동생은 풀숲에 엎드린채 부들부들 떨며 나올념도 못하였다. 이에 급해맞은 형은 다른 한손에 거머쥔 비수로 오던 길로 되돌아 도망하는자의 등허리를 푹 찔렀다.

형은 두 길손을 눈깜짝할 사이에 죽여버리고서야 길게 한숨을 내쉬더니 동생을 불렀다.

《동생, 어서 나오게. 두 녀석을 다 죽였네.》

동생은 숨이 한줌만하여 숨어있다가 형이 거듭 불러서야 간신히 기여나왔다. 그러자 형은

《자, 어서 이 두 시체를 길옆의 낭떠러지에 떨어뜨리세. 그리고 길바닥의 피자국을 지워버리세.》하고 급히 말하였다.

두 친구는 죽은 사람의 시체를 수색하였는데 돈이 과연 많았다. 돈을 다 털어내고 두 시체를 낭떠러지밑에 굴려버리였다.

《여봐 동생, 자넨 담이 그렇게 약하고서야 어찌 돈을 벌겠나. 이 돈을 둘이서 갈라가지면 얼마 안될것 같으니 또 한번 거사해야겠네.》

형은 수풀로 동생을 끌며 이렇게 핀잔주었다.

《동생, 이번에는 생사결단하고 덤벼야 하네. 이런 일은 네가 아니 죽으면 내가 죽는 판가리싸움이라네. 이제 내가 행동하는걸 보았으니 그대로 해야 하네.》

이튿날 둘은 또 길가에 가 숨어서 길손을 기다렸다. 한낮이 되자 멀리서

또 두사람이 걸어오는것이 보이였다.

길손이 가까이 오자 형은 화닥닥 뛰여나가며 도끼로 한사람을 까눕혔다. 하지만 동생은 이번에도 부들부들 떨며 까딱하지 않았다. 그러니 형은 남은 길손마저 제손으로 찔러죽이고는 동생을 부르는데 그 태도가 온순치 않았다.

이윽고 동생이 와들와들 떨며 길가에 나서자 형은 도끼눈을 부릅뜨고 한참이나 쳐다보더니 죽은 시체를 낭떠러지에 굴리라고 시켰다. 시체를 없애고나서 숲속에 가 앉자 형이 무슨 생각을 굴리더니 마침내 입을 열었다.

≪여봐, 자네같은 인간을 친구라고 생사결단하는 이런 곳으로 데리고 온 내가 잘못 생각했지. 인젠 자네를 살려둘수 없네. 왜냐하면 함께 길손을 죽였더라면 이 비밀을 루설하지 않을것이나 자네는 사람을 죽이지 않았으니 후에 일이 잘못되면 살인죄를 몽땅 나한테 밀어버릴것이 아닌가. 여기서 자네를 죽이지 않고서는 발길이 돌아서지 않네. 그러나 차마 내 손으로 자네를 처치할수가 없네. 그러니 자네 절루 자살하도록 하게.≫

동생이 그 말을 듣고 생각해보니 만약 자결하지 않아도 형은 사람 죽이는데 이골난 인간이니 결국은 그의 손아귀에서 벗어날수가 없었다. 하여 죽기를 결단하니 천지가 아득하고 기가 딱 막혔다.

형은 어리둥절해 서있는 동생을 보더니 빨리 죽으라고 거듭 독촉하였다. 그리하여 동생은 눈을 꼭 감고 낭떠러지를 향하여 몸을 날렸다.

과연 처참하기 그지없었다. 천지신명이나 감동되여 그의 생명을 구원해주겠는지.

형은 아득한 산골짜기로 떨어져 내려가는 동생을 일별하고는 그제야 안도의 숨을 내쉬더니 행장을 구려가지고 고향으로 돌아왔다.

한편 낭떠러지에 떨어진 동생은 기절한채 누워있다가 저녁편에야 정신을 차렸다. 드디여 사방을 살펴보니 아름드리 봇나무가 꽉 들어찬 골짜기인데 방향을 가릴수가 없고 배고픈 허기증을 참을수가 없었다.

여기저기 기여다니다가 한곳에 이르니 아까 금방 형의 도끼에 찍혀 죽은 길손의 시체 둘이 누워있었다. 동생은 그들의 꼴망태에서 마른 누룽지 한덩이를 찾아내자 게걸스레 요기하였다.

때는 날이 저물어 산골짜기는 서늘해났다. 동생은 두 시체앞에 꿇어엎딘채 중얼거렸다.

≪당신네들은 이미 세상을 하직한 사람이나 나는 생명을 겨우 부지하였으니 이것도 하늘의 명이라 하겠소. 날이 추워 견딜수 없으니 당신들의 옷이나 빌려주시우. 그러면 그 은혜를 꼭 갚으리다.≫

동생은 말하고나서 시체에서 솜저고리 하나를 벗겨 내여 등에 걸쳤다. 그다음 죽은 시체우에 작은 돌멩이를 쌓아 묘지를 만들어주었다.

그 옷은 헌 솜옷이였지만 입고나니 춥지 않았다. 그래서 그는 장밤 낭떠러지를 에돌아 기여다니다가 아침녘에야 큰길까지 나왔다. 초막에 가보니 형은 이미 떠나갔는지라 동생은 마음놓고 푹 자고나서 한낮때부터 고향으로 발걸음을 옮겨디뎠다.

기나긴 려행길에 배가 고프면 산열매 따먹고 나무껍질을 벗겨 먹으면서 걸었다. 나중에 인가가 있는 곳에 당도하자 거지처럼 밥도 빌어먹고 저녁이면 낯모를 집에 들어가 사정하면서 숙소를 찾았다. 이처럼 걷고 걸어 석달 열흘을 걸어서야 마침내 집으로 돌아왔다.

동생은 집에 당도하자 문고리를 잡고

≪마누라― 내가 왔소!≫하고 외마디소리를 지르고는 그 자리에 기혼해 넘어졌다.

안해가 나와보니 글쎄 남편이 거지중의 상거지가 되어 찾아왔는지라 깜짝 놀랐다. 드디여 남편을 업어다 방구들에 눕히고 주물러준다 찜질한다 하며 한바탕 구급했더니 정신을 차리였다.

원래 그 형이라는 친구는 삼국국경지대에서 동생이 낭떠러지에서 자결하는 걸 보고 집으로 돌아와 제수한테 이렇게 거짓말을 하였던것이다.

≪동생은 별로 돈벌이가 되지 않는다면서 한해 더 묵겠다는구만. 그러니 근심마시고 기다리게나.≫

그 말을 들은 제수는 날마다 남편이 오기를 고대하고있던차에 뜻밖에도 남편이 돌아오니 무엇보다도 기뻤다. 하여 남편이 입은 더러운 솜옷을 벗기고 새옷을 갈아입히고 몸조리를 시켰다.

이튿날 안해는 빈한한 가세에 헌 솜옷에서라도 성한 솜을 가려내여 쓰리라 생각하고 옷을 뜯기 시작하였다. 그걸 본 남편이 어서 불살라 버리라고 권고하였지만 안해는 들은척만척하고 그냥 뜯었다.

그런데 이게 웬 일이냐. 깁고 또 기워 누데기 된 속 갈피마다에 지전이 들었는데 뜯으면 뜯을수록 지전이 뭉치로 나왔다. 그리하여 다 뜯고나서 수천원이 잘되였다.

돈을 본 내외는 기쁘기 한량 없었다. 그제야 남편은 안해에게 실토하는것이였다.

≪이 돈은 기실 내가 벌어온 돈이 아니라오.≫

≪어찌하여 당신이 벌어온 돈이 아니라는거요?≫

남편은 집을 떠나서부터 고생하던 이야기며 나중에 친구의 핍박에 못이겨 자결하던 일을 자초지종 이야기하여주었다. 그러자 안해는 이를 뿌드득 갈며

≪그것 보라니까. 그따위 친구를 형님이라고 따라다니더니만 생죽음을 당할번하였지요. 다시는 그자와 거래하지 맙시다.≫하고 말하였다. 이튿날 정오 때였다. 마을의 한사람이 동생이 돌아온걸 보고 형님네 집으로 달려갔다. 마침 그 형님이라는 자는 점심상을 차려놓고 입에 밥을 떠넣다가 마을사람이 동생이 돌아왔노라고 하자 너무도 놀라 ≪으악!≫ 소리와 함께 뒤로 벌렁 넘어갔다.

여러 마을사람들이 마을의 의원을 불러 진찰하였으나 헛수고만 하였다. 형은 금방 떠넣었던 밥이 식도에 막혀 죽어버렸던것이다.

이리하여 욕심많은 형님은 천벌을 받아 죽어버리고 마음좋은 동생은 의외에 큰 돈을 얻어 잘 살았다 한다.

기생과 대감집 아들

락동강변 한 고을에서 있은 이야기다.

고을에 삼천갑부로 이름이 자자한 박대감이 있었는데 그에게는 삼대독자 아들이 하나 있었다. 그런데 아들은 년광이 점점 차자 방자하기 짝이 없어 매일 기생방에 드나들다가 나이 젊고 인물 고운 기생과 눈이 맞아 죽자살자하면서 가산을 탕진하게 되었다.

박대감이 아들을 여러번 잡도리를 하였으나 발을 빼기는 고사하고 점점 더 깊이 빠져들어갔다.

박대감은 궁리 끝에 이놈을 장가들이면 더는 기생집에 출입하지 않으리라 여기고 매파를 내세워 한 량반가문의 학식높은 규수와 혼사말을 해놓고 아들을 타일렀다.

≪애야, 이젠 너도 장가를 가야잖겠느냐? 이 애비가 한곳에 혼사말을 뗐으니 그리 알고 길일을 택하기를 기다려라. 다시는 기생집에 출입을 말아라.≫

≪아버님, 전 그 기생하고 살면 살았지 다른 곳엔 장가들지 않겠소이다.≫

박대감의 아들은 태연하게 아버지의 말에 엇섰다.

≪뭣이? 그래 또 그 기생년말이냐?≫

≪네, 그러하옵나이다.≫

박대감은 아들의 버릇을 떼놓을 작정으로 이렇게 말했다.

≪음, 그럼 좋다. 내 한가지 방법을 대여줄터이니 한번 그 기생년을 떠보아라. 만약 기생년이 진정 너와 살겠다면 네 마음대로 하여라.≫

아들은 몇 년동안 자기와만 죽자살자한 기생이라고 생각되자 대뜸 대답했다. 그러자 박대감은 아들에게 기생집에 가서 여차여차하라고 시켰다.

하루저녁, 박대감의 아들은 락태한 고양이상을 해가지고 기생을 찾아갔다.

박대감의 아들이 갑자기 들어서자 기생은 애교를 부리며 물었다.

《여보시와요, 어째서 그렇게 산색이 좋지 않으시나이까? 아버님께서 꾸지람을 하시더이까?》

《후-여보, 당신과 만나는것도 오늘이 마지막이요. 나의 명도 오늘이 끝이요.》

《아, 아니 무슨 말씀을 그렇게 하시나이까? 당신은 죽어도 같이 죽고 살아도 같이 살자고 하시지 않았나이까?》

《하다면 당신이 나와 함께 한강다리에서 강물에 뛰여들 용기가 있단 말인가?》

《당신은 저를 한낱 비천한 기생인줄 아시나이까? 랑군이 없이 제가 어찌이 세상에 살아갈 재미가 있겠나이까? 함께 가사이다. 이생에서 누리지 못하는 락을 저생에 가서 누려보사이다.》

기생의 말에 박대감의 아들은 뛸듯이 기뻤다. 그래서 기생의 손을 잡고 그길로 락동강다리에까지 가서 말했다.

《랑자, 당신의 그 수건을 이리 주오. 강물에 떨어지면 서로 갈라지고말것이니 우리 두몸을 한데 묶은 다음 뛰여내리기요.》

《좋사와요. 그런데 당신이 앞에 서시와요. 제가 수건으로 매겠사와요.》

박대감의 아들은 수건을 몸에다 둘러서 기생에게 넘겨주었으나 벌써 죽을 마음이 없어진 기생이라 수건을 매지 않고 손으로 쥐고서 박대감의 아들에게 말했다.

《랑군님, 다 매였사와요. 이젠 죽어도 함께 있을수 있나이다.》

이윽고 박대감의 아들이 소용돌이치는 강물에 몸을 던졌다. 그럴 때 기생은 쥐였던 수건의 한쪽 끝을 놓아버렸다. 그러니 박대감의 아들만 강물에 뛰여들게 되었다.

《홍, 별놈 다 봤네. 죽겠으면 죽을게지 나까지 죽자고 할건 뭐람. 싫증나던차 잘 죽었지.》

기생은 코웃음을 치며 돌아가버렸다. 그러나 박대감이 이미 큰 그물을 다리밑에 쳐놓았는지라 박대감의 아들은 무사히 강에서 나왔다. 그물을 당겨낸 박대감이 아들에게 말했다.

≪애야, 기생이란 원체 그런 년들이니라. 그래 또 그 기생년과 죽자살자 하겠느냐?≫

≪아버님, 이 불초한 자식을 용서하시와요. 소자가 눈이 멀어 한짓이오니 당장 가서 그년을 잡도리하고 오겠나이다.≫

박대감의 아들은 아버지앞에 무릎을 꿇고 앉은채 눈물을 흘리며 말했다.

≪네가 이미 깨달았으면 됐느니라. 쓸데없이 살인을 할 필요는 없느니라.≫

박대감은 이렇게 아들을 타이르고는 집으로 돌아갔다. 하지만 박대감의 아들은 생각할수록 분이 치밀어올라 견딜수가 없었다. 그래서 다시 물에 들어가 물참봉을 해가지고 머리를 풀어헤친 다음 기생년의 집으로 찾아갔다.

≪여봐라, 문을 열어라! 내가 왔다!≫

그때 기생년은 돌아와서 혼자 웃으며 좋아서 어쩔줄 모르다가 갑자기 문을 두드리는 소리에 깜짝 놀랐다. 말소리를 들어보니 박대감 아들의 목소리라 죽은 령혼이 돌아온줄로 알고 사시나무 떨듯하며 할수없이 문을 열었다. 그런데 아나나 다를가 물참봉이 된 박대감의 아들이 산발을 하고 들어오는지라 얼굴이 새파랗게 질렸다.

≪당, 당신은 사람이요? 귀신이요?≫

≪흥, 내가 사람일수 있겠느냐? 네년의 수작이 괘씸하여왔으니 당장 나와 함께 가자. 저승에 가니 돈이 없고 여자가 없어 못살겠더라. 어서 잔말말고 나와 함께 가자. 만약 가지않는다면 네년을 묶어서 메고 갈테다.≫

이 말을 들은 기생년은 박대감 아들의 발앞에 꿇어엎드려 손이야 발이야 빌었다.

≪제발 옛정을 봐서라두 절 데리고 가지 말아주시와요. 저에게 있는 금전을 모두 당신에게 드릴터이니 제발 절 데려가지 마시와요.≫

박대감의 아들은 아버지가 이미 살인을 말라고 분부를 했거니와 살인할 생각이 없던차라

≪그럼 좋다. 내 옛날의 정을 봐서 네년을 데려가지 않겠으니 네년의 재산을 몽땅 내여놓아라.≫하고 호령을 했다.

그러자 기생년은 의장문을 열더니 돈 수천냥을 궤채로 몽땅 박대감의 아들에게 주었다. 그 돈은 박대감 아들이 몇 년동안 기생에게 준 돈보다 몇배 더 많았다.

박대감의 아들은 금궤를 가지고 집에 돌아오자 아버지에게 사연을 여쭈고 학식높은 규수에게 장가들어 행복하게 살면서 다시는 기생집에 출입하지 않았다고 한다.

돌각담속의 불사약

어느 한 고을에 서울에서 대감으로 있다가 락향한 삼천갑부가 살고있었는데 두 내외 늘그막에도 슬하에 일점혈육이 없어 밤낮으로 수심에 잠겨있던중 선산을 찾아가 백일기도를 드렸더니 쉰살이 된 마누라에게 태기가 있어 십삭에 낳고본즉 아들이였다.

이러하여 두 내외는 손에 쥐면 꺼질가 펴면 날가? 이 손에서 저 손에, 이 등에서 저 등에 업어키우더니 세 살적 버릇이 여든에 간다고 십여살을 먹자 앉은 자리에서 집의 하인들을 제 마음대로 부리고 쩍하면 애비에게 고자질하는터에 안팎사람들이 욕먹기를 밥먹듯하였다.

그런데 어느날이였다. 귀자가 그만 몸져 자리에 눕더니 아무것도 입에 대지를 않았다. 그래서 등이 후끈 달아오른 부자 내외가 복술 청해 굿하고 점쟁이를 청해 점을 치고 용한 의원을 다 청해드리고 세상에 좋다는 인삼 록용 같은 보약을 다 썼으나 백약이 무효여서 백사람이 머리만 젓고 돌아갔다. 이대로 내려가다간 가산을 탕진하고 아들마저 잃을판이였다.

그럴 즈음에 그 집에서도 가장 천한 머슴으로 사는 한 총각이 주인내외에게 말했다.

《나리님, 저한테 병을 뗄 방책이 있습니다. 그 방책대로 하면 도련님의 밥 못자시는 병은 뚝 떨어질것입니다. 그렇지만 한가지 소원이 있습니다.》

《아니 그게 참말이냐?》

《날 장가들여 주시오.》

《그런건 념려말아. 래일이라도 년광이 찬 처녀에게 장가 보내줄테니 어서 병만 떼주렴. 그런데 병을 못떼면 너도 이 집에서 종신머슴으로 살아야 한다.》

《네, 그건 문제없습니다. 그런데 내가 시키는대로 해야지 그렇게 하지 않으

면 도련님의 병은 영영 떼지못할줄 아십시오.≫

≪그래, 꼭 그렇게 할테다. 어서 약이나 구해다고.≫

주인이 독촉하자 머슴총각은 정색하더니

≪약은 먼곳에 가 구할것도 없고 바로 돌각담속에 파묻혀있는데 그 약인즉 불사약입니다. 하지만 그 불사약은 병자가 직접 허물고 파내야 즉효하지 남이 파내면 효과를 못본답니다.≫하고 말했다.

여위여 뼈밖에 남지 않은 도련님이건만 죽고 사는게 그 일에 달렸다니 별수 없었다. 그래서 도련님은 자리를 차고 일어나자 돌각담을 허물기 시작하였는데 평생 놀고 먹던 자식이라 돌멩이 대여섯개를 옮기니 배에서 꼬르륵 소리가 나고 갈증이 나 참을수 없었다. 그래서 처음엔 숭늉 뒤사발을 마셨는데 저녁편 에는 밥 한그릇을 게눈감추듯 먹어버렸다. 이렇게 사나흘 일하였는데 부자의 아들은 일할수록 힘이 나고 밥도 더 당기였다. 그래서 돌각담을 다 옮겼을 때는 형색이 돌고 병도 가신듯하였다.

≪아니 이 사람아, 인젠 돌각담을 다 허물었는데 왜 불사약은 보이지도 않나?≫

주인이 묻자 머슴총각은 싱글벙글 웃으면서 대답했다.

≪나리님, 본래 인간이란 일하고 살기 마련인데 도련님은 고이 놀기만 하고 일하지 않으니 어찌 밥맛이 나고 건강할수 있겠습니까? 일하자 병이 떨어졌으 니 이보다 더 훌륭한 약이 어디 있습니까? 불사약이란 바로 일을 두고 한 말입니다.≫

그 말에 주인은 홀제 깨달았다는듯이

≪알고보니 자네 그 말이 참말이네 그래. 일이 불사약이고 말고!≫하고 감탄 하였다.

그뒤 주인은 일단 아들이 자리에 드러눕기만 하면

≪애, 너 요새 그 좋은 불사약을 왜 쓰지 않느냐?≫고 하면서 일을 시키더라 고 한다.

하루살이 량반

옛날 한곳에 량반이 살고있었는데 량반이 어디에 가게 되면 종놈은 경마잡이를 해야 했고 시중을 들어야 했다.

하루는 종놈이 량반을 모시고 밖으로 갔다가 경마잡고 돌아오는 길에 문득 이런 생각이 들었다.

(량반들도 사람이요, 나도 다같은 사람인데 어째서 량반들은 진수성찬에 호의호식하며 살지만 우리들은 굶기를 부자집 밥먹듯해야 하나? 나도 한번 량반노릇을 해봤으면…)

그러던 어느날, 종은 또 량반을 모시고 재너머 량반의 친구네 집으로 가게 되었다. 하루종일 상다리가 부러지게 차려놓고 부어라 마셔라 하며 질탕 먹고 난 량반은 해가 서산에 질무렵에야 돌아오게 되었다.

주인앞에선 감히 제생각을 여쭈지 못하고 묵묵히 걷던 그는 한 꾀를 생각해 냈다.

(옳아, 한번 량반놈에게 밉게 보이면 량반이 그 연유를 물을것이다.)

이렇게 생각한 그는 말을 몰아놓고 뒤에서 따라가며 주먹을 들어 당장 량반을 때리는 시늉을 했다.

마침 지는 해를 등지고 가던 길이라 말우에 앉은 주인은 무심결에 땅에 비낀 그림자를 보고는 깜짝 놀랐다. 량반은 종주먹을 추켜들고 때리려고 드는 지라 등골이 선뜩하여 홱 돌아앉으며 호통을 쳤다.

≪에익 이 고약한 놈, 어디서 상전한테 무례하게 구느냐? 당장 앞에 와서 꿇어앉지 못하겠느냐? 고현놈같으니라구.≫

≪예, 주인님. 소인이 죽을 죄를 졌사오니 용서하옵소서. 하오나 소인이 한 가지 소원이 있나이다.≫

종은 황급히 주인앞에 꿇어앉아 말했다.

≪음, 네 소원이 무엇이냐? 어서 아뢰여라!≫

≪예, 소인이 여쭈오기 황송하오나 단 한번이라도 량반노릇을 하여 상다리 부러지게 차린 음식을 배불리 먹어봤으면 평생 죽어도 원이 없겠나이다.≫

≪네 이놈, 잔말말고 어서 집으로 돌아가지 못하겠느냐, 앙?≫

이튿날 아침에 일어난 주인은 어제 있은 일을 생각하니 웃음이 나왔으나 평시에 밉게 놀지 않는 종이 불쌍해서 조반을 먹은 뒤 종을 불렀다.

≪이리 오너라. 내 오늘 몸이 불편하니 대신 네가 아무 곳 량반네 집에 가서 일을 좀 보도록 하여라. 내가 쪽지를 써줄터이니 시키는대로 하고 오너라. 그러면 하루 배불리 먹고 량반노릇도 할수 있느니라.≫

주인의 말을 들은 종은 너무도 기뻐 주인이 내여주는 통양갓에다 모시두루마기를 입고 비단바지에 비단신을 받쳐 신자 틀을 차리며 량반네 집에 찾아갔다. 이윽고 량반네 집에 이르자 종은 말우에 앉은채로 하인을 불렀다. 하긴 수년동안 량반을 모시고 다녔으니 제법 그럴듯하였다.

≪여봐라, 게 누가 있느냐?≫

그가 소리쳐 점잖게 부르니 안에서 하인이 달려나와 맞는데 한번도 보지 못한 량반이라 어째서 왔느냐고 물었다.

≪황량반네 댁에서 왔다고 여쭈어라!≫

하인이 달려들어가 아뢰니 주인량반은 황량반이라면 자기와는 죽마고우라 얼마나 반가운지 버선발로 뛰여나왔다. 그런데 보니 생면부지의 량반이라 의아해하거늘 종은 그제야 황대감이 주던 글월을 넘겨주었다.

주인량반은 서신을 받아보고서야 반가와하며 집안으로 모시더니 손님과 자리를 정하고 앉았다.

≪생면부지로 무례하게 찾아들어 미안하나이다.≫

종은 량반의 말투를 본따서 제법 인사말을 했다.

≪참, 별말씀을 다하시오. 친구의 친구라니 역시 나의 친구로 알고있습니다.≫

원래 황량반의 글월에는 자기의 한 친구가 찾아가니 잘 대접해달라는 사연이 적혀있었다.

이말저말 오가는 중에 어느새 점심때가 되어서 하인이 상을 들여오는데 참말로 상다리가 부러질듯했다. 그런데 자기가 제일 좋아하는 꿀을 담은 종지가 주인량반앞에 놓여있고 자기 앞에도 하나 놓여있있다.

(옳지, 이 꿀은 나를 먹으라는것이겠지. 내 오늘 꿀을 실컷 먹어보리라.)

그가 이렇게 생각하고있는데 주인량반이 술과 반찬을 권하기에 술을 한잔 쭉 따르고나서 마파람에 게눈감추듯 김량반이야 먹든말든 꿀 한종지를 다 먹어버렸다.

그가 꿀종지를 들이켜는걸 목격한 주인량반은 삑 돌아앉으며

≪여봐라. 이 상을 물려라!≫하고는 일어서더니 말도 않고 나가버렸다.

종은 량반을 모시고 다니며 말하는건 배웠으나 음식상에 앉아보기는 이번이 처음이라 닭 쫓던 개 울 쳐다보듯 멍하니 하인들이 들어와 들어내는 밥상만 쳐다보았다. 잠시후 하인이 풋나물반찬을 갖춘 허줄한 밥상을 차려서 들어왔기에 그는 배가 고프던 참이라 그것이나마 배불리 먹었다.

그런데 꿀 한접시에 풋나물반찬을 먹었으니 어찌 속이 편안하랴. 한참 있으려니 뒤가 무거워나며 금방 나올듯하여 뒤간으로 달려갔다. 뒤간에 쭈크리고 앉은채 앞을 보니 웬걸 종지에 물이 절반 담겨있었는데 그안에 대추 두알이 둥둥 떠있는것이 보였다.

(옳지, 이건 또 뒤보는 사람이 먹는것이겠군. 이 집이 얼마나 깍쟁이면 그 흔한 대추를 두 개밖에 안 넣어두었을가?)

종은 주인량반을 욕질하며 대추 두알을 냉큼 집어먹었다. 이때 주인량반은 종놈이 량반행실을 하는것을 보고 기분이 언짢아하던중에 종놈이 뒤를 보고 나오자 하인더러 뒤간에 가보라고 하였다. 아니나 다를가 하인이 돌아와서

≪나리님, 뒤간에 두었던 대추 두알이 없어졌나이다.≫하고 아뢰였다.

≪음, 그러면 그렇겠지. 여봐라, 저놈을 내쫓아라.≫

주인량반이 하인들에게 호통치자 여러 하인들이 달려나와 그를 문밖으로 밀어냈다. 하여 그는 말을 타고 주인네 집으로 돌아오는수밖에 없었다. 그가 집에 돌아오자 주인이 물었다.

≪네 이놈, 어째서 벌써 왔느냐?≫

≪예, 그 량반이 소인을 쫓아내더이다.≫

그가 여차여차했음을 여쭈자 주인은 박장대소하며

≪에익, 이 고현놈. 그 꿀종지가 어디 먹으라는겐줄 아느냐? 그건 량반이 수염이 길어서 꿀을 발라 량쪽으로 붙여놓고 안주를 집으라고 놓은거고 뒤간의 대추는 뒤보러 가면 구린내가 난다고 향기를 맡으라고 놓은게지 먹으라구 둔것인줄 아느냐? 그걸 먹었으니 쌍놈은 쌍놈이렸다.≫

이렇게 그 종은 하루살이 량반노릇을 하고는 다시는 량반질을 못하겠노라고 한탄했다 한다.

매돌을 지고 나귀를 탄 선비

어느 한 고을, 삼천갑부의 사위는 구차한 사람이였으나 글깨나 읽은 선비였다. 어느날 부자는 두부를 먹고 싶어 사위더러 시골의 사돈집에 가 매돌을 얻어오라고 했다.

이튿날 사위는 몇십근 잘되는 매돌을 등에다 걸머지고 나귀등에 올라앉아 집으로 떠났다. 그런데 몇리 길을 가고나니 매돌이 두어깨를 짓누르다 못해 나중에는 궁둥이로 자꾸 내려가는 바람에 매돌을 췩업느라고 어깨춤을 추다나니 얼굴에 주먹같은 땀방울이 비오듯 흘렀다. 그런가 하면 등에 걸친 매돌이 방아를 찧는 바람에 짐이 천근처럼 무거워 나귀도 혀를 가로 물게 되었다.

이에 길가던 사람들이 그 꼴을 보고 빙정댔다.

≪저런, 매돌을 일부러 힘겹게 질건 뭐요. 나귀등에 갈라 처매고 앉으면 사람이 헐하고 나귀도 헐할텐데.≫

그 말을 들은 선비는 제쪽에서 성을 냈다.

≪체, 무지몽매한 사람들은 별수 없어. 사람 믿구 사는 짐승한테 이처럼 무거운 망짝까지 처매다니? 내가 매돌을 지고 나귀를 타면 나귀가 얼마나 헐하다구. 사람이란 어디까지나 자기가 부리는 짐승을 아껴부려야 하는 법이야!≫

그 말을 들은 사람들은 폭소를 터뜨렸다 한다.

안해의 버릇을 떼다

이전에 한 마을에 친형제같이 보내는 두 친구가 있었는데 한 친구는 김씨요 한 친구는 박씨였다.

세월이 흘러 두 친구가 각기 장가를 들어 가정을 이루었으나 옛정을 잊지 않고 맛난 음식도 같이 나누고 힘든 일도 서로 도우며 한집안식구처럼 재미있게 보냈다.

그런데 그 김씨라는 친구는 한번 장사를 떠나면 달포가 되도록 집으로 돌아오지 않았으므로 안해가 집에서 안팎일을 도맡아하였다. 그러니 박서방은 늘 드나들며 일손을 도왔다.

김씨부인은 날마다 수고를 아끼지 않고 도와주는 박서방을 위해 맛있는 음식이 생길 때마다 그를 청하여 대접시켰다. 그러는 가운데 두사람은 정욕이 생겨 남몰래 동품하군 하였다.

꼬리가 길면 밟힌다고 장사를 하고 돌아온 김서방이 그 눈치를 알게 되었다. 김서방은 박서방과 싸우자니 동네창피를 당할것이므로 아예 자기 안해부터 달래기 시작하였다. 그런데 안해는 서방의 말을 순순히 여겨들어 대신 시치미를 뚝 떼고 아닌보살을 하였다. 그러니 속이 썩는 사람은 김서방뿐이였다.

(어찌하면 안해의 더러운 버릇을 뗄가?)

이렇듯 방안에 앉아 방법을 생각하던 끝에 나중에 좋은 수가 떠오르는지라 김서방은 두손으로 무릎을 탁 치며 일어섰다.

≪여보, 나 이번에는 수백리 떨어진 곳으로 장사를 가야겠소. 여러날 잘 걸릴것 같단말이요.≫

그 말을 들은 안해는 무등 기뻤으나 내색을 내지 않고 슬쩍 말했다.

≪아니 그 먼곳으로 어찌 떠난단말이예요? 그리고 제가 적적해서 어떻게

살아요? 밤낮으로 고대하는 저를 위해서라도 일찍이 돌아와요. 네?≫

김서방은 속으로 ≪이년 어디 두고보자.≫하고 단단히 벼르면서 행장을 수습하고난 뒤 아침 일찍 떠나갔다.

한낮쯤 되어 김서방이 또 떠나갔다는 소식을 듣고 박서방은 좋아라고 김씨안해를 찾아갔다. 김씨안해는 무척 반기며 맞아들인 다음 박서방더러 방아를 찧자고 했다.

박서방이 방아를 찧고 김씨안해는 방아확에 앉아 께끼면서 방아타령을 불렀다.

에헤 에헤야 우겨라, 방아로구나
본랑군은 멥쌀범벅, 후랑군은 찹쌀범벅
에헤 에헤야 우겨라, 방아로구나
경신년 경신월 경신진에 강태공의 조작방아
에헤 에헤야 우겨라, 방아로구나
나는 죽어 방아공이 되고 너는 죽어 방아확되여
그저 떨거덩 찧거들랑 나인줄을 알려무나
에헤 에헤야 우겨라, 방아로구나

년놈들은 주고 받으며 방아를 다 찧고나서 떡을 한다 닭을 잡는다 술을 받아온다 하며 분주히 돌아치더니만 석양무렵에는 소반이 넘쳐나게 차려놓고 히히닥거리며 마시고 처먹었다.

한편 김서방은 그날 안해에게 거짓말을 하고는 산에 올라가 종일토록 놀다가 어둠이 깃들자 산을 내려 집뒤의 뙤창문에 달라붙어 집안의 말소리를 엿들었다. 양해난 안해와 군서방이 주고 받는 말은 차마 귀를 가지고 듣지 못할 지경이였다.

이윽고 밤이 되자 년놈들은 마음놓고 자리를 펴더니만 의복을 활활 벗고 한자리에 드러누워 껴안기 시작했다.

바로 그때였다. 남편이 문을 마구 두드리며 문을 열라고 소리를 지르니 여러날 있어야 돌아온다던 남편이 들이닥치는지라 안해는 어찌할바를 몰라 헤덤비다가 발가벗은 박서방을 농속에 떠밀어넣고 자물쇠를 잠그고나서야 문을 열며 떨리는 목소리로 말했다.

≪아이고 어찌되여 아닌밤중에 돌아왔소?≫

남편은 시치미를 뚝 따며 한숨어린 소리로 대답했다.

≪말마우. 요본 행차에 참 재수가 없어서 돌아왔소.≫

남편은 말하면서 방안으로 들어서더니 시장하다면서 어서 밥을 가져오라고 했다.

남편은 안해가 차려준 음식을 맛있게 먹고나서 짐짓 이렇게 거짓말하였다.

≪내 오늘 떠나다가 한곳에 당도하여 용한 점쟁이를 만나 이번 장사를 점쳐본즉 집에 잡귀신이 붙었다면서 속히 돌아가 잡귀신을 태워버리라 하겠지. 그리구말야, 그 잡귀신은 저 농속에 들어갔으니 농채로 불살라야만이 꼼짝 못하고 타죽을것이라 일러주겠지. 그래서 불시에 되돌아왔다오.≫

뒤이어 남편은 농을 짊어지고 밖으로 나섰다. 안해는 간담이 서늘해났으나 감히 말은 못하고 묵묵히 앉았다가 남편이 나간 뒤에 집모퉁이에 숨어 남편이 가는 곳을 바라보았다.

남편은 뒤산 숲속에 이르러 농을 내려놓고 삭정이를 모아놓고 다음 농문을 열어제꼈다. 그러자 연장이 오그라붙은 박서방이 우들우들 떨며 엎디여 찍소리 못했다.

김서방은 박서방의 엉치를 철썩 갈기며

≪야, 이 자식아, 네 행실을 생각하면 단매에 쳐죽이고 싶지만 이전의 인정을 보아 용서하니 이 길로 급히 집에 가 날이 새기전에 짐을 싸가지고 수백리 먼곳으로 떠나거라.≫하고 말하니 박서방이 김서방앞에 꿇어엎드려 백번사례하고 강아지 뛰여가듯 산아래로 뛰여갔다.

박서방을 내려보내고나서 김서방은 삭정이 무지에다 불을 질렀다. 금시 화광이 충천하며 마른 삭정이 튀는 소리가 요란하였다. 김서방은 큰 소리로 말했다.

≪요 몹쓸 잡귀신이 잘도 타죽는구나!≫

그날 밤 남편은 집으로 돌아와 아무 내색도 내지 않고 자리에 드러누웠다. 이튿날 아침, 남편은 한번 안해의 행동을 보리라 생각하고 또 장사를 떠난다고 하면서 떠나갔다.

남편이 떠나가자 안해는 한숨을 푹 내쉬더니 부엌에 내려가 분주히 서둘러 닭을 잡고 남새를 갖추어가지고는 뒤산으로 올라갔다. 남편이 슬금슬금 뒤를 따라가 숨어서 엿보노라니 안해는 농을 불사른 자리에 제물을 차려놓은 다음 머리를 풀더니 애고대고 통곡하며 주먹으로 연신 땅바닥을 치는것이었다.

《아이고, 아이고, 당신이 애매하게 불에 타죽었으니 이 일을 어찌한단말이요. 령혼이나 좋은 곳으로 가주옵소서!》

그럴 때 숲속에서 큰 기침을 깇으며 남편이 나타났다. 안해는 깜짝 놀라면서 어찌할바를 몰라 헤덤비더니 재물을 숲속에 던져버리고 광주리를 든채 숲속으로 들어가며 노래를 불렀다.

《고불고불 고사리 먹기 좋은 고사리 임금님께 진상하는 고사리 숫처녀의 손목잡는 애고사리 어허 둥둥 고사리야-》

안해가 노래를 부르는 한편 고사리를 꺾는 흉내를 하자 남편은 하도 우스워서 한마디 골려주었다.

《여보 당신, 지금 어느때라고 고사리 꺾으러 왔소? 추석이 당금인데 박서방 제를 지내려 아니 왔소?》

그 말을 들은 안해는 진상이 드러나는지라 광주리를 떨어뜨리고 남편의 옆에 와 꿇어엎디더니

《죽을 죄를 졌나이다. 다시는 그런 행위를 하지 않겠나이다.》하고 거듭 맹세하였다 한다.

어머니와 아들

옛날 한 시골에 두 량주가 아들애를 데리고 농사를 지으며 살았다. 그런데 안해에게는 세상에 하지 못할 군서방질하는 그런 나쁜 버릇이 있었다. 그러나 남편은 눈치채지 못했지만 열두살나는 아들만은 벌써부터 눈치를 채고있었다. 하지만 그 일을 아버지에게 알리자니 어머니가 아버지에게 얻어맞아 잘못될것 같고 가만두자니 소문이 나면 패가망신을 하게 될것이라 자기가 어머니의 버릇을 떼여놓으리라고 궁리했다. 그만큼 아들은 나이보다 일찍 철이 들고 똑똑하였다.

어느 하루였다. 아버지는 밭갈이하러 이른 새벽에 소를 메워 밭으로 나갔다. 그런데 아버지의 친구인 옆집 김서방이 소를 메우고 밭갈이하러 가다가 어머니와 수군덕거리는것을 보고 아들은 살금살금 다가가서 엿들었다.

≪내가 밭갈이하러 가는 길목에다 이 삿갓을 나무에 걸어놓고 갈터이니 그리 알고 찾아오우.≫

어머니는 그러마하고 집에 돌아와 밥을 짓고 반찬을 한 다음 술까지 한병 얻어가지고 머리에 이고 문을 나서는것이였다. 그걸 목격한 아들은 피뜩 한가지 꾀가 떠올라 부리나케 뛰여나가 지름길로 아까 김서방이 말한 곳으로 갔다. 가보니 아니나 다를가 삿갓이 나무에 걸려있기에 그 삿갓을 벗겨 아버지가 밭을 갈고있는 길쪽의 나무에다 걸어놓고 길가에 숨어서 어머니가 오기를 기다렸다.

이윽고 어머니가 땀을 뻘뻘 흘리며 밥보자기를 이고 오다가 삿갓이 걸린 쪽으로 가는것이였다. 아들은 이젠 됐다고 마음이 흐뭇하여 슬렁슬렁 어머니의 뒤를 따라갔다.

어머니가 밥보자기를 이고 밭에 와보니 자기 남편이 밭을 갈고 김서방은

어디에 있는지 보이질 않았다. 그래서 남편이 가까이 오자 하는수없이

≪여보, 내 밥을 해왔사오니 잡수시고 일하시와요. 마침 술이 있기에 안주를 볶아왔어요.≫하고 말하였다. 남편이 보니 안해가 밥을 해이고 술까지 가져온지라

≪그럼 한잔 하구 볼가?≫하더니 소를 세워놓고 안해가 밥보자기를 헤쳐놓은 곳에 와서 풀썩 주저앉았다. 남편은 혼자서 술을 마시려하니 잘 넘어가지 않아 친구인 김서방을 불러다 같이 마실 생각으로 아들을 불러 분부를 했다.

≪애 돌쇠야, 너 이 고개를 넘어가면 건너집 김서방이 밭을 가는데 가서 아버지가 오란다고 하여라.≫

아들은 잘됐다고 ≪예≫하고 한마디 말을 남기고는 쏜살같이 뛰여 고개너머 김서방께로 갔다. 아들은 두주먹을 부르쥐고 김서방이 밭을 가는 소고삐를 덥석 쥐며 웨쳤다.

≪바우 아버지, 큰일 났어요!≫

김서방이 보니 오라는 돌쇠 에미는 오지 않고 돌쇠가 왔으니 물었다.

≪야, 이놈아, 넌 어째 왔느냐?≫

≪왜가 뭬예요. 한 일을 몰라요? 우리 아버지가 도끼를 메고 바우 아버지를 때려죽이겠다고 내 뒤를 따라와요. 빨랑 도망을 쳐요.≫

김서방이 생각해보니 자기가 한 일이 있는지라 소며 쟁기며를 모두 팽개치고 집으로 도망쳤다.

돌쇠는 아버지한테 돌아와서 짐짓 이렇게 말했다.

≪아버지, 바우 아버지가 빨리 오래요.≫

≪왜 그러냐?≫

≪바우 아버지는 쟁기가 못쓰게 됐다구 도끼를 가지구 와달래요.≫

돌쇠의 말에 돌쇠 아버지는 도끼를 들고 김서방을 찾아갔다. 그런데 김서방은 소와 쟁기를 내려두고 어디에 갔는지 보이지 않았다. 돌쇠 아버지는 김서방이 집으로 도끼가지러 간줄로 알고 돌아왔다.

돌쇠는 아버지가 떠나가자 어머니에게 말했다.

≪어머니 알아요? 아버지가 지금 도끼로 김서방을 까죽이고 어머니를 죽이

려 와요. 빨리 달아나요.≫

어머니 또한 자기가 한짓이 있는지라 놀라서 집으로 내뛰였다. 이때 아버지가 돌아오면서 보니 안해가 무슨 일이 났는지 허둥지둥 집으로 뛰여가는지라 아들에게 물었다.

≪얘 돌쇠야, 너 에민 어디 가니?≫

≪아버지, 어디가 뭐예요? 큰일났어요. 집에 불이 나서 어머니가 쫓아갔어요. 아버지 빨리 가봐요.≫

돌쇠 아버지는 집에 불이 났다는 말을 듣자 어찌나 겁이 났던지 도끼를 든채로 뛰여갔다.

한편 집으로 내뛰던 어머니가 뒤를 돌아다보니 남편이 도끼를 들고 달려오는지라 뛰다뛰다가 거의 따라잡게 되자 그만 길가에 풀썩 꿇어앉으며

≪아이고 여보, 제발 한번만 용서해주시와요. 내 건너집 김서방과 딱 세번밖에 관계하지 않았어유. 제발 용서해주시우.≫하고 손이야 발이야 빌었다. 그때부터 어머니의 나쁜 버릇은 뚝 떨어지고말았다고 한다.

시아버지와 며느리

이전에 한 량반이 아들을 장가보내려고 매파를 내세워 중매를 서게 했는데 매파가 량반을 속이고 바다가에서 소금은 건지는 소금장사의 딸을 며느리로 중매를 섰었다. 처음에는 몰랐으나 혼례를 치른 후에야 며느리가 소금장사의 딸임을 알고 마음 한구석이 꺼림직했으나 이미 쑤어놓은 죽이라 별수가 없어서 억지로 참고 견디였다.

소금장사의 딸은 량반가문에 시집을 와서 각별히 조심하였으나 시아버지의 역정은 날이 갈수록 심해졌다. 하루는 며느리가 시아버지의 처사가 패씸해나서 버릇을 떼려고 반찬에다 소금을 넣지 않고 볶아 들여다놓고서

≪아버님, 아침 진지 드시와요.≫하고 공손히 말하고는 물러나왔다.

≪어험, 음 오냐!≫

시아버지가 틀을 차리고 조반을 먹으려니 반찬에 소금을 두지 않아 도무지 싱거워 먹을수 없었다. 이에 분이 상투끝까지 치민 시아버지는 며느리를 불러 들여 꿇어앉혀놓고

≪네 이 요망한 년, 반찬에다 소금을 두지 않고 하는 법이 어디 있느냐? 응, 이년!≫하고 기가 올라서 콩팔칠팔 뛰였으나 며느리는

≪아버님, 아버님께서 항상 저에게 소금장사의 딸이라고 욕하지 않았나이까? 우리 아버지가 건진 소금이 쌍놈이 건진 소금이라 아버님같으신 량반이 잡수셔서야 되겠나이까? 그리하여 오늘 아침부터 반찬에다 소금을 넣지 않기로 했나이다.≫하고 공손히 말했다.

시아버지가 들어보니 며느리를 괄세했다가는 죽을때까지 소금넣지 않은 반찬을 먹을것 같아

≪아가, 내 다시는 너를 소금장사의 딸이라고 괄세하지 않을테니 제발 소금

을 반찬에다 넣어다오.≫하며 빌었다. 그뒤부터는 며느리를 괄세하던 량반의
버릇이 올챙이꼬리 떨어지듯 뚝 떨어졌다고 한다.

악독한 시에미

　강원도 어느 마을의 한 가정에서 며느리를 맞아들였는데 시에미가 어찌나 혹독하였던지 며느리는 도무지 배겨낼수가 없었다.

　시에미는 독사보다 더 지독하여 있는 흠 없는 흠 다 잡으며 며느리를 구박하였는데 아침마다 며느리가 물을 길을 때면 물독곁에 지키고 앉아 독에 물이 철철 넘칠 때까지 길어다 붓도록 마구 재촉했다. 그리고 식사할 때면 늘 밥을 적게 떠주어서 며느리는 언제나 배를 곯았다.

　그뿐이 아니였다. 베를 짤 때면 딸한테는 좋은 목화로 뽑은 실을 주고 며느리에게는 나쁜 목화로 뽑은 터실터실한 실을 주었다. 그런데 재간많은 며느리는 실에다 풀을 먹여가며 매끈하게 베를 잘 짰고 딸년은 재간이 없어 되는대로 짰지만 시에미는 늘 며느리를 꾸짖었다.

　《네 이년아, 무명이 그리 매끌매끌하여선 어디에다 쓰겠냐말야!》

　구박하다 못해 하루는 아들이 없는 틈을 타서 아닌 밤중에 며느리방에 들어가 담배대와 때묻은 버선짝을 던진 다음 마루에다 진흙이 묻은 발자국을 찍어놓고는 이튿날 아침에 달려와

　《이쌍년, 이 화냥년아, 서방이 없는 틈을 타서 간밤에 어느놈과 붙었드냐?》하고 욕설하면서 며느리의 머리채를 거머쥐고 내끌면서 다듬이방치로 내려치니 류혈이 랑자하였다.

　게다가 아들을 꾀여 별별 수단으로 훼방을 놓으니 열 번 찍어 넘어가지 않는 나무가 없다고 아들 역시 에미와 한동아리가 되어 안해를 못살게 굴었다. 그리하여 며느리는 된시집살이에 견디다 못해 목을 매여 죽어버렸다.

　슬프다, 옛날에는 남존녀비하고 녀필종부하여 리혼이란 없으니 한번 시집에 발을 들여놓으면 죽으나사나 그 집의 귀신이 되어야만 했다.

가엾다. 애매한 루명을 쓰고 이팔청춘 꽃나이에 죽었으니 어찌 령혼인들 없을소냐, 과연 그후부터 며느리의 령혼이 와서 작해하는데 승려 불러 경을 읽고 무당 불러 굿을 하고 의사 불러 약을 쓴들 가환을 면할가. 날이 가고 달이 지니 많은 가산이 탕진되고 시에미와 아들은 병석에 누워 식음과 아예 인연을 끊게 되었다.

이처럼 여러달 앓던 끝에 시에미는 애매한 며느리를 욕한 죄로 그만 벙어리로 되고 아들은 에미의 말만 듣고 안해를 때린 죄로 두눈이 멀어 봉사가 되었는데 에미 아들이 손에 손을 잡고 사방으로 걸식하다가 객사하니 만사람이 통쾌해 하더란다.

귀신을 물리친 며느리

평안도 어느 한 시골집에서 대대손손 내려오면서 신을 모시는 제기를 두었는데 아침이고 점심이고 저녁이고 간에 밥을 지어서는 언제나 제기에 넣었다가 먹군 했다. 그런데 여름 한철을 괜찮았으나 칼바람이 불어치는 겨울이면 말도 아니였다. 신을 모시느라고 밥과 남새들을 그안에 넣어두었다가 꺼내면 다 식어서 다시 불을 때여 덥혀야 했다.

이 집에는 아들아 하나 있었는데 장가갈 나이가 차서 며느리를 맞아들였다. 그런데 며느리는 평안도 ≪울뚝밸≫이여서 쩍하면 욱 하였지만 시부모와 남편 공대만은 소홀히 하지 않았다.

며느리는 시집을 와서 신을 지키는 광경을 보자 억이 딱 막혔다. 하긴 아무리 신을 잘 모셔도 살림살이가 퍼이기는 고사하고 점점 더 못해갔으니말이다. 그래서 며느리는 그 쓸데없는 귀신을 잡아없애려고 맘을 먹고있었으나 종시 기회를 탈수가 없었다.

어느날이였다. 마침 친척집에 제사가 있어서 이른 아침에 시부모와 남편이 모두 떠나갔다. 안해는 아침 밥을 퍼서 귀신을 모시는 제기에 넣었다가 먹고 나서 귀신에게 물었다.

≪여보시와요, 도대체 당신들은 받아자시기만 하고 산 사람을 도울줄 모르니 어찌된 일입니까?≫

며느리가 물었으나 제기는 아무런 대답도 없었다. 몇 번 물어도 대답이 없자 안해는 그만 울뚝밸이 치밀어서 나무패는 도끼를 들고 내리까버렸다. 그러나 아무리 보아도 귀신이란 보이지도 않았다.

저녁에 시부모와 남편이 집으로 돌아왔다. 그들은 제기가 깨여진것을 보자 깜짝 놀랐다. 시아버지와 시어머니는 통곡을 했고 남편은 안해를 족치며 물었다. 그러자 안해는 밭일을 갔다온 내가 어찌 알겠느냐고 슬쩍 거짓말을 했다.

그후부터 그 집에서는 다시는 귀신을 모시는 일이 없었는데 따끈따끈한 반찬을 먹으니 구미가 돌았고 귀신을 모시지 않고 일을 잘하니 점점 살림이 펴이기 시작하여 나중에는 부자가 되었다고 한다.

최계순의 비사

평안남도 숙천에 최자수가 살고있었는데 고을내에서는 제일 큰 량반으로서 세력이 당당하나 다만 슬하에 혈육이 없어 슬퍼하다가 늘그막에야 겨우 딸 하나를 두었으니 부모들은 아들 맞잡이로 애지중지 키웠다.

계순이가 일곱 살먹던 해였다. 어머니가 갑자기 중병에 걸려 며칠 앓다가 세상을 하직하니 홀애비로 어린 자식을 데리고 생활하자니 여간만 곤난하지 않았다. 그래서 하는수없이 재처를 수소문하여 맞아들이게 되었다.

재처는 들어온후 계순이를 눈에 든 가시처럼 여겼으므로 제대로 먹이지도 입히지도 않았다. 하여 동네 아이들까지도 거지라고 놀리는터에 계순이는 늘 눈물로 세월을 보냈다.

무정세월 양류파라 어느덧 계순이가 십팔세가 당도하니 용모가 남달리 특출했고 총명이 과인하여 사처에서 청혼 말이 빛발치듯 날아들어왔다. 그래서 최자수는 사위재목을 골라 딸을 출가시키려고 생각하고있었다. 그런데 계모가 그속을 짐작하고 이렇게 생각하였다.

(계순이가 출가를 하게 되면 돈냥이나 써야 될것이니깐. 어떻게 하든지 계순이를 모해하여 죽이고 그후 령감도 년로하여 죽게 되면 재산은 몽땅 나의것 으로 될테지.)

그날부터 계모는 계교를 꾸미기 시작하였다. 어느날 계모는 큰 쥐 한 마리를 잡아 가죽을 벗기고 대가리와 발을 다 떼여버리고 두리뭉실하게 만든 다음 아닌밤중에 자취없이 들어가 계순이의 이불속에다 넣고 나와버렸다.

이튿날 새벽이였다. 계모는 계순의 방에 들어가 계순이를 깨우며 이불을 걷어젖혔다. 다음 이불속의 두리뭉실한 피덩이를 손에 들자 계순의 코앞에다 갖다대며

≪이년, 주리를 틀년같으니. 량반의 집안에 이게 무슨 창피냐? 대관절 어느 놈을 붙여서 락태를 하였느냐?≫하고 욕설을 퍼붓더니 휑하니 나가버렸다. 그리고는 최좌수의 사랑방문을 덜컥 열고

≪령감, 딸자식 고이 길러 외손봉사 하려더니 꼴좋소 이것 보시오.≫하고는 손에 든것을 령감앞에 내던졌다.

최좌수는 바라보니 무엇이 두루뭉실한 피덩어린데 도무지 알수가 없었다. 그래서 부인을 쳐다볼뿐 묵묵부답으로 앉아있는데 요사한 년이 령감에게 대여들며

≪령감, 어째 말이 없소? 이런 년도 딸이라고, 아직도 내 말을 믿지 못하면 세세히 알리리라.≫하고는 계순이의 이불속에서 그 물건이 나타났다고 역설하고나서

≪계집애의 잠자리에 이런것이 나타났으니 도대체 락태 아니고야 무슨 물건이겠소 속담에 이르기를 량반의 집안에 이런 일이 있게 되면 삼대가 망한다는데 우리 집안도 인젠 절망이오.≫하며 펄펄 뛰니 최좌수는 부인을 만류하며 말했다.

≪그 불효자식이 불행한짓을 하여 부모에게 득죄하였은즉 난들 어찌하란말이요?≫

≪령감이 손수 처치하지 못하겠으면 먼곳으로 쫓아내우. 죽든지 살든지 우리 눈에 보이지 않으면 그만 아니우.≫

계모의 말에 령감은 하는수없이 머리를 끄덕이였다.

그날 최좌수는 딸을 불러놓고

≪네 행실이 불순하여 인젠 내 자식이 아니렸다. 차마 내 손으로 널 죽일수 없으니 오늘부터 집을 떠나 먼곳으로 가 자취를 감추되 우리 눈앞에 영영 나타나지 말지어다.≫하고 말했다.

이렇듯 아버지가 독촉하니 계순이는 하염없이 눈물을 흘리면서 부모를 하직하고 정처없이 떠났다. 애매한 루명을 쓰고 무지거처하고 떠나가는 계순이의 신세 가련하기 짝없었다.

그때로부터 계순이는 걸식도 하고 남의 집 삯빨래와 심부름도 하여주며

이집저집 떠다녔다.

계순이가 스무살이 되던 해였다. 하루는 길을 가다가 보니까 산비탈에 오막살이 하나가 있었다. 그래서 찾아가 주인을 부르니 문이 잠겨있고 집에는 사람이 없었다. 해는 이미 서산에 기울어졌는데 집뒤를 바라보니 큰 배나무 서너그루가 서있었다. 때는 팔월망간이여서 나무우에는 주먹같은 배들이 누렇게 주렁주렁 달려있었다.

계순이는 너무도 배고파 죽을 힘을 다하여 나무에 기여올라가 배를 따먹었다. 이때 주인내외가 밭에 가 일하고 돌아오다가 웬 여자가 배나무에 올라가 게눈감추듯 배를 먹는지라 웬 사람이냐고 물었다. 그제야 계순이는 제정신이 펄쩍 들어 나무에서 내려오더니 주인앞에 꿇어엎딘채 사죄하였다.

주인은 의복이 람루한 그를 불쌍히 여겨 집안으로 데리고 들어가더니 물었다.

≪네 이름은 무엇이며 부모는 계시느냐? 그리고 무슨 연고로 이 지경이 되었느냐?≫

≪저의 이름은 최계순이라 하옵고 부모들이 계시나 소녀가 득죄하여 이렇듯 거지신세로 쫓겨나게 되었습니다.≫

이윽고 최계순이는 계모에게서 억울한 죄를 쓰고 집에서 쫓겨나던 사연을 자초지종 여쭈었다. 그랬더니 주인은 이렇게 말하였다.

≪네 신세 우리와 피차일반이구나. 내 말을 들어보아라.≫

원래 늙은 량부모는 슬하에 다만 애동을 두었으나 가세가 빈한하여 의식주도 해결하지 못하는 처지여서 아들의 나이 십오세에 당진하여도 서당에 가 글공부도 못하고 허송세월만 보내는터였다. 하긴 아들의 나이 십오세를 먹고 보니 장가들 때가 되었으나 이 구차한 가정에 누가 딸을 주랴. 바로 이럴 때에 난데없이 며느리감이 제발로 찾아왔으니 주인령감의 기쁨은 한량 없었다.

이야기를 마치고나서 부친이 뒤고방의 아들을 불렀다. 아들이 나와 부친전에 등대하자 부친은 이렇게 말했다.

≪이 아이가 바로 나의 아들이다. 금년 나이 십오세이지만 가세가 빈한하여 장가도 못들고있는터에 네가 내집에 뜻밖에 찾아왔은즉 이것이 우연한

일이 아니로다. 들으매 너도 불쌍한 아이로다. 네가 걸식하고 다니는것보다 오늘부터 나의 자부가 되어주면 나는 이 시각에 죽어도 눈을 감겠노라. 뜻이 어떠하뇨?≫

계순이가 총각을 바라보니 비록 생활이 곤난하여 천한 인간이 되었으나 용모는 비상한지라 마음에 흡족하여 대답했다.

≪소녀를 이렇듯 기특히 여기시니 오늘부터 아버님의 자제와 인연을 맺을가 하옵니다.≫

늙은 두 내외는 계순이를 더없이 기특히 여기면서 과연 이튿날 가난한 살림이지만 성의껏 성례를 치러주었다.

성례를 치르고나서 계순이 생각하되 남자는 글을 배워야 출세도 할수 있고 사람노릇도 할수 있는지라 이튿날부터 남편에게 글을 가르치기 시작하였다. 그런데 남편은 총명하기 그지없어 안해가 가르쳐주는 족족 통달하니 5,6년도 안되여 더 가르쳐줄것이 없게 되었다.

하루는 안해가 남편을 불러놓고 조용히 말했다.

≪이제부터 당신은 서울로 올라가 공부를 더하여 과거를 보도록 노력하세요. 나는 집에서 누에를 쳐 실을 뽑고 명주를 짜서 팔아 당신의 뒤를 대여줄터입니다. 안심하고 끝까지 공부에 열중하시와요.≫

남편은 그 말을 달게 듣고 이튿날 안해와 작별하고 서울로 공부하러 올라갔다. 아침 일이 될려고 그랬는지 서울의 황정승이 암행어사로서 시골로 행차하였다가 돌아가는 길에 계순의 남편과 한 주막에 들렸는데 야밤중에 시골선비가 글을 읽는 소리를 듣더니 하인더러 그를 대령시키라 했다.

이윽고 시골선비가 대령하거늘 정승이 보니 옷은 비록 람루하나 옥골선풍인지라 아예 서울로 데려가 공부를 시키려고 맘먹었다. 그리하여 그는 이튿날 서울로 올라가 정승의 집에서 묵으면서 공부했는데 구구열심히 글을 읽은 보람으로 서울장안에 그 소문이 자자하였다.

한편 황정승댁에는 년광이 찬 규수가 있었는데 그는 은근히 공부 잘하는 계순의 남편을 사모하기 시작하였다. 그리하여 몸종을 시켜 사랑을 고백하는 서신을 여러번 전하였는데 그럴 때마다 계순의 남편은

≪나는 이미 취처한 사람인즉 애당초 단념하라.≫고 군이 거절하였다.

나중에 황정승댁 규수는 리간묘책을 쓰기로 맘먹었다. 그래서 계순의 남편 글씨체를 본받아 시골의 계순에게 글을 써보냈다.

≪계순이, 나는 서울로 올라와 그만 황정승댁의 은혜를 입었는데 그 은혜에 보답하고저 그댁 규수와 백년가약을 맺었다오. 훗날 계순이의 은혜를 꼭 갚겠으니 그대는 애당초 나를 단념하고 다른 곳으로 출가하기를 바라오.≫

남편의 글을 받은 계순이는 금시 눈앞이 캄캄하고 기가 딱 막혔다. 하여 그 글을 부모에게 전하니 부모 역시 별수 없는지라 묵묵부답이였다. 하여 계순이는 무정한 세상을 탄식하며 부모님과 작별하고 정처없이 길을 떠났다.

팔자 기박한 그가 어디에 가면 편한 날이 있으랴. 어느날이였다. 죽을 마음이 골똘하여 악마같은 이 세상을 하직하고 후생에 가 안락한 생활을 하리라 결심하고 가고가고 또 가다나니 대동강상류에 당도하였다.

때는 칠월망간이라 초생달이 어렴풋이 떠서 사위를 비추는데 계순이는 흐르는 눈물을 훔치면서 하늘을 우러러 축수하며 빌었다.

≪죄없는 나는 이런 고생 저런 고생을 다 겪다가 하는수없이 물에 몸을 던지니 부디 수궁룡왕님께옵서 저를 수중고혼이 되게 하여주옵소서.≫

빌기를 마치자 치마를 덮어쓰고 강물에 뛰여들었는데 뒤에서 난데없이 웬 로인이 함께 뛰여들어 계순이를 건져내였다.

원래 이 로인은 어부로서 슬하에 자식 하나 없이 밤이면 강에다 주낙을 늘여놓고 고기를 잡아 근근득식으로 생활하고있었다.

로인의 구원을 받아 계순이는 먹었던 물을 토하며 정신을 차렸다. 로인이 세세히 물은즉 계순이는 눈물을 흘리며 자초지종을 여쭈었다.

≪네 언녕 의지가지없는 신세가 되었으니 인젠 나의 집으로 가자. 내가 너를 수양딸로 삼을테다.≫

로인의 말에 계순이는 반겨하며 로인을 따라 그 집으로 갔다. 그뒤로부터 계순이는 궂은일 마른 일 가리지 않고 어부를 친부모와 같이 공대하며 살았는데 그가 마음씨도 착하거니와 례절 또한 밝은지라 사처에서 혼사말이 쉴새없이 들어왔다. 그러나 계순이는 효도로서 은혜를 갚으려고 시집을 가지 않기로 결심하면서 혼사를 거절하였다.

한편 서울로 올라간 남편은 안해가 그렇게 된줄도 모르고 공부에만 열중하였다. 그러던 어느날 마침내 나라에서 인재를 고르기 위하여 방을 내붙였다.

드디여 과거날이 되여 팔도의 선비들이 인산인해로 모여들어 과거를 보는데 남편이 필을 날려 과거문의 운자에 따라 글을 써올리니 대뜸 급제하여 그날로 암행어사로 되여 임금의 마패를 받아들고 집으로 향하였다.

그런데 집으로 돌아온 남편은 깜짝 놀랐다. 글쎄 그토록 사랑하던 안해가 집에서 쫓겨나가 행방불명이 되었던것이다. 장차 이 일을 어찌하면 좋단 말인가? 그날 남편은 부모전에 복지하고 아뢰였다.

≪소자는 어쨌든 계순이를 찾아 떠나겠으니 그리 알으십시오.≫

그길로 떠난 어사는 참빗 훑듯이 조선팔도를 다 뒤집으며 안해를 찾았다. 그러던중 하루는 대동강상류에 이르러 소문한즉 모모네 댁에 분명 최계순이라는 녀인이 온지가 일년이 된다는것이였다. 그 소식을 들은 어사는 친보로 계순이를 찾아갈 면목이 없어 관아로 들어가 마패를 내놓았다. 그러니 류방군속들이 벌벌 떠는지라 어사는 그들을 안착시킨후에 하인들을 불러들이고 어서 최계순이를 대령시키라고 호령하였다. 그러자 하인들은 급히 모모네 댁에 가서 온 사연을 낱낱이 고한 다음 계순이를 교자에 앉히고 관아로 향하였다.

한편 교자에 앉은 계순이는 속으로 새로 도임한 사또가 제아무리 간청한들 수청을 들라해도 죽기전에는 허락할수 없다고 결심했다.

이윽고 관아대청에 이르자 사또가 짐짓 계순이더러 어서 수청들라고 령하였다. 하지만 아무리 세력이 하늘에 닿은 사또라 해도 계순의 일편단심 굳은 마음을 꺾을수 없었다. 이에 사또는 너무도 기특하여 껄껄 웃으며 말했다.

≪머리를 들어 나를 보라.≫

그랬건만 계순이는 들었는지 말았는지 머리를 쳐들지도 않았다. 이때 사또 손수 버선발로 계하에 뛰여내려 계순이를 부축하니 그제야 계순이 쳐다본즉 저의 남편이 왔는지라 흑흑 느껴울며 와락 달려들어

≪아이고, 이게 누구요? 나를 버리고 어디에 갔다가 인제야 왔소? 꿈이면 깨지 말고 생시이면 변치 말라.≫하고 목을 놓아 통곡하였다.

이에 어사 안해를 위로하여 앉힌후에 영문을 아뢰게하니 계순이는 여태까지 되어진 사실을 낱낱이 고하였다. 어사 듣고보니 죽일년은 황정승의 딸이였다.

그후 남편은 처갓집 량부모와 안해를 서울에 모셔가 평생 쾌락을 보았다 한다.

두 친구

한 고을에 두 량반이 살고있었다.

앞집은 삼천갑부요 뒤집은 행색이 량반의 가문이나 살림이 구차하여 근근히 살아가는 형편인데 앞뒤집에 모두 아들이 하나씩 있었고 동갑이였다. 아이들은 소시적부터 친한 사이였고 한마을 서당에서 함께 글을 읽었다.

세월은 빨리도 흘러 어느새 아이들의 나이 이팔이 되자 끌끌한 총각이 되였다. 서당글을 다 읽고 앞집아들은 서울로 글공부하러 올라갔으나 뒤집아들은 가세가 빈한한고로 더는 글공부를 할수 없어 집에서 부모를 도와 가사를 돌보지 않으면 안되였다. 그가 년광이 차자 안해를 얻어 가정을 이루고 년로한 부모를 봉양하여 살아가는데 량친부모는 로년에 다 병하여 선후로 세상을 떠나게 되였다.

뒤집아들은 부모를 잃은 뒤에 늘 신세타령만 하면서 술만 마셔대다나니 나중에는 입에 풀칠하기조차 어려울 정도였다.

하루는 풍문에 서울가서 공부하던 친구가 과거에 급제하여 평양감사가 되였다는 말을 듣고 그 친구가 평양감사되였으니 찾아가서 구구한 사정을 이야기하면 결코 박대는 하지 않을것이라는 생각이 들어 서신을 띄워 아무날 아무시에 찾아가겠노라고 했다.

평양감사는 서신을 보자

(이 친구가 술만 마신다더니 가사가 궁한 모양이렸다. 내 옛정을 생각하여 아니 돕지는 못할망정 내 한번 술버릇을 떼여주리라.)하고 생각하고 평양에서 제일가는 기생을 선택하여 성으로 들어오는 큰길옆에다 주막을 짓고 술장사모양으로 가장하여 친구를 기다렸다가 여차여차하라고 일렀다.

뒤집친구는 푼돈을 좀 장만하여가지고 평양으로 떠났다. 그런데 평양까지 사흘길이라 이틀만에 길가의 동리에 들려서 대충 요기하고 평양성이 멀지 않은 곳까지 가니 날이 일모하여 하루밤 묵을 곳을 찾는데 두어마장 앞에 주막이 보였다.

그래서 술집에 찾아가 주인을 찾으니 문이 열리며 절세의 미인이 버선발로 나와 공손히 맞으며 말하였다.

≪어디로 가시는 길손이온지 우리 집에 들려 약주나 한잔 하시고 다리쉼이나 하시와요.≫

아가씨가 수태를 머금고 청하기에 뒤집친구는 주막에 들어가 좌석에 앉았다. 이윽고 아가씨가 술과 안주를 차려놓고 손수 술을 권하자 뒤집친구는 혼이 반공중에 들려 권하는대로 술과 안주를 받아먹었다. 그런데 술을 얼마나 마셨던지 만취하여 세상을 버리다싶이 되자 기생은 침상에 그를 데려다 눕혔다.

감사는 다시 하인들더러 염라국사자모양으로 의복과 의관을 차려입고 주막으로 가서 술에 취한 친구를 여차여차하라고 시켰다.

드디어 하인들이 술취한 친구를 들것에 들고 수양버들이 우거진 정자에 가져다 눕힌 다음 의복을 갈아입히고나서 옆에 빙 둘러 앉아있었다.

한낮이 되어 술에서 깨여난 친구가 옆에 앉아있는 사람들을 보더니 인간세상의 사람들이 아닌지라 일어나 앉아 물었다.

≪이곳이 어디메뇨?≫

≪애, 여기는 염라국이옵니다.≫

염라국사자차림을 한 하인 하나가 일어나 두손을 합장하고 대답했다. 깜짝 놀란 친구가 다시 사방을 둘러보니 푸른 수양버들이 휘늘어져있고 버들가지사이로는 황금같은 꾀꼴새가 이 가지 저 가지에 날아들고 봉접이 쌍거쌍래하거늘 별유천지에 온듯싶었다.

이때 한 하인이 큰 책을 한권 가지고 와서 친구앞에 놓으며

≪대왕님, 우리는 염라국의 사자들이옵나이다. 우리의 선조대왕이 갑자기 돌아가시였기에 대왕이 없어 옥제님께 상주하니 옥제님은

<아무곳 아무개가 지금 평양으로 가다가 주막집에서 술에 만취해 있을것인 즉 그 사람이 너희 나라 대왕이 될 사람이니 너희들은 지체말고 모셔다가

룡상에 앉히고 만인간의 생사명부를 맡기라.≫

하시기에 우리들이 이렇듯 령을 받고 모셔왔사오니 <생사명부> 책을 받으시와요.≫라고 말하고는 물러갔다. 그러자 하인들과 기생들이 희한한 옷차림으로 엇바꿔들어와 시중을 드는데 세상 맛보지도 못한 진수성찬을 먹으며 지내는 사이에 달포가 지났다.

한편 감사는 친구가 귀신놀음에 속아서 세월을 보내는 동안 하인들을 시켜 관을 짜오게 하고 돈과 포목필을 관안에 가득 넣은 다음 뚜껑을 못으로 단단히 봉하였다. 다음 친구네 집에 가져다주게 하였다.

≪염라대국≫에서 대왕노릇을 하며 매일 술을 마시고 기생들과 질탕하게 놀던 감사의 친구는 이날도 밤늦도록 기생이 부어주는 술을 잔뜩 마시고 곯아떨어졌다가 한밤중에 온몸이 오슬오슬하여 깨어나보니 이게 웬 일인가? 기생들도 룡상도 간곳없이 사라지고 홀로 쓸쓸히 정자의 맨봉당에 누워있었다.

웬 영문인줄 몰라 버들숲을 헤치고 나오니 바로 대동강가라 그제야 속은줄을 알고 감사전으로 들어가니 감사가 호통을 쳤다.

≪자네, 온다는 날자에 오지 않고 어디서 실컷 술만 퍼마시다가 인제야 온단 말인가? 나는 술만 퍼마시는 사람을 친구로 알지를 않네. 어서 자네의 그 두더지굴로 썩 돌아가게.≫

감사는 말을 마치자 돌아보지도 않고 내당으로 들어가버렸다.

감사질하는 친구에게 구걸은커녕 말 한마디 못해본채 사령들에게 들리워 쫓겨난 친구는 분이 상투끝까지 치밀어올랐다.

≪제길할, 저는 잘되였다고 친구도 몰라보고 박대를 하는구나. 잘살아도 내 팔자요 못살아도 내 팔자라 다시는 굶어죽는 한이 있더라도 네놈한테 구걸은 않으리라.≫

단념하고 발길을 돌려 시골을 향하여 내려오는데 그 날인즉 감사의 하인들도 그의 집에 당도하는 날이였다. 감사의 하인들은 관을 메고 시골친구의 안해를 찾아 남편이 평양에 갔다가 돌아오던 길에 강도를 만나 금은보화를 빼앗기고 칼에 맞아 죽었다고 말했다.

남편의 시체가 입관되여 돌아오자 안해는 비몽사몽간이라 눈앞이 캄캄하고 목이 탁 메여 울음도 제대로 나오지 않았다. 그래서 관을 탕탕 두드리며 ≪아이고 데이고≫ 통곡을 하였다.

감사의 하인들은 우는 시골친구의 안해를 두고 돌아가버렸다. 난데없는 곡성을 듣고 찾아온 동리사람들이 사연을 알자 혀를 끌끌 찼다. 동네 남정들은 서둘러 마당에다 채일을 치고 상두를 마련해놓았다.

시골친구가 맥없이 돌아오다가 동리에 들어서니 웬 곡성이 들리기에 두리번두리번 어느 집에 상사가 났는가고 살폈다. 보니 자기네 집마당에 사람들이 모여서서 웅성거리고 한옆에는 상두채를 가져다놓았는데 안해는 관뚜껑을 치며 통곡하고있었다.

≪아이고, 당신이 어찌하여 이렇게 죽어서 시체만 돌아온단말이오. 이런 원통한 일이 세상에 또 있겠는고. 아이고, 여보.≫

시골친구는 달려들어가 안해를 잡아일으키며 말했다.

≪여보, 정신을 차리고 나를 좀 보오. 내가 죽기는 왜 죽었단말이오. 내가 살아서 돌아왔소.≫

안해는 산발한 머리를 들고 남편을 보더니만 더욱 슬피 울며 통곡했다.

≪아이고 여보, 당신이 얼마나 원통하게 돌아가셨으면 당신의 혼이 나를 못잊어 저승으로 아니 가고 나를 보러 오셨나이까? 당신이 오신김에 차라리 나를 잡아가구려. 전생에서 구차히 살았을망정 저생에 가서 잘 살아보사이다.≫

남편이 여러번 달래서야 안해는 남편이 죽지 않고 돌아온줄 알고 일회일비하며

≪도대체 어떻게 된 영문이와요. 당신이 죽은줄로만 알았더니 살아서 돌아왔사오만 이 관은 무슨 일로 보내였나이까?≫하고 남편에게 영문을 물었으나 남편마저 관속에 무엇이 들어있는줄 몰랐으므로 안해에게 말했다.

≪여보, 그 친구가 쓸데없이 관을 보낸것 같지 않으니 한번 관뚜껑을 떼고 보기오.≫

남편이 곧 연장을 가져다가 뚜껑을 떼고보니 관속에는 돈과 포목필이 꽉 들어차있는지라 그제야 친구가 자기의 술버릇을 떼주는 한편 도와주느라고

연극을 꾸민줄 알게 되었다. 그뒤 시골친구는 다시는 술을 마시지 않고 그 돈으로 땅을 사서 농사를 지으며 잘 살았다고 한다.

포수와 그의 세 아들

어느 시골에 아버지와 세 아들이 모두 포수로 살아가는 한 집이 있었다. 본래 아버지는 린근에 이름있는 포수여서 활을 쏘면 날아가던 날짐승도 활촉에 맞아떨어지고 호랑이도 그의 화살앞에선 옴짝 못하였다.

어느 하루 아버지가 어머니와 세 아들을 불러놓고

≪내 오늘 길을 떠나 백두산호랑이를 잡으러 가겠는데 죽을지 살아서 돌아오겠는지는 몰라도 그 백호를 잡으면 큰 부자가 될것이요, 못잡으면 죽는 길밖에 없으니 내가 이 칼을 집에다 놓아두고 가겠소. 이 칼이 녹이 쓸면 내가 죽은것이고 녹이 쓸지 않으면 살아서 돌아올것인즉 그리 알아주오. 그리고 너희들 삼형제는 어머님의 말씀을 잘 듣고 부지런히 재간을 익혀야 하느니라.≫하고 분부하고는 줴기밥을 싸서 짊어지고 길을 떠났다. 가고가고 또 가서 며칠이나 갔는지 백두산 깊은 골짜기에까지 당도하니 먹을것이 떨어져 산짐승을 잡아서 요기를 하였다. 어느날 정오때가 되어서 한 산중턱에 이르니 앞에 큰 느릅나무아래 커다란 바위돌이 놓여있는것이 보였다. 포수가 바위에 걸터앉아 날짐승이라도 보면 잡아서 요기를 하려고 활에다 활촉을 메워들고 사방을 살피는데 앞으로부터 웬 처녀가 머리에 밥보자기를 이고 왔다. 포수가 보니 그 녀인은 떠오르는 반달같기도 했고 이슬 맺힌 장미꽃 같기도 했으며 늪가의 련꽃 같기도 했다. 이팔청춘 고운 아가씨는 포수앞에 와서 곱게 허리를 굽혀인사하더니 정이 찰찰 넘치는 말로

≪보아하니 포수님같사온데 몹시 시장하겠나이다. 저 고개너머 우리 부모님이 밭김을 매고 계시온데 점심밥을 해가는 도중이와요. 포수님, 이 밥을 먼저 드시와요. 부모님께는 다시 밥을 지어다가 드려도 늦지 않사옵니다.≫하고는 포수가 사양하건 말건 밥보자기를 풀어헤치는데 새하얀 백옥미로 밥을

지은데다가 약주까지 손수 부어서 권하기에 포수가 더는 사양을 못하고 권하는 술을 받아들고보니 술색갈이 붉은데 그 향기가 어찌나 그윽하던지 단모금에 쭉 들이켰다.

술을 마시고나니 하늘땅이 빙빙 돌아가기에 포수는 몸을 가누지 못하고 땅에 쓰러졌다. 그 아름다운 아가씨는 괴상한 웃음을 터뜨리며 몸을 한번 번뜩이더니 큰 백호로 변하여 포수를 물고 달아났다. 이렇게 명포수는 백두산호랑이에게 먹히우고 말았다.

한편 집에서 무예를 익히며 기다리던 삼형제는 하루 저녁, 아버지가 두고간 칼을 빼보니 녹이 콱 쓸어있는지라 아버지가 잘못된줄 알고 가슴아파하였다. 이튿날 아침, 큰 아들이 어머니앞에 꿇어앉아 눈물을 흘리며

≪어머님, 아버님께서 백두산호랑이에게 잘못되였으니 장자인 제가 가서 백두산호랑이를 잡아 아버지의 원쑤를 갚겠나이다.≫하고 말하니 어머니가 눈물을 닦고 고개를 끄덕이며

≪네가 가는것이 옳은 일이다. 남아대장부라면 응당 그래야 하느니라. 허나 길에서 조심해야 한다.≫하며 응낙하였다.

이리하여 큰 아들은 행장을 갖추고 활과 화살을 멘채 백두산을 향해 아버지의 원쑤를 갚으러 길을 떠났다.

가고 가다가 한곳에 당도하니 큰 방석같은 바위돌이 있는지라 좀 앉아 쉬여서 가려고 하니까 앞으로부터 꽃같은 아가씨가 머리에 밥보자기를 해이고 사뿐사뿐 다가오더니 여차여차하니 어서 밥을 드시라며 밥보자기를 풀고 김이 물물 나는 밥식기를 앞에 가져다놓으며 섬섬옥수로 술을 부어 받쳐올리는데 푸른 술이 향기를 풍기고 또 아가씨가 어찌도 살뜰하게 권하는지 큰 아들이 사양하다못해 받아서 쭉 마시니 역시 하늘땅이 빙빙 돌고 눈앞이 아찔해나면서 한옆에 쓰러지고 말았다. 이리하여 큰 아들도 백두산호랑이에게 먹히웠다.

집에서 소식을 기다리던 두 동생들은 맏형이 달포가 지나도 돌아오지 않자 또 잘못된줄을 알고 이번에는 둘째가 나섰다.

이번에도 어머니는 두말없이 허락하고 떠나보내였다. 둘째 역시 가고가다가 그곳에서 아버지와 큰 형님처럼 범에게 죽고 말았다.

집에서 이제나 저제나 소식이 올가고 기다리던 막내아들은 달포가 지나도 둘째형님이 돌아오지 않으니 또 어머니에게

≪어머님, 아버지와 큰 형님, 둘째형님까지 백두산호랑이에게 잘못되였으니 제가 가서 그 호랑이를 잡아 그놈의 염통을 뽑아 아버지와 두 형님의 원쑤를 갚겠나이다.≫하며 떠나려고 하니 어머니가 펄쩍 뛰며 안된다고 딱 잡아떼였다. 허나 아들이 하도 우기며 가겠노라고 하니 어머니 역시 다른 방도가 없어

≪네가 기어코 가려고 하니 에미로서도 더 말리지는 못하겠다만 두가지 요구에 응낙해야만 너를 맘놓고 보내겠다.≫하고 말씀하시자 막내아들은 어머니앞에 꿇어앉아

≪어머님, 무슨 요구인지 어서 말씀하시와요.≫하고 말하니

≪너의 아버지의 활재주는 너와 비하면 하늘과 땅이요, 너의 두 형도 너보다는 활재주가 비상하다. 그러니 첫째로는 백일동안 궁술을 배우는것이다. 둘째로는 어머니가 시험을 칠테니 그때 가서 합격되여야만 보내겠다.≫

막내아들은 그날부터 열심히 궁술을 익히는데 매일 사냥하여오는 짐승의 수자는 날따라 더 많아졌다. 어언간 석달 하고 열흘이 지나자 하루는 어머니가 막내아들을 불러 앉혀놓고

≪애야, 네 활재주가 어떠한지 시험쳐볼 때가 되지 않았느냐?≫하고 묻자 이젠 자기로서도 자신이 만만한 막내아들은 어머니를 찾아 말씀을 올리려고 하던 참이라 쾌히 대답했다.

≪네, 어머님, 이젠 시험칠 자신이 있나이다.≫

막내아들의 말을 듣고난 어머니는 물동이를 이고 샘터로 가서 물을 한동이 길어온 다음 그우에다 바가지를 엎어놓고 바가지에다 바늘을 꽂았다. 그리고는 아들더러 백보앞에 서서 바늘귀를 쏘아맞히라고 했다.

막내아들은 활에 살을 먹여 들고 한눈을 지그시 감더니 활시위를 힘껏 당겼다가 놓았다. 그랬더니 ≪핑≫ 소리와 함께 바가지에 꽂아 놓은 바늘귀를 면바로 맞혔다.

이를 본 어머니는 몹시 기뻐하며 그 이튿날 아침 일찍 일어나 밥을 지어먹이

고 길에서 꼭 조심하라고 천당부만당부하면서 떠나보냈다. 막내아들은 어머니에게 큰 절을 올리며

≪어머님, 제가 가서 꼭 그 백호를 잡아 원쑤를 갚고 돌아오겠으니 부디 몸 건강히 계시옵소서.≫하고 인사를 드린후에 백두산백호를 잡으러 길을 재촉했다.

막내아들은 가고 가다가 배고프면 산짐승을 잡아서 요기하면서 오로지 원쑤를 갚으려는 마음으로 길을 다그쳐 아버지와 두 형님이 백호한테 먹히운 그 큰 바위돌에 이르렀다. 바위돌에 앉아 쉬며 해를 보니 벌써 서산에 일모하게 되었으므로 남았던 짐승고기로 요기하고나니 온몸에 피로가 몰려들어 바위우에 쓰러져 있는데 두 형님이 찾아와서

≪동생아, 우리는 모두 호랑이 밥이 되어서 아버지의 원쑤를 갚지 못하였는데 네가 마침 왔구나. 래일 날이 새면 꽃같이 아름다운 아가씨가 점심밥을 해이고 여기에 와 너에게 술을 부어주며 밥을 들라고 청할것이다. 그러나 넌 아무것도 먹지 말아라. 그놈인즉 백두산백호인데 그 술과 밥을 먹어선 절대 안된다.≫하고 말하고는 자취없이 사라져버렸다.

막내아들이 너무 안타까와 두 형을 번갈아 부르면서 벌떡 일어나니 일장꿈인데 이미 동녘하늘에 해님이 한발이나 올라왔다. 꿈에 두 형님이 오셔서 한 권고가 우연한 일이 아님을 깨달은 막내동생은 화살을 먹여들고 앉아 기다렸다.

좀 있으려니까 과연 앞으로부터 선녀같이 아름다운 아가씨가 사뿐사뿐 걸어오는데 아닌게 아니라 머리에 김이 물물 나는 밥보자기를 해이고서 자기쪽으로 걸어오고있었다. 동생은 그것이 꼭 백호임을 알았으나 어찌나 아름다운지 감히 앞에서 활을 당기지 못하였다. 이윽고 아가씨가 막내아들앞에서 허리를 굽혀 깍듯이 인사하며

≪먼길에 얼마나 수고많으셨나이까? 시장하시겠사온데 어서 드시와요.≫하며 정성스레 권하는데 이번에도 동생은 차마 활을 쏠수가 없어 숟가락으로 밥을 한술 푹 떠서 먹는체하다가 머리를 홱 돌리며

≪하, 저 산의 저 곰이 힘도 세구나. 이 산의 나무를 저 산에 옮기고 저

산의 나무를 이 산에 옮기누나.≫하고 말하니 제아무리 교활한 백호라도 죽을 때가 되었던지 막내아들에게 속아서 고개를 돌려 저쪽산을 바라보는것이였다. 그 순간 막내아들이 대바람에 화살을 먹여들고 그 아가씨의 숨통을 겨누고 쏘니 아가씨는 온데간데없고 웬 호랑이가 ≪따웅≫하고 온 산이 쩌렁쩌렁하게 소리를 지르며 하늘공중으로 뛰여오르더니 ≪쿵≫하고 떨어지며 네각을 뻗고 죽어버렸다.

   그제야 막내아들은 비수를 뽑아들어 백호의 배를 가르고 염통과 간을 떼낸 다음 간을 절반 먹고 나머지 간과 염통을 싸가지고 집으로 돌아와 아버지와 두 형님의 제사상에 제물로 올려놓았다. 이렇듯 원쑤를 갚은 막내동생은 그후 어머니를 모시고 잘 살았다고 한다.

도깨비에게 홀린 총각

　옛날 한 동네에 이십여명의 젊은이들이 살고있었는데 하루 저녁은 모여앉
아 잡담을 하였다. 그때 한 젊은이가 나서서 말하였다.
　≪우리들중 누가 제일 담이 큰가 내기를 해보지 않겠나?≫
　≪어떻게 무슨 내기를 한단말인가?≫
　다른 한 젊은이가 물었다. 그러자 먼저 말을 꺼낸 젊은이가 말했다.
　≪저 동네 남쪽에 도깨비소란게 있지 않나. 그 소를 건너가면 큰 백양나무가
있고 그 백양나무밑에 바위돌이 있네. 그 백양나무에다 자기 이름 석자를 써놓
고 오는 사람에게 우리 모두가 한턱을 내고 그러지 못할 때에는 그 사람이
우리한테 한턱을 내는것이 어떤가 말이네?≫
　이 말이 끝나기 바쁘게 키꼴이 훤칠한 한 젊은이가
　≪그럼 내가 갔다가 오겠네. 내가 올때까지 기다리게.≫하며 일어나더니
밖으로 나갔다. 밖에 나오니 날이 얼마나 캄캄한지 누가 와서 귀뺨을 쳐도
분간할수 없을 정도였다.
　담이 큰 총각이 엎어지고 자빠지며 겨우 도깨비소를 건너가니 과연 큰 백양
나무가 서있는데 밑에 방만큼 큰 바위돌이 놓여있었다. 그래서 숯검댕이를
꺼내 손더듬으로 자기 이름을 쓰기 시작했다. 이름 마지막자를 다 쓰고 났을때
였다. 어디서 ≪철버덩철버덩≫ 소리가 나기에 뒤를 돌아다보니 무엇이 내물
을 건너오고있었다. 그 사람은 건너오자바람으로 총각앞에까지 다가오는데
머리우에다 보따리를 이고 해쭉해쭉 웃고있었다. 아가씨의 인물이 얼마나 잘
생겼던지 캄캄한 밤에도 꽃같은 얼굴이 환하였다. 이팔아가씨는 총각앞에 다
가오더니 머리에 인것을 내려놓으며
　≪여보세요, 어찌하여 이 캄캄한 밤에 이런 곳에 와 계시나이까? 내 지금

길을 잃고 헤매다가 인기척이 나기에 찾아왔사온데 이것도 천상의 연분인가 하나이다.≫하고 옆에 와서 아양을 떠는데 젊은이 역시 총각이라 이쁜 아가씨를 만나니 저도 모르게 흐믓해났다.

≪그럼 네가 사람이냐? 아니면 귀신이냐?≫

≪제가 사람이 아니오면 어찌 감히 당신한테 올수 있겠나이까?≫

≪네가 사람이라면 어떻게 남자도 아닌 여자의 몸으로 아닌밤중에 길을 다닌단말이냐?≫

젊은이가 이렇게 묻자 그 아가씨는 눈물을 흘리며

≪소녀는 서울 김정승댁의 딸이온데 후원별당에서 책을 읽고 있다가 아닌밤중에 건달놈이 나쁜 마음을 품고 뛰여들어와 잔약한 몸을 겁탈하였나이다. 이 일을 아시고 부친님께서 나를 쫓아냈는데 그 길로 조선팔도를 다 돌며 보아도 소녀의 배필이 될만한 사람이 없었사온데 오늘에야 담대한 당신을 만났나이다.≫

젊은이가 들어보니 과연 그럴듯한지라 그 자리에서 백년가약을 맺으니 구시월 호박이 넝쿨채 떨어진셈이라 입을 다물지 못했다. 그리하여 젊은이가

≪그럼 우리 사는 동네가 여기서 멀지 않은데 우리 집으로 가는것이 어떠하오?≫하고 물으니 이팔아가씨가 말했다.

≪앞으로 아들딸 낳고 만세를 살겠는데 그런 곳에서 어떻게 살아가겠나이까? 소녀에게 조금 돈이 있사오니 큰 벌로 나가서 집을 짓고 살아가시이다.≫

≪그 보자기의것은 무엇이오?≫

≪네, 이건 저의 부친이 소녀를 쫓으면서 그래도 딸이라고 금은보화를 얼마간 주며 <네가 이것을 가지고 랑군을 만나거던 집도 짓고 땅도 사서 살아가거라.>하시며 주신것이나이다.≫

김정승 딸이 이렇게 말하며 젊은이를 잡아끄니 젊은이는 마음이 흐믓하여 따라나섰다. 아가씨는 가고가다가 어디까지 갔는줄은 모르나 큰 벌판이 나지자 여기서 집을 짓고 살자는것이였다. 이리하여 젊은이가 사방을 다니며 목수와 재간있는 사람을 불러다가 집을 짓고 살림을 꾸리기 시작하였다.

세월이 여류하여 해와 달이 바뀜에 따라 아들도 낳고 딸도 낳아 길러서

년광이 차 시집장가를 보내니 친손외손을 다 보게 되었다. 어찌나 기쁜지 하루는 손자놈을 안고 ≪흥--흥--≫하고 콧노래를 부르며 생각해보니 자기같은 사람이 안해를 잘 만나 호의호식하며 이제는 손자손녀까지 본것이 꿈만 같았다.

한편 젊은이를 보내놓고 기다리던 동네 젊은이들은 기다리다 못해 사경이 지나자 홰불을 켜들고 찾아떠났다. 그들이 백양나무밑에 가보니 이름 석자는 써놓았는데 사람은 보이지 않기에 사방으로 흩어져 찾아다니다가 한 벼랑꼭대기에서 ≪흥--흥--≫하는 콧노래소리가 나기에 올라가보니 나뭇잎이 수북이 쌓인 바위우에 젊은이가 누워서 썩은 나뭇가지를 안고 콧노래를 부르고 있었다.

≪야, 이놈아! 네가 어쩌면 이런데 와서 자빠져 자느냐?≫하면서 먼저 말을 꺼냈던 젊은이가 내기하러 나온 젊은이의 귀쌈을 한 대 갈기며 소리를 쳤다. 그러자 그 젊은이는 깜짝 놀라 깨며 웨쳤다.

≪응? 여기가 어디야? 야, 세상에 별일이 다 있구나! 야, 세상에 어디 이런 일이 있단말이냐? 세상에…≫

≪야, 이놈아 네가 오늘 도깨비한테 홀렸댔구나. 빨리 일어나 가자!≫

그제야 젊은이는 제정신이 들어서 집으로 돌아갔다.

그때부터 도깨비덕에 호의호식하던 이야기가 그 젊은이의 입에서 나와 오늘날까지 전해졌다고 한다.

봉사가 장가들다

옛날 한곳에 소시적부터 안맹한 사람이 있었는데 나이 삼십이 넘도록 취처 못하고 혼자서 고독하게 살아갔기에 모두들 불쌍히 여겨 먹을것도 가져다주고 마음 착한 아낙네들이 사철 입을 옷을 지어다주긴 하였으나 누가 나서서 혼사를 정해주는 사람은 하나도 없었다.

하루는 봉사총각이 동네마실을 나갔다가 이런 말을 들었다. 세상에 팔절미가 있으되 그중 여자의 맛이 제일 좋다는것이였다.

봉사가 생각해보니 비록 자기는 앞은 못보지만 사지는 성한지라 궁리 끝에 밖에 나가서 여자의 맛을 보고 오리라고 맘먹고 지팽이를 짚은채 집을 나섰다.

한창 가문 날씨라 모두들 밭김을 매고들 있는데 봉사가 산모통이를 돌아서니 가까운 곳에서 호미질소리가 들리였다. 하지만 그 사람이 남자인지 여자인지 알수가 없어서 물어볼수밖에 없었다.

≪여보시유, 김군. 이 삼복철에 수고 많소이다.≫

봉사의 말에 옷통을 벗어제치고 호미질하던 김군은 깜짝 놀라 두손으로 앞가슴을 부여잡으며 머리를 쳐들었다.

그 김군인즉 청춘과부로서 서방을 잃고 수절하는 녀인이였다. 과부는 급히 저고리를 입고 옷고름을 매며 봉사의 물음에 대답했다.

≪아유, 봉사님이 어떻게 여기까지 오셨소이까?≫

봉사가 들어보니 면바로 과부의 목소리라 속으로 은근히 기뻐서 밭고랑에 앉으며 말했다.

≪휴─, 날씨가 어찌나 무더운지 소풍하러 나왔다가 그만 길을 잃고있었는데 호미질소리에 찾아왔소이다.≫

≪아유, 봉사님두 큰일나겠네유. 다시는 함부로 나돌지 마시와요.≫

≪내 구구한 사정이 있어 임자를 찾아온거유. 임자 아니면 사정을 들어줄 사람이 있겠수?≫

≪무슨 사연이온지 말씀하시유. 내가 할수 있다니 그게 무어유?≫

≪내 천생으루 두눈이 멀어 나무막대에 의지해 살아오나 골속에 생각은 많다오. 사내대장부가 평생 취처를 못하여 여자 맛도 모르니 이담 죽어서 몽달귀가 될 생각을 하니 눈물이 핑핑 도우다.≫

봉사의 말을 들은 과부는 그만 제 설음에 눈물이 핑 돌았다.

(호- 내가 저 사람의 소원을 풀어주어야 할텐가? 내 과부신세나 저 홀애비 신세나 무엇이 다른고? 차라리 소원이나 풀어주자!)

≪여보세요 봉사님, 제발 이번만은 허락하겠사오니 다시는 찾지 마시와요. 이곳은 산속이라 외인이 없사와요. 저 조이밭으로 가사이다.≫

이리하여 봉사와 과부는 한몸뚱이가 되었다가 떨어져 제각기 집으로 돌아들 갔다.

며칠 지나 봉사는 또 과부생각이 나서 더는 견딜수가 없었다. 그래서 한밤중에 집을 나서서 동네집 문을 두드리며 말을 물어 과부네 집까지 찾아갔다. 급해맞은 과부는 얼른 봉사를 들여놓고 말했다.

≪여보시유 봉사님, 다시는 찾지 말라고 하였사온데 왜 또 오셨나이까?≫

봉사는 아무런 대답도 않고 구들에 앉아 한숨을 후- 내쉬였다.

≪어쩐지 자식생각이 나는구먼. 마누라 없어 슬하에 자식이 없으니 이담 죽으면 동네사람들이 되는대로 내다 묻으면 무주고혼이 될것이 아니유? 자연 마음이 슬퍼져서 임자를 찾아왔수?≫

봉사의 말을 듣고 과부 역시 제 설음에 훌쩍이였다. 이윽고 그는 볼을 타고 흐르는 눈물을 옷고름으로 닦고나서 봉사의 손을 잡고 방으로 올리끌었다. 그리고는 정말 다시는 오지 말라고 빌었다. 이렇게 되어 봉사는 또 하루밤을 과부와 보내게 되었고 그뒤부터는 집을 알아서 더 자주 다니게 되었는데 마음이 선량한 과부라 번마다 들여놓군 했다. 과부문전에 말이 많다더니 이 소문이 어느새 온 동네에 퍼지게 되었다.

소문이 나게 되자 과부는 하는수 없어 봉사에게 시집을 갔다고 한다.

이무기와 효녀

옛날 한 동네에서는 해마다 농사가 잘되였더랬는데 한해 가을은 이상한 괴물이 나타나서 농민들이 땀흘려 가꿔놓은 곡식들을 반반하게 짓뭉개 놓았다. 그후부터 해마다 팔월보름날이 되면 괴물이 나타나 곡식을 해치니 동네사람들은 손맥이 풀려 일을 못했고 농사는 해마다 흉년이 들었다.

어느날 존장이 동네사람들을 불러다놓고

≪우리가 어찌 이러고만 있겠소 어디든 가서 점이라도 쳐보는것이 어떤가? 아무튼 방법을 대여서 해를 면해야지 않겠나?≫하고 말했다.

동네사람들은 존장의 말대로 합의를 본 뒤 이름난 명복을 찾아가서 점을 쳐보았다. 명복은 중얼중얼하다가 점패를 얻더니 말했다.

≪당신네 마을앞에 큰 늪이 있지 않소?≫

≪예, 있수다.≫

존장어른이 명복의 물음에 대답을 했다.

≪그 늪에는 천년 묵은 이무기란 놈이 있는데 하늘의 룡수를 얻지 못해 룡이 되지 못하여 인간세상에 나와서 해를 끼치는거요.≫

≪그렇다면 무슨 방법이 없겠소?≫

존장어른이 급해나서 물었다.

≪방법이 있긴 한데 사람이 살겠다고 어떻게 그런 일을 하겠소?≫

≪무슨 방법인지 알려주오면 돌아가서 여러 사람들과 상의해보겠수다.≫

≪해마다 팔월보름날 아침에 열다섯살나는 처녀를 정수에 목욕을 깨끗이 시키고 제상을 차려 늪가에 가 제를 지내게 하면 그 이무기란 놈이 그해는 해를 끼치지 않을것이나 그렇지 않고 한해만 어기면 또 해를 끼치게 될거요.≫

마을로 돌아온 존장어른은 곧 동네사람들을 불러놓고 명복이 한 말을 들려주고나서 말했다.

≪우리들중에 누가 딸자식을 내놓고 제사를 지내겠소. 그러니 집집이 돈을 모아서 처녀를 사오는것이 어떻소?≫

동네사람들은 그렇게 하는수밖에 별다른 방법이 없어서 집집이 돈을 모아 나이 듬직한 사람 다섯을 뽑은 뒤 그들에게 돈을 주어 처녀를 사오도록 보냈다. 다섯사람이 팔도강산을 돌아다니다가 한 고을에 들어가니 어린 아이들이 배고 파 우는 집이 있기에 가보니 마침 두 량주가 우는 애들을 달래고있는데 올망졸 망한 아이들이 한구들 되고 열댓살되여보이는 처녀애가 젖먹이 막내동생을 업고 달래고있었다. 다섯사람중 한사람이 물었다.

≪여보시오 주인님, 여자애 하나를 팔지 않겠소? 지금 우리 고장에 재해가 들어 제사를 지내려고 하오. 돈을 얼마를 달라고 하면 얼마를 줄터이니 우리에 게 팔지 않겠소?≫

이 말을 들은 집주인은 얼굴에 노기를 띠우더니

≪내가 아무리 가세가 구차하다고 자식을 팔아먹고 살겠소? 썩 물러가오. 썩 물러가!≫하고 고함을 질렀다. 다섯사람은 하는수없이 돌아서서 나와버렸 다. 그들이 동네밖을 나서는데 뒤에서 웬 소녀애의 목소리가 들려왔다.

≪저기 가시는 손님네들 잠간 서주시와요. 여쭐 말씀이 있사옵니다.≫

원래 처녀애는 사람들이 나가자 내 한몸 팔아 부모님과 배고파 우는 어린 동생들의 배를 굶지 않게 하려고 업었던 동생을 내려놓고 부모들 모르게 따라 나왔던것이였다.

근심이 태산같아 한숨을 쉬며 돌아가던 다섯사람은 소녀에게 물었다.

≪애야, 넌 어째서 왔느냐?≫

≪제가 손님들을 따라가겠사오니 돈을 얼마나 주시겠나이까?≫

소녀의 말을 들은 다섯사람은 깜짝 놀랐다. 진작 부모들이 팔아도 울며불며 발버둥질을 쳐야 할 나이의 소녀가 제발로 찾아왔으니 이상해서 물었다.

≪애야, 너의 아버지가 보내더냐?≫

≪우리 집에선 아무도 모르오나 제 한몸 버려서 온 집안식구들을 구할수 있다면 일개 소녀의 몸으로서 그 이상 더 바랄게 무엇이겠나이까? 생각해주시

는 마음으로 저의 몸값으로 천냥돈만 주시와요.≫

소녀의 말에 감복한 다섯사람이 의논하더니 그중 한 사람이

≪애야, 너의 그 마음이 기특하니 너에게 돈 이천냥을 주마. 여보게, 자네 어서 이 돈 이천냥을 몽땅 가져다주고 오게.≫하고 옆에 선 사람에게 분부를 했다.

≪아니와요. 그렇게 하시오면 우리 아버지께서 나오시여 저를 도로 데려갈 것이오니 소녀를 믿으신다면 그 돈을 저에게 주시옵고 이곳에서 삼경까지 기다리시오면 제가 삼경에 어김없이 이곳으로 찾아오겠나이다.≫

≪애야, 우리가 너를 믿지 못할 리가 있겠느냐? 실로 네 마음이 기특하구나. 내 여직 효자라는 소리는 들었어도 효녀라는 소린 못들었더니 과연 네가 효녀로구나. 자, 옛다. 이것이 한푼차이도 없는 이천냥이다. 마음놓고 갔다가 오너라.≫

소녀는 돈을 받아 쥐고는 돌따서서 동네로 들어가더니 과연 삼경이 되자 홑몸으로 나왔다. 이윽고 소녀는 동네를 향해 절을 세 번 하고는 다섯사람을 따라 나섰다.

드디여 팔월보름날이 되어 소녀가 정수에 목욕을 하고 새옷을 갈아입고 늪가에 나오는데 두눈에 줄끊어진 구슬처럼 눈물이 줄줄 볼을 타고 내렸으나 울음소리만은 속으로 삼켰다. 늪가에 차려놓은 제물상앞에까지 온 소녀는 자기 집쪽으로 돌아서서 두손을 합장한채 절을 세 번 하고 말했다.

≪아버지 어머님, 부디부디 안녕히 계시와요. 귀여운 동생들아, 부디 부모님 말씀 잘 듣고 효성을 다하거라!≫

소녀의 말을 듣고 동네 남녀로소가 모두 눈물을 흘리는데 소녀가 일어나며 동네사람들에게 말했다.

≪우리 집 식구들을 살려주신 여러분의 은혜 백골난망하오니 부귀영화 길이 누리옵소서!≫

말을 마친 소녀가 치마폭을 뒤집어쓰고 늪에 뛰여들려는데 청천하늘에서 난데없이 먹장같은 구름이 몰려오고 광풍이 대작하자 번개불이 번쩍번쩍하며 ≪꽈릉! 꽈르릉!≫하더니 늪에다 벼락을 치는데 늪의 물이 홀떡 뒤집어졌다.

잠시후 다시 구름이 걷히고 늪의 물이 잠잠해지더니 늪가운데로 이무기란 놈이 둥둥 떠올랐다. 보니까 굵기가 몇아름이나 되고 길이는 몇마장이나 되는 큰 이무기였다. 소녀의 효성이 하느님을 감복시켜 하느님께서 번개신에게 령을 내려 이무기란 놈을 잡게 했던것이다.

이무기가 죽자 이 고장에는 다시 풍년이 들었고 소녀는 집으로 돌아가게 되었다. 그뒤 동네사람들은 소녀의 효성을 두고 칭찬해마지않았다 한다.

보쌈

서울에 한 대감이 살고있었다. 두 내외는 재산이 많았으나 사십이 당진하도록 슬하에 일점혈육이 없어 슬퍼하던차에 명산대천에 가 백일불공을 하면 자식을 본다는 소식을 들었다. 그래서 두 내외는 멀리 명산에 가 칠성당에 백일불공을 드렸는데 산신님의 덕이였던지 과연 그달부터 태기가 있어 십삭만에 해산하니 일개 옥녀였다.

두 내외가 금옥같이 귀하게 옥녀를 기르는 사이에 세월은 흘러 어느새 규수는 시집갈 나이가 되었다.

하루는 웬 대사가 찾아와서 념불하며 시주를 청하기에 규수 쌀을 서너되 떠내여 가지고 주머니에 넣어주었다. 그런데 대사는 돌아서려다가 규수의 용모를 살피더니 량미간을 찌푸리며

≪아, 규수의 용모는 화용월태이오나 운수가 불길하옵나이다,≫ 한마디 던지고는 길을 떠나려 하였다.

규수는 그 소리에 그만 당황하여 집에 들어와 부친께 아뢰였다.

≪부친께옵서 이자 대사가 하는 말이 저의 용모는 괜찮으나 운수가 불길하다고 하니 영문일랑 물어보옵소서.≫

그 말을 들은 대감은 버선발로 밖으로 뛰여나가더니 대사를 불러들이고 그 연고를 물었다. 그랬더니 대사는 이렇게 대답하였다.

≪말씀을 올리기는 황송하오나 소승은 관상을 좀 봅나이다. 규수의 관상은 앞으로 재가할 팔자이외다.≫

≪아이쿠, 그러면 이 일을 어찌한단말인가? 무슨 방책이라도 없는가?≫

대사의 말에 대감이 깜짝 놀라 다급히 묻자 그는 잠간 머뭇거리더니 이렇게 답변하였다.

≪방책이 있습니다. 시집은 두 번 보낼수 없으니 첫시집은 보쌈을 하옵소서.≫

방책을 내놓고 대사가 돌아가자고 하니 대감은 얼른 궤를 열고 은전 스무냥을 꺼내더니 대사께 주며 백배사례하였다.

대사가 돌아간후 대감은 어떻게 하면 비밀리에 보쌈을 할것인가를 궁리하였다. 궁리 끝에 한 꾀가 떠오르자 그는 야밤중에 하인 셋을 불러다놓고 야차여차하라고 귀속말로 타이른 뒤 동전 백냥을 내놓았다. 그랬더니 하인들이 날듯이 기뻐하면서 그날 밤으로 산중을 향해 길을 떠났다.

이튿날 한낮이 되어 산중에 이른 하인들은 행인이 나타나기를 눈이 빠지게 기다리는데 아닌게 아니라 스무살 좌우의 마장가전 총각 하나가 오솔길로 걸어왔다. 이윽고 총각이 가까이 다가오자 하인들은 불문곡직하고 달려들어 이불에 둘둘 말아서 가죽부대에 넣은 다음 메고 집으로 왔다. 그 소식을 들은 대감은 기꺼워하며 길일을 택하여 남몰래 잔치를 차렸다. 총각을 신랑으로 가장하고 규수를 신부로 가장한 뒤 초례를 지내고 상을 받기였다. 그러고나서 석양이 되자 신랑신부는 신방에 들었다.

이윽고 신랑신부가 한자리에 들려고 준비할 때였다. 갑자기 방문이 덜컥 열리며 장정 세놈이 우르르 뛰여들더니 가죽부대속에 신랑을 넣어가지고 밖으로 내뛰였다.

그날 밤, 세 사나이들은 물결 사나운 한강에 가죽부대채로 총각을 집어넣었다. 이렇게 옛날 봉건량반들은 자기의 자식을 살리려고 무죄한 백성을 귀신도 모르게 깜쪽같이 죽였다 한다.

≪수명당≫

옛날 한 시골에 늙은 로인이 어린 자식 하나를 두고 세상을 하직하게 되었다. 림종시에 늙은이는 아들을 불러놓고 말하였다.

≪귀돌아, 내 너를 두고 저세상으로 갈려니 차마 눈이 감기지 않지만 옥제님의 령이라 하는수 없구나. 내 죽은 뒤 혼자힘이 모자라면 제일 친한 친구들을 불러다가 재너머 늪가에 나를 들어다놓고 하늘을 우러러 <우리 아버지를 어떻게 모셔야 하나이까?>하고 웨치면 늪의 물이 절반 쭉 갈라지고 늪가운데 석관이 나타날것이다. 석관두껑을 떼면 그속에 부적이 있을것인즉 네 그 부적을 간직하고 나를 관속에다 넣은 다음 뚜껑을 닫고 늪에서 나오면 늪의 물이 다시 고일거다. 넌 그 부적을 가지고 네 발길이 닿는대로 가서 살면 되나라.≫

말을 마친 아버지는 눈을 스르르 감았다. 아버지의 시체에 엎드려 통곡하던 귀돌이는 아버지의 분부를 생각하자 곧 제일 친한 친구들을 불러다가 그날 밤으로 아버지의 시체를 재너머 늪가에 들어다놓고 하늘을 우러러 웨치였다. 그랬더니 늪의 물이 부르르 떨리면서 절반 쭉 갈라지고 늪가운데로부터 오색 령롱한 빛이 대낮같이 길을 비치는지라 귀돌이는 두 친구와 함께 아버지를 석관에 안장하고 부적을 품속에 간직한후 늪에서 나왔다. 그들이 늪에서 나오자 늪물이 다시 고이더니 바람에 출렁이였다.

귀돌이는 하늘을 우러러 절을 세 번 하고 늪에다 또 절을 세 번 한뒤 친구들과 갈라져 정처없이 길을 떠났다.

귀돌이가 가고가다 지친 다리를 끌면서 한 동리에 들어서니 서당에서 아이들의 글읽는 소리가 랑랑히 들려왔다. 귀돌이는 저도 모르게 서당으로 가 툇마루에 앉아 해가 서산에 넘어가는줄 모르고 아이들의 글읽는 소리를 따라 읽었다. 이윽고 훈장이 서당아이들을 집으로 돌려보내고나서 밖으로 나오다가 웬 낯모를 아이를 발견하고 물었다.

≪애야, 넌 뉘집 아이인데 여기 와서 앉았느냐? 어서 집에 가거라. 부모들이 기다릴라.≫

훈장의 말에 정신이 펄쩍 든 귀돌이는 황급히 일어서며 대답했다.

≪예, 저는 조실부모하고 집을 떠나 밥을 빌어먹으며 다니는 길이오이다.≫

≪음, 네 이름이 뭐냐?≫

≪예, 제 이름은 량친부모가 늘그막에 보았다 하여 귀돌이라 지었나이다.≫

≪음, 네 그럼 여기서 낮에는 나무를 하고 밤에는 나에게서 글을 읽는것이 어떠하냐?≫

훈장의 물음에 귀돌이는 급히 절을 하며 감사를 드렸다.

그후부터 귀돌이는 낮이면 산에 가서 나무를 해다가 불을 때고 밤이면 훈장에게서 글을 배웠다. 그런데 귀돌이는 총명이 과인하여 훈장이 ≪하늘 천≫하면 ≪따지≫하고 ≪오노≫하면 ≪이끼야≫고 하였으므로 훈장은 대회하여 더 열심히 글을 가르쳤다. 어느새 7년이란 세월이 흘러갔다. 귀돌이도 위풍이 름름한 대장부로 자라났다.

귀돌이가 훈장을 모시고 구구열심 글읽어 상통천문하고 하달지리하니 그 소문이 근처에 자자했다. 그때 나라에서 과거방이 나붙어 서당공부를 마친 시골선비들은 모두 서울로 과거보러 간다고 야단법석하였으나 오직 귀돌이만은 아침 일찍 산에 가서 나무를 한짐 해다놓고 툇마루에 앉은채 한숨만 풀풀 내쉬였다.

귀돌이의 마음을 헤아려본 훈장은 귀돌이를 불러 앞에 앉혀놓고 은전 스무 냥과 의복 한 벌을 내여주며 말했다.

≪애야, 너도 이 옷을 입고 서울에 올라가 과거를 보아라.≫

훈장의 처사에 너무나도 감동되여 귀돌이가 꿇어앉아 절을 올릴 때 서울 갈 준비를 마친 시골선비들도 모여와서 작별을 고하니 훈장은 여러 제자들을 불러앉히고 엄하게 말했다.

≪너희들 듣거라. 귀돌이를 업수이 보지 말고 함께 서울로 가서 과거를 보고 오너라. 알겠느냐?≫

동네선비들은 훈장의 앞이라 감히 아무 말도 못하고 그저 ≪예!≫하고 대답할뿐이였다.

이튿날 여럿은 서울로 떠났다. 그런데 귀돌이의 옷차림은 제일 못하였으나 문장만은 여럿중에서 제일이였으므로 동네선비들은 귀돌이를 시기하기 시작했다.

이력저력 여러날을 걸어 하루는 해가 서산에 기울 무렵 서울에서 멀지 않은 한 주막에 들게 되였는데 저녁을 먹고나자 귀돌이는 로독이 몰려와 곯아떨어지고말았다. 그러자 동네선비들은 주막집주인을 불러다 분부하였다.

≪주인님, 래일 일찍이 아침밥을 지어오되 우리가 떠난 다음 저놈이 깨여나면 우리가 간길을 알려주지 말고 다른 길을 알려주시오.≫

당부하고나서 돈을 몇잎 쥐여주니 주막집주인은 영문도 모르고 그러마고 대답했다.

이튿날 아침에 귀돌이가 깨여나니 해가 한발이나 떠올랐고 동행하던 선비들이 간데온데 없었다. 하여 급히 밥을 청해 먹고 주막집주인에게 길을 물어 서울로 간다는게 첩첩한 심심산골로만 들어갔다. 며칠동안 걷고 걷다가 하루는 기진맥진하여 고개마루에 앉아 쉬노라니 어느새 긴긴 여름해도 서산에 지고 별들이 하나 둘 나타나기 시작하였다.

귀돌이가 맥을 버리고 앉아있노라니 홀연 앞산중턱에서 불빛이 반짝이고있는것이 보였다.

(저 불빛을 찾아가보자. 불빛이 도깨비라면 내 명이 다한것이요, 인가라면 하느님께서 살피신것이리라.)

이렇게 생각하고 힘을 내여 불빛이 비치는 곳으로 걸어가보니 고래등같은 기와집이였는데 닫겨진 창문으로 불빛이 새여나오고있었다. 여기서 하루밤을 묵을수밖에 없다고 생각한 귀돌이는 문을 두드리며 주인을 불렀다. 그런데 대답이 없었다. 재차 불렀더니 안으로부터 옥쟁반에 은방울 굴리는듯한 여자의 대답소리가 나며 문이 살며시 열렸다.

귀돌이가 바라보니 녀인은 얼굴이 백옥같고 륙칠월 앵두입술에 팔구월 복숭아같은 연지볼과 초생달같은 눈썹을 가졌었다. 청초하고 아련한 녀인의 자태야말로 어느 귀가집 규수임이 틀림없었다.

≪소인은 서당공부를 마치고 서울로 과거보러 가는 길이온데 날이 저물어 하루저녁 묵어가려고 왔나이다.≫

≪이곳은 소녀의 별당이오나 손님을 밖에서 재울수 없으니 어서 들어오시와요.≫

녀인은 선선히 귀돌이를 청해들였다. 귀돌이가 집안에 들어서니 네벽에다 그림을 붙였는데 옛날 당나라왕이 양귀비를 만나는 그림이며 춘향이와 리도령이 광한루에서 서로 사랑하는 그림이며 그 외에도 충신과 렬녀들의 화상이 붙어있었다.

책꽂이를 보니 자기가 여직껏 보지 못하던 책들이 꽂혀있었다.

이윽고 저녁상이 들어왔는데 규수가 섬섬옥수로 술까지 부어서 받쳐올리는 것이였다. 귀돌이가 술을 받아 굽을 내니 로독이 어느새 활 풀리는가싶었다. 술이 속에 들어가자 귀돌이도 담이 커졌던지 규수에게 물었다.

≪그대는 어느 집 규수이온데 이런 심심산중에 와서 고독하게 지내고있나이까?≫

≪소녀는 서울 김정승의 딸이옵니다. 난 원래 글읽기가 소원이라 인가 드문 산중에다 별당을 짓고 삼년째 글을 읽고있나이다. 서울로 가신다니 저의 부친님께 서신을 전해주옵소서.≫

≪예, 무슨 사연인지 적어주시오면 꼭 전해주리라.≫

귀돌이가 대답을 마치자 규수가 일어나더니 종이와 붓을 가져다 김정승께 글을 쓰는데 그 필체는 봉이 나는듯 황룡청룡이 춤을 추는듯했다.

규수는 쓰기를 마치자 서신을 착착 접어 봉한후에 귀돌이에게 넘겨주며 서울가는 길을 가리켜주었다.

≪서울 남산에서 서울거리를 바라보면 제일 높은 집이 황궁이고 두 번째 높은 집이 곧 저의 집이오니 그리 아시고 찾아들어가면 우리 아버님께서 여차여차하실터이니 꼭 우리 아버지 시키는대로 하옵소서.≫

귀돌이가 서신을 꼭 전해주마 하고 대답을 하자 방긋방긋 웃던 규수가 간곳없이 사라지고 등불도 꺼져버렸다. 정신을 차리고 보니 때는 먼동이 훤히 밝아오는데 손에는 여전히 간밤에 규수가 써준 서신장이 들려져있었다. 주위를 살펴보니 묘지앞에 비석이 서있고 그앞에는 제사상이 놓여있는데 어제 저녁 자기가 먹던 음식상과 꼭 같았다. 귀돌이가 일어나서 비석을 보니 서울 김정승 딸 아무개 지묘라고 씌여져있었다.

귀돌이는 어제밤 규수가 가리켜준대로 서울남산에까지 올라갔다. 이윽고 귀돌이는 산을 내려 김정승네 집을 찾아가 하인을 불렀다. 그랬더니 한 하인이 나왔다.

≪김정승이 집에 계시냐?≫

≪예, 무슨 일이 있으시나이까?≫

≪급히 전할 말이 있어 왔노라고 김대감께 전하여라.≫

하인이 들어갔다가 나오더니 두말없이 귀돌이를 데리고 들어갔다. 귀돌이 가 대감의 면전에 다가가 낮으나 사나이다운 목소리로 아뢰였다.

≪대감님, 제가 대감님 딸님의 서신을 가져왔나이다.≫

귀돌이가 두손으로 서신을 받쳐올리니 김대감은 두눈이 번쩍, 갓이 비뚤, 대통을 쥔 손을 부들부들 떨다가 피봉을 뜯었다. 보니 과연 딸의 필체인데 사연인즉 우리 집에 시골선비 한분 찾아가는데 자기를 대하듯 자기가 있던 후원별당에다 숙소를 정해주고 과거가 끝날 때까지 보살펴달라는것이였다.

삼년전에 죽은 딸에게서 서신이 왔으니 여기에 필유곡절이라 생각한 김정 승은 곧 하인을 시켜 후원별당을 깨끗이 치운후에 귀돌이를 데려다 묵게 했다.

별당에 들어간 귀돌이는 깜짝 놀랐다. 네벽에 붙은 그림이며 책꽂이에 꽂힌 책들이며 책상우에 놓인 책은 바로 자기가 어제밤에 보던 그대로였다. 저녁후 귀돌이가 등촉을 밝혀놓고 책을 읽는데 밤이 이슥하자 문밖에서 문 두드리는 소리가 나기에 문을 열고 보니 어제밤 그 규수가 방글방글 웃으며 들어왔다. 귀돌이는 너무도 놀라 비명을 지르고 기절해 넘어갔다.

규수는 옷소매로 귀돌이의 전신을 쓸어주는것이였다. 그랬더니 귀돌이는 다시 정신을 차렸다.

≪선비님, 난 당신을 해하러 온것이 아니라 당신을 도우려고 왔나이다. 당신 이 이 방에 있는 책들을 다 읽으면 과거시험에 큰 도움이 되리라.≫

규수가 방싯방싯 웃으며 이렇게 말하자 귀돌이가 물었다.

≪아씨님은 도대체 사람이요 아니면 귀신이요? 어쩌면 이렇게도 소인을 보살펴주시오?≫

≪아뢰우기 황송하오나 저는 귀신은 귀신이오되 당신 아버님의 명을 받고 당신을 도우러 왔사오니 다시 묻지를 말아주옵소서.≫

규수가 강잉하게 막으니 귀돌이도 백배사례할뿐 더 묻지 않았다. 이윽고 둘이 만단정회를 베푸는데 오경이 되자 규수가 일어서며 말하였다.

≪저는 이제 돌아가야 되겠나이다. 부디 열심히 책을 읽으소서.≫

규수가 가려고 하자 귀돌이는 더없이 섭섭해하였다.

≪선비님, 너무 괴로워하지 마시옵소서. 저는 저세상 사람이니 돌아가야 하나이다. 열흘후에 다시 오겠나이다.≫

규수는 말을 마치자 한방 가득 향기를 남기고는 온데간데없이 사라졌다.

귀돌은 날이 새자부터 구구열심 책을 읽는데 그의 총명으로 무엇을 못하랴. 십여일동안에 그 많은 책들을 다 읽었다.

저녁이 되어 할 일없어 앉았노라니 이번에는 기척도 없이 규수가 만면에 웃음을 함뿍 담고 귀돌이 앞으로 사뿐사뿐 걸어오는데 그 모습이야말로 월궁의 상아아씨가 하강한듯 하늘의 선녀가 인간세상에 내려온듯했다. 둘이 반가와 인사수작을 마치자 규수가 물었다.

≪선비님, 책을 다 읽으셨나이까?≫

≪아가씨 덕분에 모두 읽었소이다. 이제 와서야 비로소 소인의 짧은 학문을 깨달았소이다.≫

≪선비님, 인젠 이 나라에 그대를 따를 선비가 없을것이오니 념려마옵소서. 이제 삼일후이면 과거볼 날이 되나이다.≫

이렇게 말하며 규수는 이번 과거시관이 자기 아버지라고 하였다. 둘은 북두성이 기울 때까지 만단정회를 베풀다가 첫닭이 울자 규수는 역시 향내를 가득 남기고 사라져버렸다.

과거 보는 날이 되어서 귀돌이가 과거장에 들어서니 팔도강산에서 선비들이 물밀듯 모여들어 와글와글하는데 아닌게 아니라 김정승이 시관으로 나와서 시제를 내고 있었다.

 귀돌이는 필묵을 갖춰놓고 별로 힘들이지 않게 일필휘지 문장을 써놓았다. 써놓고보니 많은 선비들은 백지우에 한글자도 쓰지 못하고 멀뚱하니 쳐다만 보고 앉아있었다.

 이윽고 귀돌이 과거문을 바치니 김정승이 받아보매 문장은 리백이요 필법은 왕휘지라 대회하여 무릎밑에 깔고있다가 과거가 끝나는 길로 임금께 상주하였다. 그랬더니 임금은 기뻐하며

 ≪과연 인재로다. 하느님이 짐을 도움이 분명하다!≫하고 찬탄하며 친필로 ≪조선팔도 도장원≫, ≪암행어사≫란 벼슬을 내리고 옥새를 찍어 ≪어패≫를 내여주었다. 드디여 귀돌이 임금님을 배알하고 룩방관속을 갖추고 팔인교에 앉아 서울장안을 돌제 남녀로소 할것없이 기뻐아니하는자가 없었다.

 이윽고 귀돌이가 김정승댁 별당에 돌아왔을 때는 벌써 저녁이 지난 뒤였다. 좀 있자 규수가 나타나는데 희색이 만면하여 물었다.

 ≪선비님, 과거를 잘 보셨나이까?≫

 ≪아씨님 덕분에 과거에 급제하였소다.≫하고 귀돌이가 대답하자 규수는 더욱 기뻐하며

 ≪선비님, 이제 날이 새면 온 서울장안이 들썽하고 딸가진 집들에서는 매파를 내세워 문턱에 불이 나겠는데 모두 사절하고 유독 황정승네 집에만은 허락해주셔야 하나이다.≫

 ≪그건 어떻게 하시는 말씀이오이까?≫

 귀돌이가 어리둥절해서 물었다.

 ≪선비님, 제가 오늘 모든 사연을 여쭈오리다. 실은 소녀 죽은지 삼년이 되었으나 당신이 아버님을 수명당에 모셨기에 아버님은 지금 옥제님의 웃켠에 앉아계십니다. 근간에 아버님은 하계를 살피시다가 당신의 배필이 될 사람은 소녀뿐임을 보시고 염라대왕께 명하시여 때를 기다려 다시 재생시키라 하셨나이다. 당신은 원래 두 번 장가를 들어여 하는데 래일 황정승댁에 허혼을 하시오면 곧 길일을 택하여 혼례를 치를것이나이다. 혼례날 기생들이 옆에서 술을 권할테니 절대 술을 마시지 마시옵소서. 후에 신방에 가면 정배주를 권할것이니 이 술만은 꼭 받아 마시되 절대 급히 침상에 들려고 하지 마시고 삼경이

될 때까지 기다렸다가 소피하러 간다고 핑계를 대고 나오셔야 하나이다. 어떻게 만류하든지간에 꼭 나오셔서 후원의 꽃밭에 한창 섰다가 들어가시오면 알 도리가 있을것이나이다. 일이 생긴 즉시로 이 별당으로 돌아오셔야지 절대 그곳에 지체해서는 안되나이다.≫

말을 마친 규수는 예전처럼 향기를 남기고 사라졌다. 귀돌이 생각해보니 분명 아버님이 하늘에서 자기를 살펴주는것인지라 꼭 규수가 시키는대로 해보리라 맘먹고 자리에 누웠다. 이튿날 날이 밝자 아닌게 아니라 매파군들이 몰려드는데 귀돌이는 숱한 매파군을 마다하고 황정승댁에다 허혼을 했다.

황정승댁에서는 큰 경사가 났다고 길일을 택하였다. 드디어 혼례날이 되어 연회를 베푸는데 대반 소반을 차렸기로 귀돌이는 해종일 즐겁게 보내고 늦게야 신방에 들어가 정배주를 마시고 앉아서 책을 보기 시작하였다.

한편 해종일 신방에 앉아서 랑군을 기다리던 황정승네 딸은 랑군이 들어와 정배주를 마실 때 숙였던 아미를 살짝 들고 바라보았다. 보니 과연 모습이 준수한 남아호걸이라 맘속으로부터 기쁨을 억제할 수가 없어 얼굴을 붉히며 아미를 숙였다. 그런데 신랑은 정배주까지 마시고도 자리에 들 생각은 않고 책읽기에 몰두하기에 첫날밤이라 말도 못하고 야경까지 고스란히 앉아 기다려도 그 식이 장식이였다.

귀돌이는 비록 책을 들고 앉았으나 머리에 들어올리 만무했다. 삼경이 되자 일어서며 신부에게 말했다.

≪여보, 내 잠간 소피하고 오리다.≫

귀돌이가 화원으로 나와 한참 기다리다가 신방을 들여다보니 불이 꺼져있고 안에서는 아무런 동정도 없었다. 그제야 귀돌이가 문을 열고 신방으로 들어가는데 난데없이 비린내가 확 풍기는지라 불을 켜고 살펴보니 황정승의 딸이 가슴에 칼을 박고 피못이 되어 침상에 쓰러져있었다.

그 광경을 목격한 귀돌이는 기겁하여 문을 닫고 그 길로 김정승네 별당으로 돌아오니 규수가 먼저 와서 동촉을 밝혀놓고 기다리고있었다. 귀돌이가 들어서니 규수가 웃으며 다가와 손을 잡으며

≪선비님, 이젠 됐나이다. 모든 일이 끝났으나 래일 또 한가지 일을 해야

하나이다.≫하는 규수의 말에 귀돌이가 물었다.

≪또 무슨 일이 있소이까?≫

≪당신이 래일 아침 우리 부친님한테 가시여 자초지종 말씀 올리신 다음 우리 부친님을 모시고 나의 묘지로 오세요. 그곳엔 붉은꽃, 노랑꽃, 푸른꽃이 곱게 피여있는데 당신이 손수 관뚜껑을 열고 붉은꽃을 꺾어서 저의 전신을 문지르면 저의 몸에 혈색이 돌고 심장이 뛰며 노랑꽃으로 문지르면 사지를 놀릴수 있고 푸른꽃으로 문지르면 일어나 나올수 있나이다. 그때면 당신과 백년가약을 맺을수 있나이다. 우리 아버님께 말씀 올리시면 절대 믿으시지 않을것이니 꼭 사정하셔서 제가 말한대로 해주시와요. 래일인즉 곧 내가 인간 세상으로 재생되는 날이옵나이다.≫

규수는 말을 마치고 귀돌이를 끌고 침상에 가더니 말했다.

≪오늘 저녁은 당신이 장가드는 날이오니 소녀가 동침해드리겠나이다.≫

귀돌이는 젊은 혈기라 기뻐하며 함께 자리에 드니 원앙인들 여기에 비기랴.

이튿날 황정승네 집에 회사 끝에 장사친 일을 그만두고 귀돌이는 아침상을 물린 후에 김정승을 찾아가 꿇어엎드리며

≪대감님, 여쭈옵기 황송하오나 소인과 함께 아씨님의 묘지로 가사이다.≫

하고 전후사연을 이야기하였다. 김정승은 죽은지 삼년이 된 딸을 살려낸다니 어이없다는듯 웃으며 말했다.

≪그대가 나를 놀리는가? 죽은지 삼년세월이라 살은 썩어 물이 되고 뼈는 썩어 진토가 되였을것인데 세상에 어찌 그런 일이 있을수 있단말인고?≫

김정승은 비록 귀돌이가 나이는 어리나 벼슬이 낮지 않으므로 하대하지 못하고 이렇게만 말할뿐이였다. 김정승이 곧이 듣지 않으니 귀돌이는 두눈에 눈물을 비오듯 흘렸는데 그것은 눈물이 아니라 붉은 피가 되여 관복소매를 적시였다. 김정승 역시 딸 생각에 눈물을 흘리다가 반신반의하면서 귀돌이를 데리고 딸의 묘지로 갔다.

그들이 묘지로 가니 아니나 다를가 붉은꽃, 노랑꽃, 푸른꽃이 곱게 피여있었다. 이상하게도 귀돌이가 꽃앞에 가자 꽃들은 더 아름답게 활짝 피는것이였다. 김정승이 하인을 시켜 묘지를 파헤치고 관을 들어낸 다음 뚜껑을 떼니 다

썩은줄 알았던 딸이 잠자듯 고요히 누워있었다.

이윽고 귀돌이는 규수가 시키던대로 모든 것을 끝마치자 규수는 기지개를 쭉 펴고 두눈을 번쩍 뜨니

≪아버지!-≫하고 부르며 달려나와 품에 안기니 김정승 이게 꿈이냐 생시냐 하며 딸을 얼싸안고 기쁨 절반 슬픔 절반 눈물이 비오듯한데 김정승 부녀 일희일비 그립던 정 나누다가 김정승 딸이 눈물을 거두며 귀돌이 품에 와락 쓰러질듯 안기며 말하였다.

≪랑군님, 당신의 효성이 지극하여 아버님이 옥황상제의 웃켠에 계시다가 나를 인간세상으로 다시 환생시켜 우로는 부모님을 뵈옵고 아래로는 당신과 백년가약을 맺게 되었나이다.≫

≪아씨님, 그런 말씀 마옵소서. 아씨님이 생전에 덕을 쌓아 옥제님께서 굽어 살피셨지요. 어서 집으로 돌아가옵시다.≫하고 귀돌이가 재촉해서 김정승이하 모두가 기뻐서 춤을 추며 돌아오니 온 서울장안에 벌써 소문이 자자하며 임금님께서도 이 소식을 들으시고 제일처럼 기뻐하시며 례물을 보내여 그들의 혼례를 축하하니 서울장안은 물론이요 온 나라가 기쁨에 잠기였다.

김정승이 죽었던 딸이 되살아난데다가 암행어사 귀돌이를 사위로 삼게 되었으니 그 기쁨 더 말해 무엇하랴.

그날부터 삼일소연에 오일대연을 베풀제 날랜 백정육지기 불러다가 소다리 우육찜, 돼지갈비 재육찜, 펄펄 뛰는 상어찜, 둥글넙적 붕어찜, 십리절반에 오리나물, 이산저산 넘나물, 동동 굴렀다 동나물, 쥐였다펐다 고사리, 한쪽뒤쪽 콩나물, 아이고 무섭다 범나물, 두귀 벌쭉 송편떡, 네귀번쩍 절편떡, 둥글납작 자개떡을 차려놓고 당일 빚은 단감주, 삼일 빚은 막걸리, 칠일 빚은 청쇄주, 황쇄주, 보름 빚은 감응주, 백일 빚은 백일주를 대야양푼 놋양푼에 퍼다놓고 앵무배를 띄워 첫잔은 인사주요 둘째잔은 합환주요 셋째잔은 정배주라 신방에 들어가니 원앙금침 반겨주더라.

귀돌이 혼례를 마치자 김정승께 여쭈고나서 시골훈장 모셔다가 친부모 모시듯 공대하고 조선팔도를 암행하며 악한 관리 벌주고 현명한 관리 상주니 나라가 날로 부강해져 만백성이 태평가를 부르더란다.

산소동토

옛날 한 동네에 늙은 두 부모가 아들을 데리고 살아가고있었다.

본래 아버지는 학식이 있어 점도 치고 사주도 보았으며 풍수 보는 재간도 있었다.

어느해였다. 아버지는 나이 칠십이 되자 앞길이 멀지 않은지라 하루는 아들을 불러놓고 열당부하였다.

≪내 이젠 늙어서 기력이 쇠진하니 몇 년 못가서 죽을것이다. 부자간은 한 혈육이니 절대 비밀을 지켜야지 함부로 루설하여서는 안된다. 너의 어머니도 남이거늘 어머니한테도 알리지를 말아라. 내 너한테 당부하거니 이제 내가 죽게 되면 시체를 아무 밭머리에 묻고 평토해버리면 후에 만복이 차려질 것이다.≫

그후 몇 년이 안되여 아버지가 돌아가셨다. 아들은 어머니 몰래 야밤삼경에 시체를 쪽지게에 져다가 지정해둔 밭머리에 묻고 평토해버렸다. 그런 다음 집으로 돌아와 어머니에게 멀리 산속의 양지바른 곳에 묘를 썼다고 거짓말하였다.

그런데 그해 따라 가물이 들더니 곡식이란 곡식은 다 말라죽었다. 그런데 그 총각네 밭만은 가물이 들지 않았다. 그 이듬해에도 가물이 들었고 또 그 이듬해에도 가물이 들다나니 만 3년동안 다른 사람들은 곡식뿌리조차 찾아볼수 없게 되었다. 하지만 웬 일인지 그 총각의 밭만은 곡식이 푸르싱싱 자라 가을이면 다수확하였다. 이렇듯 연거푸 삼년을 수확하니 창고에 쌀이 넘쳐났다.

한편 온 나라에서는 3년재해에 곡식을 수확못하다나니 쌀알이 금값보다 더 비쌌다. 하여 사방에서 돈있는 량반들이 돈을 바리에다 싣고 와서는 이

집의 쌀을 사가는바람에 3년동안 판 쌀값이 수천금이 되었다.

총각은 번 돈으로 땅을 많이 사서 근방의 곤난한 백성들에게 나누어주고 돈없는 사람을 구제해주기도 하였으므로 뭇사람들의 칭찬을 받았다.

그때 총각은 취처할 나이가 되어 한 귀가문의 규수에게 장가를 들고 안락한 생활을 하였다.

그런데 그 소문이 고을사또에게도 전하여갔다. 사또는 괴이하게 생각되여 그 젊은이를 불러다놓고 이렇게 호통쳤다.

≪네 이놈, 남달리 무슨 풍운재주가 있어 온 나라가 3년동안 가물이 들어 낟알을 구경못하는데 네놈은 량식을 팔았단말이냐? 또 돈을 많이 벌고도 이 어른께 귀떨어진 동전 한푼 진상한지 않고있느뇨? 너의 죄가 하늘에 사무치거늘 어찌 살기를 바라느뇨?≫

사또는 호통치고나서 또 이렇게 령을 내렸다.

≪이놈을 형틀에 달고 매를 쳐서 육장을 만들지어다.≫

그러자 집장사령들이 그를 형틀에 달아매고 매를 치며 호통쳤다.

≪이놈, 네 목숨이 아깝거든 너의 재산 절반은 관가에 바칠지어다.≫

그가 생각해보니 재산을 아니주면 생명을 보전못할것 같았다. 그래서 이렇게 말하였다.

≪어른네들, 잠간만 형벌을 중지하옵소서. 제 재산을 몽땅 바칠터인즉 잔명만 보전케 해주옵소서.≫

이렇게 되어 두 내외는 재산을 몽땅 팔아 사또에게 바치고나서 알거지가 된채 눈물로 세월을 보내였다.

세월이 흘러 아버지의 제삿날이 돌아왔지만 생활형편이 곤난하다나니 제물을 차릴 방법이 없었다. 그래서 두 내외는 찬물만 떠놓고 제사를 지내고나서 자리에 누웠다. 그런데 비몽사몽간에 세상 뜬 아버지가 아들을 부르며 집으로 찾아왔다. 아들은 너무도 반가와 아버지를 방안에 모시고나서 량반놈들이 재산을 빼앗아간 사연을 낱낱이 일러주었다. 그랬더니 아버지가 노발대발하며 말하는것이였다.

≪내가 그놈들을 모조리 잡아죽이고 재산을 도로 찾아올테니 넌 안심하

여라.≫

아들이 잠을 깨니 꿈인지라 괴이하게 생각해마지 않았다. 그런데 참말로 괴상한 일이 생기였다. 이튿날부터 고을에서 한다하는 량반들이 하나 둘씩 죽어가기 시작하였던것이다. 고을 사또 역시 중병에 걸리여 별별 약을 다 썼으나 백약이 무효하니 목숨이 위태하였다.

하루는 고을의 제일 용한 점쟁이를 불러다 점을 치니 점쟁이는 이렇게 말하였다.

≪사또님께서 무죄한 사람의 재산을 탈취하였기에 하느님이 노하셨사옵니다. 지금 황천에 간 령혼이 작간하여 동토를 일으켰은즉 가져온 재산을 인차 돌리지 않으면 며칠 못가서 잘못될것이니 속히 재산을 되돌리시옵소서.≫

사또는 그제야 아쉬운대로 있어 전날 빼앗은 재산을 몽땅 되돌렸다.

가난한 두 내외는 죽은 아버지의 덕으로 재산을 도로 찾았다. 그뒤 마음씨 좋은 그들은 저들의 의식주를 해결할만큼 재산을 남겨놓고 나머지 재산을 가난한 사람들에게 나누어주어 수많은 사람들의 칭찬을 받으며 잘 살았다 한다.

≪과부≫가 장가들다

어느 한 마을에 두 형제가 살고있었다. 형은 나이가 들자 안해를 맞아들였지만 동생은 나이가 어려서 미장가전이였으므로 그들 세 식구는 한집에서 살아갔다.

그런데 운수가 불길하여 별안간 형이 득병하여 병이 점점 중해가더니 마침내 세상을 뜨고말았다. 하여 집에는 다만 형수와 시동생 두사람이 남게 되였다.

옛날에는 과부를 동여가는 습관이 있었다. 마침 재너머 동네에 홀아비가 살고있었는데 과부가 있다는 소식을 듣자 과부사냥을 떠난다고 야단이였다.

발없는 말이 천리를 간다고 과부를 동여간다는 소문이 재너머 과부의 귀에도 전해왔다. 그 말을 들은 과부는 수심에 잠겨서 식음을 전폐하고 자리에 드러누웠다. 그걸 본 시동생이 형수에게 물었다.

≪형수는 어찌하여 식음을 전폐하고 자리에 누웠나요?≫

≪재너머 동네의 홀애비가 과부 동이러 온다니 장차 이 일을 어찌하면 좋단 말이요?≫

그 말을 들은 시동생이 한동안 궁리하더니 입을 열었다.

≪형수님, 좋은 계책이 있습니다. 안심하십시오.≫

그날 저녁부터 시동생이 가마목에 누워 자고 형수는 웃방에서 자도록 자리를 바꾸었다.

그러던 어느날 밤이였다. 밤이 깊어 삼경이 되자 얼굴을 가리운 도적이 십여명 뛰여들더니 가마목에 누운 시동생을 과부로 알고 이불채로 둘둘 말아 마대에 담아들고 쏜쌀같이 내달아 재너머 홀애비네 집으로 갔다.

원래 그 집에는 량부모와 아들 그리고 딸이 살고있었는데 딸은 이미 년관이 차서 당금 출가할 나이가 되였다.

그때 밤도적들은 집에 당도하자 마대에 넣은 과부를 이불채로 방안에 들여놓고는 불도 켜지 않은채 정지간으로 내려와 집안식구들끼리 상론하였다.

《아예 오늘 새벽으로 혼사를 치릅시다.》

《안되우다. 아무리 과부라 해도 날을 택하여야 하오. 길일을 택하여 동품해야 훗날 무사하다오. 택일할동안 우리 딸과 같이 류숙시키면 될거 아니오.》

누군가 그날로 혼사를 치르자고 제의하자 부모가 반대해나섰다.

이윽고 홀애비의 에미가 딸에게 말하였다.

《애야, 너의 형님이 새로 와서 낯도 설고 집도 설은지라 네가 올라가 함께 자며 마음일랑 안정시키렴.》

부모가 시켜주자 딸은 방으로 들어가더니 허물없이 의복을 활활 벗고 이불속으로 들어갔다. 그런데 총각도 집에서 발가숭이로 자다가 그채로 동이여왔으므로 처녀를 꼭 끌어안았다.

억센 사나이의 두팔을 감촉한 처녀가 깜짝 놀라 소리지르려 하는데 총각이 인차 말했다.

《꼼짝 말아, 소리치면 너도 망신이요, 나도 망신이다.》

처녀는 너무도 억이 막혀 입만 벌릴뿐 몸을 내맡기는수밖에 없었다.

아침이 되어 총각이 놓아주자 그제야 처녀는 부모앞에 달려가 간밤에 생긴 일을 급히 고하였다. 딸의 말을 들은 부모들은 기가 딱 막혀 말도 나가지 않았다.

《아이쿠, 과부가 변사위로 되었구나. 이 일을 어찌한단말이냐?》

부모들은 이 일을 외인이 알게 되면 패가망신할가봐 두려워 총각을 사위로 삼기로 결정하였다. 그리하여 총각에게 의복을 입힌 다음 집으로 돌려보냈다.

며칠후 홀애비의 부모들은 매파를 총각의 집에 보내여 청혼을 하고 길일을 택한 다음 그날이 돌아오자 잔치하고 총각을 사위로 맞아들였다.

동자삼

　강원도 어느 한 고을에 두 늙은 량주가 늘그막에야 아들을 낳아 길렀는데 아들이 칠팔세되던 해에 불행하게도 어머니가 세상을 뜨게 되었다. 아버지가 홀아비신세로 아들을 고이 길러 장가를 보내고나니 인제는 칠십이라 백발로인이 되었다.

　아들은 아버님께 효성을 다하였고 며느리 역시 효성이 남편 못지 않아 시아버지를 잘 모시던중 옥동자를 낳아서 안겨주니 늙은이의 기쁨인들 어떠했으랴? 그런데 나이 칠십이 지나니 시아버지는 로망을 하기 시작하였는데 하루는 아들 며느리가 들일을 하러 나간새 시아버지가 문밖을 내다보고있노라니 크고 벌건 수탉 한 마리가 문턱을 넘어들어오고있었다. 시아버지는 냉큼 내려가 수탉을 붙잡아 솥에 안치고 물을 한가마 붓고 불을 지펴 삶기 시작했다. 가마가 끓기 시작하자 시아버지는 구들에 올라가 누워 며느리 오기만 기다렸다.

　한낮이 거의 되어 며느리가 일밭에서 집으로 돌아와보니 가마가 구수한 냄새를 풍기며 끓고있는지라 시아버지께 물었다.

　《아버님, 무엇을 가마에 안치고 끓이셨나이까?》

　《음, 내가 방에서 내다보노라니 뻘건 수탉이 부엌으로 들어오기에 고기가 어쩌나 먹고 싶던지 잡아안치고 삶아놓았느니라. 보고 익었으면 가져오너라.》하는 시아버지의 말에 며느리가 부엌으로 내려가 가마뚜껑을 열고보니 자기의 아들을 잡아 안쳐놓고 삶았는지라 눈물을 비오듯 흘리며 아이 삶은것을 소리없이 내다버리고 종자수탉을 튀하여 삶아 시아버님께 올리니 시아버지는 큰 닭 한 마리를 게눈감추듯 먹어버리는것이었다. 며느리는 남은 국물을 남편에게 대접하려고 점심밥을 보자기에 싸서 이고 밭으로 가서 남편을 불렀다.

남편은 안해가 가져온 국그릇에 닭고지점이 물우에 떠있는지라 안해에게 물었다.

《여보, 웬 닭고기요.》

《예, 아버님께옵서 고기가 잡숫고싶다시기에 종자수탉을 잡아 올리고 닭국을 퍼가지고 왔나이다.》

남편이 묻는 말에 시치미를 뚝 떼고 말했으나 어찌 제몸에서 난 자식이 애통치 않으랴. 안해는 남편만 권하고 자기는 밥 한술 들지 아니하고 돌아앉아 소리없이 흐느끼며 울었다. 그걸 본 남편이 이상한 생각이 들어서 안해에게 물었다.

《여보, 울기는 왜 우는거요. 아버님이 편찮으시우?》

안해가 여전히 말 한마디 없이 울기만 하니 남편이 또 물었다.

《여보, 도대체 어찌된 영문인지 속시원히 말이나 해야 알지 않겠수?》

그제야 안해는 남편을 더 속일래야 속일수가 없어 집에서 되어진 일을 낱낱이 고하였다. 그랬더니 남편 역시 눈물을 비오듯 흘리며 안해를 달래며 말했다.

《여보, 자식은 또 낳으면 있는것이요. 늙으신 아버님께서 고기가 얼마나 잡숫고싶으셨으면 제 손자를 삶았겠수. 울지 마오. 울지 마오. 당신이 그렇듯 효성이 지극하니 내 당신에게 절을 올리리다.》하며 우는 안해앞에 엎드려 절을 하고있는데 고을원님의 행차가 지나다가 그 광경을 보고 하인을 시켜 분부를 내렸다.

《여봐라, 저 밭머리에 어떤 사람이 여자에게 저렇게 절을 하고있는데 도대체 어인 영문인지 그 원인을 알아오렸다.》

이윽고 하인 몇이 밭머리에 와 묻기에 남편은 낮에 있은 일을 자초지종 여쭈었다. 그랬더니 하인들이 원님께 고하였다.

《과연 세상 렬녀로구나!》

원님은 이렇게 치하하며 관청으로 돌아갔다.

저녁때가 되자 두 내외는 일을 마치고 돌아와 남편은 소꼴을 베러 지게를 지고 나가고 안해는 저녁준비를 했다. 그런데 이게 웬 일인가? 죽은 아들이 밖으로부터 달랑달랑 뛰여들어오며

≪엄마, 엄마. 나 배고파 빨리 밥줘 응?≫하고 어머니의 치맛자락에 감겨드는것이였다. 안해는 너무도 기뻐서 아들을 얼싸안으며

≪네가 정말 내 아들이 옳으냐? 아니면 죽은 네 혼이 이 에미를 못잊어 왔느냐?≫하고 기뻐선지 슬퍼선지 눈물을 흘렸다.

≪엄마, 왜 우나? 나 차돌이네 집에 가서 놀다가 왔어. 점심도 거기서 먹고≫ 알길없는 어린아들은 제사 좋아서 재잘거렸다.

이윽하여 남편이 꼴을 한짐 지고 들어오다가 아들을 발견하고 지게를 벗어던지며 달려와 아들을 얼싸안았다.

남편은 안해에게 물었다.

≪여보, 그 삶은 아이를 어디에 버렸소. 한번 보기요.≫

안해가 남편을 데리고 집뒤에 가보니 아들이라고 버린것이 웬걸 큰 동자삼이였다. 남편과 안해는 너무도 기뻐서 동자삼을 가져다 푹 고아서 아버님께 대접하였다. 그랬더니 시아버지는 기력이 왕성해져서 들일을 돕기 시작하였다. 그러자 두 내외는 더욱더 늙은이에게 효성이 지극하였다.

이 소문이 한입 건너 두입 건너서 어느새 임금님이 계시는 궁중에까지 전해졌다.

(천지가 생겨나서 이런 일이 두 번 다시 있을손가. 그 효자와 효부의 효성이 하느님을 탄복시켜 산신령이 동자삼을 내려보낸것이렸다. 이 아니 나라의 자랑인고. 내 효자비와 렬녀비를 세워주어 만세에 길이길이 전해주리라!)하고 즉시 어명을 내려 효자비를 세워주니 그 이야기 후세에 길이길이 전했다고 한다.

새며느리와 동자삼

먼 옛날에는 집집마다 화로에 불을 담아놓고 그 불로 불을 지펴 밥을 짓군 하였다.

그래서 사람들은 며느리를 맞아들여도 우선 보름동안 화로불을 죽지 않게 하는 녀인을 효부로 여겼었다. 그리고 보름동안 화로불을 살려두지 못하면 가문에서 쫓겨나야 했다.

이렇듯 엄엄한 규정이 법처럼 세워져있는 세월에 평안남도 한 시골 김서방 네 집에서 새며느리를 맞아들이게 되었다.

온 마을에서 인물체격이 으뜸인것은 물론 마음씨 착하고 일솜씨 날래며 부모공대 잘하기로 이름있는 처녀를 며느리로 맞아들였지만 어찌된 영문인지 시집 온 첫날 저녁부터 정성껏 담아놓은 화로불이 이튿날 아침이 되면 싹 죽어버리고 재만 남군 하였다.

벌써 시집문턱을 넘어선지도 열흘이 넘었건만 그 식이 장식이라 새며느리 의 이마에 땀방울 아니 돋을 때 없었고 무던한 시가집 식구들도 불안한 마음으로 나날을 보내고있었으며 마을에서도 쉬쉬 소문이 돌았다.

너무도 속이 타 새며느리는 남편과 상의하여 밤잠을 자지 않고 지켜보기로 하였다. 그래서 가만히 숨어있는데 아나나 다를가 밤은 이경이 되자 문열리는 소리도 없이 웬 쬐꼬만 어린애가 발가 벗은채 방안으로 들어오더니 화로불을 이리저리 휘저어놓고는 돌아가는것이였다.

아무리 봐도 이 마을의 아이 같지 않은데 무슨 원한이 있어 밤중마다 이렇게 불을 죽여놓고 가는지 알고도 모를 일이였다.

뉘집 애인지 알아보려고 젊은 부부가 뒤쫓아 밖으로 나서니 걸음이 얼마나 빠른지 눈깜박할 사이에 그 애는 그림자조차 보이지 않았다.

기어이 그 원인을 밝혀내고야말리라고 생각한 새각시는 남편과 래일은 여차여차하자고 약속하였다. 그래서 또 숨어있는데 한밤중에 그 발가숭이 어린애가 어제와 마찬가지로 불을 죽여놓고 나가려 하였다.

이때라고 생각한 그들 내외는 미리 준비해 두었던 실옹노를 제꺽 그의 몸에 던졌다. 그러자 어린애는 목에 옹노를 건채 바삐 도망쳤다. 두 내외간이 실두토리를 다 풀고나니 마침내 어린애가 멈춰서는것이였다.

그러자 젊은 부부는 실오리를 따라 밤새도록 쫓아갔다. 가다가 날샐녘에 한 산에 이르러 보니 이게 웬 떡인가? 실오리에 감겨있는것은 어린애가 아니라 동자삼이였는데 그 주위에는 많은 산삼이 자라있었다.

이에 두 부부는 하늘이 내려준 복이냐 산신령이 점지해준 재부이냐 하면서 산삼을 캐여서는 지고 이고 마을로 내려와 동리사람들게 나누어주고 나머지는 팔아서 많은 돈을 벌어 대대손손 잘 살았다고 한다.

≪방초야!≫

옛날 무인지경이나 다름없는 한 시골에 박서방이라는 사람이 살고있었는데 박서방과 그의 로친은 모두 장기환자로서 문밖출입도 못하고 대소변도 받아낸 지가 10년이 넘었지만 질긴 목숨은 끊어지지 않아 이 집 문턱을 넘어선지 10년이 되는 며느리에게 큰 부담으로 되었다.

하지만 원래 처녀때부터 부모님께 효성이 지극하여 효녀로 불리우던 며느리는 10년을 하루와 같이 시부모 공대를 친정부모 공대보다 더 극진히 하였으므로 린근에 소문이 자자하였다.

하지만 두 내외가 아무리 맞들고 아글타글 벌어들이여도 늘어나는것은 빚더미와 근심뿐이였다.

그런데 어느때부터인지 며느리가 아침에 일어나서 근심어린 얼굴로 남산을 바라볼적마다 남산마루에는 웬 사나이가 서서 넘지시 웃음을 띠우며 녀인에게 오라고 손짓을 하는것이였다.

그것도 한두번이고 하루이틀 그랬으면 모르겠는데 몇날며칠이 지나도 그 사나이가 매냥 그 모양으로 손짓하는것이 아무래도 남의 유부녀를 희롱하려는 수작이 분명한지라 나중에 녀인은 너무도 원통하여 식음을 전폐하고 자리에 눕고말았다. 한가정의 대들보와 같은 며느리가 드러눕자 온 가정은 그만 뒤죽박죽이 되고말았다.

녀인이 원통함을 하소연할 곳이 없어 벙어리 랭가슴 앓듯하다가 퍼런 대낮에 잠긴 눈을 붙일가 하니 갑자기 여덟자 흰수염을 가진 백발로인이 부채를 들고 나타나더니 녀인에게

≪아가, 내 너의 병을 떼주러 왔단다. 네 근심말고 사내가 손짓하는데까지 찾아가서 그가 내미는 손을 잡고 <방초야!>하고 부르면 만사 대길하리라.≫

하고 말하고는 바람처럼 사라지는것이였다.

녀인이 깨여보니 꿈이지만 하도 이상하여 남편에게 자초지종을 알리고 함께 산으로 가보자고 하니 남편도 쾌히 응낙하였다. 이튿날 두 내외 함께 산으로 오르는데 녀인의 눈에는 산꼭대기에 서있는 사나이가 보이지만 남편은 그저 촘촘히 들어선 수림밖에 보이지 않아 그저 안해가 이끄는대로 발길을 옮겨놓을뿐이였다.

산꼭대기에 다달으니 과연 매일 보아오던 그 사나이가 손을 쑥 내미는지라 녀인은 그 손을 덥석 받아쥐며 ≪방초야!≫하고 소리를 질렀다.

그런데 그 소리가 떨어지기 바쁘게 사나이는 온데간데없고 녀인의 손에는 커다란 인삼 이파리가 쥐여져 있었다. 두 내외 너무도 기뻐 합심하여 인삼을 캐니 수백년 묵은 동자삼이였다.

집으로 돌아온 그들은 토론 끝에 동자삼을 달여서 늙으신 부모님께 대접했다. 그랬더니 사흘이 못되여 늙은 량주 언제 앓았더냐싶게 먼지를 툭툭 털고 일어나 아들 며느리의 뒤시중을 들어주니 하루가 몰라보게 가정살림이 늘어나고 집안은 언제나 웃음꽃이 활짝 피였다.

이 소문이 한입 건너 두입 건너 임금의 귀에까지 전해지자 임금은 그들 두 젊은 내외의 효성에 감동되여 녀인에게 ≪효녀≫란 칭호를 내리는 한편 천냥 황금을 상으로 주어 살림에 보태여 쓰도록 하였다.

이리하여 두 젊은 내외는 늙으신 부모를 잘 모시고 아들딸 낳아 잘 살았다고 한다.

천년두골에 쌍룡수

옛날 한 시골에 두 늙은 량주가 아들 하나를 데리고 살았는데 아들의 효성이 어찌나 지극하였던지 소문이 자자했다.

어느해였다. 아들이 조석으로 부모에게 효성을 다하는데 아버지가 갑자기 급병에 걸려 세상을 뜨고말았다. 그는 동네사람들의 도움을 받아 장례를 치르고 그날부터 아버지의 묘옆에다가 초막을 짓고 수묘를 하니 각가지 짐승들이 모여와서 동무해주는데 그중에서도 어린 호랑이가 짐승을 잡아다가 효자에게 가져다주군 했다. 추운 겨울이 돌아오면 모든 짐승들이 모여와서 효자를 덥혀주군 했다. 이렇게 삼년수묘를 마치고 돌아오니 엎친데 덮친다고 정정하시던 어머니가 갑자기 앓고계셨다. 그리하여 효자는 용한 의원을 데려다 약을 썼으나 효험을 보지 못하자 용한 점쟁이를 찾아가서 점을 치니 점쟁이가 하는 말이

≪자네 어머니의 병은 아무리 용한 의원도 그 병을 고칠수 없네. 한가지 약이 있는데 그 약은 조만해서는 얻지 못하네. 이 약은 사람이 닿지 않는 깊은 산골에 있는데 <천년두골에 쌍룡수>라는 약일세. 천년두골이란 사람이 죽어서 천년이 된 해골을 말하고 쌍룡수란 해골안에 들어있는 지렁이 두 마리를 가리키네. 그것을 그대로 가져다 물과 지렁이를 대접해야 자네 어머니의 병을 고칠수 있네.≫

점쟁이의 말을 들은 효자는 이웃에 찾아가 사연을 말하고 어머니를 좀 돌봐달라고 부탁한 뒤 먹을것을 해 짊어지고 약을 찾아 길을 떠났다. 효자가 가도 또 가다가 기진맥진하여 어느 한 깊은 골짜기에 가니 큰 벼랑밑에서 큰 갈호 한 마리가 뛰여나오더니 효자앞으로 어슬렁어슬렁 다가오는것이였다. 효자는 호랑이가 자기를 잡아먹으려는줄로만 알고

≪호랑이야, 너는 산중의 왕이요 나는 부모님께 효성을 다하려는 사람이다. 네가 날 잡아먹으려면 내가 어머님의 약을 구해다 대접을 한후에 잡아먹거라.≫하고 호랑이에게 말했다. 그러자 호랑이는 꼬리를 휘휘 내젓고 두귀를 툭툭 털며 효자의 앞에 와서 등을 돌려대고 앉는것이였다. 효자가 영문을 몰라 멍하니 서있는데 호랑이가 몸을 들썩이며 효자를 돌아다보았다. 효자는 호랑이가 자기를 올라타라고 하는것을 알고 호랑이등에 올라앉았다.

호랑이는 효자를 태우고 귀에 바람소리 나게 달리였는데 산을 훨훨 날아넘어 한곳에 와서 뚝 멈춰서더니 효자에게 앞발을 들어 가리켰다. 효자가 보니 과연 사람의 백골 두쪽이 있는데 바가지같은 두골에 물이 괴여있고 그안에 지렁이 두 마리가 들어있었다. 효자는 조심스레 약을 들고 다시 호랑이등에 올라탔다. 그러자 호랑이는 또 바람을 일쿠며 달려 어느새 효자가 사는 마을 앞산까지 와서 멈춰섰다.

효자는 호랑이에게 고맙다고 인사를 하고 뛰다싶이 집에 들어와 약물과 지렁이를 어머니에게 대접했다. 약을 다 마시고난 어머니는 병이 가신듯 나아 자리를 툭툭 털고 일어나더니 밥을 찾는다 물을 찾는다 하였다.

예로부터 만물이 효자를 돕는다는 말이 이래서 생겼는가부다.

인삼에 깃든 이야기

황해도 곡산지대에 가난한 두 내외가 살고있었다. 밭 한이랑 없어 농사를 지을수 없는 그들은 짚으로 미투리를 삼아 팔며 나날을 보내였다. 그런데 신을 삼아 장에 가 팔아야 신값이 눅어서 입에 풀칠하기조차 어려웠다.

어느 하루였다. 두 내외가 장거리에서 신을 팔고있는데 한사람이

≪여보게 젊은이, 젊은인 솜씨가 이만저만이 아니군 그래. 하지만 이곳은 시골이여서 신값을 옳게 받지 못하니 서울에 올라가 장사하면 괜찮을걸세!≫ 라고 말하는것이였다.

그 말을 들은 두 내외는 시골을 떠나 서울로 올라가 루추한 거리에다 자리를 잡고 신을 삼아 팔기 시작하였다. 그런데 두 내외의 솜씨가 좋아서 서울사람들은 너도 나도 사가는바람에 경기가 좋았다.

하긴 옛날에는 십날 내지 십이날짜리 신을 잘 삼으면 대감집 마나님과 대가의 규수들도 신을 들고 버선발로 다니는 형편이라 어찌 잘 팔리지 않으랴. 그들은 서울로 올라간지 반년도 못되여 살림이 점차 펴이기 시작했다.

두 내외는 마음이 한없이 선량하여 벗은자에게 의복을 주고 굶은자에게는 량식을 주었는데 서울의 모든 사람들이 이구동성으로 칭찬해마지 않았다.

세월이 흘러 그들이 서울로 올라온지도 어언간 여러해가 지났다. 그동안 그들은 구차한 사람들을 도와주고도 돈냥이나 모으게 되였다.

하루는 두 내외가 상론하였다.

≪여보, 마누라, 시골에는 벗은자가 부지기수이니 우리 삼남에서 들어오는 포목을 사가지고 시골에 내려가 없는 사람들을 도와줍시다.≫

두 내외는 합의를 보자 이튿날 장에 나가 포목장사군을 기다렸다. 한낮쯤 되여 과연 삼남에서 포목장사군들이 들이닥치더니 숱한 포목을 싣고왔다. 남

편은 포목을 가득 사서 십여필의 말잔등에 싣고 그날로 시골로 향하였다.

무려 십여일동안 두메산골을 향하여 가노라니 대로가 변하여 소로가 되고 소로가 변하여 오솔길로 되는데 나중엔 락락장송이 울울한 산밑에 오막살이 한 채가 보였다. 때는 저녁편이여서 어둠이 깃들었는지라 길손은 오막살이를 찾아가는수밖에 없었다.

≪주인님 계십니까?≫

≪누구시오?≫

손님이 주인을 찾자 안에서 늙은 로인이 나오더니 두말없이 방안으로 모셔 들였다.

≪길손은 무엇하러 다니는 사람이오며 말에 실은 물건은 무엇입니까?≫

≪로인님, 저는 대대손손 내려오면서 신삼이를 하여 구차하게 살았는데 서울에 올라가 돈을 모았기에 포목을 사가지고 시골에 내려가 없는 사람을 돕고저 하나이다.≫

≪참, 마음씨 착한 분이로이나.≫

로인은 감탄을 금치 못하면서 손님과 함께 말의 짐을 내려 골방에 넣고 저녁밥을 가져왔다. 그런데 저녁이란 식기만한 감자에다가 반찬은 단 한가지였다. 손님이 허기진판에 반찬을 먹어보니 별맛이여서 로인께 물었다.

≪로인님, 이 반찬은 도대체 무엇으로 만들었습니까?≫

≪음, 이건 산도라지라는것인데 난 평생 이걸 먹고 산다오.≫

≪야! 참 산도라지맛이 이렇게 좋구만요.≫

손님이 배불리 먹고나서 상을 물리자 그들은 장밤 이야기를 나누었다. 이야기 끝에 로인이

≪여보 손님, 당신의 포목과 우리 산도라지를 바꾸지 않겠소? 내가 이곳에서 수십년을 살았고 또 산골짜기를 낱낱이 아는터이니 산도라지가 무더기로 자란 곳을 대주리라. 그걸 파서 서울에 가 팔면 보탬이 되리라.≫라고 말하는것이였다.

≪네, 그렇게 합시다.≫

로인과 손님이 합의를 보고 이튿날 새벽 한 산골짜기를 찾아들어갔다. 드디

여 한곳에 당도하니 아니나다를가 온 산골짜기에 도라지가 가득 자라고있었다. 그리하여 두사람은 하루종일 도라지를 캐서 십여필의 말잔등에 가득 싣고 저녁편에야 산길을 내려섰다. 길손은 산밑에 당도하자 로인과 작별하고 서울로 올라가는 대로에 올랐다.

남편이 수십일을 걸어 서울에 도착한 다음 집에 찾아가니 안해가 반갑게 마중하면서 물었다.

《여보시오. 포목은 어떻게 처리하였습니까? 그대신 무슨 물건을 저렇게 많이 싣고왔습니까?》

남편이 로인과 있었던 일을 자초지종 이야기하니 그제야 안해는 고개를 끄덕이였다. 그러는 사이에 저녁이 되었다.

《여보시오. 당신이 오기는 왔으나 저녁 지을 쌀이 없으니 어쩌면 좋습니까?》

《우선 가져온 산도라지를 한광주리 팔아서 쌀을 사구려.》

안해는 그제야 말잔등에서 짐을 풀어헤쳤다. 그러던 그가 깜짝 놀라 웨치는 것이였다.

《아니, 여보세요. 이건 도라지가 아니라 모두 산삼이예요!》

《아따, 이게 웬 일일가?》

두 내외는 너무도 신기하여 입을 딱 벌린채 두눈을 휘둥그렇게 뜨고 눈앞에 쌓인 산삼만 바라보았다.

《야, 우리가 없는 사람을 도우려 했더니 신령께서 간동되여 산삼을 준 모양이요.》

그뒤 두 부부는 일부의 인삼을 팔아 기와집을 사고 수많은 포목을 산 다음 시골사람들에게 나누어주어 일생을 편안히 보냈다고 한다.

효자, 효부, 렬녀

옛날 한곳에 일찍 로친을 잃고 늘그막에 다만 두 남매를 길러가는 집이 있었는데 아버지는 년세많아 힘든 일을 못하고 자식들은 어려서 일손을 돕지 못하여 가세가 더없이 빈한하였다. 어느해였다. 짚신을 삼아서 겨우 연명해가 던중 설상가상으로 유일한 기둥인 아버지마저 중병으로 드러누웠다.

자식이래야 큰딸이 겨우 열두살이고 아들은 아홉 살밖에 안되였는데 아버지가 일손을 놓게 되니 두 어린것은 쪽박을 받쳐들고 동네방네 다니며 비럭질을 하지 않으면 안되였다.

하루는 두 남매가 이전처럼 밥빌러 나간 뒤 아버지는 병석에 누워서 이런저런 생각을 굴리다가 재너머에 사는 김진사를 생각하게 되었다.

원래 김진사와는 어릴적부터 교분이 두터웠으나 김진사는 량반의 후예요 자기는 비천한 가문의 자식이라 소시적엔 철없이 함께 뛰놀고 소꿉질도 했으나 그가 나귀타고 글공부를 다닐 때부터는 거래가 점점 멀어졌고 글공부를 마치고 진사벼슬을 하고나니 자연 인연이 끊어졌던것이다.

(내 가서 어려운 형편을 이야기하면 소시적의 정분을 봐서라도 돈을 얼마간 꾸어주겠지.)

이렇게 생각한 그는 지팽이에 몸을 지탱하여 겨우 김진사를 찾아가 통사정을 하였다. 그랬더니 김진사는 한숨을 후- 내쉬며 말했다.

≪자네나 내나 같은 처지일세. 나도 벼슬이 낮아서 봉록이 많지 못하네. 자네의 딱한 사정을 보아서 나라의 돈을 삼백냥 꿔주겠네. 그러나 삼년후 오늘이면 꼭 갚아야 하네.≫

아버지는 나라돈 삼백냥을 김진사의 손에서 넘겨받자 집으로 돌아왔다. 이튿날부터 아들을 서당에 보내여 글을 읽히고 한문을 쪼개여가며 근근득식으로

살아가다나니 돈은 다 써버리고 나라의 돈을 갚기는 고사하고 인젠 아버지마
저 병석에 누워 일어나지도 못했다.

　나라의 돈을 제때에 갚지 못하면 목을 자르는것이 그때의 법이였다. 그래서
아버지는 식음을 전폐하고 누워서 앓기만 하는데 하루는 아들이 아버지앞에
꿇어앉아 물었다.

　《아버님, 어찌하여 음식을 들지 않나이까? 아버님께서 병으로 우리 곁을
떠나시오면 우리 두 남매는 누굴 믿고 살아가겠나이까? 무슨 일이온지 말씀을
하시와요.》

　아들이 두눈에 눈물이 글썽하여 묻는 말에 아버지는 한숨을 내쉬더니 사연
을 들려주었다.

　《이미 삼년이 되였으나 그 돈을 갚지 못했으니 아무 때건 관가에 끌려가
목을 잘리우게 되겠구나. 내가 죽은후에 너희들은 부디 잘 살아야 한다.》

　《아버님, 하늘이 무너져도 솟아날 구멍이 있다고 하지 않았나이까? 제가
김진사댁에 가서 사정해보겠나이다.》

　아들은 그길로 김진사의 집에 찾아가 당하에 꿇어앉아 아뢰였다.

　《진사어른님, 소자 문안드리옵나이다.》

　김진사가 쳐다보니 아래에 웬 총각애가 꿇어엎드려 있는지라 놀라서 물
었다.

　《넌 뉘집 애냐? 무슨 연고 있느냐?》

　《진사어른님께 아뢰나이다. 소자는 재너머에 있는 아무개의 아들이온데
우리 아버지께옵서 소자 어릴적에 나라돈 삼백냥을 꾸었다 하옵나이다. 그래
서 아버지의 빚을 소자가 넘겨받으려 무람없이 찾아왔사오니 부디 살펴주시
와요.》

　김진사가 들어보니 비록 아이는 어리나 총명하여 세상물정을 알고 또한
효성이 지극한지라 당하에 내려와 총각애를 부축해 일으켜 쓰다듬으며 말
했다.

　《애야, 넌 참으로 효자로구나. 나도 너만한 아들애가 하나 있는데 지금
구대독자란다. 그런데 그놈이 몹쓸병에 걸려 앓고있으나 어쩐지 며느리를 삼

고파서 고을 박좌수네 집에 매파를 보내여 박좌수댁 규수와 혼인을 맺고 혼례날을 받았는데 이제 며칠 있으면 당날이 되는구나. 애야, 내가 너집 삼백냥 빚을 갚아주겠으니 그대신 네가 대리장가를 가는것이 어떠하냐?≫

총각애가 들어보니 자고로 대리장가란 인명손상이라 사내대장부로서 제일 못할 일이였으나 그 소원을 들어주지 않으면 아버지가 죽을것이고 아버지를 살려내자면 김진사의 소원을 들어주지 않을수 없었다. 하여 총각은 대리장가를 가겠다고 대답했다.

김진사는 대희하여 즉석에서 빚문서를 없애버리고 돈 삼백냥을 갚아준후 하인을 시켜 총각을 목욕시키고 옷을 갈아입혔다.

총각이 허줄한 옷을 벗고 태를 땋고 의관을 정제하니 의포단장이라 홀제 훌륭한 새서방이 되였다.

드디여 혼례날이 당진하여 꽃가마를 타고 고을 박좌수네 집에 도착하여보니 손님들이 인산인해를 이루었다. 신랑의 가마가 뜰안에 들어서자 상마다 산해진미를 차려놓고 부어라 마셔라 하며 한다하는 량반들은 기생들까지 끼고 앉아 주흥이 도도했으나 신랑만은 원래 빈곤한 집의 자식이라 술은 입에도 못대봤고 상우에 진수성찬이 차려졌으나 먹을 생각이 없었다.

대리신랑은 하도 권하는 바람에 몇점 집어 어린애 엿가락 씹듯이 하여 억지로 한고개를 넘기였다. 마침내 지루한 하루해를 다 보내고 밤이 되여 신방에 들게 되였다.

해종일 신랑을 기다리며 앉았던 신부는 신랑의 부축을 받으며 들어서자 아미를 살짝 들고 바라보았다. 보니까 인물이 더없이 준수하고 사람이 영준하게 생겼는지라 심중에 못내 기뻐 얼굴을 붉히면서 다시 아미를 숙였다.

밤이 이슥하여 신랑신부가 정배주까지 마시고 잡인들이 물러갔음에도 신랑이 자리에 들지 아니하고 웃목에 앉아있기에 처음에는 점직해서 그러는줄 생각했으나 밤이 깊어도 옴짝 아니하기에 신부가 앉았다가 참지 못해 물었다.

≪여보시와요 가군님, 당신이 우리 집에 오실 때에는 저와 백년가약을 맺자고 오신게 아니옵나이까? 할진대 이렇게 밤을 지새울 작정이시니 여기에 꼭 무슨 사연이 있는게 아니옵나이까?≫

대리신랑은 처음엔 말하지 않았으나 신부가 하두 조르기에 마침내 입을 열어 자기가 대리장가를 오게 된 사연을 이야기하였다.

≪여쭈옵기 황송하오나 이런 사연이오니 소인이 어찌 랑자와 한자리에 들 수가 있단말이나이까?≫

그 말을 듣고난 박좌수의 딸은 놀란 토끼처럼 일어나더니 의장문을 열어젖히고 진주에 보물 그리고 돈을 내여놓는데 그 수자가 몇천냥에 달하였다.

≪소녀 비록 여자의 몸이오나 인륜대사의 도리를 조금이나마 알고있나이다. 소녀 당신과 정배주를 마셨사오니 이미 당신의 안해가 되고 백년가약을 맺은거나 다름없나이다. 소녀 비천한 몸이오나 어찌 문둥병있는 사람과 짝을 무울수 있겠나이까? 이 돈이면 나라의 돈을 갚고도 남음이 있지 않겠나이까?≫

≪랑자의 말씀은 비록 그러하오나 부모님들은 그렇게 생각을 가질수 없을 줄로 아나이다.≫

≪비록 부모님들은 생각을 못하시겠지오만 당자가 문둥병이요 또 대리신랑을 보내온줄을 알게 되오면 절대 소녀의 처사를 꾸지람 않을줄로 아나이다. 당신이 비록 천한 가문의 자식이오나 그건 가세가 빈한하기때문이옵니다. 량반을 팔고 사는 세상에 량반을 사면 되지 않겠나이까? 래일 소녀가 부친님께 여쭈어 보겠나이다. 하오니 소녀를 버리지 말아주옵소서.≫

대리신랑은 구시월 호박이 넝쿨채 떨어졌는지라 너무도 기뻐 침상에다 원앙금침을 펴고 자리에 들었다.

밤을 자고난 박좌수의 딸은 몸단장도 않고 부친전에 찾아가 사연을 아뢰였다.

≪아버님, 가군이 비록 살림은 구차하오나 그 효성은 지극하여 량반대가에 짝지지 아니하오며 용모 또한 일개 장부이나이다. 소녀 불손하오나 어찌 매파의 세치 혀끝에 속히워 문둥이랑군을 섬길수 있겠나이까? 불초녀 이미 어제밤 가군과 백년가약을 맺었사오니 오늘은 가군을 따라가옵나이다.≫

딸의 말을 듣고난 박좌수는 시골 김진사와 구변좋은 매파에게 속히운것이 어찌나 분했던지 상투끈이 끊어질 지경이나 일이 이 지경이 되었은즉 별다른 방도가 나지 않아서 딸의 처사에 동의하는수밖에 없었다.

박좌수는 곧 량반문서를 하나 만들어 사위에게 주고 살림을 얼마쯤 갈래내여 큰 수레 작은 수레에다 싣고 풍각을 올리며 혼례행차를 시골로 내려보내고 대목소목불 울러 사둔집을 지을 생각으로 목수들까지도 행렬에 들이세우니 그 행렬이 얼마나 굉장했던지 길가던 행인은 물론이요 처처의 남녀로소 할것 없이 구경하며 부러워하지 않은이가 없었다.

이때 시골 김진사는 대리신랑을 보낸후에 며느리 맞을 준비에 여념이 없었다.

구름같이 흰 명주필을 울대문부터 신방에까지 깔아놓고 신방에는 대낮부터 등촉을 켜놓고 기다리노라니 혼례행차가 하늘땅이 들썽하게 풍각을 울리며 내려오기에 김진사는 기뻐서 어쩔줄을 모르며 행차가 어서 명주필을 간우로 들어서기만 바랐으나 신랑신부를 태운 가마는 김진사의 기쁨을 몰라주듯 재너머 마을로 가버렸다.

한편 아들을 김진사네 댁에 보내고 난 아버지는 아들이 련며칠 돌아오지 않고 소식조차 없자 별별 생각을 다하며 안절부절 못하였다. 하루는 딸이 밖으로 나갔다가 굉장한 혼례차가 풍각을 울리며 오자 어느 대가집 혼례행차인가고 구경을 하다가 행차가 곧추 자기네 집쪽으로 내려오는걸 보고는 급히 집으로 뛰여들어가 아버지를 부축해 일으키며 말했다.

≪아버님, 큰일이 생겼나이다. 어느 대가집 혼례행차인지 기세가 하늘을 찌를듯이 곧장 이리로 내려오는데 우리같은 허줄한 초가는 당장 허물어버리고 지나갈듯하옵니다. 아버님, 어서 바삐 피하시이다.≫

딸이 아버지를 부축하여 간신히 문밖을 나서니 혼례행차가 이미 집앞에 당도하여 신랑신부가 가마에서 내리고있었다.

아버지와 딸은 무슨 호령이 떨어질지 몰라 감히 머리도 들지 못하고 시에미 호령에 가마뚜껑 떨듯, 엄동설한에 창문지 떨듯하고 섰는데 신랑신부가 앞에 다가오더니 맨봉당에 풀썩 꿇어엎드리며 큰절을 올리는것이었다.

≪아버님, 이 불효자의 절을 받으옵소서.≫

≪아버님, 불효부 인사올리나이다.≫

아버지와 딸은 하늘땅에 벼락치듯 호령이 내릴줄만 알았던것이 앞에 와서 《아버님, 아버님.》하고 큰절까지 올리자 감히 인사도 못받고 물었다.

《여보시유, 량반님네들. 비천한 놈이 무식하고 몸이 쇠약하여 일찍 인사를 못드렸사오니 부디 희롱하지 말고 너그러이 용서하여주시우다. 소인에겐 량반님네 같은 아들이 없사옵나이다.》

이 말을 들은 신랑은 눈물이 비오듯 옷깃을 적시며 처음부터 되어진 사연을 아뢰고나서

《여차여차 한고로 서울 박대감의 규수에게 장가들고 많은 재물들을 가져왔소이다. 이제는 재너머 김좌수집보다 못하지 않은 부자집이고 량반으로 되었나이다.》하고 말했다.

아버지는 그제야 젖먹던 애 밥술 쳐다보듯 신랑의 얼굴을 유심히 쳐다보는데 과연 자기가 기다리고 기다리던 아들임을 알아보고 보던 배 처음이요 먹던배 꼭지라

《뭐라구? 네, 네가 대가집에 장가를 들었어? 이제 꿈이냐? 생시냐?》하며 놀랍기도 하고 기쁘기도 하여 아들 며느리를 부둥켜안고 어쩔줄을 몰라했다.

일행이 모두 제일처럼 기뻐하며 목수들을 도와서 순간에 집 한 채를 덩실하게 지어놓았다.

그후 아들 며느리의 효성이 어찌나 지극하던지 천하명의들을 청해다 병을 보이고 약을 달여 대접하고 조석으로 보살피니 아버지의 병이 가신듯 나았다. 그리하여 온 집안에 웃음이 그칠줄 모르는 중에 딸이 생각해보니 동생이 대가집에 장가를 들고 부자가 되어 웃음이 피여남은 모두 김진사의 덕분이라 하루아침은 아버지앞에 꿇어앉아 자기의 생각을 여쭈었다.

《아버님, 동생이 올케를 데려오고 우리 가문이 량반이 되고 부자가 된것이 곧 김진사의 덕분이 아니옵나이까? 지금 김진사는 우리와 반대로 매일 수심으로 보내고있지 않나이까? 사람이 은혜를 입고 그 은혜를 갚을줄 모름은 인간의 도리가 아니오니 불초녀 오늘부터 김진사댁의 며느리로 들어갈가 하오니 어떠하옵니까?》

딸의 말을 들어보니 옳은 도리이나 당자가 문둥병환자에게 시집을 가겠다

니 딸이 불쌍해서 군이 말렸다. 하지만 딸의 의향이 하도 간절하기에 하는수없이 허락하고야말았다.

≪네 그 마음은 하느님을 감동시킬것이나 몹쓸 병에 걸린 사나이를 남편으로 섬길 네가 불쌍하구나. 허지만 네 의향이 그러하다면 김진사댁에 전갈을 하여서 길일을 택해 혼례를 치러주마.≫

≪아버님, 그 말씀 심히 감사하오나 불초녀 아무런 요구도 없이 홀몸으로 찾아가겠나이다. 부디 무병하옵고 복 많이 받으옵소서.≫

딸은 아버지앞에 큰절을 올리고 물러나오자 동생과 올케에게 부디 아버님을 잘 모시라고 천당부만당부하고는 보따리를 싸가지고 재너머 김진사댁으로 찾아갔다. 이윽고 진사댁에 들어서자 딸은 당하에 꿇어앉아 말했다.

≪아버님, 며느리 인사드리옵나이다.≫

혼례행차가 재너머로 가버리자 심화병이 나서 음식을 전폐하였던 김진사는 며느리가 인사드린다는 소리에 침상에서 몸을 일으켜 내려다보았다. 그랬더니 웬 소녀가 보따리를 옆에 놓고 꿇어앉았거늘 영문을 몰라 물었다.

≪너는 뉘집 규수온데 나를 아버님이라 부르고 나의 며느리라 자칭하느냐?≫

≪아버님, 소녀는 재너머 아무개 딸이온데 하늘보다 높은 아버님의 은혜를 갚고저 제가 며느리로 들어왔나이다. 하오니 부디 소녀를 버리지 마옵시고 거두어주시와요.≫

이렇게 여차여차하여왔음을 아뢰니 그제야 김진사는 이게 꿈이냐 생시냐, 심학규 눈뜬듯 기뻐서 버선발로 내려와 손목을 잡아 일으켜 앉히며 말했다.

≪아가, 네 마음이 장히 기특하구나. 허나 당분간 그 몹쓸놈의 병으로 갈라져있어야 되겠도다.≫

김진사댁 며느리는 달포를 홀로 보냈다. 아무리 남편이 문둥병에 걸렸다고 할지라도 안해된 도리로서 응당 가군의 병시중을 들어야 한다는 생각이 들자 하루는 김진사앞에 꿇어앉아 여쭈었다.

≪아버님, 오늘부터 제가 손수 가군의 병시중을 들겠나이다. 병든 사람을 독방에 가두어놓고 노복을 시켜 때시걱이나 들여보내니 어이 되겠나이까. 이

후부터는 제가 조석으로 보살피겠나이다.≫

김진사는 며느리의 말을 듣자 할수없이 허락하고나서 아들의 방문을 열어주었다.

며느리가 집안에 들어서니 역한 악취가 확 풍기고 어둑한 곳에 온몸에 진물이 흘러 보기에도 흉측한 남편이 침상우에 송장처럼 누워있었다. 며느리는 내색을 내지 않고 그날부터 가군의 병을 시중들며 용한 의원들을 찾아 약을 지어 대접을 했으나 백약이 무효였다.

그러던 어느날이였다. 가군의 병 때문에 근심에 잠겼던 며느리는 문득 어릴적에 동리로인들이 문둥병에는 독사를 잡아 술에 담그고 그 술을 먹고 사람의 고기를 먹으면 낫는다는 말이 생각났다. 하여 사람을 시켜 독사를 잡아오게 하여 술에 담그었으나 유독 사람의 고기를 구할길이 없었다. 그래서 생각 끝에 강심을 먹고 정수에 목욕하고나서 남몰래 자기의 허벅다리를 칼로 베여내고 잘 싸맨후 탕을 쳐서 뱀술과 함께 여러번 가군에게 대접하였다.

정성이 지극하면 돌에도 꽃이 핀다고 과연 남편의 병은 차츰차츰 나아져서 며칠 지나지 않아 출입할수 있게 되었고 여러날 몸보신을 시키니 예전과 같이 옥골선풍이 되었다.

아들의 병이 나으니 김진사의 기쁨인들 오죽하랴. 김진사는 곧 길일을 택하여 정식으로 아들 며느리의 혼례를 치러주었다.

혼례날밤 신랑신부가 원앙금침을 펴고 자리에 들어서야 안해의 허벅다리에 움푹한 상처자국이 있는것을 보고 김진사의 아들이 물었다.

≪당신의 허벅다리가 왜 이렇게 되었나이까?≫

안해는 본래 그 일을 말하지 않으려 했으나 하도 조르니 할수없이 사실대로 말해주었다. 그 말을 들은 김진사의 아들은 안해앞에 절을 하고 눈물을 흘리며 말했다.

≪여보, 당신은 나의 구명은인이온데 이 은혜를 무엇으로 다 갚겠나이까?≫

≪가군님, 소첩은 비록 배운것 없사오나 <충신불사이군이요, 렬녀불경 이부절>이란 도리를 아나이다. 가군은 남아대장부가 아니나이까? 하오니 글공부 열심히 하시와 우로는 나라의 충신이 되옵셔서 만백성의 질고를 보살

핌이 마땅하옵고 아래로는 늙으신 아버님께 효도를 다하심이 마땅한 도리가 아니옵니까? 헌데 남아대장부가 일개 아녀자의 은혜를 론함이 불가한줄로 아뢰나이다.≫

안해의 말에 김진사의 아들은 심히 감격해마지않았다.

≪당신의 말씀이 천만번 지당하오. 내 꼭 열심히 글을 읽으리다.≫

그후부터 김진사의 아들은 구구열심 글공부를 하여 학문을 닦았는데 세월이 여류하여 김진사의 아들은 과거를 보았다. 현명한 안해에 의해 재생한 몸으로서 학문을 닦음에 게으름이 없었는지라 장원급제하여 벼슬이 전라도, 충청도, 제주도의 암행어사가 되어 순행하며 덕을 찬양하고 악을 징벌하며 만백성의 질고를 보살폈다.

그후 임금께서 이 일을 아시고 대리장가를 갔던 아들 며느리를 ≪효자≫, ≪효부≫로 봉하고 김진사의 며느리에게는 ≪렬녀문≫을 친필로 써서 온 나라에 알렸다.

그때로부터 ≪효자≫, ≪효부≫, ≪렬녀≫ 이야기는 대대손손 전해졌다고 한다.

천냥 금으로 늙은이를 사다

어느 두메산골에 일찍 부모를 여의고 단둘이 은실금실 늘이며 아기자기 살아가는 젊은 내외가 있었다.

어느날 남편이 일밭에 갔다가 돌아오는데 동구밖 나무밑에서 사람들이 모여 쑤군덕거리기에 들으니 저 몇고개 넘어 어느 집에서 칠십고령의 아버지를 천냥 금에 판다는것이었다.

《원 아무리 야박한 세상이라도 어느 후레자식이 자기의 친아버지를 돈 천냥을 받고 팔겠나? 통 믿지 못할 소릴세.》

적지 않은 사람들이 이렇게 말하기에 남편은 방이 나붙었다는 거리에 가보았다. 가보니 과연 한 골목에 아버지를 팔겠다는 큼직한 방이 뚜렷이 나붙어있었다.

방을 본 남편은 속으로 자기는 부모의 사랑을 받아보지 못한것이 한평생 유감인데 되려 부모를 팔려고 하는 사람이 다 있으니 모를것은 세상인심이구나 하고 한탄하여마지않았다.

그날 집으로 돌아온 남편은 안해를 보고 골목에서 방을 본 이야기를 꺼냈다. 그랬더니 안해 역시 머리를 가로 저었다.

《원 말같지 않은 말씀 다하시오 아버지 없이 하늘에서 허망 떨어진 아들자식이 어디 있겠나요 아버지가 늙었다고 돈까지 받아먹으며 팔려는 불효자식이 어디 있나요?》

《처음엔 나도 그렇게 생각했는데 정작 가보니 거짓말이 아니였소.》

남편은 너무도 기차서 한숨만 후 내쉬였다.

《참 한심한 일이예요.》

한숨을 내쉬던 안해는 한참이나 말없이 앉았다가 무엇을 결심한듯 다시 입을 열었다.

≪여보세요. 부모를 팔아먹는 자식의 심사는 고약하다치고 팔려가지 않으면 안될 로인의 마음이야 오죽하겠어요. 우리 그 늙은이를 모셔다가 다만 하루라도 따뜻이 봉양해드리는것이 어때요?≫

≪글쎄 우리 둘이 다 조실부모하여 부모의 사랑을 받아보지 못한 처지이니 그 로인을 모셔다 조반석죽이나마 따뜻이 대접해드리며 그 사랑 받아보고싶은 마음 간절하오마는 당장 천냥 돈을 어디서 구하며 구한단들 어떻게 그 돈을 갚겠소?≫

≪그래도 세상에 돈이 나진 이상 몇날 몇 달을 두고 꾸노라면 두루 되겠지요. 갚는거야 우리 대에 못다 물면 자손후대까지 벌어 물면 되겠지요.≫

≪당신 마음이자 내 마음이군, 그렇게 해봅시다.≫

그리하여 젊은 내외는 그날부터 천냥 돈을 구하려고 산을 넘고 물을 건너 이 마을에서 저 마을로 찾아다녔다. 그런데 부자집들에서는 돈을 꿔주기는커녕 욕을 퍼부었고 가난한 집들에서는 칭찬은 하면서도 돈이 없어 못내놓았다.

몇 달후 두 내외는 천신만고 끝에 돈 천냥을 겨우 얻었다.

그길로 곧추 산을 넘고 물을 건너 아버지를 판다는 집을 찾아갔다. 찾아간 집은 다 찌그러져가는 단간초옥이였다.

두 내외느 조심스레 사립문을 열고 주인을 찾았다.

그러자 수수한 토목옷을 걸친 풍신 좋은 로인이 마주나오며 물었다.

≪젊은이들은 무슨 일로 우리 집에 찾아왔소?≫

이렇게 이목구비 제대로 박힌 사람이 설마 제아버지를 팔겠는가? 하는 생각이 든 남편은 괜히 헛소문을 듣고 잘못 찾아온것 같아서 지나가는 걸음에 물 한모금 얻어마시러 들어왔노라고 거짓말을 했다.

물 한바가지 떠마시고 사립문밖에 나오자 안해가 말했다.

≪여보, 불원천리 먼길을 찾아왔다가 바른 말 한마디 못해보고 그저 되돌아가셔야 말이 되나요? 한번 물어나봅시다.≫

생각해보니 안해의 말도 그럴듯한지라 남편은 안해를 데리고 되돌아 들어갔다. 그러자 로인이 반색하며 물었다.

≪아니, 무얼 두고 나갔던가?≫

두 내외는 머리를 숙이고 여쭈었다.

≪네, 사실은 일이 있어 왔습니다.≫

≪무슨 일인고?≫

≪말씀 올리기 황송하옵니다만 한가지 물어볼게 있어서 왔습니다.≫

≪어서 말해보게.≫

로인이 재촉했다.

≪저 소문을 듣고…≫

≪응, 그래 무슨 소문인데?≫

≪저 댁의 로부님을 혹 파신다는게 정말입니까?≫

이쯤 되자 그 로인은 갑자기 두눈에 광채를 띠우며 물었다.

≪그래 내가 붙인 방을 봤단말이지? 그럼 돈을 가지고 왔는가?≫

≪네, 다소 갖추어가지고 왔습니다.≫

정말 천냥 돈을 갖추어가지고 왔다는 말을 들은 로인은 얼굴에 심상치않은 빛을 띠우며 물었다.

≪그래 젊은이들은 칠십이 넘은 이 늙은 송장을 사다가 무엇에 쓰려고 그러오?≫

젊은 내외는 어려서 조실부모하고 부모의 사랑이란 어떤것인지 알지도 못하고 한많은 세상에서 섧게 살아오며 그처럼 부모가 그립던 이야기로부터 시작하여 여기까지 찾아오게 된 사연을 자초지종 말했다.

그들의 말을 듣고난 로인은 갑자기 주름잡힌 얼굴에 웃음꽃을 피우며 무릎을 탁 치더니

≪음, 과연 자네들이야말로 분명 내 아들이요, 내 며느릴세!≫라고 말하고는 두 내외의 손을 잡아끌며 덩실덩실 춤을 추는것이였다.

두 내외 어리둥절하여 한동안 어찌할바를 모르고있는데 늙은이가 말하였다.

≪실상 나는 로부를 천냥 받고 팔려는 도적놈이 아니요. 우로는 부모 없고 아래로는 자식 하나 없는 무의무탁 혈혈단신일세. 하긴 나는 이 고을의 갑부여

서 재산이 많아 얼마든지 여생을 잘 보낼수 있지만 효성이 지극하고 마음씨 고운 젊은네를 찾아 친아들, 친며느리처럼 함께 살며 만년을 보내려고 궁리하고 궁리하던 끝에 그와 같은 헛소문을 퍼뜨린걸세.≫하며 로인은 계속 이야기했다.

≪그런 헛소문을 퍼뜨린지 달포가 지났지만 찾아오는 사람은 하나도 없었네. 생각해보게. 그래 어느 누가 돈이 흔해 빠져서 다 죽어가는 산송장을 사려하겠는가? 아마 그저 주어도 싫다고 할 송장을 말일세. 그러나 그대들 내외는 곤궁한 살림임에도 불구하고 다만 하루라도 늙은이를 따뜻이 모셔들이고저 이렇듯 많은 돈까지 꿔가지고 달려왔으니 참말로 하늘이 점지한 내 아들이요 내 며느리가 아니고 무엇이겠나?≫

그날 로인은 젊은 내외를 효자와 효부로 삼고 아들과 며느리한테서 큰절을 받았다. 다음 돈 천냥을 주어 꿔온 빚을 물어주었다.

그뒤 젊은 내외는 로인을 모시고 새집 짓고 밭 사고 부지런히 일해서 남부럽지 않게 살아가기 시작하였는데 어려서 받지 못한 아버지의 사랑을 받게 되었고 혈혈단신이던 늙은이는 아들 며느리 얻어 그들의 지극한 효성에 흰머리가 검어지고 고목에 꽃이 핀듯 즐거이 만년을 보냈다고 한다.

뉘덕이냐, 내 덕이지

옛날 한 시골에 벼슬을 그만두고 락향하여 먹을 걱정 입을 걱정 모르고 유족하게 살아가는 김정승이 있었는데 마누라를 일찍 잃고 취처를 다시 하지 않고 홀애비 신세로 딸 셋을 길렀다.

김정승이 륙십고개를 넘어 칠십고개를 바라보게 되니 세 딸도 이제는 년광이 차서 이팔꽃나이가 되었는지라 이미 자기곁에 더는 둘수 없음을 깨닫고 어느 하루 세 딸을 불러다놓고 이렇게 말하였다.

≪얘들아, 너희들이 지금은 모두 과년한 나이가 됐으니 마땅한 자리를 골라서 배필을 무어주어야 부모된 이 애비도 의무를 다한 것으로 되고 저생에 간 너희 어머니에게도 미안하지 않을게 아니냐? 헌데 너희들에게 한가지 물어볼 말이 있는데 속생각을 숨김없이 아뢰여라.≫

≪아버님, 황공하오이다. 무슨 말씀이온지 어서 하시와요.≫

세 딸은 아버지께 공손히 말씀을 올렸다.

≪음, 그래그래. 너 첫째야, 네가 이렇게 자란것이 누구의 덕이냐?≫

아버지의 말에 맏딸은 어머니를 일찍 여의고 아버지의 보살핌에 살아온지라 아미를 숙이고 말했다.

≪네, 아버님, 그건 어째 물으시나이까? 제가 이렇게 자란것이 아버님의 덕분이 아니고 무엇이나이까. 아버님의 덕인줄 아뢰나이다.≫

≪음, 그래 옳지. 과연 내 딸이로다. 얘, 둘째야, 너는 어떠한고?≫

둘째 딸 역시 언니와 같은 생각을 하고있던차라

≪네, 일찍 어머님을 여의고 오직 아버님의 보살핌에 자랐사오니 의례 아버님의 덕분이라 해야 옳겠나이다.≫하고 대답을 드렸다.

≪음, 허허허, 장할시고, 과연 내 딸이로다. 셋째야, 너는 어떻게 생각하느

나?≫

김정승이 얼굴에 웃음을 한껏 담고 셋째 딸도 역시 꼭같이 대답할줄로 생각하는데 그 대답이 왕청같았다.

≪아버님께 여쭈옵기 황송하오나 소녀의 몸이 세상에 난것은 부모의 덕분이라 하겠사오나 장차 잘되고 못됨은 제팔자라 하겠나이다. 하오니 제덕인줄로 아뢰나이다.≫

이 말에 웃음주머니가 홀 날아가버린 김정승은 천풍같이 노하였다. 두 언니들도 동생을 은공도 모른다고 욕을 하였고 분이 상투끝까지 치민 김정승은 셋째 딸을 용돈 한푼 주지 않고 입은 옷 그대로 쫓아냈다. 이리하여 김정승의 셋째 딸은 방랑의 길을 걸으며 팔도강산을 떠돌다가 강원도 금강산 산줄기를 이어받은 한 편벽한 산중에 들어가게 되었다.

김정승의 셋째 딸이 먼길에 지쳐 더는 걸어갈 맥이 없게 되는데 이때라 그를 골려나주듯 자글자글 끓던 해님도 어느 사이에 서산에 지고 천지간에 어둠을 펴기 시작했다.

려로에 지친 두다리에 천근같은 몸을 싣고 힘겹게 산길을 조이다가 앞을 쳐다보니 자그마한 초막집이 한 채 있는지라 다가가 문을 두드리려던 김정승의 셋째 딸은 지친 몸을 더는 지탱치 못하고 밑둥을 잘린 통나무 넘어가듯 쓰러졌다.

원래 이 집은 어느 조상때부터 물려온것인지 모를 숯가마를 가지고 몇 대를 내려오면서 숯을 구워 생계를 유지해가는 가세빈곤한 집인데 지금은 조실부모한 더벅머리총각이 살고있었다.

한창 저녁을 먹던 총각은 무엇이 넘어가는 소리에 처마밑에 세워놓은 숯지게가 넘어가는줄 알고 나오다가 웬 녀인이 문앞에 기혼해있는것을 보고 깜짝 놀랐다.

황급해난 총각은 녀인의 가슴에 손을 얹어보더니 아직 숨이 붙어있는지라 집안에 들여다 눕히고 자기가 먹던 조밥을 솥에 넣고 미음을 쑤어 녀인의 입에 한술 두술 떠넣었다.

미음을 다 먹인후 총각은 하나밖에 없는 누데기이불을 덮어주고나서 자기는 봉당에 마른풀을 한아름 안아다 펴놓고 눕자마자 코를 골았다.

허기진 사람은 곡식물이 속에 들어가면 원기가 되살아나는 법이라 자정이 지나자 김정승의 셋째 딸은 차츰차츰 의식을 회복하였다. 그런데 무엇이 따뜻하기에 손으로 만져보니 이불이 자기 몸에 덮여져있었다. 그리고 코고는 소리가 들리기에 소리나는 쪽을 내려다보니 웬 더벅머리총각이 봉당검불우에 누워서 시름없이 자고있었다. 이에 섬찍한 생각이 들어 자기의 치마끈을 만져보니 여전한지라 한숨을 호- 내쉬였다. 초면강산의 젊은 총각이 더없이 고마웠다.

이윽하여 날이 희붐히 밝아오는데 총각이 기지개를 쭉 펴며 일어나더니 자기한테로 다가오는지라 김정승의 셋째 딸은 숨을 죽인채 상사말뛰듯하는 가슴을 달래며 혹시 총각이 불측한 마음을 가지지나 않았나 하여 마음을 조였다.

그러나 총각은 자기의 가슴에 손을 얹어보더니

≪음, 별일 없겠군. 옛말에 남녀칠세부동석이라고 하지만 죽는 사람 살려주지 않으면 사람의 도리가 아니지. 얼른 숯을 팔아 쌀을 좀 사와야겠군.≫하고 중얼거리며 밖으로 나가 ≪끙≫하고 힘을 쓰더니 자취를 감추었다.

얼마나 지났을가, 해가 한발이나 올라왔음직할 때에야 총각이 돌아오는 소리가 나더니 이윽고 집안에 들어와

≪아직 일어나지 못하는군.≫하고 중얼거리고는 불을 지펴 밥을 짓는것이였다.

총각은 끓어넘치는 밥가마를 훌훌 불더니 밥이 다 되었는지 나무로 만든 식기에 밥을 퍼담고 싸리로 깎은 저가락을 푹 꽂아가지고 그우에 무짠지 몇쪼각을 덧놓은 다음 머리맡에 갖다놓고 나지막하게 불렀다.

≪이보우, 어서 일어나 조반을 들구 한잠 더 푹 쉬시우. 별로 대접할만한게 없지만서두.≫

김정승의 셋째 딸은 총각의 정성에 못이겨 찌르는듯한 몸을 일으켜 앉아 밥술을 들었다. 목이 꽉꽉 메는 조밥이기는 하였지만 허기가 심한 그에게는 천하별미처럼 여겨져 두볼이 불룩하도록 먹어댔다.

이 광경을 지켜보던 총각은 벌씬 웃더니 자기도 가마안에 남은 밥을 바가지

에 퍼들고 먹기 시작했다.

밥을 다 먹자 총각은 김정승의 셋째 딸에게 하루쯤 푹 쉬여 떠나라고 하며 지게를 걸머지고 또 숯구이하러 떠나는것이였다.

김정승 셋째 딸이 총각을 보니 비록 옷은 람루하나 인물이 훤하고 자기 또한 갈길이 막막한지라 이 젊은이에게 의탁하여 살리라 맘을 먹고 부엌에 내려가 이것저것 손질하고 닦고 쓸고 한후에 밥까지 지어놓고 총각이 돌아오 자 밥상을 차렸다.

집으로 돌아온 총각은 영문을 몰라 멍하니 김정승의 셋째 딸을 쳐다보더니 이윽고 자기앞에 놓인 밥그릇을 들고 먹으며

(야 나도 이런 안해가 있어 매일 밥만 지어주어도 얼마나 좋겠느냐!) 하는 생각에 벙글 웃었다.

김정승의 셋째 딸은 아침에 총각이 하던대로 남은 밥을 바가지에 퍼들고 먹었다.

저녁을 다 먹고나서 총각이 또 봉당에 검불을 펴자 김정승의 셋째 딸은 마음먹은대로 총각에게 슬며시 말을 건늬였다.

총각은 이 처녀가 김정승의 딸이란 말을 듣자 초풍하듯 놀라 급히 엎디며 ≪황송하오나 저같은 놈이 어찌 귀하신 대감집 규수와 배필이 되겠나이까? 부디 그 말씀 거두어주사이다.≫하고 사양하였다.

이에 김정승 셋째 딸이 모든 사연을 자초지종 총각께 말하고나서

≪기갈에 죽어가는 몸 살려주신 그 은혜 태산같아 백골난망하와 당신과 고락을 같이 하려 하오니 부디 저를 버리지 말아주옵소서. 나약한 여자의 몸으 로 이제는 갈길이 막막하옵고 어느 산중에 들어 호랑이의 밥이 될지 또 누가 알겠나이까?≫라고 하였다.

총각이 들어보니 김정승 딸의 신세야말로 기박하기 짝없었다. 하지만 제같 은 처지에서 량반도 여간한 량반이 아닌 나라의 정승의 딸인 그와 배필을 무었다가 앞으로 무슨 큰 봉변을 당할지 알길 없는지라 굳이 거절하였다.

김정승의 딸은 총각이 자기의 속마음을 몰라주자 다시 말을 이었다.

≪세상에 사람이 태여날제 원래 귀천이 없었나이다. 돈이 많으면 귀한 사람

이고 돈이 없으면 천한 사람이라 일컸사오니 소녀 역시 쫓겨난 몸으로 걸식하며 헤매이니 천한 사람과 무슨 다른 점이 있나이까. 이미 이 지경에 처한 제가 빈부귀천을 가려선 무엇하나이까? 부디 저를 받아주옵시와요.≫

처녀의 비오듯 흘리는 눈물이 치맛자락을 적시였다.

총각이 꿈이냐 생시냐 못미더워서 넙적다리를 꼬집어보니 생시였다. 말 그대로 구시월 호박이 넝쿨채 떨어진 격이라 총각이 기쁜 나머지 처녀의 손목을 잡고 밖에 나와 동산에 떠오르는 달을 맞아 랭수 한그릇 정갈히 떠다놓고 백년가약을 맺으니 비록 청실홍실 원앙금침 없이 헌누데기이불 깔고 덮고 자리에 드나 오히려 꿈속에서 궁궐을 짓는가싶더라.

이렇게 총각이 굴러온 복을 받았고 김정승의 셋째 딸도 더는 걸식하지 않고 의탁할 곳이 있게 되었다.

어느날 안해는 남편 불러 말했다.

≪여보시와요. 소첩이 할 일 없어 집에 있자니 갑갑해서 어디 견디겠나이까? 종이장도 맞들면 가볍다고 함께 일을 하사이다. 당신 혼자서야 어찌 살림이 펴이겠나이까? 장차 애들이 생기면 어떻게 하겠나이까?≫

안해의 말에 남편은 웃으며 말했다.

≪여보, 내 아무리 무식하기로서 어찌 당신더러 일하라겠소 그저 하루 세끼 더운 밥 먹음이 평생소원이였는데 이제 나는 그 소원을 풀었은즉 당신의 손이 거칠어짐을 어이 눈뜨고 보겠느냐말이요.≫

쥐면 꺼질가 불면 날가, 하늘의 선녀도 부럽지 않을 안해를 일시키기 만무했다.

남편이 일하러 나가자 안해는 슬그머니 뒤를 따라나섰다. 남편의 발걸음이 얼마나 빠른지 어느새 저쪽산에서 ≪떵떵≫ 도끼질소리가 들려왔다.

안해는 숯가마옆으로 다가가 도대체 어떻게 생겨먹은게냐고 보기나 하려고 불을 때는 아궁이로 머리를 들이밀었다. 그러던 그는 깜짝 놀랐다.

글쎄 그 부엌이마돌이 큰 황금덩어리였던것이다. 그것이면 평생 근심걱정 없이 잘 살수 있었다. 기뻐난 안해는 아무 일도 없은듯이 집으로 돌아와 밥을 지어놓고 남편이 돌아오기를 기다렸다.

저녁에 남편이 돌아오자 식사를 마치고 안해가 말했다.

≪여보시와요. 저의 소원이 한가지 있사온데 들어주시겠나이까?≫

≪참, 할말이 있으면 할게지 다짐은 왜 받소. 무슨 소원이든 당신의 소원이야 못 들어주겠소. 산에 가 호랑이를 잡아오래도 잡아오겠소.≫

≪그런게 아니라 래일부터는 숯을 굽지 마시옵고 그 숯가마이마돌을 검댕이도 닦지 말고 그대로 가져다가 파시와요.≫

그 말에 남편이 펄쩍 뛰며

≪그것은 몇 대 조상이 물려준것인데 그것 없이 무엇으로 먹고 살겠소? 장끼라야 숯구이밖에 할줄 모르는판에…≫하고 야단이였다.

≪여보시와요. 나의 소원을 안풀어주면 심화병이 나서 죽을것이오니 내 말을 듣든지 말든지는 당신 마음대로 하시와요.≫

≪하, 이런 일이라구야, 그까짓 돌이 무슨 쓸데가 있다고 남들이 사가겠소. 그럼 래일 장에 내다 팔지.≫

남편은 하는수없이 허락했다. 그러자 안해는 방글방글 웃으며 절대 돌에 묻은 검댕이를 닦지 말고 가져가되 또한 싸구려를 부르지 말고 임자가 나서기만 기다리면 된다고 신신당부했다.

≪여보시와요. 임자가 나서서 값을 물으시면 당신은 그저 무값이라고만 하면 되나이다.≫

이튿날 남편이 그 돌을 장마당에 가져다놓고 아무리 기다려야 사는 사람이 없었다. 하여 날이 저물자 돌을 짊어지고 돌아왔다.

이렇게 스물아홉날이 지나가고 마지막 서른날째 되는 날 정오때였다. 큰길로 부자집 대감같아보이는 백발이 성성한 로인이 점잖게 다가오는데 차림새를 보니 통양가새 호박풍장 매화풍장 모시두루마기를 떨쳐입고 지팡이를 짚고 걸어왔다. 로인은 마른 기침을 하며 돌을 유심히 내려다보더니 물었다.

≪여보게 젊은이, 그 돌을 파는겐가?≫

≪예, 파는게올시다.≫

≪음, 그래 값은 얼마인고?≫

그 로인이 또 물었다.

≪네, 무값으로 아뢰나이다.≫

남편은 안해가 부탁을 명심했는지라 인차 대답했다.

≪음, 무값이라, 여보게 젊은이, 이 돌을 도로 지고 가게. 내 지금 소풍나온 길이라 돈을 안가져 왔으니 칠일후에 내가 사겠네. 그러니 내가 갈때까지 아무한테도 팔지 말고 기다려주게. 헌데 젊은이네 집은 어딘고?≫

≪예, 좋을대로 하사이다. 소인의 집은 금강산 막골짜기나이다.≫

이렇게 약속을 하고나서 다시 돌을 짊어지고 집으로 돌아왔다. 그러자 남편이 돌아오기를 기다리던 안해가 남편의 등에 돌이 그대로 지워져있는것을 보고 얼굴색을 흐리며 조심스레 물었다.

≪서방님, 오늘도 임자가 나서지 아니하더이까?≫

≪오늘 웬 대감집 늙은이가 나와서 묻길래 당신이 시킨대로 말했더니 칠일후에 가지러 올터이니 그리 알고 기다리라 하더군.≫

이 말에 안해가 금시 웃음을 띠우며 좋아서 어쩔줄을 모르는데 남편은

≪그까짓 돌이 값이 얼마나 된다구 그리도 좋아하우?≫하며 입만 쩝쩝 다셨다.

≪이제 며칠 지나면 곧 알게 되나이다. 시장하시겠사오니 어서 저녁진지를 드시와요.≫

안해는 남편을 집안으로 데리고 들어가더니 밥상을 차려주었다.

그로부터 해와 달이 일곱 번 바뀌던 날, 해가 금방 동산에 떠오르자 왈가닥 덜거덕 소리와 함께 앞에는 백발대감이 가마에 점잖게 앉아오고 뒤에는 수레가 여라문대 따라오는데 수레마다 금전 은전 꿰미를 꽉 박아실었다.

원래 그 돌덩이를 사러오는 사람은 다른 사람이 아니라 바로 세 딸을 키워서 맏딸과 둘째 딸은 모두 대가집 며느리로 보내고 막내 딸을 분김에 쫓아낸 김정승이였다. 열손가락 깨물어 아프지 않은 손가락이 없다고 그때 분김에 셋째 딸을 쫓아낸 정승은 필경 에미없이 키운 자식이라 마음이 편할리 없었다. 그래서 여러날을 두고 이리저리 찾아다니던중 이렇게 교묘하게 낮도 코도 모르는 막내 사위의 돌덩이를 사게 되었는데 여간한 사람들은 언제 한번 금덩이를 본적이 없어서 그저 한낱 쓸데없는 돌로만 보았으나 세상물정을 많이

겪은 김정승은 용케도 금덩이를 알아보고 그날 막내사위와 약속한 뒤 집에 돌아오자 수레에다 재산을 있는대로 싣고 찾아왔던것이다.

남편은 백발대감이 오는것을 보자 급히 안해에게 알렸다. 안해는 너무도 좋아서 뛰여나오다가 그만 멍하니 서버리더니 두뺨에 옥구슬같은 눈물을 좔좔 흘리였다.

≪아버지!≫하고 안해는 요절하며 가마한테로 달려갔다.

안해가 아버지를 부르며 달려가는 바람에 남편은 물론 가마에 점잖게 앉아 오던 김정승도 얼마나 놀랐던지 갓이 뒤로 벗겨지는줄도 몰랐다. 딸을 알아본 정승은 가마가 땅에 놓이기도전에 뛰여내려와 셋째 딸을 부둥켜안고 눈물만 흘릴뿐이였다.

≪얘야, 이 죄많은 애비를 용서해다구. 그새 이 애비가 오망을 쓰는 바람에 얼마나 고생이 많았느냐?≫

김정승이 딸의 눈물을 닦아주며 말했다.

≪아버님, 그렇지 않나이다. 불효녀 고생 끝에 좋은 랑군 만나 원앙처럼 살아가나이다. 그 돌덩이는 서방님이 조상때부터 물려받은 숯가마에서 나왔으니 서방님 덕이요 소녀가 그 돌을 알아보았으니 저의 덕이 아니겠나이까? 세상에 제덕이 없이 사는 사람이 있겠나이까? 서방님이 장터에 가져갈 때 심보 나쁜 놈들이 빼앗을가봐 서방님께도 금덩이라고 알려주지 못했나이다.≫

김정승은 크게 깨닫는바가 있어서 딸에게 말했다.

≪오냐, 하늘이 인간을 내였을제 모두 덕이 있음을 몰랐구나. 이젠 고향으로 돌아가자.≫

≪아버님, 불초녀 아뢰옵기 황송하오나 여자란 남편을 따르기마련이옵니다. 서방님이 꿈속에서도 <서울서울>하시오니 서울 가서 집을 짓고 살자하오니 그리 아시옵고 이제부터 이 불초녀 아버님께 효성을 드리고저 하옵나이다. 자식이 부모에게 효성을 아끼지 아니함이 곧 철리라 하겠사오니 이 길로 서울 가서 새집 짓고 살겠나이다.≫

말하고나서 안해는 남편을 김정승께 인사시키고 이튿날 다시 수레를 돌려 서울길에 올랐다.

이윽고 서울에 당도하여 집터를 닦고 집을 지으니 소산에서 소목 빌고 대산에서 대목 빌어 소톱대톱 들이대여 스렁스렁 톱질하여 굵은 나무 골라내어 네귀에다 기둥 세우고 잔나무 골라내여 도리보장 서까래 걸고 입구자로 집을 짓고 기윽자로 담을 쌓아 야차광차 밀창문에 각장장판 소라반자 풍석자리 돗자리에 인물풍경 화초풍경 원앙금침 작벽에 새별요강까지 갖췄다.

그뒤 숯구이총각과 김정승의 셋째 딸은 김정승께 효성을 다하며 잘 살았다고 한다.

멍청이

어느 한 마을에 두 내외가 갓난아이를 데리고 살았는데 남편이 멍청이여서 가세가 빈한하기 그지없었다.

때는 봄철이여서 마을의 남녀로소가 밭에 나가 파고 심고 야단이였다. 봄철에는 부지깽이도 우쭐댄다는데 남편은 아랫목에 누워 코만 드렁드렁 골며 잠만 자기에 안해는 참다못해 이렇게 말했다.

≪여보시오, 잠만 자면 어찌되나요. 어서 일어나 밭에다 뭘 좀 심읍시다. 노랑봄철이라 엉뎅이만큼 파고 심어도 겨울에 열흘을 먹는다는데…≫

≪그럼 그렇지.≫

남편이 벌떡 일어나 괭이와 조이씨를 반자루가량 메고 나가더니 잠간후에 들어오기에 안해가 물었다.

≪벌써 다 심었소?≫

≪다 심구 말구. 내 엉뎅이를 담아보며 구뎅이를 파고서 씨를 몽땅 쓸어 넣었소.≫

안해가 듣고나니 기막힐 지경이였지만 별수 없었다.

이윽고 저녁이 되자 안해가 또 일렀다.

≪인젠 땔나무조차 없으니 생쌀을 먹겠소? 나무나 해오우.≫

그들에게는 아버지한테서 물려 받은 소 한 마리가 있는지라 남편은 소를 몰고 산등성이로 올라갔다. 가다가 마침 길옆에 큰 나무가 있기에 남편은

≪옳지, 잘됐다. 힘들일것 없이 소를 나무밑에 세워놓고 나무를 찍으면 절로 등에 실을수 있겠구나.≫하고 중얼거리며 도끼로 나무를 마구 찍었다. 그런데 ≪우지직≫ 소리와 함께 나무가 소허리를 내리치면서 넘어가니 아무리 힘이 센 황소라도 납작 엎드린채 꼼짝을 못했다.

남편이 소를 몰려고 ≪이랴! 이랴!≫하고 웨쳤지만 종시 일어나지를 않았다. 그제야 소가 죽은줄을 알게 된 그는

≪이 일을 어쩐담. 안해가 꾸중하겠으니 해가 진 뒤에 집으로 가야겠다.≫하고 중얼거리곤 그 자리에 드러누운채 코를 골았다.

얼마나 잤는지 눈을 떴을 때는 해가 이미 서산에 지고 어스름이 깔렸었다. 멍청이는 그제야 부시시 일어나더니 도끼를 허리에 차고 집으로 돌아왔다.

그가 가만가만 소리를 죽이고 안마당에 들어서는데 앞에 웬 도적놈이 삿갓을 쓰고 앉아있는것이 눈에 띄였다.

(저런, 웬 도적놈이 우리 집에 와 기다리는구나!)

멍청이는 도적을 향해 힘껏 도끼를 내던졌다. 그런데 와지근 소리와 함께 무엇이 박산나는 소리가 들려오기에 멍청이는 깜짝 놀랐다.

(어이쿠! 내가 잘못 보아서 그만 독을 깨였구나. 이 일을 어찌하면 좋단말인고? 안해가 알면 야단법석할테이니 숨어있다가 삼경쯤에 집으로 들어가야지.)

멍청이가 삼경까지 기다리다가 창문앞에 가서 귀를 기울이니 안해가 깊이 잠들었는지라 그제야 문을 열고 들어가 의복을 벗고 발가숭이로 윗목에 누워 있었다. 그런데 날샐녘이 되니 배가 고파 도무지 견딜수가 없었다. 안해를 깨우자니 전후사연을 물을것인즉 적이 겁났다. 그래서 도적고양이 모양으로 살금살금 부엌으로 내려간다는것이 그만 아랫목에 누운 갓난아이의 배를 콱 밟아 놓았으므로 아이는 찍소리 못하고 죽어버렸다.

멍청이는 아이가 죽든말든 관계치 않고 부엌으로 내려서자 이리저리 손더 듬해보았다. 그랬건만 종시 먹을것이란 손에 닿지를 않았다. 나중에 시렁우에 올려놓았으리라고 생각하고 마구 더듬는데 면바로 그우에 올려놓은 식칼이 떨어지며 멍청이의 연장을 끊어버리였다.

(아이쿠! 내 죽네!)

그가 두손으로 한절반 끊어진 연장을 움켜쥐고 방안으로 들어와 이리저리 뒹굴며 아픔을 참지 못해 끙끙거리자 그 소리를 듣고 안해가 화닥닥 깨여나 앉았다.

≪여보시와요. 어디가 아프시오? 어찌하여 밤중에야 오셨소?≫

≪말마우. 아침에 나무하러 갔다가 그만 나무에 소가 치여죽었다오.≫

≪그까짓것 무슨 대단한 일이라고 그러시오. 돈을 벌어 사면 되지요.≫

≪그뿐이 아니라우.≫

≪또 무슨 일이 있었어요?≫

≪저 일찍이 들어오면 자네한테 욕을 먹을가봐 밤에 들어오다가 도끼로 그만 장독을 깨엿다오.≫

≪그것도 근심할것 없지요. 래일 하나 사면 되는걸요.≫

≪어찌 그뿐이겠소.≫

≪또 무슨 일이 있었어요?≫

≪배가 고파 부엌으로 내려가다가 그만 아이를 밟아 죽였다오.≫

≪저런…≫

그 말을 들은 안해는 이마를 찡그리더니 한동안 지나서 이렇게 말했다.

≪당신은 어쩌면 그렇게도 우둔하시오? 이제 와서 죽인 아이를 되살릴수도 없지요. 앞으로 또 달덩이 같은 아이를 낳으면 되니까 근심말아요.≫

≪그뿐이 아니라오.≫

≪또 무슨 긴한 일이 있었어요?≫

남편은 피흐르는 연장을 보이며 사실을 말했다. 그랬더니

≪이젠 다 틀렸어요. 당신 대신 그저 아이 하나를 잘 키우며 살자 했더니…≫

안해는 이렇게 말하며 울음을 터뜨렸다.

(이런 멍청이 남편과 살자니 평생 장고생이로구나. 차라리 내가 죽어 이런 꼴을 면하리라!)

이튿날 아침 먼저 일어난 안해는 남편을 깨우며 이렇게 말했다.

≪여보세요. 궁금증이 나서 못견디겠어요. 개나 잡아 먹읍시다.≫

≪그렇지 않아도 개고기를 실컷 먹고팠는데.≫

한낮이 되어 안해가 어디서 얻어왔는지 작은 개 한 마리를 끌어왔다. 안해는 남편에게 당부하는것이였다.

≪당신은 문밖에서 이 바줄 한끝을 잡아당기면 돼요. 내가 개목에다 올가미를 걸테니.≫

안해는 당부하고나서 문을 닫아건 다음 올가미를 자기 목에 걸고나서 남편더러 어서 잡아당기라고 했다. 그러자 남편은 두발을 벋디딘채 두손으로 바줄을 힘껏 잡아당겼다. 그런데 한동안 잡아당기다가 문을 열고 집안에 들어선 남편은 깜짝 놀랬다. 안해가 목에 올가미를 건채 죽어버렸던것이다.

봉건시대의 혼인이란 늘 매파한테 속히워 량인이 대면치도 못하였고 출가하면 남편이 죽든말든 병신이든말든 재가하는 법이란 없었으니 얼마나 많은 녀성들이 천대받고 원한과 슬픔으로 하여 죽어갔는지 모른다.

머저리동생

옛날, 한 고을에 조실부모하고 살아가는 두형제가 있었다.

형은 똑똑하여 제구실을 하였으나 동생은 머저리여서 항상 남한테서 미움을 샀다.

두 형제는 량반네 집에 가서 머슴질하면서 별별 천한 일을 다하여도 살림살이는 도저히 피여나지 못했다.

그러던 어느날이였다. 형이 동생을 불러놓고 말하였다.

≪아우야, 우리가 뼈가 휘도록 애를 써도 그 식이 장식이라 나이도 적지 않으니 무슨 수단으로든지 돈을 벌어야 장가를 들지 않겠니?≫

그러자 동생이 되물었다.

≪히히히! 장가라는게 무엇이야? 도대체 장가는 어떻게 가나?≫

형은 너무도 어처구니가 없어 설명해주었다.

≪저, 장가란말이야, 남의 집 딸을 데려다가 안해로 삼고 둘이서 같이 사는 것이 장가란다.≫

≪히히히, 우습다. 남을 데려다간 뭘해? 혼자가 제일이지.≫

≪넌 아직 모르는구나. 어쨌든 장가는 가야 한단다.≫

≪별소릴 다해 히히히!≫

형은 멍청이동생을 어린애 달래듯 달랜 다음 그날밤으로 둘이서 량반네 울안으로 뛰여들었다. 이윽고 창고곁에 가자 형이 동생에게 부탁하였다.

≪아우야, 우리 아무 소리도 내지 말고 조용히 도적질하자꾸나. 만약 인적기를 내였다가 붙잡히면 너도 죽고 나도 죽을터이니 주의하자.≫

이렇듯 열당부하고나서 둘은 헛간으로 들어가 독안의 쌀을 퍼내기 시작했다. 형이 동생더러 자루를 쥐게하고 자기는 쌀을 퍼서 자루에 쏟는데 한번

쏟아넣으면 동생은

≪한-말≫하고 큰소리로 세기 시작하였다.

형이 더럭 겁이 나서 제발 세지 말라고 했으나 소용없었다. 형이 두 번째 세 번째로 쌀을 퍼서 쏟으니 동생은 더 큰소리로

≪두-말, 세-말≫하고 셈을 세였다. 형은 너무도 애가 나서 동생을 툭 치며 핀잔주었다.

≪말하지 말고 조용하라는데 왜 떠드는거냐?≫

그러자 동생은 제만에 우둘렁거렸다.

≪형님도 모르네. 세여야 몇말인지를 알지. 세지 않으면 어찌하겠소?≫

동생이 이렇듯 고함치니 밖에서 야경을 서던 하인들이 창고로 달려와 가만히 엿들었다. 듣고보니 무엇을 쏟을 때마다 ≪네-말, 다섯-말≫하고 말하는것이였다.

하인들은 그제야 도적이 창고에 들어간줄을 알고 황급히 뛰여들며 꼼짝 말라고 웨쳤다. 그런데 형은 꾀가 많아 다락으로 올라가 궁둥이를 아래로 내려 보내고 엎디여 있었지만 동생은 문옆에 멀거니 서있다가 하인들이 창을 들고 들어오니

≪어이쿠 이놈들아, 눈을 찌르겠다. 무슨 이렇듯 뾰족한걸 들고 들어오느냐?≫하고 물었다. 그 소리를 들은 하인들은 웃음을 참으며

≪이녀석아, 너 혼자 왔느냐?≫하고 되물었다. 그러자 동생은 다락우를 가리키며 대주었다.

≪혼자 오긴 왜 혼자 왔겠느냐. 내 형이 저 다락우에 궁둥이를 내려보내고 처박혀있다. 네놈들이 그 뾰족한걸로 형의 궁둥이를 찌르겠다. 주의하거라.≫

하인들은 동생이 하는 말이 하도 우스워 입을 싸쥐고 웃어댔다.

본래 하인들도 두 형제와 똑같이 가난한 사람들이라 그들을 불쌍히 여겨 붙잡아갈 대신 량반의 창고에서 겉보리 세말을 꺼내주면서 어서 집으로 가라고 하였다.

오는 길에 두 형제는 엇갈아 보리자루를 메고 갔다. 그런데 때는 오뉴월 염천이여서 어찌나 더운지 겉보리 세말을 지고 삼베적삼을 입은채 산고개를

톺아오르자니 온몸에 땀이 비오듯하였다.

　형은 동생이 불쌍하여 산마루까지 올라간 다음에야 보리자루를 동생에게 넘겨주었더니 겉보리가 베적삼을 입은 동생의 잔등을 바늘로 찌르는듯하니 부아가 치밀어 그만 천길 벼랑에 오르자 보리자루를 활 헤치며 욕설을 퍼부었다.

　≪제길할, 빌어먹을 자식들 같으니라구. 이렇게 찌르는 물건을 어떻게 먹으라고 주었는가?≫

　욕하고나서 동생은 형이 말릴새도 없이 벼랑우에서 보리자루를 거꾸로 쏟아버렸다. 그바람에 두 형제는 빈손으로 돌아가는수밖에 없었다.

멍청이동생

두메산골 한 동네에 편모슬하에 두 형제가 살고있는 가정이 있었다.

형은 제앞의 구실을 잘하나 동생은 천성으로 미련하고 우둔하기 짝이 없었다.

어느 해 봄철이였다. 하루는 형이 동생을 불러놓고 일러주었다.

《너는 집에서 어머니를 모시고있거라. 나는 여기서 수십리 떨어진 산밑등걸밭을 일쿠고 조이를 심어 식량을 해결하겠다.》

그러자 동생이 따라 나섰다.

《형님, 형님은 힘이 약하여 등걸밭을 일쿠지 못하우. 내가 가서 밭을 일쿠어 조이를 심을테니 형님이 집에 계시오.》

형은 동생이 멍청이니 한참이나 얼리고 달랬다. 그러나 동생은 옹고집불통이라 도저히 말려내는수가 없었다. 나중에 동생이 괭이와 조이종자며 량식을 짊어지고 가버리기에 형은 할수없이 집에서 로모를 모시였다.

산으로 간 동생은 초막을 대수 치고 손수 밥을 지어먹고는 날에 날마다 해만 쳐다보며 잠만 자다나니 밭은 엉뎅이짝만큼밖에 일쿠지 못하였다. 그다음 깊숙이 웅뎅이를 파고 조이씨 한자루를 단번에 쏟아넣고는 가을이 되기만 기다리였다.

세월의 흐름이란 빨랐다. 어느새 봄철이 다 가고 여름철이 당진하였는데 그때까지도 동생은 소식이 없었다. 하도 무소식이여서 하루는 형이 동생을 찾아갔다. 그런데 세상에 이런 멍청이가 어디에 있단 말인가? 글쎄 조이씨 한자루를 한구뎅이에 쏟아넣은것이 몽땅 썩어버렸던것이다.

농사철을 놓쳤는지라 형은 동생을 데리고 돌아오는수밖에 없었다. 집에 돌아오자 형이 좋게 말하였다.

≪이제는 농사철이 늦어서 농사를 지을수 없으니 넌 집에서 어머니나 잘 모셔라. 난 래일부터 산에 올라가 옹노나 덫을 놓아 짐승을 잡아 팔아서 량식을 사도록 해야겠다. 그런줄 알고 넌 이따금씩 나한테 량식을 날라오너라.≫

형은 신신당부하고나서 도끼와 낫을 가지고 산으로 짐승잡으러 떠나갔다.

며칠후였다. 동생이 량식을 짊어지고 형을 찾아 산으로 오르는데 옹노에 붉은 장닭이 하나 걸려 두날개를 퍼덕이는것이 눈이 띄였다. 그래서 찬찬히 여겨보니 이웃집의 장닭과 똑같이 생겼으므로 혼자 욕지거리를 했다.

≪제길할, 형님은 산짐승을 잡는다더니 남의 집 장닭을 잡았구나. 만약 그집에서 이 일을 알게 되면 야단일테지. 얼른 놓아주어야지!≫

동생은 제격 다가가서 옹노에 걸린 장닭을 벗겨주었다. 그러자 그 장닭은 푸르르 멀리 숲속으로 날아가버리는것이였다.

≪그것참, 이상도 하다. 멀리도 나는걸!≫

동생은 그길로 형을 찾아가 노기등등하여 꾸짖었다.

≪제길 산짐승을 잡는다더니 형은 남의 수탉을 잡았구만. 내가 얼른 벗겨놓지 않았더라면 형은 닭주인한테 얻어맞아 종아리가 부러졌을거야. 히히히…≫

형이 들어보니 고생스레 잡은 꿩을 그만 놓아버렸는지라 동생을 꾸짖었다.

≪야, 넌 그래 수탉과 꿩도 분간못하니? 참 맹랑한 노릇이구나. 다시는 그런 짓을 하지 말어라.≫

또 어느 하루였다. 그날도 동생이 량식을 짊어지고 형한테로 산을 올라가다가 옹노에 걸린 큰 짐승을 발견하였다.

동생이 찬찬히 보니 송아지 한 마리가 옹노에 걸려서 버둥거리고있었다. 얼른 가서 벗겨주었더니 그 송아지란 짐승은 괴상한 울음소리를 내며 산으로 냅다 뛰여가는것이였다.

드디여 동생이 형한테로 와보니 형은 한창 사방에다 노루코를 벌려놓고 숲속의 노루들을 몰아내고있었다. 그걸 돈 동생은 시뚝해서 말했다.

≪형은 나보고 늘 머저리라고 하더니 형은 나보다도 더 머저리야. 글쎄 산짐승은 아니 잡고 남의 수탉이 아니면 남의 송아지만 잡으니말이야. 내가 오다가 본즉 형이 놓은 옹노에 송아지가 걸렸겠지. 그래서 벗겨주었더니 좋다고 네굽

을 안고 내뛰겠지.≫

형은 너무도 어이가 없어 말도 나가지 않았다. 이제 또 동생더러 량식을 나르게 했다가는 짐승은커녕 쥐새끼도 못잡을것이였다.

≪야, 너 어찌하여 송아지와 노루도 분간못하니? 다음부터는 네가 오지 말고 어머니를 보내도록 하여라. 그리고 넌 집이나 잘 지켜라.≫

형은 동생을 좋게 타일러서 보냈다. 그후부터는 어머니가 량식을 이고 산으로 올라왔다. 그런데 어머니가 산막에 와보니 큰아들은 남새가 없어 맨밥만 해먹고있으므로 산나물이나 뜯어주리라 생각하고 풀숲을 헤매였다.

어머니가 풀숲에 들어가니 모기가 어찌나 달려드는지 견딜수가 없었다. 그래서 치마를 걷어올려 머리에 쓰고 눈만 내놓은후 머리를 수그린채 산나물을 뜯다가 그만 아들이 큰 산짐승을 잡으려고 해놓은 덫옆에 가서 어슬렁거렸다.

이때 동생은 어머니가 초행길에 형님을 제대로 찾아갔을가 하고 념려되여 저도 산으로 올라갔다. 그런데 산중턱에 다달을 때였다. 웬 괴물 하나가 큰 덫곁에서 어슬렁거리는것이였다.

(옳아, 로인들의 말씀에 의하면 천년 묵은 백호나 여우가 둔갑하여 사람모양으로 탈을 쓰고 인가에 내려와 가축과 사람을 해친다더니 저것이 바로 그런 괴물인 모양이다. 내 오늘 이 괴물을 덫에다 밀어넣어 잡으면 형보다 갑절 큰 돈을 벌겠지.)

이렇게 생각한 동생은 와락 달려들어 어머니를 안아다 덫에 밀어넣고 고동이를 티웠으니 천근만근 무거운 덫에 눌리운 어머니가 어찌 살수 있었으랴.

어머니를 잡아놓고 동생은 어깨가 으쓱하여 흥타령을 부르며 형한테로 달려가 급히 말하였다.

≪형님, 저기로 빨리 갑시다. 내 오다가 금여우 한 마리를 덫에 치워놓고 왔으니 아마 지금쯤은 죽었을거야.≫

형님은 웬 영문인지를 몰라 동생을 따라갔다. 그런데 덫가까이에 다가간 형은 두눈이 휘둥그래졌다. 죽은 어머니를 부둥켜안고 목놓아 울던 형은 하는 수없이 시체를 땅속 깊숙이 매장하였다.

세월이 흘러 어느덧 어머니가 사망된지도 만 한해가 되었다. 형은 어머니의 제사를 지내려고 장에 가서 쌀도 사고 반찬거리도 사가지고 돌아왔다. 그날 밤 두 형제는 제를 지내고나서 동네로인들을 청하여 술이나 대접하려고 하였다. 그리하여 노루고기국을 끓이고 채도 볶으면서 형이 동생에게 말하였다.

≪나는 밥을 짓고 남새를 갖추느라고 어쩔사이가 없구나. 우선 노루고기국 한사발씩 로인들앞에 갖다놓되 먼저 상부터 놓거라. 다음 배뚜리에 국을 퍼가지고 들어가 사발로 떠서 맨 윗목에 앉은 좌상로인께부터 붓되 우로부터 모조리 내리부으라.≫

형의 분부를 받은 동생은 국배뚜리를 들고가서 윗목에 앉아있는 좌상령감 앞에 놓더니만 사발에 끓는 국을 한사발 듬뿍 떠서는 좌상령감의 머리우에다 대고 내리부었다. 점잖게 앉아있던 좌상령감은 깜짝 놀라

≪엇! 뜨거워! 엇 뜨거워! 사람 죽이네, 사람 죽이네!≫하며 곤두박질을 했다.

방안에 앉았던 사람들이 끔쩍 놀라 좌상령감을 부축해 자리에 앉히고보니 머리가 끓는 국에 데여 홀딱 벗어지는바람에 공산명월이 되었었다.

식충이

옛날 한 동네에 삼형제가 살고있었다. 맏형은 신체가 어찌도 웅장하던지 신장이 열두척이요 머리는 단지같고 눈은 통사발 같고 배는 함지만하였다.

맏이는 한끼에 한말 되는 밥을 게눈감추듯했다. 하지만 하루삼시 세말을 먹어도 힘이 없어 단 열근도 들지 못했다. 그러니 두 동생이 일년내내 뼈빠지게 벌어서 형 하나 먹여살리기도 바빴다.

이럭저럭 몇 년이 지났다. 그동안 두 동생은 형을 먹여살리다보니 가세가 점점 빈한해졌다. 그러던 어느날, 두 동생은 인젠 더 벌어먹일수 없으니 자체로 의식주를 해결하라면서 형을 집에서 쫓아냈다.

형은 하는수없이 집에서 쫓겨나오자 정처없이 돌아다니며 산에 가서 산열매를 따먹기도 하고 강에 가 고기를 잡아먹기도 하였다. 그랬건만 그 커다란 배를 채울수가 없었다.

하루는 범이 나비를 잡아먹는것만큼 초요기도 못하고 두루 다니다가 한 동네에 이르렀다. 그는 큰집을 찾아 들어가 구걸하면 반배쯤 채울수 있겠지 하고 생각하고는 문전에 이르러 사람을 부르는데 몸이 웅장한만큼 그 음성도 높았다.

≪이리 오너라!≫

집안의 사람들이 벼락같은 소리에 깜짝 놀라 내다보니 키가 정승같은 장사가 버티고 서서 호통치는지라 겁에 질려 저마다 식충이 앞에 와 꿇어앉았다.

≪장사님 무슨 용무있사옵니까?≫

식충은 큰소리로 또 웨쳤다.

≪음, 지나가던 행객이 배가 고파 밥술이나 얻어먹고 가자고 왔노라.≫

여럿은 그 말을 듣자 인차 방으로 모셔들이고 물었다.

≪장사께선 밥을 얼마나 잡수십니까?≫

≪나는 한말 밥에 술 한동이, 남새 한함지를 먹어야 한다.≫

사람들은 그 소리에 너무도 놀라 벌벌 떨며 돼지를 잡는다 술을 떠온다 밥을 짓는다 하며 야단법석이였다.

드디여 밥이며 남새따위를 차려놓고 자그마한 놋숟가락을 상우에 놓았더니 장사는 숟가락을 내동댕이치며 호통하였다.

≪이따위 숟가락을 가져왔느냐? 어서 밥주걱을 가져오너라.≫

이윽고 큰 밥주걱을 가져오니 식충은 술동이를 건뜻 들고 마신 다음 밥주걱으로 남새를 퍼먹었다. 그걸 목격한 사람들은 과연 큰 장사가 오셨다면서 수군거렸다.

상을 물린 뒤 사람들이 동네의 존장령감을 모셔왔다. 존장령감은 장사를 보자 꿇어엎딘채

≪장사님, 금시 초면이옵니다.≫하고 인사하였다. 뒤이어 존장령감이 입을 열었다.

≪장사님, 요즘 이 동네에선 큰 화단이 생겨 우리 모두다 근심중입니다.≫

≪음, 대관절 무슨 화단인고?≫

≪다름아니라 심산속의 돌중놈이 때때로 내려와 마을의 부녀를 강간하고 재산을 탈취하는데 그놈의 힘이 무진장이여서 도저히 당해낼 방법이 없습니다. 그러던차에 장사님께서 우리 동네에 오셨으니 우연한 일이 아니지요, 기왕 오신바에 백성을 굽어살피옵소서.≫

령감이 이렇듯 사정하며 절을 하자 식충은 제꺽 물었다.

≪알겠다. 그놈은 도대체 언제쯤 온다더냐?≫

≪이제 며칠 있으면 올것입니다.≫

≪그따위 자식을 겁내다니 내가 처치할테니 근심말어라.≫

식충이는 배포유하게 대답하였으나 속으로는 적이 가슴이 떨렸다. 허나 어찌하랴. 이미 대답을 했으니 돌중과 겨루어보는수밖에 없었다.

과연 돌중이 오는 날이 되었다. 식충이는 비록 힘은 없었지만 꾀는 대단하였다. 식충이의 분부대로 우선 큰 방을 하나 선택하고 방문밖에 매생이만큼 큰

초신을 삼아서 가지런히 놓고 기둥만한 지팽이를 다듬어 세워놓았다. 이밖에도 작은 망치 두 개도 장만하여놓았다. 그러고나서 큰 송곳으로 벽에 구멍을 두세곳 뚫은 다음 그우에다 흙을 슬쩍 발라놓았다.

저녁이 되자 아나나 다를가 쿵 하는 소리와 함께 웬 중놈이 담을 뛰여넘는것이였다. 그런데 돌중은 방문앞에 전에 보지 못한 큰 신과 큰 지팽이가 놓여있는걸 보자 깜짝 놀라며 마을사람을에게 물었다.

《이게 도대체 웬 일인고?》

《아, 도승님, 우린 뜻밖에도 장사님을 모셨습니다.》

그 말을 들은 돌중이 대노하여 웨쳤다.

《장사님이라니, 도대체 어떤 자식이란말이냐?》

이때 방문이 벌컥 열리더니 키가 장승같고 머리통이 단지만한 사나이가 나타나며 집이 터질 정도로 웨치는것이였다.

《넌 어떤 놈이냐?》

돌중은 그만 혼비백산하여 꿇어엎디며 애걸하였다.

《소승이 장군을 몰라보고 함부로 날뛰였으니 용서하여주십시오.》

《이 몰상식한 돌중놈아, 어서 이리 들어와 힘내기를 해보자꾸나.》

식충이 호령하자 돌중은 벌벌 떨며 방안에 들어와 앉았다. 식충이 또 말했다.

《이놈, 내 먼저 손가락으로 벽을 뚫을테니 내가 하는대로 하렸다.》

말하고나서 식충이는 손가락으로 이미 뚫어놓은 벽구멍을 향해 쿡 찔렀다. 그러자 손가락은 벽구멍에 풀썩 들어갔다.

《어서 네 놈도 뚫어보아라.》

《네-》

돌중은 장사의 명령인지라 고분고분 대답하고나서 있는 힘을 다하여 벽을 뚫어보았다. 그런데 벽이 뚫어지기는커녕 손가락만 아파났다.

《어떻느냐? 이번에는 두 번째 내기를 하자꾸나.》

식충이는 돌중더러 돌아앉으라고는

《내 손톱으로 네놈을 한번 튕겨줄테니 맛이 어떤가 보아라.》하면서 슬그머니 작은 망치로 돌중의 뒤통수를 쳤다.

≪아가갸!≫

돌중은 너무도 아파 소리치자 식충이는 또 큰소리로

≪요번에는 내 주먹으로 너의 뒤통을 칠테다. 맛이 어떤가 보아라.≫하고는 큰 망치로 딱 쳤다.

≪어이쿠!≫

돌중이 그만 머리가 아찔하며 앞으로 거꾸러졌는데 한참 지나 정신을 차리자 뒤통을 만져보았다. 그랬더니 웬걸 큰 혹처럼 불어났는지라 기겁하여 빌었다.

≪장사님, 제발 잔명을 보존케 하여주옵소서.≫

≪이 고약한 놈아, 네 이전에 인가에 내려와 별의별 짓을 다하였으니 어찌 살려준단말인고?≫

≪장사님, 제발 한번만 살려주옵소사. 다시는 그런짓을 하지 않겠나이다.≫

돌중이 머리를 조아리며 애걸복걸하자 식충은 이렇게 호령하였다.

≪내 본래 네놈을 단매에 쳐죽이려 했으나 너도 인간이니 살려준다. 이젠 산중에 들어가되 다시는 인가에 나타나지를 말어라.≫

≪분부대로 하겠나이다.≫

돌중은 머리를 조아리며 백백사례하고나서 줄행랑을 놓았다. 그 꼴을 목격한 마을사람들은 너무도 통쾌하여 환성을 올렸다. 그뒤 마을사람들은 은혜를 갚기 위해 식충이를 모셔놓고 한평생 잘 대접하였다 한다.

바보

옛날 한 집에서는 두 부부가 사십이 넘어서 아들 하나를 두었는데 늦게 본 자식이라 천금같이 여기며 애지중지 키우는 사이에 나이 일여덟살이 되어도 철이 들지 않아 귀한 자식이 그만 근심덩이가 되었다.

그런데 이 아들이 먹기는 얼마나 잘 먹는지 주야로 입이 쉴새없었고 제몫을 다 먹고도 부모들의 밥그릇을 빼앗아 먹어치우군 했기에 부모들은 배를 곯아가며 일밭으로 간적이 한두번이 아니였다.

기둥같이 믿어오던 아들이 바보가 되였으니 부모들은 락심천만하여 드나나나 한숨인데 아들 녀석은 집에서 먹은것이 부족되면 동네 아무 집이나 가서 먹을것을 다 훔쳐다 먹어버렸으므로 동네사람들은 바보에게 ≪다머거리≫라는 별명을 붙여 놀려주었다.

어느해 가을철이였다. 한집의 사과나무에 주먹만한 사과들이 가득 달려있었는데 아주 먹음직했다. 바보는 사과를 보자 곧 나무에 기여올라 가지를 타고 앉아 사과를 따먹기 시작했다.

이때 주인이 나와 보고 욕을 한다는것이 그만 이렇게 말하였다.

≪야 이놈, 다머거라.≫

주인의 말이 채 끝나기도전에 바보는 빙그레 웃으며

≪네, 고맙사옵니다. 다 먹겠습니다.≫하고는 그냥 앉아서 사과 한알 안 남기고 몽땅 먹어버렸다.

그럭저럭 세월이 흘러 해와 달이 바뀌여 년광이 차서 장가들 때가 되였으나 부모들은 저런 바보녀석한테 누가 딸을 주랴싶어 혼사말을 아예 입밖에 내지도 못했다.

하루는 어디 가서 누가 장가드는것을 보고 왔던지 아들은 부모들더러 당장 장가보내달라고 성화를 부렸다.

≪애, 이 녀석아, 너같은 다머거리에게 누가 딸을 준다더냐? 말두말아.≫

부모들은 어처구니가 없다는듯이 말했다. 그랬더니 다머거리는

≪흥, 안 보내주면 나 혼자 장가들지.≫하고는 그날부터 뚝딱거리며 관짝을 짜기 시작했다.

부모들은 하도 기가 차서 가만 내버려두었다. 며칠후 다머거리는 관짝을 다 짜서 짐바를 걸더니 짊어지고 집을 떠났다.

다머거리는 길목을 지키고있다가 처녀가 지나가는걸 훔쳐야겠다고 생각하곤 길가에 숨어서 기다렸다.

한참 있노라니 앞에서 옷차림을 잘한 웬 처녀가 아장아장 걸어오는것이 보였다. 처녀가 가까이 오자 다머거리는 와락 달려들어 처녀를 안아다가 관속에 넣고 바줄로 꽁꽁 묶어서 등에 진 다음 말했다.

≪자, 이제는 옴짝말고 우리 집에 가서 나하구 같이 살아야 돼.≫

말하고는 집으로 돌아오는데 얼마를 갔던지 배가 고파서 더는 걸을수가 없었다. 그래서 사방을 살펴보니 자그마한 동네가 있기에 동네로 들어가니 마침 두부를 앗는 집이 있으므로 주인령감을 불러 두부를 청했다. 이윽고 주인령감이 두부 한사발을 가져오니 다머거리는 너무 적다고 옹배기에다 가져오라고 타발했다. 잠시후 주인이 옹배기에 두부를 가득 담아오자 바보는 먹기 시작하였다.

이때 관속에 있던 처녀가 틈사이로 보니 웬 로파가 두부를 앗고있는것이 보였다. 한 꾀가 떠오른 처녀는 관속에서 인기척을 내였다.

두부 앗던 로파는 관속에서 인기척이 나자 가까이 가서 틈새로 들여다보았다. 그랬더니 웬 처녀가 들어있는지라 나직이 물었다.

≪여보게, 색시는 어떻게 관속에 들었노?≫

그러자 처녀는 사연이 여차여차함을 아뢰고 구원을 청했다. 로파는 처녀의 말을 듣자 곧 짐바를 풀고 처녀를 나오게 한 다음 빨리 도망치라고 하고는 관속에다 두부찌꺼기를 가득 채워놓았다. 그러자 처녀는 백백사례하고는 다리야 날 살려라 하고 줄행랑을 놓았다.

이런 내막을 모르는 다머거리는 두부 한옹배기를 다 먹자 일어나 가려고 했다. 그러니 주인령감이 두부값이 적지 않은지라 두부값을 내여놓고 가라고 붙잡았다.

≪이놈두상이 내가 누군줄 알기나 아는겨? 내가 바로 다머거리야. 다머거리가 돈은 무슨 돈?≫

바보는 말하고나서 밀치고 나와 관짝을 짊어지자 집으로 향했다.

한참 가노라니 관속에서 물이 흘러 바지가랭이를 적셨다. 그러자 바보가 말했다.

≪야, 너 좀 참아야지. 이게 무슨 망신이야. 어린애두 아니구… 집에 다 왔어. 에 차거워라.≫

다머거리는 집에 당도하자마자 소리쳤다.

≪아버지, 엄마, 내 색시 업어왔어, 색이 업어왔어.≫

부모가 밖에 나와보니 다머거리는 히물히물 웃으며 짐바를 풀고 관뚜껑을 여는데 웬걸 처녀는 온데간데 없고 두부찌꺼기만 가득 차있었다. 그걸 본 다머거리는 성이 나서 펄펄 뛰며 욕설을 퍼부었다.

≪어떤 놈이 내 고운 색시를 훔쳐가고 두부찌꺼기를 넣었구나!≫

세 병신 의형제

이전에 한곳에 세사람이 살고있었다. 한사람은 머리가 어디라 없이 헐어서 헌데쟁이라고 불리웠고 한사람은 눈에서 늘 진물이 흘러나왔기에 눈첩첩이라 불리웠으며 또 한사람은 늘 코를 맷발씩이나 달고 다녔기에 코흘리개라 불리웠다.

그들은 어느날 의형제를 맺고 내기를 하였는데 헌데쟁이가 맏이로 되고 눈첩첩이가 둘째로 되었으며 코흘리개가 셋째로 되었다.

맏이가 동생들에게 말했다.

≪얘들아, 우리 내기를 하되 아무리 바빠도 제몸에 손을 안댈래기를 하잔말이다. 만약 지는 사람은 오늘 한턱 내는것이 어떻니?≫

≪그거 참 좋아!≫

동생들은 너도나도 그렇게 하자고 응답했다.

그런데 때는 면바로 오뉴월 염천이여서 모기며 파리들이 욱실거렸으므로 쩍하면 사람의 얼굴에 날아들었다.

≪시작!≫하고 맏이가 말하자 셋은 눈을 똑바로 뜨고 서로 마주 서있는데 저마다 지지 않으려고 애썼다. 그랬건만 무정한 모기와 파리들은 윙윙 쉬임없이 그들에게로 날아들었다. 하여 맏이의 머리에는 숱한 파리와 모기가 달려붙고 둘째의 눈에도 가득 달려붙어 물어뜯는바람에 안절부절 못하는데 셋째는 파리와 모기보다도 코가 한발이나 흘러나와서 역시 안절부절 못하고있었다.

그들가운데서 제일 견디기 바쁜 사람은 헌데쟁이였다. 헌데쟁이는 헌데자국이 띠끔띠끔해서 견디다 못해 두손으로 오른쪽 머리와 왼쪽 머리를 툭툭 치며 남산을 바라고 말했다.

≪얘들아, 저 건너 산에 노루란 놈이 뿔이 이켠에 나고 저켠에 나고말이야…≫

헌데쟁이가 두손으로 머리를 번갈아 두드리자 모기와 파리는 다 날아가버렸다. 이때라 하고 기다리던 셋째가 팔을 쑥 코앞으로 내밀면서

≪형님, 어디말이요? 어디, 저 노루 뚱땅!≫하고는 팔소매로 코를 훔쳐버렸다.

그러지 않아도 기회를 노리던 눈첩첩이 또한 이때라하고 두손을 눈앞에 대고 휘저으며

≪다 거짓말이야, 거짓말!≫하고는 종지만한 눈꼽에 달린 파리와 모기떼들을 쫓아버렸다.

이처럼 세사람은 각기 지혜로 파리와 모기를 쫓아버리였고 코물을 닦고보니 결국 내기에서 누구도 지지를 않았다 한다.

천치사위

이전에 젊은 두 내외가 넉넉지 못한 살림을 하고있었는데 남편은 머저리중 상머저리라 글이라곤 가갸 뒤다리도 읽을줄 모르는 천치였다.

하루는 가시집에서 편지가 왔기에 안해가 받아보니 친정어머니가 앓고 계시니 바삐 왔다 가라는 사연이였다. 금방 해산한 몸이라 자기는 가지 못하고 남편을 불러 한알 두알 모아두었던 닭알을 광주리에 담아주며 말했다.

≪여보, 친정어머님이 앓고 계신다니 당신이 이 닭알을 가져다 대접시키시오.≫

그러면서 깨여지지 않게 조심해 가져가라고 신신당부하였다. 멍청이남편은 안해가 주는 닭알광주리를 들고 가시집으로 가는 도중 한 동리를 지나게 되였는데 웬 녀인이 돼지를 가두려고 쫓아다니다가 앞에 남정이 오는것을 보고 청을 들었다.

≪여보시유 길손, 좀 도와서 돼지를 가두어주고 가시와요.≫

≪예, 그럽지요.≫

멍청이는 그 집 마당이 매우 넓은데도 하필 돼지우리 앞에다 닭알광주리를 놓고 녀인을 도와 돼지를 가두느라 쫓아다니였다. 급해맞은 돼지가 우리로 뛰여들다가 그만 닭알광주리를 밟아뭉개버렸다. 그바람에 멍청이는 집으로 돌아오는수밖에 없었다.

이번에 안해는 한되박도 안되는 좁쌀을 주며 다시 가서 손수 죽을 쑤어 대접하되 파리가 죽가마에 달려들지 못하게 하라고 당부하였다.

멍청이남편은 그렇게 하마 대답하고는 가시집에 가서 죽을 쑤기 시작했다. 그런데 죽가마가 끓기 시작하니 온 동네 파리들이 몽땅 죽가마옆에 붙어서 죽을 빨아먹느라 야단이였다. 그러자 분이 잔뜩 치민 멍청이남편은 몽둥이를 주어들고 파리를 때려잡기 시작하였다. 그바람에 솥이고 가장집물이고 몽땅 박산나고말았다.

이윽고 파리들이 쫓겨 방안으로 몰려들어가자 사위는 몽둥이를 들고 집안에 따라들어왔다. 그런데 누워앓고있는 장모의 머리에 파리가 잔뜩 붙어있는 것을 보고 더욱 성이 난 멍청이는 몽둥이를 휘둘러 파리를 내리친다는것이 그만 장모의 머리를 박산내고말았다. 일이 이렇게 되자 멍청이는 그만 집으로 돌아오고말았다. 남편이 하루가 못되여 돌아온것을 보고 안해가

≪어찌하여 이렇게도 빨리 돌아왔나이까? 무슨 일이 생겼나이까?≫

안해가 묻자 멍청이는 할수없이 사실대로 말하였다. 안해가 들어보니 기막힌 일이였으나 이미 엎지른 물이라

≪여보, 그렇다면 장사나 치르고 오셔야지 이렇게 돌아오시면 어떻게 하나이까?≫

≪여보, 그럼 내 가서 어떻게 해야 하는지를 알려나주오.≫

≪여보, 이제 가시오면 모두 장례를 치르느라 울고불고 할테니 친자식은 <에고에고>하고 사위자식은 <어이어이>하고 곡을 해야 하나이다. 만약 당신이 길에서 이것을 잊으면 친정집 마당에 소말뚝을 어인것이 있으니 그것을 보면 자연히 생각이 나게 되나이다.≫

멍청이남편은 그렇게 하마 하고 또 가시집으로 올라갔다. 가는 길에 도랑이 하나 있었는데 ≪어이어이≫하며 중얼거리며 도랑을 훌쩍 건너뛰다가 그만 깜박 잊어먹고말았다. 그래서 길을 가면서 궁리해보니 안해가 한 말이 생각났다. 하여 가시집 마당에 척 들어서자 짤룩짤룩하게 어인 소말뚝을 하나 뽑아들고 상주들이 ≪에고에고≫하고 곡을 하는 곁에 가서 자기도 ≪짤룩짤룩≫하고 곡을 했다.

상주들은 분이 치밀어올랐으나 하는수없이 그런대로 장례를 치르고 모여앉아 술잔을 나누고 음식들을 먹었다. 멍청이도 그중에 한축 끼여서 먹다가 둥글넙적한 떡 하나를 먹어보고 맛이 좋은지라 물었다.

≪이 떡이 무슨 떡이길래 이렇게도 맛있소?≫

≪그게 꿀편이란것일세.≫하고 그중 한사람이 떡이름을 대여주자 멍청이남

편은 집에 가 안해더러 해달라고 하여 실컷 먹어보리라 맘먹고 장례가 끝나자 ≪꿀편꿀편≫하며 집으로 가다가 또 그 도랑을 훌쩍 뛰여건너는바람에 깜박 잊어먹고말았다. 멍청이는 도랑을 건너뛰다가 잊어먹었으니 필시 도랑에 있겠지 하고 생각하고 옷을 훌훌 벗고 들어가 올리 훑고 내리 훑고 하며 찾기 시작하였다. 이때 길을 가던 길손이 있다가 물었다.

≪여보시오, 당신은 무엇을 찾고있는거요?≫

멍청이는 머리도 들지 않고 대답했다.

≪여보 가만있소 내 지금 좋은 보물을 잃어버렸는데 당신이 바쁘지 않으면 같이 찾아보지 않겠소? 찾으면 내 생각을 해주리라.≫

이 말을 듣자 길손도 귀가 솔깃해져서 팔다리를 걷어올린채 물에 들어가 찾기 시작했다. 두사람이 아무리 찾아야 잡히는것은 흙과 돌뿐이라 길손은 분이 치밀어 멍청이의 뺨을 한 대 울려붙이며 욕을 했다.

≪빌어먹을 놈의 자식, 대갈통이 생기기는 꿀통같고 얼굴은 떡판같은 놈이 어디에 무엇이 있단말이냐?≫

길손에게 귀뺨을 맞은 멍청이는 무릎을 툭 치며

≪아, 옳지 옳지. 꿀떡꿀떡!≫하고 부르며 벗어놓은 옷을 둘둘 걷어안고 집으로 뛰여가버렸다.

귀머거리령감

어느 한 시골에 귀머거리령감이 애지중지 키우던 딸을 재너머 박서방에게로 시집을 보냈다.

딸이 시집간지 1년이 되는 어느 하루, 귀머거리령감은 사둔을 보러 떠났다. 그가 오소리감투를 쓰고 말우에 앉아 고개밑에 이르렀을 때 등뒤에서 웬 젊은 두 부부가 따라오고있었다.

그런데 그 산고개가 어찌나 가파롭던지 령감이 탄 말이 산중턱을 톺아오르다가 그만 갈기질하며 《빵빵!》하고 방귀를 꼈다. 그러자 귀머거리령감은 뒤에 오는 젊은 부부가 어디로 가느냐고 묻는것 같아 뒤를 돌아보며

《예, 딸네 집으로 갑니다.》하고 대답했다.

그럴때 말이 또 방귀를 《빵빵!》하고 뀌니 령감은 또 뒤를 돌아다보며

《예, 처음 갑니다.》하고 대답했다.

말이 또 《빵빵!》하도 방귀를 뀌니 령감은 이번엔 아예 뒤로 척 돌아선채 손님들에게

《처음 가는데 닭이나 한 마리 잡아주겠는지 모르겠수다.》하고 말했다. 그러자 뒤에서 따라오던 젊은 부부는 배를 그러안고 《하하하-》하고 웃음보를 터뜨렸다.

그럭저럭 고개를 넘어가 사둔집에 당도하니 사둔은 버선발로 뛰여나오며

《사둔님 왕림하십니까?》하고 인사하였다. 그러자 귀머거리사둔은

《예? 이 감투요? 오소리감투입니다.》라고 대답했다.

재너머 사둔이 어이없어

《사둔님, 그동안 안녕하십니까?》하고 묻자 귀머거리 사둔이 제꺽 대답했다.

≪예, 비쌉니다.≫

≪안사둔은 무사합니까?≫

≪예, 열닷냥이올시다.≫

귀머거리 제 좋은 소리를 한다더니 꼭 맞았다. 재너머 사둔이 더 묻지 않고 방안으로 모시는데 정지간에서 딸이 들어오며

≪아버지, 그동안 편안하셨나요?≫하고 절을 하자 아버지는 이렇게 대답했다.

≪오냐, 외손자에게 주려고 외복 한 벌 해가지고 왔다.≫

그 말을 들은 방안의 사람들이 너무도 우스워 입을 막고 저마다 빙글빙글 돌아가니까 귀머거리령감은

≪예, 그렇게 돌아오지 않고 꼿꼿이 고개를 넘어왔수다.≫하고 또 제 생각나는대로 말했다. 그바람에 방안의 사람들은 폭소를 터뜨렸다고 한다.

세 귀머거리

한 부자네 집에 귀머거리 셋이 살고있었다. 홀애비인 주인령감도 귀머거리요, 과부인 며느리도 귀머거리요, 그 집으로 머슴으로 들어온 사람도 귀머거리였다.

어느해 늦가을이였다. 귀머거리주인이 비싼 담비털외투를 입고 밭으로 어슬렁어슬렁 나가니 동네사람들이 혀를 끌끌 차며 물었다.

≪령감님, 그 외투가 참 좋구만요. 값은 얼마입니까?≫

≪내 평생 처음 산것인데 팔지 않겠수다.≫

부자가 이렇게 대답하자 동네사람들이 해석하였다.

≪아니옵니다. 령감님의 외투가 하도 좋아서 값이 얼마인가고 물었습니다.≫

부자는 귀머거리인지라 성이 나거 말했다.

≪팔지 않겠다는데도 왜 이리 성화요?≫

그 말에 동네사람들이 큰소리로 말했다.

≪산다고 말한것이 아니라 값이 얼마냐고 물었습니다.≫

≪여보게들 팔지 않겠다는데 왜 이다지도 성화요?≫

부자는 그만 노기등등하여 집으로 돌아왔다. 그는 방안에 들어서자 또 큰소리로 욕설을 퍼부었다.

≪가난뱅이들 같으니라구. 팔지 않겠다는데두 기어이 팔라고 하니 성이 날수밖에 없지.≫

주인령감이 우둘렁거리니까 외양간에서 똥을 치던 머슴이 저를 보고 일을 하지 않는다고 욕하는줄로 알고 거리대를 집어던지며

≪제길, 이놈의 집에서 밤낮 죽게 일하여도 욕만 하니 못해먹겠다. 네놈

의 집이 아니면 머슴 살곳이 없는줄 아느냐?≫하고는 두주먹을 불끈 쥐고 달아났다.

한편 부엌에서 저녁을 짓던 며느리는 시애비가 방안을 거닐면서 무엇이라고 큰소리로 꽥꽥 욕하니 저의 행실을 두고 욕하는줄로 알고 솥뚜껑을 덜렁이며

≪제길할, 건너집 김서방과 세 번 관계했는데 무엇이 대단하다고 저 야단이야!≫하고 말하였다.

이렇듯 귀머거리인 며느리까지 제 방귀에 놀라 제 죄를 제 입으로 폭로하니 세 귀머거리는 각기 제 마음의 소리를 하더란다.

도박군과 범

　옛날 한 시골에서 투전노름이 흥성하였는데 투전군중에 한사람이 돈을 몽땅 잃고 개평으로 따라다녔다. 그것도 하루이틀이 아니라 몇날며칠을 개평하니 아니 미워하는 사람이 없었다. 그리하여 투전군들은 개평군 몰래 재너머 마을로 가서 투전판을 벌렸다.

　한편 개평군은 투전판을 찾아 온 동리를 찾아다녔으나 찾아 갈길이 없어 재너머 마을로 가서야 마침내 투전판을 찾았다. 하지만 벼룩이도 낯짝이 있다고 사람렴치에 들어갈수가 없어서 부엌문틈으로 들여다보니 주인집 마누라가 한창 솥에다 무엇을 안쳐놓고 불을 때고있었는데 구수한 고기 삶는 냄새가 문틈으로 새여나와 목젖을 당겼다. 개평군이 주인집 마누라가 안방으로 들어가기만을 기다리는데 김이 서린 정지간에 기괴한 일이 나타났다.

　주인집 마누라가 앉아서 불을 땔 때는 열어놓은 뒤창문에 웬 털이 부스스한 놈이 대가리를 들이밀었다가도 주인마누라가 고기가 익었는가 보려고 솥뚜껑을 열어볼때면 대가리를 움츠러뜨리군 하는것이 유심히 보니 호랑이란 놈이였다. 이에 묘한 꾀가 떠오른 개평군은

　(옳지, 이놈들이 나를 빼돌렸으니 한번 똥줄을 싸게 하리라!) 하고 속으로 욕을 하며 살금살금 자취없이 집뒤로 갔다. 그때까지도 호랑이란 놈은 구수한 고기냄새에 정신이 팔려 머리를 들이밀었다. 빼앗자 하느라고 자기뒤로 사람이 온줄을 모르고있었다. 그럴 때 개평군이 별안간 호랑이의 엉덩짝을 발길로 냅다 찼다.

　그러자 고기에 정신이 팔렸던 호랑이는 어찌나 놀랐던지 《따웅-!》하며 정지간으로 뛰여들어갔다. 그바람에 앉아 불을 때던 주인집 마누라는 기혼하여 봉당에 쓰러졌고 한창 투전에 정신이 없던 투전군들은 난데없는 호랑이가

뛰여드는 바람에 다리야 날 살려라 하고 돈이고 뭐고 내버리고 창문을 차며 달아나버렸다. 이때 놀라서 헐떡거리던 호랑이도 뒤산으로 도망가버렸다.

그러자 구시월 호박을 만난것은 개평군이였다. 개평군은 집안에 뛰여들어가 구들에 널린 돈을 몽땅 걷어넣고 부엌에 나와서 솥뚜껑을 열었다. 알고보니 개고기가 설설 잘 익었는지라 개평군은 개고기를 실컷 먹고도 다리 한짝을 들고 제갈길을 가버렸다.

날이 희붐히 밝아 제정신이 든 투전군들이 도로 돌아와보니 한방 가득했던 돈이 몽땅 없어지고 주인집 마누라가 그때까지도 정지간에 기혼해 넘어져있었다. 그때 한사람이 솥뚜껑을 열고보다가 개고기가 절반이나 없어진걸 보고 이렇게 한탄했다.

≪야, 그놈의 호랑이가 돈만 가져간줄 알았더니 개고기도 먹고 갔구나.≫

나팔과 호랑이가죽

옛날엔 부자집의 혼례나 장례에 다니며 나팔을 불어주는 사람이 있었으니 이러한 사람을 광대라고 불렀다.

하루는 광대질하는 한 사람이 나팔을 들고 어디에 혼례집이나 장례를 치르는 집이 있는가고 길을 떠났다가 한 산중에 들어서게 되었는데 험악한 산길이라 한고개를 넘고 보면 뒤에도 산이요 앞에도 산이라 큰 고목나무아래에 앉아서 쉬여갈 생각으로 돌덩이 하나를 들어다 깔고 앉았다. 한참 앉았노라니 어디서 《씨익, 씩-》하는 소리가 났다.

하도 이상하여 일어나 소리나는 쪽으로 살금살금 다가가보니 큰 호랑이 한 마리가 양지쪽에 누워 네각을 뻗고 잠을 자고있었다. 잠자는 호랑이를 쳐다보던 광대는 묘한 꾀가 떠올라 호랑이를 혼내워줄 생각으로 가만가만 호랑이 뒤쪽으로 가서 똥구멍을 겨누고 나팔주둥이를 힘껏 들이박았다.

산중의 왕이노라고 시름놓고 낮잠을 자던 호랑이는 어찌나 놀랐던지 후닥닥 뛰여일어났다. 호랑이가 일어나느라고 힘을 주니 똥구멍에 박아놓은 나팔이 《띠띠-따따》하고 소리를 냈다. 그 소리에 호랑이란 놈이 얼마나 놀랐던지 네굽을 놓고 내뛰다가 저쪽산에 올라가서 숨이 차 헐떡거리며 숨을 쉬는데 뒤에서 또 《띠띠-따따》 소리가 나기에 이쪽산에 뛰여오니 역시 뒤에서 똑같은 소리가 났다. 이렇듯 제바람에 놀라 이 산에 올랐다 저 산에 올랐다 하자니 제아무리 산중의 왕일지라도 배겨내는수가 없어 결국에는 골짜기에 골을 박고 죽고말았다.

산마루에 앉아 호랑이가 놀라 뛰는 꼴을 구경하던 광대는 호랑이가 뛰지 않자 호기심에 끌려 조심조심 산아래로 내려가보았다. 호랑이란 놈이 나팔을 똥구멍에 꽂은채 땅속에 골을 박고 죽어버렸었다.

호랑이를 혼내워주자고 한 노릇이 뜻밖에 호랑이를 잡았으니 기쁘기 그지 없었다. 광대는 품속에서 장도를 꺼내여 호랑이가죽을 벗겼다. 그때는 호랑이 가죽 하나를 팔면 값이 비싸서 부자가 될수 있는 때라 그길로 호랑이가죽을 장에 내다파니 돈 천냥이 되었다.

광대는 그 돈으로 집을 짓고 땅도 사고 안해까지 얻어 살림을 꾸리면서 잘 살았다고 한다.

은혜갚은 호랑이

강원도는 산이 많고 평야가 적어 사람들은 모두 양지바른 언덕에다 집을 짓고 사는데 눈이 많이 오는 해는 길이 눈에 막혀 오가는 행인들이 없었다.

한곳에 구차한 가정에 모자가 살고있었다. 아들은 산에 가서 나무를 해다가 장에 가 팔아 쌀되박이나 사다가 어머니를 봉양하였지만 가세가 빈한하여 장가갈 나이가 지났어도 취처를 못하고 총각으로 있었다.

어느날 이른 새벽이였다. 이날도 아침 일찍 지게를 지고 나서는데 문을 열고보니 문앞에 새끼호랑이 세 마리가 옹송그리고 누워있는것이 보였다.

(아마도 호랑이가 산중에 먹을것이 없어 새끼들이 굶어죽게 되니까 인가를 찾아 가져다놓았구나. 미물짐승일망정 호랑이야 산중의 왕이라고 하는데 어찌 본체만체 한단말인가.)

이렇게 생각한 총각은 새끼호랑이 세 마리를 집안에 안아다놓고 얼마 안되는 쌀로 미음을 쑤어서 먹인 다음 집을 나섰다.

그뒤 총각은 매일과 같이 나무를 해다가 팔아서는 바꿔온 쌀로 어머니를 공대하고 또 새끼호랑이 세 마리를 길렀다.

어느덧 추운 겨울이 다 지나가고 따뜻한 봄날이 오자 하루는 밖에서 호랑이의 울음소리가 들려왔다. 그래서 총각이 나가보니 어미호랑이가 앉아있었다.

(아마도 봄이 오니 제 새끼를 찾으러 온 모양이구나.)하고 생각한 총각은 집안으로 들어오자 새끼호랑이들을 데리고 나왔다. 인젠 호랑이새끼들도 총각과 친숙해졌고 쉬운 말을 알아들을수 있었다.

어미호랑이는 ≪따웅--!≫하고 크게 산울림을 하고나서 총각의 주위를 몇 번 돌면서 대가리를 총각의 몸에다 올리 비비고 내리 비비더니 새끼호랑이를 데리고 가버렸다.

이런 일이 있은후부터 총각이 아침마다 문을 열고 나서면 산짐승이 한 마리씩 마당에 놓여져있었는데 달포가 지난 어느날 아침, 총각이 문을 열고 나서니 어미호랑이가 웬 처녀를 툇마루우에 업어다놓고 옆에서 지키고있는것이 보였다.

총각이 밖으로 나오자 호랑이는 꼬리로 처녀와 총각을 툭툭 치며 ≪따웅-!≫하는 소리를 남기고는 어느새 숲속으로 사라졌다.

총각은 어머니에게 사연을 말하고 처녀를 들어다 방아래목에 눕힌후 이불을 덮어주고 불을 때여 방을 덥힌 다음 미음을 쑤어서 처녀의 입에 한술씩 떠넣었다.

이윽고 날이 밝아서 해가 뒤발이나 올라왔을 때에야 처녀는 정신을 차리고 사방을 둘러보았다. 그런데 옆에서 지켜보는 더벅머리총각을 보고는 ≪으악!≫하고 외마디소리를 지르더니 또다시 기절하는것이였다. 두 모자가 사지를 주물러서야 겨우 정신을 차린 처녀는 한동안 말을 못하고있다가 어머니에게 물었다.

≪이곳이 어디며 제가 어찌되여 여기에 와있습니까?≫

≪여기는 강원도 산중인데 인가라곤 몇집 안되오만 보아하니 역시 구차한 집 딸같은데 어찌 호랑이에게 물려왔노?≫

어머니는 처녀에게 호랑이새끼를 길러준 사연을 자초지종 들려주었다. 그랬더니 처녀는 아미를 숙이고 이윽히 생각하더니 겨우 자기의 사연을 이야기하기 시작했다.

원래 처녀는 몇백리밖의 경상남도 어느 한 산골에서 사는 농부의 딸이였는데 금년 나이 십륙세였다.

농부네 집은 아이들이 많고 가세가 빈한하기 짝이 없어 농부 두 내외가 아무리 벌어도 굶기를 부자집 밥먹듯했다. 그래서 하루는 농부의 안해가 밭으로 일하러 가며 큰딸더러 산에 가서 나물을 좀 뜯어오라고 하였다.

이리하여 큰딸이 어린 동생들을 달래놓고 산에 가서 산나물을 얼마큼 캐였는데 난데없이 호랑이가 바람을 일구며 숲속에서 뛰쳐나와 처녀를 등에 업고 달리더니 총각의 집 툇마루에다 내려놓고 장밤을 지켰던것이다.

≪다행히도 은인들을 만나 실오리같은 목숨이 살아나게 되었으니 그 은혜 태산같기에 소녀는 오늘부터 어머님의 며느니가 되려 합니다.≫

어머니는 처녀의 말을 듣자 기쁘기 한량없어 처녀를 찬찬히 들여다보며 말했다.

≪이게 꿈이냐? 생시냐? 세상에 이런 경사 또 있겠느냐?≫

≪어머님, 이게 모두 어머님과 아드님의 덕성이 높아 호랑이가 은혜를 갚은 것이라고 생각합니다.≫

이날부터 총각은 처녀를 안해로 삼고 어머님께 효성을 다하며 잘 살았다고 한다.

어비 온다

　옛날옛적 한곳에 량반이 살고있었는데 아들며느리와 나어린 손자애를 데리고있었다.

　하루는 캄캄한 야밤인데 어린애가 울기 시작하더니 부모들이 별의별 말로 달랬으나 말을 듣지 않거늘 아이 어머니가

　≪애야, 울지 말아, 네가 울면 호랑이 온다. 호랑이 와.≫하고 달래보았으나 종시 울음을 안그치니 나중에 어머니가 역정을 내며 이렇게 말했다.

　≪너는 호랑이가 무섭지 않니? 이제는 호랑이를 잡아 먹는 어비 온다. 어비 와.≫

　이 말을 듣던 어린애는 인츰 울음을 뚝 그쳤다.

　한편 이때 산에서 배가 고파 헤매던 호랑이 한 마리가 무엇이든 잡아먹으려고 어슬렁어슬렁 내려오다가 량반네 집까지 오니 집안에서 한참 우는 어린애를 달래느라 야단법석이였다.

　옛날에는 짐승들도 말을 할줄 알고 들을줄 알아서 호랑이도 집안에서 들려오는 말소리를 죄다 듣고있었다.

　호랑이는 제가 산중의 왕이요 제가 제일인줄 알고있었는데 어린아이가 호랑이 온다는 말을 듣고는 울음을 그치지 않더니 호랑이를 잡아먹는 어비 온다니 울음을 뚝 그치는지라 정말로 어비가 오는줄 알고 외양간에 들어가 소곁에 가만히 누웠다.

　한편 건너마을에 조실부모하고 일가친척 없이 뜨내기로 살아가는 젊은이가 있었는데 하루는 이런 생각이 불쑥 떠올랐다.

　(남의 집 머슴인 내가 잘되여도 내 팔자요 못되여도 내 팔자라 건너마을 량반집에 소가 여러마리니 소나 한 마리 훔쳐다 팔아서 돈을 벌리라.)

이렇게 맘을 먹고 량반네 집으로 소도덕질을 하러갔다. 그런데 그날이자 호랑이가 내려온 저녁이였다.

젊은이가 한창 외양간으로 소도적질하러 들어가는데 호랑이는 정말로 《어비》가 오는줄로 알고 숨이 한줌만 해서 누워있었다.

젊은이는 소를 더듬다가 마침 소고삐를 매놓지 않은 큰송아지 한 마리가 있는것을 보고 은근히 기뻐 등에 올라앉아 손으로 툭 쳤다.

이에 놀란 호랑이는 후닥닥 뛰여일어나 냅다 뛰는데 뒤에 앉은 젊은이의 귀뿌리에선 바람소리가 윙윙 났다. 처음에는 몰랐으나 날이 희붐히 밝자 젊은이는 깜짝 놀랐다. 송아지가 잘 뛰는줄 알았더니 호랑이를 타고 앉으니 이제는 낙자없이 죽었구나 하고 생각했으나 정신만은 차리고있다가 앞을 보니 불현듯 나뭇가지가 낮게 드리운것이 보였다. 바야흐로 호랑이가 그곳을 지나갈 때 젊은이는 나뭇가지를 잡고 나무우에 올라갔다. 그런데 올라가보니 바로 구새먹은 나무라 그속에 들어가 숨었다.

호랑이는 그런줄 모르고 뛰고뛰여서 곰네 집에까지 뛰여갔다.

때마침 나무를 한짐 해지고 오던 곰이 호랑이를 보고 물었다.

《허. 자네 산중의 왕이 무엇한테 쫓기웠나 응?》

《아이구, 말도 말게. 간밤에 인가에 내려갔다가 <어비>란 놈한테 혼쭐이 났네. 그놈이 내 등에 올라탔댔는데 지금은 없어졌네. 허, 숨차라!》하고 호랑이는 어제 밤 되여진 일을 이야기했다. 그러자 곰은 믿지 않고 물었다.

《세상에 어비란 놈이 어디 있나? 그리고 어비란 놈은 어디에서 없어졌나? 나와 함께 가서 잡아옵세.》

《저 산을 넘어 나무아지가 낮게 드리운게 있지 않나. 그곳에서 없어졌네. 난 안가겠네. 자네 혼자 죽고프면 가게나.》하며 호랑이는 쭈크리고 앉아버렸다.

곰은 부아가 치밀어 산을 넘어 《어비》를 찾으려고 젊은이가 올라간 나무 가까이까지 갔다. 우를 쳐다보던 곰은 나무우에 올라갔다. 올라가서 내려다보니 구새먹은 나무인지라 아래로 바로 들어가려다가 나올 일이 걱정된 그 미욱한 놈은 엉덩이부터 들이밀고 들어갔다.

너무도 혼이 나고 배가 고픈데다가 심히 지쳐서 자고있던중인 젊은이는 우에서 무슨 소리가 나기에 올려다보았다. 그런데 웬걸, 곰이란 놈이 거꾸로 내려오고있지 않겠는가.

(야, 이제는 정말 죽었구나. 인츰 돌아갔을걸!)

이렇게 생각하며 내려오는 곰을 보던 젊은이는 한가지 꾀가 생기자 곰이 내려오기만 기다렸다.

내려오는 곰이 마침 수콤인지라 불알이 오뉴월 소불알 처지듯 축 처져있기에 젊은이는 띠를 풀어서 곰의 불알을 잡아매고 두손으로 힘껏 잡아당겼다. 그랬더니 곰은 어찌나 아팠던지 견디다 못해 큰소리로 웨쳤다.

《아이고 나 죽는다. 호랑이야, 빨리 와서 날 살려다구. 아이구, 나 죽는다!》

아무리 소리쳤으나 멀리 달아난 호랑이가 올리 만무했다. 하여 곰은 맥을 버리고 죽어버렸다.

젊은이는 뜻하지 않게 곰을 잡으니 기쁘기 짝없었다. 그는 동네에 가 달구지를 빌려다가 곰을 싣고 내려와 가죽을 벗기고 고기를 팔아 잘 살았다고 한다.

쥐가 물어온 보물

옛날 한 고장에 두 부부가 어린아이들을 데리고 살아갔다.

어느 하루, 안해는 아이들 옷을 깁고 남편은 낮잠을 자고있었다. 그런데 자고 일어난 남편이 미친 사람처럼 ≪히히히, 히히히…≫하고 웃어대는것이였다. 그래서 안해가 보다못해 물었다.

≪여보 당신, 미치지 않았어유? 애들 모양으루 왜 그러우? 혼이 빠져나가지 않았어유?≫

≪하, 여보. 내 혼이 나간것보다 꿈이 하두 이상해서 그러는거요.≫

≪자고로 낮에 꾸는 꿈은 개꿈이라 했는데 도대체 무슨 꿈을 꾸었단말이여유?≫

≪여보, 내가 꿈에 글쎄 한쪽 다리는 고려땅을 딛고 한쪽 다리는 대국땅을 딛고 섰으니 이것이 길몽이 아니고 뭐요?≫

≪아이구, 여보, 세상에 그런 길몽이 어디 있어유? 그게 무슨 길몽이겠어유?≫

≪하, 어쨌든지 꼭 길사가 생겨날것이니 두고보오.≫

이런 일이 있은지 며칠후였다. 달빛이 대낮같이 뙤창문으로 비쳐드는 밤이였다. 이날 밤 어찐 영문인지 박서방은 삼경이 되어서 깨여난것이 종시 잠을 들수가 없었다. 그런데 희미한 달빛에 봉당벽 구석쪽에서 쥐새끼 한 마리가 쪼르르 기여나오더니 두리번두리번 살피다가 이듬해 종자로 쓸 강냉이자루를 쏠기 시작했다.

박서방이 베고 자던 목침을 집어들어 벼락같이 던지니 쥐새끼는 찍소리 못하고 죽고말았다. 박서방이 목침을 주으려고 내려가려는데 굴안으로부터 어미쥐가 나왔다가 새끼쥐가 죽은것을 보더니 다시 굴속으로 들어갔다가 나오는데 입에 바늘같은 물건 하나를 물고 나오는것이였다. 달빛을 받은 바늘은 유난히도 반짝거렸다. 어미쥐는 새끼쥐가 죽은 곳까지 와서 입에 물고 온것으로 대가리에서부터 꼬리까지 내리 재고 올리 재고 세로 재고 가로 재는데 금시 죽었던 새끼쥐가 다시 살아나서 쪼르르 굴속으로 들어가려고 했다.

이때 박서방이 후닥닥 일어나며 소리를 쳤다. 그러자 어미쥐는 입에 물었던 바늘같은 물건을 떨궈버리고 굴속으로 도망쳤다. 박서방이 그 물건을 주어서 보니 금으로 되어진것이라 보물인줄 알고 삼베천에 꼭 싸서 언제든지 써먹을 때가 있으리라 생각하고 품속에다 깊숙이 간직했다.

그후 몇 달이 지나자 나라의 방이 나붙었는데 거기에는 나라의 공주가 급병에 걸려 생명이 위태하니 의술이 높은 사람은 지체말고 서울에 올라와서 입궐하라고 씌여있었다.

박서방은 쥐한테서 빼앗은 보물을 가지고 서울로 올라갔다. 그런데 서울 장거리는 온통 비애에 잠겨있었다. 이윽고 그가 한 늙은이를 보고 웬 일인가고 물으니 공주가 병이 들었으나 백약이 무효여서 세상을 떴다는것이였다. 이 말을 들은 박서방은 바삐 궁중으로 들어가서 하인을 불러 말했다.

≪나는 조선팔도를 떠돌아다니는 사람인데 약간의 의술이 있으니 임금전에 전하여라.≫

이에 하인이 들어가 고하니 임금은 딸이 이미 죽었으나 행여나 하여 의원을 불러들였다. 이윽고 입궐한 박서방은 임금전에 부복하며 여쭈었다.

≪상감마마께 여쭈옵기 황송하오나 소인이 방을 보고 주야장천 걸어서 왔사온데 비록 재주는 없사오나 재간껏 효성을 다하렵니다.≫

박서방의 말을 듣고난 임금은 눈물을 흘리며 말했다.

≪그대 성의만은 고마우나 여태 죽은 사람 살리는 의원은 보지 못했노라.≫

≪상감마마, 소인의 재주 비록 보잘것없사오나 죽은지 사흘을 넘지 않은 사람은 능히 그 병근을 뽑고 환생시킬수 있나이다. 소인의 말이 거짓이면 목을 낮추어 주옵소서.≫

≪이미 죽은 사람을 어떻게 살린단말인고? 그렇다면 한번 병을 보라. 살려내면 그런 경사 없을것이요, 혹시 살려내지 못한다 해도 치죄하지 않겠노라.≫

박서방은 임금님께 사례하고 궁중에서 물러나와 공주의 별당에 가 외인을 출입하지 못하게 하고 문을 닫아 건후 공주를 살펴보았다. 보니까 인물이 천하 일색이였다.

박서방은 품속에서 보물을 꺼내서 쥐가 하던대로 올리 재이고 내리 재고 세로 재고 가로 재였다. 이렇게 몇 번 하니 아닌게 아니라 공주가 팔과 다리를 움직이더니 드디여 하품을 하며 일어나 앉는데 옆에 웬 낯선 사나이가 서있는 것을 보고 겁에 질려 바라만볼뿐 아무 말도 하지 못했다. 박서방은 공주에게 말했다.

≪공주님, 어서 나가시여 슬픔에 잠긴 부왕을 위로해주옵소서.≫

그제야 공주는 자기가 급병을 앓았다는것을 알고 부왕을 부르며 밖으로 뛰여나갔다.

한편 죽은 사람을 살려낼수 있겠느냐며 룡상에 앉아있던 임금은 공주가 평시나 다름없이 살아서 뛰여오는걸 보자 벌떡 일어나더니 버선발로 내려와 공주를 얼싸안고 이게 꿈이냐 생시냐 하며 기뻐 어쩔줄 모르다가 박서방이 싱글벙글 웃으며 다가오자 그의 팔을 잡아끌며 상좌에 앉히고 손수 술을 부어 권하였다. 이에 박서방은 사례하다 못해 받아마셨다. 이어 임금은 박서방을 보고 말했다.

≪짐의 평생에 이런 경사가 있음은 그대의 덕분이니 경을 부마로 삼겠노라. 그런즉 경은 거절을 하지 말라.≫

박서방이 다시 백배사례하니 임금은 길일을 택하여 박서방과 공주의 혼례를 치르는데 선녀같은 공주의 아릿다움은 그만두고 의복이 날개라고 박서방이 차리고 나선걸 보니 일개 영웅에 못지 않았다.

죽었던 공주가 다시 살아났다는 소문이 온 조선팔도에 돌고돌아 나중에는 압록강을 건너 대국에까지 전해져서 대국천자님까지 알게 되었다. 대국천자님은 죽은지 석달이 되는 공주가 생각나자 조선에 사신을 띄워 유명한 의원이 있으면 속히 보내달라고 하였다. 이에 박서방은 아니 갈수 없어 부왕과 공주를 리별하고 압록강을 건너 대국에 가 천자님을 알현하였다.

그랬더니 천자는 대희하여 즉시 공주의 시체를 가져다가 별당에 눕히고 박서방에게 보였다. 박서방이 보니 공주 역시 인물이 절색이였는데 묘를 명당자리에 써서 석달이 지났으나 역시 잠자듯했다.

이윽고 사람들을 내보낸 뒤 박서방은 곧 그 보물을 꺼내여 공주의 몸을 재였다. 이렇게 재고 저렇게 재니까 아닌게 아니라 공주가 팔과 다리를 움직이더니 일어나 앉아 하품을 하며 중얼거렸다.

《아니고, 웬 잠을 이렇게 오래 잤는고, 얘들아 게 누가 없느냐?》

《공주님, 어서 부왕님을 만나뵈옵고 위로해주옵소서. 천자님께옵서 벌써 석달이나 공주님 생각에 눈물을 흘리셨나이다.》

찾는 하녀들은 오지 않고 웬 낯선 사나이가 곁에 있는것을 본 공주는 화다닥 놀라 문을 열고 뛰여나갔다. 이때 혹시나 하고 별당으로 걸어오던 천자는 공주가 뛰여나오는것을 보자 기뻐서 어쩔줄 모르며 박서방의 팔을 끌고 입궁하여 여러날 대연을 베풀어 대접하였다. 하지만 박서방은 고향생각에 잠겨 마음이 서글퍼났다. 하여 수일이 지난 어느 하루 천자님앞에 부복하며 아뢰였다.

《천자님, 죄송하옵니다만 소인은 곧 돌아가야 하겠나이다. 하잘것없는 소인을 이렇듯 대해주시니 그 은혜 백골난망하옵니다.》

《하하하, 그대 무슨 말을 하는고? 그대 짐에게 이런 기쁨을 안겨주었으니 내 또한 보답을 하겠노라. 자그마한 소국에 그대같은 명의가 있을줄은 정말 짐은 몰랐네. 만약 그대가 없었다면 공주가 영영 살아나지 못했을것이니 이것 또한 그대의 은공이라 공주를 그대에게 따라보내겠네. 이후 우리 두 나라가 서로 사둔이 되여 화목하게 살아가세.》

이리하여 박서방은 대국의 공주를 셋째 부인으로 맞아 조선으로 돌아오게 되였는데 그뒤 다자다복하게 잘 살았다고 한다.

신세갚은 까치

옛날 어느 산골에 한 사냥군이 살고있었다.

하루는 활을 메고 산으로 사냥하러 가다가 나무숲속에서 까치 두 마리가 푸드득푸드득하며 죽는다고 돌아치는것이 보이였다. 사냥군이 유심히 살펴보니 큰 구렝이 두 마리가 까치를 잡아먹으려고 입을 딱 벌리고 혀를 날름거리고 있었다.

≪괘씸도 하구나. 이 요망한 구렝이 놈아, 네가 약한 날짐승을 잡아먹으려고 독을 쓰니 어디 내 화살이나 받아보아라.≫

사냥군은 이렇게 말하며 구렝이를 향해 화살을 날리니 그중 한 마리가 살을 맞고 꿈틀거리며 죽어버렸다. 구렝이 한 마리가 죽가 다른 한 마리는 까치들을 내버려두고 도망쳐버렸다. 까치들은 너무도 좋아서 사냥군의 머리우를 빙빙 돌다가 어디론가 날아가버렸다.

사냥군이 활을 메고 이리저리 다니며 사냥을 하다나니 긴긴 여름해도 어느새 서산에 넘어가고 하늘에 별들이 하나 둘 나타나기 시작했다.

그가 산중에서 하루밤 묵으려고 잠자리를 찾고있는데 홀연 산밑에서 불빛이 반짝반짝하는것이 눈에 띄였다.

그래서 그가 그 불빛을 찾아가니 자그마한 초당의 살창으로 불빛이 새여나오고있었다.

포수가 문을 두드리며 주인을 찾자 인물이 절색인 이팔아가씨가 문을 열고 나오는것이였다.

≪어디로 가시는 행객이온데 이 초라한 초가를 찾아오셨나이까?≫

아가씨의 목소리는 마치도 옥쟁반에 은방울 구을듯했다.

≪산짐승을 잡는 사냥군이온데 날이 어두워 거처할 곳이 없어 헤매이던중

불빛을 보고 찾아왔사오니 하루밤 류숙함이 어떠하옵니까?≫

사냥군이 찾아온 사연을 이야기하자 아가씨가 대답하는것이였다.

≪소녀 외로이 혼자 사는 신세이오나 밤중에 찾아온 길손을 어찌 밖에서 류숙케 하겠나이까. 루추한 집이나마 들어가사이다.≫

사냥군이 청하는대로 방안에 들어가 활을 한쪽에 놓고 앉아있으니까 아가씨는 부엌으로 내려가더니 순식간에 음식을 들여왔다. 포수는 시장하던 김에 게걸이 감식이라 게눈감추듯 먹어치운후 상을 물리고 윗목에 앉았다. 그러자 아가씨는 아랫목에 와 앉는것이였다,

(이 산중에 여자 홀로 있을리가 만무하거든. 여자의 용모를 보매 지상의 사람은 아닌것 같구나. 만약 이 아가씨가 행실이 불순하면 활로 요정을 내리라.)

사냥군은 이렇게 생각하며 아가씨의 일거일동을 유심히 지켜보았다. 이때 아랫목에 앉은 아가씨는 포수가 잘 생각은 않고 정신이 점점 더 맑아지는걸 보자 이렇게 물었다.

≪네가 아무 산에서 구렝이를 쏴죽였던 일이 생각나느냐? 이젠 나한테 잡혔으니 어쩔테냐?≫

아가씨의 뜻지 않은 말에 사냥군은 그만 전신에 소름이 쫙 끼쳤다. 그는 냉큼 활을 메워들고 정신을 가다듬으며 큰소리로 꾸짖었다.

≪네년은 도대체 무슨 괴물이냐? 바른대로 말하여라.≫

≪네가 쏘아죽인 구렝이인즉 곧 나의 남편이다. 나의 남편을 죽였기에 내가 이곳에서 너를 기다리던 참이니 이제는 남편의 원쑤를 갚아야겠다.≫

말을 마치자 아가씨가 몸을 번뜩이니 집은 온데간데 없고 웬 구렝이 한 마리가 사냥군에게 덮치려 하였다. 사냥군이 급한김에 화살을 날렸으나 화살은 그만 빗나가고말았다.

구렝이가 화살을 피하고 다시 달려들려 하는데 어디선가 푸르르푸르르 소리가 나더니 까치 두 마리가 일시에 날아들며 제각기 구렝이의 눈을 하나씩 쪼아버렸다. 그러니 구렝이는 두눈이 멀어 방향을 찾지 못하고 이리저리 날뛰는것이였다. 이때 포수가 다시 화살을 메여서 쏘니 구렝이는 면바로 맞고 공중

으로 솟았다 떨어지며 몇 번 고패치더니 죽어버렸다.

　원래 구렁이의 두눈을 쪼은 까치 두 마리는 낮에 포수 때문에 살아난 까치였는데 포수의 은혜를 갚기 위해 이렇듯 찾아왔던 것이다.

호랑이와 총각

먼 옛날 한곳에 조실부모하고 혈혈단신으로 살아가는 고아가 있었다.

그는 어려서부터 량반에 집에서 머슴살이를 하며 매일 지게를 지고 산에 가 나무를 해왔다. 그런데 아무리 허리가 휘도록 지고와도 주인은 지팽이로 머슴의 엉덩이를 후려갈기며

≪이자식, 네 고까짓 나무를 지고와서야 밥값이나 되겠느냐?≫라고 호통을 치군 하였다.

어느해 팔월추석이였다. 다른 아이들은 부모슬하에서 어리광을 부리며 새 옷을 입고 산놀이 들놀이를 갔지만 의지가지없는 불쌍한 머슴은 그날도 산에 가 나무를 해와야 했다.

그날 머슴은 아침도 못 얻어먹은채 눈물을 흘리며 지게를 지고 산에 올랐다. 그가 한창 산나무를 하는데 갑자기 숲속에서 커다란 호랑이 한 마리가 새끼 여럿을 데리고 뛰쳐나왔다.

머슴 아이가 깜짝 놀라 두눈을 휘둥그렇게 뜬채 엉거주춤 서있는데 호랑이는 머슴군앞에 와 꿇어엎디면서 애걸하였다.

≪도련님, 우리 뒤에 포수가 따라오니 제발 한번만 살려주웁소서. 내 죽는것은 별문제이지만 보시다싶이 이 어린 새들이 불쌍하옵니다.≫

아무리 짐승일망정 이렇듯 사정하니 머슴은 그러기로 맘먹었다. 하여 결이 센 수풀속에다 호랑이들을 숨겨 놓고 계속 낫으로 풀을 벴다.

이때였다. 맞은켠 숲속으로부터 사냥군 셋이 헐레벌떡 뛰여오며 머슴에게 물었다.

≪애, 이자 금방 이곳으로 호랑이가 새끼를 데리고 오는걸 보지 못하였느냐?≫

≪보았습니다.≫

≪그래 어디로 가더냐?≫

≪이 뒤산으로 꼬리가 빳빳해 넘어갑디다.≫

사냥군들은 어깨에서 활을 벗겨들더니 아이의 말대로 뒤산으로 달려갔다. 이윽하여 호랑이는 숲속에서 나오더니 머슴애에게

≪도련님이 아니였더라면 나뿐만아니라 저 귀여운 새끼들마저 죽었을것이 외다. 이 은혜를 일후에 꼭 갚겠사오니 우선 절부터 받으시우.≫하고는 새끼들과 함께 땅에 엎디여 사례한후 수림속으로 사라졌다.

아이는 측은한 마음으로 호랑이네가 보이지 않을 때가지 바래고나서 다시 하던 일을 계속하였다. 그리하여 저녁편에야 나무를 한짐 가득 지고서 집으로 돌아왔다.

무정한 세월은 흘러 어느새 머슴의 나이 십팔세가 되었다.

하루는 머슴이 또 산에 올라가 나무를 하는데 산마루로부터 호랑이 한 마리가 내려오더니 총각앞에 와 멈춰서며 유심히 뜯어보는것이였다. 그바람에 총각은 화닥닥 놀라 내빼려 했다.

≪여보세요, 당신은 나의 구명은인입니다. 여러해 뵈옵지 못하여 죄송하기 그지없습니다. 그동안 얼마나 고생하셨습니까? 이젠 이런 고생을 그만두시고 신세를 고쳐야 하지 않겠습니까?≫

≪신세를 고치다니요? 내 팔자가 기박하니 어쩔수 없지요.≫

총각은 그제야 자기가 어릴적에 살려주었던 호랑인줄 알아보고 이렇게 대꾸하였다.

≪내가 알선해 드릴테니 념려마시고 어서 나의 등에 올라타시우. 가보면 알게 될겁니다.≫

호랑이는 상냥스레 말하고는 자기의 등을 돌려댔다. 총각은 너무도 기뻐 호랑이등에 훌쩍 올라탔다. 그랬더니 호랑이는 네굽을 안고 풍우와도 같이 산을 넘고 강을 건너 정처없이 달려갔다.

얼마를 갔는지 총각은 정신이 혼미하여 지척을 분간할수 없었다. 나중에 심산도 아니요 야지도 아닌 양지바른 산밑에 도착하였는데 그곳에 초옥 한

채가 있었다.

호랑이는 그 초옥앞에 이르자 걸음을 멈추고 총각더러 등에서 내리라더니 이렇게 말하였다.

≪은인께서는 모르겠지만 기실 이 집은 부모친척 없이 홀로 사는 처녀집이올시다. 그러니 이 집에 들어가 처녀와 상론한후 인연을 맺도록 하시오.≫

원래 이 집에서는 슬하에 무남독녀 딸 하나를 데리고 근근득식으로 살아가다가 불행히도 두 부모가 급병에 걸려 한날한시에 세상을 뜨다나니 지금은 의지가지 없는 처녀애가 혼자 살고있었다.

호랑이는 말하고나서 엎디어 절한후 오던 길을 되돌아서 떠나갔다. 총각은 호랑이가 보이지 않을때까지 바래고나서 드디어 초옥앞에 다가가 주인을 불렀다. 그랬더니 이윽고 집안에서 처녀의 나직한 목소리가 들려왔다.

≪밖에 온 손님은 누구시예요?≫

≪나는 다름아닌 길가던 행객이온데 인가를 만나 잠깐 다리쉼이나 하려고 주인을 찾으니 용서하시오.≫

잠시후 문이 열리더니 한 처녀가 나왔다. 보니 처녀의 나이는 십오륙세밖에 안되여 보이는데 의복이 람루하여 살가죽이 들여다보이는 삼베치마저고리를 걸치고 총각을 영접하는데 그 정상 불쌍하기 짝없었다. 하긴 총각 자신의 신세도 가련하지만 그보다도 처녀의 처지가 더 가련하였다.

총각이 연신 황송하다는 말을 되풀이하는데 처녀는 부끄러워하면서 한편 두눈에 눈물을 머금고 총각을 영접하는것이였다.

이윽고 총각이 집안에 들어가 살펴보니 가세가 어찌나 빈한한지 한입으로 말하지 못할 지경이였다. 방이라고 권하는대로 들어앉으니 방구들이 어찌나 차거운지 얼음장우에 올라앉은것 같이 사명당 사처방처럼 차가왔다.

처녀는 손님을 대접하느라고 부엌구석에서 말라빠진 감자를 꺼내여 껍질을 바른다 마른 사라지를 물에 씻는다 하더니 나중에 음식이라고 차려왔지만 량반집의 개나 돼지도 먹지 않을 그런 음식이였다.

(나도 량반의 채찍밑에서 이런 음식을 먹고 뼈가 굵어졌겠지. 이 처녀도 오죽하면 이런 음식을 먹으랴!)

총각은 음식을 먹으며 이렇게 생각하였다. 배부르게 먹고나자 처녀가 물었다.

≪도련님은 어찌하여 이곳으로 오게 되었으며 명함은 어떻게 부르며 주소는 어디입니까? 그리고 부모형제가 있습니까?≫

총각은 자기의 사정을 처녀에게 들려주었다. 이야기를 듣고있는 처녀의 눈에서는 눈물이 비오듯 쏟아졌다.

이튿날 아침부터 총각은 이전과 마찬가지로 산에 올라 나무를 하는데 어디에서 힘이 솟는지 나무짐을 한수레씩 져다놓으니 순식간에 나무낟가리가 집채만큼 되었다.

총각이 일을 잘할뿐만아니라 마음씨 또한 착하여 처녀를 아끼고 사랑하니 두사람의 정은 더욱 깊어져 끝내 백년언약을 맺었다.

그뒤 그들은 서로 맞잡고 주야로 일한 보람으로 재산도 모으고 게다가 유자생녀하며 검은 머리 파뿌리 되도록 잘 살았다 한다.

쥐가 은혜갚은 이야기

먼고 먼 옛날 한 시골에 외톨이 나무장사군 총각이 있었다.

하루는 총각애가 지게를 지고 산에 가서 나무를 한짐 지고 일어서는데 어디서 새끼쥐 한 마리가 쪼르르 달려나오기에 잡아서 품속에 넣고 집으로 돌아와 자기가 먹으려던 밥을 조금씩 갈라먹였다. 그뒤로부터 총각애가 밥을 먹을 때마다 새끼쥐는 쪼르르 달려나와 총각애가 주는 밥을 먹고는 굴속으로 들어가군 하였다.

세월이 흘러 쥐도 이제는 큰 고양이만하게 컸고 총각애도 이제는 년광이 차서 끌끌한 젊은이가 되었다. 하루는 나무하고 돌아오니 쥐가 온데간데 없었다. 총각은 쥐가 없어지자 너무도 섭섭하여 구석마다 찾아보았으나 헛수고였다.

그뒤 총각은 여전히 나무를 해다가 팔았는데 하루는 산에서 한창 나무를 하고있노라니 웬 사슴 한 마리가 나무숲속을 헤치고 나오더니 총각앞에 와서 헐떡거리며

《총각님, 뒤에 포수가 날 잡으려고 쫓아오고있나이다. 부디 은혜를 베푸시여 숨겨주시와요.》하고 애걸하는것이였다.

총각은 사슴이 하도 불쌍하여 급히 나무단을 들고 사슴을 숨겨주었다. 아니나 다를가 좀 있으니 사냥군이 활을 들고 땀을 뻘뻘 흘리며 쫓아왔다.

《여보게 총각, 사슴이 도망치는걸 못봤나?》

《예, 저쪽으로 달아납디다.》

총각은 사냥군의 물음에 시치미를 뚝 따고 한쪽을 가리켰다. 그러자 포수는 곧 총각이 가리키는 쪽을 향해 뛰여갔다. 포수가 다시 되돌아올 기미가 보이지 않자 총각은 사슴을 내여놓고 빨리 달아나라고 했다. 그랬더니 사슴은 총각앞

에 넙죽 엎드리며 말했다.

≪총각님, 당신이 나를 살려주셨사오니 태산같은 은혜를 갚지 않을수 없소이다. 하오니 제가 시키는대로 하옵시오면 안해를 얻을수 있나이다. 저 건너 산에 바위샘 하나가 있사온데 그 샘이 약수여서 하늘의 선녀들 셋이 내려와 늘 목욕을 하고있사와요. 그곳에 가시거들랑 자취소리를 내지 마옵시고 제일 작은 선녀의 옷을 감추시오면 언니들은 모두 하늘로 올라가지만 옷이 없는 선녀는 올라갈수 없을것이웨다. 선녀가 옷을 못찾아 안타까와 올 때에 총각님 께서 가시여 선녀를 데려다 안해를 삼되 아이 셋을 낳기전에는 절대 옷을 돌려주지 마시와요.≫

사슴은 이렇게 부탁하고나서 제갈길을 가버렸다.

총각은 사슴의 말대로 그 자리에 지게와 도끼를 놓아둔채 산을 넘어 약수터 로 찾아갔다. 말 그대로 샘터에서는 세 선녀가 한창 정신없이 웃고 떠들며 목욕하고있었다. 총각은 사슴의 부탁대로 제일 작은 선녀의 옷을 바위쯤에다 감추고 한옆에서 보고만 있었다.

이윽고 목욕을 마친 선녀들이 샘에서 나왔다. 그런데 언니들은 옷을 다 입었으나 막내선녀는 옷이 없다고 야단을 쳤다. 이때 하늘의 문이 열리므로 두 언니는

≪애야, 잘 찾아봐라. 우린 먼저 올라간다.≫하고는 하늘로 훨훨 날아올라 갔다.

막내선녀는 옷을 찾다가 옷이 없으니 하도 속상하여 앉아서 울기 시작했다. 그럴 때 총각이 불쑥 나오며 물었다.

≪랑자는 어째서 이리도 슬피 우시는지요?≫

선녀가 깜짝 놀라며 안절부절 못하는데 총각이 다시 입을 열었다.

≪랑자는 어째서 우시는지요?≫

그제야 선녀는 사연을 말하였다.

≪소녀는 하늘의 선녀이온데 지상에 내려와 목욕을 하다가 옷을 잃어버렸 나이다. 그 옷이 없으면 하늘로 올라가지 못하나이다.≫

≪내가 옷을 찾아주겠으니 나의 요구를 들어주시겠습니까?≫

≪무슨 소원이온지 말씀하시와요.≫

≪소인이 지금 나이 삼십이 당진하도록 장가를 들지 못하였으니 랑자가 나의 안해로 되어주시옵시면 옷을 찾아주겠소이다.≫

총각의 말에 선녀가 생각해보니 이제는 옷이 없어 하늘로 올라가지 못할 형편이요 갈곳도 없었다. 그래서 하는수없이 그의 요구를 들어주게 되었다.

그런데 집이라고 와보니 게딱지만한 초가인데 그것마저도 다 무너져가는지라 선녀가 주문을 외우고 재주를 부리니 초가집은 간곳 없고 덩실한 기와집이 나섰다. 그리고 갖가지 살림물건도 갖추어졌다. 쌀뒤주에는 백옥같은 입쌀이 꽉 차있는가 하면 마당에는 둥글황소가 영각을 하며 말뚝에 매여져있었다.

이때로부터 총각은 선녀에게 장가들고 선녀는 안해가 되어 살아가는데 부부간의 정이 점점 깊어져 선녀도 하늘로 올라갈 일을 잊고 말았다. 이렇게 깨가 쏟아질듯 사는중에 세월이 여류하여 그들에게 아들 둘이 있게 되었다.

그러던 어느날, 안해는 갑자기 자기의 옷이 생각나서 남편에게 옷을 보여달라고 졸랐다. 그러나 남편은 사슴의 말을 기억하고 기어이 보여주지 않았다. 하지만 이날따라 안해는 옷이 얼마나 입고 싶던지 구슬같은 눈물을 흘리는것이였다.

원래 마음이 어지기 한정없는 남편은 그걸 보자 안해에게 물었다.

≪당신이 옷을 입고 하늘로 날아가면 나와 두 아들은 어떻게 살겠소? 아예 생각을 말고 여기서 살아갑시다.≫

≪여보, 서방님, 제가 당신과 부부생활을 오륙년 하여서 이젠 정이 들대로 들었고 아이까지 있는데 제가 다시 하늘로 올라갈수가 있나이까?≫

남편이 들어보니 그 말도 그럴듯하였다. 그래서 그만 사슴의 부탁을 깜박 잊고 옷을 내여주었다. 그러자 안해는 반색하며 이리저리 옷을 만져보다가 남편과 함께 자리에 들었다.

그런데 자리에 누운 안해는 아무래도 옷을 입어보지 않고서는 견딜수가 없어서 남편이 깊이 잠이 들자 몰래 일어나 옷을 입었다. 그러자 몸이 절로 하늘로 올라가려 하기에 급히 작은 아들을 안았다. 그래도 안되여서 큰아들까지 안았으나 여전히 둥둥 떠올라가는것을 어쩌는 수가 없어서 결국 하늘로 올라가버리고말았다.

잠을 자던 남편은 홀연 몸이 오싹오싹 추워나기에 잠에서 깨여났다. 그런데 이상하게도 비단이불은 온데간데 없고 누데기이불이 덮여있는가 하면 집도 여전히 옛날 그 집이였다.

나무장사군은 한번 실수로 하여 안해와 아들 둘을 잃자 땅을 치며 한탄하다가 옷을 주어입고 날이 밝자 나무나 해다가 팔려고 지게와 도끼를 놓아둔 곳을 찾아갔다. 그런데 지게는 다 썩어서 모양도 찾을길 없고 도끼도 자루가 썩어버리고 도끼날만 녹이 쓴채로 땅에 절반 묻혀있었다.

≪하, 신선놀음에 도끼자루가 썩었구나.≫

남편이 한탄하다가 청바위에 도끼날을 갈고 나무를 잘라 자루를 맞춰서 나무를 찍기 시작하는데 사슴이 또 와서 묻는것이였다.

≪그대는 어째서 또 나무를 찍고 계시나이까?≫

나무장사군은 맥없이 펄썩 주저앉으며 말했다.

≪내가 그만 네 말을 잊고 옷을 주었더니 내가 잠든 사이에 그만, 후-≫

나무장사군은 한숨만 풀풀 내쉬였다.

≪내가 뭐라고 합디까? 아이 셋을 낳기전에는 절대 옷을 주지 말라고 했는데! 이제는 선녀들이 내려오지 않고 하늘에서 드레박으로 샘물을 길어 하늘에서 목욕을 하니 샘터에 가 기다렸다가 드레박이 내려오면 담긴 물을 쏟아버리고 그안에 앉아서 하늘로 올라가십시오. 그러면 안해와 아이들을 다시 만나뵈올수 있을겁니다.≫

사슴은 말하고나서 또 어디론지 뛰여가버렸다.

이튿날 그가 산을 넘어 옹지샘가에서 기다리고있노라니 과연 사슴의 말대로 드레박이 하늘에서 내려와 물을 푸는것이였다. 그가 인차 물을 쏟아버리고 올라앉으니 눈깜짝할 사이에 하늘나라에 올라갔다.

물을 긷던 선녀들은 나무장사군이 드레박에 앉아 올라온것을 보자 깜짝 놀라 달아났으나 안해는 오히려 두 아들을 데리고 반가와하며 달려와 반겨맞았다. 아이들도 ≪아버지-≫하고 부르며 달려와 매달렸다.

≪당신이 어떻게 올라오셨나이까?≫

안해의 놀라운 물음에 남편은 여차여차하여 드레박을 타고 올라왔노라고 대답했다. 이렇게 되어 지상에서 살던 나무장사군이 천상에서 살게 되었다.

이때 옥황상제가 가만히 점지해보니 지상사람이 자기의 막내딸을 데리고 살다가 천상에까지 올라왔고 이미 자식까지 낳아서 기르는판이라 어쩔수 없어

(이 놈이 지상에서 하늘로 올라온걸 보면 필시 재주가 이만저만이 아니렸다.)하고 생각하자 막내사위를 불렀다.

옥황상제가 당하에 복지한 사위를 보니 키가 구척이요, 두손은 무릎을 지나는데 두눈은 사람의 오장륙부를 꿰뚫어볼듯한지라 미소를 지으며

≪음, 내가 자네의 재주를 시험쳐보겠네.≫하고는 활을 가져다가 ≪옥황≫이라고 씌여진 화살을 메여들더니 활을 만궁으로 당겼다가 놓는데 화살이 울며 어디론가 날아가버렸다.

≪자네, 저 화살을 사흘이내로 찾아오게. 그렇지 않으면 자네는 다시 하토하여야 하네.≫

옥황상제의 령이니 아니 들을수 없고 또 그 화살을 찾자니 어디로 가야 할지 도무지 알수가 없었다. 그가 옥황전에서 물러나와 처소로 돌아오니 안해는 남편이 맥없이 돌아온것을 보자 물었다.

≪어찌하여 기분이 좋지 않나이까? 아버님께서 무슨 분부를 하시더이까?≫

≪지상의 인간이 천상에 올라와 초면강산인데 옥황께서 화살을 날렸으니 어디에 가서 찾는단말이요. 이제는 돌아가는 길밖에 없구려.≫

≪여보시와요 당신은 안심하시와요. 저 앞들에 나가면 비루먹은 말 한필이 있사와요. 그 말을 타고 말이 가는대로 가옵시면 시집 가던 새각시가 가슴에 화살을 맞고 죽었사온데 당신이 그 화살을 뽑아오면 되나이다. 죽었던 새각시가 살아나면 당신을 붙들고 은인이라며 못가게 할터이나 당신은 간곡히 거절하시고 돌아와야 하나이다.≫

안해의 말대로 나가보니 비루먹은 백마가 풀을 뜯고 있었다. 그는 대뜸 말에 뛰여오르자 갈기를 틀어쥐고 말배를 힘껏 찼다. 원래 그 말은 천리마로서 옥황이 타던 말이였는데 옥황이 화살을 날리면 꼭꼭 찾아가서 물어오군 하였다.

나무장사군을 태운 천리마가 귀가 빠질듯 바람소리를 내며 달리는데 한곳에 다달으니 가마를 길가에 세워놓은것이 보이고 곡성이 요란했다. 다가가보니 아닌게 아니라 새각시의 가슴에 화살이 명중되여있었다.

그가 우는 사람들을 헤치고 들어가 화살을 뽑으니 새각시가 숨을 후- 내쉬며 되살아났다. 그러자 혼행길을 따르던 사람들이 은인이라며 높이 모시려 청했으나 그는 백배사례하고 화살을 가지고 말에 올라 돌아왔다.

그가 옥황전에 화살을 바치니

≪음, 이만하면 나의 사위감이 될수 있는 재주를 가졌구나. 헌데 이 사람이 나의 말이 천리마인줄을 어떻게 알았을고? 한번 더 재주를 봐야겠다. 이번엔 쥐나라에 가서 갑옷 세벌을 얻어오게. 그렇지 못한다면 역시 지상으로 내려가야 하네.≫

나무장사군은 세상에 태여나서 쥐나라가 있다는 말은 처음 들었다.

(쥐나라가 어디에 있는줄도 모르고 어떻게 갑옷을 얻어온단말인가? 이제는 정말 영낙없이 지상으로 돌아가는 길밖에 없구나!)

그는 락심하여 집으로 돌아왔다. 그를 본 안해가 물었다.

≪또 무슨 분부를 하시더이까?≫

남편이 사연을 이야기하자 이번에는 안해가 남편을 붙들고 통곡했다.

≪이번에는 당신이 죽게 되었사와요. 쥐나라가 있기는 있사온데 제일 작은 쥐가 송아지만 하고 제일 큰 쥐는 코끼리만 하나이다. 역시 그 비루먹은 말을 타고 가야 하나 어찌 돌아올수 있겠나이까?≫

안해는 락심천만하여가지고 눈물을 흘리며 쥐나라로 가는 길을 알려주었다. 그러자 남편은 안해를 달래며 두손을 마주잡고 말했다.

≪사내대장부로서 어찌 죽는것이 겁나서 가지 못할데가 있겠소? 내 이 길로 갈터인즉 돌아오면 좋은 일이요, 돌아오지 못해도 이미 당신을 만나뵈였으니 한될게 없소. 부디 어린것들을 굳센 사나이로 길러주오.≫

드디여 남편은 울며 따라나서는 안해와 작별하고 천리마에 올라 쥐나라로 향했다.

며칠을 달려 쥐나라에 척 들어서니 순경을 돌던 크고 작은 쥐들이 몰려들며 웨쳤다.

≪야, 이거 세상좋은 먹이가 생겼구나!≫

≪하, 한끼 배불리 먹게 되었군!≫

쥐들이 좋아라 떠들며 그와 천리마의 네각을 찢으려 하는데 그속에서 제일 큰 쥐가 썩 나서더니

≪이 무리한 놈들아, 오랜만에 좋은 먹이가 생겼는데 대왕님께 바치지 않고 이게 무슨 짓들이냐?≫하고 꾸짖으며 사람과 말을 끌고 큰 동굴속의 대왕께로 갔다.

이때 쥐나라의 대왕은 끌려오는 사람과 말을 유심히 살펴보더니 달려내려 오며

≪아이고 주인님, 어찌하여 이곳까지 오셨나이까?≫하며 반가와서 야단이 였다. 나무장사군은 자기를 잡아먹을 대신 ≪주인≫이라 부르자 이상해서 물었다.

≪네가 어째서 나를 주인이라고 하느냐?≫

≪네, 수년전에 제가 주인님의 보살핌으로 자라난 그 새끼쥐올시다.≫

쥐왕은 자초지종을 아뢰고나서 물었다.

≪주인님께서 이곳까지 오셨사오니 꼭 급한 일이 있는게 아니옵나이까? 혹시 제가 도움을 줄수 있다면 더 기쁘겠습니다.≫

≪솔직하게 말하면 난 너희들 나라의 갑옷을 얻어오라는 옥제님의 어명을 받고 왔는데 갑옷 세벌만 줄수 있겠나?≫

그는 전후사실을 말하고나서 이곳까지 찾아오게 된 사연을 알려주었다.

≪다른 사람이면 몰라도 주인님께서 오셨는데 어찌 드리지 않겠나이까?≫

쥐왕은 사연을 다 듣고나자 갑옷 세벌을 가져오게했다.

나무장사군이 보니 수천년 자란 소나무껍질과 봇나무껍질로 만들었는데 아주 단단하여 창과 화살이 뀌뚫을것 같지 않았다.

그는 대희하여 쥐왕에게 거듭 사례하며 갑옷 세벌을 가지고 쥐왕과 작별하였다.

며칠후 그는 하늘나라에 도착하였다. 그가 갑옷을 옥황상제께 드리니 옥황

상제는 대희하여

≪과연 훌륭하도다. 자넨 오늘부터 내 사위가 되었네.≫하고는 하늘나라에서 막내딸과 함께 사는걸 허락하였다.

이리하여 지상의 한 나무장사군총각이 하늘에서 선녀와 행복하게 잘 살았다고 한다.

노루와 돌쇠

옛날 옛적 백두산기슭에 어려서 부모를 여의고 혈혈단신으로 나무를 해다가 쌀과 바꾸어 조석을 연명하는 돌쇠라는 어린이가 살고있었다.

하루는 아침 일찍 허리에 도끼와 낫을 차고 지게를 지고서 산골짜기로 올라가는데 갑자기 대가리가 사발통만하고 허리가 대여섯발이나 되는 구렝이 두 마리가 입을 딱 벌린채 길옆의 등나무에 틀고 앉아 돌쇠를 삼키려고 하였다.

깜짝 놀란 돌쇠는 등골이 선뜩했지만 죽을바엔 한번 싸우다 죽자고 도끼와 낫을 거머쥔채 구렝이를 노려보았다.

마침내 구렝이 한 마리가 나무에서 떨어지며 돌쇠의 허리를 칭칭 휘감은 다음 시뻘건 입을 딱 벌리고 잡아먹으려 들었다. 그 찰나에 돌쇠는 오른 손에 쥔 낫을 구렝이의 입에 걸어넣고 왼손에 쥔 도끼로 힘껏 찍었다. 그랬더니 《푹》 소리와 함께 구렝이 허리에서 시뻘건 피가 랑자하게 흘러내리더니 두동강나고말았다. 이렇게 구렝이 한 마리가 죽자 다른 한 구렝이는 《스르럭》 소리와 함께 풀숲으로 달아났다.

용감한 돌쇠는 다른 구렝이 한 마리가 도망치자 그 길로 산에 올라가 나무를 해가지고 저녁편에야 집으로 돌아왔다.

세월은 흘러 어느새 돌쇠의 나이 열여덟살이 되던 따뜻한 봄날이였다. 그날도 돌쇠는 나무군 신세를 한탄하여 힘없이 백두산속에서 나무를 찍고있었다.

이때였다. 앞산의 나무숲에서 노루 한 마리가 절루거리며 뛰여오더니 돌쇠의 앞에 와서 멈춰서며 다급히 말하였다.

《나무군총각, 구렝이가 날 뒤쫓아오니 좀 살려주렴.》

애걸하는 노루를 살펴보니 뒤다리에서 피가 흘러내리고있었다.

(저런, 구렝이란 놈이 이번에는 노루를 물어놓았구나. 이놈을 죽여버려야지.)

총각은 이렇게 생각하자 급히 노루를 숲속에 숨겨놓고나서 허리에서 도끼와 낫을 빼든채 산언덕에 떡 버티고 서있었다.

잠시후 구렁이는 스르럭거리며 노루를 뒤쫓아오다가 언덕에 난데없는 한 총각이 도끼와 낫을 들고 서있는걸 보자 급히 도망쳐버렸다.

한동안 기다려도 구렁이가 나타나지 않으니 돌쇠는 노루를 불러낸 다음 한 벌밖에 없는 베 적삼을 쭉 찢어 노루의 상처를 싸매주었다. 그랬더니 노루는 뜨거운 눈물을 뚝뚝 떨구며 말했다.

≪참 고맙소. 언제든지 이 은혜를 꼭 갚을 날이 있을것이요.≫

노루는 말하고나서 뒤발을 절룩이며 떠나갔다. 멀어져가는 노루를 기쁘게 바래고나서 돌쇠는 나무를 지게에 지고 집으로 돌아왔다.

그날 한밤중이 되어 밖에서 부스럭거리는 소리가 들리더니 정지문이 벌컥 열리며 시뻘건 입을 딱 벌린 구렁이가 웨치는것이었다.

≪이놈아, 듣거라. 나는 수백년동안 백두산속에서 너희와 같은 인간들을 수없이 잡아먹었다. 그런데 몇 년전 어느 봄날 아침에 네가 오솔길에서 나의 안해를 도끼로 찍어죽였지? 안해를 잃고 나는 여러해동안 홀애비로 살아오다가 오늘 저녁에 기어이 너를 잡아먹으려고 찾아왔으니 꼼짝 말라!≫

돌쇠가 혼비백산하여 자리를 차고 일어나니 아니나 다를가 몇 년전에 자기를 잡아먹으려던 그 구렁이가 문을 가로막아 선채 시꺼먼 눈으로 노려보고있었다. 도끼와 낫을 지게에 올려놓았기에 밖으로 나가자고 해도 틀렸고 방안에서 싸우자니 빈손이여서 참말로 진퇴량난이였다. 그래서 방안을 두루 살피는데 방구석에 놓인 큰 쌀독이 눈에 띄였다.

(옳지, 수가 생겼다. 저 쌀독에 들어가 뚜껑을 닫으면 아무리 힘에 센 구렁이라 해도 독이야 감아서 마슬수 있으랴!)

불현듯 이런 꾀가 떠오르자 돌쇠는 독뚜껑을 열고 독안으로 들어갔다. 그러자 구렁이는 구들에 기여오르더니 입으로 독뚜껑을 열려했다. 그런데 독안에서 돌쇠가 어찌나 힘껏 잡아당기는지 좀처럼 독뚜껑이 열리지 않았다. 이번에는 독을 휘감고 힘을 주어보았으나 두터운 항아리인지라 깨지지 않았다. 악에 받친 구렁이는 고래고래 웨쳤다.

≪야, 이놈아, 어서 나오너라. 네가 나오지 않으면 열흘이고 스무날이고 지키고있겠으니 넌 굶어죽고말테다.≫

구렝이가 아무리 웨쳐도 돌쇠는 까딱하지 않고있었다.

어느새 새벽이 되었다. 구렝이는 급한 나머지 또 웨쳤다.

≪흥, 네가 나오지 않으면 어디 너 죽고 나 죽고 다 죽자꾸나!≫

악독한 구렝이는 이렇게 결심하자 아가리로 독기를 독뚜껑틈에다 뿜기 시작하였다. 한동안 지나서 독기를 다 뿜자 구렝이는 쿵 소리와 함께 먼저 구들에 쓰러져 죽어버렸다.

독안에 숨어있던 돌쇠는 구렝이가 뿜은 독기를 맡자 온몸이 퉁퉁 부어오르기 시작하였다. 그리하여 나오지도 못하게 되었다.

날이 훤히 밝자 구렝이사냥을 떠났던 포수들이 돌쇠네 집에 들렸다가 이 무서운 광경을 목격하고 돌쇠를 구원하려 하였다. 그러나 좀처럼 독아구리에서 돌쇠를 꺼낼수 없었다. 급해맞은 포수들은 도끼로 독을 마구 부시고 돌쇠를 꺼냈다. 그때 돌쇠는 온몸이 벌겋게 부어올라 운신못하고 거의 숨져가고있었다.

죽어가는 사람을 두고 포수들은 어찌할 방도가 없는지라 속이 타서 울고불고하는데 홀연 밖에서 노루의 울음소리가 들려오더니 문이 열렸다.

노루는 입에 괴상한 풀 한단을 물고 들어서더니 돌쇠의 머리맡에 놓으며 말했다.

≪어서 이 풀 한포기를 달여먹여요.그러면 알 도리가 있을것입니다.≫

노루는 말하고나서 인차 돌아갔다.

포수들은 그 풀 한포기를 약탕에 달인 다음 돌쇠에게 먹였다. 그랬더니 퉁퉁 부어오른 몸으로부터 독물이 줄줄 흘러내리였다. 포수들이 온하루 환자의 몸을 닦고 씻고 한 보람으로 저녁편에 돌쇠는 죽음에서 구원되였다.

포수들한테서 전후사연을 알게 된 돌쇠는 뜨거운 눈물을 흘렸다. 노루는 자기를 살려준 은인을 잊지 못하여 구렝이독을 뽑아내는 약풀을 돌쇠에게 주었던것이다.

마음 좋고 용감한 돌쇠는 그후 그 약풀로 백두산속의 선량한 사람들의 병을 고쳐주며 한평생 잘 살았다고 한다.

꾀많은 토끼

옛날 한 곳에 성은 김씨였으나 이름이 없어 그저 김서방이라고 불리우는 한 사람이 있었다. 그는 평생 배운 재간이래야 옹노를 놓아서 자그마한 짐승을 잡는것이였다.

하루는 산기슭에다 옹노를 놓았는데 토끼가 그만 옹노에 걸리였다.

옹노에 걸린 토끼는 아무리 애써야 벗어나지 못하자 앉아서 눈물을 뚝뚝 떨구었다. 그러다가 쉬파리란 놈이 윙윙 소리를 내며 자기에게로 오고있는것이 보였다. 쉬파리를 본 토끼는 피뜩 한가지 꾀가 생겨 쉬파리를 불렀다.

《쉬파리야, 이리 좀 와서 날 구해다구. 난 옹노에 걸려 죽게 되었구나.》

《토끼야, 난 손도 작고 힘이 없어 널 구할수 없어. 저 뒤에 사람이 오니 그보고 살려달라 해라.》

쉬파리의 말에 토끼는 낯색이 새파랗게 질려서

《쉬파리야, 옹노를 풀지 못할망정 쉬야 못쓸겠니? 내 얼굴에다 쉬나 쓸어주렴.》하고 애원하자 쉬파리는 제 장끼대로 쉬를 잔뜩 쓸어놓고는 날아갔다. 쉬파리가 날아가자 토끼는 죽은체하고 누워있었다.

한참 있으니 사냥군 김서방이 나무지팽이를 짚고 올라왔다. 옹노에 걸린 토끼를 본 김서방은 너무도 좋아 옹노를 풀었다. 그런데 찬찬히 보니 토끼의 몸은 온통 쉬투성이였다.

한편 이때라고 생각한 토끼는 방귀까지 꾸였다. 토끼의 몸에 쉬가 가득한데다가 구린내까지 나자 김서방은 토끼를 집어던지며 중얼거렸다.

《빌어먹을 놈의 토끼라구, 언제 걸렸는데 벌써 썩었누?》

김서방의 말이 채 끝나기도전에 토끼는 팔딱 뛰여일어나더니 깡충깡충 뛰며

≪쉬쓴 토끼 나간다. 썩은 토끼 나간다. 산토끼 간다.≫하고 김서방을 놀려
주며 달아나버렸다.

두더지의 혼인

먼 옛날, 세상에 천지가 생겨나고 초목과 짐승들이 생겨난지 얼마 되지 않아서 천상에 옥황이 생겨서 천지를 다스리게 되었고 여러 보살들도 륙속 생겨났다.

이리하여 옥황은 만물들에게 이름과 할 일을 떠맡기고 각자가 자기의 습성대로 살아가게 하였는데 한곳에는 두더지 한쌍이 살고있었다.

두더지내외는 오래도록 혈육이 없다가 보살에게 빌고 빌어서야 딸 하나를 보게 되었는데 그들은 세상에서 자기 딸이 제일 아름답고 귀엽게 생각되여 애지중지 키웠다.

세월이 흐르고 해님이 봄, 여름, 가을, 겨울을 바꿔주자 두더지네 딸은 출가할 나이가 되었다.

두더지내외는 자기들의 외동딸이 아름답게만 생각되여 지상에는 배필이 없다고 여기면서 하늘나라에 올라가 옥황께 물어서 딸의 혼인을 치러주리라 합의를 보았다. 그래서 두더지남편이 천상에 오르게 되었다.

두더지가 옥황께 복지하고 온 뜻을 여쭈니 옥황은 하도 어이가 없어서 이렇게 말했다.

《그대는 들어라. 짐이 천상이나 지상이나 수궁을 모두 다스리지만 나보다 더 높은 사람이 있노라.》

옥황의 말에 두더지는 깜짝 놀라서 물었다.

《황송하오나 옥제님보다 더 높은 사람은 누구시나이까?》

《내가 천하를 다스리고있으나 해님이 없으면 천하만물이 생명을 잃게 되니 곧 해님이 더 높은즉 해님을 찾아가거라.》

두더지는 그길로 천궁을 나와서 해님을 찾아갔다.

≪해님이시여! 저는 지상의 두더지온데 급한 일이 있사와 주야장천 찾아왔사오니 부디 가르침을 주옵소서.≫

두더지가 찾아온 사연을 여쭈었다. 해님이 들어보니 어처구니없는 일이라 자고자대하는 두더지에게 벌을 주리라 생각하고 말했다.

≪듣거라, 네 이놈, 방자하기 그지없구나. 냉큼 지상으로 내려가거라. 하되 오늘부터는 땅굴을 뚫고 살고 밤에만 나와서 다녀라. 그렇지 않을때에는 내 빛을 보내서 네놈의 몸뚱이를 태워버리겠다.≫

해님의 말을 들은 두더지는 혼비백산하여 제가 살던 곳으로 내려왔다.

한편 집에서 남편이 오기를 애타게 기다리던 안해는 맥없이 들어서는 남편을 보자 물었다.

≪여보 ,그래 갔던 일은 어떻게 되었사와요?≫

≪후- 여보, 어서 물건들을 수습해가지고 땅굴을 파고 살기요. 하, 글쎄…≫

이윽하여 남편은 해님의 말을 안해에게 상세히 전했다. 그 말을 들은 안해는 안절부절 못하며 연장을 가지고 땅굴을 파기 시작하였다.

이리하여 세상에 제밖에 없노라고 코대를 흔들며 다니던 두더지는 그때로부터 땅굴을 파며 살았다고 한다.

불에 타죽은 범

악착한 범은 배가 고플 때마다 마을에 내려와 돼지며 닭 같은 짐승을 잡아먹었다.

어느날 황소가 논밭을 갈다가 밭머리에서 새김질을 하는데 범이 다가오더니 빈정거렸다.

《임마, 넌 덕지가 사람의 다섯배는 되고도 남을것인데 어찌하여 일년사시절 뼈빠지게 일만 해주느냐말야?》

그 말을 들은 황소는 새김질하다가 말고 경계하는 소리로 일러주었다.

《넌, 참 미련하기 짝없구나. 인간들은 사고할줄 아는 대뇌를 가지고있단다.》

《모를 소리, 그렇다면 왜 내가 날마다 집짐승을 물어가도 아무 일 없는거냐?》

《애, 너무 큰소리 치지 말어. 정 믿지 못하겠으면 저 주인어른과 한번 겨루어보면 될게 아니냐?》

그 말에 주인을 찾으니 집주인이 논뚝에 앉아 담배를 피우고있었다.

《여보게 주인, 난 하루종일 굶었네그려. 나와 한번 힘을 겨뤄봅세. 그래서 당신이 지게 되면 난 자네를 잡아먹으려네.》

그 말을 들은 주인은 잠시 생각하더니 한 꾀가 떠오르자 인차 말을 받았다.

《좋네 좋아. 그런데 난 팔힘이 대단해서 자네의 팔 같은건 뚝뚝 분질러버릴 수 있다네. 한번 겨뤄보겠나?》

범은 수십년을 살면서 팔이라곤 불러진적 없는지라 앞발을 썩 내들며 자신만만하게 말했다.

《자, 어서 내 팔목을 잡게나.》

그 말을 들은 주인은 담배를 뻑뻑 빨더니 별안간 담뱃불을 범의 앞발에 갖다댔다. 그러자 앞발에서 불이 번득 일더니 확 하는 소리와 함께 앞가슴이며 등허리에 불이 당겼다. 그바람에 ≪따웅!≫하고 범은 큰 울부짖음 소리를 지르며 뒤로 벌렁 나자빠지더니 논밭의 고인물에가 뒹굴었다.

그 꼴을 본 주인이 껄껄 웃으면서

≪흥, 날마다 우리 집 짐승을 잡아먹더니 그 맛이 어떠하냐?≫하고 비웃었다.

이때 소도 먼발치에서 랭소하며 한마디 쏘아붙였다.

≪그것 보라니, 어디 내 말이 틀린가!≫

이런 일이 있은 뒤로부터 범들은 인간을 만나면 다시는 감히 잡아먹을넘을 못하고 슬슬 피해다닌다고 한다.

음흉한 승냥이

옛날, 산속에 언제나 잘난체 뽐내는 승냥이 한 마리가 살고있었다. 어느해 가을, 어슬렁어슬렁 쏘다니던 승냥이는 작은 다람쥐 한 마리가 소나무 꼭대기에서 잣을 따며 춤을 추는걸 보자 침을 흘리며 말을 걸었다.

≪이 열쪼시같은 자식아, 뭣이 기뻐서 춤을 추느냐? 어서 내려와 내 배를 채워다구.≫

≪넌 무슨 재간이 있기에 언제나 남을 해치려는거냐? 나와 나무우에서 춤내기를 하자. 그래서 내가 지게 되면 네가 잡아먹어도 원이 없겠다.≫

그 말을 들은 승냥이는 이 기회에 나무에 올라가 다람쥐를 잡아먹을 생각을 하고는 이렇게 말했다.

≪그까짓 춤이야 못 출라구, 좀 기다려라.≫

이윽고 승냥이는 쓴웃음을 짓더니 후닥닥 소나무가지에 뛰여올랐다. 그런데 승냥이가 뛰여오르자마자 가느다란 나뭇가지는 ≪뚝≫ 소리와 함께 부러져버렸다. 그바람에 승냥이는 ≪쿵≫ 소리와 함께 곰보돌우에 떨어졌다. 승냥이는 너무도 엉뎅이가 아파 죽는 소리를 질렀다.

겨울이 닥쳐왔다. 승냥이가 어슬렁어슬렁 벌판을 지나가는데 마침 등허리에 언감자를 한짐 지고 오는 고슴도치를 만났다. 그걸 본 승냥이가 군침을 흘리며 말했다.

≪넌 어디서 감자를 얻어왔느냐? 도적질한게 틀림없지?≫

≪도적질이라니 그게 웬 말씀인가요? 저기 팽이치는 아이들이 이 어른이 왔다고 절을 하면서 먹을걸 주던데요.≫

≪그게 정말이냐? 어디 다시한번 갔다오너라. 만약 네가 나를 속였다가는 잡아먹을테다.≫

고슴도치는 할수 없어 팽이치는 아이들에게로 달려갔다. 팽이치는 아이들은 너도 나도 고슴도치를 잡겠다고 야단이였다. 그러나 가시투성이여서 아이들은 도무지 고슴도치를 잡을수 없었다.

고슴도치는 이리 뛰고 저리 뛰다가 아이들의 다리짬으로 용하게도 빠져나와 감자밭에 들려 대굴대굴 뒹굴면서 언감자 몇알을 등에 지고 달려왔다.

≪승냥이 어른님, 이보세요 또 절을 하면서 먹이를 주던데요 뭐. 저 애들이 어른님께서 몸소 오시면 소갈비를 주겠대요. 어서 가세요.≫

그 말을 곧이 들은 승냥이는 씽하니 얼음판으로 뛰여들다가 그만 엎어지고 말았다. 발구를 타던 아이들은 너도 나도 달려들어 끝이 뾰족한 발구채로 내리찍는 바람에 승냥이는 소갈비 대접 대신 죽도록 얻어맞고 겨우 빠져나왔다.

얻어맞은 승냥이가 언덕에 올라와 고슴도치를 잡아먹으려고 찾으니 괘씸한 고슴도치는 벌써 어디로 도망쳐버리고 없었다.

추운 겨울은 가고 어느새 봄이 왔다. 겨우내 굶은 승냥이가 한 늪가를 지나가려는데 수렁창에서 찰거마리가 기여가는것이 눈에 띄였다.

≪옳지, 배고픈데 너라도 잡아먹어야겠다.≫

그 말을 들은 찰거마리는 와뜰 놀라 몸을 움츠리더니 말했다.

≪어느신님, 좀 참아요. 누가 수렁창을 빨리 건너는가 비겨본 다음 잡아먹어도 늦지 않아요.≫

≪흠, 궁벵이보다도 더 느린 자식이 큰소리를 탕탕 치는구나. 너한테 날개라도 돋쳤으면 몰라도.≫

잠시후 시합이 시작되자 찰거마리는 몸을 늘구며 앞으로 기여갔다. 그 꼴을 본 승냥이는 그만 가깝증이 나서 젖먹던 힘을 다내여 홀쩍 앞으로 뛰였다. 그런데 웬걸 네다리가 몽땅 수렁창에 깊이 빠져들어가고말았다. 그래서 죽기내기로 발버둥질을 하는데 그럴수록 몸은 더 깊숙이 빠져들어만 갔다.

이윽고 찰거마리가 달려와서 보니 승냥이는 주둥이만 내놓고 마지막 숨을 쉬고있었다.

황소와 소똥구리

먼 옛날, 양지바른 산언덕에는 황소가 살고 재너머 언덕밑에는 소똥구리가 살고있었다. 해마다 봄이 되면 부지런한 황소는 밭에 나가 쟁기를 끌고 논밭을 갈았지만 게으른 소똥구리는 하루종일 ≪침대≫에 누워 낮잠만 자다가도 저녁편이 되면 황소의 똥을 모아놓고 뒤발로 굴려다가는 땅속에 넣어두고 새끼에게 먹이군 하였다.

그런데 소똥구리는 자기보다 몇십배나 더 큰 똥을 굴렸으므로 언제나 제 힘자랑만 하면서 황소를 업신여겼다.

어느날, 황소가 달구지를 끌고 가는데 소똥구리가 앞에서 길을 막으며 말을 건늬였다.

≪넌 몸집이 크기만 했지 힘은 없구나. 제몸보다도 훨씬 작은 빈수레를 끌고 오다니. 어디 한번 힘을 겨루어보겠어?≫

황소는 너무도 어이없어 껄껄 웃더니 계속 산우로 수레를 끌고 올라갔다. 그러자 소똥구리는 황소가 자신이 없어 피하는줄 알고

(바보같은 녀석이라구. 내 한마디에 겁을 먹더니 어디 또 올라가는가보자.) 하고 생각하며 수레에 오르자마자 소꼬리를 힘껏 잡아당겼다. 그런데도 소는 그냥 언덕을 올라갔다. 그러자 소똥구리는 써레같은 이발로 소의 똥구멍을 꽉 물었다. 마침 그때 황소는 마려운 똥을 참아오던차라

≪너같이 심보 고약한 자식에겐 똥을 들씌우는것이 제격이야.≫하고 중얼거리더니 항문에 힘을 주었다. 그러자 ≪빠드득≫ 소리와 함께 한아름 되는 시누런 똥물이 항문으로 쏟아져내렸다.

저만큼 올라간 황소가 뒤를 돌아다보니 똥을 뒤집어 쓴 소똥구리가 똥물속에서 허우적거리며

≪사람 살리우, 사람 살리우-≫하고 비명을 지르는것이였다.

표범과 개똥벌레

어느날 저녁무렵, 표범 한 마리가 먹이를 찾아 이집저집 쏘다니는데 동구밖 초가집에서 개똥벌레 한 마리가 날아나왔다. 그걸 본 표범은 개똥벌레라도 당금 잡아먹고싶었으나 구실을 찾지 못해서 이렇게 말했다.

≪애, 개똥벌레야, 난 내기를 하자고 널 찾아왔다. 우리 누가 담이 큰가 겨뤄보지 않겠느냐?≫

≪응, 그러자꾸나. 그런데 무슨 내기를 할가?≫

≪우리 제가끔 저 농속에 들어간 다음 서로 놀래우기를 하잔말야. 누가 끔쩍 놀라면 누가 내기에서 진걸로 치자꾸나.≫

이윽고 내기가 시작되여 개똥벌레가 먼저 장롱속에 들어갔다. 한끼 잘 먹게 되었다고 생각한 표범은 ≪따웅≫하고 앞발로 땅을 치며 연신 크게 울어대더니 장롱을 열며

≪너 기혼하지 않았니?≫하고 물었다. 그러자 개똥벌레는 피씩 웃으면서

≪기혼하기는커녕 한잠 잘 잤다.≫하고 아무렇지도 않았다는듯이 대답하였다. 그 말을 들은 표범은 속으로

(저 자식은 몸은 작아도 담이 크거든! 다른 내기를 해서라도 꼭 잡아먹어야지.)하고 별렀다.

이번에는 표범이 들어갈 차례였다. 표범은 그까짓 개똥벌레의 소리쯤이야 겁날것 없다는듯이 농문을 열더니 제꺽 들어가 엎디였다. 그런데 개똥벌레는 큰 자물쇠를 가져다가 슬쩍 장롱에 잠그었다.

개똥벌레는 부엌으로 달려가자 벼짚 한아름을 안아다놓고 담배주머니에서 부시를 꺼내더니 번쩍번쩍 불을 쳤다.

≪표범아, 너 무섭지?≫

불을 본 표범은 더럭 겁이 났으나 짐짓 이렇게 말했다.

≪아따, 그만 부시를 쳐라. 난 산불도 겁나잖단다.≫

말하는 사이에 벼짚에 불이 달리고 좀 지나서는 농짝에도 센 불이 일었다. 표범은 너무도 급해맞아 애걸복걸하였다.

≪여보시오, 개똥벌레형님, 나 인젠 내기에서 졌으니 그만 불을 꺼주시오≫

≪이 심보 고약한 놈아, 네놈은 날 잡아먹으려고 내기를 걸었지. 어디 죽어보아라.≫

그 말에 표범은 농속에서 마구 뒹굴었으나 결국은 치솟는 불길에 타죽고말았다.

그뒤로부터 개똥벌레는 언제나 부시를 몸에 지니고 다니면서 무서운 짐승을 만나면 부시를 쳤는데 다른 짐승들도 번쩍번쩍하는 불을 보고는 저만큼 피한다고 한다.

살모사와 참새

어느해 봄이였다. 참새 애비가 들판에 나갔다가 집에 돌아오니 안해와 애 다섯이 온데간데없이 없어졌다. 그래서 여기저기 찾아다니다가 벼랑밑을 내려다보니 웬걸 검은 무늬가 돋친 살모사가 몸을 떨면서 모대기는 안해의 대가리를 한입에 물고 머리를 이리저리 흔들면서 통째로 삼키고있었다.

(아이쿠, 이 원쑤를 어떻게 갚는단말인가!)

남편은 너무도 분하여 온몸을 부르르 떨었다.

며칠후였다. 남편은 눈물을 흘리면서 가마에다 엿을 달여 태엿을 만들었다. 그릭 입에 엿 한알을 넣고 호물거리며 살모사의 집으로 찾아갔다.

마침 그때 살모사가 배가 고파 툇마루에 틀고 앉아있던 참이라 참새가 찾아오자 호박이 넝쿨채 떨어지는판이라고 좋아하면서 물었다.

≪애, 넌 뭘 그렇게 맛있게 먹으며 오느냐?≫

참새는 짐짓 이렇게 대답했다.

≪살모사어르신님, 우리 아이들과 애에미를 못보았어요? 그들에게 주려고 맛있는 살모사눈알을 가져왔지만 여러날째 찾을길이 없군요.≫

그 말을 듣자 살모사는 깜짝 놀래더니 이렇게 물었다.

≪저런, 난 10년을 살아왔지만 종래로 내 눈알이 맛있다는 소리가 처음이다. 그래 누가 그런걸 주더니?≫

≪저 재너머 살모사아주머니가 주더군요. 이것 봐요.≫

살모사가 올려다보니 아닌게 아니라 저의 눈처럼 새까만것이 참새의 손에 쥐여있었다. 그래서 살모사는 군침을 흘리며 말했다.

≪맛있는걸 너 혼자 먹지 말고 나의 입에도 한알 넣어주렴아.≫

참새는 두말없이 살모사의 입에 엿 한알을 넣어주었다. 그랬더니 살모사는 달달한것이 세상 별맛이라면서 또 달라고 했다.

≪애, 한알만 더 주려무나.≫

≪안돼요, 이건 나의 안해와 아이들의 몫이얘요. 정 배고프면 아주버님의 눈알을 먹어요.≫

게걸이 든 살모사는 입을 쩝쩝 다시며 청들었다.

≪그럼 내 눈알 하나를 뽑아다구.≫

그 말이 떨어지기 바쁘게 참새는 살모사의 한쪽 눈을 뺀 다음 마당구석에 던지고 엿 한알을 넣어주었다. 그랬더니 살모사는 냠냠 씹어먹으면서 또 청들었다.

≪야, 그거 별맛이다. 아예 한쪽 눈알 마저 뽑아다구.≫

참새는 좋아라고 다른 한 눈알마저 뽑아 마당구석에 던지고 엿 한알을 살모사의 입에 넣어주었다. 그런데 맛있게 먹고 난 살모사가 갑자기 웨쳤다.

≪아이쿠, 이걸 어쩌나. 눈알을 다 먹고나니 눈앞이 캄캄하단말야. 참새야, 너 눈알이 더 없니? 나한테 두알만 더 주려무나. 앞이 캄캄해서 못살겠다.≫

이때라고 생각한 참새는

≪옛다. 씹어먹어. 얼마든지 있다.≫하면서 허리에서 인두를 꺼내더니 그의 입에 콱 넣어주었다. 그런데 살모사는 참말로 큰엿을 주는줄로만 알고 독있는 이발로 와드득 씹었다. 그러자 웬걸 갈구리같은 독이발이 쇠에 부딪쳐 뭉청 끊어져나갔다.

≪아갸갸!≫ 살모사가 너두도 이가 아파 울부짖자 참새는

≪이 지독한 녀석아, 어저께 네가 죄없는 나의 안해와 아이들을 통째로 삼키는걸 똑똑히 보았다. 오늘 난 원쑤를 갚으려고 찾아왔은즉 어디 죽어보아라.≫하며 허리에서 커다란 빨래방치를 꺼내더니 살모사의 대가리를 사정없이 후려쳤다. 그바람에 살모사는 대가리가 묵사발이 되어 뻐드러졌다고 한다.

꾀많은 암탉

이른봄, 살구꽃이 만발한 동산기슭에서 먹이를 찾던 암탉이 커다란 풀벌레 한 마리를 보자 제꺽 물고 집으로 급히 걸어갔다. 그런데 난데없는 여우 한 마리가 길 한가운데 떡 버티고 서서 암탉을 잡아먹으려 노리고 있었다.

≪어마나, 여우아주버님, 이게 웬 일이세요?≫

≪음, 잔말말어. 난 진종일 굶었다. 어찌겠느냐?≫

암탉은 어이없어 여우만 바라보다가 한 꾀가 떠오르자 부리에 물었던 풀벌레를 여우앞에 던지며 말했다.

≪여보세요, 난 아주버님보다 재간도 못하고 힘도 약하여 달리기를 해도 안되지요. 그런데…≫

≪그야 물론이지. 그런데 어쨌단말이냐?≫

≪저, 내가 죽기전에 한가지 청이 있어요.≫

≪그래, 어서 말해보아라.≫

여우는 자못 제밖에 없는듯이 틀거지를 차렸다.

≪나한테는 말이얘요. 갓 깨여난 자식 여라문 있어요. 그 애들이 너무도 배고프다기에 벌레를 잡아다먹이려고 나오지 않았겠어요. 그러니 그 애들에게 먹이를 갖다준 다음 날 잡아먹어도 늦지 않지요.≫

≪갓난 자식 여라문이라…≫

암탉에게 새끼 여라문마리가 있다는 말을 듣자 여우는 서너때 배불리 먹게 되었다고 생각하고 선선히 응낙했다.

≪그럼 네 말을 들어주마. 그런데 너의 집은 어디에 있느냐?≫

≪멀지 않아요. 저 산언덕 오두막에 있어요. 정 미덥잖으면 날 따라와요.≫

여우는 암탉의 집도 알겸 해서 뒤를 따랐다. 이윽고 암탉은 오두막에 이르자

≪잠간 기다려요. 내가 인차 들어갔다가 나올테니까.≫하고는 홀로 집안으로 들어갔다.

그런데 이상하였다. 한식경이 지났는데도 암탉은 나올념을 안했다. 키높은 울바자밑에서 이제나저제나하고 기다리던 여우는 그만 갑갑증이 나서 목청껏 웨쳤다.

≪야, 이년아, 어서 나오질 못하겠느냐? 이 어른이 배고파 못살겠다…≫

바로 그때였다. 암탉과 오순도순 아래웃집에서 살던 멍멍이가 여우의 울음소리를 듣자 화닥닥 집에서 뛰쳐나오더니 제잡담하고 여우의 목덜미를 물어서는 땅에 쓰러뜨렸다. 그바람에 심보 나쁜 여우는 암탉을 잡아먹기는 고사하고 되려 멍멍이의 밥이 되고말았다.

게으름뱅이 새끼산양

초가을에 접어들자 어미산양은 새끼산양에게 말했다.

≪애야, 넌 날마다 낮잠이나 자고 기술을 련마하지 않으니 언제 셈이 들겠니? 이제 승냥이란 놈이 널 만나면 단번에 잡아먹을것이다. 어서 저 험한 산벼랑을 톺아오르는 재간을 익혀라.≫

어미의 말을 들은 새끼산양은 대수롭지 않게 대꾸했다.

≪엄마가 곁에 있잖아요. 그까짓 승냥이는 겁안나요.≫

그 말을 들은 어미는 어이가 없어 한숨만 쉬였다.

그러던 어느날이였다. 그날 새끼산양이 산밑 양지쪽에 드러누워 낮잠을 자는데 굶주린 승냥이 한 마리가 뛰여오며 욕설을 퍼붓는것이였다.

≪너 이 자식아, 이게 누구의 땅인줄 아느냐? 네 감히 내 집 근처에서 잠을 잔단말이냐?≫

≪그게 참말인가요? 난 몰랐어요. 앞으로 다시는 이곳에서 잠을 자지 않을래요.≫

새끼산양은 말하면서 산벼랑으로 올라가려고 돌아섰다. 그걸 본 승냥이는 조급해나서 말했다.

≪흥, 잘못했다고만 하면 그만인줄 아느냐? 어서 잘못한 값을 내놓거라.≫

≪아니, 값은 무슨 값이애요? 정 그러시다면 래일 갖다드리죠.≫

새끼산양은 이렇게 발명하면서 바위우로 올라가려 했다. 그런데 어쩐지 앞발이 휘청거리면서 도무지 올라갈수가 없었다. 그걸 목격한 승냥이는 대뜸 새끼산양의 속을 꿰뚫어보고 씽하니 뒤쫓아갔다. 급촉한 발걸음소리에 안달아난 새끼산양은 벼랑에 오르다말고 승냥이에게 빌었다.

≪아저씨, 제발 날 집으로 돌려보내줘요. 어머니가 기다려요. 네?≫

≪홍, 네놈을 잡아먹고나서 너의 에미도 잡아먹어야겠으니 잔말말어.≫

악독한 승냥이는 앞발로 새끼산양을 후려쳐 벼랑밑에 쓰러뜨렸다. 그제야 새끼산양은 기술을 련마하라던 어머니의 말이 떠올라 후회의 눈물을 흘리며 애처롭게 울부짖었다. 하지만 때는 이미 늦었다. 승냥이는 새끼산양의 목을 물어뜯기 시작하였다.

고양이목에 방울 달아준 쥐

　때는 흉년세월이라 헐벗고 굶주린 백성들은 이른봄부터 때식 끓일 식량이 없어서 풀뿌리와 산나물로 연명하다나니 굶기를 부자집 밥 먹듯하였고 길가에는 굶주린 시체들이 도처에 쓰러져있었으나 량반부자들의 집에는 하얀 백옥미가 썩어날 지경이였다.

　이처럼 사람들이 먹을것이 없어서 헤맬 때 들판의 쥐들도 큰 곤경에 빠지게되었다. 여름에는 그럭저럭 살아왔으나 가을이 되자 겨울량식은커녕 하루 먹을 식량마저 얻기가 어렵게 되었다.

　하루는 쥐들중 제일 지혜있고 늙은 쥐가 새끼쥐들을 모아놓고 말했다.

　≪요사이 먹을것이 없어 곤경에 처했으니 장차 겨울이 닥쳐오면 살길이 막막하지 않겠느냐? 온 들판과 가난한 집에는 먹을것이 조금도 없으나 오직 량반부자놈의 창고에는 량식이 넘쳐나거든. 그런데 우리가 훔쳐간다고 그자들은 힘세고 악독한 고양이를 시켜 지키게 하니라. 내 들을라니 이웃 동료들이 강건너 량반네 창고에 들어갔다가 그만 고양이에게 잡혀먹히웠다지. 그러니 우린 묘한 방법으로 어서 겨울량식을 장만해야 하겠다. 너희들중 지혜있는자 없느냐?≫

　늙은 쥐의 말이 끝나기가 바쁘게 젊은 쥐 한 마리가 풀쩍 뛰여나오며

　≪제가 한마디 여쭐 말씀이 있소이다. 그 량반네 고양이목에다 방울을 달아놓으면 되지 않습니까? 그놈이 올때마다 소리가 날터이니 그놈이 오면 숨고 그놈이 가면 우린 훔쳐오도록 합시다.≫하고 계책을 내놓았다.

　늙은 쥐는 그 방법이 과연 그럴듯하나 감히 고양이목에 방울을 달자가 있겠는가싶어 여러 쥐들에게 물었다.

　≪누가 가서 고양이에게 방울을 달아줄수 있겠는고?≫

여러 쥐들이 서로 내 멀둥 네 멀둥 쳐다만 보는데 두더지가 한쪽에 앉았다가 냉큼 뛰여나오며

≪제가 재주는 없사오나 이 일을 감당하겠나이다.≫하고 대답했다.

두더지는 원래 땅굴을 잘 파는 재간이 있는지라 늙은 쥐는 안심하고 그 일을 두더지에게 맡겼다.

≪장하도다. 그대에게 중임을 맡기니 백번 조심하여라.≫

그날 밤, 두더지는 방울을 가지고 고양이가 지키고있는 량반집 창고로 가서 밖으로부터 땅을 뚜지고 들어가기 시작하였다. 장밤 땅을 뚜지고 새벽녘에 창고에 들어가니 웬걸 고양이란 놈이 간밤에 순라를 서느라고 지쳤던지 아니면 하느님이 가엾은 쥐들을 생각해주어서인지 해빛이 비쳐드는 마당에서 네각을 쭉 펴고 단잠에 곯아떨어져있었다. 두더지는 살금살금 다가가 고양이목에다 방울을 달아주고는 물러나왔다.

한편 고양이는 자면서 꿈을 꾸고있었다. 고양이는 임무를 훌륭히 완수한 덕으로 조물주로부터 방울 하나를 선물받았는데 조물주는 이렇게 말하는것이였다.

≪고양이야, 내가 세상만물을 만들어낸후로 네가 이처럼 수고를 아끼지 않으니 이 방울을 상으로 너에게 주느니라. 이 방울을 울리면 쥐란 놈들이 오지를 못하느니라.≫

그 말을 들은 고양이는 너무도 기뻐 힘껏 방울을 흔들었다. 그러다가 방울소리에 놀라 깨여나니 과연 제 목에 방울이 달려있었다.

그뒤 고양이가 방울을 달고다니니 더는 쥐들이 고양이를 겁내지 않게 되었고 고양이는 고양이대로 조물주의 말을 믿었다. 하여 온 들판의 쥐들이 와글와글 모여들어 도적질하니 며칠 안가서 량반의 창고가 거덜이 났다고 한다.

잰내비 밑구멍은 왜 빨간가?

멀고 먼 옛날, 한 산속에 잰내비와 게가 오순도순 의좋게 살고있었다.

하루는 잰내비와 게가 길을 떠나가다나니 한곳에 이르렀는데 웬 집에서 떡을 치는 소리가 들려오므로 걸음을 멈추었다.

잰내비는 찰떡을 먹고싶어 연신 군침을 흘리며 이렇게 말했다.

≪애, 게야, 너는 떡을 먹고싶지 않니?≫

≪왜 먹고싶지 않겠니. 훔치는 재주가 없어 그러지.≫

≪그럼 내가 시키는대로 해라. 네가 집안에 들어가있다가 사람들이 보지 않는 틈을 타 자는 아기의 발을 집게로 집어놓아라. 애가 울면 떡치던 사람들이 아이를 달래려 방안으로 들어갈터인즉 그 기회에 내가 떡을 가지고 달아날 테다.≫

≪야, 그 방법이 묘하구나. 어서 손쓰자꾸나!≫

게는 대답하고나서 잰내비가 시키는대로 사람의 눈을 속여가며 방안으로 들어갔다.

마침 그 집에서는 아이의 첫돌잔치를 쇠려고 눈코뜰새없이 바삐 보내는판이였다. 그래서 아이를 구들에 재워놓고 녀인들은 반찬을 갖추느라고 서둘고 남정들은 뜰안에서 떡을 치고있었다.

게가 방안으로 들어가보니 아이가 쌔근쌔근 잠자고있는지라 애기의 허벅다리를 힘껏 집어놓고 뒤문으로 빠져나와 후원에 가서 숨었다.

≪으악!≫

자던 아이가 별안간 애처롭게 울어대자 안팎에서 일하던 남녀로소가 저마다 하던 일을 그만두고 방안으로 달려들어가는데 그 사이에 잰내비는 떡을 가지고 나무우에 올라가 냠냠 맛있게 먹기 시작하였다.

게가 후원을 에돌아 마당에 가보니 잰내비가 종적없었다. 두루 사위를 살피다가 한곳에 이르니 나무우에서 잰내비가 떡을 거의 다 먹어치우고있는것이 눈에 띄였다.

≪얘, 잰내비야, 제발 떡 한덩이라도 주렴.≫

게는 잰내비를 올려다보며 사정하였지만 욕심많은 잰내비는 제 혼자 맛잇게 먹어댔다. 그러다가 그만 실수하여 먹던 떡을 떨구었는데 마침 떡이 게앞에 떨어졌다.

(이게 웬 떡이냐?)

게는 인차 발로 집어가지고 내뛰다가 땅구멍이 있기에 그속에 기여들어가 맛있게 먹어주었다.

이때 잰내비는 나무에서 내려오더니 땅구멍앞에 와 이렇게 말하였다.

≪게야, 내가 잘못했으니 제발 떡을 나누어먹자.≫

그 말을 들은 게는 대노하여 꾸짖었다.

≪내가 수고하여 얻은 떡을 네놈이 혼자 먹었댔지. 인젠 안 준다. 안줘.≫

잰내비가 아무리 사정하였으나 게는 혼자 먹어대기만 하였다. 부아가 치밀은 잰내비는 이렇게 으름장을 놓았다.

≪게놈아, 내 방구나 실컷 먹어보아라. 어디 견디는가보자.≫

잰내비는 궁둥이를 땅구멍에 들이박고 련속 방귀를 뀌였다.

게가 떡을 먹다가 지독한 구린내가 연신 풍겨오기에 땅구멍을 올려다보니 잰내비의 보숭보숭한 밑구멍이 움찔움찔 움직이고있었다.

(옳지, 이 고약한 자식, 어디 혼빵나지 않는가봐!)

게는 슬그머니 굴어구로 기여가더니 두 집게로 잰내비의 밑구멍을 힘껏 집어놓았다.

≪아갸갸!…≫

잰내비는 깜짝 놀라 앞으로 내뛰였는데 그바람에 그만 밑구멍주위의 털이 쑥 빠져버리고 살가죽이 시뻘겋게 멍이 들었다.

그때로부터 잰내비의 밑구멍은 빨갛게 되였고 게앞발에는 잰내비의 털이 붙은채 떨어지지 않아서 오늘까지 솜털이 있다 한다.

메추리는 왜 꼬리가 없는가?

어느해 겨울이였다. 그해따라 류달리 눈이 많이 와서 산속의 날짐승과 길짐승들이 먹이를 찾지 못하여 굶어죽고 얼어죽는 일이 수두룩하였다.

그러나 쥐만은 부지런하여 가을에 곡식을 굴속에 물어들였기 때문에 근심걱정없이 배불리 먹고도 남음이 있었다.

산열매와 곡식만 먹고 사는 꿩은 산이며 들에 눈이 덮이자 어디에 가면 먹을것을 얻을가 하고 궁리하다가 마침내 좋은 수가 떠오르자 혼자말로 이렇게 중얼거렸다.

≪짐승들중에 제일 부지런한 짐승은 쥐아저씨와 다람쥐아저씨거든. 그들은 가을철만 되면 먹이를 가득 저장하기 위하여 안해를 아홉씩이나 하였다가 먹이를 가득 저장한후에는 눈이 먼 안해 하나만 남겨놓고 내쫓는다지. 어쨌든 쥐아저씨를 찾아가 구구한 사정을 하여보자꾸나.≫

그래서 꿩은 쥐아저씨네 집으로 찾아가 이렇게 구걸하였다.

≪아저씨들 제발 날 살려주세요. 이 백설이 쌓인 엄동설한에 먹이 없어 난 굶어죽게 되었어요. 굽어살펴 이 생명을 보전케 하여주신다면 그 은혜 백골이 되어도 잊지 않겠나이다.≫

그 말을 듣고 새끼쥐들이 쥐왕한테로 달려가 아뢰였다. 그랬더니 쥐왕이 령을 내렸다.

≪배고 고파서 찾아온 꿩아가씨를 어찌 박대하리오. 하지만 우리 집은 작을뿐만아니라 드나드는 출입구도 솔아서 손님이 들어올수 없으니 먹이중에 제일 양분이 많은 콩을 내주도록 하여라.≫

새끼쥐들이 왕의 령대로 저마다 콩을 물어다가 꿩앞에 갖다놓으니 꿩은 백번사례하고 쥐들이 가져온 콩을 양지쪽에 날라다놓고 쪼아먹기 시작하였다.

그럴즈음에 난데없이 푸르르 하는 소리가 들려오더니 욕심사나운 메추리 한 마리가 날아와 묻는것이였다.

≪여보세요. 꿩아가씨는 어디서 이처럼 잘 여문 콩을 얻어왔어요?≫

≪난 요즘 눈 때문에 먹이가 없어 당장 굶어죽게 되였다오 그래서 쥐아저씨를 찾아가 구구한 사정을 하였더니 선량한 쥐아저씨들이 이렇게 먹이를 주어 생명을 유지하게 되였다오.≫

그 소리에 게으름뱅이 메추리는 머리를 갸웃거렸다.

(옳아, 나도 쥐아저씨를 찾아가 사정해야겠다.)

메추리는 이렇게 생각하자 쥐의 집을 찾아떠났다. 그런데 종일 찾아다니느라고 그만 꿩아가씨가 알려주던 그 쥐라는 말을 까맣게 잊어버렸다. 그래서 한동안 궁리하다가 무릎을 탁 치며 중얼거렸다.

≪그래, 이제야 생각나는구나. 아까 꿩아가씨께선 고양이밥네 집으로 찾아가라고 했지. 참 이렇게 기억력이 없구야 무슨 일을 하겠나!≫

드디여 쥐의 집으로 찾아간 메추리는 큰소리로 불렀다.

≪여보, 고양이밥 계시오?≫

안에서 망을 보던 새끼쥐들이 들을라니 웬놈이 밖에서 저희들을 욕하는지라 얼른 쥐왕에게로 달려가 여쭈었다.

≪대왕님, 어떤 놈이 문밖에 와서 고양이밥이 있는가고 묻습니다.≫

그 말을 들은 쥐왕은 노발대발하여 명령을 내렸다.

≪여봐라, 너희들은 당금 나가서 그 자식을 세게 물지는 말고 털깃만 슬쩍 물고서 나한테로 끌고오너라.≫

령이 떨어지기 바쁘게 숱한 쥐들이 우르르 밖으로 달려나가더니 너도 나도 메추리를 물고 그중 제일 큰 쥐가 메추리를 꽉 문채 출입구로 끌고들어갔다.

메추리는 굴속에 끌려들어가면서 통탄하였다.

(꿩이란 년이 나를 잡아먹히우라고 쥐굴로 가라고 했구나! 인젠 꼼짝 못하고 죽게 되였으니 어찌한단말이냐? 에라, 차라리 최후발악을 하여보리라.)

이렇게 결심한 메추리는 젖먹던 힘을 다하여 푸르르하고 몸을 떨며 날기 시작하였다. 그바람에 몸뚱이의 털들이 빠지며 산지사방으로 흩어지고 쥐들은 엉덩방아를 찧었다.

그때로부터 게으름뱅이 메추리는 꼬리가 빠져 지금까지도 꼬리가 없게 되었으며 꿩은 또 쥐아가씨들의 은혜를 갚기 위하여 온 몸털에다 콩무늬를 새겨 놓았다 한다.

토끼꼬리는 왜 짧은가?

옛날, 어느 한 해변가에 소금장사로 생계를 유지하는 사나이가 살고있었다. 그는 사시장철 해변가 염전에 가 소금을 사서는 노새등에 싣고 산골로 다니며 장사하였다.

어느날이었다. 사나이가 이 마을 저 마을, 이골저골로 다니며 장사하다가 한 두메산골에 다달으니 인가는 볼래야 볼수 없고 수목만 울울창창하였다.

어느새 해가 져서 어둠이 깃들었는데 사나이는 잠자리를 구하지 못해 안달 아났다. 그러던중 한 언덕에 이르니 큰 동굴 하나가 보이므로 몹시 기뻐난 그는 그곳으로 나귀를 몰았다. 그런데 노새목에 달아놓은 방울소리가 왈랑절랑 나는바람에 동굴속에 있던 어미호랑이와 새끼호랑이들이 깜짝 놀라 사지를 쓰지 못하고 모두 엎드린채 벌벌 떨기만 하였다. 하기야 호랑이는 원래 불과 쇠소리를 제일 무서워하였으니깐.

(옳지, 이 호랑이들이 방울소리를 듣고 안절부절 못하는구나. 내가 이 방울로 호랑이들을 굴복시키고 오늘 밤 동굴에서 편안히 자고 가리라.)

소금장사는 옛로인들한테서 들은바가 있는지라 이렇게 궁리하였다.

그럴즈음에 늙은 호랑이가 동굴밖으로 나와 사나이의 면전에 엎드리며 물었다.

≪아주버님, 저 노새목에 달아놓은 물건이 웬 물건입니까? 우린 그 소리에 모두 오금을 못쓰겠사와요.≫

그 말을 들은 소금장사는 짐짓 이렇게 꾸며댔다.

≪그 물건말이냐. 그건 호랑이 불을 떼먹는 물건이란다.≫

호랑이는 그 소리를 듣자 더럭 겁이 나서 애걸복걸하였다.

≪아주버님, 제발 그 물건을 떼여버리십시오. 그러면 아주버님의 요구대로

해드리리다.≫

≪정 그렇다면 떼여버릴테다. 그런데 오늘 저녁 여기서 자고 갈테니 해치려 해서는 안된다.≫

≪네, 여부가 있습니까. 안심하십시오.≫

소금장사는 다짐받자 즉시 방울을 떼여내고 방울속에 솜을 틀어막았다. 이렇게 하여 방울소리가 들리지 않자 호랑이들은 저마끔 밖으로 나가더니 잠간 사이에 짐승을 물어다가 소금장사에게 권하였다.

기뻐난 소금장사는 여러 가지 산육을 소금에 찍어 맛나게 포식하고나서 밤을 호랑이들과 함께 자게 되었다.

한밤중이 되자 호랑이들은 하루종일 사냥을 하였기에 곤했는지라 모두 곯아떨어졌다. 그럴즈음에 소금장사는 슬그머니 자리에서 일어났다.

(이 사람잡이에 이골난 호랑이들아. 어디 방울맛을 톡톡히 보아라.)

사나이는 동굴속의 여러 가지 짐승고기와 록용, 록태, 웅담 등을 걷어가지고 갈 생각으로 방울속에 틀어막았던 솜을 슬쩍 빼낸 다음 늙은 호랑이곁으로 자취없이 기여갔다. 그다음 호랑이의 사타구니에다 방울을 동여매고나서 발로 호랑이의 궁둥이를 힘껏 찼다.

깜짝 놀라 벌떡 일어선 호랑이는 사타구니에서 ≪딸랑≫하는 소리가 나자 ≪따웅≫하고 벼락치듯 소리치더니

≪날 잡아먹는 물건이 사타구니에 달렸구나. 어이쿠, 내 죽네!≫

하더니만 동굴밖으로 내뛰였다. 방울이 더욱 요란하게 울리자 단잠에 들었던 새끼호랑이들마저 화닥닥 놀라 깨여나더니 어미호랑이를 따라 모두 밖으로 줄행랑을 놓았다.

그 꼴을 본 소금장사는 ≪하하하!≫하고 웃음보를 터뜨렸다.

호랑이가 도망친 뒤 동굴속을 낱낱이 살펴보니 사향이며 록용, 록태, 웅담 등이 수두룩히 쌓여있었으므로 큰 자루에 들었던 소금을 쏟아버리고 진귀한 약재를 주어담았다.

이튿날, 노새등이 부러질 정도로 약재를 싣고 해변가에 당도한 사나이는 장에 나가 팔아 대번에 벼락부자가 되어 궁궐같은 집에 로적가리 쌓아놓고

만복을 누렸다.

한편 늙은 호랑이는 사타구니에 방울을 차고 ≪다리야, 날 살려라!≫하고 삼십륙계 줄행랑을 놓아 엎어지며 뒹굴며 뛰다가 칡넝쿨에 방울이 걸려 땅에 떨어지면서 요란한 소리를 내는통에 더 급히 내뛰였다.

마침 그때 숲속에서 잠을 자던 토끼가 깡충 뛰여나오더니 호랑이를 보고 물었다.

≪호랑이아저씨, 어디로 그렇게 다급히 가나요?≫

≪말말어. 불을 떼먹는 물건이 내 사타구니에 달렸다가 떨어졌다네.≫

≪뭐라구요?…≫

총명한 토끼는 고개를 갸웃거리며 이렇게 물었다.

≪호랑이아저씨, 그건 도대체 무슨 물건인데요?≫

≪아니야, 소금장사가 그러는데 불을 떼먹는 물건이래.≫

≪아저씨, 정 그렇다면 오던 길이라도 똑똑히 기억나요?≫

≪기억나고말고.≫

≪좋아요. 나와 같이 가서 그 물건이 어떻게 생겼는지 좀 구경합시다.≫

토끼의 말을 들은 호랑이는 좀 주저하였다. 혹시 령민한 토끼한테 속지나 않을가 하는 근심에서였다.

≪같이 가보는건 문제가 아니나 그 물건이 또 달라붙으면 이번엔 그걸 떼주는 사람도 없겠는데.≫

≪내가 있지 않아요. 그리고 아저씨는 넝쿨로 온몸을 감은 다음 한끝을 내 꼬리에 잡아맵시다. 그렇게 되면 난 달아날래야 달아날 수 없지요.≫

≪그러자구나.≫

호랑이는 대답하고나서 칡넝쿨을 가져다 토끼의 꼬리에 꽉 맨 다음 다른 한끝을 저의 몸에 칭칭 휘감고 호랑이가 앞서서 숲을 샅샅이 훑으며 오던 길을 다시 걸어갔다.

이렇게 한동안 방울을 찾으며 걸어가다가 앞에서 걷던 호랑이가 갑자기 ≪달랑≫하는 방울소리에 기겁하여 웨쳤다.

≪어이쿠, 불떼먹는 물건이 여기 있구나. 날 살려라, 날 살려! 어이쿠 내

죽네!≫

초풍만난 호랑이는 네굽을 안고 냅다 뛰는데 그만 토끼꼬리마저 뭉청 잘라 가지고 달아났다.

그때로부터 토끼는 오늘날까지 꼬리가 짧아지고 호랑이는 칡넝쿨을 풀지 못하고 오래도록 감고다녔으므로 칡풀이 털에 물들어 그만 얼럭이가 되였다 한다.